U0115749

中国近现代稀见史料丛刊典藏本

贺葆真日记

（修订本）

贺葆真 著

徐雁平 整理

凤凰出版社

图书在版编目（ＣＩＰ）数据

贺葆真日记 / 贺葆真著；徐雁平整理. —— 修订本
. —— 南京 : 凤凰出版社，2023.4
　（中国近现代稀见史料丛刊典藏本）
　ISBN 978-7-5506-3855-6

　Ⅰ. ①贺… Ⅱ. ①贺… ②徐… Ⅲ. ①日记－作品集
－中国－清后期 Ⅳ. ①I265.2

中国国家版本馆CIP数据核字(2023)第028008号

书　　　　名	贺葆真日记	
著　　　者	贺葆真 著　徐雁平 整理	
责 任 编 辑	郭馨馨	
特 约 编 辑	姜　好	
装 帧 设 计	姜　嵩	
出 版 发 行	凤凰出版社(原江苏古籍出版社)	
	发行部电话025-83223462	
出版社地址	江苏省南京市中央路165号,邮编:210009	
照　　　排	南京凯建文化发展有限公司	
印　　　刷	江苏凤凰通达印刷有限公司	
	江苏省南京市六合区冶山镇,邮编:211523	
开　　　本	880毫米×1230毫米　1/32	
印　　　张	19	
字　　　数	494千字	
版　　　次	2023年4月第1版	
印　　　次	2023年4月第1次印刷	
标 准 书 号	ISBN 978-7-5506-3855-6	
定　　　价	138.00元	

(本书凡印装错误可向承印厂调换,电话:025-57572508)

十月二十一日吾父至自家吾父之入都也過保定留二十餘日

到都住百日適天津由津旋里

十一月五日吾父倣臨劉海峯評點左傳吾父之鈔儀禮也先以

朱綠兩色筆評點將鈔之篇病目後亦然今評左傳乃置儀禮

六日陳先生辭館席而去先生名濟生字雨民

十一日吾父至自故城

十三日吾兄回故城

十四日胡子振先生來權館先生名庭麟字子振冀州人

二十日購湖北局竹連紙五經四書

十二月四日吾父臨左傳評點終初臨劉海峯評點又臨姚姬傳

书影一

塞外蒙古已而自立字號儼然與諸富室抗衡可齋初尤貧簍

商於京師十餘年而有商號十數處已而相繼倒閉又遇庚子

之變遂一空所有乃不數年又驟興起如致美齋如東昇木厰

贏利頗厚二君皆徒手起家懋卿既日與日盛可齋則已落而

陡起尤見其能二君可謂有經濟才矣

十六日鞠仁尚書談及徐梧生事曰奉匪亂時避地定興所藏書

仍在都中渠曾將宋本等極佳者置一箱內亂方急屬吾冒險

取之及啟視乃知誤攜他箱鑰也後梧生入都檢視則欲取出

之箱果失他日於某處見一殘卷即其箱中所寶存者梧生大

慟喪至今不忍言書事也梧生在定興詩興甚豪余亦時與唱

書影二

有巨石隱約有字曹君云乃一聯語嘗登山往觀未能至迄不

知誰書作何語也曹君名鴻章字鎮國武邑人從其主人李君

有事於匯豐銀行

二十六日

二十七日君質翊新設立牲牲蜂場月之二十日設廠西直門外

六里白塔菴已到三十箱皆義大利種也每箱二十八元

二十八日午後三鐘大雨雹山中諸果被擊多落西山連歲歉收

今年麥場大佳皆思儲麥待價然村人貧甚爭貶值出售也

二十九日回北平日前周志輔約午餐擷英不及赴

三十日張傑三寄示代徵李芹香所為壽詩

书影三

目　录

前　言

　　贺葆真,字性存,生于光绪四年(1878)八月十二日,卒于1949年。① 他是直隶深州武强县人,桐城派晚期重要古文家贺涛(1849—1912)之子。据《武强贺氏家谱》所记,贺氏是科举世家,贺云鸿是乾隆己亥恩科举人,贺云锦是乾隆戊申恩科举人,贺云举是嘉庆己卯科进士。贺云举子贺式周是道光壬辰庚子两科副榜,贺式周子贺锡璜是同治甲子科举人,贺锡璜子贺涛、贺沅,同为光绪丙戌科进士。贺涛有三子:贺葆初、贺葆真、贺葆良。葆真有一子,名植新,葆良有二子,名翙新、培新。

　　贺葆真的日记有抄本16册,现藏于国家图书馆,自光绪十六年(1890)至民国八年(1919),日记基本连续。贺氏日记1919年题为"收愚斋日记",列为卷三十,自此至1929年日记缺失,1930年日记仍题为"收愚斋日记",列为第四十一册。总体看来,前三十年的记载是一个相对完整的文本,从日记记录的时代以及贺氏的家庭背景来看,这一日记应有一定的史料价值。

---

　　① 贺葆真生年据贺培新编《武强贺氏家谱》,为光绪四年,见《武强贺氏家谱》(《清代民国名人家谱选刊》本),第118页。然据《贺葆真日记》卷一"光绪十六年庚寅(1890),葆真年十七",则贺葆真生年在同治十三年(1874)。一为家谱记载,一为日记自记,出入较大,但暂不能断定何说更为确切。关于贺葆真生卒年的信息,要感谢中国社会科学院文学研究所王达敏先生的指点;又前言中多处修订,采纳了王先生的建议。

一般来说，日记大致有两种类型：一是作为备忘，近似流水账，寥寥数字，不易引发阅读兴味；另一是有意保存所见所闻，当作一种著述，故记载时特别投入，且能坚持，呈现的是一种有热情的文字。贺葆真日记，当列入后一类。他用心力撰写日记，在他的日记中就能找到"内证"。

> 锡生姑丈来信，自述其庚子保存家藏书籍事甚详，属载入余日记中。

> 十五日，余欲与翊宸早起游山，适小阴雨，故缓行，而心叔邀宗先生及余三人赴人市街同华轩小饮，然后赴城后。观农事、地质、山中风景。日暮归，倦甚，属李翊宸代作日记。

> 西陵一带富矿产，如银矿、铜矿、金矿、石绵矿、不灰木矿、煤矿、水晶矿等多有之，日后当调查其详，附记日记中。

> 日记与语录异，语录记言，日记记事也。且心之邪正宜记，处事之当否尤宜详。律己接物，情状万端，惟圣者可无过，下此虽颜子仅以不二过称。过，非人之所能无，亦非人所能得知。……窃谓日记者，当记其律己，尤当记其接物，且使后之人有所法焉。记事情之来，记吾所以应之，以曲尽事理，以合乎天理人心之公，而无馁事贻羞，由处家庭推而至于国事，其功用岂可量，徒斤斤于念之邪正，不亦太简乎？

> （徐梧生）又曰：余新得一故事，思告君以便入君之日记。

以上五个日记片段，已显示贺葆真写日记有详于"记事"的特别讲求，"记事情之来，记吾所以应之，以曲尽事理"，譬如，拟调查西陵矿产，然后记入日记等事，故其文字可作为个人实录来读；同时，他如此在意日记内容的举动，也为熟人所知，故有人主动向他提供"素材"，希望记入日记。故日记对于贺葆真而言，就是一种著述，其中有自己的人生记录，还融合有意为文的撰作。考察贺氏生平，贺葆真留存于世的文字，也就是这部颇用心力的日记。

贺葆真所生活的时代，正值社会的动荡与转型，他虽非重要人物，但绝不是庸碌之辈，故其日记所包含内容十分丰富，若按主题归纳，其中包括乡村社会经济、士绅家庭、传统文人群体、书院教育的转变，士绅投身实业的尝试，各种党派活动的展开，股票的买卖，直隶和山东土匪的横行，徐世昌及其幕府的活动，北方桐城派文人群体的生存状况，政坛变换以及五四运动的旁观记录，还有北方社会风俗、地方名胜、北京北部景色的描绘等等。贺葆真对当时新办实业以及股票买卖记载十分详细，自己还与人合办垦殖公司，这类史料的价值，笔者不能判断，故暂不论说，而略述稍熟悉的问题，由此或许可显示贺氏日记的价值。

晚期北方桐城派作家群体活动图景

刘声木《桐城文学渊源考》卷十著录北方桐城派作家 131 人，其中有多位作家的小传文字有缺漏，或者过于简略。究其原因，大概是刘声木在撰写时，这批晚近的人物大多在世，没有传记文献参考；或者大部分人只是耳闻，并无交往。贺涛为同治九年举人，光绪十二年进士，任刑部主事，后主讲信都书院、莲池书院以及保定文学馆多年。在贺葆真的日记中，他不但为贺涛的活动留下了较为翔实的记录，而且因此进入父亲的社会交往圈，并以此为基础，建立自己的交往世界。在依靠父亲的时期和自己独立支撑贺氏家族的时期，贺葆真结识了相当多的地方性文人。这些文人，有不少未被刘声木记录，譬如贺葆真本人就不在《桐城文学渊源考》中。经梳理对照，《桐城文学渊源考》著录的北方桐城派文家中,有 64 位出现在贺葆真的日记中,关于他们的记载,不仅可补刘声木撰写的传记文字的不足,更重要的是,日记中关于桐城派文家的言谈行事记录,是一种动态的过程性呈现,且较为细致地呈现了这一群体活动的图景。

在贺葆真的日记中,记录次数较多或者比较重要的人物是贺涛、吴闿生、徐世昌、赵衡、王树枏等。吴闿生是吴汝纶之子,应是贺葆真日记中记录次数最多的桐城派文家,经查检,提及五百余次。二十世纪前五十年,吴闿生对北方文坛影响颇大,论者称桐城派自贺涛之后,惟吴氏能"守先正遗绪,穷数十年之力,传写群书,尽布于世"。①贺培新、潘伯鹰、曾克耑、吴兆璜等一时俊彦,皆其弟子。吴氏有《北江先生文集》十二卷、《北江先生诗集》十卷刊行,以此可研究其文学与行事;倘更进一步,利用贺葆真的细致记载,可使诗文集中所呈现的吴闿生,还原其日常生活状态。②

在贺葆真交往的文人中,赵衡应是最亲密的一位,日记中的记录颇为丰富。据《桐城文学渊源考》,赵衡"师事吴汝纶、贺涛、王树枏。主讲文瑞书院七年,读书信都书院几二十年,吴汝纶以方、姚、梅、曾相传古文义法;贺涛又出诸家评点旧册,恣之探讨;得顾、王考订之学于王树枏,专力于文学"。赵衡举人出身,无论从其师承、文章,还是从肄业书院、主讲书院来看,他都是一位晚期北方桐城派的重要人物。赵衡师从贺涛,同时又是贺葆真的老师。贺氏的日记中有赵衡到贺家"权馆"的记录,其后就有赵衡讲授《圣哲画像记》《左传》《文献通考序》、唐诗、《汉书·地理志》的记录。在《桐城文学渊源考》中,赵衡的传记较为丰赡,但这些文字似乎都是静止状态;在贺葆真的日记

---

① 　吴兆璜《北江先生文集序》,见《北江先生文集》卷首,民国二十二年(1933)刻本。

② 　据笔者所知,王达敏先生已经利用此日记和其他文献编写出吴闿生的年谱,故在此不再展开梳理。

中展现的赵衡,可以看到他的讲学活动与造就的人才,还有他在世变中行进的足迹。兹摘录日记中几个片段,可略作赵衡传记的素材:

二十九日,补州考。属文瑞书院康亨庵及常树轩为之,时湘帆方长书院,康、常皆其高才生也。亨庵名思恒,树轩即埍蕙也。

吴先生评赵湘帆《河间献王论》曰:"外国民智,于是民权重,而有民主之国,此最合于《孟子》民为贵之旨。以公理言之,未必中国之是,而外之非也。"

子翔为儒珍求入《北京时报》社办事,廉惠卿许之,又招子翔与饶阳常济生为中文主笔。子翔以湘帆自代。吴先生曰:湘帆自有深州书院,报馆文章,不须高古,反坏文笔,若入报馆,反为小就,子翔亦不肯为也。济生名埍璋,副贡生。

武锡珏、康思恒、张恺、侯序伦,乃著声闻诸生中,四人皆州人。此次考试,武第一,张次之,康次之,侯第四。锡珏字合之,从学吴先生于莲池,治古文,有名畿南。康字亨莽,侯字绍契,皆肄业文瑞书院,湘帆弟子也,所造亦深。张恺忘其字,其文章颇雄肆,饶阳第一。常埍蕙、兰侪者,亦从湘帆于书院,年少好学,最为饬谨。兰侪,即庶轩,吾妻弟也。

十七日,赵湘帆来。吾父使人招之也,使肄业于文学馆,湘帆请兼办都中报馆事,许之。

李曦和,饶阳人,余与相识于深州书院,湘帆弟子也。现在其乡办新机织布,极发达,为余详述其办法,真可试行也。

　　二日，相国既请湘帆课其弟子曰续通者，湘帆又荐荫南副之，相国意亦允焉。

　　访荫南于政事堂书房。徐相延湘帆课其弟子，又允湘帆以荫南副之，日前已至馆。

　　访湘帆。湘帆与余交虽深，而态度甚冷，或默不欲语，或问而不欲答，或相责而含讥，每相访辄悔之，彼殆恐与我语，误其读书，而我何为者？嗟乎，余与湘帆相处且三十年，吾父从游之士，精研文学者无几人，吾父亟称之，每游扬于公卿间，必欲成其名，故余无论如何思与相契合，而终不得畅谈，惜也。

　　赵衡在书院造就人才的记录较充实，这批书院弟子，在民国初年较为活跃，他们徘徊在新旧文化之间，知名度与影响力又处于一个精英文人群体与下层文人群体之间，结合他们的行事与思想，似可名之曰"中间文人群体"。上列日记中，有赵衡参与办报的记录，这是传统文人在现代社会转变的一个重要途径。赵衡对贺葆真的态度突然冷淡，是人际交往中有趣味的事情，在一般传记中也不会出现，这也自然显现了日记的私密性特质。

　　为进一步展示贺氏日记与《桐城文学渊源考》（下文简称《渊源考》）对照中所显现的文献价值，下面选择六位北方桐城派文家，将《贺葆真日记》（下文简称《日记》）中的相关记录摘要或略作提要标出；而《渊源考》中的文字主要摘引最基本的介绍文字，在并置中可比观信息量与记录风格的差异。

　　《渊源考》：王振尧，字古愚，□□人，光绪□□举人。师事张裕钊、吴汝纶。定州人，官候选同知，主讲唐县书院。

　　《日记》：有数处记载。

五月某日，王古愚先生来。古愚，名振垚，定州人，莲池书院旧人。去岁各府直隶州学务处皆派查学者，而古愚实任其职。

二十三日，高静涛来函言，现与阎瑞庭、王古愚辈组织一垦殖公司于奉天洮南府，先集资二万元，出资千元者为起发人，二万元凑足，乃复招集股二十万元，且曰闻君有志垦务，祈署名为发起人，勿迟疑。

艺圃邀余与赵湘帆、杨续臣、李翊宸、陆翼圣、何弼人、王荫南诸人饮于致美斋。陆在总统府充内史监舍人时，王古愚已由舍人升内史矣，且课其公子，月薪四百，辟疆亦四百也。

《渊源考》：张宗瑛，字献群，一字雄白，南皮人，诸生，师事孙葆田、贺涛。
《日记》：记载颇多。

二十四日，南皮张献群宗瑛执贽来谒吾父。献群居京师，馆于其族人张印兹柢家，课其子。闻吾父入都，介吾族兄熙臣来受业焉。献群言未已，而葹希卒。吾父匆匆辞献群，入视葹希。

十二日，张献群来，自言所师惟荣城孙佩南、胶州柯凤孙两先生。孙出张先生门，吾父尝称其文有法律，而柯先生尤以诗名海内，则献群之学非俗学可知，又言柯先生宗汉儒之学，所考订有《尔雅义疏》，盖补正郝氏也。

二十三日，罗太守正钧以所纂《左文襄公年谱》见赠，予与献群为吾父读焉。

五月一日,罗太守来。时罗欲割文学馆东院以与模范小学。献群怒,闻罗至,乃率同学全体与罗理论,文学馆风潮以起。

六日,罗顺循怒献群甚,曾到馆请吾父革除。时胡存叔馆于罗,益事排击,王采南素为献群所轻,故党于胡氏。韩绂谷,学界之有势者也,且莲池旧人,献群恶其酬歌于馆中,为书责之,故韩氏亦反对献群。保定人之嫉忌文学馆者,遂欲乘隙而谋破坏,故有会议之举。今日闻又开会议,而王荫轩等有出而调停者,故会议未成。

初七日,献群请吾父讲说韩文,许之。

《渊源考》:贾恩绂,字佩卿,盐山人。光绪□□举人,官拣选知县。师事吴汝纶。治《仪礼》有家法,读书有特见,文甚奇肆。撰《盐山新志》三十卷。任顺直咨议局议员。

《日记》:记载较多。

二十日,贾佩卿第二次来,持所为文求吾父评阅。佩卿亦莲池旧人,为人有气势,出语思惊其座人,留心世务,讲西学亦先于人,所著《地理歌略》,余尝以课儿子辈,今又思自创学说。佩卿名恩绂,盐山举人。

近贾佩卿与尚节之组织阜平银矿公司,谓其事甚有把握,以此矿之历史可征信也。案:佩卿无论何事,辄曰其历史云云,因以章程相示。又曰凡开矿,未有不获利者,其或倒闭,皆由于资本之不继。如曲阳煤矿,质佳而丰,乃煤未见而资先竭。且唐山煤矿后虽发达,当时李文忠发起筹款二百万(案:二百万之数不确),亦中途财力匮乏,将中辍矣。外国人乃请以六十万金收买,唐景崧不肯。大利既见，人乃争趋矣。佩卿又当以滦州煤矿，外人时谋侵据，倡议力争。又以公司章程未尽公允，曾在公司发议，后又著说载之报纸，言章程不合公例。

兰侪云：吾闻贾佩卿、邢赞廷曾租易州旗地二十余顷，其办法每年纳租京钱六百文，然前两年则每年仅交三百文也。惟地皆荆棘，每开一亩须费八千文。焚所斩荆棘，作炭售之，得钱二三千，可稍补开办费。

邢与贾佩卿首先预领大东沟而试办焉。所领山场名二十五顷，实不止此数，然杂以不能开种之山石，实亦不能遽定为若干顷也。力田公司初组织，贾佩卿手订详细章程，而任非其人。设事务所于梁庄，有同局所，故二年消费逾万元，垦地才五顷，种树数千株耳。于是经济家、林业家闻之莫不骇然。邢赞廷闻之，来公司调查，欲变通办法，致与佩卿直冲突。其卒也，佩卿退股，赞廷又招新股，另委胡君桂森经理其事，乃渐核实。

乃访贾佩卿于通志局，佩卿自述修通志甘苦及其体例甚悉。谓各方志无合方志体例者，河道篇已脱稿，方撰山脉篇，且曰河渠一门，乃黄子寿最得意之处，其体亦可观，然一一案之，则疵谬百出，势不得不另行编纂，虽费考试（此字疑误），然尚有书可据。

《渊源考》：高步瀛，光绪□□举人，□□□□□□。师事张裕钊、吴汝纶。

《日记》：略有记载。

高步瀛是晚期桐城派文家中的文章编选名家，他编选的系列文章选本，至今仍在印行使用。但关于他的生平，《渊源考》中的记载，也多有缺漏，没有一种较为详细的介绍文献，但在贺葆真的日记中，就有几条具体的记载，如：

> 阆仙，名步瀛，霸县人，官教育部科长，亦尝师吴先生于莲池，以诗著。

> 王秋皋邀饮于惠丰堂，座中遇高阆仙。阆仙曰：沈钦韩注有《王荆公集》，求其书而不得。余问阆仙近著何书，曰：注《古文辞类纂》粗成，尚未详校。

> 王友三治馔于忠信堂，饯别高阆仙，以其将赴奉也，约余往陪，且绍介孙君楷（常）［第］子书。子书，沧县人，学识渊博，有述作，亦从事图书馆。

这几条记录中可见注《古文辞类纂》的笺注时间，此书后来吉林大学出版社影印出版，但极为难得。而从交游来考察，高步瀛与王重民（友三）、孙楷第（子书）交往较为密切，这也是孙、王两位学者早期学术活动的记录。

《渊源考》：武锡珏，字合之，深州人，□□□□□□。师事张裕钊、吴汝纶、贺涛，为入室弟子。诸生，任河北大学教授。

《日记》：有数处记载。

> 武合之来。吾父曾与辟疆书，言招武合之来文学馆。今朝辟疆书至，则言合之在济南为赵铁卿陵侮，颇欲去济，若在保定以为斋长，当可致也。书读毕，而合之适来，既以此书相示，因敦劝之，合之虽未即诺，然颇有意矣。

> 锡珏，字合之，从学吴先生于莲池，治古文，有名畿南。

武合之亦赴济南,应杨公之招过此。谓余曰:去冬得京友函,代致徐尚书之意,邀贺先生速赴都,属余转达。合之,名锡珏,深州人,莲池书院最能文者。

武合之前来京,往谒总统,今总统命在编书室,因到编书室相晤。合之前由文学馆从今大总统赴奉后,遂不复见。十余年间,惟在天津一遇之,亦未久谈而别,今竟得同室办公,其快慰为何如乎?

《渊源考》:贺培新,字孔才,武强人,涛孙,□□□□□。师事吴闿生。

《日记》:贺培新是贺葆真侄子,日记有近50次记载。《渊源考》中为何无贺葆真?或许其文不及其侄、不足以传世?日记中记录了贺培新成长、学习过程中的信息,这是后来的传记,如刘叶秋《忆贺孔才先生》因条件限制无力涉及的内容。[1]

以上以对照的方式,录列《桐城文学渊源考》与贺氏日记中的相关文字,虽为零星断片,但可从这些断片的多面反光中,可见一人生活或特定时代文人生活的丰富性。教书、著述大约是最常见的选择,

---

① 刘叶秋《学海纷葩录》,中州古籍出版社,1992年,第22—27页。近读邓之诚日记,1951年12月25日日记中有关于贺培新的记载:“下午,裴估来,言贺孔才以上星期一投北海死。此人为吴辟疆弟子,自命能为诗古文,其实束札不堪入目。胜利时,为天津《民国日报·副刊》编辑,又尝为蒋中正撰六十寿序。解放后,不自安,尽献所藏书籍、字画、古玩,与其二子皆投入南下工作团。久之,北归,仅得任文物局科员,月薪甚微。……公安局以贺必参预国民党,不然不能荐多人入天津《民(国)日报》,因疑贺必与香港《民国日报》通消息,屡严诘之,贺遂于星一之夕,乘人静,自团城缘所系绳降落平地,手掌为绳所伤,步至桥头,解衣投水,比人知往救,已久绝矣!”(《邓之诚文史札记》,凤凰出版社,2012年,第623页)

而创办垦务公司、矿务公司等,对于读圣贤书的文人而言,则是全新的事业。桐城文派内部的活力,一般性的文学史论著的叙写都未触及,倘要寻求,吴汝纶、贺葆真等人的日记可以提供一种新图景。

徐世昌幕府与北方桐城派

　　清代幕府与文人之间的关系,已经成为清代文史研究中的重要问题。尚小明在《学人游幕与清代学术》中列出 14 个清代重要幕府,其中包含幕宾姓名与活动时间等内容,最后几个幕府为李鸿章幕府、张之洞幕府、端方幕府,①因其研究时段的设定,并未涉及稍后的幕府,如从幕府的规模与影响来考察,徐世昌幕府似是二十世纪早期最后一个传统文人幕府。查检尚小明的《清代士人游幕表》,徐世昌从 1874 年到 1899 年有多次游幕经历,②从幕宾转变为幕主,大约在其光绪三十三年三月任东三省总督之后,入民国后,他的部分下属为国家配备,但仍有幕宾性质。③

　　(1919 年 3 月 6 日)晚晴簃诗社开办,所招选诗人皆一时名士,凡十二人,曰樊云门,曰周少朴,曰王晋卿,曰柯凤孙,曰郭春卿,曰张珍午,曰秦友蘅,曰王书衡,曰易实甫,曰徐少铮,曰曹理斋,曰赵湘帆。其办事员则有冯仲轶、赵宾序、张佛昆、周志辅、柯燕舲。

　　(1919 年 4 月 6 日)总统招致一时诗家,宴于晚晴簃。曰樊

---

　　①　尚小明《学人游幕与清代学术》,社会科学文献出版社,1999 年,第307—318 页。

　　②　尚小明《清代士人游幕表》,中华书局,2005 年,第 266 页。

　　③　此处部分采纳王达敏先生建议。

樊山，曰柯凤孙、王晋卿、张珍午、周少朴、郭春榆、易实甫、赵湘帆、徐又铮、曹理斋、秦友蘅、姚叔节、马通伯、宋子钝、林琴南、纪泊居、吴传绮、吴辟疆、陈松山，凡十九人。

以上乃贺葆真日记所记徐氏幕府的两次集会，而实际幕宾人数应超出以上所列。徐世昌出资或参与刊刻了几位晚期桐城派文人的诗文集，借幕宾之力，编纂《大清畿辅先哲传》《清儒学案》《颜李师承记》《晚晴簃诗汇》等书。徐世昌幕府的存在及其主持的文献编纂事业，为不少桐城派文家提供栖身或谋生的机会，贺葆真的日记部分记录了这一幕府的活动情形，而关于徐世昌的记录，用"相国""徐公"等语词检索贺氏日记，贺葆真提及徐世昌的次数有 450 次，从日记中所记录的二人交往及牵涉的其他桐城派文人来看，可见徐世昌作为幕主的重要性，由此可进一步作推论，如果没有这一幕府的存在，晚期桐城派在北方不会有较明显的群体规模与长远影响。据一些论著所示，徐世昌有 150 万字未刊稿本《韬养斋日记》存世，其中很可能有关于幕府的记载，[①]若以贺葆真日记与徐世昌日记对读，对徐世昌幕府以及晚期桐城派在北方的活动或许有更多的揭示。

幕宾之间的关系，以往的文献中几乎不见细节性记载。贺氏日记记载他与父执王树枏的交往，可作为这类人际关系交往的典型个案来看待。他们的联系，必然要以徐世昌为媒介。

王树枏（字晋卿，号陶庐）是光绪丙戌进士，官新疆布政使，师事

---

① 王学斌《利国无能但利身：读徐世昌〈韬养斋日记〉》，《书屋》，2011 年第 2 期，第 65 页。北京市政协文史和学习委员会编《读辛亥前后的徐世昌日记》（北京出版社，2011 年）附录徐世昌《韬养斋日记》辛亥年部分手稿。王学斌文中引述徐世昌与贺葆真关于时局与人才的对话，从文章的脉络与文意来看，似乎是引用徐世昌的日记，但经对照，这段对话是贺氏日记的记录，主要文字都相同。见该文第 69 页。

张裕钊、吴汝纶。在张、吴二人之后，王树枏在北方影响较大；而其影响的形成，应得益于他入徐世昌幕府，王树枏先后任总统府顾问、国史馆总纂，同时又主持或参与了一些书籍的编纂。《大清畿辅先哲传》由王树枏任总纂，贺葆真因徐世昌的关系，亦参与其事，故有"王晋卿以征求畿辅文献事，属我亦任其事"之说。贺氏因此进入这一编修群体。"余以《畿辅丛书》目录示之，纪先生随阅随议，其谬多至不可枚举。余至畿辅先哲祠编书处，已开办数日矣。总纂王晋卿先生，纂修者赵湘帆，检查书者许君育璠，字卿卓，清苑人，前布政使涵度之子；赵君庆墉，字石尘，涞水人，张小帆中丞曾馆于其家。在局抄书者已来四人，庶务为吴君稚卿，名桐林，四川人，晋卿先生门人。局中先抄录晋卿昔年所为《北学渊源录》及《畿辅书征》，复搜访他书以补其遗。《书征》者，艺文志也。略仿近代藏书志体例，附作者小传及原书序跋等。"王树枏作为总纂如何履行职责，在日记中也有记录：

> 七日，阅晋卿先生改订湘帆所撰颜元及王源传，颜元传改订尤多。湘帆在编书局撰颜李派诸儒传，一年而未毕，故未尝一出示晋卿，晋卿促之急，乃将撰就者录出，晋卿未审订，湘帆先自呈阅相国也。初相国属余告晋卿，言《畿辅书征》，每书将已见、未见，或存、或佚，分别注于下，晋卿初从其言，既而因书之见者不及十一，存佚无由知，因少变其例，仅注抄本、刊本于目下，不知则缺。《书征》多赵石尘所草。

> 十五日，访王晋卿先生。先生以所拟刊儒林文苑等传函稿见示，且曰：此函用何体相宜？用公启式与？亦用专函式也？余曰作专函式为宜，盖作专函，则阅者易动目，其效当较大。

王树枏在这一文人群体的地位，可从另一细节推测："十九日，至先哲祠宴客，定于十二钟，而二钟余客始毕至。肴馔既陈，清酒已酌，湘帆乃宣言,今日之宴乃徐相之意,相国以事不能到,而属晋卿先生代作主人。"此宴集毕,王与赵衡讨论"编辑体裁",又论及传记文的写法:

> (王树枬)又曰:桐城之文太干净,于事皆扫却,虽具有规模,亦无意味。葆真案:潘伯寅先生论桐城文亦同一口吻,吾父尝述之,世之论文者,大抵如此。王先生又曰:为人作传者,为记其事也,非令汝作文也。又曰:昔吴挚甫言,《史记》惟《司马相如传》载其文,以司马辞赋特著,故变例载其文。班氏又以杨子云如司马相如,故亦仿其体云云。

桐城文章虽多清规戒律,但在文章轨则和师法典范的一致之内,其实还有很丰富、细微的不同,而且往往对此派前贤多有润色或批评之举。此处因为贺葆真的记录,保存了王树枬和贺涛对桐城派传记文的见解。

贺葆真与王树枬的交往并不密切,日记的记录中未流露出亲切之意;后来两人还因为刊刻《畿辅先哲传》而生隔阂。"王晋卿举一木匠分刻《畿辅先哲传》,字体殊不精良,因命毁板另刻。而编书局稿本缮写者交来又少,而刻样未改好,故尚未付刻资。王木匠为晋卿旧所用人,既借此以津贴之,谓余有意与之为难,滋不悦。"王树枬遂于徐世昌前道贺葆真长短,赵衡被卷入:"访湘帆。湘帆曰:晋卿先生尝属余短君于相国前,余辞焉。曰:言此,不知者岂不谓吾辈相倾轧乎?且因余被斥,何以对吾师贺先生?先生自言之可也。曰:吾已有信至相国矣。又曰:晋卿,吾师也,吾何敢言?"记录交往中的误会与隔阂,正呼应了贺葆真写日记的追求,即"律己接物"和"曲尽事理",这种撰写旨趣,也造就了贺氏日记的细密翔实风格。

贺葆真与姚永概：日记互记中的不均等

贺葆真在北京时，对拜访姚永概的记载颇为用心，因贺、姚二人记日记的体例不一样，贺详细，姚极为简略。现将贺氏日记中相关内容辑出数则：

（1917年）一月十日，访姚叔节先生。先生一见即为翊新言婚事，所言为桐城张氏女，余以徐相将宴会诸名士之意转致焉。

一月十八日，访姚先生，问以张氏女家世，姚先生因为手写数行见示，并以自作其外舅徐椒岑墓表见示。现姚先生充清史馆纂修，现编《倭仁传》，余急欲索观所为诸传，以将旋里回京，当借览，先生已大许之。姚先生曰：缪小山编《儒林》《文苑》，搜罗尚非不广，但皆极短简，不成体例，且用阮氏文苑传体，句句必注所引书，而所引书往往引及袁子才，而不知袁子才所为碑传，皆任意为之，殊不足征信。余尝以袁氏所为较之他书，辄不相合。著书必蕲征信，故余为文不敢不慎重也。余问姚先生当今海内为宋儒之学者为谁。曰：有松江钱复初先生者，恪守朱子之学，极纯粹。复初，名同寿，松江人，甲子举人。而黟县诸生胡元吉敬庵，桐城诸生阮强仲勉，亦皆讲宋儒之学者。仲勉年已七十。又有张闻远先生者，戊子举人，忘其名，精三礼，所造亦深。胡敬庵曾官知县，革命事起，胡自投劾去，尝曰：人而有管仲才，当出而任天下事，无其才当学伯夷，余无才，敢不退隐乎？竟去，不复出。

二月十日，相国请客，曰：马通伯、姚叔节、柯凤孙、吴辟疆、王晋卿、徐又铮诸君，属余陪客，余始见徐又铮、马通伯先生也。

三月十六日，与子健访姚叔节先生，求为其先人撰墓志。先生言及家所藏，曰：吾一人所存多词章，吾仲兄仲实多经学，吾长兄所存则多义理，共计约可三百箱，其中颇有难得之书。

四月十八日，访姚叔节先生，而辟疆适在座。姚先生曰：张宅已有复书，谓女子适属鸡，鸡狗相冲，世俗所忌。

（1919年）一月一日，访姚仲实、叔节兄弟。

五日，午请姚仲实兄弟、柯凤孙、纪泊居、吴辟疆诸先生便酌致美斋，惟姚氏兄弟未至。

十九日，余访姚叔节先生，先生日前来访，此为答拜，且以辞客未到事致歉焉。叔节先生畅谈良久，余询及清史馆情形，叔节言内容之无统系，诸人之不相为谋，且编辑某传，馆中虽有书而不易得，缘有人欲查某传将某传取去，遂难索观，故我辈多取书于外也。余问以缪小山所为《儒林传》，曰：吾兄不善其所为，曾力争于赵次山馆长，乃始另有所修改。又曰《盐法志》为吾兄所为，皆取材于徐椒岑先生之书，叔节为徐之门生，故极称其著述之宏富，而《盐法志》与《黑龙江志》尤为精要。余问叔节先生以近作何时出版。曰吾诗集拟在上海排印。余曰：某拟排印《昭昧詹言》，而辟疆谓上海某家所印最精，拟查访办法。先生曰：善，果尔，吾亦可在此家办理，子查访询得办法可告余也。又谓：余近作古文，约不过三十篇，现有人借录。余曰：俟某君录出后，可令吾侄翊新录副也。仲实先生亦畅谈。及退，绎之曰：得闻两先生谈，非常快慰，不意其精力学问之好如此。

二月十七日，请姚仲实、叔节及唐照卿、吴辟疆、席相圃、赵宾序、张佛昆、周志辅、柯燕舫、张心泉、李艺圃同宴于同兴堂。周以事辞,张至然后以事辞。

十八日,同艺圃访姚叔节先生,请其为吾外舅撰墓表。言及金石,艺圃曰:京西西峪寺内有隋庙,唐重修,内有碑洞,其碑甚多,为北方所仅见。姚先生曰:近江苏人撰有书,曰《语石》,甚有考据,且有趣味。又曰:余昨购书两种,近书无不贵,吾以为理学书或便宜,乃亦甚贵,可异也。且曰:吾欲购颜李书。艺圃曰:颜夫人亦桐城人,盖其继夫人,晚而生子,其后人似即此子之后。姚闻而异之。

四月六日,总统招致一时诗家,宴于晚晴簃。曰樊樊山,曰柯凤孙、王晋卿、张珍午、周少朴、郭春榆、易实甫、赵湘帆、徐又铮、曹理斋、秦友蘅、姚叔节、马通伯、宋子钝、林琴南、纪泊居、吴传绮、吴辟疆、陈松山,凡十九人。

贺氏日记中关于姚氏的言行比较丰富,基本可以还原其日常交往情境。1917年2月10日(农历正月十九日),徐世昌宴请幕宾,贺葆真的日记记载赴宴者名单,及部分言谈。这一次宴请,姚氏正月二十日的日记中有记录:

赴徐相国招饮,出示韬园及水竹村二图,又赠所著《退耕堂诗》及其外祖刘子仁先生敦元《悦云山房诗》六卷,附《风泉词》一卷。①

从姚氏日记无法判断他所参加的聚会是一个围绕在徐世昌周围的晚期重要桐城派文家的聚会;另外一次重要聚会,在1919年4月6日,参加的十九人多为当时重要文人,其中桐城派的文家将近一

① 姚永概著,沈寂等标点《慎宜轩日记》,黄山书社,2010年,第1351页。

半,但在现存的姚氏日记中,也只有寥寥数字:

> 总统招饮集灵圃,将有清诗之选。①

　　如此比照二人日记,可见贺氏的日记因为有意识的详细记载所显现的价值,从研究姚永概或当时桐城派文家活动状况而言,在姚氏日记外,在这一时段,更应重视贺氏日记。因为两人日记的体例不同,故有篇幅的差异;在此差异中还能推测贺葆真(1878 年生)在姚永概(1866 年生)心目中不是重要人物,依据贺葆真的日记所记,反查姚永概的日记,发现姚氏只提及贺氏一次,1919 年 2 月 17 日贺氏的记录,在姚氏正月十七的日记是"夕赴贺性存之招"。② 而 1917 年 3 月 16 日的贺氏日记记载贺氏陪李刚己子访姚氏,求撰李刚己墓志铭,而姚氏在二月二十二日所记为"李刚己之子来求墓文"。③

　　贺葆真与姚永概日记互记中的不均等现象,再次揭示文献之间的关联性与互补性。从日记这一体裁来看,同一时代不同人物的日记双重或多重对照性阅读,当有特别的意义,在重合的叙述中,或许更能走近历史的真实。

贺涛的阅读与桐城文派的新变与守旧

　　桐城文派的主张一直在变化发展之中,特别是在曾国藩之后,文章愈来愈与致用、时务联系,笔者在《桐城文章中"尚有时世":以同光年间

---

① 《慎宜轩日记》,第 1416 页。
② 《慎宜轩日记》,第 1412 页。
③ 《慎宜轩日记》,第 1353 页。

莲池书院之讲习为中心》以实例论述这一发展趋势。① 其明显的发展趋势，往往在日常性的细节中显现。贺葆真在日记中记录了父亲贺涛的读书记录，读何书与以何种眼光读书，最能看出读者的内心世界。

在贺氏的日记中，有贺涛关心时务的记录，说"对泰西学之认识，不可壮门面"，又喜读时务报，以为"阅时务书不及时务报"，故有阅读记录，或在其失明后贺葆真为其阅读报纸的记录，如《万国公报》《时务报》《格致益闻汇报》等在日记中就有记载；相较而言，读时务书或译著的记录较多：

> 葆真为吾父读《西史通释》，盖西国古代史也，于东罗马以后甚略。此书辟疆自东文译出。西史译本，此为最佳。

> 为吾父说《社会通诠》。

> 为吾父读《世界地理学》，吴辟疆所译，译笔高古。

> 读《社会通诠》毕。此书英国政治大家甄克思最近之著也，严幼陵新译。甄氏以哲理阐发人群演进之踪迹，而政治所由以发生，与天演学、群学相发明。其理想既为吾国所创闻，其书实为欧洲所新得，今又获严氏译之，是以其书始出，即风行海内，未一年而再板矣。书凡十余万言。严氏近又译法人孟德斯鸠氏书，曰《法意》。欧洲大家名著，殆非严氏莫克任翻译之责也。

> 读《法律学教科书》毕。余在都曾为吾父读《茶花女遗事》。保定来时途中，读《黑奴吁天录》。二书闽县林琴南先生纾译，其

---

① 徐雁平《桐城文章中"尚有时世"：以同光年间莲池书院之讲习为中心》，见《清代文学研究集刊》第3辑，人民文学出版社，2010年，第128—173页。

文辞古艳,体类汉魏小说,《茶花女》尤胜。林先生所译泰西小说甚多,多可读,第一小说家也。

贺涛所读新译之书,颇留意译著的文辞,如"为吾父读《迈尔通史》毕。同学诸君多代吾读之⋯⋯《迈尔通史》颇雅驯,山西大学堂译本,译自英文,无不词之语,历史课本之佳者"。而上所列引文中,对严复、林琴南、吴闿生的译笔多有褒奖之意,这自然是古文家惺惺相惜的评语。包括林译小说以及《马丁休脱侦探案》在内的阅读,当然可视为消遣性阅读;而时务书报的阅读,有更重要的读书致用目的。

吾父命书院诸君分三班,为诵一切书报。日召五六人,半日即退,三日而复始。今为第一日,读《昌黎集》,明日读时务书,后日读《续古文辞类纂》所录《湘军志》。

自去岁十月以来,已读《公法总论》《中外交涉类核表》《万国公法》《中国古世公法》《陆地战例新选》五种矣。

自吾父都讲信都,以古文义法授学者,而必传之以世务,使稍通中外之故,湘帆(赵衡)以吾父所以为教者施诸深州,州人士之知新学,湘帆启之也。

贺涛及赵衡等已经在书院讲学中,将新学融入到书院生徒的日常习读内容之中,与传统的古文经典在同一系列之中。课程内容的接纳与变化,也为北方桐城派的发展及在民国初年的转型,作了积极的铺垫。而从贺涛的阅读范围来看,桐城派发展的丰富与复杂程度,并不是线条勾勒所能涵盖的。

关于桐城派文家对经典的阅读、批点以及对批点的过录,笔者曾就姚永概《慎宜轩日记》中所记录诸多信息予以整合分析,以为这一细读经典的传统可反映桐城派形成的机制和文学特质。桐城派的著述中编选、批点著述相当丰富,其中蕴涵桐城文章之学、桐城诗学的重要内容。以姚永概等桐城文家来考察,围绕批点本存在一个"批点本书籍交流网络",这一网络的"私密性"是家学传承秘不外传风习的一种表现;而家学的"私密性",也是形成桐城派"地域性"的基因。桐城派中后期过录批点风气的形成,意味桐城文章之学、桐城诗学开始进入累积、融汇与整合时期。过录中既有家学的累积,也有一流派之学的汇合,最后形成对该流派较为共同认可的经典文本较为稳妥、周全、细密的解读。对于一文学流派而言,这是框架建立后的丰实与充盈。① 综观《贺葆真日记》所记录的相关信息,更能强化桐城文派过录经典批点的传统,而且还可见更为丰富的过程。故其整体信息,可与姚氏《慎宜轩日记》呼应。

　　(光绪十七年)二月十五日,吾父临《南丰集》评点终。初吾父仿临吴先生评点曾文定《南丰集》于所藏旧本。吾家《南丰集》凡两,其一则通行本也。

　　十一月五日,吾父仿临刘海峰评点《左传》。吾父之抄《仪礼》也,先以朱绿两色评点将抄之篇,病目后亦然。今评《左传》,乃置《仪礼》。

　　十二月十六日,吾父已止评《仪礼》,乃临姚姬传、吴挚甫两先生评点《诗经》。

　　十二月十九日,吾父为葆真讲周子《太极图说》。吾父临《诗

---

　　① 徐雁平《批点本的内部流通与桐城派的发展》,见《文学遗产》2012年第1期,第100—112页。

经》评点终。

（光绪十八年）二月十二日，吾父临三家圈点《孟子》。三家者，吴先生、刘海峰，其一人未详。此本吾昔日假之刘平（苹）西者，平西即未能详也。

三月二十五日，吾兄回故城。余因请在故城临《孟子》评点，假黄椿圃所临本带去。

八月十四日，抄吾父所为古文辞于白折，其有吴、张两先生评点者，亦临之。

八月二十七日，吾父临《汉书》姚氏评点，并遵吴先生例为之句读。凡其所录《史记》则缺之，至原本阙者、乱者，则逐加更正焉。

（光绪二十一年）六月二十五日，吾父评点《晋书》毕，惟志尚未阅，既为之句读，又圈识其文词，复撮举其要，并标所载，文词、篇目则别为一册书之，其叙事及文之佳者特志之，或为数语说明。

（光绪二十二年）九月二十一日，吴先生欲观吾父《后汉书》评点，未及带去，使人来索。吾父乃属步虞轩依姚氏《汉书评点》之式，录为一册寄往。已而又问所为《汉书》评识，复书以未毕未寄。今复寄之，乃以稿本送往。

（光绪二十三年）二月八日，吾父为书院诸君说管世铭《韫山堂时文》"齐一变至于道"文……又曰：余评点之书，如《仪礼》《后汉》《晋书》皆不惬意，惟圈点之《史记》颇自喜。然圈点甚少，凡归、方氏所已圈者，概舍之。

六月十七日，日与聘三校《古诗选》评点。初吾祖依赵铁卿临本录之，未毕，胡子振先生继之，乃据赵湘帆临本。近步芝村赴保定，又得吴先生近日手定本。余见之急假以归，请吾祖补录。葆真乃同聘三校之红笔；墨笔及夹行、眉上之评语不注名氏者，皆姚惜抱所为；其载姓名，则姚、吴两家所引，不可识别；其绿笔则刘海峰评点；凡校改皆吴先生。

十二月二十日，吾父所临诸家之书及属他人代临者，内多未识谁之评点。葆真恐久而竟遗忘也，谨将数年以前所临者并录其略于左：

《史记》归、方点本，甲戌年与吾叔父临。

《古文辞类纂》，朱笔评点，姚氏晚年手定本；墨笔方望溪，黄笔刘海峰。辞赋类黄笔张皋文，方、刘二家文墨笔。黄笔乃集中自有圈点，其评语则杂采之诸家。绿笔张廉卿先生。己丑冬，华秋吟以蓝笔临吴先生选读本。

《庄子》姚氏章义本，刘才甫评点，吾叔父附姚氏圈点。

《陶集》，刘才甫、姚姬传、方植之、吴先生评点。

《荀子》，姚氏评点（以上壬午年临）。

《史记》，张廉卿先生评点。

杜诗，张廉卿先生评点（以上甲申）。

归评《史记》，附方氏圈点（乙酉临）。

《汉书》，姚姬传、吴先生评点。

《淮南子》，吴先生评点。

韩集，吴、张两先生。

柳集，方望溪、吴先生评点。

《五代史》，梅伯言、吴先生评点（陈雨民先生代临其起讫）。

《曾文正公文集》，张、吴两先生评点（陈雨民先生代临其起讫），以上戊子。

《三国志》,吴先生评点(未详年)。

《礼记》,姚姬传评点(陈雨民先生临)。

《大戴记》,姚姬传评点(步芷村临)。

《国语》,姚姬传评点□笔,吴先生朱笔(孙稷生临其起讫,吾父补之)。

《老子》,吴先生评点(黄椿圃临,吾父据姚氏章义分章,并记吴先生所分章)。

《墨子》,吴先生评点(刘苹西临)。

《晏子春秋》,吴先生评点(刘苹西临)。

《法言》,姚氏评点(李备六临),以上戊子。

(光绪二十四年)六月二十七日,吾父始评点《曾文正文集》。

十二月二日,张聘三临《古文辞类纂》毕,即临吾父所为《后汉书》,尚未毕也。

(光绪二十五年)十一月三日,葆真为吾父读吴先生文,即为之评点已毕。

十二月三十日,又曰:余所评点之书,如《仪礼》《后汉书》《晋书》皆不惬意,惟《史记》颇自喜。归、方所已圈点者,皆未圈,故所圈极少。

(光绪三十一年)七月十三日,《吴先生文集》读毕。吾父为加评点,辟疆曾请之也。前曾评点者不复阅,张先生续刻文集,则鞠如已读毕矣。

十二月十三日,录《后汉书》评点。《后汉书》评点吾父所为。

十年前吴先生在莲池，闻吾父评点此书，作函索观，吾父属书院诸君录为一册寄上，余得其原本前半部，兹录出后半部，当由原书录出也。

（光绪三十二年）五月十七日，余访王荫南，已辞江苏学堂教员，尚寓堂中。荫南为余临吴先生《毛诗》评点。《毛诗》评点，余旧日所临吴先生评点原本为段玉裁校刊本。余以不能书，故将其考据移临别本，又有墨笔评语，已浼他人录讫，则吴先生录诸桐城诸老，盖刘、姚诸公，今不能详也。其吴先生考据，遂求荫南为之。今荫南已临数卷，可感也。

贺葆真光绪二十三年末记载贺涛所临书 20 种（其中叔父参与者 2 种，请人代临者 8 种）。所谓临，就是过录批点，贺涛过录的是归有光、方苞、姚鼐、刘大櫆、梅曾亮、吴汝纶、张裕钊诸家批点，这些批点者都在桐城文派的谱系之中，贺涛的有意选择与过录的汇聚之力，无疑有强化宗派意识的作用。如其中所列《古文辞类纂》，有朱笔、墨笔、黄笔、绿笔、蓝笔，汇合了自方、刘、姚以至张裕钊的批点，形成一个汇注本。在以上 20 种之外，日记中还记录了贺涛仿临吴汝纶评点《南丰集》、刘海峰评点《左传》、姚姬传吴挚甫评点《诗经》、刘吴等圈点《孟子》。过录前人及今人的批点，应是贺涛的日常功课。

贺涛评点过《仪礼》《晋书》《后汉书》《史记》、曾国藩的文集、吴汝纶的文集，贺氏这些读书心得，或过录的批点，在特定的群体内，可通过借阅过录交流。吴汝纶借阅贺涛评点的《后汉书》以及所过录的姚鼐评点《汉书》，吴闿生过录过贺涛的《晋书》评点。

其他人通过贺葆真临贺涛评点者可得如下数例：

张聘三临《古文辞类纂》毕，即临吾父所为《后汉书》。

王古愚，名振垚……属余将吾父所为《晋书》评点抄稿相示。

蔚卿借临吾父所录姚、吴两家《礼记》评点。

李刚己来京，索余所为《左传》评点，甚急，因速为录副。

荫南来，临吾父所为《史记》评点。

荫南……又借吾父《晋书》评识以去。

君玉……属余将吾父评点《晋书》借临。

以上列举的张聘三、王振垚、齐蔚卿、李刚己、王荫南，都在桐城文派之列，其中张聘三、齐蔚卿、王荫南还是贺涛的弟子。[①]
　　贺葆真借录他人评点，尤其是吴汝纶、吴闿生父子的批点的事例有：

借吴汝纶《古诗选》评点。

荫南为余临吴先生《毛诗》评点。

余遂往法政学堂与李采岩谋临辟疆所评《孟子》。

---

① 张聘三在贺氏日记出现 100 次，"吾父每夕与聘三谈文事以自遣，葆真侍立。今日说《石钟山记》"，"张聘三请于吾父。欲于明年肄业文学馆"。"当是时，献群既欲以文章惊众……而齐蔚卿诚悫，王仲航温雅，吴迁农廉退，性各不同然。……吾父每为诸君讲诵古人之书，归辄纵谈，恒深夜不能别去，以为极人世之乐……"王荫南在贺氏的日记有一百多处记录，其中有两处较为重要："荫南，名在棠，故城人，家于石槽村，与余友善"，"王荫南来谒吾父，执贽而请受业焉"。

所录辟疆评点尚有《古文读本》。

前又偕易州李君、王君抄录吴先生点识梅伯言《柏枧山房文集》及《濂亭文集》。

至辟疆先生处，得吴先生选评《古文辞类纂》。

余请借校《左传》姚氏评点，辟疆亦许代我为之。

于辟疆处，假得张、吴两先生及辟疆自平《尚书》携归，临出，又假吴氏父子所批《昭昧詹言》。

得易县李荫泉复书。……与言吴、张两先生文学，欣然慕仰，因代我临吴先生评点《柏枧山房文集》，又与其友代录张先生文集圈点。

余与子青临辟疆圈点吴先生文集毕。

北江年来集录至父先生（吴汝纶）《文选点勘》……凡两巨册，余颇思临出……惟《文选》未及为。

从日记所记录来看，贺葆真从吴闿生处借录的书要远多于从自家借出的，吴氏父子学问文章累积的深厚由此可见。几组史实的排列，似乎可得到一个初步的推论，在这些文人中书籍的流通借阅具有开放性质；然这只是一表面印象，作为较为重要的或私密的批点本或过录性质的汇注本，其流通范围是在声气相投的桐城派文家内部，他们所关注的书多为集部中的特定系列，或者经部、史部中的少数几部，这是桐城派文章观念所呈现的格局；同时，这些借阅过录者与书籍所有者之间有比较亲密的师友关系,所以"自由流通"局限在特定的人际关系网络之中。或许正是这种流通的局限,以及过录批点的传统,成就了桐城文派的某些特色。

以上仅就《贺葆真日记》中所记录的桐城文派史料略作梳理论说,以见日记的价值;然仅就桐城文派史料而言,限于篇幅与体例,上文所呈现的大约是四分之一的篇幅。称贺氏日记为宝藏当然有过誉之嫌,但其中的蕴藏,倘读者以自己的专长深入,必有收获。即使不以研究者的目光探求,作为一部反映特定时段社会生活史的史料书来读,也是很有兴味的。

本次标点《贺葆真日记》所依据的底本是李德龙、俞冰主编的《历代日记丛钞》(学苑出版社,2006年)中的影印本,此本依据国家图书馆所藏16册抄本。在标点过程中,发现一些文本中的问题,特别是日期误记问题,用脚注简要标出;文本中的错字、别字、衍字等问题,亦在脚注中说明。

修订说明:

《贺葆真日记》自2014年出版以来,对桐城派及其他问题研究,颇有助益;然因为我整理的粗疏,留下不少错误,十分惭愧。毫无疑问,责任全在我。

感谢凤凰出版社给我一次全面修订这部日记的机会,使得这一有价值的文献以新面目问世。近十年中,程章灿老师、潘务正兄、张鸿鸣博士,以及北京的王博先生先后提出宝贵修改建议。今年国庆假期,卢坡、吴钦根、张知强、张何斌、刘文龙、尧育飞、潘振方、曹天晓、杨珂、顾一凡、高惠、谭玉珍、丁思露、谢葆瑭、李沙珂分工细校,又发现诸多问题。希望这一修订本少留遗憾。

2022.10.7,徐雁平,南大和园。

日记一

光绪十六年庚寅(1890),葆真年十七。

正月 吾叔父于月之六日至上杭县,八日接印视事,有电报到故城,祖父使人来告。

四月一日(5月19日) 陈先生讲《论语》至《乡党》。余之读书,初读《诗经》,次《尚书》,次《礼记》之《大学》《中庸》二篇,次《论语》,次《孟子》。又读《礼记》,至于《月令》而止。

七日(5月25日) 读《文王世子》。吾弟读经,已五经:《易》《书》《诗》《尔雅》《孝经》,又《礼记》未毕。

十二日(5月30日) 吾弟读《礼·玉藻》。陈先生讲毕《论语》,即讲《大学》。

五月十二日(6月28日) 《大学》讲毕。

十三日(6月29日) 讲朱子《大学序》。

十四日(6月30日) 讲朱子《中庸序》。

十五日(7月1日) 讲《中庸》。

十六日(7月2日) 吾兄回故城。

十八日(7月4日) 吾弟读毕《大传》,《丧服小记》未读。

二十二日(7月8日) 读《礼运》。

六月十二日(7月28日) 弟读毕《少仪》。

十三日(7月29日) 读《礼器》。

十七日(8月2日) 先生讲《中庸》终。吾弟读《五言近体诗钞》。初,弟读唐人诗,共三百二十二首;既而吾父属陈先生抄姚姬传所选今体五言唐诗,命弟读之,吾弟素不喜诗,殊不欲读也。

十八日(8月3日) 先生讲《诗经·大雅·生民之什》。初,陈先生讲《诗经·大雅》未毕,舍而讲《论语》《大学》《中庸》,故今讲《诗经》自《生民》篇始也。

三十日(8月15日) 《礼器》读毕。

七月三日(8月18日) 吾弟读《礼·学记》毕。

十七日(9月1日) 吾弟读《乐记》。

二十九日(9月13日) 读《郊特牲》。

八月九日(9月22日) 始读试帖诗。

九月一日(10月14日) 吾弟读《乐记》毕。

二十八日(11月10日) 弟读《祭法》《杂记》,《丧大记》未读。

十月四日(11月15日) 读《左传》。

八日(11月19日) 吾弟读《祭义》。

十二月 吾弟读《祭统》,既而患病。

日记二

光绪十七年辛卯(1891)，葆真年十八。

正月二十六日(3月6日)　吾父至自故城县。

二月四日(3月13日)　先生回家。

十五日(3月24日)　吾父临《南丰集》评点终。初吾父仿临吴先生评点曾文定《南丰集》于所藏旧本。吾家《南丰集》凡两，其一则通行本也。

十八日(3月27日)　吾父始抄《仪礼》,《大射仪》为首。

三月二十六日(5月4日)　风。

四月七日(5月14日)　先生至自献县。先生献县陈家坟人也。吾弟读《论语》。

十四日(5月21日)　吾父适故城。

二十八日(6月4日)　读《左传·庄公》至二十三年。

二十九日(6月5日)　吾父至自故城。吾父之抄《仪礼》也，三月三日《大射仪》终。次日抄《聘礼》，十九日终。次抄《丧服》，四月五日终。抄《士丧礼》未终而得目疾，得目疾即赴故城之日，故至故后即不复抄也。

五月五日(6月11日)　小雨，雷，疾风甚，雨从之。

十八日(6月24日)　吾父入都。

六月四日(7月9日)　读《左氏传》至僖公。

八月三十日(10月2日)　吾弟读《论语》毕。

九月十三日(10月15日)　震电，东郊雨。

十五日(10 月 17 日)　吾弟读《孟子》。

十月二十一日(11 月 22 日)　吾父至自家。吾父之入都也,过保定留二十余日,到都住百日,适天津,由津旋里。

十一月五日(12 月 5 日)　吾父仿临刘海峰评点《左传》。吾父之抄《仪礼》也,先以朱绿两色评点将抄之篇,病目后亦然。今评《左传》,乃置《仪礼》。

六日(12 月 6 日)　陈先生辞馆席而去。先生名济生,字雨民。

十一日(12 月 11 日)　吾父至自故城。

十三日(12 月 13 日)　吾兄回故城。

十四日(12 月 14 日)　胡子振先生来权馆。先生名庭麟,字子振,冀州人。

二十日(12 月 20 日)　购湖北局竹连纸五经四书。

十二月四日(1892 年 1 月 3 日)　吾父临《左传》评点终。初临刘海峰评点,又临姚姬传评点,皆于新带来无注本《春秋左传》。是日,又评点《仪礼》。

十五日(1 月 14 日)　胡先生回家。

十六日(1 月 15 日)　吾父已止评《仪礼》,乃临姚姬传、吴挚甫两先生评点《诗经》。

十九日(1 月 18 日)　吾父为葆真讲周子《太极图说》。吾父临《诗经》评点终。

二十五日(1 月 24 日)　吾父如故城。读《太极图说》。

日记三

光绪十八年壬辰(1892)，葆真年十九。

正月元日(1月30日)　抄《尔雅》释文。此前为吾弟所抄大字无题目之《尔雅》也。

七日(2月5日)　吾兄至自故城。

十六日(2月14日)　胡先生入学，葆真及吾弟并受业焉。

十七日(2月15日)　从先生出游，吾昆弟三人偕行。

十八日(2月16日)　读《左氏传》僖之廿九年。

二十二日(2月20日)　读毕僖公，始读制艺文。吾兄看《资治通鉴》至唐纪肃宗。

二十六日(2月24日)　吾父至自故城。

二十七日(2月25日)　吾兄回故城。

二月一日(2月28日)　看《资治通鉴》。

二日(2月29日)　今日为书院官课之期。书院章程吴先生在冀时所刊印，遵守无改。惟对于官斋两课之奖赏，因官课奖重，而官率以例行公事视之，不足以资鼓励也。乃请于吴先生为变通之。其新章如左：官斋两课连日并考，以省各生往反之劳。官课每月初二日，斋课每月初三日，永作定期。考课举贡生监同列一榜，官斋两课奖赏亦定为一律，官课定额取超等十名，特等十名，童生上取十名，中取十名。斋课定额超等十二名，特等十二名。童生上取十二名，中取十二名。凡超等第一名十二千，第二名十一千，第三名十千，第四名九千，第五、六名各八千，第七、八名各七千，第九、十名各六千。斋课多二名,第十一、二名各五千五百,特等前五名各五千,后五名各四千五百。斋课十一、二名各四千,上取第一名五千,第二名四千,第三、四、五名各三千五百,六、七、八名各三千,九、十名各二千五百。斋课十一、二名,各二千,中取前五名,各一千五百,后五名各一千。斋课十一、二名,各一千。每月古课上课领题,下课交卷,奖赏以京钱五十千为度,临课酌定,不立定额。是月初立字课,吾父手订章程云:两书院肄业者十日写白折一本,逢一交卷,至期不交卷,罚钱四百,迟交亦罚,告假者虽不能如期交卷,月内须补足三本,补不足亦罚。如实有事故,不能写字,须先报明注册。每月作试帖四首,用白折。写诗并重,不作者罚京钱八百,其佳者,酌给纸笔。写字须用干笔浓墨,不得以水笔墨水了事。两书院者并翘材书院言之也。

三日(3月1日)　祖母至自故城,将如束鹿之小陈村视长姑疾。吾父劝祖母勿往,遂不果行。今日斋课,是课生卷四十三本,童卷七十五本,古卷十四本。

四日(3月2日)　吾父适束鹿小陈。

五日(3月3日)　长姑已于朔日丑时逝世,吾父吊丧而归。

六日(3月4日)　祖母回故城。

九日(3月7日)　读《史记·苏秦传》。

十二日(3月10日)　吾父临三家圈点《孟子》。三家者,吴先生、刘海峰,其一人未详。此本吾昔日假之刘平西者,平西即未能详也。

十三日(3月11日)　吾父为书院诸君说《史记·魏其武安侯传》。

十五日(3月13日)　往岁陈先生讲《尚书》至《无逸》,今胡先生故亦于《无逸》篇始。

十八日(3月16日)　吾父为诸君说《史记》李将军、骠骑两传。

二十三日(3月21日)　吾父为诸君讲韩退之《张中丞传后叙》、欧阳永叔《释秘俨诗集序》。

二十八日(3月26日)　吾父为诸君说《左氏传》"邲之战"。是月始读《小题正鹄》。

三月三日(3 月 30 日)　是课古卷十八本,生卷五十八本,童卷若干。

五日(4 月 1 日)　始写白折。

八日(4 月 4 日)　吾父为诸君说王介甫《给事中孔公墓志铭》、《主簿许君墓志铭》。

九日(4 月 5 日)　吾兄至自故城,吾姑将于十八日安葬祖父,命吾兄如束鹿小陈会葬过此。

十二日(4 月 8 日)　吾父入都。

十六日(4 月 12 日)　看《通鉴·周纪》终。

十七日(4 月 13 日)　吾兄如小陈。

十九日(4 月 15 日)　吾兄来冀。

二十日(4 月 16 日)　看《通鉴·秦纪》。

二十三日(4 月 19 日)　吾兄看《通鉴》至后梁。

二十五日(4 月 21 日)　吾兄回故城。余因请在故城临《孟子》评点,假黄椿圃所临本带去。

二十七日(4 月 23 日)　雨。

四月二日(4 月 28 日)　检京报中所载平朝阳之役者。

三日(4 月 29 日)　是月古课题:"书《汉书·叙传》后"、"读《新五代史·死节传》"、"周亚夫论"、"拟鬼谷子责苏秦张仪书"(《续古文苑》有其书,文不具,更拟之,亦可自出新意,不必依原文)、"跋阮孝绪《七录》"、"清明诗序"(清明偕同门诸子出游,各以诗书怀,因为之序)、"送友人应合肥相国聘序"、"桃源图"、"张耳墓"、"瓶花"。

四日(4 月 30 日)　先生属将上海时报中之京报取出,订为一编,以便流览。

七日(5 月 3 日)　朝阳之变,京报所载群臣奏报及谕旨甚夥。今贼既平,事之始末略可考见,然散出检阅为劳,乃从先生鸠集之,订为四册。先生初讲《尚书》,因今读时文,为研究时文,遂置《尚书》不讲而讲四书。

十一日(5月7日) 泛《海山仙馆丛书》。

十二日(5月8日) 读《左传》文公毕。

二十七日(5月23日) 赵湘帆在京为书院新购书十余种以来。

五月三日(5月28日) 是月古课题："读《文侯之命》"、"邹忌论"、"张廉卿先生七十寿序"、"畿辅先哲祠碑记"、"跋《沿海八省图》"、"书李相国《筹议热河善后事宜疏》后"、"拟扬子云《酒箴》"、"画松"(七古)、"芍药"(五古)、"初夏书怀"(七律、五律)。是日斋课生卷四十七本,童卷七十四本,古卷十一本。

十一日(6月5日) 看《通鉴·秦始皇纪》终,看《遂初堂书目》。

十五日(6月9日) 抄《海山仙馆丛(书)》。

十八日(6月12日) 学使案临至冀。

六月一日(6月24日) 吾弟读《礼记·哀公问》,《孟子》读至三卷,乃读《礼记》。《礼记》上年已读至《经解》,故今自《哀公问》始。

四日(6月27日) 作《李斯论》。是时率十日为一文、四韵诗一首。

五日(6月28日) 院试已毕。

六日(6月29日) 督学使者去冀。

八日(7月1日) 先生讲《论语·季氏》毕。

十五日(7月8日) 先生讲《尚书》,始于《君奭》篇。

二十日(7月13日) 是时连雨二日。

二十五日(7月18日) 《尔雅》抄讫,用白折八本。吾父至自故城,携青县陈君贻孙所赠明南监本两《汉书》来。本大印精,古雅可爱。吾父三月二十一日到都,主吾姑宗氏。六月六日适天津,由津乘舟,于十九日至故城。

二十六日(7月19日) 又以白折录国朝姚际恒《古今伪书考》。

二十八日(7月21日) 吾父题新得南监本《后汉书》目于书皮。

二十九日(7月22日) 吾父又属赵湘帆将两《汉书》书名写于书头。

三十日(**7月23日**)　吾父看《后汉书》已及第十本,即以朱笔为之句读。是月书院以院考之故停月课。

闰月一日(**7月24日**)　看《通鉴·汉纪》。

二日(**7月25日**)　吾父看《后汉书》至《光武十王传》。

三日(**7月26日**)　吾父为书院购书六种,又自购局板子书百种。此书自周迄明,杂集百种,合刻者书至不类,盖书贾所为也。是月古课题:"臧武仲论"、"读《史记·曹相国世家》"、"读《后汉书·窦融传》"、"拟刘子政上《管子》奏"、"三唐人集序"、"书张香涛制军《合肥相国寿序后》"、"拟汉傅毅《扇铭》"、"拟汉士孙瑞《剑铭》"、"拟魏傅巽《笔铭》"、"夏夜叹"、"拟苏子瞻《竹阁》"、"明妃"。古卷九本,生卷四十三本,童卷五十二本。

六日(**7月29日**)　吾父属书院诸君标写书院群书书头。曰:书院近买书若干,拟诸君分写书头,以便检阅。每人日写一二函,不过一月便可蒇事,所谓众擎易举也,于正功课亦绝无妨,且写时,于此书体例可知其大概,尤有益也。又曰:前所藏书未写者,亦一时写讫。又属将吾家所藏之书亦写书头。

八日(**7月31日**)　吾父看《后汉书·王符传》。

十日(**8月2日**)　看《搜神记》,并看《汉书·地理志》。

十一日(**8月3日**)　讲《尚书·顾命》。

十二日(**8月4日**)　吾父看《通鉴》,始《汉纪》"王莽"。

十五日(**8月7日**)　吾父看《韩非子·问辨》。

十六日(**8月8日**)　先生讲《小题正鹄》,时艺文并试帖各一首。近读制义文,大抵多《小题正鹄》及路氏闰生《时艺阶》之类,不备记。

十七日(**8月9日**)　吾父看《后汉书》至《马融传》。

十九日(**8月11日**)　吾父又属书院诸君写旧藏书书头。

二十五日(**8月17日**)　读《左传·僖公》。泛览《方舆纪要简览》,拟粗看一通。

七月三日(**8月24日**)　是月古课题:"读《洛诰》""书《平原君

传》后""拟李文德《答延笃书》""重修太和门颂""新秋赋""读《五代
史·唐本纪》""唐宋八家四六序""初秋久雨忽晴""步亚鲁先生以苹
果蜂蜜见赠请作诗谢之""杂兴"。古卷十八本,生童卷百十七本。

二十日(**9**月**10**日) 看《搜神记》终。

二十二日(**9**月**12**日) 吾父看《后汉书·列女传》。

二十四日(**9**月**14**日) 抄《易·大象》,此张、吴两先生所定,为
真孔氏之文者也。

二十五日(**9**月**15**日) 讲《尚书》毕。

二十八日(**9**月**18**日) 吾父为书院诸君说曾文正《金陵军营官
绅昭忠祠记》。

三十日(**9**月**20**日) 吾父看《后汉书》列传毕。

八月一日(**9**月**21**日) 看《通鉴·高帝纪》毕。

三日(**9**月**23**日) 是月古课题:"读《诗·烝民》"、"书《汉书·
外戚传》后"、"读《周世宗家人传》"、"地球说"、"代杨春卿答马伏波
书"、"信都书院藏书记"、"代畿辅京官为水灾劝各省官绅商助赈启"
(骈文)、"伏生授经图"、"秋晴"、"友人赠瓜"。古卷二十二本,生卷五
十二本,童卷六十三本。

四日(**9**月**24**日) 看《通鉴·孝惠纪》毕。吾父看《通鉴·汉
纪》毕。

五日(**9**月**25**日) 吾父看《通鉴·魏纪》。

六日(**9**月**26**日) 吾父看《后汉书·天文志》。

八日(**9**月**28**日) 吾父为书院诸君说曾文正公《欧阳生文集
序》。

十日(**9**月**30**日) 吾弟侍母如故城。

十二日(**10**月**2**日) 读《金陵昭忠祠记》。

十三日(**10**月**3**日) 吾父为诸君说韩退之《原道》。

十四日(**10**月**4**日) 抄吾父所为古文辞于白折,其有吴、张两
先生评点者,亦临之。

十八日(**10 月 8 日**)　吾父为诸君说苏子瞻《志林》之《始皇扶苏论》。

十九日(**10 月 9 日**)　吾祖至自故城。时吾父足患疮疾已稍愈,吾祖犹以为念,因来视焉。

二十一日(**10 月 11 日**)　吾祖回故城。

二十二日(**10 月 12 日**)　吾父看《通鉴·魏纪》高贵乡公。

二十三日(**10 月 13 日**)　吾父看《后汉书》终。

二十六日(**10 月 16 日**)　吾父题南监本《汉书》之名于书皮。

二十七日(**10 月 17 日**)　吾父临《汉书》姚氏评点,并遵吴先生例为之句读。凡其所录《史记》则缺之,至原本阙者、乱者,则逐加更正焉。

二十八日(**10 月 18 日**)　吾父为诸君说《诸侯王年表序》,《史记》及《汉书》两篇。

二十九日(**10 月 19 日**)　吾弟侍吾母至自故城。

三十日(**10 月 20 日**)　雷雨雹。是月吾兄生女。

九月二日(**10 月 22 日**)　吾父看《通鉴》至《晋纪》。

三日(**10 月 23 日**)　是月古课题:"《书序》辨"、"《诗序》辨"、"书《汉书·景纪》后"、"跋《潜夫论》"、"读《后汉书·党锢传》"、"荀彧论"、"新渠碑阴记"(予既为《新渠记》,其事所应记而文未备,及章约宜为众人所知者,当别为一篇,记之碑阴)、"拟陶渊明《读史述》"(渊明有《读史述九章》,今拟其四:箕子、管鲍、屈贾、鲁二儒,不必依原体)、"咏竹"、"红叶"。生卷五十四本,童卷六十六本,古卷二十二本。

五日(**10 月 25 日**)　看《通鉴·吕后纪》。

八日(**10 月 28 日**)　吾父看《汉书·高惠高后文功臣表》,自是不看《通鉴》矣。

十二日(**11 月 1 日**)　吾父看《汉书·礼乐志》。

十三日(**11 月 2 日**)　祖姑丈深泽王小泉先生适枣强县之金村,过此留一饭而去。先生名用诰,讲程朱之学,著书甚富,闇然自修,吾父师之。

十四日(11月3日)　长姑丈束鹿李文舟来。姑丈名造,其父善医,昔年尝来冀,访吴挚甫先生,谈医学。

十五日(11月4日)　姑丈回小陈。

十六日(11月5日)　葆真娶于饶阳常氏,将于十八日亲迎。女氏先期来,就其父冠卿先生及其母,张夫人送之,云浦表伯夫妇同来。堂兄墨侪掌衡水书院,吾父招之来。是日为酒食,召宾客。

十七日(11月6日)　遍拜亲友。大舅母来。

十八日(11月7日)　卯时亲迎常氏。礼毕,外舅归。外舅冠卿先生,名熙敬,世居饶阳城北千民庄。昆弟三人,先生居长,次曰熙敷,字伟卿,季曰熙征,字幼卿。有男子一人,曰堉蕙,女子三人,吾妻为长,生于同治十一年三月二十一日子时,次许河间窝北吾祖姑之孙王兆兰。宾客毕贺,凡所收贺礼、喜幛三十有四,酒二十余坛,而吴挚甫先生以瓶镜见赠。

十九日(11月8日)　日前吾兄使人来送故城所收喜帐,吾父留使者,因为书使上祖父母,言娶新妇事。

二十日(11月9日)　大舅母回安家庄,墨侪兄亦回衡水。

二十一日(11月10日)　书院诸君送吾父以《续通典》《续通志》《续通考》及《读礼通考》。

二十三日(11月12日)　作《曹参论》及试帖。水始冰。此文无所发挥,不满三百字,甚以为歉。

十月三日(11月21日)　是月古课题不录。古卷十六本,生卷四十六本,童卷五十六本。

五日(11月23日)　吾父阅生卷毕。

六日(11月24日)　吾父阅童卷,朝始夕毕。莆庵堂伯自其兄春舫堂伯大同府任所旋里过此。春舫先生名尔昌,莆庵先生名尔康,兄弟也,为吾父三从兄弟。

七日(11月25日)　莆庵四伯一宿而去。

八日(11 月 26 日)　吾父昨阅古课卷,今日毕。奖钱七十九千。

九日(11 月 27 日)　吾父讲苏明允《族谱后录》。

十一日(11 月 29 日)　读《左传·宣公》毕。

十二日(11 月 30 日)　讲《论语·里仁》。

十三日(12 月 1 日)　吾父入都。

十九日(12 月 7 日)　吾妻如饶阳,第一次归宁也。

二十七日(12 月 15 日)　先生讲贾生《过秦论》。

三十日(12 月 18 日)　以白折写古文六本,至是又杂写他书。

十一月三日(12 月 21 日)　日短至。是课生卷四十本,童卷五十五本,古卷十七本。古课题如下:"论左氏鲁昭公之难"、"读《荀子·解蔽》篇"、"读《太史公自序》"、"祭王云岚先生文"、"颜李学辨"、"读苏明允《六经论》"、"《东坡先生笠屐图》赞"、"读《汉书》四首"(五古)、"将入都诸君其宠我以诗"(七古)、"拟李义山《隋宫》、《马嵬》二首"。

九日(12 月 27 日)　看《通鉴·孝文纪》毕。

二十日(1893 年 1 月 7 日)　吾妻来。

二十一日(1 月 8 日)　吾弟有疾。

二十三日(1 月 10 日)　吾亦得小疾,与吾弟同,身生小红豆,盖疹类也。或疑为花,殆不然,亦无甚苦。

十二月四日(1 月 21 日)　看《通鉴·孝武纪》。

五日(1 月 22 日)　读贾谊《过秦论》。

十一日(1 月 28 日)　看《天变邸抄案》。《天变邸抄》,不著撰人名氏,《四库全书存目》亦未载,所记皆明天启六年灾异,此书惟见《指海》。

十六日(2 月 2 日)　先生讲《论语·雍也》毕。

二十八日(2 月 14 日)　抄《尔雅》毕,光绪十七年所抄之本也。

日记四

光绪十九年癸巳(1893)，葆真年二十。

正月二日(2月18日)　看《通鉴外纪》。

三日(2月19日)　吾兄至自故城。

四日(2月20日)　偕吾妻如故城，吾妻始谒吾祖父母，吾弟同来。

六日(2月22日)　看《名贤齿谱》，此书殊芜杂。祖父会宾客，每年正月具酒食以宴官绅。

七日(2月23日)　吾父阅古卷毕，共取十三本，选六篇，此为选录最多时。吾父阅课卷，有最佳者则令作者录出待刊，时文、古文皆有，惟不选试帖，试帖亦殊少佳者，童卷未有入选者。

八日(2月24日)　余与吾弟及吾妻皆回冀。

九日(2月25日)　吾兄回故城。看《通鉴外纪》毕。

十一日(2月27日)　吾妻第二次归宁。

十三日(2月29日)　看《通鉴·元狩元年》。

十七日(3月5日)　看《搜神记》。

十八日(3月6日)　看《汉书·艺文志》。

二十一日(3月9日)　吾父至自故城。

二十二日(3月10日)　读《左传·成公》。

二月一日(3月18日)　看《四书汇参》。

二日(3月19日)　是日，书院官课。历任州刺史于其署中聘人阅官课卷，每不厌人意。是时刺史以官课卷请吾父代阅，吾父允之。

三日(**3 月 20 日**)　看《还冤记》。

十日(**3 月 27 日**)　吾父阅官课生卷毕,于是以两课童卷倩人代阅。

十□日　先生说《古文辞类纂》所选《国策》数篇。

二十日(**4 月 6 日**)　吾父看《汉书·倪宽传》。

二十八日(**4 月 14 日**)　余至故城,武强将于三月初县考,吾兄往应试。故吾祖命葆真来故城。

三月十三日(**4 月 28 日**)　吾妻至自饶阳。

十九日(**5 月 4 日**)　看《明儒学案》。

二十三日(**5 月 8 日**)　抄《唐代丛书》及《小石山房丛书目录》。

四月十四日(**5 月 29 日**)　录家藏书目。

十九日(**6 月 3 日**)　吾祖至自天津。

五月八日(**6 月 21 日**)　余来冀。于是吾父如故城矣。

九日(**6 月 22 日**)　吾兄如故城,自二月二十五日吾兄旋里应县试,未复试。四月一日应州考,未取。昨由深州来。

十二日(**6 月 25 日**)　胡先生讲《论语·述而》。

十六日(**6 月 29 日**)　抄《通鉴》人名。余在故城时,张君聘三出其所录《通鉴》人名示余曰:此余数年前阅《资治通鉴》及薛氏《续通鉴》摘录其人名之稍显者。余方阅《通鉴》,喜其便于检查,因携来录存之。

二十二日(**7 月 5 日**)　十八日王筱泉先生卒。吾兄往吊之,由故过冀。

二十三日(**7 月 6 日**)　吾兄如深泽。

二十七日(**7 月 10 日**)　吾兄至自深泽。数日以来,天气炎热,他岁所无。

二十八日(**7 月 11 日**)　自昨日城内庙会,人皆自远而至。吾兄云昨自深泽来,距城尚数十里即有车络绎于途,奔赴城内,可谓盛矣。天气热甚,昨日闻因暑热而死者二人,今日又闻有死者。

六月一日(**7 月 13 日**)　自上月廿八连三日有雨,暑乃大减。

五日(**7 月 17 日**)　自上月廿八日以来,无日无雨。

十一日(**7 月 23 日**)　吾弟读《孟子》毕。

十五日(**7 月 27 日**)　自上月廿八日以来至昨日,中间不雨之日仅四日。今日大晴,始曝书。

二十九日(**8 月 10 日**)　先生赴都应乡试。

七月一日(**8 月 12 日**)　赵湘帆来权馆。

六日(**8 月 17 日**)　赵先生说曾文正公《圣哲画像记》。

七日(**8 月 18 日**)　赵先生说《左传·文公三年》。

二十日(**8 月 31 日**)　看陆清献《三鱼堂日记》,此乃《指海丛书》所载之选本也。余所看书凡不记某日看毕者,皆未看毕而置之者出。

八月十九日(**9 月 28 日**)　看《天隐子》。

二十三日(**10 月 2 日**)　赵先生说《汉书·艺文志》。日来赵先生数为其弟子讲说《古文辞类纂》所录苏、张说六国之文,余亦往听焉。今之说《艺文志》亦然,又数为我讲说制艺文。

二十五日(**10 月 4 日**)　读《汉书·艺文志》。

二十六日(**10 月 5 日**)　吾妻第三次归宁。

九月八日(**10 月 17 日**)　《艺文志》说毕。胡先生来。

十日(**10 月 19 日**)　书院监院者印书院所藏书籍。

十一日(**10 月 20 日**)　看《畿辅通志》颜元、李塨、纪昀等传。余喜阅《畿辅通志》,时时翻阅,或有所考据,不能一一记之也。

十六日(**10 月 25 日**)　先生说《史记》"乐毅报燕惠王"书,遂读之。

二十九日(**11 月 7 日**)　看《汉书·儒林传》。

十月一日(**11 月 8 日**)　吾父至自保定。吾父至自故城后,于十八日乘舟过津以入都,及还也,过保定,面恳吴先生书所为祖父寿序,得请而后来。

二日(**11 月 9 日**)　是日官课,生卷仅三十八本,以乡试后不得志者懒于应课也。

三日(**11 月 10 日**)　是课生卷三十七本,古课卷七本。

十八日(**11 月 25 日**)　吾父将为吾祖父母庆寿,故城学署乃如故城。今日州考。

十九日(**11 月 26 日**)　冀、南、新三处正场。

二十日(**11 月 27 日**)　看丁宴(晏)所辑《淮南万毕术》。

二十一日(**11 月 28 日**)　今日枣、武、衡三县正场。读韩退之《送穷文》。

二十五日(**12 月 2 日**)　冀州正场榜揭,李恺义第一,郜立同第二。

二十六日(**12 月 3 日**)　吾妻至自饶阳。

二十七日(**12 月 4 日**)　葆真侍吾母如故城,吾妻吾弟同往。是日祝寿之堂已设,备假城隍庙戏台演剧,于台之前及左方设观剧之所。前年故城八乡送匾二额,万民伞旗各二,德政牌八,亦陈于外。

二十九日(**12 月 6 日**)　祖父春秋六十有九,祖母五十有八,乃于是日称庆。吾父母既率葆真辈拜于堂,祝寿者亦踵至,燕客于观剧之堂。祖父在故久,与官、与绅、与诸生、与商民感情极好。故一闻祖父母称庆,莫不前来祝寿,颇极一时之盛。

三十日(**12 月 7 日**)　今日燕客演剧。演剧四日,燕客两日。

十一月一日(**12 月 8 日**)　吾父为张揩轩先生撰寿序。吾父于盛会宾朋杂沓之际,读书为文不辍也。

二日(**12 月 9 日**)　送寿礼者凡数百分,共得寿文五首。吴挚甫先生屏八幅,自书。吾父丙戌同年屏十二幅,冯梦华编修煦撰,徐鞠人编修世昌书。丙戌同年而同乡者屏八幅,徐编修世昌百韵诗,自书而题以华学澜之款。华字瑞安。编修范肯堂先生屏八幅,吴佩葱刑部品珩书。陈蓉曙编修通声横幅一款,题自书,实韩子峤编修培森书。吴、陈、韩皆丙戌同年。寿联四,吴刑部、陈编修、宋芸子检讨育仁,宋亦丙戌同年,刘仲鲁编修若曾,刘己丑与吾父同应廷试。寿幛七十九分,银三十四两,钱百五十余贯。其余蟒袍、补褂、帽、顶、靴、荷包、酒面、寿桃、鸡鸭、鱼肉各种山珍海味，龙眼、荔枝、松花、茶叶、卦面、米、火腿、梨、石榴、点心、烛、鞭等物，不可枚举。

甘陵书院月课，每月一课，每课取生卷十五本，童卷十二本，生超等五名，特等十名，童上取八名，下取四名，不足者阙之。故城旧有甘陵书院，久已废弃，故老莫能言其时代。祖父到故后，慨然思兴复之，屡次筹款，设法经营，虽未建筑书院，然可开课矣。

七日（12 月 14 日） 侍吾父母回冀，吾弟吾妻随往。是日月考始毕。

八日（12 月 15 日） 又收到自京寄来沈子培刑部曾植、子封编修曾桐兄弟并名寿联。编修亦丙戌同年。

十三日（12 月 20 日） 吾父入都。

十八日（12 月 25 日） 读陶渊明《归去来辞》。

二十三日（12 月 30 日） 先生讲韩退之《答吕医山人书》《送窦从事序》。

三十日（1894 年 1 月 6 日） 购书二册。《博异志》《鼎录》《卧游录》、钟嵘《诗品》凡四种。初，吾父见此书，欲以京钱十千购之，而贾者弗售，乃属湘帆代购之，价如故。案《博异志》题还古撰，末有山阳顾氏十友斋宋本刻，刻上缺一字；《鼎录》题梁虞荔纂，二种见《四库书目》。《卧游录》见《续通志艺文》，云旧题宋吕祖谦撰，首有王深源序。《诗品》梁钟嵘撰，亦见《四库书目》，卷末有丁丑长洲埭川顾氏雕，丁上缺二字，所缺三字皆贾者所剜，卷首有钱谦益印。

十二月八日（1 月 14 日） 吾兄之深泽会葬祖姑丈王小泉先生，过此。

九日（1 月 15 日） 吾兄行。

十三日（1 月 19 日） 吾兄至自深泽。

十四日（1 月 20 日） 吾兄回故城。先生讲司马相如《谕巴蜀檄》。

十六日（1 月 22 日） 先生讲《难蜀父老》。

十七日（1 月 23 日） 先生回家。

日记五

光绪二十年甲午(1894),葆真年二十一。

正月二十一日(2月26日)　看《通鉴·汉纪》明帝。

二月八日(3月14日)　吾弟读《左传》。

十七日(3月23日)　读《左传·成公》毕。

三十日(4月5日)　督学使者周公德润来冀。

三月六日(4月11日)　吾兄至自故城。

七日(4月12日)　余如故城。

十四日(4月19日)　学使自冀起程。

十八日(4月23日)　看《阅微草堂笔记》。

二十六日(5月1日)　看《寄园寄所寄》。吾兄至自冀。知吾父已于本月十八日由京至冀矣。

二十七日(5月2日)　余至冀。

二十九日(5月4日)　翘材书院学生此次入学者三人:焦联庚、步以绥、李恺义。

四月一日(5月5日)　读《左传·襄公》。

六日(5月10日)　吾父看《晋书》至《成帝纪》。吾父看毕《汉书》,即看《国语》,以朱笔为之句读,并笔记,记其梗概;今看《晋书》亦然。

九日(5月13日)　读曾文正公《欧阳生文集序》。

十三日(5月17日)　看《近思录》。

二十六日(5月30日)　吾父看《晋书》至《王沈传》,看本传毕,即看列传。再从兄心如自北代赴河南过此。

三十日(6月3日)　王通孙先生以其兄西渠先生所为小泉先生年谱,乞吾父为行状。西渠,名孝铭,举人;通孙,名孝来,诸生。

五月三日(6月6日)　孙先生回深泽。

五日(6月8日)　得秦币半两。余少好古币,所得汉以来古币颇夥,半两亦有稍巨似秦币者,然未能决。今所得,则确为秦币矣。

七日(6月10日)　吾父如故城。

十八日(6月21日)　赵湘帆说《文献通考序》。

十九日(6月22日)　读《文献通考序》。先生近屡讲说唐人诗。

二十三日(6月26日)　吾父至自故城。得见张廉卿先生所书祖父寿屏,凡八幅。近又得寿诗二首,柯凤孙编修劭忞、阎鹤泉检讨志廉。又柯凤孙寿联一付。张先生于正月十四日卒,所书寿序真绝笔也。

六月四日(7月6日)　吾父自光绪十八年九月看《通鉴》止,至今乃复看。

六日(7月8日)　看《明史稿》。

九日(7月11日)　看《绎史》。

十八日(7月20日)　赵湘帆说《文献通考诸序》毕。

七月十二日(8月12日)　吾父看《通鉴》至晋惠帝。

十六日(8月16日)　胡先生将入都应乡试,由南门外上船而行。数日以来河渠之水骤长,桥下弗能行。河水决于城北者三。

二十四日(8月24日)　赵湘帆来。自十七日滏水北决,道不通,是时能行舟也。

二十五日(8月25日)　滏水至城,是时滏水决于南。

二十六日(8月26日)　水遂围城。

二十七日(8月27日)　看《近思录》毕。

八月三日(9月2日)　赵湘帆讲《汉书·地理志》。

四日(9月3日)　看《通鉴》第二次,至汉淮阳王。是时第一次看《通鉴》，犹未毕也。

十七日(9月16日)　说《地理志》毕。

九月三日(10月1日)　吾妻之弟堉蕙字庶轩，将于本月十三日娶妻，使人来告。庶轩幼于吾妻者七岁。

四日(10月2日)　吾父入都，乘舟而行。

九日(10月7日)　自八月闻日本借口朝鲜内乱出师援助，是时而与吾国挑衅，朝廷出师援朝鲜，相持不下，乃于□月□日与日本宣战。八月二十四日，我师与日兵连战四日，我师败绩，敌进至奉天盛京义州等处。

十七日(10月15日)　滏水自上月南决至城，自是日见增益，凡十余日。水平城西之隍，南城之隍未没者三砖。

十九日(10月17日)　水已落十七砖。

二十八日(10月26日)　胡先生至自都，为购黄氏本《仪礼》。

十月二日(10月30日)　是日月课卷不满百。余始服牛肉精，西人所制补品药也，购自天津，每瓶重量不过两余，而价则须银亦两余也。

五日(11月2日)　是时城外污下之地犹可乘桴。

八日(11月5日)　看《通鉴》至《晋纪》，此第一次也。

十七日(11月14日)　先生讲《周礼·考工记》。

二十二日(11月19日)　吾父示葆真书，有云倭人已据朝鲜，又夺我凤凰城。近日金州亦失守，旅顺被围甚急。现在各省兵皆到直隶，山海关之兵已不少。上条陈者甚多，以翰林院为最。联名封奏，大抵主战阻和，而朝廷讫无定议。又曰王晋卿被参，各款惟查实滥刑毙命一事，交部议处，部议革职，永不叙用，已无可挽回，可惜可惜。

十一月二日(11月28日)　信都书院停月课，以雪故也。每岁书院十课，余岁凡八课。

五日(12月1日)　读《周礼·考工记》。

十五日(12月11日)　读司马相如《谕巴蜀檄》。

十二月八日(1月3日)　外舅送吾妻来。

十日(1月5日)　外舅归。

二十七日(1月22日)　读《文献通考序》毕。

二十八日(1月23日)　看《通鉴》第二次,至《汉纪》章帝建初七年。

日记六

光绪二十一年岁次乙未(1895)，葆真年二十二。

正月七日(2月1日)　兄至自故城。

十七日(2月11日)　兄从吾母如故城。

二十二日(2月16日)　胡先生入学，其子从之，名宗昌，年□岁也，即读书学中。

三十日(2月24日)　兄至自深泽，为祖母接侍婢也，王氏祖姑为祖母所置。

二月六日(3月2日)　读《左传》。

八日(3月4日)　读班氏《两都赋》。

十二日(3月8日)　先生既讲《两都赋》，又讲杨氏《甘泉赋》。

十六日(3月12日)　又讲杨氏《解难》《河东赋》。

十七日(3月13日)　大雪。

十九日(3月15日)　又讲杨氏《为猎赋》。[①]

二十一日(3月17日)　又讲吴锡麒试帖诗两首。

三月六日(3月31日)　又讲制义律赋。

十六日(4月10日)　又讲杨氏《解嘲》，又制义一首。

十七日(4月11日)　又讲韩氏《进学解》，又制义律赋。

二十日(4月14日)　又讲司马氏《封禅文》。

二十二日(4月16日)　又讲诸葛氏《出师表》、李氏《陈情表》。

---

①　疑为《羽猎赋》。

二十五日(4月19日)　又讲制义文。

二十九日(4月23日)　时余方读《周礼·考工记》,先生辄先为讲解,又时时讲制义文,不一一记之。今年讲制义文等颇多,大抵八集及路氏所选《时艺阶》等也。

四月五日(4月29日)　大雨。

十三日(5月7日)　吾父自至京师。

二十九日(5月23日)　仲璋祖舅母及其子少璋表叔来冀。

五月六日(5月29日)　皆回献县。

七日(5月30日)　吾父如故城。

九日(6月1日)　吾兄至自深州。于是州考已毕,县考取二十四名,州考廿五名。

十一日(6月3日)　雨。

二十日(6月12日)　雨。

二十三日(6月15日)　小雨。

二十四日(6月16日)　雨。学使者案临至冀。

二十五日(6月17日)　吾兄如故城。

闰月二日(6月24日)　吾父至自故城。

十三日(7月5日)　吾父如深泽。于是西渠表叔卒,故往吊之。西渠先生好学,能继先业。小泉先生既卒,兢兢以刻先世遗著为己任。先校刊《论语经正录》,校雠既精,刊版尤工雅。小泉先生专攻程朱之学,所注四书、《周易》等书,皆尊守朱氏之说,而博采自宋至国朝凡百余家,汉学考据之说,亦颇掇拾,北方所未有也。西渠刊其书,而字必本《说文》,未免好奇,以此过劳呕血,又兼整理商业,创立一当铺,书出板,商号成立,而先生之病亦不起矣。吾父伤之甚,代吾祖为挽词曰:父祖之学能传,在家可称令子;师友相期甚大,伤心岂独老夫。

十七日(7月9日)　吾父至自深泽。

六月一日(7月22日)　先生讲《礼记》。

十日(7月31日)　雨。

十三日(8月3日)　与先生检点信都书院所藏佛经,凡二十四柜,此吴挚甫先生知州事时取之各佛寺者。经卷中有印韩村字者,则得之衡水韩村某寺者。其时人亦颇怨之,谓其废毁佛教,实则寺僧不守释氏戒律,时犯国法,逐其僧,而存其经典书院,为学者资考证。此与汤文正毁淫祠,尚为平和也。惜经典存此,从无一人取而观之,尘埃堆积已尺许。余过而惜之,固请于先生扫除,重整其书而偏(编)一目录,柜之破裂者,招木工整理之。小雨。

十四日(8月4日)　初阅《阅微草堂笔记》。初余读书故城,与聘三同案,聘三时时言纪晓岚为人。余自愧,畿辅有通儒如此,并不能道其姓名,见闻之陋隘如此。回冀后,取《畿辅通志》,览其传,始悉其为人。今乃又阅其所为笔记。

十六日(8月6日)　整理佛经毕事,残缺不完者颇多,皆明南京印本,白棉纸,每函十册,以周氏千字文署其函,凡数百函,目录细琐,或四十函一部,或一册数种,故非一二人数日之力所能为功。人又皆愚,余莫肯相助,姑置之,仍存文昌祠中,文昌祠在书院二门之内,东南偏云。

二十四日(8月14日)　小雨。自十三日以来,小雨数次矣。

二十五日(8月15日)　吾父评点《晋书》毕,惟志尚未阅,既为之句读,又圈识其文词,复撮举其要,并标所载,文词、篇目则别为一册书之,其叙事及文之佳者特志之,或为数语说明。

七月八日(8月27日)　小雨。

二十一日(9月9日)　阅《通鉴》至晋惠帝大安二年。

八月四日(9月22日)　小雨。

八日(9月26日)　买《普济良方》,此书衡水人所刻,祖父以其便于不知医者,尝购之。兹又托其乡人尚采章言于藏版者,借印五十部,将寄福建,以闽省少名医也。每本二百三十四文,共十一千七百文,张雪香携来也。

十七日(10月5日)　吾父入都。于是陈右铭方伯以其子伯言与吾父同年进士,因知吾父,乃属吴先生函招赴保,而吴先生又以其弟官山东者病,将赴山左,不能相会,而陈公又升湖南巡抚,故急过保一面,以答其意,随入都也。

二十七日(10月15日)　得吾父手谕。言吴先生并未辞馆,而五先生已去世。时传者谓先生以弟丧思归也。

九月十日(10月27日)　先生讲《论语》。

十四日(10月31日)　始雨雪。

十月二十三日(12月9日)　读《解嘲》。

十一月三日(12月18日)　王通孙表叔来,以《论语经正录》为赠,为卷二十,以西渠表叔所为年谱附吾父所为行状列首。

四日(12月19日)　通孙表叔适枣强。通孙之姑步浦男先生夫人,通孙又娶其女。

八日(12月23日)　墨侪堂兄来。

十五日(12月30日)　墨侪兄回。

二十日(1896年1月4日)　吴先生选光绪乙亥至丙戌十科乡会墨卷,凡百余篇,张雪香携自莲池书院,信都诸君将为之刊行,胡先生任校雠,亦命葆真从事。

二十五日(1月9日)　吾祖命胡万和使于深泽,且送粮于此,胡以车夫为信使焉。于是吾族人院试入学者二人,汇亭叔与焉。

二十六日(1月10日)　读司马氏《封禅文》。

二十九日(1月13日)　胡万和自深泽回。初,余劝人购王氏之书,因万和赴深泽之便,携资往,《论语经正录》二千八百文,《斯陶说林》千七百文,《劝学歌》八百文。雪。

十二月一日(1月15日)　余访李剑坡察脉,鉴坡医也。上月中,浣曾属其审脉,药服数剂矣。故又往。余自恨体赢,欲借以养生,非有他疾也。

四日(1月18日)　余读杨氏《解难》。

十日(**1 月 24 日**)　先生讲馆阁诗五首,即王先谦分韵选本。先生讲试帖,喜路氏柽华馆及七家选本,兹又讲此,故志之。

二十九日(**2 月 12 日**)　《阅微草堂笔记》阅毕,又看《理学宗传》半部。余今年为吾母说《坐花志果》及《金钟传》。自李家庄归,借李鉴坡《红楼梦》,又为吾母说之,未及半也。

日记七

光绪二十二年岁次丙申（1896），葆真年二十三岁。

八日（**2 月 21 日**） 吾兄至自故城。

九日（**2 月 22 日**） 余偕弟来故城。

十六日（**2 月 29 日**） 吾嫂如河间。

十七日（**3 月 1 日**） 月食。

二十三日（**3 月 7 日**） 历亭书院山长王雨田入书院。雨田名澍，河间举人，王滋斋聘定也。初，吾祖创办书院，十余年始告成功，则为学者觅师为第一要事。吾祖因命吾兄如冀询书院高才生谁可以任此席者，金曰：湘帆。因与接洽，已首肯矣。时滋斋在河间，急与王君议定。议定而后报闻，吾祖及诸董事多不悦，以不肯负滋斋意，又嫌无辞以谢王君。王君遂长历亭。故城故有书院曰甘陵，废坏已久，年代无征。今既属创立，因更名历亭书院，亦县古名也。

二十四日（**3 月 8 日**） 余至冀。

二十五日（**3 月 9 日**） 吾兄侍吾母赴故城。

二月四日（**3 月 17 日**） 作制义文，余学制义文已三年，至是始能成篇，去年虽往往有作，因不惬意，故不之记，今亦不佳，志愧而已。

六日（**3 月 19 日**） 时余读《左传》至襄公十八年。

十三日（**3 月 26 日**） 吾弟侍母至自故城。

二十日（**4 月 2 日**） 作《贺先生传》。陶渊明尝撰《五柳先生传》以自况，今效为之。其序事则行状体，今年以前皆实录，自今以往虽属子虚，然皆志之所存，固不嫌其夸也。

三月五日(**4 月 17 日**)　小雨。

二十四日(**5 月 6 日**)　吾父至自保定。吾父于十二日出京,十四过保定,留数日而归。

二十九日(**5 月 11 日**)　是时吾父阅《采风记》。吾父同年翰林院检讨宋芸子育仁撰。芸子使外国归,述各国政教异同及其致富强之由而撰此书,末附记程感事诗及时务论,谓中国宜急变法,以自致富强而免外侮,事事皆可仿效西国;西国所施,实暗合于周官变法,亦所以复古也。吾父殊嫌其强为附会。

四月八日(**5 月 20 日**)　吾父为书院诸生讲王氏《周礼》《书》《诗》义序。①

十二日(**5 月 24 日**)　吾父如故城。

二十四日(**6 月 5 日**)　阅《论语经正录》至《公冶长》篇。

二十五日(**6 月 6 日**)　吾兄至自深州。吾兄已于三月应县考,兹又赴深州应考,取第十名而归。

五月一日(**6 月 11 日**)　看《呻吟语选》,《文选楼丛书》本。吾兄如故城。

八日(**6 月 18 日**)　吾父至自故城。宗鞠如随来。鞠如今年受业于张聘三,读书故城学署。

十二日(**6 月 22 日**)　鞠如回故城。

十三日(**6 月 23 日**)　吾父为书院诸君说欧阳氏《河南府司录张君墓志表》。

十四日(**6 月 24 日**)　小雨。

十八日(**6 月 28 日**)　吾父为诸君说欧阳氏《释秘演诗集序》。

二十日(**6 月 30 日**)　小雨。

二十一日(**7 月 1 日**)　小雨。上月二十四日,访步虞轩于城西张庄李氏。李氏主人从粤海关监督,于广东既归而卒,有书数十筒。

---

①　即王安石之《周礼义序》《书义序》《诗义序》。

余闻之,谋所以阅其书者数月。至是虞轩馆于李氏而教其子,因往观焉。率皆新书,佳本者甚少。未毕而暮,遂疾行以归,归而疟作,虽不甚重,然病发之日,几不能行者数日。至是始愈。

二十三日(7月3日)　吾父为诸君说韩退之《张中丞传后序》。小雨。

二十四日(7月4日)　雨。

二十八日(7月8日)　吾父为诸君说欧阳氏《唐书·艺文志序》《五代史·职方考序》。

六月八日(7月18日)　吾父为诸君讲曾文正公《金陵楚军水师昭忠祠记》。

九日(7月19日)　阅《呻吟语选》毕。

十三日(7月23日)　吾父为诸君说曾文正公《欧阳生文集序》。愈疟疾,既愈未旬,复发,今始痊。

十八日(7月28日)　吾父说韩氏《答吕医山人书》,又说《答窦秀才书》,曰清新隽逸,曰荡漾,曰顿,曰此篇与《应科目书》及《再与柳中丞书》前幅用笔皆极有力。读《答窦秀才书》。

二十三日(8月2日)　吾父说曾子固《谢杜相公书》。小雨。于是天旱四五日来暑甚,人谓他年无此热,热亦无此久也。

二十八日(8月7日)　吾父说刘氏《移让太常博士书》。

七月三日(8月11日)　读《移让太常博士书》。

五日(8月13日)　雨。自二日至今日。

八日(8月16日)　吾父说曾氏《先大夫集后序》。

十一日(8月19日)　子生时为未初。

十三日(8月21日)　吾父说王氏《孔公墓志铭》。

十七日(8月25日)　小雨。

十八日(8月26日)　吾父说欧阳氏《丰乐亭记》。

二十三日(8月31日)　吾父说欧阳氏《游儵亭记》、王氏《度支副使厅壁题名记》。

二十八日(**9 月 5 日**)　读曾氏《金陵楚军水师昭忠祠记》。

八月八日(**9 月 14 日**)　吾父说《汉书·诸侯王表序》。

十一日(**9 月 17 日**)　读《丰乐亭记》。

十三日(**9 月 19 日**)　吾父说《石钟山记》。

十八日(**9 月 24 日**)　吾父说曾文正公《送刘椒云南归序》,遂读之。吾父曰:此等理学文最不易作。说理学泛语,则近于时文,若太质白,则类乎语录,故人皆不轻为。如此文莫非正大之理,然句调变化,布置得所,自能新雅而不粗。且说理之文不可纤巧,尤不宜怪异。又曰:不特考据词章为官失其职,凡无关圣贤之道者,皆是也。昔谢良佐见程子,程子以其熟于史,谓曰可谓玩物丧志矣。今人皆以读书不能用于文为徒读,圣贤则以不能施于身为徒读。然徒读博闻强识虽雅于他事,实与好骨董无以异也。曾文正主词章,亦兼及二者,固所谓奔命于众好之场者。昔挚甫先生与余言文正公之不长寿,苦于用功故也。余曰:公之久于军旅,恐为所劳。先生曰:久在军无妨,唯苦用功为累也。

二十三日(**9 月 29 日**)　吾父说《范贯之奏议序》。曰:子固序跋,后世推为第一,以其详明也,朱子即学子固。望溪虽云法《史记》,实效子固,曾文正亦读子固文。如韩公之序,则太简淡矣。子固实本之刘向。又曰:文有用包括法者,有即其一二而为言者,包括则不可少有遗漏。此文先言无所不言,随言所言之事,及进言之法,君之听以至君所以听,公所言及听之之效,后之施为,层层皆包括无所遗,文一线穿成,非凑集所能也。此篇言奏议,故归于颂美,凡颂美亦当有分量,此但曰朝廷无大阙失,只可如是言,不可动言唐虞之治,其在朝廷以下此随便言,亦皆归于本题。今诸君之文,往往舍题而为之,古文虽不可拘泥于题,亦当从题中生意。若泛为议论而不顾题,则抄袭何文不可?

二十五日(**10 月 1 日**)　兄得霍乱症,病甚。吾祖使人来告。

二十六日(**10 月 2 日**)　吾父如故城。

二十七日(10月3日)　奉吾父谕,知吾兄已于二十五日辰时卒于城,享年二十七。

二十八日(10月4日)　如故城,哭吾兄。兄疾作于二十日夜,病一日而卒。余至则已大敛矣。吾兄既卒,吾祖悼惜殊甚,吾父惟谋所以慰吾祖者。吾兄之病也,聘三实在左右延医治药,与筹身后之事,可感也。吾兄性长厚,记忆力颇强,博览群籍,能观其通,尤熟于史。年十三即有手录史事小册,余从问历代事,历历如数家珍。其友爱出天性,有大过人者,今竟舍乃弟而长逝,悲乎痛哉。余不文,不能阐发吾兄懿德,其罪大矣。

三十日(10月6日)　吾父语聘三曰:用功当耐苦思,不能揣摩,多闻人讲说无益也。闻人讲书,心未必听,即令听之,亦难明了。吾闻人说时文仅二次,即二说揣摩之,其得益,即此而已。先闻吾兄允吉先生言,为文宜使之从容,自此遂纯尚自然。后王小泉先生见余文,谓少精实,乃于精实中求之,吾文为之一变,是后遂不复改矣。为古文亦未尝闻人讲说,其时见吴先生,不知所问,先生亦无所言,惟示以《古文辞类纂》及评点本《史记》,姑试作两篇持见先生,先生言未能脱俗时,古文法已揣得大略,但未熟,故所为不能如意。过半载,复持文往见先生,惊曰:汝此半岁抵人十年功夫矣。数月复有作,先生以为高于前所为,评语亦甚善,但评语中谓有不古之句,惊不知所谓,疑不倩屈聱牙也,乃效《文选》造句,使句句不平,以合所谓倩屈聱牙者以呈先生,先生未言。数日后乃曰不合八家之法,乃悟前日之文有不古者,乃句之近乎倩屈聱牙也,古文之法已尽得之矣。

九月二日(10月8日)　吾父又言:吾时文功夫积在十七岁时,古文功夫则在二十四五,此二时用心最苦,此后则扩而充之耳。又曰:古者何尝无艳丽文? 如《诗经》,如相如之赋,终非《西厢》,以无不古雅也。又曰:文廷式、张季直皆幕府才,非著述才与文章之才也,然记诵文廷式实过人。或问文廷式骈体文,曰不脱书启之习。四六文亦岂易为? 必脱书启气、律赋气、时文气。又范肯堂时文亦一绝,至父先生谓张廉卿所不及也。又曰:曾文正公之文不特为本朝第一,即欧阳、王无以过也。归震川之文有曾所不能及者,曾文亦有归不能为者。曾文正际遇极好,归震川未居大位,终未能拓其意度,且国家大事皆非目睹,为文仅凭事略,则多窒碍,不能任所欲言。文正在位既久,大事皆所亲为,一时名臣皆其属下,不然则其至友,故随所欲言,无不如志。

四日(10月10日)　观岑、汇亭两堂叔来慰吾祖。吾嫂至自河间,其母从之来。吾嫂自正月归宁,兄病革,祖始遣人召之。

七日(10月13日)　吾父云:《晋书》过于《新唐书》,不及《五代史》,《三国志》胜于《五代史》。《五代史》文法固精,但不及《三国志》之文古。吾以为《三国志》在《后汉书》上,以《后汉书》书成在后也。

八日(10月14日)　又曰:《史记》有以年纪者,有以类记者。其类记亦分年,是以乱,《平准书》是其一也。古书多,然如《庄子》固乱,汉人犹多如此,唐宋人文始不数见。余为文,不敢一字使乱。又曰:为文当先学造句,否则揣摩虽深,字句必多不成,不可用老实语,亦不可轻为奇语。

九日(10月15日)　将于十五日葬吾兄祖茔之次。观岑、汇亭两叔送柩以行。

十三日(10月19日)　鞠如去,明年不来矣。吾父每夕与聘三谈文事以自遣,葆真侍立。今日说《石钟山记》,曰:古人文皆有闲静之趣,虽绝大议论,纵横变化,亦莫不有此趣。惟柳子厚文臻其绝境,非学者所能摹效。廉卿先生之书,自言虽剑拔弩张,运以全腕之力,而实潇洒自如,如魏武帝之意思安闲,如不欲战,为文亦然。又须有贵气乃尊重,试观孔明高卧陇亩,何等气象。今有名士或曾居相位者,其在田间自与村中父老有别,此亦不可强为,多看古人自得之矣。是题乃随意考证,若质言之,有何意味,文中乃将其所见之景、所闻之声,造一境界,而其情景遂倍觉亲切。至于音节之合,层次之清,真耐人读也。

十四日(**10 月 20 日**)　聘三回家。聘三受业于吾祖,而伴吾兄读书,兄没,不忍遽去,约数日复还。吾祖与约明年之局,即应命。玩物丧志,吾当三复之,静验吾一切病痛,悉由于此。盖事无大小,动则求精善,顾此失彼,治小忽大,遂至日不暇给。

十五日(**10 月 21 日**)　阅《通鉴》。

十六日(**10 月 22 日**)　昔吾祖与吾父书曰:养身之法莫先于养心,昔人半日读书半日静坐,即是养心之法,曾文正公课程第二条即是静坐。盖静坐不但养心,且能使天机活泼,神明强固。陈烈读书若善忘,一日读《孟子》"学问之道"节,恍然曰我未收放心故也。遂静坐百余日,即过目不忘。观此,则静坐又是读书第一要诀。

十八日(**10 月 24 日**)　嫂葬吾兄归。吾兄之卒也,次日大敛,杪棺四寸,而盖五寸。其行也,乘以两马,再宿于途而至,未候吊。里人来吊者,皆固辞之。既葬之三日,吾嫂周视其墓而反。

十九日(**10 月 25 日**)　从吾父回冀。

二十一日(**10 月 27 日**)　吴先生欲观吾父《后汉书》评点,未及带去,使人来索。吾父乃属步虞轩依姚氏《汉书评点》之式,录为一册寄往。已而又问所为《汉书》评识,复书以未毕未寄。今复寄之,乃以稿本送往。

二十四日(**10 月 30 日**)　吾弟结婚常氏,吾妻之妹也。外舅外姑送焉。

二十五日(**10 月 31 日**)①

二十六日(**11 月 1 日**)　吾弟亲迎于常氏,以常氏归。

二十七日(**11 月 2 日**)　外舅外姑归。挚甫先生以中日之役其详不可骤闻也,乃取合肥相国往来电报,即其言军务者合而录之,以为信史,吾父属书院诸君代录之。复为书院录副焉,今皆书就。

十月一日(**11 月 5 日**)　子久堂伯自三河县训导调冀,今日

---

①　此日无记录。

接印。

三日(11月7日)　吾父入都。

二十二日(11月26日)　弟妇如饶阳,初归宁也。

十一月二日(12月6日)　阅《时务报》。《时务报》出自上海,十日一册,以七月一日始。吴先生自保定代书院订购一分,先寄来三册,时《中外纪闻》《万国公报》皆已停版,此报款式既精,载记尤善,似超过前时二报。自首册阅起。华人自为之报,尚有官书局汇报,亦已由保定代订,乃自强学会封禁后,官自为之者多所忌讳,不及《中外纪闻》远矣。时吾父属湘帆诸君购时务书于都市。鞠如实代列目,然吾父每谓阅书不及阅报章,以事愈新愈切要也。

十五日(12月19日)　小雪。

十七日(12月21日)　挚甫先生所选十科墨卷已印讫,以京钱五百文出售。凡二册,毛太纸八裁。此虽墨卷,然包罗宏富,议论新颖,如读名制义,固吴先生选录之精,亦足征风气之开发也。

十八日(12月22日)　学使顺德李公文田按临至冀。按临所至,俗称"下马"。

十二月二日(1897年1月4日)　吾嫂至自故城,侄姐亦携来。兄弟之女,曰侄。

三日(1月5日)　弟妇至自饶阳。学使者起马。

十日(1月12日)　大雪。

二十四日(1月26日)　复看江注《近思录》。是时,《理学宗传》余半卷未看。

三十日(2月1日)　看《通鉴》至永嘉六年。

日记八

光绪二十三年岁次丁酉(1897)，余年二十四。

正月十九日(2月20日)　去岁十二月二十一日，吾父由京至故城，今夜子时来冀。

二十五日(2月26日)　阅《华北月报》，自去年又阅上海教会所出《万国公报》，月出一册。

二月一日(3月3日)　吾父训葆真曰：人之为学，当自量其才何如耳？譬诸筑室，有若干砖，即为若干砖之室，如有砖二万，欲建八万砖之室，墙未成而砖尽，基非不坚且广矣，然终无居室之日焉。何若先将二万度能为几室，即为几室，先有安身之处，俟砖又足一室，乃复为之，若以为每年可购砖若干，百年则八万砖不难矣，亦思百年尚能待乎？即使能待，而有时事出亦不能办矣。固非谓二万砖之室成，即可不思扩充也。

二日(3月4日)　是岁故城请杨儒珍阅官课卷，束脩八十千，每月三日送课卷来冀，十三日取回，以为常。

八日(3月10日)　吾父为书院诸君说管世铭《韫山堂时文》"齐一变至于道"文，曰："负扆鹰扬"，此句与下不融，下言抗为家法，此与家法何干？是但顾字面而不问其安否也。墨卷多此，名家则不常有也。又曰：读文当揣摩其调，心随其读，则调自出矣。如此读熟，为文时，则调不期而至矣。又言：挚甫先生谓侯朝宗文为野狐禅。又曰：廉卿先生甚喜作大字，盖以彼之字将一切笔力悉纳于小楷之中，诚不易也。故尝谓余曰：吾至今小字未成。又曰：余评点之书，如《仪礼》《后汉》《晋书》皆不惬意,惟圈点之《史记》颇自喜。然圈点甚少,凡归、方氏所已圈者,概舍之。余看《通鉴》至《晋孝武帝纪》。

　　十一日(3月13日)　读《左传》至襄公二十二年。

　　十三日(3月15日)　吾父说《韫山堂时文》"无寓人于我室"二句文,曰:为文当用俗情琐事,乃能真切。又曰:文中下字当极斟酌,稍有轻重即不稳,必数改其不妥者,不可畏难也。有见白香山诗草至改五六次。

　　十五日(3月17日)　时余锐志于西算,乃习梅氏《算书辑要》。

　　二十日(3月22日)　吾父批陈蓉龛《论泰西学校》文,曰:论外国必引我先王为中国壮门面,仍不免书生之习气。西学与教盖两事,论学不必言教。泰西与中国自古不通,中国之说何得传于彼?宋芸子《采风记》谓耶稣本之墨子,亦强为中国作门面,奈何本此以立论邪?又曰:耶教之精微,恐中国谭者不能尽得,盖传其粗浅者耳,亦如今之教士所讪笑中国者,亦皆世俗之事,而我学之精微,彼亦未尝喻也。

　　二十一日(3月23日)　如故城。雪。

　　三月二日(4月3日)　与杨儒珍书。是日历亭书院官课生童共一百二十七本。

　　三日(4月4日)　是日斋课。书院考课,每年自二月至五月,八月至十一月,凡八月有课,遇闰照加。生取超等六名,第一名膏火三千,加奖一千;二名三名,每名膏火二千,加奖八百;后三名膏火二千;特等十名,前五名每名膏火一千五百;后五名每名膏火一千二百。童上取五名,一名膏火一千四百,加奖六百;二三名膏火一千,加奖四百;后二名膏火一千。中取八名,前四名膏火八百;后四名六百。斋课取额与官课同,无膏火,择优给奖,不逾八千。自二月二十一日以来,或雨或阴,晴者一二日,屋漏者十六七,今始大晴。

　　六日(4月7日)　阅《阎潜邱年谱》,平定张穆编此书,盖祖父购自河间者,白纸大册,精雅可观。首页有潜丘居士印,此必张石斋得其图章,因印于每册之上。余以此书不惟详于阎氏生平,联类所及,多一代名儒逸事也。

九日(**4月10日**) 傅遐龄如上杭,叔父如福建,龄从实从之,以理庶务,去秋回家,今复前往。祖父遂属其携三十九号致叔父书。

十五日(**4月16日**) 得儒珍复函。

二十三日(**4月24日**) 叔父来上杭四十四号家禀。

四月三日(**5月4日**) 与儒珍书。

八日(**5月9日**) 发致上杭四十号家信。

十日(**5月11日**) 河间院考,十四日齐集。祖父赴河间,因欲迂道以旋里,故启行早也。

五月二日(**6月1日**) 吾妻至自冀。

三日(**6月2日**) 雨。

十日(**6月9日**) 吾祖至自任邱。河间考事毕,又一过吾姑家也。

十三日(**6月12日**) 阅《采风记》。

二十六日(**6月25日**) 与子畲书。

二十七日(**6月26日**) 看《论语经正录》至《乡党》。

二十九日(**6月28日**) 收上杭四十五号家禀。

六月五日(**7月4日**) 得子畲复书。

七日(**7月6日**) 于是久旱,同城官祈雨,吾祖取水。每祈雨,多属吾祖取水。

九日(**7月8日**) 小雨。城东北多足。

十二日(**7月11日**) 与子畲书。

十四日(**7月13日**) 得子畲书。

十五日(**7月14日**) 余抄古诗,自汉魏至国朝随得而录之,以备诵读。不多采,亦非择其佳者而尽选之也。

十六日(**7月15日**) 雨。

十七日(**7月16日**) 县令洪君到任。君名寿彭,字述轩。前令沈君调青县。沈君名聂初，字启庵，官故城久而无赫赫名。日与聘三校《古诗选》评点。初吾祖依赵铁卿临本录之，未毕，胡子振先生继之，乃据赵湘帆临本。近步芝村赴保定，又得吴先生近日手定本。余见之急假以归，请吾祖补录。葆真乃同聘三校之红笔；墨笔及夹行、眉上之评语不注名氏者，皆姚惜抱所为；其载姓名，则姚吴两家所引，不可识别；其绿笔则刘海峰评点；凡校改皆吴先生。

二十三日(7 月 22 日)　聘三为吾祖请城西榆林村按摩者韩君来。

二十九日(7 月 28 日)　雨。

七月八日(8 月 5 日)　辞去韩君，以其不胜任也。

十六日(8 月 13 日)　如冀，至。

十八日(8 月 15 日)　吾父如故城。

二十七日(8 月 24 日)　雨。

八月十五日(9 月 11 日)　阅《农学报》，亦吴先生为书院订者，月二册，始于四月一日，今始寄到。余阅之，不过摘其十一二耳。

十六日(9 月 12 日)　看《论语经正录》，《先进》终。

九月十四日(10 月 9 日)　余近作《〈圣学入门书〉书后》，今又作《书步虞轩斋壁》。

二十二日(10 月 17 日)　于是胡先生为书院购时务书甚众。

十月十六日(11 月 10 日)　如故城，至。

二十日(11 月 14 日)　观岑堂叔及刘聘九来署。聘九，余庆长之掌柜者。

二十一日(11 月 15 日)　有雨。

二十二日(11 月 16 日)　封家庄李老表爷父子来署。

二十三日(11 月 17 日)　观岑及聘九归。

二十六日(11 月 20 日)　李老表爷因办地方事亏钱事急，来见吾祖，有所请，吾祖假以钱百千。欣然致谢而去。吾高祖母兄弟之子也。

十一月一日(11 月 24 日)　吾祖购陆放翁《渭南全集》，京钱十六千。叔父自上杭来四十八号家书。

二日（11月25日）　与步芝村表叔书。

九日（12月2日）　作《〈小学韵语〉书后》。

十九日（12月12日）　购《六书原始》《广东新语》《纪文达公遗集》《黄氏医书》，裴老泽携所刊《苏沈良方》来校。昔吾祖读《知不足斋丛书》，见《苏沈良方》而善之，而惜无单行之本，乃手录其书，付之梓人，而属聘三初校。

二十日（12月13日）　请王滋斋助校此书。使裴老泽带回修补，印百五十部，凡四本用八裁毛编（边）纸，年终同书版带来，印工每部京钱四百。

二十一日（12月14日）　购《畿辅诗传》《唐诗品汇》，京钱十二千，并前所购《六书原始》四种，共二十四千。

二十八日（12月21日）　步浦男先生来宿。马先生名其端，枣强金村人，道德甚高，尝官复州学官。甲午之役，刺史亡去，有守城功。

二十九日（12月22日）　购《周易折中》。

十二月十三日（1898年1月5日）　如冀，至。

十四日（1月6日）　梓人刘老辛赠我以《且亭诗》，自谓曾刷印此书，故以相赠。又言：不久尚赴宁晋印《洨滨集》，仍当以相赠也。是时，刘老辛方在书院刻课艺也。

十五日（1月7日）　胡先生辞明年讲席，仍读书书院也。吾母如安平。子久堂伯嫁其女于安平弓氏，而属吾母往送，吉期为十八日。

十九日（1月11日）　是时，州刺史牛公霭如昶煦丁母忧去官。达甫龚公寿昌署理官事。吾父为其母撰墓铭。

二十日（1月12日）　吾母自安平归。

吾父昔与吴先生书，有云：顷在都见两宋本韩文，其一为方崧卿《韩文举正》原刻本，已为世所罕见；其一为祝充注本。祝本自昔未曾著录，惟五百家注引及之，盖放佚已久，尤为难得。二书皆完整，字尽无一模糊者，岂非奇绝？先生尝称广东丁氏所藏世彩堂韩文，以为宋本第一,今此二书似皆在世彩堂之上也。藏此书者为徐坊梧生,前广西巡抚延旭之子,官户部郎中,收蓄甚富,二书乃十百之一。其人与柯凤孙同乡至好,先生可设法一见也。

吾父尝述徐梧生言:孙渊如校书甚粗。渊如尝仿刻宋本《晏子春秋》,并不与宋本同,及观所仿之本乃明本也。又言:尝见渊如校书时手稿,有云“《太平御览》作某者”皆涂之,改为“宋本作某”。

吾父谓韩退之《蓝田县丞厅壁记》,此为诙诡之文,古人不得志之意无时不在,其刺世讥时,每借题发露。古人文多如此。又曰:如《史记·叔孙通传》、《封禅书》,《汉书·王莽传》之类,皆诙诡之文,事本虚假而极琐碎,乃形容之不遗余力,若俳优之演古事,俨如真行其事者,以言之庄雅,故非小说家之流。此等文不易学,学之不善,易致不雅,然胸中不可无此趣也。

吾父所临诸家之书及属他人代临者,内多未识谁之评点。葆真恐久而竟遗忘也,谨将数年以前所临者并录其略于左:

《史记》归、方点本,甲戌年与吾叔父临。

《古文辞类纂》,朱笔评点,姚氏晚年手定本;墨笔方望溪,黄笔刘海峰。词赋类黄笔张皋文,方、刘二家文墨笔。黄笔乃集中自有圈点,其评语则杂采之诸家。绿笔张廉卿先生。己丑冬,华秋吟以蓝笔临吴先生选读本。

《庄子》姚氏章义本,刘才甫评点,吾叔父附姚氏圈点。

《陶集》,刘才甫、姚姬传、方植之、吴先生评点。

《荀子》,姚氏评点(以上壬午年临)。

《史记》,张廉卿先生评点。

杜诗,张廉卿先生评点(以上甲申)。

归评《史记》,附方氏圈点(乙酉临)。

《汉书》,姚姬传、吴先生评点。

《淮南子》,吴先生评点。

韩集,吴、张两先生。

柳集,方望溪、吴先生评点。

《五代史》,梅伯言、吴先生评点(陈雨民先生代临其起讫)。

《曾文正公文集》,张、吴两先生评点(陈雨民先生代临其起讫),以上戊子。

《三国志》,吴先生评点(未详年)。

《礼记》,姚姬传评点(陈雨民先生临)。

《大戴记》,姚姬传评点(步芷村临)。

《国语》,姚姬传评点□笔,吴先生朱笔(孙稷生临其起讫,吾父补之)。

《老子》,吴先生评点(黄椿圃临,吾父据姚氏章义分章,并记吴先生所分章)。

《墨子》,吴先生评点(刘苹西临)。

《晏子春秋》,吴先生评点(刘苹西临)。

《法言》,姚氏评点(李备六临),以上戊子。

杨儒珍有吴先生所著《尚书》稿本,余以石印写定本校之,文字颇有同异。前刊写定《尚书》,即与石印本不同,殆时有修正故也。前刊写定《尚书》,已毁其版,盖有不惬意者。原刊本吴先生曾以相赠。

吾父尝言:王小泉先生不喜《明儒学案》。葆真以为小泉先生诋诽陆、王不余力,黎洲之学出于姚江,是编之去取,其不满先生之意,固无足怪也。

吾父尝曰:为文必使气与事衬,事大则气大,事小气亦小。

又曰:史传叙战迹,固有详略,墓志亦然。但不宜如史传之有太详者耳。

又曰:凡熟于文法,虽头绪至多之文,亦能一览而明。凡看文须字字理会,文之似随便处,亦莫非苦心琢炼而来。凡叙事文,当先看其法,法熟,不惟事易明且可久记。然一书一法,一篇一法,非见之多,思之熟,亦岂易通哉。

吾家所藏《曾文正公文集》评点本,绿笔张廉卿先生,朱笔吴先生,蓝笔则近日吾父所为而命葆真代录者。其平语朱笔不曰某案者,皆吴先生。

吾父曰:王壬秋《湘军志》,其文学《史》,无公牍语,其事则取之见闻。此其佳处也。然不实处亦所不免,且喜毁谤人,人亦以是多怨之。王壬秋喜为大言,如曰:马班陵躒,韩欧空疏。夫班不乱,《史记》则其妙处正在乎乱。韩欧之文,虽繁盛之际,未尝不以空气行之。其文之佳亦未必不在乎此。人有誉其诗者,答曰:吾曾不及曹子健(建),不过晋宋间一名家耳。尝语廉卿先生:吾于二十四史曾阅七遍。国朝人喜阅书者,遍阅二十四史者固不少,若吴先生则不过数种。夫人苟注意阅之,亦非难事,如一年十函,十年足以蒇事。即寻常喜阅书者,综其生平所阅,亦不只此数。且此等切实功夫,亦人所宜为也。人当有泛观之书,有全阅之书,使一字不遗;又当择其要者熟揣摩之,使无一字之含糊,无一句不如自己出者。

昔吾父评吴先生《程忠烈公神道碑》,“‘是时’至‘战也’”(圈),“‘公起’至‘击众’”(点),“‘先是’至‘大服’”(点),“‘诸军’至‘及也’”(圈),“‘公争’至‘指挥’”(圈),“密白李公请诛八人以定乱,曰:贼众尚二十万,特战败畏死乞降,其心固未服也。今释弗诛,使各将数万人,与吾分城而处,变在肘腋。李公不可。公力争不能得,则脱所着冠掷李公前曰:以此还公。拂衣径去”(改定),[1]“‘明日’至‘无事’”

---

[1] 《吴汝纶全集》所收《程忠烈公神道碑》与此处文字不同:“遂还军密白李公,请诛八人者以定乱。是时常州嘉兴皆未复,李公愕然曰:‘杀已降不祥,且令常嘉闻风死守,是自树敌,不可。’公争不能得,则脱所着冠提李公曰:‘以此还公,从此诀矣。今贼众尚廿余万,多吾军数倍,徒以战败畏死乞降,其心故未服也,今释首恶不杀,使各将数万人,糜军饷大万百余,与吾军分城而处,变在肘腋,吾属无遗类矣。’拂衣径出。”见《吴汝纶全集》第一册,黄山书社,2002年,第110页。

（角），"当是时也"（圈），"'自军'至'八月'"（角），"苏州益振"（点），"'淮军'至'倡始'"（角），"'李公'至'如此'"（点），"'论功'至'功绪'"（圈）。"一气奔泻，而节节收束，纪律谨严，而提顿荡漾处精神洋溢，自马、班、陈、范及韩、欧、王外，皆不足语此"（总评）。《陕西留坝厅同知陈公墓铭》"'西走'至'办治'"（点），"'茶丝'至'著云'"（圈），"愤时之心，乃时时发露"（评），"曲折奥衍，惟韩公有此笔力"（总评）。《武安县孙君墓志铭》"'善居'至'首谢'"（点），"遂不娶"（点），"然终不娶"（点），"'六十'至'以卒'"（点），"'用此'至'丧归'"（点），"其体势及自醒作意处，皆似韩公《孔君胜墓铭》"（总评）。

昔吾父所为诗古文词及集联，皆手焚之，不复存。今偶检得一纸，皆集《近思录》语为联，谨录存之：与人言若扶醉汉，这边扶起那边又倒；除思虑如逐盗贼，东面逐去西面复来。只外面有些隙漏便走了；将修己必先重厚以自持。但将诸弟子问便作己问；莫把第一等人让与别人。漆雕开已见大意；颜氏子犹是粗心。扬氏为我疑于义；墨氏兼爱疑于仁。荀子才高其过多；扬子才短其过少。韩退之外面皮壳都见得；董仲舒性善模样不分明。韩退之只是说下半截；文中子未曾向上透一着。

吾父尝言：《平准书》"而杨可告缗遍天下"，此笔真天外飞来。震川圈此句，方望溪看不到。震川评点《史记》极精，望溪但圈死法。

日记九

光绪二十四年岁次戊戌（1898），葆真年二十五。

正月十日（1月31日）　吾父至自故城。去岁十二月二十五日由京到故城也。

十四日（2月4日）　阅《通鉴·宋纪》毕。

二月五日（2月25日）　弓子贞持其世父事略，求吾父为撰表墓之文。

七日（2月27日）　子贞先生归。余属其将所藏《深志》稿本见示数册，许之。

三月六日（3月27日）　吾父适京。

十四日（4月4日）　读司马相如《难蜀父老》。

十八日（4月8日）　州吏目王乃昌接印。

二十日（4月10日）　子贞去数日，寄来《州志》《人谱》及明以来之传。留其传以备抄录，而归还其《人谱》，复为书以答之。

二十四日（4月14日）　余至故城，于是观岑、耀三两堂叔皆来署读书。耀三名江兰，樵叔祖之次子也。

闰（三）月六日（4月26日）　耀三叔助我为《古今人表考证》而不厌。

八日（4月28日）　观岑、耀三两叔以事旋里。

十日（4月30日）　阅《国闻报》，借诸县署也。此日报事琐词俚，《申报》类也。

十六日（5月6日）　是日书院古课，凡十四本，山长未在，吾祖代阅。

二十八日(5 月 18 日)　吾祖阅《先正事略》。聘三自正月回家会试后始来。

四月十六日(6 月 4 日)　是日,古课仅九本,吾祖代阅。

二日(5 月 21 日)　雨。①

九日(5 月 28 日)　吾父说《毕君殉难碑记》。

十日(5 月 29 日)　又说《何君殉难碑记》。

十一日(5 月 30 日)　又说《林君殉难碑记》。

十二日(5 月 31 日)　又说《邓湘皋墓表》。云:《邓湘皋墓表》自其遗外时荣以下,皆言其表章先达。此篇两意,前言其嗜诗,后幅言其表章。言其为诗,亦寓表章之意。

十三日(6 月 1 日)　又说《湘乡昭忠祠记》。

十四日(6 月 2 日)　又说《金陵湘军陆师昭忠祠记》。

十五日(6 月 3 日)　葆真为吾父读《宋书·刘穆之传》。

十六日(6 月 4 日)　吾父说孙芝房《刍论序》。

十七日(6 月 5 日)　吾父说《罗忠节公神道碑》。云:湘军之兴与出境讨贼,皆始于罗公,且其功甚大,故此文推许之甚,至其学问,似不必如此大叙。后幅以战功归本学问,亦可不必。云某事本于某学,则未免牵强,且不大方。此篇文则大佳矣。

二十日(6 月 8 日)　又说《李忠武公神道碑》。云:《曾集》诸将碑所云攻讨某处,句调皆练整齐,②用字皆变换,有汉赋气体,此曾所创之体,桐城诸家所无也。攻克处皆一数即过,必提一二条紧要者特叙之。其历数攻讨之处,每以一二虚字连络成气,细观之,无处非法,故精熟一篇,可悟多少道理。

二十一日(6 月 9 日)　读苏氏《战国任侠》。恭录谕旨之关于新

---

①　此处疑有误,原文如此。此后暂按四月换算。

②　"齐"字疑衍。

政者。

二十二日(6月10日)　初,祖父阅卷过劳,雨后天气凉,遂不适,乃请翟先生来视疾。

二十五日(6月13日)　疾少愈,翟君乃去。

五月二日(6月20日)　余偕聘三如冀。

五日(6月23日)　得弓子贞书,又以吴先生所注《通鉴地理今释》见示。故城山长一席,多欲请李备六者,余与之议而允焉。

八日(6月26日)　聘三去冀。

二十日(7月8日)　吾父说王介甫《周礼义序》。

二十一日(7月9日)　吾父说欧阳公《五代史职方表序》。

二十二日(7月10日)　作《〈五代史·一行传〉书后》。

二十四日(7月12日)　吾父说苏明允《乐论》。故城书院山长一席,明年将请李备六,吾祖命余与议,既允之矣。继而翘材书院院长步芝村选丰润训导,张楚航等以为非彼不克胜任,决不使往。

二十七日(7月15日)　吾父始与季弟说《孟子》。

二十八日(7月16日)　吾父说苏子瞻《战国任侠》。

六月二日(7月20日)　兄女以霍乱殇。

三日(7月21日)　吾父说韩退之《送李愿归盘谷序》。

五日(7月23日)　吾父说王介甫《李文公集序》。

六日(7月24日)　吾父说曾文正《金陵军营官绅昭忠祠记》。

八日(7月26日)　葬兄女于城南义地,吾父伤之为作墓碣。

二十三日(8月10日)　吾父说《李勇毅公神道碑》。

二十四日(8月11日)　又说《母弟温甫哀词》。

二十五日(8月12日)　读《母弟温甫哀词》。

二十六日(8月13日)　又说《江忠烈公神道碑》。曰:筋节灵动,疏落飘洒,如目前指点,绝无费力之处。其序事如论空理,文势固然,情理尤合。

二十七日(8月14日)　吾父始评点《曾文正文集》。

二十八日(8月15日)　始为吾父读《时务报》,吾父失明,不能读书,又不能阅报,甚以为苦。虽时时读文,不阅报章,犹苦之。葆真请每日读报数页,不许,久乃得请。

七月六日(8月22日)　作《论城濮之战》。吾父阅之,谓葆真于文事突有进步。

八日(8月24日)　吾父说《海宁州训道钱君墓表》。

九日(8月25日)　又说《仁和邵君墓志铭》。

十日(8月26日)　又说《刘君季霞墓志铭》。

十一日(8月27日)　又说《送周荇农南归序》《送陈岱云出守吉安序》。

十二日(8月28日)　又说《书〈学案小识〉后》《送唐先生南归序》。阅《泰西新史揽要》。

十三日(8月29日)　又说吴先生《合肥淮军昭忠祠记》。

十四日(8月30日)　读《淮军昭忠祠记》。

十八日(9月3日)　又说《程忠烈公神道碑》。

二十四日(9月9日)　又说《铜官感旧图记》。

二十五日(9月10日)　又说《弓君裴莽墓表》。

二十八日(9月13日)　又说《天演论序》。

八月二日(9月17日)　月课题策、论各一道,始废制义也。题为:"子产不毁乡校论",古课亦罢。

三日(9月18日)　吾父示诸生曰:为学当以史部各类为主,古今中外一切事迹掌故,及近时各报,皆史类也。外国各书,朝廷已命人选译,久之当有明文。今当以看报为主,已译各种亦须随意披阅。经学当以注疏为主,旁及诸家;四书仍以朱子为主,兼通古训,皆不可看近时讲章。学文当博览诸家,而以《古文辞类纂》为主。策论亦须如题命意,不可太泛。措词宜雅,一切公牍及时报鄙俚之字,皆不可用,经义虽无定格,当略仿先儒讲义。考据说理,引证后世史事皆可,忌怪诞,忌八比熟调,不可用语录语。余亦拟作《子产不毁乡校论》。

吾父说王壬秋《湘军志》,用季氏《续古文辞类纂选》本。

七日(9月22日) 吾父上吴先生书。读《罗忠节公神道碑》。

八日(9月23日) 吾弟长子生。

十八日(10月3日) 作《在亲民义》。既改策论,经义当试为之,亦所谓应试文,再作即不复书。

十九日(10月4日) 吾父说《湘军志》,但说曾军篇。

二十日(10月5日) 又说曾文正公《遵议大礼疏》。

二十一日(10月6日) 又说《应诏陈言疏》。

二十三日(10月8日) 为吾父读南海《上书记》。

二十六日(10月11日) 侍吾父如故城。是时,河间府考已毕而将院考。故祖父在河间。

二十八日(10月13日) 闻景州有刘老景者精目科,吾父以己所患非中医所能治,苏良材屡以为言,祖父乃命往迎之。

九月二日(10月16日) 吾父又说曾公《遵议大礼疏》。

五日(10月19日) 冀州二日官课,题为"矿务策:货恶其弃于地也",缴卷四十卷。三日斋课,题曰"以兵卫商",亦四十本。书院遣人来送。

六日(10月20日) 观岑、耀三两叔自闰月回家,又来月余,以叔祖兰樵卒乃去。

七日(10月21日) 政变,又恢复制义。余又习八股文,以将院考也。

八日(10月22日) 目医者刘景韩来。景韩名琦,景州张家庄人,年六十四,专治目疾。前以车迎之,云八日乃能去,故又往迓之。

十八日(11月1日) 余以将院考,须补县考、州考,乃先赴北代,晚宿孙家寨。

十九日(11月2日) 至北代。

二十日(11月3日) 补县考,制义文已属人代作,自作论题。

二十七日(11月10日) 至深州。

二十九日(11月12日)　补州考。属文瑞书院康亨庵及常树轩为之,时湘帆方长书院,康、常皆其高才生也。亨庵名思恒,树轩即堉蕙也。

十月二日(11月15日)　学政张英麟按临至深。

四日(11月17日)　今日古场。余应古场,为性理论,题曰:"性静者可以为学论。"又诗八韵,属劼传代为之,余代劼传作经解。次篇题曰:"夏后氏之鼓足。"吾家应古场者,生童共十一人。一为经解,一为算,三人为论,余为赋。

五日(11月18日)　今日童正场。吾家应试者五人,又同姓一人。题曰:"书诸绅子曰直哉。"次题:"不可以有挟也。"诗属玉珉代作。玉珉名肇奎,荣卿叔之子。古场榜揭,无贺氏名。

六日(11月19日)　覆古试。

七日(11月20日)　生正场。是日,童正场榜揭,亦无贺氏名。

八日(11月21日)　童提覆。

九日(11月22日)　考教与优生。生正场榜揭,吾家惟德深一等第一。

十日(11月23日)　童覆试。

十一日(11月24日)　生覆试,余由深来冀。

十三日(11月26日)　得吴先生由保定与吾父书。得吾父与胡先生书,言请步浦男先生长历亭书院。

十一月二日(12月14日)　书院月课。

三日(12月15日)　斋课自上月月课复制义文,无古课矣。

五日(12月17日)　如故城。

六日(12月18日)　至。

八日(12月20日)　祖父往景州窑上庄刘氏题主。

九日(12月21日)　阅《格致益闻汇报》,此报自今年秋始阅也。

十日(12月22日)　为吾父说《泰西新史揽要》。祖父自刘氏归。

十五日(12 月 27 日)　观岑叔至自山东。明年将从尚惠宸观察,有事于河工矣。

十八日(12 月 30 日)　观回家。

十九日(12 月 31 日)　阅《中西教会报》,此报殊无足观,僻居故城,聊以广见闻。

二十三日(1899 年 1 月 4 日)　发上杭第四十八号信。

十二月二日(1 月 13 日)　张聘三临《古文辞类纂》毕,即临吾父所为《后汉书》,尚未毕也。

四日(1 月 15 日)　步浦男先生今年长无极、深泽两书院,已辞谢。而历亭书院王雨田选学官,故请浦男先生。先生欲就矣,而两县书院强留之,而馆又定,乃请武邑葛静轩先生,已应招矣。

八日(1 月 19 日)　前所借吴先生《通鉴地理今释》,已属于泽远、张淮波诸君代录。其《深志·列传》余自抄之,尚未毕也。

十九日(1 月 30 日)　聘三回家,明年将授徒他乡,不复居此矣。

二十八日(2 月 8 日)　县令洪公调安州清河县,王德舆来故城,今日视事。洪公有治事才,优于沈公,且通西学,于吾国学术亦能言其梗概,故其去,人甚惜之。

吾父曰:《伯夷传》乃史公自述其为传之旨,以为孔子而上由孔子表章之,其生于孔子之后者则余当为之表章,因言孔子之前惟见称于孔氏者可信,其不见称于孔子则不可信。故许由、务光之事不可信,而孔氏未之称也。则凡不可信者,吾不录;所录者,皆可见信于后矣。孔子以来之士,必待吾为表章叙传。曾明言之,今《正义》亦引此说。曾文正公乃谓此篇意在感己不得孔子表章。此何说也? 韩退之且以己之文自能传,不待表章,况史公乎? 挚甫先生曾与余言见许由冢,乃史公信其事,其说不可解也,惜其时未及请其说耳。

又曰:学文当先使清,必期法合而得其神,字句浓(秾)丽非所急也。

日记十

光绪二十五年岁次己亥(1899)，葆真年二十六。

正月二日(2月11日)　为吾父读《瀛环志略》。

九日(2月18日)　吾母来自冀。得上杭五十八号信。

十七日(2月26日)　辰时，女生。

二十一日(3月2日)　堂叔悦岩同纪钜绥来。请吾祖为其父题主也。

二月二日(3月13日)　是月官课，刺史赵公亲阅矣。赵公名执治，去冬至任。自牛公任州事，以官课请吾父代阅，自是以为常。赵公来，始自评阅。

六日(3月17日)　《瀛环志略》二次读毕。

十一日(3月22日)　吾母至自故城。

二十三日(4月3日)　吾嫂兄子方炽来迎吾嫂。

二十四日(4月4日)　吾嫂归宁其母。吾父往萧张耶苏堂使英医视目疾，而曰不可为矣。自去冬服汤药，已数更医者，迄无效，且有加焉，遂宿于教堂。

二十五日(4月5日)　作《拿破仑论》。

二十六日(4月6日)　吾父回。某舅之子某来已多日不去，与之钱犹不去，至是乃强之行。

三月三日(4月12日)　是日课卷百八十册，为数年所未有。以赵公自阅官课卷故也。古课二十二本。八比文既复旧，故古课亦恢复也。

五日(4月14日)　吾父命书院诸君分三班,为诵一切书报。日召五六人,半日即退,三日而复始。今为第一日,读《昌黎集》,明日读时务书,后日读《续古文辞类纂》所录《湘军志》。

十七日(4月26日)　又作《拿破仑论》。

十八日(4月27日)　余录毕子贞借我《深志》及《地理今释》,乃还之。

二十三日(5月2日)　读薛叔耘出使日记毕。

四月五日(5月14日)　上月七日为书院诸君第三班读书,先读黎选《湘军志》已毕,又读《史记》,先《项羽本纪》。

十三日(5月22日)　葆真为吾父读《劝学篇》。

十四日(5月23日)　深州李省三、吉林同其戚、肃宁郭辅臣来。辅臣求吾父为其先人撰墓表也。

十五日(5月24日)　吾父撰《宗君华甫寿序》。上月曾撰《刘太淑人墓表》,此文乃今年第二篇也。

二十九日(6月7日)　是日斋课于泽远第一,童课张壁堂第一,古课王荫轩第一,官课陈嘉谟第一。堂叔镜堂有事于深州过此。

五月一日(6月8日)　书院诸君读《地理全志》毕,即读《万国公法》。至是重读《万国公法》。

十九日(6月26日)　堂叔镜堂至自故城。

二十一日(6月28日)　赴故城。是时按摩者郑老济来。此人已久为吾祖按摩,以待余老仲者待之,然不及其艺精,而工价反高。余读吴先生《天演论序》。此文载于《国闻报》,即录出读之。

八月十七日(9月21日)　余如冀。

十八日(9月22日)　镜堂如故城。时吾父方令其读《中东战纪》也。吾父近撰《吴先生六十寿序》。

九月一日(10月5日)　日来书院诸君读讳文毕,又读《古文辞类纂》。

十月二十八日(11月30日)　吾嫂宁母归。

十一月三日(12月5日)　葆真为吾父读吴先生文,即为之评点已毕。

七日(12月9日)　书院诸君说《万国公法》二次毕,又说《交涉公法论》。

二十二日(12月24日)　余如故城。

十二月六日(1900年1月6日)　余将补县考,如北大。吾村本名北大,见六朝、金名,而俗每云北代,代、大音近而讹。然吾村名之古如此,惜村中已无旧民族,如康氏、尚氏,亦仅视吾族为早迁而已。

八日(1月8日)　至。

十九日(1月19日)　余赴深州。

二十日(1月20日)　余补州考。其文倩人为之,县考亦然。

二十五日(1月25日)　余应古场,题曰:"心者气之精爽论",又代劼传作"意大利索地近日情近论",而余应作之诗,则倩人为之。

二十六日(1月26日)　今日正场。吾家应考者七人,题曰:"不芸苗者也"、"至宰我子贡"二题。虽与之俱学诗,倩人为之,不及录而暮。未完卷,出场。

二十九日(1月29日)　吾家应童试者,皆与吾同归。昨日榜揭也。即宿汇亭家。余以自有知以来,未曾在家过年,欲一与家祭,且观家族贺年之礼,故未即回冀。

三十日(1月30日)　晚祭家祠。是谓新家祠,在天平沟之西,旧祠在村中旧祖茔之左,清明乃致祭。无□位,祭时悬家谱,□祭毕而敬藏之。

吾父曰:《鄢陵之战》,以范文子为主,甚精神,其叙事妙在事外。左氏序战数篇悉佳,当以此篇为最。《邲之战》,其序事节奏甚好,而不易看,但篇首议论太多耳。

又曰:吴先生《合肥淮军昭忠祠记》独"曾文正公起湘乡教练,乡勇依以办贼"数语无力,又"文正公率淮军讨捻至西捻平",当云"捻者出入于某某省,文正率淮军讨之,病罢,相国代之,凡十六月而捻匪平"。又"以水师胜"句与前后不类,"一日有事"句接无力,以下数语与前近复似,宜别练。"顾犹以中外之议　未尽同"以下,宜云"人有中外之见,不肯认真学习,其学者亦仅及其外,并未尝究其理"。"西域之议吾国"上添"此"字为歉也,删"也"字。而"吾乃规规教"语,删。"自古任事之臣"上增"而"字,"所以"删"以"字,如此文理始顺。"巢湖睢上"语意似不完。

吴先生评赵湘帆《河间献王论》曰:"外国民智,于是民权重,而有民主之国,此最合于《孟子》民为贵之旨。以公理言之,未必中国之是,而外之非也。"

吾父曰:李相国素不喜吴桐云,时挚甫先生在李公幕,李公闻桐云至,谓先生曰:桐云来必求吾保荐,勿为奏请。既见,果欲李公为保荐,李公一见大惊,曰:此奇才也。谓先生曰:速具疏,吾将奏闻于朝。先生既为具稿,李公以为未尽,复手为改易。桐云有奇才而善候人意,故当时名公卿莫不喜其才。先生所为墓志,惟言诸公之保荐,则其奔走有力可知其引天下为己负荷,诸公所以称之,盖即墓铭所谓树名迹道路也。

又曰:三国时人已尽为骈体文矣。诸葛孔明独不为当时体,如《出师表》与当时文迥别,其他文亦然。此篇味甚高,其事重大如彼,而从容告戒,若家人父子之相语,一无夸张之气,真可谓无客气矣。曾文正公极称。

又曰:韩退之独创文体,其力大矣。韩公以上,三国惟诸葛,六朝惟王羲之,能脱当时体式。《出师表》亦微有骈俪体。

又曰:左文襄公言:今天下善奏章者三人,余第一,余则曾、胡。实则左不及曾公也。曾于奏议甚致意,亦真得体。盖奏事必使情事吻合,言所宜言,条陈事亦须真晓当时之势,必使言可施行,行之无弊。虽贾谊所上书亦空为大言,若苏子瞻辈之书,亦徒兴会淋漓耳,果皆有补于时政耶? 凡言若痛哭流涕者,能文之士,皆优为之。

又曰:程朱谓韩退之《原道》,言上半截于格物致知,尚未能言之,然《原道》之作驳二氏之专研心性，以为圣人之道必有为于世，既意在此，故不言彼也。

又曰：张季直非办事之人，其才亦在文廷式之上，其客气亦太甚，二人皆轻狂太甚。

又曰：秦友藗，狂士也，博学能诗，为畿辅学堂教习，其学问远迈前教习沈子丰，即沈子培亦不逮也。喜售文，购其文而获隽者屡矣。康氏立保国会于京师，友藗亦与焉。

又曰：武强刘益侯谦制义甚高，似在正嘉之间。又曰：文安陈仪兰雪斋制义文自谓其言理之文为有制义以来所未有，其实不及国初，亦足称名家。惜二人之文，皆未行世。

又曰：秦之世与尧舜之世虽不同，其事多相类，亦为古人所料及，若今之世，与古者绝异矣。

又曰：诸子之言，虽各有偏，然俱有精义。如韩非子之言法，虽小仁，然能深中情事，其揣摩人情极确切，文亦绝佳。

又曰：余所评点之书，如《仪礼》《后汉书》《晋书》皆不惬意，惟《史记》颇自喜。归、方所已圈点者，皆未圈，故所圈极少。

又曰：《史记》以《封禅》《平准》为最奇，而《平准》尤胜，文之接奇、转奇、推奇，凡奇皆视其用笔，固不在能为大言也。

吾祖尝与汇亭叔书云：以后写信寄家无论给谁的，总是大家同看，无事可知平安，有事即可公同酌办。从前汝大爷在京每有信来，各院皆见，有未见者亦必要出来看。有好事大家欢喜高兴，有为难者大家代为悉心筹画。如此方是和气人家，方是兴旺气象，虽各立门户而元气不散。绵长之道，无逾于此，深愿汝等效之也。

日记十一

光绪二十六年岁次庚子(1900),葆真年二十七。

正月十一日**(2 月 10 日)**　余由北代回冀。余至深州应院试,族人无一获隽者,遂同来北代。余自五岁侍吾祖至故城学署,离家二十余年矣。故借此到北代一观家中新年景象。

十二日**(2 月 11 日)**　至故城。

二月二日**(3 月 2 日)**　吾祖至自河间。院考毕矣。吾祖自正月元旦赴河间,而学政于八日始到。是日,为字纸会会期。字纸会为吾祖所兴立,且二十年矣。此会宗旨在集赀,以为创建书院基础,而历亭书院卒以落成,而此会仍依然不废也。凡入会者,人出京钱二千谓之一分,欲多出者则二分、三分均可。祖父则首出多分,以为之倡。

四日**(3 月 4 日)**　如冀,至。去岁以来,妖贼借仇教为名,时时滋事,谓之义和拳。畿南一带多有之,近始剿拿,渐就平息。余屡至耶苏教会、天主教会询访近状,而耶苏教会有张秉衡者,人颇明爽,与余相契。秉衡名鸿钧,冀州人,萧、张、伦敦教会会友也。设分会于故城,故人之从其教者,乃日渐发达。去岁知州事赵公于十月调省,而双奎公来署州事。是月官课卷仍循旧例,州署中人觅人代阅。

十一日**(3 月 11 日)**　书院诸君为吾父说书如去岁。

十二日**(3 月 12 日)**　昨日诸君与吾父说《史记》毕,今日乃说《汉书》。

五月八日**(6 月 4 日)**　吾妻携子女宁其母归。

六月二日**(6 月 28 日)**　是日,以地方不靖,罢月课,读书会亦止。

四日(6 月 30 日)　吾父上书吴先生,请其避地来冀。自拳匪猖獗,京、保蜂屯蚁聚,朝廷命大臣往解散之。而端王、庄王等反设坛招致都门之内,乱民骤起,戕日本书记、德国公使,所在焚杀。二十五日,竟下诏与外国宣战,而褒勉匪徒曰"义和团",使赴敌。余闻之惊悸殊甚,寝食为废。吾父尤忧之。惟日与书院诸君痛言其事,属其各归乡里劝子弟习其术,轻地方之糜烂而已。时吴先生家属已去保,故请先生来冀。

六日(7 月 2 日)　王子翔及其妻来自保定。吴先生次女汪氏夫人同来。子翔名光鸾,桐城人。先生四女婿时皆从先生于保定也,皆寓书院内。

八日(7 月 4 日)　武邑拳匪渠承江聚众衡武之间留众村。是日,率数百人入城,焚教堂。

九日(7 月 5 日)　拳匪杀教民一人,出掠冯家庄天主教堂,冀州天主教之总会也。

十日(7 月 6 日)　义和拳又捕教民于双庄,为村民所败。

十一日(7 月 7 日)　义和拳悉其众归。

十二日(7 月 8 日)　葆真为吾父说《苏东坡集》书类及尺牍未毕,说《天演论》。

十五日(7 月 11 日)　宗氏姑自任邱来。时任邱拳匪势张甚。盖自献县愈北乱益甚,而任邱令王蕙兰尤以宠拳民而获名誉。今年春,任邱拳匪滋事,河间知府王公守堃往镇抚之,匪拒捕,刃及太守,匪势由此炽。

十七日(7 月 13 日)　吾祖父自故城来。故城亦渐乱,因解官归。

七月四日(7 月 29 日)　葆真为吾父读《天演论》毕。

五日(7 月 30 日)　读李傅相奏议。

八月六日(8 月 30 日)　读李傅相奏议毕,又为吾父读李傅相中东之役各电报。

十九日(**9 月 12 日**)　读中东战事电报毕。

闰(**八**)月六日(**9 月 29 日**)　张聘三来。

九日(**10 月 2 日**)　宗华甫先生、屺山姑夫及葆初、鞠如来冀。时任邱乱甚,展转逃徙,久乃至此。吾表妹及表弟竹如皆已从吾姑前至,于是吾姑全家皆来。葆初名俊心,次青先生子也。

十日(**10 月 3 日**)　张聘三回。

十四日(**10 月 7 日**)　华甫先生及其兄子葆初如深州。

九月二十日(**11 月 11 日**)　葆真侍吾父读《东坡集》。

二十六日(**11 月 17 日**)　鞠如为吾父读吴先生《欧洲百年以来大事记》毕。此文王子翔所抄寄,云:录自吴先生日记,文集所不载也。

十月三日(**11 月 24 日**)　鞠如为吾父读《公法总论》毕。

四日(**11 月 25 日**)　又读《交涉表》。

十五日(**12 月 6 日**)　又读《公法》。

二十一日(**12 月 12 日**)　吾父讲说王介甫《许君墓志铭》,侍听者葆真与鞠如。

十一月十四日(**1901 年 1 月 4 日**)　为书与法国教士雍简斋。雍氏名居敬,天主教之耶苏会教士也。久传教于冀州,其总教堂在城西冯家庄,而城内有分教堂。拳匪之方张也,冀之教堂尽焚毁,教民尽被杀掠。雍氏乃避居威县,及是官绅议赔修教堂,抚安教民,筹款纷纭,民情惶惑。余以局外之人略言时事,稍通彼我之情,或有助于教案,是吾志也。书几二千言。

十六日(**1 月 6 日**)　署枣强县经大令文,前数日奉上官命,往枣强来冀谒刺史,今日回县,明日接印任事,今地方多故矣,民之休戚,所赖于守土之吏者,视平时倍蓰,而环顾州县以上之官吏,其治事理民亦有一能异乎乱未作之时者耶? 乱未作,既举斯民而委于若而人之手,使有今日;既有今日,仍不肯夺斯民于其手,而别置之。经大令未尝临民，固非各处之能造时势者也。其甘为时势所造，如今之所谓良有司者，故特书其视事之日，以观其新政之成，吾不禁为其邑之人深幸而厚望之也。大令即谏太后归政而逃亡之经元善族人也。

十七日（**1 月 7 日**）　作《庚子国闻录存序》，书为宗芷山先生所编。余敬读而善之，因录副以存，而附以所闻者也。拳匪初起，先生曾为《庚子讹言记》，以辟其妖妄已，又为此书，取关乎兵事之谕折、电稿、函札等件而汇存之。

二十八日（**1 月 18 日**）　吴辟疆来。辟疆前与吾父书，请受业于门，既又函寄所为文，吾父已为评阅，而数复书不肯受也。辟疆今日乃执贽来谒。

十二月三日（**1 月 22 日**）　辟疆回深。自拳匪乱作，辟疆从吴先生避地居于深州。

五日（**1 月 24 日**）　作《武邑拳匪记》。

十日（**1 月 29 日**）　鞠如读《万国公法》毕。

十二日（**1 月 31 日**）　又为吾父读《中国古世公法》。

十三日（**2 月 1 日**）　又为吾父读《陆地战例》。

十七日（**2 月 5 日**）　毕。又读《生利、分利之别》。

二十七日（**2 月 15 日**）　葆真侍吾父，熟读吴先生《刘芗林墓志铭》。

王子翔言：吴先生《淮军昭忠祠记》"变未有已也"原本数语，范肯堂改为此一句。吴先生大快之。

吾父谓曾子固《赵公救菑记》曰：后世为典制文字者甚少，以其难为也。凡记琐事必须古雅。此篇无一公文语，此文层层皆用包括语，而无一不变换，余甚喜此等文。

又谓韩退之《赠太尉许国公神道碑》曰："郓州既平"，曾文正于此画段。此句本与下句文势相连，曾于此画段者，以事不以文也。曾往往如此，不可不知。又：句句硬接，实冲口而出。

又曰：韩退之文，自长庆以后皆极老。又曰：文有趁势而叙者，

"而汴之库钱"云云,此因献物而推言汴之所存;"自是讫公之朝"云云,亦即文之势而总言之也。

又曰:宋芸子云韩文格局太紧,此言亦非无理,但碑文不同列传,不能作大篇幅也。

又谓:韩退之《河南府同官记》遒炼。

又谓《送王秀才序》曰:"故文初以将家子"云云,此等即不平庸,此篇篇末由中段引起,尤妙,有巴峡之险,至此地始平之语。若送他人序言,所经为用武之地,则未免泛,此则由文初之祖为当时之将也。

又谓:欧文忠《释秘演诗集序》转勒绝佳。

又曰:《史记·韩信传》叙战略,《曹参传》叙战数,《项羽本纪》叙战状,惟《卫青传》皆铺陈战功与受赏。

又曰:《魏其武安传》石建为上分别二人事,归、方氏皆未圈此句,廉卿先生独圈之。此句收束上文最有法,岂可不圈。

又曰:《史记》叙人叙事,皆一两句即说明,如骞现失侯,乃言曰云云是也。又曰,古人文无无交代者。

又谓韩退之《张中丞传后叙》曰:既为二公辨谤,又极推其有大功,层层说到,用笔至为凝练,凝练中时作闲话。文之妙境,无论何文,皆宜有此意趣,与巡死先后异耳,知终无出师意,言简意明,皆叙事之法。"当二公之初守也",此段尤练,"守一城当是时",接笔甚硬,凡硬接有似不接,至收处乃知无一不吻合也。有篇中不叙雷万春事,遂疑雷万春为南霁云之误者,实亦未必然,不补叙其事者,以其意不在此也。

又云:欧阳公《释秘演诗集序》转落勒绝佳。[①]

又云:吴先生《程忠烈公神道碑》苏州平后,将金陵平叙一笔,于文势固有远神,且合于当年情势。余因与吴先生言之,来书云:子言诚是,但不欲将苏州事与金陵事相羼,以当时李公曾奉廷命,会攻金

---

① 此句与上文重复。

陵，曾氏兄弟不愿其往，李公亦不愿与其事，然吾谓文势现应如是，岂可避嫌？

又曰：孔明真有大才，后主终能信任，而小人亦莫有敢毁谤之者。

又曰：朱子之文皆纯熟已极，无一字不熨帖，甚可观也。辟疆曾谓葆真：朱子之诗甚佳，但为理学所卷耳。

又曰：有办事之才者，诸葛以后当推王猛，若宋之韩、范、司马诸公，虽有经济，亦以其忠诚而办事竭力耳。其才固逊于诸葛多矣。

又曰：《出师表》文独无汉末习气，诸葛之文皆从容无愤激之词，亦不为大言作惊人之笔。姚姬传谓此篇似刘子政，以文体也。吾观其气味，殆过之矣。北征中原，如此大事，绝无铺张，可见其度，亦可见其自任矣。后主亲小人，不能听言，一日远离，实不放心，故拳拳于任人听言，称之先帝。临表泣涕，非虚语也。“先帝在时”云云，语极沉痛，仍不激烈。郭攸之等不与侍中、尚书、长史、参军并言者，盖攸之等先帝旧臣，某某则自举者也。凡观激烈之文，固增人志意，观此等文，尤能开拓心胸。

又谓：曾子固《先大夫集后序》，此篇分两段，前段言公之敢言与不得志，后言公所言者，公之言其大者，此段声调绝佳，气亦厚，字句尤变换。刘此篇“雄厚”二字，甚好。

又曰：韩退之《送郑尚书序》形容礼节，声调皆本于《仪礼》，而自成格局，不纯效之。凡形容时事，非古老有声调不可，“其南州皆岸大海”一段尤奇，后人虽有学者，其冲口而出，其无一闲语，后人不能逮也，其收笔皆用劲句。

又谓柳子厚《辨鬼谷子》曰：子厚辨诸子，余最爱此篇，转折顿挫甚好，一句一转至为灵妙，篇中不曰其书，其书句句言《鬼谷子》，调乃古。

又谓《辨晏子春秋》文，气味古，古故淡，不若近人文好驰骋也。吴先生谓此篇考据不高，而文实佳。

又谓文帝《振贷诏》，语柔而调劲，所言理本平常而有味者，皆由心出也，后人用此等语，皆有所仿效，则是用典而已，故不能动人。又谓文帝诏为古今一绝，《尚书·训诰》外无及者，调极好，高帝、武帝时诏亦佳，宣、元则少逊矣。古人公文语极妙，学文者最宜留心，随便记事文用之即觉古雅，不然随便之事，即不知何以言之。

又曰：或谓韩公《平淮西碑》区区平国内之乱，焉用如此铺张。盖谓起处及"惟天惟祖宗"等语，此等处措词亦实有过当者。或者之说，亦不可不知。

又曰：独苏氏文于诸葛每有不满之意，观《三国志·诸葛亮传》，陈氏推服亮至矣，后人有谓寿称之不至者，误矣。

日记十二

光绪二十七年(1901)，葆真年二十八。

正月二日(2月20日)　吾父说欧阳永叔《游鯈亭记》。自鞠如来此，吾父数与说古人之文，每命葆真侍。

三日(2月21日)　鞠如为吾父读《生利、分利之别》毕。自去岁十月以来，已读《公法总论》《中外交涉类核表》《万国公法》《中国古世公法》《陆地战例新选》五种矣。

四日(2月22日)　说韩退之《答吕医山人书》，鞠如又读《英政概》。

八日(2月26日)　又说欧阳永叔《丰乐亭记》，曰此文声调极佳。又谓王介甫《度支副使厅壁题名记》精神团聚。又曰：观此篇之论，亦见介甫崛强，其言理财深人一层。又曰：介甫经济自有条理，理财是其经济之本，然治国实不能不理财，但介甫之法不能无不是耳。又曰：介甫言天下之财当由天子操纵，此言异于旧说，若西国理财之道，则彼见不到也。

九日(2月27日)　又说苏明允《乐论》。

十二日(3月2日)　姑夫如河间。吾父说韩退之《张中丞传后叙》曰：此篇前为许远辩谤，后段驳时人之责。二公不择可守之城，谓二公不舍此而他所守，因推论二公之有大功于天下。前幅记巡死时情状，后又述之者，前据当时之传闻，后则借所闻，非复叙也。篇首言翰传不载雷万春事，乃终篇末言及万春，而载南霁云事，茅顺甫因疑雷万春为南霁云之误，实未必然。虽言翰不为立传，亦不必即为补叙,南霁云事可记,因连记之,又何足异？葆真案:引绳而绝之,谓持绳两端而力引之,使断必有断之之处,不得以见断之处为朽,此与上句各为一喻,而文义则相连也。吾父曰:葆真之言然。

十五日(3月5日)　又说韩退之《南海神庙碑》。曰:此韩公晚年极奇之文,多用四字句,转折顿挫,皆极分明,而声调尤佳。

十六日(3月6日)　鞠如已读毕《英政概》《法政概》,而读《英藩政概》。

十八日(3月8日)　吾父说王介甫《书李文公集后》。

二十日(3月10日)　又说贾谊《请封建子弟疏》。曰:文甚雄,而气平静,调亦厚,起笔尤有势。"人主之行异布衣"句挺拔。"人主唯天下安社稷固不耳",转有力。"梁起于新郪……高",突然插入,不但意圆,文势乃振。

二十一日(3月11日)　得叔父由福州来书。叔父久居福州,将俟北方乱定始北来也。

二十二日(3月12日)　吾父说司马长卿《谕巴蜀檄》。曰:句则古文,而调近骈体,相如文多如此。又谓此文音节铿锵。

二十三日(3月13日)　得族兄墨侪书,知吾乡教案已办有头绪,抚恤教民之钱其数亦议定。夫今日之事,惟赖官绅协力以为之耳,而今日之地方官既依然颠顸,绅士又皆退匿不肯出,旷日持久,枝节愈多,以致事久不集。墨侪慨然出任一县之事,不畏难,不避怨,往反于教会官民之间,以求安地方也,与冀之张楚航先生无异。前之出入公门者,至是皆深藏远匿,不敢少涉足其间也,亦与此州同。吾村教案,村人自为之,其棘手可知。此墨侪之难于楚航也。武强惟天主一教,教民被祸难,亦视冀为减,此又楚航之劳于吾兄也。武强之事,其详未闻,冀事则善后颇有条理,胜于献县以北多矣。献县以北之乱固较甚,亦其办理多未善也。殆并墨侪、楚航而无之矣,可胜叹哉。

二十四日(3月14日)　吾父说司马长卿《谏猎书》、苏明允《名二子说》,曰风神顿荡。

二十五日(3月15日)　镜堂叔如故城。去岁吾祖仓卒来此,故城未了之事甚多,故镜堂叔数往返。

二十六日(3月16日)　吾父说韩退之《获麟解》、《杂说》第一首。曰,"异哉"二字大方古老,凡轻灵之文,须间有重着之笔,否则滑矣。有谓"云"指势而言,余以为必指文章也,观于首句及篇中篇末可知。

二十八日(3月18日)　又说诸葛孔明《出师表》。

二月二日(3月21日)　又说曾子固《先大夫集后序》。

六日(3月25日)　又说贾谊《论积贮疏》。

八日(3月27日)　又说韩退之《送郑尚书序》。

十日(3月29日)　说韩退之《郓州溪堂诗并序》。

十二日(3月31日)　说韩退之《平淮西碑》。

十五日(4月3日)　又说《辨鬼谷子》、《辨晏子春秋》。

二十二日(4月10日)　又说汉文帝诏数篇。定州王青友先生来,先生名延绂,鞠如外舅也。慷慨有为,自去岁始乱,即招人数百,以守乡里,出家财养之。法国兵入境,遂佐刺史金公应接,外人抚恤教民用钱凡十余万贯,皆于州人取之。王氏以富室称,出资独多。王氏分设各处之商肆,亦多为土匪洋兵所掠。州人以不胜抚恤之资,有赴保定诉于外国所设权理司者,谓金公浸没抚恤之资。权理司遣人视之,金公不礼焉,反致书权理司相诘责。或谓其书为权理司派往定州者所得,故遂因金公及绅士凡三人,先生与焉。事既白,犹出钱,乃免先生。知州人之多怨己也,故去定,举家寓于深州,且思往济南焉。

二十三日(4月11日)　鞠如为吾父读《适可斋记言》毕。

二十四日(4月12日)　王青友先生回深。

二十五日(4月13日)　吾父说柳子厚《桐叶封辨》。

二十六日(4月14日)　鞠如又读郭嵩焘《使西纪程》。

二十九日(4月17日)　姑夫芘山先生至冀。先生之至河间也,居数日遂入京师,至是月十三日出都至保定,又至新安,遂还家,又如河间,乃返冀。

三十日(4月18日) 是月,余作《深州书院藏书楼记》。鞠如则自去岁以来,作文已十余首矣。

三月七日(4月25日) 姑夫举家如河间。是时,姑夫家人多在河间者,任邱教案未结,村中亦多所掣肘,而雄县洋兵未退,去家才二十一余里,故不旋里,而侨寓河间。

十日(4月28日) 书院诸君继去岁读《古文词类纂》,自乱作停止读书。至是凡十一月。

十一日(4月29日) 读吴先生所为《深州风土记》,此去岁读公法班也。

十二日(4月30日) 读《汉书》。

二十四日(5月12日) 葆真为吾父读曾文正公《湖口水师昭忠祠记》。

二十五日(5月13日) 余读《使西纪程》毕。鞠如读此书未毕而去,余继读之。

二十六日(5月14日) 读曾文正公《书王雁亭前辈渤海图说后》,吾父欲熟此文,故令葆真连读十余次,乃自诵数次。二十四日所读《昭忠祠记》亦然。

二十七日(5月15日) 读《槐阴书屋图记》。

二十九日(5月17日) 读《新宁补修城垣记》三篇,亦曾文也。其读之也,皆同上。是月,余作《送李刚己应湖北学使之聘序》。

四月一日(5月18日) 子翔至自安平。记名提督郑统领才盛由安平招子翔掌书记,遂于上月二十一日往。是时,安平子文店匪徒滋事,安平拳匪初滋事。时县令数更易,皆不能捕拿,及有诏抚恤教民,而县令又不尽罚与教会为难者,而取偿于农夫,故抚恤之款虽仅三万,而人皆不悦。教民生事,官亦莫之禁,乡人愈怒,子文店团首曰:田老献者薄有财产,教民将劫掠其家,田老献率众逐之,虑其终为患,且知人之信己也,遂以抵抗教民为名号,召乡人以滋事。自去岁郑统领驻冀,布其军于深冀各属及安平,匪徒蠢动,乃遣驻深兵官赴安平弹压。贼杀其兵数人,郑统领乃督队至安平,复请于吕道生军门,调马队数营以壮声威。相持十余日,深州刺史饶阳县令为之调处,事解矣。已而复聚,于是团练与匪合数村连结,官军围张遨,匪遁于博野,官兵蹑之,及于城东村,匪掳其寨,已而北窜,官兵追击之,杀数十人,乱平。郑统领还冀,直隶总督闻之,乃罢县令,而严缉田老献及滋事教民四人。吕军门,名本元。

七日(5月24日)　闻吕军门马后千人,法国将巴尧率兵数百人,于月之三日由正定至深泽。四日往安平至崔安铺,土匪七千人出队夹攻。时郑统领、兵官倪芳来会师巴尧,分官兵为两翼,法兵陈于中,炮五十击之,连破子文店崔安铺,凡杀百余人,余匪乃溃。是日,法兵驻城中,颇形骚扰。五日至深州,今日将至武邑。城内外居民逃者,自昨午后至于今晨,终夜不息,妇女已逃散一空矣。

八日(5月25日)　闻法兵已于昨日由深州至武强矣。在深州小有劫掠,毁深人所立曹刺史饮饯诗石刻。

九日(5月26日)　闻法兵昨日往献县矣。在武强小有骚扰。

十一日(5月28日)　闻安平田老献又招聚百余人回屯子文店矣。

十二日(5月29日)　得饶阳信云,法兵于初七日由饶阳城北至肃宁,于是法兵遍至深属矣。

十三日(5月30日)　闻法兵于初九日至阜城,昨又回献。

十四日(5月31日)　闻巴尧至保定,其兵已回至安平,将赴正定矣。

十五日(6月1日)　于是安平乱又作。郑统领又率师往安平,未至,法国兵及吕军门已于十三日来安平,次日,吕军及营官倪芳击散土匪,毙数十人。郑军门来邀子翔,子翔后遂往。

二十日(6月6日)　余拟与日本东亚同文会长书。

二十一日(6月7日)　余阅天津《日日新闻报》。此报正月始出板,日本人所为,与《国闻报》未换纸前相类,今年京都又新创《北京新闻汇报》,皆日报也。《汇报》每日一本,不载外国事,论说专件为多,书院购此报外,又有《万国公报》及《汇报》。《日日新闻》则借阅于耶苏教堂。

二十□日　子翔至自安平。安平自土匪溃散,所攻破之村民皆逃亡。官出示招之,令缴器械使复其业。法兵于二十三日又至安平,人惧未敢即归。郑统领与法将又出示招徕之,统领以事未就绪,故未来冀也。是月,拟作《聂功亭军门殉难碑记》。

五月八日(6 月 23 日)　宋弼臣来书院。弼臣名朝桢,南宫人,岁贡生,莲池书院提调,后补开州教谕,调束鹿,保知县,仍任书院提调。去岁拳匪祸作,书院诸生逃去,院长吴先生亦避地深州,书院事皆恃弼臣维持,书院诸生遇险而得脱,吴先生书籍器用卒无恙者,皆弼臣力也。及外国兵占据保定,则与教士商办安民诸事,所保全甚多,而时时通信吴先生言时势,又数与子翔函道近事,时道路梗阻,新闻报皆断绝,亲友之问不至。余得少闻时事者,则弼臣之为也。张鸿钧来。鸿钧自拳匪为乱,乃窜伏州城北河渠中,初耶苏教士英人卞君良臣传教隆平,设堂魏庄。乱定,卞君奉其国全权大臣之命,总办畿辅教案,乃召秉衡往魏庄,所属有教案者六处,惟宁晋教民死一家,余则焚掠房产而已。秉衡与六处地方官已议定抚恤教民之款。宁晋一万六千千,隆平二千千,又银五百两,唐山一千千,河南二百五十千,皆制钱也。郑统领回冀,于是安平之乱已定,法兵亦他往。

十二日(6 月 27 日)　刘如南、李翊臣、刘绂佩入京,将入东文学社。东文学社,无锡廉惠卿先生所创立。教习为吴先生弟子,日本人中岛裁之。今岁二月开学,初定额学生百人。来者甚众。遂广其额为五百人,又于其国招分教习四人。裁之名成章,前从吴先生学中国文于莲池书院。如南名寿山,翊臣名恺义,皆肄业信都书院。绂佩名世泌,亦考书院者。

十三日(6 月 28 日)　葆真为吾父读《中西纪事》,于是《苏东坡集》方读至奏议。余上月作《代全权大臣请两宫回銮疏》，今月又作《阳城论》。

二十五日（7月10日） 近各处地方官筹抚恤教民之款，多勒派于民，而其取于民，又往往不得其术。拳匪滋事者，不尽法惩治，教民肆扰者亦不问故。人人愤恨，不肯出赔恤之资，甚则团结村人，声言弭盗贼、保闾里，实抗官不出钱。地方官乖谬庸怯，隐忍不敢逼。故各处闻风效尤近地。自去岁冬，威县清河首先联庄团，与官相持，既而安平、深州、南宫、新河、故城、景州、博野亦数数团聚。冀城西偏，亦联村数十以相应，团团相约，声势日张，赖吕、郑二军门驻扎河间、深冀、安平，乱起即定，各处亦有所惮，不敢动，先后解散。威县、南宫、新河则官绅再三解说，犹未尽散。四月二十日，赵刺史使州判王君志祥察视新河，村团相机解散，先是有天主教民一人，皆谓南庄人杀之，王君至各乡，团长已入城禀官，思解散矣。王君不问民团事，即拘南庄人严讯之，窘辱其乡长。城中大哗，在城议解散之团，大起闯入县署开枪，内击县令。在座错愕，不知所为。王君伤股，遂劫之出，毁其衣冠，笞辱百端，众持械傍之行，作斩人之势，扭至南门外，绅士说解久，乃释之。初八日，有村民百余人，杀某村耶苏教唐姓数人，焚其宅。初十日，郑统领至新河，各团长乃具永不滋事之结。数日，获杀教民首犯田老耀归于州，监禁之。

二十七日（7月12日） 赵湘帆来书曰：此间盗贼纵横，劫掠竞起，夜须严守，吾不得看庙会城中矣（每岁五月廿八日为城隍庙会之期）。湘帆城西北赵家庄人，其地十余里内无习西国教者，故去岁拳匪不至，以为吾民得安处矣，而土匪乃大肆扰于其间。去岁州城以西大旱，盗滋起。七月十日为官道李镇集市之期，无赖劫夺其米粮，官以其时多事，不暇究诘，盗乃日张无所忌，昼暾行旅，夜寇人家，主人必集众持利械拒斗，始得免，怯则为所拘辱，毕撩其财物，拔来报往，终夜有声，又取人子弟，或拘其长老，索厚资以待赎。居人惴惴，露宿屋上，瞭贼不敢寐，而宁晋、束鹿之盗亦相率来奔，乱之始作也。被盗者控于官,官不讯问也。有以贼戕人报者,验视而不已,缉捕也。縶贼来送,拘禁而已,不惩治也,或为乡人保而释之。恣睢三百余日,站死本笼一人,斩一人。所斩之人,乃教民所告,为滋事拳匪也。外此虽有久禁,以疾毙者,非以□国法杀之,不足以儆惧之,故城西北之寇,蜂屯蚁聚,突为近古所未有。访之冀深则九属,亦莫或闻也,其何以堪之哉?

二十九日(7月14日)　郑统领率兵赴安平。博野。乱作,吕道生军门剿之,郑公防守安平。子翔如京师,杨儒珍同往。儒珍名士贤,冀州人,肄业书院,又充董事,以赀为内阁中书,戊子举人也。子翔为儒珍求入《北京时报》社办事,廉惠卿许之,又招子翔与饶阳常济生为中文主笔。子翔以湘帆自代。吴先生曰:湘帆自有深州书院,报馆文章,不须高古,反坏文笔,若入报馆,反为小就,子翔亦不肯为也。济生名堉璋,副贡生。

三十日(7月15日)　冀州各属绅士留郑统领驻防冀境,禀赵刺史乞请于上官。前吴先生书谓各处赔修教堂之款,如地方十分为难,可入国家赔款内。布政使周公馥亦以此事函告赵刺史楚航先生,请将赔萧张耶苏教堂钱七万贯分摊冀之各属者,归入国家赔款。邀各属绅士联名禀请刺史代请此二事,皆楚航倡之,禀稿亦皆楚航所手撰也。

六月十四日(7月29日)　武强日前雨雹,大者如鹅卵,杀飞鸟,伤禾黍,凡数十里。

十八日(8月2日)　《中西纪事》读毕,惟《海壃殉难》篇未读。

十九日(8月3日)　刺史赵君卒,是时,直隶总督以刺史庸懦,致新河南宫民团抗官滋事,撤任刺史,闻而疾作。

二十一日(8月5日)　署冀州事周君至任。周君名政,字道生,以知府候补云南,前云贵总督岑公毓英招入幕府,王公文韶又由滇调来畿辅,继为俄文馆提调,李相国大加奖励,遂饬赴今任。

二十五日(8月9日)　武邑拳匪蠢动,杀教民数人,衡水、枣强闻风响应,皆有戕害教民之事。十八日黎明,郑军门败拳匪于武强城南之王家庄,斩获百数人,居民有死者,余匪遂溃。数日,枣强匪闻官军至,亦逃散。

七月四日(8月17日) 余与张淮波学法兰西文。法教士雍先生名居敬,字简斋。光绪二十四年传教来冀,余数往晤,或招书院一二人同往,言及外国语文,恒怂我学习,又为书院购《格致汇报》,今大乱少定,遂慨然以其国之文字设教,且思渐及格致各学,吾二人乃往受业焉。淮波名宝琛,枣强人,肄业书院最久,笃静嗜学,余得与之偕,颇自幸也。

七日(8月20日) 周刺史以州境多盗,将练兵勇以捕治,招富室出资为养勇之资,今日富室皆至,议既竟,共捐白金二千余。

九日(8月22日) 新河又不靖,前杀教民数人,郑军门往新河,捕拏滋事者数人,而余党又聚闻雄县,土匪起。

十日(8月23日) 闻吴先生保深冀任事绅士于周方伯,周方伯因与诸绅书,令其解说余匪,而将各地今日情势详以相告,吴先生所荐举诸人各为评语,武强则族兄墨侪,评曰:最有才干。深州有李省三、郭子余,安平有弓子贞,评皆未详。冀州二人:张楚航先生办事血诚,洗手奉公;李备六笃雅有识。南宫二人:宋弼臣,保定近势最为熟悉;魏用五任事挚。枣强一人:步南浦先生品端学粹,众望所归。备六名谐禊,用五名履礽,久肄业信都书院,今备六为书院董事,兼翘材书院讲席,用五去书院已六七年矣。北京报社近又改章,辞日本人,自行开办,冀之官民入股者已七八十矣。

十一日(8月24日) 子翔由京都回冀,子翔前为天津水师学堂教习,得议叙州判,今又入资得试用知县。

十六日(8月29日)① 魏子舟、刘蓬山、连吉甫、佟子厚皆来学法国文,子奋已学之数日,法文馆寖寖盛矣。子舟名维桢,武邑人,久

---

① 疑时间有误。

应书院课,喜言时势,今亦来书院肄业。蓬山名金海,衡水人,苹西之子也。吉甫名福滋,绍兴人。子厚,德州人。二人者,其父皆以巡检候补于冀。

十三日(8 月 26 日)　闻新河民团骚动。

十四日(8 月 27 日)　新河团势闻已渐解。

十七日(8 月 30 日)　闻西北乡贼势日张,前劫掠多以夜,今则白昼无忌,且频频买马驰骋乡里矣。地方之为所扰者亦日扩,近之盗患,视五月殆倍之,刺史虽日练勇,彼岂闻之。

十九日(9 月 1 日)　滹沱今岁又南徙,漫溢于深州、武强间,吾村三面皆水,近年滹沱每岁南徙。

七月二十七日(9 月 9 日)　吴燊甫先生来冀。燊甫,挚甫先生从兄也。光绪三年,以诸生从刘公铭传于台湾,刘公保奏以县丞,指分湖南候,年余弃去,遨游四方,后在隆平县幕中,今德州刺史,先生弟子也。请先生往,遂去隆平,德道经此。

八月二日(9 月 14 日)　子翔全家去冀。

三日(9 月 15 日)　燊甫先生赴德,先生恭俭,恶权贵,骄傲而不仕,言风俗之薄恶,辄叹息不已,尤恶泰西新法,然喜为诗,能隶书。

七日(9 月 19 日)　初新河联庄会,邀聚南宫迤南各团一千余人,至新河与郑统领战于信家秧口。郑军数百人击之,遂奔溃,擒斩百人。数日大至,盖数千人称万余人次于新南之交,以报信家秧口之役。人多为游说,而南宫书院长阎鹤泉先生实任其事,令团民速退而请于郑军尽归所俘获,遂退,而新河无事矣。

九日(9 月 21 日)　得叔父由福州来书。此书为赴福建后第七十三次上吾祖书也。吾父在京师,间有书,皆不编号,吾祖致书福建,则已六十次矣。

十九日(10 月 1 日)　方兰阶、谢岩临亦学法文,于是习法文者九人矣。是时,皆从杨教士学法文。杨教士名光韶,小范村人。雍教士以教会事繁,又须时往各教堂,有误授课,因招杨教士于献县,使相助。

九月二日(10月13日) 月课始遵用新制,遂罢古课。

三日(10月14日) 改《葛先生墓表》。

十日(10月21日) 得叔父七十四号来书。

二十二日(11月2日) 得叔父由上海来书,七十五号也。叔父今月八日,由福州至上海,拟居四五日,赴天津,由河路至故城来冀。

二十七日(11月7日) 吾妻及弟妇如其父母家。外舅冠卿先生,以国子监助教候补家居,今岁当补官,将举家入都,久留京师,故吾妻急归宁也。

十月十日(11月20日) 叔父至冀。于是叔母携吾从妹二人及妹之庶母贾氏皆来。全家毕集,得享同居之乐矣。

十七日(11月27日) 吾妻偕弟妇来。

二十四日(12月4日) 叔父之子生,生母贾氏也。

二十五日(12月5日) 近得马挹山来书,云已在莲池学算法,不入都习西文矣。

十一月二十日(12月30日) 叔父如武强。以自上杭归,往见族人也。

十二月五日(1902年1月14日) 叔父至自家,邀县人刘士彬来,使管理账房事。士彬名文耀。是月,周刺史政卒,刺史任州事五阅月,政多可纪,而养勇一事尤著,且其致疾也。今略述之:先是前刺史双奎君,去岁拳匪方炽时,募勇助之,以震慑教民,而教民潜逃,无所用之。周氏至冀,时势异矣,而袭其养勇之举,用意盖别有在。周氏初视事,言于众曰:州境盗贼孔炽,非剿除之,民无以安。遂招州内富民,迫其捐输,作兵衣若干,招城内外游民,使服之行街市中。尝一出捕盗得数人,或曰:非贼也。乃释之。自是不再出,盗贼横行闾里,无复顾忌矣。久之,州考童生之浮荡者,聚众赌博,游勇因之滋事,南宫应考者聚赌,勇率众滋扰,遂相格斗,乃缚考者笞辱百端,有伤者。明日,南宫考者将诉其事于刺史,至署门,勇击退,追奔于街市,考者至贡院求见刺史,白其事,又为勇所辱,乃散去。刺史初闻其事已恐,至是惊惧仆地,疾遂作。

二十九日(2月7日)　冬,葆真为吾父读《纲鉴易知录》,自隋始。

日记十三

光绪二十八年壬寅(1902),葆真年二十九。

正月一日(2月8日)　早起祭祖、祭天、祭灶、祭菩萨,礼毕。家人相聚行拜年礼。于是吾祖、祖母、父、母、叔父母、嫂、妻弟妇、叔父子、辛丑弟、葆棣葆兰二妹、辛丑弟之生母贾氏、吾子衍薪、女仲新、弟子森十八人同堂行礼,今新岁为吾家大团聚之新岁也。谨述之以纪庆乐。

二十三日(3月2日)　族兄少峰来书院,从吾父学。少峰,名汝严。

二月七日(3月16日)　如武强应县试。至,寓乾吉当铺,族伯莘庵方在此,为其外事。

十三日(3月22日)　县考。今日古场,应考者百数十人,而吾族九人。县令江氏,名宗瀚,去年始来任视事。

三月十五日(4月22日)　余县考头场取第二十九名,二场二十七,三场十五,四场十一,五场八,六场十四。考毕,岁案定以二十二名,科案第十名。曰:贺肇奎、张欣荣、许铭祖、王如锦、赵碧波、杜志璟、许澈芳、张书诏、魏修篁、范淑纶;科案张欣荣列首十名内,有张浩之、王建勋、余,皆岁案中人。考事已毕,余与一二族人,步行回北代。

十六日(4月23日)　如深州。应州试。

四月八日(5月15日)　来冀州考毕也。凡古场二,正场二,又覆试数场。前古场首十名曰:赵树棠,州人;廉世珍,安平人;张之焕,安平人;李广濂,州人;侯际辰,州人;李杰,州人;赵万州,州人;戴景星,州人;何金镒,饶阳人。次古场:李广濂、侯际辰、赵树棠、戴景星、李杰、廉庆泽,安平人;张之焕、孟昭然,州人;何振坤,安平人。余前古场第七,次古场第三。考毕,列两榜。岁案余第一,次曰杨荇池,杜志璟,王应昌,张欣荣,王荫轩,王如锦,孙秉镕,刘玉珩,贺肇奎。科案杨荇池第一,余第二,余未动。深州则赵树棠、侯际辰皆各占第一,安平则张之焕,饶阳则何金镒,皆列榜首。

二十三日(5月30日)　如深,应院试。学使陆公名宝忠,字伯葵,礼部右侍郎。

二十六日(6月2日)　学使按临至深,吾族人应童试者十人,以诸生应科岁考者四人。

二十八日(6月4日)　今日为岁科生古场。

二十九日(6月5日)　今日为岁科童古场。

五月一日(6月6日)　今日岁合生场。

二日(6月7日)　今日为覆生古场,并考教贡优补考。

三日(6月8日)　岁科合童。

四日(6月9日)　今日为覆岁生场。

五日(6月10日)　为科合生场。

六日(6月11日)　今日为童提覆场,并录科贡补考。

七日(6月12日)　今日为覆科生场。

八日(6月13日)　今日为童合覆场。

九日(6月14日)　今日为童总覆场。武强学额十五名。岁科考并案,故三十名。贺葆真、李连元、贺肇奎、杜志璟、韩国香、张浩之、贾国钧、贺葆经、许铭祖、李万钧、李荣辅、李庭桂、王建勋、贺为仑、贾惠畴、王如锦、贾桂芬、张欣荣、郝咏幽、杨荇池、刘玉珩、孙秉镕、王印轩、李可均、杜研田、王应昌、马凤章、康汝昌、刘玉森、刘振洁,此科岁考新进学者榜也。其生员则古场取十二名,岁考一等取十二名,科考场一等取六名,曰:贺德深、张汝恒、崔亮臣、杨景程、袁景颜、杜志璟也。德深,字竹泉,余高伯祖之来孙也,各场皆列第一。州并三县,此次取进诸生,惟州人赵树棠、侯际辰称杰出之才。树棠,字泽圃。际辰,字亚武,而安平张之焕以诗名。张字冀荄。武锡珏、康思恒、张恺、侯序伦,乃著声闻诸生中,四人皆州人。此次考试,武第一,张次之,康次之,侯第四。锡珏,字合之,从学吴先生于莲池,治古文,有名畿南。康字亨莽,侯字绍契,皆肄业文瑞书院,湘帆弟子也,所造亦深。张恺忘其字,其文章颇雄肆,饶阳第一。常堉蕙、兰侪者,亦从湘帆于书院,年少好学,最为饬谨。兰侪,即庶轩,吾妻弟也。

十日(6月15日)　今日考毕,行奖赏。

十一日(6月16日)　学使启行。余回冀,日暮至。

十二日(6月17日)　今年在书院肄业诸君凡十五人:李书田(字子畲,枣强人)、王宗佑(字荫轩,枣强人)、马震昀(字旭卿,南宫人)、韩殿琦(字云祥,新河人)、李广德(字心甫,武邑人)、张宝琛(字淮坡,枣强人)、方安墉(字兰阶,冀州人)、齐立震(字次青,枣强人)、刘耀卿(字赞臣,衡水人)、张登杰(字阶云,新河人)、谢润庭(字岩林,冀州人)、傅之鹤(字子立,冀州人)、彭杜洲(字仙亭,冀州人)、赵宇航(字航仙,南宫人)、王宝昌(冀州人)、李镜蓉(字鉴古,武邑人)。

二十四日(6月29日)　叔父至自京师。叔父于二月十五日赴都也。叔父官上杭,大吏以卓异荐,未引见,俸满又未引见。两次俸满,乃请咨文赴都,已去任而拳匪乱作,淹留福州。及来冀,又以两宫西幸,未之北上。今至都,乃告假修墓,竟未引见而还。

二十□日　是月,冀州院考毕,学使如赵州,冀之六属生员陈嘉谟而外,取一等第一者皆书院中人:枣强李书田、南宫张秋抡、衡水张书诏、新河韩殿琦,而齐立震则案首,成秀才。张秋抡,字梅村,久肄业于书院,近始去。张书诏,字子则,翘材书院生也。嘉谟,字献廷,亦时时考书院。

六月十三日(7月17日)　余前与李子畲约于明日偕往正定,子畲应优贡场,余应录遗试,子畲忽得疾,因缓行期。

十七日(7月21日)　子畲患瘟疹,延萧张教会中中医士用西法治之无效,病几殆。祖父与以普通治瘟疹药一二品,即夜疹尽出,次晨有起色矣。

十八日(7月22日)　子畬病,虽小愈仍不能赴正定,余乃结齐次青为伴,次青又邀友三人同行,皆应录遗试者。

十九日(7月23日)　如正定府,尖于土鲁口,此村半属冀,半属束鹿,居民七八百户,无商业。暮宿辛集镇,束鹿第一富盛村也。商业繁盛,为皮货总汇之区,销售畿南各州县。北贾京师,百年来,以此殷富,为畿辅大市场焉。街衢整洁,市肆宏厂,村外有寨,寨甚坚而不高,庚子后新筑者。

二十日(7月24日)　午饭于耿村镇,暮宿于南洞村,皆稿城地也。县城在二村之间,城颇小,土为之。渡滹沱于北门外,又一支水,傍滹沱而流。

二十一日(7月25日)　至正定,僦室居之,屋三间,须制钱二千数百文。自入正定境,其用钱即以实数计,盖直隶惟顺天、天津、保定、河间、深、冀、易有京钱之名,以一当二,东安、武清等处以百七十有五为一千,曰东钱,而制钱、京钱又于每百文往往损其一二,递减至三四不止,而以九九、九八、九六、九四等为言。交河等处奸民又多,盗铸小钱、沙钱,羼杂钱中。京都又有当十钱,其值参差百变,而仅行于都中,中国圜法之乱极矣,其始不过商人借之以取利,久之遂成风俗,欲整齐画一,必专责之商人,尤必自钱商始。

二十四日(7月28日)　正定府城南北约八里,东西少狭,城门三重。正定无特别物产,商务亦不盛,城中空地多。多古寺,隆兴寺、崇因寺、花塔寺、开元寺、前寺、后寺、镇海寺,其著者也。又多浮图,曰木塔、花塔、砖塔、青塔(诸寺塔未详其名,兹所呼者记之)。木塔、花塔可登,而门常闭,砖塔最新,高皆六七丈。有天主教总堂、法国方济各会也,其设立在献县张家庄。耶稣会之后,今主教者为包氏,城内从其教之人不过数十家。庚子之变,法国兵来教堂,以拳匪未与教民为难,无所扰而去。城内亦有耶稣教堂,入其教者尤少,又有回纥教,其教徒亦不多也。

二十五日（**7月29日**） 应录遗试,是为第一场,四书义一篇,题曰"子使漆雕开仕"一章;论一篇,题曰"丙吉为相,时人以为知大体"。是日,兼考优生,优生考者七十余人。

二十七日（**7月31日**） 榜揭凡三百八十人,分县定名次。余亦得录取。游兴隆寺,寺创建于随（钱氏大昕谓"隋"字本作"随",后世改为"隋"）,规模宏巨,正室有最巨之铜佛,立像高可三四丈,土人谓佛像高七丈余,昔尝考之《畿辅通志》所采旧说,亦言高七丈。此寺历代修之,乾隆时又敕修之,佛像亦非随代旧物,或谓宋时所为。有古碑,未及审视。此寺虽非随时建筑,或亦宋时物也。乃无人保护,致使正室后墙颓圮,佛像顶露。世人之不好古如此,虽有见而惜之,倡议重修,顾必动以佛能祸福人,然果欲邀福于佛,始捐资修葺,则毋宁毁之以释惑也。

二十八日（**8月1日**） 二场录科榜揭,凡八十九人。次青等回家,姑夫宗茈山先生及鞠如、伯玶兄弟由京都赴汴应试,皆今岁成秀才,来此录科。余因约与同行。伯玶名俊琦,端甫先生长子也。

二十九日（**8月2日**） 优贡榜揭,共取十八名,正取六名,曰:谷钟秀,定州人;高毓浵,静海人;籍忠寅,任邱人;尚秉和,行唐人;王义榕,易州人;靳树棠,安肃人。总录科榜亦张,共百二十一人。

七月一日（**8月4日**） 正定文风不盛,学政录取入学之额,府学二十一名,正定县晋州十八名,槁城十七名,余皆十五名,而阜平只十名,应考者亦甚少。今岁科考生员考者率皆二十人左右,故取列一等,往往仅三人云。闻数十年前,城内文风至陋,自知府陈公庆滋移建贡院于城西北隅,城内文风乃骤起,每次入学者,渐至十名。

二日（**8月5日**） 赴汴,与梓山先生同车四人,共雇轿车三辆,每辆银二十五两。事已定,觅车者忽请以大车易一轿车,许之。原议昨日行,以易车致延一日。南行十里,渡滹沱,水不深,广可三五丈,人可涉也。二十里铺尖,过冶河铺,凡行八十里,宿栾城,城小而人稠,有汉顺平侯赵云祠。

三日(8月6日) 过赵州,城小于冀,居民尤少,南偏,尽禾稼焉,尖于城南赵州桥村。赵州桥颇著名于远近,实无奇也,稍古而已。桥以石块绷之,颇巨,其下仅有河迹云。柏乡北十五里有汉光帝祠,碑曰光武斩石人处,又碑曰汉千秋亭遗迹。赵州之南有大村,曰沙河店,寨门题曰古鄗城。宿柏乡县,共行二十里,城内有祖孙、父子、兄弟、伯侄进士匾额,左注魏裔。裔,文毅公裔介后也。文毅公故宅在城内,后裔移居城外,书院曰槐阳书院。槐阳者,槐水之阳也。城小人稠,商肆极微。

四日(8月7日) 尖于内邱,宿于顺德府,约行百二十里。柏乡城南数里有槐水,深不及尺,过大村曰张村,过县城曰内邱,内邱商肆盛于柏乡,城南大村曰蓝阳村,顺德城北有桥三,其最卑狭者题曰豫让桥。商务以丝为大宗。

五日(8月8日) 过沙河,无水。经沙河县城,过大村康光店,尖褡裢店。此村多制毯子被面之属,村内以此成市,而贩运四方,所及颇远。一村耳,稍有事于工艺,即能商于远方以致富。沙河县南二十五里,为洺河,水势甚小,车马可涉。南为临洺关,亦大村也。南五里为隔河店,再南为七里店,再南十八里为黄粱镇,有卢生祠,祠内颇可观,壁间题诗有佳者,卢生为卧像。祠旁有明兵、户部尚书肥乡张公神道碑。再南十五里至邯郸县城,西北十余里某寺神像前有井,中藏铁牌,远近求雨者辄来取牌,谓得铁牌归而祷之即可得雨。观所得之牌并可知得雨之大小。事毕还牌于井,复铸一枚投井中以为报。其取牌去也,牌不得使落地。不惟官民信之,往往京师不雨,天子钦派大臣取牌,大臣奉命至此,取之惟谨。欲考其所自始,则人莫有能言之者。是日,约行百二十里。

六日(8月9日) 杜村铺尖,杜乔故里也。村属磁州,村以南沟渠夹道,水浅流缓,荷芰蒲菱之属荡漾,水中有鱼虾以游泳,西望则山色隐隐,此行惟此景可怡人。过磁州,城颇完善,滏水横流,南门外桥甚壮大,悉以石筑之,桥洞三。再行约三十里,渡漳水,水性散漫,浅可涉,此地土赤,漳水赤,盖自此始也。宿南岸丰乐镇,属安阳,入河南境矣。店主意极殷勤,备肴馔甚多且旨,曰客始入吾河南,当尽地主之义以款客也。

七日(8月10日)　过安旭汤阴二县,尖于安阳之魏家营,宿于汤阴之宜沟驿。汤阴城内有岳忠武王祠,正殿后为武穆王妻子,再后为王属将,再后为王女子某投井死者祠,中有井,岂即投是井欤?祠中石刻甚夥,皆王手书自为之诗文也。虽列章单句,苟为王手迹,皆各刻石存之。殿前有铁铸人五跪于前,一秦桧、一桧妻王氏、一张俊、一万俟卨、一刁儿。此皆游其祠者归以告我,余未暇入祠瞻观也。安阳城北过安阳河,汤阴商务颇盛。是日,约行百十里。安阳城南有韩魏公故里。汤阴城北有周文王演《易》处。羑里城城南有宋岳武穆先茔、古阳河寺诸古迹,皆立石刻于道旁。村夫曲儒往往取古遗迹称道之,而不学不能分别真伪,好事者遂取其说以刻石或载在方志,后世见其石刻,读其方志,遂据以为实迹。有识者知其为俗传,不足信;而一二真迹亦或不详考焉,可不惜乎?然则博学好古之君子,安可不搜讨真迹,驳辨讹谬,刊石示世,如洪稚存之考定恩县四女寺乎?

八日(8月11日)　过大赉店淇水镇(又名高村桥),而尖于淇县。淇水在淇县城北廿余里,淇水镇南,深不盈尺,中多乱石,而流急作声,土人因呼为响河。淇水北有一细流,即溱水也,过常屯东方店,共行百余里,宿汲县北门外。汲县城北有河渠,其名未详,有碑曰"殷比干之墓"。淇县北有义民里,溱水旁有子产济人处诸石刻,一路所有纪古迹之碑刻,字迹皆朱色涂之,余疑其因两宫回銮所设之特色,人曰昔即如此也。淇县城大街宽,县城中所罕见,但不甚完整。

九日(8月12日)　过卫辉府,商务颇盛,卫水经城南而东。过王端铺,尖于龙王庙,过塔尔铺,以村北有塔,塔遥望之高几十丈。至延津县土城而广,暮宿齐家集村,内有碑题曰"汉曲逆侯陈平北平侯张苍故里"。今日约行九十余里。

十日**(8 月 13 日)**　约行三十五里至河,即世所称黄河也。河忽宽忽窄,渡所才里许,舟行未三点钟而达彼岸,可谓速矣。渡口名黑岗口,有厘局分卡。此渡已属祥符,又行约二十五里,入开封府城,寓旅馆。

十二日**(8 月 15 日)**　赁寓所于延寿寺街,即移居。室三间,赁费银十二两钱。同寓者,即姑丈、鞠如兄弟。

十九日**(8 月 22 日)**　游龙亭。龙亭相传为宋宫殿遗址。鞠如曰:宫殿宜建于城适中之地,今在西北偏,吾疑其为藏神书之所。复至二曾祠,文正、文襄二公也。后附北宋名臣祠及许公祠,许公即前河督奉新许仙屏振祎也,此祠盖即许公所创建。又有宴集之所,有亭有室,颇清雅。窃谓宋代人才之盛,空前绝后,汉唐以来所未有也。国政不修,外患迭乘,卒有南迁之祸,吾未尝不痛惜当世诸臣不得稍展所为,而深咎其君上之不知用之也。后世论南迁之祸,则谓金之国势方张,宋室痿弱不振,大举北代,是速其亡。坚持和议,退修内政,俟敌有隙而谋恢复,乃可以逞。吾谓不然,金虽强盛,其国政犹未备也。其君臣非必高识远虑,有规取天下之志也。惟宋既示以弱,复与以可乘之机,不得不为进取计,故一遇蒙古,遂即于亡。国视人才为消长,宋虽内政不修,外交失策,然朝有智士,野有遗贤,任之用之,又何患国势不振?而金人之足畏哉?嗟呼!今天下亦多事矣,而论国势者,辄引宋金故事为殷鉴,谓宋之视金,如中国之于欧美列强也,主战必败。吾惧此言不足服泥古者之心,适以为其口实,时势固屡变,未尝相袭,而今世之变迁,乃与大地万国相接构,又岂吾国前事所可比拟?若牵引不与时势合者而附会焉,又安得为达时务也哉?

二十日**(8 月 23 日)**　游僧王祠,科尔沁博多噶台忠亲王祠也。正室附祀二人,曰全顺,曰何建鳌。两庑从祀者六十余人。僧王用兵以有纪律、勇敢善战著称,畿辅之民至今称道不衰,惟其用兵不设方略,惟以逐贼健斗为事,故虽所向克捷,而卒无成功,论者或以是少之,虽然其忠勇敢战,能束约其卒,使无扰害于民,则固近代所罕见。

祀之专祠,以塞民望,宜也。国家定制,凡有功德于民或忠勇以死勤王事,苟有请者,皆许于建功之地立专祠焉。朝廷之于臣下,德固厚矣,然亦有大功不能得者,而自军兴以来,建祠始滥,其得庙食者,多不能无愧色。盖请于朝者,其人未必有大功德,民望亦或未至,苟有大吏之疏请,朝廷率允而不驳也。彼大吏之疏请,其故亦多端,或徇夫死者之子弟、属吏之恳求;或于死者有不容已之情谊;而其地之绅士之禀恳疏请者,亦有迫于死者亲属之请托,聊为之;甚或诔前人以为谄新任之先路者。其情殆不可究诘,以朝廷慰孤忠、恤功臣之殊典,竟为官吏用情之地,使百世之后见在祠者之猥杂也。且将忠贤如僧王者,亦等夷于诸崇祀专祠者之列,并漠视之也,不亦甚可惜与?

二十六日(8 月 29 日) 游名宦祠,祠内以宋包公拯为首,唐以前缺然。乡贤则并宋人无之,不知其故。

二十七日(8 月 30 日) 茈山先生应国子监录科。是日,共五百余人,国子监五日一场,应考者每场人数有加,是后尚有二场,约计凡应考于国子监者,当有二千三数百人。

二十八日(8 月 31 日) 余赴山景楼饭庄,应徐守之之请。守之请王明远,兼宴同乡也。守之,冀州人,以典史候补于此,其子从明远学,今岁成秀才,其师亦适来乡试。

二十九日(9 月 1 日) 张淮波以时疫卒于逆旅,淮波死而冀州法文馆废。冀州设法文馆,京津之外,在畿辅为首创。冀州立而后河间、深州,深州继轨而起。冀之法文馆既为首倡矣,淮波又杰出于同学之中。此学初立,余与淮波二人耳,是后闻风响应,不数月至七八人,既至今岁,乃多以事他去,余亦自二月回武强就县试,连考至五月,既归,又以去乡试近,不复学也,其尤黾勉不间惟淮波及朱小秋等三数人耳。小秋夏间始来学,年幼而敏锐,其父直隶候补知县,当是时,教师亦以学者纷纷散去而不悦,其犹相持不解体者,则以有淮波在,淮波死而此馆废,冀之六属遂无复有外国文馆。嗟乎!淮波不宜死也。新学方萌芽而遽拔其尤者而摧折之,夭也。淮波死,非独冀之不幸,亦畿辅新学之不幸。淮波死,吾不觉悲之甚也。淮波名宝琛,枣强人,在书院久,与吾相契,其生平为学,一以坚苦为宗,不喜声华,人皆重之,始疾,同人之来汴者争为医药,既卒,为具棺衾,将归其柩于君之里。是日罗场。

八月一日(9月2日)　录科榜揭。共九百三十有三人,此内贡生四十九。此罗场为大名一府人设,以大名各县界河南,且去正定远,而他府之未赴正定应考罗场者,亦许其补考。于是赴正定应考者既皆悔之,亦不无所憾也。

三日(9月4日)　今日二次补考罗场,人不多,此皆后至不及罗场者。

四日(9月5日)　登铁塔。塔以琉璃砖建成者,其色稍黑,故以铁塔名,塔在废寺中,寺名上方佑国禅寺,寺废坏已久,垣无存者。盖与塔同时建,有康熙时碑记,云寺创于北齐,重修于北宋,至明而复葺之。崇祯时,河决寺毁,塔独存。国朝又新之,碑不言建塔年岁,又不言重修,岂寺屡毁,塔独无恙与? 塔凡十三级,高可十丈,入门盘旋而升,仅可驻足,无复余隙,砖质既美,而塔心又实之,故能持久也。数日来以试期近,乃与鞠如、伯玶习小楷,[1]余十五分钟可书七十五字,伯玶能书百二十字,鞠如亦不下八十字,余最迟也。

五日(9月6日)　游大王祠,城中大王祠凡四,曰金龙四大王;曰朱大王,内附宋白二大王;曰栗大王;曰黄大王。栗大王名毓美,谥恭勤,卒于道光年。栗大王祠附祀将军多人,金龙四大王姓张氏,冀州支村人,今支村尚有其后裔。

初八日(9月9日)　早九钟入场。入场分十二起。前领券票时,即与应考者点名次序单及入场时刻。至是分三路点名,三路各分十二起,每起若干牌时刻,即书第几起、第几牌、第几名。又各处悬灯

---

①　"伯玶",日记中或作"伯平",或作"伯坪",现统一作"伯玶"。依据是"伯玶之弟曰俊瑄,字仲玖;曰俊璋,字季珣"。

笼,每一起讫,贡院响炮,各路增一灯笼,使凡应试者,见前所领单已知点名时刻,复见灯笼闻炮声,益知点至几起,可谓有纪律矣。而今日点名仍不免拥挤,久之愈甚,点至皿号,则送场者皆得从容入号,纷乱已极。日未暮封号,合贝、皿各号,共五千九百七十四名。直隶二千余人,深州属内百十余人,武强本县三十二人。

九日(9月10日) 子初题纸下,首题"汉高祖命叔孙通起朝仪论","汉文帝诏议可以佐百姓者论","唐太宗命王珪品藻群臣论","宋仁宗除越职言事之禁论","宋仁宗诏天下州县立学行科举新法论"。日初出,首篇稿就。

十日(9月11日) 丑时五题作毕,日出即录写,月出始交卷。余每为文稿,必屡改,无先定者,虽缮就,尤时时更删字句,于场中亦然。今日虽录写,实则改作,故较昨日尤忙迫也。五篇通共添注涂改四十九字。

十一日(9月12日) 头场紫榜出,凡三十三名。余午初入场,点名视头场有纪律,闲人不得混入,亦无拥挤之患,点至皿号亦稍乱,然愈于头场矣。封号亦微早,亥时题纸下,题五道,曰"各国钱币异同策","东南群岛垦辟之地属于何国为多策","各国先将练兵皆出学校其要指若何策","东西洋商务日兴其要何在策","泰西农艺博览会考察之法策"。

十三日(9月14日) 昨日,余二题未作讫,今日且写且作,至为忙迫,继烛又缮二篇,场中向例不得继烛,故甚匆遽。二炮后出场,余出场良久,出场者尚相继于路,吾犹得以早缴卷自豪矣。

十四日(9月15日) 二场紫榜出,凡十三名。此日入场甚早,申时封门,又早于二场,此次点名始终未乱,二场及三场点名不到者约共百人。题下又早于二场,题:"百工居肆以成其事,君子学以致其道义","因民之所利而利之义","通其变,使民不倦,神而化之,使民宜之义"。

十五日(9月16日) 未暮,文稿已就。今日始暮即放头牌,共放二牌。

十六日(**9 月 17 日**)　午前出场。

十八日(**9 月 19 日**)　阅知亲友场作,佳者颇多,惟难免小疵。闻此次场中犯庙讳者至多,大抵头场此向来所未有者,盖初为策论文故也。

十九日(**9 月 20 日**)　与马挹山及其兄子晴川议同行回冀,乘小推车先至道口,乘船至郑家口,然后各分赴其所。三人用车四辆,每辆制钱千四百文。茈山先生尚拟小住数日,俟渡河者不拥挤乃行。晴川名漳,炳文之子也。

二十日(**9 月 21 日**)　午时启行,于是又有衡水五人与同行。将暮,至河干。

二十一日(**9 月 22 日**)　夜步行三数里至渡头,争渡良久乃登舟,黎明开船,巳时登岸。余之始至河干也,见水势汹涌,波浪狂翻,壮于来时。而河干则人马填聚,哄喧益急,当是时争渡不得,数起相格斗,至拘管渡委员而笞辱之,强者登舟,怯者恐悸,争闹方急,舟不得行,夜则露宿,天寒地湿,衣食不得自由,往往感疫以死。举子王明远者,枣强之杰士,率乡人十余人以行,亦以争渡者拥挤不得渡,管渡者既遁去,乃号召管船者、争渡者,与约以法,使有条理然。在此岸且三日夜,日争数起仅乃得渡,余始至即济,竟与明远同舟,得谓之非幸矣乎?暮宿封邱,疫气方盛,今年疫气大抵由北而南,余在冀,疫已退,南行至彰德,则疫初起在汴,数日而始流行,今汴中疫气退矣。而封邱乃始盛。此何故耶?县署明日演剧以禳疫。禳疫以剧,此中国全国普通术也。城虽不大,颇整齐。凡房舍皆瓦顶,在开封时闻人云:此间瓦坚致,凡瓦顶之屋,皆能久不漏。

二十二日(**9 月 23 日**)　晨启行。行二十里至桑村,有碑云古虫牢地,释曰春秋时虫牢也。时风起天寒,觅衣行箧不得,乃知遗包袱一件于封邱客舍矣。袱中衣服十数件皆途中所需,余善忘而懒甚,凡物之已藏弃或置之左右以便用者辄不能忆记,又不时时检阅,以出行时少,亦不常遗失,今则所失稍巨矣。以与众人同行,返客舍觅之,则诸人皆不欲,且恐求之不得也。遂行,过水两次,尖于黄屯。黄屯属滑县,水深一二尺,长数十百步,小车皆两人扛之以过。暮宿牛实屯,今日日行五六十里。

二十三日(9月24日)　暮至道口。行约六十里。滑县村庄甚密,多有寨者,且多富室。道口即滑县村也。滑县所属地亦广,道口村南明杨氏墓,有杨征君墓表,孙文正撰文。

二十四日(9月25日)　登舟。八人占三舱,价京钱十九千,皆地舱也。游观道口村,西面临河,街道繁盛者在临河之南北街,长可二三里,商务少盛。寨西东狭,此处屯船至多几至千。由此上遡,水渐小,可四百里至彰德,再西水益弱,不复能行舟。

二十五日(9月26日)　舟行,午前至浚县。县城甚完善。城内外小山相连,高才逾城,以近山,故城多以石为之,用砖甚少,相传即古大伾,城中有孔氏弟子端木氏之宅。舟行数十里,为老龙口,淇水来入西傍山,河底皆石,以楫撞之,有声铿然,凡十余里,暮泊五龙。是日,行百数十里。

二十六日(9月27日)　夜启行,以无大马头。至暮,始泊金天镇,已入大名界。

二十七日(9月28日)　尖于元村集,又行数十里。漳河自西来,入泊大名县之龙王庙。

二十八日(9月29日)　尖于元城县之小滩。暮泊馆陶城东。

二十九日(9月30日)　风,舟不得行,游馆陶,城内商民寥落,衙署湫隘已极,时方县考,闻每考试应考者不过二百人左右。县境颇广,户口亦繁。由县西南达东北界,百七八十里,狭处五六十里。文庙孔子以下四配十二哲,皆有像。乡贤、名宦诸祠皆无牌位,但粘一纸于壁,书曰历代乡贤诸神之位,或名宦云云。

三十日(10月1日)　饭于尖庄,临清一镇也。此镇商务以苲为大宗,销售于冀州一带。泊临清,临清有厘卡。道口以下龙王庙、馆陶皆有厘卡。

九月一日（10月2日）　过油房镇,暮泊武城。城虽小而居民尚繁密,商则微甚。

二日（10月3日）　午前至郑家口,乘大车行数十里,宿焉。

三日（10月4日）　枣强尖,午后至冀。开封景物,余别有《开封记》详之,故此次游汴来去途中所记稍详,于汴则略之也。

四日（10月5日）　余于七月十九日得子,数日死,不得见,惜哉。

七日（10月8日）　叔父如小陈。

八日（10月9日）　是时,书院所阅报凡七种,为极盛时代。曰《万国公报》《月报》,出耶苏教会,多外国人论说;《经济丛编》,序事极简要;《外交报》,多纪各国事;《汇报》,天主教会出板;《时事采新汇选》,多泛论;《顺天时报》,日本人立阁抄汇编谕旨及奏折也。自《时事采新汇选》以下四种,皆出京都。

十八日（10月19日）　叔父自北代来。于是叔父历游深泽、千民庄、窝北、献县诸戚家。

十九日（10月20日）　阅《顺天乡试题名录》。解元为优贡第二之高毓浤。深州及各属县共七人,武强无有,冀属十六人,书院三人。是科南三府应试者甚众,大名尤众,以去开封近也。今阅题名,则大名中试者之多,为向来未闻。故观应试者之多寡,即可逆睹中式者之数,文风高下云乎哉。

二十六日（10月27日）　叔父赴郑家口,近在郑家口大街购宅一所,土房六七十间,为地七亩,价银二千两。将全家移居焉。故叔父往视修理。大街一名头蹚街。

十月二日（11月1日）　叔父回。

七日（11月6日）　又往郑家口,将移居矣。

十六日（11月15日）　叔母往。

二十九日（11月28日）　祖父母赴郑家口。

十一月二十一日(12月20日)　冀州中学堂张榜。中学堂即以信都书院改为之。今年夏,朝廷诏各直省立学堂,制军袁公使美人丁家立考英文教习于天津,分遣各府州充中学教习,于是徐、韦二人来冀。时州内尚无立学之议,是后州刺史乃令各县送学生来州,复加考试焉。榜所列一州五县共二十余名,又附取十八名,则为小学堂生徒,且定期二十八入学,中文教习即请吾父为之,李子畲副焉。官绅皆以为不能安置两英文教习,吴刺史辞去一人。留者曰韦让臣,名允裕,粤人也。徐某来此已两月,虽未开学,而每月薪水则照发。徐某犹自肆要求,张君楚航竭力抵制,徐某乃去。

二十二日(12月21日)　余如郑家口。数日前,叔父项左突起疙瘩,面左尽肿至于眉鼻,寒甚。食饮几绝,势甚剧,服药数剂无效,敷解毒药亦无验,两三日前得一膏药方,浮肿稍稍落,寒亦微退,饮食亦增。在冀得祖父书,略述叔父疾状,葆真因来视疾,于是吾妹病革矣。见之骇然。询所得疾则初若感风寒,服发汗之药后益沉重,寒热药杂投,遂变风证(症),间一日,不能言动矣。

二十三日(12月22日)　读《史记·平准书》。

二十六日(12月25日)　次妹殇。盖不饮不食、不能言动者五昼夜,身出斑数点,大如黑枣。既卒,葬于尹里村南三数里,吾家新购之地,余往视定。既葬,宿于尹里李荣岩所。荣岩名秀嵢,为吾家经营新购尹里田地者。

二十七日(12月26日)　游视各地,凡二顷余,今岁夏间所购,每亩七两余,共京钱若干。

二十八日(12月27日)　叔父项左所生疮破,自面上浮肿少落,而鼻右、鼻梁皆起一疙瘩,惟在项间者为大。

二十九日(12月28日)　延杨丰斋为叔父医治,饮汤药而用化毒药于疮口。丰斋名际泰,衡水人,以外科著,久居此间,乞治者甚众。

十二月八日(1903年1月6日)　食腊八粥。粥以各种谷及枣栗之属为之。先以祭社及神,不供他品,亦不行礼。此吾家旧制,亦吾一方风俗也。

十二日(1月10日) 余来冀。叔父疮疾已就痊,杨丰斋随余车来,将回家。家在绳头庄,距此仅十余里。

十三日(1月11日) 英文教习韦君回天津,意欲辞教习之任,明年或不复返也。学堂所考取学生或未至,或因事复去,今惟十八人。吾妻左肘得疮疾,杨丰斋视之云:疮且破,破乃可治也。因出一方曰:"服,皮可早破,免毒蔓延。"

二十三日(1月21日) 辟疆由日本来书,求吾父为吴先生所注《易》书序。

二十四日(1月22日) 芘山先生寄余乡试卷来。余试卷被荐出曹公房。曹公名汝霖,翰林院编修。

二十七日(1月25日) 翻阅《深州风土记》,为计其明以来进士之数,在明深十六人,武强七人,饶阳七人,安平十一人。国朝深十三人,武强同饶阳七人,安平同此,并钦赐者计之,钦赐者武强独无有。

二十八日(1月26日) 吾子衍薪与弟子森所读书《诗经》四之一,各体诗百余首,又近人所编《地质歌略》,此两儿所同读也。

日记十四

光绪二十九年(1903)，葆真年三十。

正月八日(2 月 5 日) 外弟李君宗澍来。宗澍，字沛生，束鹿人，长姑之子也。长姑子女各一人。

十二日(2 月 9 日) 外弟来冀之次日，赴郑家口省视吾祖父母。昨复过此，今日归。

十五日(2 月 12 日) 为吾父读《世界地理学》终。此书为日本学堂用本，殊简略，然为吴辟疆所译，译笔高古，则佳制矣，况近今译地理书者尚少详备之本乎。读《通鉴辑览·宋光宗纪》毕，此次为吾父读《通鉴辑览》，自《太祖纪》。前读《易知录》本，实至宋初止。

二十二日(2 月 19 日) 今岁子畲仍任副教习，英文教习为胡鋆，天津人。今尚未至。

二十三日(2 月 20 日) 是日，学堂诸君毕至。吾父始与讲解诸书。暂定中学课程第一日讲经及古文，则《左传》《古文辞类纂》也。次日《史记》《曾文正公文集》，则选摘而讲之也。第三日外国史。凡经史古文之属，皆子畲读于旁，吾父为之讲解。外国史则子畲授课，吾父不登讲台以为常。去冬课程亦略如此。

二十五日(2 月 22 日) 闻吴先生卒，辍讲以志哀。少峰兄来，自去岁吾父即命衍薪辈师之。

二月二日(2 月 28 日) 侍吾父如郑家口。

一十日(3 月 8 日) 侍吾父回冀。

一十一日(3 月 9 日) 如小陈。贺外弟李沛生娶妻，李氏故束鹿富室,今已衰落,房舍犹坚好,外弟幼弱,家事皆其叔父铨卿主之。铨卿之妻,吾族姑也。

一十二日(3月10日)　李沛生取于饶阳常氏常彬卿女,吾妻之族妹也。

二十三日(3月21日)　回冀。

二月八日①　吾嫂归宁。

四月□日　闻宗氏表妹于三月十六日殇,年十六也。拳匪之乱,吾姑挈表妹避地来冀时,年十三,动止语默,已如成人,性聪敏,能守吾姑之训,见者称叹。是月,学堂以英文甄别学生,及格者十有六人,甄别所遗多年长而中学优者,如贾君致方、张君毓汾。

五月四日(5月30日)　吾嫂至自王化村。

二十四日(6月19日)　吾弟次子生。是月,英文总教习美国丁家立改洋务局委员,杨观察澧查学至冀。

闰月十四日(7月8日)　今日为学生暑假之期,英文教习、考学生皆去。书院旧人尚有数人在,学堂学生亦有留习中文者。

十六日(7月10日)　余患腹疾既愈,精力疲惫,目不能阅书,手不能执笔者数日,亦足以觇其平日之弱矣。

六月七日(7月30日)　吾父自学堂暑假日为诸生说韩文碑志类,今日乃罢。

九日(8月1日)　读《通鉴辑览·元纪》毕。

二十六日(8月18日)　杨丰斋过此,询吾妻疮疾。吾妻疮疾始终杨丰斋治之。吾妻左肘患疮逾年矣,破口亦六阅月,今疮口虽渐封,而肘挺直不能曲转如故也。痛苦犹可忍,一臂竟废,则深可虑矣。与李子畲诸君赴汴乡试,宿韩村。韩村,冀州四镇之一。四镇者,韩村、田村、李家庄、谢家庄。今惟李家庄富盛如故,余皆衰退,韩村尤甚。今州境繁富大村,过田村、韩村者,多有盛衰无常,又岂独一乡一

---

①　疑有误,或为二十八日,三月八日。

镇为然哉？可惧也。

二十七日(8月19日)　南宫尖。南宫土城,小于州城,中心为十字,街直达四门,北门内有关帝庙立于道中,车马左右绕行,街颇宽阔,一州及五属县,南宫之富居第一,城内商务亦如之,镖局四家,有曰永兴者,名著畿南。

二十八日(8月20日)　尖于威县。宿于曲周马老铺。威县城方,外砖内土,商肆亦少。马老铺,四五百户之小村也。

二十九日(8月21日)　尖邱县之南,新店过馆陶县之戈口,宿防尔寨,皆富村也。防尔寨,才三数百户。

三十日(8月22日)　尖于大名府。城北有黄家堤,所过村之稍大者。昔吾父官大名县教谕三年,葆真侍从时年幼,于现状及古迹未知访求,今停车游览,粗记一二,以备游记。砖城颇厚,方形,周约八里,街道四达,商务少盛,如南宫或过之。大名县学署一如昔时,周视再四,撼怀旧之蓄念焉。询当日之廪生考试时出保者,多物故,杨君寅贞死亦且数年。官界诸公更无存者,昔日大名镇总兵徐道奎今俨然祀于祠矣。天主教堂为开州之分教堂,昔日如民舍,无人齿及,拳匪既平,工役大兴,礼拜堂规模宏大,结构精美,高可四丈,广二十余间,房舍数十间,公学数十间,皆参西式建筑。然拳匪并未扰及也,官民共坏之耳,事已,乃勒民输资数倍其值以偿之,与冀州教案何相似也！中学堂颇宏厂,中西文教习各二人,学生五十名,讲堂东西两所,皆前日授英文,次日授中文,月考两堂,分出榜示,名下计分数,则合汉文、洋文而定者也。所讲书《左传》《古文辞类纂》,安息日作文,学堂地址为前县书院,乃铲除旧房舍而创建者。府书院曰晋阳书院,尚月课如故。南行十余里,渡卫。今兹大名一带丰收,余家曾两次遣树珊买麦于元村集。元村集属南乐,在此渡西十余里。宿五华营。

七月一日(8月23日)　经南乐,尖于清丰,宿于清丰之白仓集。两县城皆不大,商业亦微。南乐城中石坊最多,皆科第及显宦之坊也。

二日(8 月 24 日)　过开州之丁寨、王助集,二村市场皆以今日为集期。尖于滑县之四间房,过白道口,大村也,其寨俨然大县城。宿于留固。留固颇富实,房屋高大多楼,街东西二三里不见坏房也。居民约千户。

三日(8 月 25 日)　尖滑之焦虎店。经上官村,村颇富盛,有毛氏者巨富也,拥田数百顷。窃观滑县,地广而民富。宿封邱之新店,去河约十八里。

四日(8 月 26 日)　午前十钟登舟。午后六钟达彼岸。此柳园渡口也,渡属祥符,即宿河干。

五日(8 月 27 日)　入汴城。僦室居之一院,室六间,以考事毕为期,租金二十两,遇梓山先生于途,先生以国子监典簿而来,有事于录科事。自顺天乡试借闱河南国子监,录科事亦借河南学政考试之所。曰核学者为办公考试之所,其录科十日中考三次云。

六日(8 月 28 日)　初,深州学堂洋文教员徐某,教授无法,学生公禀总办刺史续公,刺史据以上禀,学生亦全班告退。查学者至时,刺史换黄君,汉文教习赵湘帆适以病旋里黄,遂入徐某之言归,而袁刺军竟札撤中文教员及监督并全班学生不得复入学堂。学生多湘帆主讲书院时高才生,其来学堂实以其师任教习也。自吾父都讲信都,以古文义法授学者,而必传之以世务,使稍通中外之故,湘帆以吾父所以为教者施诸深州,州人士之知新学,湘帆启之也。谤之者反谓其仇视新学,学生与书院旧人康亨庵、侯绍契诸君大愤议,将湘帆被诬及徐某劣迹函载各新闻而各以记述之,任相谦让久之以其事属子畬。子畬故善属文,且赵氏弟子也,闻其事,怒形于色,亦以不文辞,并谓到汴会议。今见湘帆之弟麟章,意甚踌躇,恐此事终成画饼矣。

七日(8 月 29 日)　谒外舅冠卿先生于核学。先生官国子监助教,以录科事来汴,核学规模整齐,庭堂宏厂。

十四日(9 月 5 日)　游驻防营,围内之地不过里余,围墙已破,废房屋卑陋,而户户排比大小若一统者,为城守尉属。青州都统有马队八百,步队二百,年耗饷糈不知凡几,而实无一兵之用,视绿营为尤冗。近岁以来,筹款之议,裁兵之议,牍牒纷纭,殆无虚日。而兵之宜裁之可节无逾驻防旧制者,夫人而知之矣,而皆嗫而不言,何哉?国初之设驻防,将以镇慑地方,消弭其反侧耳。民既服安,遂借此饷糈以豢养之而不复责以办贼。此虽承平之日,犹宜撤免,况当国家多事之秋、政匮乏之际,天子发愤,夫扫积弊,新法令以图自强,乃有言责枋国政者,犹妄探君上有私其种族之意,多所讳避;后进之士辄为过激之论以讥切当事,殆亦诸公有以自取尔。登北城,积沙高与城齐,内有径,履沙逾城垣,可出也。

十五日(9月6日) 宗葆初、鞠如、伯坪兄弟昨来汴应乡试,余往访焉。距属甚近,可朝夕往还。寓中有蒋品梅者,艺圃观察式芬之兄子也。观察,伯坪之外舅也。吕梅云:昔吾叔父视学湖北余曾侍从,湖北多博学之士,文风远过畿辅,应童试者往往以隶书书卷,或杂用《史》《汉》中古文,学政每因其俗而录取焉。其民甚富而重科第,中富之家,生员得食族中公田五亩之租,得科第所食之田亦递加。余曰:此文风所以优美也,盖科举与文学有密切之关系。科举既盛,文学之士必间出。文学固陋,科举迹随而衰歇。世谓科举之业有妨文学,非通论也。然则地方有司不知提倡实学,但以科第相激劝者,又乌得而贬之。

十六日(9月7日) 余与鞠如谈。鞠如曰:文明书局所出书耐人寻阅,殆其文佳耳。余曰:近人新译之书颇多,西国名著所宜急读,乃读竟而兴味索然,岂非译笔为之累邪?于书肆见《广雅丛书》,此书多国朝人考订经史之作,间有古人逸著,南皮张氏所刊,诚考据家之渊薮,可与阮氏《经解》、王氏《经解》并行,而此编尤为史学之大观。

十八日(9月9日) 梓山先生邀余观剧于玉成茶园。园内每座制钱二百四十文,价昂于京师,而所演不足观。城中茶园凡三,玉成为最。余不知音,故向不喜观剧。来汴两次,今乃一观之也。

十九日(9月10日) 新书愈出而愈胜。顾余精力短绌,所读至鲜,游书肆亦未多购。恐未及读已为后出者所胜,竟成废纸也。盖自去岁新译本稍稍能阐明新学理,视昔时所译已为优矣。十年之后,译学大兴,必且别创天地。呜乎! 真学界之奇福也。惜吾未能博览译籍,驰骋新学界以观其奇。开场在即,宜习字使熟,渐至于速,今十五分钟可书七十字。

二十一日(**9 月 12 日**)　是时,应乡试者渐至。吾族人来者八人,吾县共来三十余人,皆如去岁。他县、他府则皆多于前矣。

二十四日(**9 月 15 日**)　今日考优,应考者约百人。

二十六日(**9 月 17 日**)　余应录科。录科凡三场,廿三日第一场,廿九日第三场。十钟入场,日入交卷。

二十九日(**9 月 20 日**)　如核学,代冠卿先生阅录科卷。先生在国子监所应校阅贡监各卷,皆兰侪及其友白君式阅。今日优生覆试,兰侪入场,故属余代阅。优场榜出,取十六名。榜如下:李书田,枣强;刘藻麟,宝坻;胡茂如,定州;常堉蕙,饶阳;陈云溥,易州;武敬绪,永年;韩殿琦,新河;张廷元,宁津;李荫蕃,遵化;张诒,定州;刘汝贤,献县;冯孝光,霸州;王念曾,滦州;谷钟琦,定州;聂丹书,抚宁;杨墀蔚,抚宁。闻刘藻麟、胡茂如皆有文才,而胡君尤喜研西学。二十三日、二十四日两场录科,共千七百余人,此学政录科也。

八月一日(**9 月 21 日**)　访交河苏星含。星含名誉宗,吾母舅仲符子也,亦以乡试来汴。访璧堂。璧堂云:吾与张子刚拟译《独逸史》,此为日本史学名家所译著,今年六月始出板,颇详备,译成约二十万言,又云报纸所载某监督奸女学生事乃传者之妄,请言其实。有驻日使署参赞钱恂者调美国,其妾与湖北留学生监督某有私,至是其妾坚不肯行,遂留日,所私者与同居焉。留学生张博泉等闻之,夜入其室,削其发,饮以溺,迫使归国,不行,且杀之。某诉于总监督,监督不为理,乃讼于日本裁判所,谓张君等于九钟后窜入人室,有妨治安,遂判张君等以违警罪。总监督汪公大燮劝其归国,归国可复返越,竟乃免,张君遂归。璧堂,名殿玺,附生子刚,名书诏,廪生,皆衡水人,前从李备六于翘材书院而考课于信都者也。去年游学日本，入清华学校。今归国乡试。

二日（9月22日）　游书肆，有专售《中州文征》者。书为苏源生编成于道光之季，凡四函，河南文学朴僿，不善趋风会，今海内竞谈西学，河南独多守旧之儒。乾嘉之际，学者崇尚鸿博，经史考证远驾前贤。此编录取汉学家言独鲜，虽由选家之搜采，亦足以觇风尚焉，荟萃一方之文，勒为一编。征文学、考政俗、表章名贤，博雅君子必有取焉。吾畿辅人才高出中州，汇辑行世所不容已，惟定州王文泉先生灏有《畿辅文征》之辑，未脱稿而先生没，续而成之，后学之责也。

三日（9月23日）　应王渭臣先生之招饮。先生名兆熊，成安人，以道员候补于此，其子妇，余从堂姑也。

七日（9月27日）　国子监录科。昨日始止，人称盛焉。凡南皿千一百九十二名，皿中千四十四名，北皿二千一百五十五名，其中直隶百五十九名，河南千四百七名。学政录科二十九日之场亦不下三百名。合前两场凡二千有余人，闻今年应试者九千三百余人。

八日（9月28日）　入场，颇不拥挤。晚二鼓时题下："汉初弛商贾之律论"，"龚遂治渤海虞诩治朝歌论"，"东汉中兴功臣多习儒术论"，"隋唐二史不为王通立传论"，"吴竞上《贞观政要》、张九龄上《千秋金鉴》、司马光上《通鉴》、真德秀上《大学衍义》论"。

十日（9月30日）　继烛出场，时未出场者尚多也。

十一日（10月1日）　二场题目如下："学堂宜设国文专科策"，"泰西商品以动植物为大宗畜牧以时培养有术与夫温度雨量之差区域性质之别罔不精参密测泐为专书宜比较长短为商业求其补助策"，"驿站之设近多流弊议者主改并邮局应如何收复主权裁并冗费加减邮赀畅通水陆以期利国济民策"，"泰西诸国最重专门实学策"，"奥相梅特涅普相毕士马克两人均以才智雄略佐成霸业其政策设施试详其梗概策"。

十三日（10月3日）　日暮缴卷。

十四日(10月4日)　三场钦命题目:"宽则得众,信则民任焉。敏则有功,公则说"义,"日省月试,既禀称事所以劝百工也"义,"是故天时有生也,地理有宜也,人官有能也,物曲有利也"义。

十五日(10月5日)　凡场中所具食,颇洁美。去岁每场稀饭一次,馒首二个,咸菜一块,盌箸各一分,中秋日加月饼二枚。今年将馒首改干饭,余如去岁,而美好有加。或曰监临陆公于此,必亲自检点云。

十六日(10月6日)　昨夜文已缮就,日出出场。

二十一日(10月11日)　余在汴,颇喜游观,于所闻见,归当为文详之。故日记中不言游览。

二十二日(10月12日)　与李子畬诸君同行回冀。宿于河干,即夜登舟。

二十三日(10月13日)　昧爽开船,巳初已渡,即行,宿于丰邱。

二十四日(10月14日)　过黄集,尖于滑县牛市屯。过沙姑多,宿于沙店。

二十五日(10月15日)　过道口,尖于濬城西,宿屯子马头。道口之北为铁路机器厂,此间铁路已设辎重通车,尚未运载客货。中国安常习,故诟病西法,至国势衰弱至此,始规效西人,而利权已多为外人攫取,然执前日诟病西法者而诘责之,彼不自愧悚,反作色曰:吾固习知西法之善,奈世人之不吾听,何也? 余深恶此等人,然今之办新政者,殆莫非此人。噫,因忆庚子祸变之后,步浦男先生语人曰:吾曾禁乡人习拳术,恐其扰害地方,亦不意其挫败若斯之速,而外衅之患之剧也。余悚然敬之,可谓不自欺、不文过之君子矣。

二十六日(10月16日)　经安阳之寒泉,过安阳河,尖菜园,宿临漳之柳园。

二十七日(10月17日)　渡漳经临漳县城。尖成安,宿肥乡。

二十八日(10月18日)　尖曲周东门外滏水东岸,东关颇长,略有商肆,宿南河滩。

二十九日（10 月 19 日）　宿于广宗之东里集。

九月一日（10 月 20 日）　尖于南宫。过恩馆村，村属冀州，距城三十里，冀富室有三，恩馆寇氏其最旧也。暮至冀。

三日（10 月 22 日）　吾父为学堂诸君讲《左传》至成公，《古文辞类纂》论辨类且毕矣。叔父往城南双冢翟氏点主，因来此。

四日（10 月 23 日）　吾父为学堂诸君讲《史记》至李广传。邀庞氏医来，为吾妻治疮疾，以肘之疮疾久不愈，不能终日作衣服，因兼课诸子读书。

六日（10 月 25 日）　叔父回郑家口。

七日（10 月 26 日）　为吾父读《通鉴辑览》至《明纪·太祖》。

十四日（11 月 2 日）　吾子衍薪、弟子森《诗经》皆卒业，吾父时与说蒙学读本，森年六岁矣。吾父为其兄讲《孟子》，必听于旁，不倦，亦能领悟一二。

十一月十八日（1904 年 1 月 5 日）　洋文总教习丁家立弟二次查学至冀。

二十四日（1 月 11 日）　为吾父说《群学肄言》。

二十五日（1 月 12 日）　近日吾嫂及吾妻读《孟子》，吾父为之讲解。以吾妻有肘疾也，吾父并促习字，吾妻性专静，操笔为家书，字句虽未尽适，而用意能与事称，于文事殆不相远，亦深知文学之功用，卒累于事，不暇以为，且年渐过，殆难望矣。吾父每深为惜之。

十二月一日（1 月 17 日）　顷得鞠如函云，余乡试取誊录第六十名，中出第五房翰林院编修许邓先生起枢房，并将试卷批语录出寄来。第一场堂批："颇有见解，笔亦足以达之，惜瑜瑕不掩耳。"房批："抑末厚本，叶水心尝诋其非正论。文本叶说，推究其弊，如庖丁解牛，芒锐无匹。"次："脱去恒蹊独从，无拘文法，上下立论，纵辔骋节，慨当以慷"；三："词无枝蔓"；四："以《中说》为伪书，即为仲淹无传之证，颇有识解"；五："约举尽情，笔亦清矫"。第二场："首艺议论精实，颠扑不破，可以堤障末流"；次："征引博洽"；三："指陈利弊，剀切详明"；四："简而不支"；五："揭破梅、毕二相政策宗旨，可谓探骊得珠"。第三场："无讲章气，无经解气，简而茂，朴而雅，决非时手所能"。今年兰侪中式。

二十日(2月5日)　衍、森皆读《尚书·商书》毕。

日记十五

光绪三十年(1904),葆真年三十一。

正月二十一日(3月7日) 侍吾父如郑家口。时学堂以学生多未到,因定期二十三日开学。

二十三日(3月9日) 将吾家旧有之田二顷余在五祖寺者,属张梦生代收地租。自吾高祖时有田约十五六顷,官江苏,曾售去顷余,以偿还官债。吾祖壮年一再析产,得地六分之一,吾祖官故城训导时,族人曰赓韶者代收地租。赓韶屡干没租金,至是乃夺以交梦生。

二月五日(3月21日) 与骆泽普如北代。尖于景州之隆化,宿于武邑之审婆。审婆南二十里为孙家寨。此三村为由郑镇赴北代尖宿之所。

六日(3月22日) 至故乡北代,居汇亭四叔院。

十四日(3月30日) 初,吾叔祖与吾祖异爨时,惟书籍未分。后汇亭叔以书请于吾叔父,愿借钱千串,而将广业堂之书籍尽归寿真堂,叔父函询心铭叔,心铭叔复函许诺。至是乃命葆真尽携以归。自七日至今日检点毕事,凡十余篑。然昔年祖父已历次携往故城,吾父又曾将新购者留家中,故今取归者,亦非广业堂之书也。于是精本书、名家手批《金石录》等数种,皆为族人持去,遂遗失。至其他器物之在家者,则已陆续运往郑镇矣。

十五日(3月31日) 回郑家口。光绪二十五六年之间,祖母亟欲在北代筑室,地基培好,又备购砖坯、木材建筑诸须要品。既徙家郑镇,乃悉售出,惟木料犹存,遂委梦生售之。

十六日(4月1日)　携书至郑家口。

二月二十一日(4月6日)　侍吾父回冀。上月二十七日,吾母赴安家庄,吾嫂从行至安家庄,以赴王化。吾母不到安家庄二十余年矣。住十余日,今月十日,嫂从吾母回冀。

二十三日(4月8日)　葆真为吾父读《西史通释》,盖西国古代史也,于东罗马以后甚略。此书辟疆自东文译出,西史译本此为最佳。

四月二日(5月16日)　少峰为吾父读《东瀛战士策》,亦读《北洋官报》等报。

五日(5月19日)　自去岁夏间,吾弟为吾父读《诗经》,至今未毕。

十六日(5月30日)　如深州应岁试。与竹泉、侯亚武诸人僦室同居。

二十二日(6月5日)　学政陆公按临至深州。

二十四日(6月7日)　阖属童头场。

二十五日(6月8日)　生补考。

二十六日(6月9日)　童二场。

二十七日(6月10日)　考教贡。

二十八日(6月11日)　生头场。余入场,四书题:"'诸侯之宝三:土地,人民,政事'义";五经题:"'杞之郊也,禹也;宋之郊也,契也'义。"首题甚易,包罗时务,惜余所为不能稳惬耳。二篇稍枯窘,然成之甚易,始终以咏叹出之。

二十九日(6月12日)　提覆。

三十日(6月13日)　生二场。余入场,场中分类出题,如史学、兵学、算学等不下六七类。考何项,投考时须注明。余作两篇。题录下:"秦皇未见韩非,思并世而不可得,见则杀之;汉武未见相如,思并世而不可得,见则摈之论";"问唐用突厥以取天下,用回纥以平安史,突厥、回纥皆得志于唐宋，资女真以灭契丹，资蒙古以灭女真，女真、蒙古皆得志于宋，其故安在策"。余首篇议论警创，文笔遒练，似较头场为胜。

五月一日(6月14日)　童覆试。

二日(6月15日)　生覆试，余入场。今日榜揭，兹将武强考一等者录下：陈炽、杜超、贺葆真、杜志璜、王如锦、耿克明、徐兰芳、贺葆经、贺肇域、贺德深、杨荇池，凡十一名。陈、杜皆廪生，廪生出缺，当余补也。

三日(6月16日)　考优。各县一等前三名皆与考，余夜得疾，日出尚卧，不能起。点名甚晚，遂得勉强入场。午间雨，不能视日之早暮，且时时因疾卧座上，遂速为之缴卷，竟在诸人先。

四日(6月17日)　童总覆。

五日(6月18日)　奖赏。近深州创设戒缠足会，康亨庵、郭让卿为领袖，日事组织，四方朋友贻书议会事者不绝，今已三十余人入会矣。余自幼小时即倡不缠足之说，故闻而善之，遂厕名诸君后，并出资数千，以为之倡。亨庵又在南庄组织一小学堂，课程自定，颇美备，程度亦高。郭让卿、康问峊等三数人各设蒙学堂于其乡，以教授新法，为州人倡。此皆深州进化之起点也。让卿名增禄，问峊名汝耕。

六日(6月19日)　学政起马，余回冀。优生榜补录于此：刘鼎韶，深州；侯际辰，深州；贺葆真，武强；陈炽，武强；杜超，武强；李丙炎，安平；马恩魁，深州；佟甫田，安平；张庆荣，安平；索良璞，饶阳；王效先，饶阳；李宝棣，饶阳。

八日(6月21日)　罗教习来，胡教习以病自谢去。罗君乃驻英钦使稽臣丰禄之从子，曾从游欧洲，算学颇精。罗公故以算学名。吴先生尤称其使才。庚子之后，诏中外条议变法事，罗公所上称名奏焉。其《出使日记》闻亦甚佳，余未之见。算学书及日记惜皆未刊行。

二十四日(7月7日)　学堂暑假，诸君归里，吾父属谢岩林等说吴先生尺牍。

二十六日(7月9日)　叔父自郑家口来。

二十九日(7月12日)　回郑。

六月三日(7月15日)　学堂招考第二班学生。

十三日(7月25日)　读《西史通释》毕。

十六日(7月28日)　余阅《通鉴辑览》卒业。去岁为吾父读至明初而止,明以来则自阅之也。

七月初六日(8月16日)　为吾父读吴先生尺牍毕。葆真与谢岩林共阅之也。

十月五日(11月11日)　为吾父读《正史约》及《皇朝政典絜要》。《正史约》自东汉纪读起,书凡三十六卷,明顾锡畴编,编年史中最简本也。自陈文恭公宏谋重订付印,始行于世。文恭谓其较他本纂辑为良。桐城吴先生亦称其简而不陋,而文渊阁顾未存目,殆以明人好撮录《通鉴》以为课本,转相抄袭,不足较论,此本遂不及采取与?然则有所撰著而沿习旧体,欲其行世,难矣。《正史约》之几废而复显于时,非其幸哉。《皇朝政典絜要》,日本人著,吾国重编之,易为今名,略仿纲目体所纪,自国初至同治,于政典兴革概皆阙略,非善本也。

十一月　为吾父读《伦理学》。近人所编教科书也,体裁殊不足道。是时查学者天津李君金藻请于学堂课程内增讲历史、国朝政治、伦理等学科。吾父曰:此无益学者也,适以误其研究文学之时间。子畬又以为言,重负其请,乃勉应之。

日记十六

光绪三十一年(1905)，葆真年三十二。

正月四日(2月7日)　葆真侍吾父读《桐城吴氏文法教科书》，辟疆所著。此书阐明吾国文字之妙用，借文字以上窥作者之意旨，诚教科书中未有之善本也。辟疆现在保定任学务处编译事，兼充校士馆教员。校士馆，莲池书院也。

十四日(2月17日)　侍吾父读吴先生尺牍。此再读也。

二十二日(2月25日)　吾父辞学堂事，赴郑家口。是时邢之襄自日本邮书吾父曰：松坡先生大人钧鉴：生等负笈东游，久不获聆雅训，私衷歉然。近自日俄两国构衅，瓜分惨报，东西各新闻纷然纪载，亮内外闻之，均抱悲伤之感也。窃谓吾国积弱已极，政权利权，外族咸把持而掠夺之，已足制其死命，而拯危诊衰，谋补救挽回于万一，俾汉族苗裔绵绵延延，不至离灭种亡国之奇灾者，惟革新教育制度，培壅国民实力而已。然教育不自兴，有尼之勒之者，何也？周孔既丧，斯道坠地。汉宋诸儒起，钩距训诂，根究性理，一则支离破碎，一则虚无空寂，天下陷窞，其毒穷，其流极。宋阼(祚)遂沦于夷狄，然犹日比附经义，穿凿冥悟，不失为儒者流也。至近儒之嗜癖词章，琢缕字句，铿锵音节，蛊惑一时之材俊，悉入歧途，以肆其媚俗鬻世之技术，门分派别，日相毒药，水火国家。承平无事，害伏祸畜，尚足百方弥缝。甲戌、庚子两役，词锋笔阵，一旦见诸实行，终莫敌炮火之锐利攻击。词章之论，丛生猬起，世人亦渐悟其遗锢，力图更张，于是词章时代，变而为欧化，规之时势之变迁，考诸新学之应用，固喜不能辍者也。然襁负旧业者流，权摧势圮，顿丧衣食之资，积忧成怒，积怒成忌，积忌成害。下者诋诬新学科以异端之恶名，极力倾覆之不息；上者则借口人心世道之忧，以一己而支拄圣教，甚且引日人保存国粹之余论，仿依比拟，坚持谬见，悍然不少变。呜乎！日本之沉溺箝束于汉学几及千余年，一旦毅然维新，尽行破灭而弗惜，力汲欧美精粹，推阐播殖，曾不三四十年，教化溥及，迄今僻乡鄙邑，无男无女、无贫无富，皆甄陶镕铸于教育，卒能伉匹西方，骎骎焉力争上流而不已，非当时之驱除旧锢，毫无所吝于其间者，能如是之猛进疾趋乎？至保守派之提倡国粹，非词章训诂之谓也，乃日人矜矜自诩之武士道、大和魂者，正其立国教千年之精神。今帝国主义暴兴，跛国残疾之种族，方濒于吞噬剥绝，天壤无容足之地，欲逆折其风潮排荡，舍训练一国子弟刚毅威武，人人必死，固无足防御自卫之道。日本之汲汲尚武主义者，所以恣侵略之政策，以此为先驱者也。而吾国自利自私之辈，漫不加察，貌其说以自修饰，而义乃大反，适证其孤陋寡闻也。借口卫道者，既不足获收实效，即其心果根于卫道之至诚，亦杞人天坠之忧耳。吾人求学，不能以一己自界，不能以一国自界。学者天下之公学也，理者天下之公理也，非周孔梭柏诸大圣之私产也。吾儒果为真理之渊薮，纵一时泯没弗章，时移世替，终能暴露于世，尽发奥蕴，硁硁然虑其破裂凋丧，诚不为无过。此证之东西旧例，尤较著而不诬。欧洲自中古修葺文学，而希腊哲理益显，日本则欧学盛行之后，各大学生文科，研核三代哲学数千年埋葬覆藏之至理，比较证验，乃能辟阐无余蕴焉。如此，是新旧互相表里，而废亡自惧之虑可以少少（稍稍）释。虽然，此为欧学已行者言，而今尚非其时，民智混沌榛莽，方且夷狄新学而不屑为，正国粹完全无缺之时代也。所谓破坏保存，何自起处？今而言保存，避难就易，适见其懦弱而不勇，如吾省之建修学校，已三四年矣，下者仅植虚名，视为具文故事；上者增立二三科学，残损而不克备。执此以往，求教育之发达蕃殖，犹北行而南辕也。盖词章一息尚存，人必不弃此而事他。操持学权者，亦必不抑此而扬彼。窃谓科举者,学校之仇敌也。词章者,学科之仇敌也。苟而论之,词章王而中国奴,词章健而中国疾,居一国则楚毒一国,居一州则楚毒一州,词章者实中国之仇敌也。词章不熄,教育不著。今各地此风寖衰,独吾州尤蒙先生不弃,谆谆善导,齐次青、王荫轩两人中害深切,尚肆余焰于海外,专制学生之思想,漂没学校之基址,俾已苗之教育萌芽,芟刈诛伐,稍不遗其苗蘖根株,害莫烈于此也。既以之洪水中国,又欲洪水吾冀。冀人性非木偶,焉能吞声饮泣,恝然置之而罔顾?此不独为冀谋也,为先生画策,亦莫善于此。吾闻君子教人求传其道,而利益非所较计。今冀人方步趋新学,力不足以并顾兼营,又曩无桐城阳湖之脑力,先生仍淹滞不去,必欲点铁成金,惧吾道其南之望,徒托诸想象梦寐,而叛徒四起,冀人获背师之咎,生等愈益滋惧也。同人窃不自度,谨条次鄙见,用进左右,冀备刍荛之采,久居海外,旧学荒芜,语无伦次,伏惟心亮,此请钧安。冀州留学生同人公启。

　　二十八日(3月3日)　骆霖雨来自郑家口。为其整理行装,以便归郑。

　　二月七日(3月12日)　将篋笥陆续运往郑家口。葆真遂侍吾母及家人至郑。时武邑李心甫闻吾父辞学堂事,致书张楚航请挽留,启行前一日,栗琴斋如桐、魏仁轩世麟等四五武邑人饮余于聚仙亭饭馆。

　　十三日(3月18日)　张树珊来,购粮归也。树珊自去岁买豆于南乐元村集内黄楚旺等处,合郑斗六千余斗,半为吾家所购。树珊名金海,梦生之弟也。在吾家帐房已二年,祖父谓其能,故令经营商业。

　　十六日(3月21日)　严范孙侍郎来书挽留,其辞曰:都门把晤,忽忽十年,每于知好中询问起居,时深景仰。兹来保定,窃喜益近灵光,借资教益,至为私幸。顷闻吴辟疆传述,先生近因有甄函诽语相侵,慨然有引去之志。骤闻此谈,无任骇愕。冀州人士涵淹教泽,垂三十年,至今人文彬彧,远过他州,非由化育之深,焉能臻此?此固遐迩人士所共观瞻而默识之者。不特此邦子弟依恋师门,即冲挹之怀,亦当瞻顾彷徨,不能自释。讹言之至,诚属无端。迩来留学界中往往有一二人私忿,假托公众之名,惑乱是非之弊,此固无从究诘,顾公论自在天壤,先生通儒硕望,淹贯中西,不唯乡国倾心,即瀛洲旅学之徒,亦无不遥秉规型以为师法者,如南宫邢赞廷诸人,其师友承传皆渊源于函丈,倘聚冀州留学而倡为公议,曷敢自弃本初,苟闻师门诋毁之言,断无不同声忿疾者,此等蜚声钓谤,殆出一二妄人所为,其决非留学公函,较然可识也。事修谤兴,道高毁来,周公、仲尼之圣尚所不免,曾何足为介意? 若感触于是,遂欲翻然高举,弃数十年来殷勤煦育之功于一旦,使后生失所依归,道学终归茫昧,计忧世之衷,必不出此。弟纳交虽浅,倾慕殊深,徒友传称,风期有自,故敢妄进一言,挽留高驾,亦为冀人士谋百年之长计,非一人之私言也。弟知识谫薄,猥承当道强以学事见委,任重才疏,深虞丛脞,尚赖鸿贤巨能,不以其不肖,时时匡勘不逮,以共济艰难。先生宁忍于机芽方启之初,恝然弃去耶? 词不尽意,唯深鉴而厚赐之,无任跂幸之至。至是,苗刺史玉珂亦附函劝驾。

　　二十二日(3 月 27 日)　福昌号估衣铺开市,即在居家之左。

　　三月七日(4 月 11 日)　为余庆长事,如北代。

　　四月九日(5 月 12 日)　　余庆长事毕,旋归小范。余庆长钱铺者,祖父所成立。开办于同治四年,其资本则吾家业勤堂一支、东院三德堂一支与适魏氏祖姑所集合,数十年间,几无一岁不获利。事业非不发达也。然魏氏股本既撤去,业勤堂各房亦随时支取,股本耗尽且有债务。惟吾祖未尝取用,每三年辄以所得息金加入,惟代他房偿债。至是寿真堂、三德堂谋分立,吾祖命葆真往经理其事,三德堂遂将股本及应得之利息撤去,而立新号焉。余庆长遂为寿真堂所专有,惟资本薄弱,仅三德堂之一。掌柜刘锡畴等三人皆归三德堂所立之新号。余庆长新募掌柜程宝桢,字巨亨,交河人,张梦生所举也。余将铺事清结而归。此事曲折,不复详云。屡得吴辟疆、阎鹤泉两先生书,代致廉访陈公意,欲馆吾父于保定,词甚恳挚。吾父作书谢之,仍事敦促。陈公，名启泰，字伯坪，长沙人，以通永道署按察使。

十八日（5月21日）　侍吾父赴保定，应陈伯坪廉访之招，尖于刘智庙，宿于景州。景州古塔名最著，而建造之时代不可考，塔在城内西北偏开福寺。寺建于有明洪武，重修于永乐，洪武时碑记已云，古塔其在隋唐之世乎？塔高十余丈，为级十三。余幼时过此塔，门尚开，可至绝顶，余未及登。近塞其门，游客不得登眺矣。塔旁有彭孝女祠，孝女其父知州事，母死，女登塔巅坠下以殉，后人为立祠，有题壁诗刻石。景州为南九省赴京通衢，冠盖往来，以至士子应试商贾之趋利，由京师接于江南北，凡道景州者，盖莫不观此塔，塔已处得地所矣。而观塔必问彭孝女，彭孝女之名遂与塔并著。而幽人逸士赋诗题咏，塔即毁而诗犹传，塔且不得与齐名，彭孝女可谓善死。呜呼！烈妇孝女何地蔑有，而善于死者几人？湮没者千百，成名者一二。彼激于义愤，百死不辞，岂为名哉？不求名而卒不得名，非天下之至可悲哀者哉？

十九日（5月22日）　尖富庄驿，宿献县。

二十日（5月23日）　尖河间，宿新桥。

二十一日（5月24日）　尖板桥，至保定，主辟疆。

二十二日（5月25日）　陈伯坪廉访来拜。

二十三日（5月26日）　吾父往昔岁莲池书院，今日普通科学馆者。访阎鹤泉。鹤泉时为科学馆教员，马旭卿为学生。

二十四日（5月27日）　廉访邀吾父入居署内。

二十六日（5月29日）　刘平西来。平西，名乃晟，衡水人，信都书院旧游也，近在高等学堂充经学教员。

二十九日（6月1日）　刘平西设筵亚罗天番菜馆，邀余侍家君往，余以体微不适辞，在座者有章鲁泉先生。先生名绍洙，某县人，吾父丙戌同年，曾署武邑内邱，现署无极，通中西学，能文章，有著述，所著《琉球志》最有名。其署武邑也，阅书院课卷平骘佳恶最允当，信之能文者争假武邑人之名氏以应其课。余亦时试为之，其在内邱论物产气候之禀,论精而文佳,吾父屡叹称之。

三十日(**6 月 2 日**)　章鲁泉先生来拜,吾父素未与谋面,然重其人,时言于陈公,陈公以吾父所以称之者告之,今章君来,又述陈公之言,于吾父稍露感激之意。

五月某日　王古愚先生来。古愚名振垚,定州人,莲池书院旧人。去岁各府直隶州学务处皆派查学者,而古愚实任其职。

二十日(**6 月 22 日**)　贾佩卿第二次来,持所为文求吾父评阅。佩卿亦莲池旧人,为人有气势,出语思惊其座人,留心世务,讲西学亦先于人,所著《地理歌略》,余尝以课儿子辈,今又思自创学说。佩卿名恩绂,盐山举人。

二十二日(**6 月 24 日**)　韩缄谷来。缄谷,名德铭,高阳诸生,亦莲池名士,其来莲池也晚,故与吾父未尝相见。缄谷熟于历史,现充师范学堂历史教员,善演说,尤喜任事,在学界最占势力。

二十七日(**6 月 29 日**)　张伯英来。吾父昔岁入都,曾与其父友善。伯英现有事于藩署。

二十九日(**7 月 1 日**)　王小航来,即芦中穷士王照也。吾父与其兄襄臣善,即《吴先生文集》所谓左营游击王公燮也。于小航则一遇于稠人广座而已,今一见如故人,言论衎衎。出一册相示,则彼所为官话字母也,亟言其有关于世,且曰此事必大行于世,若谓吾所为不善,驳之可也,但欲驳之,亦须习之。又出一册见赠,则《旅行记》也。

六月一日(7 月 3 日)　宗鞠如来。前吾父与梓山先生书,属鞠如来此小住,而命葆真赴都。鞠如既来,余将入都矣。贾佩卿、刘宗尧同来。宗尧名培极,任邱人。适堂叔心铭官任邱学官,招聚高才生,课以实学,捐廉以奖之,宗尧其杰出者。后乃使往莲池,从吴先生,近在定州充教员,与吾父亦初相见也。

二日(**7 月 4 日**)　弓子贞先生来。先生著书家居,未尝奔走于世,以干利禄。此次来保,访辟疆与吾父也,即馆于辟疆。

三日(7月5日)　赴都。余第一次入都,亦第一次乘火车也。梓山先生亲到火车站待我,遂至下斜街四眼井吾姑家。吾姑健康如曩岁,次表弟曰俊贤者亦崭然露头角,性和善,稍见英爽气,可畏也。衡水尚逢春为之师。逢春名椿荄,以举人官内阁中书,信都书院旧人。

四日(7月6日)　谒宗端甫先生于老墙根、常用宾先生于宣武门大街。两先生皆未尝相见也。端甫先生官内阁中书,用宾先生官刑部郎中,而有事于仓场,今未在寓。伯玶之弟曰俊瑄,字仲玖;曰俊璋,字季珣。仲玖年少才俊,必能与兄竞爽,伯玶肄业大学堂,仲玖肄业崇实中学堂,季珣在家,为延王荫南教之。荫南名在棠,故城人,家于石槽村,与余友善。

五日(7月7日)　常兰侪来访。因与游畿辅先哲祠,梁子嘉、伯玶同往。祠堂为南皮张香涛制军创设,所祀历代先哲,分以九类:曰圣贤,曰孝友,曰忠义,曰名臣,曰循良,曰儒林,曰文苑,曰独行,曰隐逸,自商迄近世,凡千余人,其圣贤类凡十三人。在唐为韩退之标异之为圣贤,已为新闻,谓之为昌黎人,不亦附会乎?若文苑之李东阳,益又甚矣。李塨学圣贤者也,乃列之文苑。《诗》言"吉甫作诵",则尹吉甫乃辞章家,而跻之圣贤。商鞅相秦,创法修政,不避权贵,国以富盛,言法政者宗之,乃摈而不录。近代巧于仕宦,在朝既久,幸免圣主之诛,乃皆猥而列焉。若夫忠信仅称于十室,诗篇未登于大雅,而过而录之,尤不可一二数,而遗而不录者,亦不胜数也。瞻谒者退辄有所云云,或詈毁无忌。甚者取其神位而手坏之,而同乡官京朝者,竟无人倡议更正之,何邪?统古今之仁圣贤能而高下而类别之,而求当于古人之志,此必不能冀之事也。以孟坚之博学宏识,而所列古今人表,后世犹或讥之。夫著书各有体裁矣,而桐城吴先生志深州艺文,犹议前史录艺文者分门析类,不能当古人之意。张氏乃统一方三十余岁之人物一一为之类别,其果有以免吴先生之议,而当古人之心哉?东庑为忠义,分官、士、兵,为总牌位三,不复详其名氏。西庑为列女,分孝、烈、贞三总位。祠正室旁有宴游之所,悬畿辅名人墨迹甚夥,杨椒山之谏草在焉。庭堂雅洁,器物咸备,以供人游衍。若将先哲事迹纂辑为书,刊印行世,以资景仰,则大善矣。遂与兰侪东城辛寺胡同谒外舅冠卿先生。

六日(7月8日)　午前外舅设宴。朝雨,诸宾来者仅周氏二人。午后游大学堂。兰侪自去岁入大学堂,与伯坪同在师范班。大学堂创建于戊戌,庚子而后渐加扩充,章程亦时有变更,以进于完善。初为仕学馆、师范馆两班,后并仕学馆于进士馆,而新招学生以不合大学程度,名预备科,师范科如旧。师范科有三百余人,预备科百余人,分英文、德文两班。师范则分公共班、分类班,教员凡数十人,每岁经费约二十万,规模之宏大亦略可观矣。学堂基址旧为公主府,工程坚好,局势幽雅,非他学堂可比。有楼三所,一为讲堂,一藏书籍,一充宿舍,皆甚广大,藏书颇富,约十万卷。明刻及国朝精校本多有之,零卷巨帙咸备,他邦图籍约六千册,则以汉文标其书名,玻璃为橱而加锁焉。动植物标本、化学仪器、药水皆封闭,不得观览。中国学务今虽进步,实在萌芽时代,大学亦粗具形式耳。日后全国注目于学务,方驾欧美,固意中事。人才既出,国势自强,费省而效宏,计无过此者,以视推广巡警、添练新军,无其人不得其道,消耗有用之经费以来外人之嗤笑者不亦多乎?游十刹海,亦都中游览之所,无可观,回辛寺胡同。

七日(7月9日)　访李翊宸、马玺卿不遇。玺卿,名镇桐,新河举人,官户部主事,信都旧人。与兰侪笔谈,论官话字母之功用及教育宜造最高级人才。

八日(7月10日)　访杨儒珍不遇,至华北译书局。书局之初开办也,出报两种,一《经济丛编》,甚为学界欢迎;一为《阁钞汇编》。后《经济丛编》停板,而包印书籍未尝不获利。夫此局之发起虽由廉郎中泉,而提倡招股,吴先生实主持焉。成立之后为常稷生所把持,廉郎中乃委而去之。弊端百出,不复可支,常氏又去,乃归赵湘帆兄弟。

账目既不可问,局中乃宣告亏赔,所余股银属股东领取,未取者将股东权利注销,银存局内,不作股本矣。每股原五十元,今余十一元而已。复有已领收条、局中并无其名者。此书局股东大抵皆保定、深、冀之穷儒,渊源于莲池、信都者。稷生固大不理于口,赵氏兄弟之屏弃旧股、注销股东权利,亦颇受人指摘。议此书局一失信用,畿辅他公司招股必大受影响矣。

　　九日(7 月 11 日)　访李式忠不遇。式忠,名景纲,枣强人,进士,官吏部主事。

　　十日(7 月 12 日)　拜访许邓先生起枢。予癸卯乡试挑取誊录之荐卷房官也。先生谓余曰:子文甚高古,北方所不多觏,同时荐两卷,其一卷远不逮子文,所以同时荐者,意固在子也。既而彼卷获隽,而子竟见遗,为慨叹者久之。拜曹先生汝霖,予壬寅乡试荐卷房官也,适已出都。

　　十一日(7 月 13 日)　常吉甫表叔招饮于便宜坊。

　　十二日(7 月 14 日)　与王荫南访张聘三于武王侯胡同,因同出游,过端废王旧墟,出西直门,沿河西行,绿柳夹路,河流其旁。循山贝勒花园之垣,弯曲凡数里,一路景物甚可观,最著者为五塔寺,再西为万寿寺,西太后临幸之地也。寺颇崇宏,其内极新洁,小佛像遍墙壁,皆涂以金,以千万计。折而北行,道旁多墓,有塔,忠武公之墓最为狭隘,亦无丰碑。曾文正公所为碑记殆未刻石,忠臣之国而忘家,亦可见矣。道旁绿荫如故。今日天气甚炎歊,荫南不可奈,神色俱变,又不肯饮冷水。至海淀,步行已二十余里矣。少憩,密云自西上,荫南游兴益豪,西望万寿山,历历如在目前。曰:请游万寿山,乘骡车而行(即乡间大车也),遥见圆明园遗址。既至,聘三已倦,歇于土山上。余与荫南急趋前,至离宫后一览,反身而归,行里余,跃足道旁,跳而超乘,驰行甚速而颠簸,凉风徐引,暑气渐消。时虞雨至而竟不雨,聘三屡顾谓吾二人曰:乐乎? 余亦曰:此游乐乎已! 窃叹曰:人生极乐之时有几? 至城下车,又步行十数里,乃至万福居饭庄,时尚逢春招饮于杨梅竹斜街万福居饭庄。既至，日犹未暮，客已尽至，月上乃徐归。

十三日（7月15日）　游琉璃厂，书肆聚会之地也，凡数十家。南纸铺及卖古玩碑帖者，亦多麇聚于此。近日书肆售旧书者十之七八，售新书者亦且二三。新书肆日增，旧书肆必为所夺矣。新书肆最著者曰：文明书局，次第一书局、有正书局、作新社、公慎书局，皆以新译著之书为最夥，教科书则文明书局专售之，外国文字书籍间亦有之，多英、日文，法、德文次之。近胶州柯凤孙先生著《新元史》，以网罗材料属梓山先生转借书数种，余与梁子嘉代觅于书肆，尽琉璃厂而不获一，其目如下：《程钜夫文集》《欧阳元文集》《李士瞻经济文集》。古本书流传者日少，余遍历书肆，求一宋元刊本，几不可得，他书求之亦难。都中且然，他省益可知矣。闻十年前尚不至是，庚子之变，故家世族多遭兵燹，收藏散佚，书贾乃大有所获，书之市价因而大跌，一时书贾赢利无算，收买古玩碑帖者亦然。今几何时，又昂于曩日，且不易得如是也。闻吴先生于庚子冬入都，颇事购书，但多残缺耳。

十五日（7月17日）　赴观音寺福隆堂饭庄，兰侪奉父命招饮也。宾凡十余人，即于天乐园观剧，班名宝庆和，调则二簧与梆子腔杂演。十数人共占一楼，戏园每座制钱百余文，包厢约制钱三千。都中茶园凡八处，曰：中和园，在粮食店，同庆班，纯二簧；天乐园，在鲜鱼口，玉成班、庆乐同，在大栅栏；宝庆和班，皆二簧兼梆子腔。燕喜堂，在北孝顺胡同；小洪奎班，纯二簧。广和楼，在肉市，义顺和班，梆子腔；广兴园，在崇文门外；天寿堂，在西珠市口，二处不常演，无定班。广德楼，在大栅栏前，演福寿班，此班已散。与兰侪至辛寺胡同。

十六日（7月18日）　余与兰侪及其友白黻章、周浩亭出门游二闸。二闸者，水由京至通州之第二闸也。乘小舟沿途玩水景，此闸水由闸而下为小瀑布，城中士女久于嚣尘，借此为野外之游，两岸设茶酒肆以助游兴，往来者终日不绝。

十七日（7月19日）　观教会书籍于克林德石坊之左耶稣教堂，

至崇文门，门内为洋商会萃处，洋货输入日多，虽有利用之品，而华美悦目便陈设供服饰者为多，即消费品也。不谋振兴工艺以取富，实而争耗财相夸示，民安得不困？民困而国自蹶矣。

十八日（7 月 20 日） 市中颇有不使铜元之谣。

十九日（7 月 21 日） 或曰近李总管连英而外，太监著名者，莫如崔某，二人皆河间人。他宦者，亦任邱人为多。又曰同治时，太监安某之诛，不得尽归功于丁文诚公，盖有某王主持于内，且必上所默使也。

二十日（7 月 22 日） 伯坪招饮于斌升楼，将观剧于中和园，以夜雨晨未晴，止演。游黄氏工艺局，局颇狭小而声名独著于海外。今之设商号兴公司者，争张皇于表面矣。

二十一日（7 月 23 日） 购《古泉汇》，为卷六十四，续卷十六，为册二十八，利津李佐贤撰。其友歙鲍康出所藏，共成之也。佐贤，字竹朋；康，字子年。书成于咸丰之末，光绪初刊行。李、鲍嗜古币，而久居京师，收藏既富，而又与海内金石家往还，故此书所收至五千品，成此巨观。康序其书，谓"后来者不可知空前"一语，信足以当之矣。书既详博，又多著者自藏及所目睹，且屏绝伪品，详辨旧说，断定其时代，部居类别，体例尤善。惟厌胜吉语等杂品，恐非泉币而厕其间。又文字同篆体，轮郭、花纹、大小、轻重迥殊者，各拓其形可矣。若无甚区别，而连篇累牍，摩印至四五十件，甚者如半两，前后拓至百余，则亦未免好奇爱博有如自序所讥他家繁芜者矣。要其搜罗宏富，考证精凿，于伏羲、神农氏荒渺不稽之说，概弃不取，亦可谓自重其书也。卷首载各家之说，并著录其书名，亦足资考证焉。国朝崇尚考古之学，于金石尤擅专能。泉币为金石学中一门，百年来时有所发现，为前人所未载。考古者比类推测，往往得其解说，以证史籍，通古文，将遂由附庸而蔚为大国矣。先秦古器至难得也，泉布独数数觏之，易于他金石。夫泉布亦古人法制之所寄，当与鼎彝同视，好古者乌得以其为薄物小品而不宝重？西国天演家之论人事也，曰：由繁重而趋于简易,由隔绝而即于沟通。考历代币制之变迁,其言乃益验。今世所存刀布种类繁夥,多商周之遗,盖其时诸侯皆自制币行于国中,其轻重形式又时时更易,其繁重不适于用,如此周王圜法不过行于王畿之内而已。秦汉以还,圜法沿为定制,且封建既废,遂得推行,海内无异制,此非进化之一端与? 各种古币每于某地发见某种,此非封建时代泉币,不能行于境外之一确据乎? 数十百年之后,矿事大兴,古人遗迹呈露必多,金石学愈发达,泉币之出土尤不可逆计,其影响于新史学者岂微也哉? 则此书不得为集古泉之大成,乃可谓泉币学之发轫矣。

二十二日(7 月 24 日)　从尚逢春至内阁一游。入自天安门,至太和殿前,由东华门出,得窃窥廷阙之广大。

二十六日(7 月 28 日)　利源恒招饮于永丰堂,观剧于广和楼。利源恒者,东城四牌楼北之布铺也。掌柜宋君,饶阳人。

二十七日(7 月 29 日)　王青友先生来。端甫先生谓余曰:大学格物之格,从木各,有分别之训。格物云者,当为辨别事理之是非,格物之解顺,则全书皆□矣。朱子所注固牵强,郑注亦甚迂曲。又言《永乐大典》中好书至多,乾隆时辑录。后可搜取之书尚多,惜无人为之矣。庚子之变,竟被焚毁。然被焚时,乱已少定,有人保护即可免。又言,近时藏书家,如端午桥、盛百二、宗室宝熙皆稍有名,收藏古本书及书画者,惟翁叔平相国。又言,金石学有益于史学者惟官制,其他关系甚小。先生收藏书籍、碑帖、名人墨迹甚多,书籍且十万卷,有翁覃溪、刘纶、嵇璜、秦蕙田诸人所书白折,得意之件为明初拓《圣教序》。

二十八日(7 月 30 日)　予携昔日所为文数首谒陆伯葵先生。赴斌升楼应梁子嘉之招饮。子嘉,名德懋,光禄寺署正侍郎,仲衡之孙,而宗端甫先生之婿,清苑人也。至琉璃厂怡墨堂,专售碑帖处也。吾父在都装表字画,必于怡墨堂。其掌柜颜君,衡水人,出所藏名人墨迹见示,多可喜者,尤佳者为宋拓唐孔冲远碑。此碑帖为赵君熙所藏。赵君购此,用银仅二百四十金,有明代人题跋,而赵君自跋几千言,颇有考证,且考为宋拓无疑,甚自喜也。予因在古玩店游览,检阅古泉,价最昂者惟九字齐刀,价十五金,五字者价十二金。又有宋铁钱。顷在保见唐铁钱数种,铁钱价颇昂,而贾者曰:昔岁此等铁钱甚少,价尤昂也。宝六货各家多有之,宝货则不一见,闻价亦昂于宝六货数倍云。安阳布、平阳布、明月刀最多,兹氏布次之。此外有匋易布、垂字泉、垣字泉、永通万国、大泉当千、贞观马钱、布泉、两半、大布黄(同横)千等,种类颇多,且有不可辨识者。又有桥梁币,为《古泉汇》所不载,索价甚廉。问其故,云:昔时虽不见,近时出土者甚多,故价颇低廉,若一时不复出土,恐价且大涨矣。如瓜子形、藕心形等币,殆皆伪制,不足道。余昔在大名曾得一布泉,甚古雅,后竟遗失,余所有宝化泉,亦在大名得也。

二十九日(7月31日)　与王荫南游龙泉寺,寺颇幽静,客堂亦多且雅洁,远胜长椿寺。至陶然亭等处一观,归至桂馨菜厂,主人于君以酒食款客,至夜乃归。甫及门,而甚雨骤至。于君,故城人,京都酱园在铁门者,皆故城人。物美而消畅,南贾闽粤,北达东三省,都中九城,亦莫不称铁门之酱油与酱菜,故赢利甚厚,桂馨尤为发达。余尝谓故城无工艺,观于此及挂面而知其言之过。

七月一日(8月1日)　至国子监游观南学。见国子监题名碑,而"严松"二字为观者摩挲,石为之明,异哉。三百年后,其名之至于此也。石经排列,两廊皆满,中为辟雍宫。辟雍为皇上所临幸,不得瞻仰,遂至文庙。文庙规模宏阔,令人肃然起敬。观石鼓于戟门,果周宣王时物,则真海内学界之宝也。又有仿刻石鼓,并张得天所书石鼓文石刻。与兰侪游隆福寺,寺为市场,十日一会期,小商贩遍列寺内外。今日适会期也。

二日(8月2日)　与兰侪游京北普济禅林,俗名黄寺。去城三数里,规模之壮大,视龙泉寺又过之。惜神室渐颓败,前后皆极大之楼,结构坚致,尤巨者八十一间,壁间镌有蒙古文字,不可辨识,有彭元瑞奉敕所书石幢。石质坚好，书法工秀，令人爱重。此寺创建当在元明以前，或传辽人所为，归当详考之。至外馆一游，蒙古诸王朝京师者馆焉。商贾遂会集于此，以与满人通商，而外馆之名以著，久之商人渐随诸王至外蒙古一带设行栈，北极库伦，然犹以外馆为绲毂之地。饶阳人颇占势力，以此起家者接踵。

三日(8月3日)　兰侪邀余观剧。见都中第一名伶曰叫天者，此人名谭鑫培。自前年诏修正阳门，工程甚巨，请款至四十余万，人皆以为核实。木厂包工者以估工太廉，大惧赔累，相传有忧惧自杀者。经始于去年，竣工尚须一二年后也。所须大木多购自星加坡，今陈列门外，长者约七十尺，次亦五六十尺，木之长者径不过三尺而强，余有四五尺者，最长之木多以他木附其外，使巨骤观之不见其迹，此盖以合格大木，不可得也。然闻旧城楼之木亦如此。归过东交民巷，初见电灯也。外国银行在京都而表面最壮大者，惟华俄道胜银行。

五日(8月5日)　回四眼井，访饶阳郭季庭孝廉。季庭与兰侪善，其父寿轩在瑞林祥元记掌柜，有名商界。寿轩之父守信，颇与吾父往还。守信之父某，吾祖亦与相习也。吾祖父交其三世，称其于商皆能，而守信才尤杰出。寿轩，名克昌；季庭，名承绪。季庭学法国文于天主教会所设法文学堂。此学堂局势稍大，在西什库教堂之东，设立才三数年。余昔已闻之，而欲往观，且西什库尤所急欲往游者。日前访素识之入彼教者，将属其介绍见其教士，游览教堂，适未遇。今以告季庭，而为后图，而余又将如保定，不知何时偿所愿矣。

六日(8月6日)　从梓山先生访日本医士川田君，川田遍出其治疾器具相示，精妙不可言状。往就医治者固多，亦应病者延请，惟索费殊重。然都中中医，其马费亦不赀也。与李翊宸游东城耶稣美以美会教堂，规模崇宏，为都中唯一之大礼拜堂，所容可八百人。礼拜日，人往听演说不禁。堂东有楼数所，教士居之。南为女学，东为汇文书院，皆巨观也。书院讲堂高四层，广约四五十间。形势变换每各异观。其东一楼东西十一间，南北二间，并地室为三层。其北一楼形式略同,犹未竣工。院甚广厂,与教堂相连,草木葱翠,花卉新鲜,一径曲折,幽静怡人。

七日(8月7日) 午前七钟登火车回保定,十一钟至。

九日(8月9日) 鞠如回京。鞠如性勤敏,尤长于记诵。在保定月余,为吾父读书说报,过于吾所为,而读书写字不废也。所说书《吴先生文集》《新民丛报》及他日报。

十一日(8月11日) 为吾父说《社会通诠》。

十三日(8月13日) 《吴先生文集》读毕。吾父为加评点,辟疆曾请之也。前曾评点者不复阅,张先生续刻文集,则鞠如已读毕矣。

十六日(8月16日) 弓子贞来函,却辟疆之馈。子贞之来保定也,辟疆以百金相馈,谢不受。断断久之,词色俱利,吾父为和解之。卒不能决,故既归而来函却之也。

十七日(8月17日) 余看《五代史》。

十八日(8月18日) 顷奉叔父函言吾妻腹疼之疾又作,而吾儿六月上吾父书中有吾母患骸上筋跳槽之语。

二十七日(8月27日) 顷阅《北京日报》,见广告内大书古钱出售,下云共一千二百余枚,历代钱币无式不备,好古者可至安定门前圆恩寺胡同广慈庵内赐顾云云。惜余之有古泉癖者,不得往阅之也。

八月一日(8月30日) 为吾父摘读《吴先生日记》。日记凡三巨册,二三十万言。为目十二,经解、史论、文词、考证、时政、外事、西学、学务、制行、游览、品鉴、纂。葆真奉父命于辟疆处索此书,辟疆仅出其首册见示。盖时政、品鉴各类有不欲宣播者,然则刊印益无期矣。儒者著书之有裨于世,不惟名言之足以传载千古,亦以刺讥当世,有匡时变俗之效耳。乃以其有所褒讳贬损,而隐其书不宣,没世乃以行世,而时势已变矣。观夫《吴先生日记》,虽没世犹有不能遽出者,然则儒者之有裨补于世,亦微矣哉。

三日(9月1日) 按察司内所设法政学堂开学,学生六十名,皆学律于司者,其不在司内而愿受学者,亦得考入。此陈廉访创举,大吏善之,以闻于朝,而修律大臣适以中国宜特设法学堂上奏,遂以直隶此举下各行省使仿行。其课程之目,曰法律、曰宪法、曰律例、曰约章、曰历史、曰交涉。其地址在司内之西偏,其教员一中国人、一日本人、一译者。其碑记,吾父为之,未刻石,而陈公开学之演说亦吾父所拟。学生正额六十名,又有旁听一班,定额十六名,即招考时所取以待补正额者。若非备取,虽自备资斧,亦不许旁听也。赵湘帆来,将赴都,经理华北书局事也。

四日(9月2日)　吴辟疆言商部左丞绍英公奉命赴各国考查政治,电邀偕行。拟明日先赴都一行。与常兰侪书,议令吾妻就医都中,谓都中有名医和玛氏者,名医也,可来医治,顾其能往与否,须到家时再议,今不能悬定也。吾以为果能赴都,不惟治疾得名医,养疾尤便,但恐不能实行,负兰侪敬爱其姊之意耳。

十二日(9月10日)　阅《中华报》。近日各报莫不盛誉留日本学生,独此报时指摘其败行无所讳。冀州新入高等学堂之中学堂学生栗如桐等来冀州。中学堂头班学生始甄别后,凡二十余人,至是只余八人。高等学堂原班百余人,今各处中学堂头班学生皆入高等,亦百余人。各属中学堂,其开办有先后,故学生之程度亦不一致。入高等后一月月考不及格,退为自费生,二次考不及格,乃罢斥云。

十三日(9月11日)　读《社会通诠》毕。此书英国政治大家甄克思最近之著也,严幼陵新译。甄氏以哲理阐发人群演进之踪迹,而政治所由以发生,与天演学、群学相发明。其理想既为吾国所创闻,其书实为欧洲所新得,今又获严氏译之,是以其书始出,即风行海内,未一年而再板矣。书凡十余万言,严氏近又译法人孟德斯鸠氏书,曰《法意》。欧洲大家名著,殆非严氏莫克任翻译之责也。

十四日(9月12日)　辟疆将其新译《法律学教科书》相赠,原书二本,此译本其上卷也,凡五万余言。辟疆今在科学馆充法学教员,此即其讲义也,其原本为日本早稻田大学之讲义。中国近日法律书译本尚少,此书出,学者当争读之。近岁译学虽渐盛,然多晦涩不可句读,甚者与西书本旨违反,求可读之本实不多觏,故余尝谓译学名家严幼陵外,莫如辟疆,马君武辈殆不足道。辟疆前所译书吾既尽读之,此书尤切于实用。辟疆谓余曰:法政为当今重要之学。变法更制,以图自强,必自法政始。今吾国争言教育,可谓教育时代,再进必讲求法律,则为法律时代矣。此定势也。辟疆之言如此,此书之声价可知矣。顾今日学校所用教科书皆自为编译,虽有佳本置不用,则此书虽出,曷益乎?晚间有北京电话,知廉访陈公升补安徽按察使矣。

十五日(9月13日)　辟疆来辞行,将于明日赴都,随绍英公游海外,吾父为文以赠。辟疆携其友人戴君襄甫来从学,年十九耳。襄甫名赞,天门人,尝与其兄定之同游学日本,入其商业大学。其父选楼先生,名世文,曾署南宫县,与吾父故相识。定之名麒,沉静好学,以劳咯血卒于日本。病中犹作卧床日记,详述病状,颇雅驯,且述其得病,实受纸烟之害,而劝世人以己为戒,勿嗜纸烟,用意尤可悲矣。生平所译书出板者,曰《动物学教科书》,曰《英国史》。

十六日(9月14日)　葆真为吾父读辟疆新译《法律学教科书》。日前得兰侪书,劝其姊入都治疾之意益诚,使余无以作复。

二十二日(9月20日)　赵铁卿先生来。铁卿,名宗忻,深泽举人。吾父之故人,亦师事吴先生,官山西知县,以忧去官,今携眷来保定。昔吾父到冀后,吴先生创设翘材书院,首招铁卿充山长数年,名誉甚恶,遂去之。人乃公举步芝村继其事。铁卿赴他处,亦所在不理人口云。

二十三日(9月21日)　姑夫宗先生来书劝吾父入都。先是吾父拟下月初游京师,及廉访陈公补安徽。将之任,遂改前议,将回里,宗先生复来函,相邀益切,乃允一行。

二十四日(9月22日)　戴襄甫以其兄定之所译书见赠。近吾父为讲说古文,因时来听讲。王青友先生来,自都归家过此也。

二十五日(9月23日)　宗葆初夫人病,余往问焉。则每日延医,三四人意见各异,药则寒热杂投,不得病真象而投药已甚险,诸医杂治尤险之险者,然世皆于人病笃时,计无复之,辄多易医杂服药,可悲也。赵铁卿来谈良久,尽述奇异,言王墨卿开缺之原因,言曹东平之宜得惨报,言王氏某出妻之奇异,言刘观察持万余金购《图书集成》四部之可骇。

二十六日(9 月 24 日)　游城西耶稣教堂,此公理会也。每礼拜日自十一钟至十二钟讲说宗教毕,复有查经会以研究之。教堂内听者约二百人,座为之满。又有长老会教堂在南关外,英人所设。此二教会,城内皆有分堂。公理会教堂内附设医院,曰思罗。庚子之乱,医院有医士罗君者医治华人甚众,华人亦与有感情,罗恃此未避去,拳匪竟烧杀之,并其子女死甚惨。见者怵于拳匪之暴,莫敢相救。至是重建医院,因名思罗为纪念。王际昌来。际昌肄业陆军学堂。

二十七日(9 月 25 日)　卢煜来谒吾父,请受业。煜,字橘宸,定州人,肄业本署法政学堂。王熙臣来。熙臣,名朴,吾嫂堂叔也。游莲花池。莲池书院自昔称名胜,至张、吴诸大儒都讲其间,益为畿南人文荟萃之地。三数年间,两先生既亡,诸名士散走。兵燹之后,遂改旧观。余生平未尝涉足其际,然想像昔日之风流,犹徘徊不忍去,而况侍杖履从游两先生于此地者,其能无今昔之感乎?

二十九日(9 月 27 日)　吴辟疆来。辟疆从考察政治大臣绍公游欧美,已于二十六登火车开行矣。炸弹暴发于车中,绍公创甚,养于医院,泽公亦微受弹击,仆从及送行者死伤十数人,萨荫图死焉。掷炸弹之刺客亦死,不知名,暴其尸以募知者。五大臣乃缓行期,辟疆遂即此隙来保。月之廿四日河间王氏祖姑卒,年七十九。叔父往吊。祖姑所居村曰窝北,吾祖姑姊妹二人,河间王氏祖姑为长,早寡,无子,以兄子祖诰后之,次适深泽王氏,从姊妹五人,惟深泽王氏祖姑在年最少,次居五。遇蒋吕梅于宗氏,别已二年,邂逅相遇,喜可知也。梅喜为诗,一见辄述所自得。余则别吕梅后,荒废益甚,能无愧乎?

九月一日(9 月 29 日)　吕梅学诗,实一法其师李刚己。刚己师事吾父,亦尝从范、吴二公游。吕梅尝读吴先生之诗,以其师渊源所自出也。辟疆承受家学,深造有得,范肯堂尤为诗学大家,二家之诗,吕梅皆未获见,急思一读,故数属余觅之。余因赴辟疆所,求其诗稿,并所存范先生诗,而吕梅适于是时访我,不遇而去。

二日(9月30日) 于师范学堂见《图书集成》,即刘观察所购者。然刘氏购书之奇闻,铁卿而外并无人言之,既在其地,为时匪遥,且无人能道其事,然则奇闻异事,不见称于人者多矣,岂惟人之传不传有命,即一物一事之微,其显晦莫不有数焉。此书为类书最繁之本,虽甚芜杂,考据家容或有所取裁。吾尝谓类书代人增益,隋以前尚矣。于唐有《艺文类聚》,才百卷耳,宋则有《太平御览》《册府元龟》千卷,至明《永乐大典》乃逾万卷耳,繁博已为有书籍以来所未有。国朝《图书集成》竟能过之,至五百函,极艺文之大观,自今以往,学者争为海外之学。吾知后日之为类书者,必且取欧美之书籍加乎其内,汇萃之为一大部,然以吾国旧学为类书者,则恐以此为观止矣。书凡五百十七函,每函十本,本约□页,每页十八行,行二十字。

三日(10月1日) 孟蔽臣先生来。蔽臣本师范学堂总监督兼教习,近又兼充京师八旗高等学堂监督,故寓京师,而时来保定。蔽臣先生名庆荣,官翰林院侍讲,与吾父夙有交谊。其在师范学堂大为学生之信仰,而经营诸事亦颇勤慎,今虽有事于八旗学堂,而此间学堂及在事诸君,犹不让其专在都中也。

四日(10月2日) 抄辟疆诗数首。余生平未尝学诗,辟疆诗又岂能读?聊录数首以存梗概,然其雄奇则一望而知也。陈廉访将之任皖省,吾父为文以赠之,铁卿先生亦有送序,吾父为介绍谒见陈公。

七日(10月5日) 吾父以陈公将之任安徽,遂请去陈公,为设盛馔署中饯行。

八日(10月6日) 葆真侍吾父入都。午后登火车与铁卿先生同行,送者有辟疆、襄甫、旭卿,辟疆、襄甫更至车栈,俟之良久,车行乃退。暮至京,即赴绳匠胡同吾姑家。盖自七月初间,宗先生即移寓于此。此高阳李文正私第，即明相国严嵩府也。宗宅租得其两院，深院大厦，侈于旧寓，月租十四金，可谓廉矣。

十日（10月8日）　吴辟疆来。辟疆以山东杨莲甫中丞电招，将委以济南学务，欣然欲往，乃来京辞绍公，不作海外游矣。辟疆游海外，凡所闻见，将必发之于文章，益于辟疆者甚大，乃以炸弹之故止其行，诚辟疆之不幸矣。苀山先生于近时小说，最喜《官场现形记》，因为吾父读之，吾父亦拍手称善。乃希将入豫学堂，豫学堂招生百人，本省不足，再以他省附入，但他省人须自备资斧。鞠如入法文学堂已两旬，于是宗氏兄弟尽入学堂。葆初在保定师范学堂东文班，伯坪在大学之优级师范，仲玖在求实中学，五人分占五校，可谓知急时务矣。

十一日（10月9日）　访辟疆不遇。常吉甫先生来。晚柯凤孙先生与辟疆同来，留辟疆宿焉。凤孙先生以诗学名，尤善著述，以宋濂等所为《元史》弗善也，乃重编辑之，犹未脱稿。今都中讲求古学，有此闳大之著述，先生而外，未之有闻。

十二日（10月10日）　余往谒外舅冠卿先生于辛寺胡同。遂访马玺卿、李翊臣。今日所来客曰杨儒珍及冠卿先生。先生宿此，辟疆仍宿焉。

十三日（10月11日）　辟疆回津。冠卿先生招吾父饮于福隆堂。余往华北书局，今已易名为北新书局矣。赵湘帆兄弟与常、郭二君瓜分华北而赵氏得其根据地，占优势焉。开办费不足，湘帆拟再招新股，而延贾佩卿主笔，人皆知其难也。此局开办数年，贸易尚好，然不胜其赔累，今总办易人，核实估计前每股五十元者，至此仅余十元，又无端取消股东权利，将所余股款招股东取去。马玺卿访吾父于福隆堂。

十五日（10月13日）　梁子嘉、赵湘帆来。常立臣、绎之两先生来。

十六日（10月14日）　代鞠如考金台校士馆，此为斋课题，凡三道，作一艺为完卷，全作者听。余仅作其一论，其奖金则自八元递减至一元，所取不过十余人。籍鹿侪来。鹿侪名忠宣，亮侪之兄。黄执斋来。执斋邀吾父饮于便宜坊,在座者有诸暨陈蓉曙年丈通声。执斋名允中,福建侯官人,叔父福建乡试分校所取士,既成进士,官吏部主事,蓉曙实其会试座师。

十七日(10月15日) 常兰侪来。

十八日(10月16日) 买鱼肝油于华英大药房,其一元一瓶者,在华洋大药房价仅五角,欲反其货,恐药房不认,因不复与校。其孟浪买之者,以洋行欺人,未之前闻也。访李式忠未遇,已而与翊臣同来。

十九日(10月17日) 王鹤田先生来。鹤田名□□,□□县人,亦吾父故人。陈蓉曙年丈来。徐鞠仁尚书邀吾父燕饮,吾父作函辞之。杨秋泉请吾父饮于广和居。王荫南来。荫南已辞端甫先生馆席,别有所就。辟疆邮寄所为文,且言将赴山左矣。

二十日(10月18日) 冀州同学八人尚逢春等请吾父于福隆堂。柯凤孙以所撰祖父八十寿诗函寄吾父,吾父在保时所请也。

二十一日(10月19日) 余日前访郭季庭,季庭今来访。葆真侍吾父饮于端甫先生家。

二十二日(10月20日) 吾父访柯凤孙年丈,不遇。余访荫南于潘氏,荫南馆于潘氏而教其子。

二十三日(10月21日) 国子监祭酒宝熙公奏请裁礼部,将祭典归并太常寺,设文部,以国子监并入之。奉旨交政务处议奏,政务处复奏,裁国子监归入文部,仍留礼部。

二十四日(10月22日) 陈伯坪廉访来,言徐尚书拟馆吾父,以陈公所以待之者相待,而属廉访致意焉。王鹤田先生饮吾父于便宜坊。

二十五日(10月23日) 吾父致书徐尚书,辞谢见招之雅意。余与鞠如往谒陈廉访,不遇。

二十六日(10月24日) 得徐尚书复书,仍劝驾。

二十七日(10月25日) 吾父应柯先生招,饮于广和居。

二十九日(10月27日) 出游至西城阅报处,报凡数十种,规模颇整齐,内外城皆有阅报处,报章之富,地之清洁,无逾此处,然人之捐助有每月一二百元者。

　　十月一日(10月28日)　谒柯凤孙年丈,获观其所为《新元史》。王翰臣来。翰臣名□□,枣强人。

　　五日(11月1日)　衡水韩邠卿来。邠卿名士文,亦信都旧人。

　　七日(11月3日)　端甫先生、芘山姑丈觞客惠丰堂,招吾父往。

　　八日(11月4日)　畿辅同乡官大会议,议改良畿辅学堂教育,今日为第一次会议。案:都中学堂,畿辅学堂创立最早,王照所倡建也。今日之学堂,其课程管理各自为政,利弊互见焉。今不肯因循,开会以谋进步,不亦善乎。

　　九日(11月5日)　午后侍吾父赴保定,宿于西关客栈,万义掌柜程君为照拂一切,颇殷勤,甚可感。自吾来保定,即与万义交接财政。万义,宗氏之钱铺,芘山先生四家公共之商业也。公共商业尚有李坦当铺万恒,都中有万成当铺,则子青、端甫两先生所公有。万义初名义盛,设于郑州,开办最早。庚子之乱,大受损失,乃移保定,改今名。程君名□□,山西□□县人。

　　十一日(11月7日)　由保启程旋里。雇两车,每车京钱十四千。已行矣,车子忽以行李重要求增价,不欲与较,乃徇其请,各加钱一千。按车子刁难,世莫不知,固不足责也。宿于张登。

　　十二日(11月8日)　尖于刘陀,宿安平。

　　十三日(11月9日)　尖浅家庄,宿衡水。

　　十四日(11月10日)　暮至家时,长舅鹤汀先生由安庄来,始至。吾弟于日前生子,子即死,其母病甚。

　　十八日(11月14日)　吾舅归。吾舅来时受风寒于途,数日未愈,故欲急去。时吾舅年逾七十矣,惟体素强,故能勉行。

　　二十九日(11月25日)　读《法律学教科书》毕。余在都曾为吾父读《茶花女遗事》。保定来时途中,读《黑奴吁天录》。二书闽县林琴南先生纾译,其文辞古艳,体类汉魏小说,《茶花女》尤胜。林先生所译泰西小说甚多,多可读,第一小说家也。他所著有《拿破仑本纪》,亦佳制。然林不通西文,皆译者口授而自撰之。

三十日(11月26日) 为吾父读康南海《十一国游记·意大利记》,此为康先生去年所撰,今年八月出版,余出京时书始到。

十一月某日 顷,辟疆致书吾父言:阎生至济南,杨莲甫中丞使为学务处委员。中丞因命函请先生赴济,以兴起文学。吾父复书谢之。数日,又来函,言杨中丞命招故旧之有文学者来襄文事,将立国文学堂以保国粹,已邀某君某君矣,未知子畬能来否?吾父因为书与子畬致辟疆意。

十七日(12月13日) 读康氏《法兰西游记》,《意大利记》已读毕。叔父如窝北,葬祖姑。

二十六日(12月22日) 读戴麒所译《英国史》。

二十九日(12月25日) 于郑家口吾家之北购小宅一所,价百七十千。

十二月十三日(1906年1月7日) 录《后汉书》评点。《后汉书》评点吾父所为。十年前吴先生在莲池,闻吾父评点此书,作函索观,吾父属书院诸君录为一册寄上,余得其原本前半部,兹录出后半部,当由原书录出也。购故宅一所西大街,与前所购西大街之宅相连,价六百五十千。

十四日(1月8日) 又购宅一所于本街,在上月所购宅之南接壤,其地五亩余,价六百七十千。余阅利俾瑟《战血余腥记》毕。未十日而毕。是时,余患疹不出户,他事不与闻,故速也。

二十七日(1月21日) 王荫南来谒吾父,执贽而请受业焉。

三十日(1月24日) 陈伯坪自安庆与吾父书,并赠银百枚,且劝应徐尚书之招,曰尚书已扫榻以待,而使吾子继鹗与君函云云。吾父已于上月复徐公书,言明年二三月间赴公所矣。

收愚斋日记十七

光绪三十二年(1906),葆真年三十三。

正月九日(2月2日)　《英国史》读毕。

十九日(2月12日)　李子畲应东抚杨中丞之招,辞冀州学堂事,赴济南过此。是时子畲去冀,武邑陈蓉龛任其事,英文教员华氏、孙氏如故。头班学生入保定高等学堂后,又招第三班矣。蓉龛名毓华,信都故人也。

二十一日(2月14日)　子畲遂东。

二十二日(2月15日)　武合之亦赴济南,应杨公之招过此。谓余曰:去冬得京友函,代致徐尚书之意,邀贺先生速赴都,属余转达。合之名锡珏,深州人,莲池书院最能文者。

二十三日(2月16日)　程巨亨来。缴余庆长清册。巨亨自去岁四月入余庆长,余庆长再开市,获利六百千,旧债之未收回者尚四五千千。吾叔父之再整余庆长也,意在渐移于郑家口,以有种种困难,久之不决。

三月二日(3月26日)　吾父赴都。葆真侍行,于贾家林登舟。舟,郑镇河东之人所有也,河东之舟十数艘,以舟为业者凡三十余家,他处人居此以舟为业者亦数十家,今所乘为运花生牛皮之舟。

三日(3月27日)　过故城,泊于恩县四女寺。此镇以有四女寺,故名。余至寺访古碑,碑剥蚀不辨其字矣。案:孙渊如官德州,曾考其寺为作碑记,谓四女为唐之宋若昭等,异于俗所传矣。而沈氏《韩门缀学》又别有所据,而驳孙氏。考古之学,清代为最精博,金石尤胜。自山川疆界以至古人遗迹多所辨正，然是非仍有不敢遽定者，盖为说虽辨，后人犹往往别有所据，驳难前说，如四女寺者，不可胜数也。

四日（3月28日） 过德州城。河东有厘卡，花生之税每百斤纳厘捐银三分，又舟中载有羊皮，则已由天津海关买三联单，故所过卡皆不抽厘。

五日（3月29日） 泊桑园。桑园亦有卡，惟税极微，每舟出钱才数百文，桑园商店少于郑家口，然甚盛，有质店二家，资本充足，曰万成、万丰，皆任邱宗氏所立者。桑园巨富称吴氏。

六日（3月30日） 过安陵小镇也。泊吴桥之连镇，连镇商务弱于桑园。闻昔时颇繁盛，自僧忠亲王围攻粤匪，此镇大创，是后遂不复振。先儒戈芥舟先生故里在焉。戈氏为吴桥第一名族，今衰替矣。连日有风，故舟行迟缓，四日始至此。

七日（3月31日） 过东光城，在河东。午后泊泊头镇，亦大马头，商务多于桑园，而少有起色。

八日（4月1日） 过交河齐家集，河北岸有□□祠。拳匪之乱，有贾客百余人乘舟自天津来，遇拳匪麕聚，掠其财，焚杀其人，尽歼焉。官不能穷治群盗，仅获数名，枭首河干，死者家属复请于县立祠祀之，且置祭田，衡水刘平西为撰碑记，详其事。泊冯家口西，为乐字营屯驻之地。乐字营分屯三处，此其一也。统领即贵州提督梅公东益。

九日（4月2日） 舟行约十八里，有村曰砖合，再十八里曰捷地，再十八里至沧州。沧州商务以南关为中心点，颇繁茂，视桑园，泊头盖过之，俗浮华，人类颇杂，有驻防之旗族，有回纥教遗民，耶稣教会又设总会于此，故人往往生事。庚子之夏，拳匪竞起为乱，旗族从之者尤多。梅公东益初不敢与争，拳匪渐侵侮之。范公天贵请出战，不许，请独率所属以出，乃从之。范公先出，梅以大军继之，搜杀甚众，而乱定。梅公自是有闻于时，而天贵后竟为洋兵所误杀，惜哉！

沧州而下十八里为花园，又十八里为兴济。暮泊饶店。

十日（4月3日）　过青县。城在河西，青县曾为外国兵蹂躏，县令沈君晟初死焉。沈公为人廉洁、爱人，惟不能事事，官故城十余年，吏迹可称者虽少，既去而民思之。吾祖兴办书院积十余年，卒成于沈公任时，其事亦不可没也。十八里为流河，又二十五里为唐官屯，又如是为陈官屯，又若干里至靖海。靖海城在河东，商务不繁盛。又约行四十里而为著名大镇之独留，泊焉。淦水流于村西，两水几相并已，复别去。独留居民繁密，自道口至津，惟此与杨柳青居民为最繁密。庚子之乱，独留为各国联军所扰及。

十一日（4月4日）　舟至杨柳青，过厘卡，船有税而货不抽厘。船分数等，以宽度定等次，此为三等，船税八元，每三月纳税一次。暮泊天津营门，此关收货税。

十二日（4月5日）　往老火车站，在俄租界，谓之老龙头车站。栈房租金每人房饭五角，栈房代购火车票，每人须一角。略游览繁盛之区，气车、轮舟皆为初见。

十三日（4月6日）　赴都。火车费三等客座一元七角五分，午前七钟六十分开，十二钟至北京前门车站。前为崇文门税局，左右铁栅环绕，下车者皆由税局内行，即于此验货及行李，停车处有脚行为客运送行李，送迎者不得近。西车站闻亦有纪律，非去年比矣。仍主宗氏。

十四日（4月7日）　鞠如考五城学堂。日前考愿学堂榜未揭，又考五城，盖谓二者我将有所得焉。鞠如自去岁舍法文学堂，乃希则入求实学堂矣。

二十一日（4月14日）　余往谒徐尚书。尚书令其吴客吴君笈孙见我。笈孙字世细，河南固始人，巡警部主事，曾从学桐城吴先生于莲池，久馆尚书家，今始官警部。

二十四日（4月17日）　南皮张献群宗瑛执贽来谒吾父。献群居京师，馆于其族人张印兹柢家，课其子。闻吾父入都，介吾族兄熙臣来受业焉。献群言未已,而遒希卒。吾父匆匆辞献群,入视遒希。遒希性质坚韧好学,有治事才,与余善。少年夭殂,不得竟其学,尤令人悲,而余失一挚友,能无痛惜乎? 尚节之来。节之名秉和,行唐进士,巡警部主事。即吾壬寅日记所谓优贡尚秉和也。亦曾居莲也。

二十九日(4月22日) 吴士湘来。

三十日(4月23日) 戈景韩来。景韩,吴桥人,名秉琦。

四月六日(4月29日) 移遒希之柩于长椿寺。

七日(4月30日) 苏静甫先生来。吾族舅也,名守庆,进士,官宗人府。遂邀吾父饮于福隆堂。

八日(5月1日) 侍吾父赴徐尚书家于北池子。

九日(5月2日) 侍吾父读孟德斯鸠《法意》。

十二日(5月5日) 张献群来,自言所师惟荣城孙佩南、胶州柯凤孙两先生。孙出张先生门,吾父尝称其文有法律,而柯先生尤以诗名海内,则献群之学非俗学可知,又言柯先生宗汉儒之学,所考订有《尔雅义疏》,盖补正郝氏也。

十三日(5月6日) 余至河北五日报社。社主人深州郭子余也。华北书局本众股东所集资,因常稷生任编辑兼总理,弊端百出,郭子余、赵湘帆乃瓜分之。郭遂自立为河北日报,声名盖出二家下,恐不能持久也。

十四日(5月7日) 侯懋卿、王可斋先后来。懋卿名建德,饶阳人;可斋名恒起,武强人,皆富商也。饶阳富商至多,懋卿初为其族人营商业于塞外蒙古,已而自立字号,俨然与诸富室抗衡。可斋初尤贫窭,商于京师十余年,而有商号十数处,已而相继倒闭,又遇庚子之变,遂一空所有,乃不数年,又骤兴起,如致美斋,如东升木厂,赢利颇厚。二君皆徒手起家,懋卿既日兴日盛,可斋则已落而陡起,尤见其能。二君可谓有经济才矣。

十六日(5月9日) 鞠仁尚书谈及徐梧生事曰:拳匪乱时,避地定兴,所藏书仍在都中,渠曾将宋本等极佳者置一箱,内乱方急,属吾冒险取之,及启视,乃知误携他箱钥也。后梧生入都检视,则欲取出之,箱果失,他日于某处见一残卷,即其箱中所宝存者,梧生大恼丧,至今不忍言书事也。梧生在定兴,诗兴甚豪,余亦时与唱酬。昔岁夏震武入都,甚自负。人亦震其名,梧生曰:是可煞也,乃为诗八章,共享一险韵,赠之,彼卒无以答。又曰:吾现整顿兵部,令各督抚将各营支销款项详细造册,列为总表,钩稽考核,得其事实,乃删其冗繁,以归画一。已奏准,咨行各省矣。又曰:吾视考察驿政,弊端至重,且历年册报多不符合,而公牍往还,又不尽由驿递,故拟大为裁汰,以节经费。又曰:近日言兵之书至繁博,而兵学实难,其关于国家亦最重要,必于内政外交一切政治皆通晓,乃可任军官。盖无论何官,军官皆优为之,而文官则不能任戎政也。故军官国家宜特重之。

二十二日(5 月 15 日)　访翟伯纯。伯纯自去岁以卖字为业,写寿屏及学部编纂之书为多,使善储积,当有余资,乃竟岌岌有不能自存之势者,何邪? 余向以都中为佳地,苟有所长,必可以自见,获名获利,如操券之取偿,不然降志从事,亦足以自存,反是则必怠惰游荡,不知自检耳。

二十三日(5 月 16 日)　徐尚书扈跸往颐和园。两宫约九、十月间回京,尚书亦须于是时归弟。此军机之所同,而岁以为常也。

二十六日(5 月 19 日)　张献群言:云南提学使叶公欲排印曾文正公《四象古文》,属为访求其目录,献群自任手录稿本。献群故善抄书,今方抄《柳河东集》。

闰月十二日(6 月 3 日)　华弼臣来。弼臣名世奎,天津人,以户部员外郎充军机章京,善书。昔岁吾父与其伯父华学澜善,亦与弼臣相过从也。

十三日(6 月 4 日)　冠卿先生招吾父饮于隆福寺街福全馆。东城饭庄,福全馆最著。

十四日(6 月 5 日)　保定毛实君方伯来书言:袁宫保将于保定设立文学馆,招吾父为馆长,并录示袁公原函,词甚切至,并使使者赍路费，请即就道。吾父请与徐公面谋，再定行止，而还其路资。

十六日（6 月 7 日） 马玺卿请吾父饮于西堂子胡同源丰堂饭庄，屋宇宽厂、清洁，外城所未有也，惟肴馔烹调不及外城之佳，价亦少昂，内城饭庄之局面亦优于外城。

十九日（6 月 10 日） 游隆福寺街。街中有书坊数家，内城售书者惟此。

五月十日（7 月 1 日） 王仁莽来。仁莽名守恂，天津人，以善诗名，范肯堂先生弟子。曾寄其诗于吴先生，吴先生为加评点而还之，亦颇称许，其诗稿盖甚富。尚节之日前来函绍介也。

十一日（7 月 2 日） 吾父往绳匠胡同，将于绳匠胡同赴保定。余访董君少虞。少虞名建中，冀州举人，官兵部主事，昔岁尝应童课于信都书院。数日前，邀吾父饮于总布胡同燕寿堂。

十三日（7 月 4 日） 余赴绳匠胡同。

十五日（7 月 6 日） 族兄守愚觞客于万福居，属余侍吾父往。叔父有书来，知吾妹已结婚东昌傅氏矣。

十六日（7 月 7 日） 静甫舅招吾父饮于福隆堂，既归，而有客相候，客曰王星六，名保昌，盐山人。时吴彭秋观察镬孙世湘之兄也，亦尝居吴先生门下，今充保定警务处总办，闻吾父将往保定，乃令王君持函并赍水物四种来迎。王君亦有事于警务学堂者。

十七日（7 月 8 日） 余访王荫南，已辞江苏学堂教员，尚寓堂中。荫南为余临吴先生《毛诗》评点。《毛诗》评点，余旧日所临吴先生评点原本为段玉裁校刊本。余以不能书，故将其考据移临别本，又有墨笔评语，已浼他人录讫，则吴先生录诸桐城诸老，盖刘、姚诸公，今不能详也。其吴先生考据，遂求荫南为之。今荫南已临数卷，可感也。张献群来，言及潘子因死前所为条陈云凡十二款，如宜立警部、练兵宜用西法等，已见施行者盖十条，余二条则谓宜改用西历及变服制也。其见崇拜于学界者，殆以其死耳。而政界中如严范孙侍郎亦称许之。通州开追悼会，严公亦往会焉。死而享大名，好名之士，可步潘君后尘。

十八日(7月9日)　侍吾父赴保定。王星六代购头等车票,自购票以讫下车,护视殷勤。午十二钟至。馆于宗葆初。吴彭秋观察来,初相见也,年三十余岁,至英爽也。

二十日(7月11日)　吾父谒毛方伯。方伯拟居吾父于莲池。

二十一日(7月12日)　王秋皋来。秋皋名泽澄,观城人,以府经历候补直隶充初级师范斋务长。云与辟疆善。今岁普通科学馆裁撤,因兼经理其房舍。秋皋之父官云南知县,吾父庚午同年。

二十三日(7月14日)　侍吾父移居莲池群玉山房。

二十五日(7月16日)　余访戴襄甫。出其兄《病床日记》见赠。

二十六日(7月17日)　吾父往谒方伯,留饭。方伯谓虽就文学馆事,仍可时时赴徐尚书家,遂成往来京保之局。又请文学馆设斋长,并请以张献群为之。方伯许诺,因言文学馆事当随办随禀宫保也。余与宗葆初冒雨游南门外桥上。

二十七日(7月18日)　何盛林来。何君,湖北人,候补直隶前科学馆提调,今农务学堂提调。

二十八日(7月19日)　毛方伯来。方伯颇重理学,亦喜词章。为人朴实知任事,而风雅则不及陈伯坪。廉访刘殿撰润琴来。润琴,名春霖,亦莲池旧人,年三十二岁,与吾父初相见也。

二十九日(7月20日)　得献群复书,允就斋长矣。

六月一日(7月21日)　吾父为戴襄甫、宗葆初诸人说古文,日后拟按日排讲也。

四日(7月24日)　余往耶稣教堂见孟教士。孟君名继曾,字省吾,深州人,在公理会为牧师。教堂在南关之左,教士凡三人,其二皆美国人。庚子岁,其会中教士有曰贝格耨者,亦美人。吴先生请其以英文设教,从学者数十人。未几,乱作。保定公理会极良善,而人之从教者初甚鲜焉。拳匪借仇教倡乱,教士自信其与人无忤,故安居堂中无所徙避,且悬牌门首大书美国教堂,以故教士尽遇害,无得免者。

六日(7月26日) 张献群来。

十日(7月30日) 献群闲与余曰:吾先世洪洞人也,明初迁南皮。吾家族谱始于迁畿辅之祖,而不著在洪洞之祖,余心戚焉不宁。后遇洪洞一张氏者,询其族谱知与吾为同族也。且言谱中曾明著有迁南皮者。自是,时时思一至洪洞,求其旧谱,以合于新谱,则上世统系可得而纪矣。吾闻献群言,盖不能无感。余先世亦籍洪洞,而迁畿辅之时代亦同。至今洪洞仍有吾贺氏焉。余蓄献群之志久矣。洪洞旧谱存否虽不可知,然不可无一访询,使今存,能必后日无残废遗佚之虞乎?然则游洪洞之举可复缓哉?

十一日(7月31日) 吾父说韩公《施先生墓志铭》曰:施非善著经者,故此文但言其善讲说。又曰:"怗怗坐诸生后"数语最妙,"丧其师""丧其朋"数语,后人屡袭此调,吴先生曾演成一大段。

十二日(8月1日) 又说《孔司勋墓志铭》曰:此篇虽奇,尚易晓。此文先将其事叙毕,再点醒篇中,皆用劲语。往往一语使他人道数语不能尽。首段数则,字最有神,自起至孔君云,盖一气贯注。

十三日(8月2日) 吾父言:曹全碑于汉碑为最精美。吴先生以其笔画工秀,疑为明人伪造。武合之来。吾父曾与辟疆书,言招武合之来文学馆。今朝辟疆书至,则言合之在济南为赵铁卿陵侮,颇欲去济,若在保定以为斋长,当可致也。书读毕,而合之适来,既以此书相示,因敦劝之,合之虽未即诺,然颇有意矣。

十四日(8月3日) 毛方伯幕友闻燮和致方伯之命,来议文学馆章程。数日前,方伯使理闻张君来询议,吾父以书答之。此为二次言馆中事也。

十六日(8月5日) 吾父言苏氏《易》《乐》《诗》诸论,其用意未尝不深切,而用笔特奇谲,言若繁复,实无一语不熨帖,皆由笔力之至也。此等文字岂后世所有?昔余与吴先生观老苏《上韩太尉书》,先生叹曰:人生能为此文一篇足矣。古人得意文字,终非后世作者所能为也。

七月一日(8 月 20 日)　文学馆章程粗定。

四日(8 月 23 日)　刘苹西来。

五日(8 月 24 日)　余访王际昌于陆军学堂,则闻际昌死矣。吾嫂有兄而不慧,仅遗一子际昌,纯笃好学,未及卒业而死,年方弱冠,有女子无男。次陶先生竟无后,伤哉!

六日(8 月 25 日)　王荫轩来应警务处之招,吾父所荐也。

十五日(9 月 3 日)　文学馆提调来。王会图也,字献廷,陕西拔贡,候补县。

十六日(9 月 4 日)　方伯属吾父为"陈文恭公手札节要序"。

十七日(9 月 5 日)　赵湘帆来。吾父使人招之也,使肄业于文学馆,湘帆请兼办都中报馆事,许之。

十八日(9 月 6 日)　司事高君来,名槐,陕西泰州人。

二十一日(9 月 9 日)　侍吾父往京师,宗葆初同行,寓绳匠胡同。时心铭三叔全家由福建回家,舟至天津,独身来京。

二十二日(9 月 10 日)　端甫先生觞客便宜坊,招吾父及吾叔父,并属余侍从。

二十三日(9 月 11 日)　与葆初同赴天津,应优贡场也。少峰兄亦以今日至,将余考优文书付余,余即日往投学务处。此文书即少峰代余在县学取来者,用钱凡十二千。此次武强考优者所费于学署皆同。此次优考场既归提学使,陋习将一切免去,学宪曾电饬各学严申禁令,而各处官乃明禁而明犯,所索多寡,县而异焉,亦间有免费者。

二十六日(9 月 14 日)　王荫南来。三人同寓福来栈,每室日四角,饭每人三角,不饭于栈中亦可。今在客栈,二人一室,而饭于外。此客栈为官家建筑,租于商,岁约千余元。学会处考优之所,在贾家大桥之北,今新创建,现仅有一厅,约可容二千人,厅外所规画地段甚广,方大兴土木之工,工竣盖亦成一巨观也。津中繁盛之区,惟围城马路为最,而尤盛者则新旧铁桥之间也,其余则估衣锅店及河北大街及宫北。城内人烟虽至稠密,而商务甚旧,亦少新式楼房。津中新旧二铁桥，俄租界又有一焉。今东浮桥亦改建铁桥，工作终宵不懈，电车终日飞驰，夜半乃止。近津中学界，以电车为洋商所为，思挽此利权，相戒不乘其车，获利竟薄。吾国拟乘机购回自办，洋商遂建通车站之路，易浮桥为铁桥，此路成后，电车且骤获大利，吾国恐无购回之望矣。洋商力厚，能规远利如此。此岂吾国无团结力之商所能与竞哉？

　　二十八日(9月16日)　为考优之头场者，凡二千四百余人，以人众非学会处所能容，乃分为两场，日内考优者往往不持本县学官文书，递呈学务处即准之。夫报名于学务处，即得与考，则向者学宪之电饬，考者必须取领文书于学署何为者？毋谓学官索费之不能免也，即无所费于学署，而往返于路，又谁贷之资？然则考者固不必怨其学官矣。余今日入场，场中尚少苛禁，乃前数日即明揭谕示，谓不得挟书交谈，日入交卷，可谓无效力之示谕矣。夫不期实行，又焉用此虚文？此在旧日固常事也。而提学使，维新之官也，考优为旧事，遂沿袭此等习与？

　　八月二日(9月19日)　开二次之头场、前场封门七点钟，今日且九点矣。昨观剧于日租界，曰天仙茶园。座分三等，价倍于都中。声调、坐派虽或逊于都中，而妆师之华美且过之也。娼妓之萃于侯家后尚矣，近年乃骤盛，不下数千家。外国租界尤盛，穷极侈靡，最著妓馆一夜之入，不下数十百元，合津中妓馆而并计之，日入奚啻十万金？津人之投资于妓者既如此，而因冶游闲接之消耗又不知凡几，趋之不已，不惟风化之败坏不可收拾，而生计且日蹙。呜呼！此岂维新之初思竞富强于世界者，所宜有之现象哉？且娼妓之盛，又不惟天津一埠为然，固由风俗之趋下，亦为之上者不谋有以挽回之也。重其税而恣之，果能止淫风之日炽乎？此人世第一之恶俗，而谈世务者独忽之，何也？

　　三日(9月20日)　余与荫南散步，游各国租界，观轮船，岸上货积如山，不愧通商口岸也。既暮，饮酒而归，兴甚豪也。至寓则闻头场榜揭，余与葆初皆未取，葆初愤甚。强余夜游，遂不辞倦，观剧于天仙茶园，演罢乃返。

四日(9 月 21 日)　访侯君际辰于河北大街,则闻侯君实未来也。吾父夙闻亚武名,欲招入文学馆,属人函招之,迄不得其消息,既闻其来津考北洋师范,余访寻久之,乃闻其在此,亦卒不得见也。数日前有黄君毓栩者,字晋臣。黄君去岁肄业普通科学馆。既毕业,谋事于吴辟疆。辟疆劝其入文学馆,并为书致吾父,请纳入馆中。自谓现在津某学堂充教习,既余往学堂访之,则闻学堂中并无此人也。天津规模日益扩张,新建房室率用洋式。马路既宽广,近日建筑又辟新地为之,人马奔驰,其气甚盛,侈靡相尚,诈伪日滋。富商既众,学子又多少年,而华洋错处,为四方往来通途,此其习尚所不能不大异于内地都会者也。租界中甚清静,时有一二人乘自行车或马车相往来,颇可游也。两旁洋楼奇形诡状,高者至四层、五层。优场榜揭,共取一百四五十人,王荫南在焉。

初五日(9 月 22 日)　游考工场,所陈列约八千余号,即八千余种也。内分赠入、购入、寄陈等类,每件有牌悬其上,出产何地,造于何场,价值若干,其名称、其形、其质,皆注之。内有日本寄赠者多种,每岁考一次,奖其尤佳者,分超等、特等、优等。所陈列者,多工场仿制外洋之品,中国旧所行用者虽佳,亦多不备,其意何居。入观者买票,票一铜元,每礼拜五为女子游览之期,创设于去岁间。京师自去岁倡言设商品陈列所,建筑楼房,工犹未竣,开设更无期矣。区区一陈列所,且延缓如是,诚不能与天津并驾齐驱矣。午后与葆初返京师,吾父尚未赴徐宅,惟曾一往见徐公耳。

六日(9 月 23 日)　陈华甫觞客于便宜坊,招吾父往。吾父近日代毛方伯为“陈文恭公手札序”。自吾父至京,余往天津,鞠如又以疾初愈,无人为读书者且两旬。

七日(9 月 24 日)　袁集云觞客于广和居,招吾父往。为吾父读《宪法大意》。

八日(9 月 25 日)　王鹤田觞客于聚宝堂,招吾父往。

九日(9 月 26 日)　杨秋泉招吾父饮于广和居,余侍往。

十三日（9 月 30 日）　葆真为吾父读《宪法》。

十四日（10 月 1 日）　吾父以严范孙侍郎之请，为撰华璧臣之祖母姜太恭人寿序。

十五日（10 月 2 日）　黄执斋宴客于福州馆，招吾父，余侍往。叔父来京。

十六日（10 月 3 日）　王倬生招吾父饮于广和居，主人请在座诸君共拍一照，以为记念。

十七日（10 月 4 日）　吾赴徐宅。

十八日（10 月 5 日）　往见步芝村先生于总布胡同。芝村今为贵胄学堂教员。王荫南来。

十九日（10 月 6 日）　吾父来。

二十日（10 月 7 日）　余为吾父读《宪法大意》毕。此书日本穗积八束著絮。①

二十二日（10 月 9 日）　续读《世界地理学》。

二十五日（10 月 12 日）　马玺卿来。玺卿熟于本衙门公事，而言论亦清晰，可谓有仕宦才矣，官户部。今新得主稿。

二十六日（10 月 13 日）　林襟海请吾叔父及吾父宴于福州馆，吾父辞。襟海名大瀛，侯官人，叔父分校闽中所得士，叔父曾招之署中，有所委任者也。

二十七日（10 月 14 日）　张聘三请于吾父。欲于明年肄业文学馆。

九月二日（10 月 19 日）　端甫先生邀吾父及叔父宴于斌升楼。

三日（10 月 20 日）　步芝村招吾父即叔父宴于斌升楼，余侍往。

四日（10 月 21 日）　午前茈山先生饯饮吾叔父于广和居，吾父亦往。

---

①　"絮"字不知何意。查日本学者我妻荣编《新法律学辞典》，穗积八束（1860—1912）著有《宪法大意》（1896 年）。《新法律学辞典》，中国政法大学出版社，1991 年，第 901 页。此条材料由博士生赵成杰提供。

午后叔父酬答黄执斋、林襟海、江春霖于广和居。叔父已议定明日赴津
矣,而三君者必欲饯行,固辞不可,乃曰请早治膳,宴毕再行可也。

五日(10月22日)　清晨林君即赴广和居,属早具膳而先来会。
始至,而黄君亦到,畅谈良久。食具,并邀吾父同赴宴,时日已午,乃
改期明日。行未几,江君使人来告曰:已候于车栈良久而未来,是否
改行期矣。

六日(10月23日)　叔父赴天津。

十五日(11月1日)　吾父荐张聘三于陆军小学堂为汉文教员。

十六日(11月2日)　侍吾父读《马丁休脱侦探案》毕。凡三册。

十八日(11月4日)　外舅冠卿先生邀吾父宴诸其家,刘太常仲
鲁来,未得相晤也。刘君,盐山人,现充学部头等咨议官。献群为刘
君婿,于刘君历史□,所言至为深刻,吾曾藏其文,当为刘君讳之,兹
不详述云。

二十二日(11月8日)　熙臣兄约吾父饮于福隆堂。

二十三日(11月9日)　陈蓉曙以其先人事略求为家传及墓志。
徐尚书约吾父明年来此,如今岁也。

二十四日(11月10日)　侯平甫招余饮于东兴居,观剧于崇庆。

二十六日(11月12日)　徐尚书赴东,吾父往绳匠胡同。

二十七日(11月13日)　王荫南招余饮于聚宝堂。

二十八日(11月14日)　检束行李颇忙倦,其不携行之物,分存
宗、徐两宅。

二十九日(11月15日)　乘二次车来保定。

十月二日(11月17日)　毛廉访来。

四日(11月19日)　为吾父读《方望溪集补遗》。

五日(11月20日)　阅《通鉴》,自晋怀帝始。

十二日(11月27日)　《方溪集》读毕。每一篇吾与献群各读一遍。

二十三日(12月8日)　罗太守正钧以所纂《左文襄公年谱》见
赠,予与献群为吾父读焉。

二十九日(12月14日) 贾君玉来。君玉名廷琳,固安人,年二十五,新优贡生也。前在藩署储材馆。储材馆,毛廉访署布政使时所创设,其宗旨盖欲造政治才也。自毛公署按察使,此馆遂废。毛公初欲以储材馆中,张襄谱来文学馆,继又欲使曹研斋及君玉来。乃襄谱为师范学堂取去,研斋为高等学堂取去,皆为汉文教员,不肯来,独君玉至耳。

十一月十日(12月25日) 赵湘帆来。于是馆中二长外又有二人矣。

十三日(12月28日) 近与献群诸人时时为吾父摘读《国朝耆献类征》。自去岁为吾父读福尔摩斯。至今犹未读毕。

二十六日(1907年1月10日) 王君元白来文学馆。元白,字采南,涿州人,廪生,年十五入学,其县试以至院试皆居案首,俗所谓小三元也。

十二月初一日(1月14日) 吴君雨秋来。雨秋自去岁去冀州中学堂赴日本习理化专修科,今夏卒业归国时,即往招之,而模范小学则先之延为教员。既充教员一学期,始舍教员而来此。

四日(1月17日) 侍家君回家。用车二,价共十五千,尖于张登,宿于牛头店博野,东郊小村也。

五日(1月18日) 尖安平,宿深州旧州。

六日(1月19日) 尖衡水,宿枣强之流厂。流厂为枣强四镇之一,其他三镇曰卷子、萧张、王军。

七日(1月20日) 午至。

九日(1月22日) 为吾父读《天演论》。

二十五日(2月7日) 《天演论》毕。王式文来函请入文学馆,又有吴辟疆荐函。张献群来函言:文学馆诸君合议,拟排印吾父文集,而言己不附议。

二十九日(2月11日) 吾父已为书复王君,允其来馆。

收愚斋日记十八

光绪三十三年丁未(1907)，葆真年三十四。

正月九日(2月21日) 送吾嫂回家，宿于阜城。

十日(2月22日) 至安家庄。

十一日(2月23日) 嫂往王化。

十三日(2月25日) 余即旋反。

十四日(2月26日) 至。

二十日(3月4日) 任训古先生到馆，课迪新等。

二十八日(3月12日) 送妹归聊城傅氏，叔父及吾母送之，并邀贾慎修同往。

二十九日(3月13日) 至东昌。

二月三日(3月16日) 致资送之箧实于傅氏。

四日(3月17日) 傅君乐嘉亲迎吾妹归于傅氏。

五日(3月18日) 妹来寓归宁，妹婿傅君亦至。

六日(3月19日) 事毕而归。

二十一日(4月3日) 侍吾父赴保。

二十四日(4月6日) 至馆中诸君，今年新来者为齐蔚卿、王式文。

二十六日(4月8日) 吾父为诸君说《史记》。自今日始，拟以后三日中两说《史记》，一说《古文辞》。胡存叔来馆。

二十七日(4月9日) 读《左文襄年谱》毕。

二十八日(4月10日) 再说《新大陆游记》。

二十九日(**4 月 11 日**)　侯亚武来馆。

三月一日(**4 月 13 日**)　馆中诸君有日记课程,自今日始。

十二日(**4 月 24 日**)　武合之就徐鞠人制军之招,将赴东省,因归家省母。

十四日(**4 月 26 日**)　说《新大陆游记》毕。日前罗顺循太守又出其所撰《王壮武公年谱》见示,即于其日为吾父读焉。

二十日(**5 月 2 日**)　侍吾父入都,寓宗氏。

二十二日(**5 月 4 日**)　从吾父往见徐公,时鞠师奉命总督东三省。吾父来京送行也。

二十三日(**5 月 5 日**)　晤幼梅观察。观察名世光,鞠仁尚书之弟,官山东曾署济南道。吾父素与相习,兹相别十余年矣。访劼传弟于旅舍。劼传自去岁入译学馆,现已斠(甄)别,未发榜。劼传曾习英、日两国文字,今在译学馆,乃入法文班,而宗鞠如及葆初、仲玖同时考入。

二十四日(**5 月 6 日**)　大学堂等六官学堂开运动会,予往观焉。今岁为第二次也。其进步何如,固非局外者所知也。但去岁縻款数万,约可建一高等小学而有余。

二十五日(**5 月 7 日**)　往观商品陈列馆。此为去科所开设。每票铜元二枚,观者颇众,所陈列较天津为多。此举不惟商工业者有所观摩,而普通人民亦有多识之益,但其中饰陈之品、玩弄之物,虽少精巧,然诱人于侈靡,又其弊也。

二十八日(**5 月 10 日**)　读《王壮武公年谱》毕。

四月五日(**5 月 16 日**)　在大学堂阅《靳史》,明季查某编杂集诸书,琐事之有意趣者,皆小说家言也。无类别,以朝代为序,每条注所引书,间有缺者。近代考据家每讥明人喜撮录成书,以为著述,殆谓此等也。书凡三十卷,余谓此等书亦有助于考据,以所引书有今时不传之本,虽少古籍,唐宋人著述亦自可存也。若集录其中已逸之书,录为一册,即小说家言,或亦好奇爱博者所不弃也。不然此等书岂复有人重刊? 此本亡,其中一二古籍将无所籍以存,亦足惜矣。案:大学堂书籍,大半为湖南某所赠,约十余万卷,可谓大有功于学堂者,视出资以助经费,厥功尤伟,而学堂竟无以为报,不亦异乎? 学堂诸君所宜□访求其人,而属能文者述其事以表章之也。

八日(5 月 19 日)　游陈列馆。

四月二十七日(6 月 7 日)　由都来保。

二十九日(6 月 9 日)　胡存叔、王采南与蔚卿冲突。

五月一日(6 月 11 日)　罗太守来。时罗欲割文学馆东院以与模范小学。献群怒,闻罗至,乃率同学全体与罗理论,文学馆风潮以起。

四日(6 月 14 日)　保定绅士会议文学馆事。

六日(6 月 16 日)　罗顺循怒献群甚,曾到馆请吾父革除。时胡存叔馆于罗,益事排击,王采南素为献群所轻,故党于胡氏。韩缄谷,学界之有势者也,且莲池旧人,献群恶其酬歌于馆中,为书责之,故韩氏亦反对献群。保定人之嫉忌文学馆者,遂欲乘隙而谋破坏,故有会议之举。今日闻又开会议,而王荫轩等有出而调停者,故会议未成。

八日(6 月 18 日)　刘润琴来言献群事。

十日(6 月 20 日)　吾父与毛实君书。

十三日(6 月 23 日)　献群走。

十五日(6 月 25 日)　袁公复书至,言已电属增公留献群矣。

十六日(6 月 26 日)　胡存叔、王采南走。

十七日(6 月 27 日)　新提调来。王会图仍逗留不去,献群号王提调曰画匠。是日馆中诸君始交日记。

二十日(6 月 30 日)　毛公复书至。

二十九日(7 月 9 日)　增方伯来,言归于好。

六月二日(7 月 11 日)　读严氏《政治讲议》毕。陈献廷时代余读之。张泽余来,赠以所著《日本政党史》,即为吾父读焉。

三日(7 月 12 日)　与王子邨谈。

四日(7月13日)　献群第四书来,余即为第五书去。又接王荫南一函。为吾父读《中国秘史》。

五日(7月14日)　赵湘帆、宗鞠如各来函。又有叔父来书。余作复书与荫南、湘帆、亚武、兰侪。

六日(7月15日)　吴辟疆来函,刘润琴来,亦言献群事也。

七日(7月16日)　上祖父书。湘帆、航仙来函。辟疆与吾父书。与王式文言及全国陆军学堂考试文,曰湖南最佳且一律,广东、江西、湖北次之,旗籍最劣,奉天、山东程度甚不齐。

八日(7月17日)　与献群航仙书。吾父与增方伯及献群书。

九日(7月18日)　李式忠来。

十日(7月19日)　作书三函。寄宗鞠如、王荫南、李翊臣。

十八日(7月27日)　《中国秘史》读毕。遗其前二篇。

七月十三日(8月21日)　为吾父读康氏《法兰西游记》毕。

二十五日(9月2日)　献群来。是月,侯亚武不来,王式文辞退。

八月初二日(9月9日)　与画匠交涉,为私取馆中器具事。

初三日(9月10日)　画匠交还钟镜焉。

初七日(9月14日)　献群请吾父讲说韩文,许之。

十九日(9月26日)　吴辟疆来。

二十一日(9月28日)　辟疆回京。

二十六日(10月3日)　《政党史》读毕。同学分读之也。

二十九日(10月6日)　同学分读戴氏《九国日记》。

九月十二日(10月18日)　叔父卒。

收愚斋日记十九

光绪三十四年戊申(1908),葆真年三十五。

二月初六日(3月8日)　为吾父读《汉书》,凡见于《史记》者,不读。

三月十七日(4月17日)　移殡叔父灵柩于吾家空宅中。

二十二日(4月22日)　赴北代葬叔祖母。

二十三日(4月23日)　至。

二十七日(4月27日)　葬叔祖母。

二十八日(4月28日)　返。

二十九日(4月29日)　至。

四月四日(5月3日)　侍吾父赴保,尖流常,宿衡水。

五日(5月4日)　尖深州,宿安平。

六日(5月5日)　尖刘陀,宿张登。

七日(5月6日)　至保。

十一日(5月10日)　吴彭秋以吾父为其先人为墓铭,赠二百金。新湘化二百,合新湘平百九十七两二钱,正折保市平按九十四两八钱九分。

十五日(5月14日)　吴雨秋为吾父读《迈尔通史》。吾亦于今日阅之。

十六日(5月15日)　王荫南以事过此。

五月初五日(6月3日)　卖金镯,得银若干。此祖父所用之金镯,售出分赐吾兄弟。

二十一日(6 月 19 日) 讲《史记·项羽本纪》。

六月九日(7 月 7 日) 张泽如来。劫传过此。

十日(7 月 8 日) 说《史记·绛侯世家》。自《项羽本纪》毕,说《伯夷传》《萧相国世家》。

十三日(7 月 11 日) 许涵治来拜。

十七日(7 月 15 日) 心铭叔来书云:上月十五日到奉,仍粮饷局差。自二月请假后,此差未派他人,每月薪水皆如数发给。月薪三十金,但叩三个月火食而已。其意良厚,惟局中多皖人,不易处耳。十八,谒钦帅,询问我兄甚悉。弟既奉委解三万金赴呼伦买马,月内启行,归来当在秋后。此差已拟定有人,钦帅特指名改之。此间天气至今犹如首夏。

十九日(7 月 17 日) 购碑二种,一魏天平元年程哲碑,一唐灵庆公神堂碑阴记。《金石萃编》有大唐河东盐池灵庆公神祠碑,并载此记刘宇撰并书。程哲,字子贤,上党长子人。

二十二日(7 月 20 日) 今日银市行价,市平银每两三千六百六十五文,为月内最高之价格。

二十四日(7 月 22 日) 购唐故上柱国申屠晖光墓志、隋石佛像各一。兰侪来函,知吾外舅于昨日未刻仙逝。检点行李,明日往哭之。

二十五日(7 月 23 日) 十钟赴都。先至丞相胡同谒吾姑。时鞠如丧其配偶,吾姑忆及辄悼惋至泣下。甚哉姑妇相得之至于此也。鞠如前夫人卒,吾姑悼惜不能自已,而屡请吾父为传。吾父为发明姑妇之宜相亲相爱,而昝世之姑妇不相能始于忌其妇而不与相亲。观于吾姑今日之思其妇,而知其妇生时之爱怜,则往时与其前妇之相亲爱更可知矣。既哭外舅而见兰侪,兰侪述病状。因言周身之衣衾及周衣之棺,皆诚信以助我者多也。曰:吾父无以遗子孙,惟以诚感人,而人争竭力于吾家事,此所以遗子孙也。兰侪向好推功于人,而一为尽力则称谢不容口。吾谓兰侪非无才者,夫不居功而推美于人,人感其意而乐与共事，而己之才能不能见轻于人也。事之便利为何如，然非智者不能。兰侪不喜为大言，于世事亦少所好，惟求尽其职守所当为，此兰侪之过人者。游书肆，有长沙王先慎注《韩非子》。先慎，先谦之从弟也。献群甚爱读《韩非子》，将自注之矣。其欲得此本可知，因属荫南购之。

二十七日(7月25日)　荫南为我购石印《金石萃编》初印本，亦颇精美。

二十九日(7月27日)　此日为一七，日昧爽，移灵柩于东门外东岳庙，时天气酷热，外姑疾，不能眠食，精神昏瞀。停柩室中，不能自养。兰侪与余谋，余曰：宜速移灵寺中，人鬼各安也。他人亦恐恿之。东四碑楼有利源恒洋布铺，曰其掌柜曰王重三者，与外舅友善，凡丧事所需及所有事，倚办于王君惟多。

七月三日(7月30日)　回保。

五日(8月1日)　有深州郭君者，名增铭，以外国医术为陆军医官。过此，与言吾父鼻臭之疾，慨许来治。

六日(8月2日)　郭君来视吾父鼻疾，郭君言此疾西书名曰加达儿，部中微有鼻炎，以药水洗之，复敷以药面，云洗数十日可愈。

十五日(8月11日)　得祖父书。言吾妻初十日又得男。

十八日(8月14日)　又得家书云，吾妻于十三日死矣。悲哉。

十九日(8月15日)　兰侪来书言，将于二十八日开吊，邀余，辞未赴，献群为亡室墓志铭。亡妻死未浃旬，已有可传之文字，悲感何如哉。

二十日(8月16日)　回家。至高邑换车，宿于白侯。

二十一日(8月17日)　至南宫。

二十二日(8月18日)　至郑。抚亡妻之柩而泣。

八月二日(8月28日)　移吾妻之柩于叔父浮厝之院而茸之。

三日(8月29日)　雨。

四日(8月30日)　吾回保，宿于南宫。

五日(8 月 31 日)　宿于王莽城。

六日(9 月 1 日)　至高邑,乘火车至定州,往谒王氏从祖姑。

七日(9 月 2 日)　姑丈锡生出所藏书相示。

八日(9 月 3 日)　来保。

二十一日(9 月 16 日)　近日文学馆又来二人,栗琴斋及宋如璋。琴斋,昔时冀中学俊才也,后毕业高等学堂,列第一焉。如璋,字小山,祁州举人。

二十二日(9 月 17 日)　宗端甫先生来。

二十七日(9 月 22 日)　侍吾父回郑家口。端甫先生亦于今日回都,凡畅谈五日。至高邑,改乘轿车,至白侯宿焉。

二十八日(9 月 23 日)　宿南宫。

二十九日(9 月 24 日)　到郑。

九月初一日(9 月 25 日)　吾妻死,今日为七七日,五旬矣,悲夫。

二日(9 月 26 日)　锡生姑丈赴济南,过此一宿,索观吾家所藏书甚勤。王氏为畿辅大藏书家,即富且多佳本,远过余家,而余家竟谬得藏书家之名,不亦可愧乎?吾次子已命名植林。是月为吾父读《迈尔通史》毕。同学诸君多代吾读之,又读康氏《物质救国论》。《迈尔通史》,文颇雅驯,山西大学堂译本,译自英文,无不词之语,历史课本之佳者。

十月八日(11 月 1 日)　侍吾父赴保定,尖于流常,车轴折,遂宿焉。

九日(11 月 2 日)　尖陈二庄,宿深州。

十日(11 月 3 日)　尖安平,宿刘陀店。

十一日(11 月 4 日)　雨,未行。

十二日(11 月 5 日)　尖张登,暮至保定。馆中诸君,湘帆外咸在。而祁州举人宋汝彬、芷廷新至。芷廷,子痴先生子也。

十四日(11 月 7 日)　定州王铁山先生来。先生名瑚,进士,吾父同年，其父某先生官故城训导，吾祖实继其任。铁山尝学于吴先生，坚苦卓绝，人所难能，后以知县从军湘桂，为岑云阶制军所重，临敌果敢，与士卒同甘苦，人皆乐为致死。然卒败罢。既去，各省大吏争延之，锡清弼制军电招尤亟，皆不肯往。至河南，汴抚林赞虞中丞留以治军，今将旋里，过保定来访，且求吾父为其先人撰碑志。五日，高继槐司事所侵蚀之款已勒交。自去岁十月至今年正月，吾父馆中薪水及他款，皆司事窃取，提调不敢过问。余曾属宗葆初设法往索，交出二百余金，已而献群继之，延宕至上月初，犹好词搪塞，已而逃避，不敢见献群。乃致书毛公言其事。毛公大怒，电致保定王太守，限一月迫令还清，词甚严厉，又致电吾父致抱歉之意。至今日乃归还后两月薪金，其他款项亦交还大半矣。

十六日（11 月 9 日）　内保市平换钱三千八百六十，洋元二千六百，英洋与站人洋同价。今日讲《史记》仍如前，《史记》两日，《古文辞类纂》一日。

十一月十七日（12 月 10 日）　日前吴辟疆以所刊吴先生传状见赠，祭文赠序。

十二月□日　侍吾父旋里。

收愚斋日记二十

宣统元年己酉(1909),葆真年三十六。

三月一日(4月20日)　买小舟赴津。价三十三千,船主徐氏即本镇河东人,午间启行,暮泊故城南关。

二日(4月21日)　泊老君堂。

三日(4月22日)　泊泊头。

四日(4月23日)　泊姚子口。

五日(4月24日)　泊靖海。

六日(4月25日)　至津。寓吴辟疆寓于三马路元善里,游公园。

七日(4月26日)　戴襄甫邀吾父饭。

八日(4月27日)　游督署李文忠祠,见李合度。合度名嘉璧,以善摩汉魏碑著。

九日(4月28日)　以二次火车赴都。由津来都,每日车行四次,仍寓宗氏。

十二日(5月1日)　皇帝梓宫暂安,赴西陵,余步行至八里庄,见梓宫西行,八里庄有古塔,明万历时敕建,土人呼为万历塔。塔建于庙内,庙已成邱墟,惟塔无恙。凡十三级,高十余丈。内实不可登,与天宁寺之塔同。京西惟此二塔,再西则万寿山之塔矣。

二十日(5月9日)　赴保定。

四月三日(5月21日)　常兰侪来。

某日　行。

二十二日(6月9日)　接张树珊函,言所筑室告成,经始于二月几日,时余方在家也。至今月二十毕役。凡今年所购及前所买为房所须者值钱若干千,瓦工、木工共若干千,都若干千,凡用砖若干,坯若干,瓦若干,秫苇之属若干斤,梁若干件,檩及他木器若干件。

二十九日(6月16日)　观岑叔来借款,云将南行,吾父即予之四十元。

五月六日(6月23日)　刘宗尧为余议婚于任邱李氏。数月来,戚友族人及业媒者所言数十家,近者二三里,远者且万里,或世家巨族,或穷檐小户,或学界女子之操教育者,或既开议而罢,或往返函商,渐有头绪,而卒缔婚于李氏。

七日(6月24日)　婚事议定。

八日(6月25日)　通婚书。于是宗尧函招女之兄子培来保,议办一切。故自定议通书仅三日。

二十三日(7月10日)　赴津应考,即寓辟疆。

二十四日(7月11日)　宗葆初亦来津。初议与葆初同行来津,既而葆初以疾辞,故晚来一日。葆初住旅馆。

二十七日(7月14日)　以旅馆无闲房,故暂在辟疆寓。现葆初所居有屋,乃移与同居。

二十八日(7月15日)　吾移居兴华茶园,以葆初所居太湫隘也。

二十九日(7月16日)　考头场。第一场为河间、永平、深、易,于是考贡报名者凡五千人,分四场考之,今日到者四属约千余人,早一钟点名,四点封门,八钟缴卷而出。余所为文颇滞涩,且多错谬,踌躇数月而败于一日,殊自恨,然余近多失意事,此事之失,亦久在意中,特无辞而不来耳。

六月一日(7月17日)　见提学使榜示初二、初四、初六、初八分场考试所余府州。

十日(7月26日)　为拔场二场之第一场,六属同考,深州在焉。

昨晚十钟点名,子正出题,四书义、经义各一篇。余于午正缴卷,有牌示,亦是以午正为限也。

二十六日(8月11日)　优场第一场。自初十以后,入场时期皆如初十。

七月四日(8月19日)　优头场第四场,深州在焉。余于午后一钟后缴卷。

十三日(8月28日)　辟疆属余将其家所积金存瑞林祥生息。余分存其少许,息依瑞林祥之数。

十八日(9月2日)　考职头场第二场,深州在焉。余于午间缴卷,论二篇。

十九日(9月3日)　购滦州煤矿公司股票。

二十二日(9月6日)　考职头场张榜,共取百六十名,余次第九。

二十四日(9月8日)　复试。

二十六日(9月10日)　张榜,共取百名。一等四十二名,二等六十名,余列十二。张孟泉第五。日前黑龙江瑞丰农业有限公司发起人黄县张君习旭偕其友人曾君广俊来访。余详询张君公司情形,张君云,公司起发人及代招股者,皆黑龙江及山东黄县商人。此公司前已获利,因广招股本,拓充规模,章程共印万分余,将赴上海、杭州等处招股矣,因赠我章程数十分。

二十九日(9月13日)　买舟回郑镇,同行者有张子奎、顾文彬,此外尚有相识者数人。此郑家口广兴之船,但人太多,颇拥挤,每人出资七千,已登舟而舟不行。余遂往法政学堂与李采岩谋临辟疆所评《孟子》。此次在津所录辟疆评点尚有《古文读本》,然仅半部,前属孟泉临出,余又录吴先生之考证,惟词赋以下未录,当俟辟疆将书评点毕,一并临之也。前又偕易州李君、王君抄录吴先生点识梅伯言《柏枧山房文集》及《濂亭文集》,李君、王君素不识面,此次同寓,与语颇契,可友也。

三十日① 往访武合之于栈房,恐舟即行,未及畅谈,至以为恨。谢迈笃铭勋日前赴保,谒吾父受业,返津告余曰:吾将以镜屏为贽,今晨送到。晚与竹泉畅谈,已而闻火起,乃相偕观火。火发于北门之西北角,马路之南也。一二钟之顷,延烧十数家,其时消防队已至,救火机灵便,火灾尚如此,盖津地新式楼多木质故也。以屡有火灾而保险公司遂大发达,然公司之救火不及消防队之敏捷,而消防队实赖自来水,故文明事业皆互相资借以成功。今既大举兴办新创事业,人亦敢从事矣。此次来津多所见闻,而辟疆行止久不定,尤为大事,波折横生,为之筹画,为之游说。始也冀其可留,继则惧其且去,终乃喜其不行。在津八九旬,心目中惟此事为大。瑞林祥郭寿轩,吾父称其为商界人才,此次来津始与相见,晤谈数次,亦足以拓我闻见。而萨哈嗹之煤油公司事尤为新闻,赠我以招股章程并以其地油土见示,股本四十万,咄嗟招成,足见郭君之见信于人,将来著大名誉自此始矣。李曦和,饶阳人,余与相识于深州书院,湘帆弟子也。现在其乡办新机织布,极发达,为余详述其办法,真可试行也。辟疆赠余书二种,曰《宋史翼》,陆心源撰;曰《典故纪闻》。

八月一日(9月14日) 启行。过厘金关卡即泊。

二日(9月15日) 泊独留。

三日(9月16日) 泊屈家涧溜。

四日(9月17日) 泊捷地。

五日(9月18日) 泊砖河。

六日(9月19日) 夜未泊舟。

七日(9月20日) 泊桑园。

八日(9月21日) 泊德州。

九日(9月22日) 未刻初至故城,余下舟步行来郑。

十九日(10月2日) 赴保定府,尖于枣强,宿于冀州。

---

① 实际日历中无此日,不知何故。

二十日(**10月3日**) 宿于宁晋。自高邑至保，车栈十数处，曰元氏、曰窦媢石庄、正定、新安东、长寿、新乐、寨西，定州清风店、望都、方顺桥、于家庄。

二十一日(**10月4日**) 至高邑。早十钟登火车至保。

二十二日(**10月5日**) 与吾父定议，就婚于任邱。

三十日(**10月13日**) 早车入都，居丞相胡同宗氏新宅，此宅在胡同北头路西，今年所购也。价三千五百金，房舍宽厂，凡两院，有房三十余间，见者皆谓价廉。惟大门卑隘，视前十四金所租高阳李氏宅则不及多矣。前曾托吾姑购制衣饰，此时已皆作成，此次来京取衣饰，亦一事也。

九月一日(**10月14日**) 往拜徐鞠仁尚书，未遇。

三日(**10月16日**) 赴清河镇陆军中学堂。时常兰侪、陈献廷为教习。兰侪赁宅于清河，将于明日赴保迎其太夫人。学堂去车栈一里余，此村又在学堂之东南二里许。清河镇为京都至张家口之通衢，惟去得胜门仅十八里，故商务甚微，居民亦鲜。

四日(**10月17日**) 与兰侪同乘火车南行，余至平则门下车，兰侪遂赴保，未至寓而雨，到夜未止。余拟办之事甚多，雨，不能，[①]意甚躁。

五日(**10月18日**) 终宵雨，至午始止，道益泥泞。午后，强赴自来水公司第一次正式股东会。六钟散会，拟明日早车行，今晚而归，所不能办之事多矣。股东会开会次第已登报宣布，以告未入会者，而总理演说亦印行宣示，兹不述。章程载股东一百股以上者有发议权，五百股以上者有选举权及议决权，一千股以上有被举董事及查账资格。会场标列股东之有选举权者、五百股以上者一百五十余家，千股以上者七十三家，内万股者一家，即天津银号。四千股者五家，五百股以下者不录。

---

① 此处疑有脱漏。

六日(10 月 19 日) 早车至保。

八日(10 月 21 日) 家中车来接。上月二十七日,吾父命函禀祖父,遣车来也。

九日(10 月 22 日) 侍吾父旋里,尖于高阳,宿于边南口。

十日(10 月 23 日) 尖于河间,宿于献县。

十一日(10 月 24 日) 尖于阜城,宿于留镇。

十二日(10 月 25 日) 至郑镇。余在天津时,问其地巨室富豪为谁氏,土人言有八家名最著,曰镇德店黄氏,长源杨氏,六吉店何氏,益照临华氏、李氏、张氏,而卞氏与益德王氏为最富,实则华氏惟贵显,未甚富也。

二十四日(11 月 6 日) 得宗尧函,并附李子培致刘君函,言已为余备馆舍矣。

二十七日(11 月 9 日) 赴任丘。尖留镇,宿杨家庙。

二十八日(11 月 10 日) 宿商家林。

二十九日(11 月 11 日) 至任邱。即馆于城东北隅刘寿夫宅。李氏使其婿刘君及其族人贻园、子贻相陪。

十月一日(11 月 13 日) 送催妆礼于女氏,女氏以奁妆来。

二日(11 月 14 日) 未时亲迎于李氏,李夫人来归。夫人父诚甫先生,名沐仁,以医名于世,客李文忠幕最久,故携家寓于天津,凡十余年,年老乃归。母夫人刘氏,任邱城内人,皆于去年秋卒。

三日(11 月 15 日) 偕吾妻至其家,俗谓之回门也。

四日(11 月 16 日) 吾妻省其父母之墓。

七日(11 月 19 日) 携吾妻来郑。其弟艺圃送之。

十日(11 月 22 日) 艺圃归。

十一月五日(12 月 17 日) 艺圃以车来迎其姊。

七日(12 月 19 日) 吾妻赴任邱。

十九日(12 月 31 日) 再为吾父读康氏《游法国记》。

十二月七日(1910 年 1 月 17 日) 购二蹚街李氏铺宅,价八百余千。

八日(1 月 18 日)　以宅还李氏,索归其钱。

九日(1 月 19 日)　为吾父读《汉书》至《酷吏传》。自前年为吾父读此书,未久而止,后惟途中读之,凡见于《史记》者不复读。

十五日(1 月 25 日)　任训古先生回家,馆吾家三年矣,至是辞。

十六日(1 月 26 日)　吾妻至自任邱,仍艺圃来送。

十七日(1 月 27 日)　艺圃去。

收愚斋日记二十一

宣统二年庚戌(1910),葆真年三十七。

正月六日(2 月 15 日)　吾父及弟、妻皆有疮疾,延医士孙涝治之。

八日(2 月 17 日)　如故城贺年。

十一日(2 月 20 日)　贾慎修、李荣岩来。慎修为吾家经理福兴号钱债事,荣岩经理三里口、尹里二处之田,并为尹里村福隆号之掌柜,各来缴买卖清册。两号资本虽不腆,然颇有起色。郎荔轩先生来。

十四日(2 月 23 日)　张聘三来。聘三每年假归,必来省祖父。郎先生亦每来贺年。郎先生尤以他事,数数来此。

十九日(2 月 28 日)　地师李老效至尹里。去岁吾家邀李老效觅可作墓地者,于尹里得之后,遂购其地。其地牵连百余亩,因悉购之,今又招其来审定也。老效,深州柳庄人。

二十日(3 月 1 日)　余至尹里。

二十三日(3 月 4 日)　地已相定在尹里村西里余,并审度种柏行列,老效谓此地大吉。老效将以明日归。

二十五日(3 月 6 日)　梦生、巨亨皆来缴去岁清册,余庆长获利优于上届,而梦生之三益兴已为第三次之批分红利。

二月三日(3 月 13 日)　为郑镇焚化字纸会,祖父去岁所倡办者。

二十一日(3 月 31 日)　武城新县令王合之先生延纶招汇亭叔

为管盐务事过此。锡生姑夫之父也,兹由长山县调署,到任才数旬。

二十九日(4月8日)　王合之先生来。

三月十二日(4月21日)　侍吾父携子迪新、弟子翊新如保定,津浦铁路北段已开车,故拟由德州至津。遂赴都小住,再南下也。行至贾家林,祖母命人追还之。

二十二日(5月1日)　王氏从姑自武城县署来。

二十四日(5月3日)　楚生来视其弟树珊,时树珊患病颇剧。日内已减轻。

二十五日(5月4日)　葆真赴津,暮至德州,寓于马市街。德州为南北通衢,由南门南行为东道,西南行为西道。其街曰马市街,栈房在焉。距铁路甚近,遂宿于此。弟随我来游,泛观城内外,谓南城垣有寺甚奇,北城无门僻静可爱,南关尽处有阁巍然而新整,吾弟所乐观也。繁盛之区在南门内,造枪弹厂俗名机器局,即昔时天津之东局,西临河,在城西南,烟筒矗立,不下十数,南北凡数里,规模之大如此,惟未及入览也。地价廉,人工廉,而沿河且有铁路,甚便利。此所以由津而移于德也。

二十六日(5月5日)　七钟火车行,行颇迟,每站停车为时亦久,沧州停车至两钟许,晚七钟至陈唐庄,为铁路尽处。复登小轮至法租界铁桥,小轮亦铁路局所具。车票二元八角,轮舟二角,凡三元。住针市街盛兴栈,访李苇村于卞荣卿所,不遇。

二十七日(5月6日)　访李采岩、王明远、高静涛、王古愚、杨秩五、李合度、李苇村、郭寿轩。静涛、苇村、寿轩,皆不遇。李采岩名青峰,冀人,前肄业冀州中学堂,与王仲航同班,后来津入北洋法政学堂。年少聪敏,有文才,书法亦秀硬,能为小说,与余契,数通函相问讯。晨起往访,快谈良久,彼言琴斋又就冀州教员,余闻而深惜之。因窃思破其事,盖在冀,功之及于人者小,而于自谋实深非计,求学成名,两无所益。王古愚名振垚,咨议局副长也。余为言辟疆事,请其设法挽留。古愚属余将吾父所为《晋书》评点抄稿相示,其意甚切。

洋灰公司招股，静涛颇怂恿人附股，惜余未得一询其详也。杨秩五为黑龙江瑞丰垦务公司起发人，问以公司事，彼亦不能详也。李合度有事于造币厂，已将局事收束，行将清结，币制既定，旧式钱概行收回。合度言，七八年来，北洋币厂日铸银元可五万枚，亦时有出入，铜元则自六十余万至百数十万，然广东造币厂又较北洋为大。余言《国风报》谓全国近年所造铜元约计十二万万。合度云，自开铸铜元以来，恐且至百万万矣，岂只十万万？私铸者不计，私铸者亦甚夥，皆外国人在内地与吾国人合办。凡云外国输入，皆盗铸。盗铸即外币收入，皆洋商与奸民相比，铸于商埠，故无所忌惮，而盗铸遂日滋。访郭寿轩，欲询以萨哈连岛煤油矿事，适寿轩旋里。他人云，正月间又续招股矣，随即满额。去岁寿轩谓余曰，煤油矿如续招股，必先相闻。余颇恨寿轩食言而不我告也。苇村昨赴柳青石次青家，尚未归。及暮，苇村返，电话招余。既至，苇村言其伯父新甫先生适来津，余本拟明日行，苇村请留一日，以相见人，余诺之。见卞荣卿之弟际云。

二十八日（5月7日）　午前至卞荣卿家。苇村方视人疾，苇村在卞宅，日视疾两小时，求诊者皆先挂号，依次而诊治。或荣卿为之。午后，然后应人之延请。见荣卿及其弟奇卿。往见新甫先生于王益孙家。先生居京师，王氏有疾者必请于京师，故时时至津。苇村饮余于城南饭庄，并邀卞氏兄弟、苇村从昆弟同在坐。奇卿曾买光明煤油公司股票甚多，光明公司股分，瑞林祥前后约入二千股，卞氏千四百股，海关道蔡观察及杨莲帅务各数百股。三十五两之股今涨至九十五两矣。访光明煤油公司总理赵春亭于瑞林祥钱铺，未遇，遇瑞林祥元记。春亭，山东章邱人，为瑞林祥钱铺掌柜。为余言公司事甚详。言与德商合股及俄政府所以许吾开办，与请英律师订约之办法。矿质之佳、矿产之富、开办之速、用款之核实、购股者之踊跃、与现时之办法，及将来之希望，皆极美满而无少缺憾。问以曾否再续招股，则云资本已足，不能再招矣。如续招其，必十年乎。盖与日本订立制油合同，约以十年，十年后收回自办，乃可续招股也。为余言中国第一资本家在英伦敦购房产甚多,为英人所惊叹。案:春亭言多浮夸,未尽有征,记之以广异闻。晚应荣卿招,饮于日租界。已寝,闻北河大火,时在一钟以后,去岁亦去津之夕火也。

二十九日(5 月 8 日)　到保定。得献群弟宗荐来书,赴丧。余在家已闻吾友献(群)于本月初八死矣。

四月一日(5 月 9 日)　以吾父辞馆事告提调,属其禀于方伯,兆君摇首不肯为。

八日(5 月 16 日)　请刘宗尧、步虞轩。以二君为媒者,未尝为酒食以谢之。及冀州,诸君饮于集成馆。日前以吾父辞馆事告印轩。荫轩为书与吾父,请暂勿言辞,以了今年之局。馆中同学亦有函往,印轩又属余详禀。今日得吾父书,言暂如印轩言。日前徐润吾谓余言,外人谋此馆久矣,先生一云辞馆,人必群起而谋之,势必立废。以吾辈讲学之地,一旦为人攫去,可为寒心。同人拟作公函恳留,词颇切挚。徐赴津后,余又以书抵润吾,言其事。刘宗尧亦数以此馆不能持久为虑,拟设法调查馆中的款,为后来交涉之预备。润吾又以传学使禀请吾父充图书馆名誉委员照会及手书交来。

九日(5 月 17 日)　与馆中同学饮于富丰馆,并邀冯乐轩。乐轩名之恺,故城城内人,卒业高等学堂,今充师范学堂英文教员。家贫而喜购书,与栗琴斋同学相契好,一见献群而纳交焉,故余亦重其为人。

十五日(5 月 23 日)　琴斋去岁赴奉天充高等学堂教员,又有事于学务处,今年乃为冀之绅士挽留,充教员于冀。余闻之,大谓琴斋此举非计,宜设法招之来。乐轩、仲航皆韪鄙意,乃促其来保,志在使其去冀到保后,再设法位置。余又恐其不来,乃为谲诡之词,不知终能致之否。前与宗葆初议伙购洋灰股票,致书李采岩,属其访询此事。日前闻静涛曾索得数十股,劝同人分购,公司定期六月底截止收股,而此时已足额,购股者之踊跃可知。盖因上次结账官利、红利合一分六厘以上,遂涨价至七十元故。

十六日(**5 月 24 日**)　晚车赴都,仍寓吾姑宗宅。

二十一日(**5 月 29 日**)　孟黻臣右丞来答拜。孟公乞吾父为其封翁作墓表,日前余持稿本往拜孟公,未遇。其日又往拜柯凤孙左丞、刘仲鲁大理,皆不遇。

二十二日(**5 月 30 日**)　兰侪来。余适访马旭卿于国子监学堂,致未得相晤。而旭卿今年充他处教员,亦未遇也。

二十四日(**6 月 1 日**)　赴清河。先至学堂见陈献廷。至常兰侪寓,谒见外姑。外姑年老多病,余又新续室,见之怆然,不知词之措也。再宿将返,兰侪强留为三宿焉。

二十七日(**6 月 4 日**)　火车中遇民政右丞毓厚,相见问姓名,乃曰芷村先生,吾师也。盖与其从子荣相国同时受业于先叔也。

二十九日(**6 月 6 日**)　拜徐相国,不遇。访吴世绅,以疾辞。访孟右丞、刘大理,又访马旭卿于满蒙学堂。

五月一日(**6 月 7 日**)　往谒徐相国。相国言:在东省政略,以边务为最要。盖边界不清,交涉无所根据,乃派人调查边防,至于再三,卒得其详确,皆向来将军所未尝留意者。乃未及有所施为,而有调京之命,遂限期纂修《东三省政略》,绘图立说,多前人图记所未有,现已付印。此书出世,既可为治东省者所依据,尤可供学人治地理学者之研究焉。以调查延吉边务书三册见赠。见朱铁零郎中。访凌瀛洲、步芝村,皆不遇。

二日(**6 月 8 日**)　拜任邱李新甫先生,不遇,见其子子铭。

三日(**6 月 9 日**)　往观宗端甫先生新宅于教子胡同,购宅基不满千金,建筑费乃至万金以上,不日落成矣。

四日(**6 月 10 日**)　购电灯公司股票。前在股票交通处闻电灯又续招股,股票甚涨价,然非旧股东不能得。余因思李翊臣与公司总办蒋式理性甫有师弟子之谊,或购有股票,问之,则未曾购也。翊臣曰,吾试为君访之他人。已而得衡水韩麟阁,韩君为谋之公司,卒设法购得。今日乃携资偕韩君到公司取收条,因观其锅炉及发电之室。

股票一股百金,官利六厘,此为第三次续招,与第二次所招股同作为新股,红利所得亦同,缘入股者仍前股东也。先交五十金,俟明年开股东会后再定期招足。去岁所得红利并官利计一分三厘,新股则一分二厘,数年之后乃与旧股一律。麟阁,名麒熙,国子监学正录少甫之子,衡水人。

五日(6月11日) 屺山姑丈饮余辈以盛馔,在坐者,余族昆仲凡三人,尹吾,及端甫先生之婿宇周也。

六日(6月12日) 伯玶以《太平广记》见赠。

七日(6月13日) 张东阳、骆仁甫来访。东阳言瑞丰公司现至开办,日内余即赴津制股票也,再访心甫先生。

八日(6月14日) 与李翊臣往访韩麟阁。又同访张东阳、骆仁甫,皆不遇。至永定门外观赛马。翊臣锐意于垦务,欲赴吉林,从王铁珊购买荒地,从事农务殖产兴业,以裕今人之生计。张东阳,办垦务公司者,故余劝其一访之。

九日(6月15日) 雨。

十日(6月16日) 日内屡与李采岩、宗葆初往返函商洋灰股票事。采岩前函言公司股票已招足,展转购买亦殊不易,为之设法搜求。高静涛卒于康亨庵处索得十股,议与葆初分买之,不足,仍可于他处觅得数股也。电灯公司股票,余曾劝鞠如买之,于洋灰亦然,皆勉购一二股,不肯多办也。

十一日(6月17日) 往观陈列所。较往时物品少丰,无外国馈赠品矣。其最有价值为大珊瑚,标价万金。

十三日(6月19日) 李板香来。板香,子铭之子。高静涛复余书言洋灰股票事,并言滦州股票现盐纲总转售带红股股票数十万两,蓄有资本者幸勿失此机会也。

十四日(6月20日) 翊臣邀余同游南苑观农业。由永定门至南苑,有军用小铁路,既至车站而车已行,乃归。访李式忠,不遇。答拜朱舟孙先生。遂在崇文门、广渠门一带游览。

　　十五日（6月21日）　往访步芝村先生、马玺卿、贾佩卿，皆畅谈良久。归而李艺圃已先至，自任邱来也。芝村为余言生计、当今要务，所论甚畅。一二年来，稍识时务，莫不斤斤言生计、论实业。昔年但言变法，后渐归重于法政，谓国之盛衰强弱一视法律，近又趋重于实业，亦可见风俗之变迁矣。马玺卿为度支部主事，与余论财政，谓此次清理各省财政，虽未能尽行核实，然所查出者固已多矣。近贾佩卿与尚节之组织阜平银矿公司，谓其事甚有把握，以此矿之历史可征信也。案：佩卿无论何事，辄曰其历史云云，因以章程相示。又曰凡开矿，未有不获利者，其或倒闭，皆由于资本之不继。如曲阳煤矿，质佳而丰，乃煤未见而资先竭。且唐山煤矿后虽发达，当时李文忠发起筹款二百万（案：二百万之数不确），亦中途财力匮乏，将中辍矣。外国人乃请以六十万金收买，唐景崧不肯。大利既见，人乃争趋矣。佩卿又当以滦州煤矿，外人时谋侵据，倡议力争。又以公司章程未尽公允，曾在公司发议，后又著说载之报纸，言章程不合公例。玺卿又谓吾叔父前捐知府，其实收未核准，可将其执照移奖子侄，而另加捐衔翎，此乃策之上者。久欲以此奉告，去岁即宜办。今捐官已加成，幸勿再误。案：茈山先生亦数以为言，吾父颇不谓然，谓生前已捐此官，虽未核准，尚可作为实捐，岂有明明免去而以之移奖他人乎？玺卿加捐衔翎之说，谓于死者无损，而可将已出之款归于实用。吾父前许艺圃入文学馆，艺圃以吾父久不至，踟蹰不决。吾父命作书促之，艺圃闻之乃来都，与余面议。

　　十六日（6月22日）　闻辟疆来都，访之于柯凤孙年丈家，则已复回津矣。访李右周，款接颇殷，言及文学馆，大不满意于提调。

　　十七日（6月23日）　右周招饮于致美斋。

　　十八日（6月24日）　右周昨来访，未遇。今日又来询吾父辞馆情形。余为详述其事之颠末，若颇疑其事而始释然者。盖吾父之于文学馆去留颇关于馆之兴废，右周有副长之名义，故重其事。李子铭第二次招饮。余本拟月之上旬旋里，因吾姑将到郑家口省视祖父母，命余侍从，定期明日。艺圃亦欲同吾到津一访辟疆。劼传暑假回家，亦约同行。

十九日（6 月 25 日）　余与艺圃于二次车到津，至则访高静涛，访以洋灰股票事。谓唐君享庵之股固可留，再购亦可。又询以滦矿转售带红股股票事，则谓不零售，非购至万金不可。静涛曰前闻需五千元，以为犹可集资购之，因致书冀州同人鼓吹此事，今又闻必须万金，吾冀不能办矣。此次盐纲总所以售此股票者，以此款乃盐加价之公款以备购津浦路股者。李嗣香以滦矿可获厚利，遂举以购此，为畿辅人所诘责。不得已，乃转售于直隶人，不带优先，恐无购者，以公司犹招股也。葆真前闻佩卿云，滦矿直隶无大股东，选举权太少，故思以此股票分售直隶人。访王古愚，询以辟疆踪迹，云辟疆今日即拟登舟南下。余今日与议长阎君见陈小帅，再请其一留。已属辟疆暂缓行期，而辟疆不肯。艺圃来津以访辟疆也，而辟疆今晚且登舟，当先办此事，乃偕往访之。已见辟疆，匆匆未及多谈。因属艺圃曰，余明日行后，当再一至辟疆所，探其行止。缘古愚昨有挽留之说，或为之留也。吾姑既至津，舍福星栈，杏儒又同来。余以购买物品属劼传。乃偕艺圃至洋灰公司，而公司中人云，六钟后即停办公事。洋灰股议购六股，代葆初购四股，鞠如两股。艺圃闻余言十股有发议权，因为我假贷二百元以足十股。此十六股皆取于康亨庵名下，余在津不能留，乃属艺圃代办。访苇村于卞宅，不遇。余携有滦矿公司收据，拟往换股票，因不复往。访郭寿轩于瑞林祥。购布帛。

二十日（6 月 26 日）　夜一钟，万义号祁君携葆初购股票之款交余。余在京曾劝葆初购此股票，葆初过为慎重，往反函商不下十数次也。午前四钟，赴陈唐庄车站，约十七八里，候之四小时，至九钟乃开行，乘二等客车，车票五元六角。登车后，竹泉忽来车中，畅谈甚快。彼现充天津北洋大学英文教员，暑假旋里也。至泊头，诸人皆下车赴北代，四钟半至德州。家中以车迎于车站。晚十钟来家，而祖母已病甚，精神昏昏，不能言语矣。大惊。吾姑亦悲泣不自胜。在京曾接家信,言祖母入四月大有起色,扶持之可行于室中,不意今月十五忽又增剧。

二十一日(6月27日)　祖母病重,每日尚起坐。任训古先生以诸子将入学堂,辞馆去。已而不复入学堂,乃又延武强陈继儒课子弟。继儒名邦毅,五月十八到馆。

二十四日(6月30日)　衍新看《资治通鉴》。

二十七日(7月3日)　祖母病沉重,饮食为减,食亦艰于下咽,大便不见已逾半月。观其貌,似胸中燥闷者,试服燕医生补丸两粒,亦无效。三里口获麦二十三石一斗,今日送来。尹里亦有麦数亩。

二十八日(7月4日)　又服补丸两粒,大便乃见。吾姑日前请服清心丸,初似有益,久亦无效。

六月一日(7月7日)　得葆初函,言艺圃已代购股票。

二日(7月8日)　祖母自见大便,精神无起色,家人日夜守视,不去左右。吾妻以四月秒回任邱,余来家见祖母病甚,函促其来。

三日(7月9日)　辟疆来书,言北馆又定。

七日(7月13日)　祖母午后忽大便血不止,血红色,后渐紫。日来不能安枕,时时坐起,如不自觉。既下血,坐卧愈频,每一用力辄出血,饮食尚如昨日。

八日(7月14日)　午后便血渐止。一昼夜间起坐数十次,令人惶遽不知所为。上月鞠如来函,言将赴津迎吾姑,吾已与约定期日送至津矣。祖母病危,乃以电止之。

九日(7月15日)　矢见,不复便血,亦稍能眠,仍时时坐起。

十二日(7月18日)　早精神忽颓败,气促而喘,专人召汇亭、问陶两叔,旁午乃安寝,一眠六七小时,人颇惊疑。

十四日(7月20日)　又大便血。

十五日(7月21日)　精神益败,饮食又减,莫不忧惧。

十六日(7月22日)　午,王氏姑自武城来视疾,已不能言语饮食矣。午后气息奄奄,至戌初竟不起。小敛后,家人环哭。

十七日(7月23日)　夜分大敛,赴告亲族,吊者渐至。柩乃前年所置购木材,召匠为之,皆骆泽普一人所经理。同时作棺三,其式皆仿宗先生在郑州代作者,木质亦略似之,价则殊廉。

二十二日(7月28日)　行成服礼。

二十四日(7月30日)　王氏姑回武城。

二十六日(8月1日)　吾妻始来,其兄苇村送之。时连日大雨,途中水深,几没毂。又数遇雨,一日行三十里,行四日,入夜乃至。

二十七日(8月2日)　劫传送吾姑入都。劫传来已数日,日昨屺山先生来电促吾姑归,云患病。今日又来电,言病变,促吾姑速启行也。

二十八日(8月3日)　辟疆来函言,又为朱经帅所留,不复北上矣,其行路无定至如此。

七月十二日(8月16日)　吾妻夜患病颇重。呼泽普治之,亦无大效。吾妻来郑,道遇暴雨于野,且途中水深没胫,车几覆。到家数日,即时发寒热,昨晚胸肋间痛甚,至于叫号。

十五日(8月19日)　前孟绂臣为文学馆荐沙河王君,吾父许其来馆。兹蔚卿来函言王君为人,馆中皆称之为长者,其始来馆,已来函述之矣。又谓琴斋已决计辞冀事,而馆中缺斋长,琴斋当其任甚相宜。函牍往来者两月,今乃得其去冀之佳音,然亦有此意而已,何时能到,犹未可知也。呜呼!亚武之去,招致者两年而无功,视琴斋事何如?办事之难如此。

十八日(8月22日)　吾妻所患,数日来时轻时重,右胁尤甚,惟时时招泽普点擎而已,至昨日乃少瘳。

十九日(8月23日)　苇村来视其妹。苇村,医者也,挟药及医方来诊其疾,谓伏暑于内。

二十一日(8月25日)　疾小愈,服药凡数剂。

二十三日(8月27日)　苇村行。

二十五日(8月29日)　辟疆来书言,北方绅士不让其去。陈公电招,朱亦不能强留,而北方之馆又定。

二十七日(**8 月 31 日**)　文学馆来函,言奉藩宪札停办文学馆,署故城县知事牛君桓接印视事。牛,霭如刺史之子也。

二十八日(**9 月 1 日**)　以吾妻疾渐瘥,函告其兄苇村。

二十九日(**9 月 2 日**)　得文学馆函,言孙镜臣、李艺圃以文学馆事赴都谒徐相国,求其函托陈制军为留此馆。若不得请,将令京官以争之。复往津见严侍郎问策。祖母窀穸未安,卜吉安葬,函告张义生,请其决之。阅曾文正日记,能否逐日看之,尚未预定。梓山姑丈由都中寄来王君延升与孟绂臣先生书,谓来馆而不得薪水,词多怼怨。孟绂臣属将原函寄来。今年阅《国风报》,今日至十八册,论议多精警,纪事亦简要。

三十日(**9 月 3 日**)　吾父为书与梓山姑丈,述王君事,并将与提调及诸君书抄示绂臣,以释其疑。汇亭四叔来函,言王合之先生邀吾祖到武城观剧,吾祖谢之。定期十月二十四日葬祖母,叔父及吾妻从葬。

八月五日(**9 月 8 日**)　梓山姑夫来信,为吾家筹画安葬事甚悉,实则多吾已议及。辟疆来函,言艺圃到津问计于辟疆,因与见严侍郎,侍郎拟邀吾父主持存古学堂事,辟疆前来函告陈督也。

六日(**9 月 9 日**)　迁农来,言艺圃见严侍郎,侍郎云:贺先生本拟辞馆,而吾辈留之,今又裁撤此馆,何以对先生? 当函告刘公,属其请于徐相,为言于陈制军。迁农所述与辟疆所言不合,未知究竟何如,恐未能使陈公收回成命也。

七日(**9 月 10 日**)　写饶阳常氏族谱。余记忆力最弱,事过辄不能复道,于人名、地名尤甚,而各戚家互婚媾,尤不能遍举。故余每至各戚家,辄索取其谱而摘记之,为小族谱,以备遗忘,略别枝系,不能备也。今所写常氏谱,则今夏在都时于兰侪寓中据其族谱而草录者。余所录诸谱共为一编,而以吾家之谱冠焉。前已录者,曰交河苏氏,深泽王氏,任邱李氏,枣强步氏。

十日(**9 月 13 日**)　祖父得腹泻疾。

十四日（**9 月 17 日**）　祖父疾渐瘥矣。心铭三叔来。

十五日（**9 月 18 日**）　三叔如武城。心铭叔在奉天督署调查科长，月薪二百两。现服除报部，于月之十一验放，以知县分发山东。然三叔之意，则仍拟留奉也。

十八日（**9 月 21 日**）　现为吾父读《国风报》《国会制度私议》，新会梁君所著。文凡十数万言。举国会制度全体议之，博征列邦制度，按之吾国现情，精理名言往往在，诚当今不可少之文也。

二十一日（**9 月 24 日**）　张果侯宗芳来书，谢赙献群奠金也。果侯为献群之三弟，留学日本，有奇才，尤精算术。在保定时，常见其与献群往来家信，知其亦能文者，且无留学生习气，尤令人佩服。此次来书为第一次通书，渠言现拟将汴中宅子售出，而以其母及兄之柩归葬南皮。渠先赴日本，家事由其兄乐东办理。果侯原在法政学堂，已毕业，同学皆归国考毕受官，渠以寒家，竟不肯归，复入高等工业学校，成专门实业家。其志尤可尚也。

二十三日（**9 月 26 日**）　高静涛来函言，现与阎瑞庭、王古愚辈组织一垦殖公司于奉天洮南府，先集资二万元，出资千元者为起发人，二万元凑足，乃复招集股二十万元，且曰闻君有志垦务，祈署名为发起人，勿迟疑。东省开垦，大利所在，人所共知，顾须视办理者何如耳。人云东省开垦之获利不若黑龙江，惜黑龙江瑞丰公司所办垦务，无从访问其详也。吴辟疆来函，并将《马通白文集》见赠。马，桐城一大名家，而辟疆甚不满其文，吾父亦但谓其文章有法也。

二十五日（**9 月 28 日**）　李子周以自著文集见赠，有吴辟疆序，有吾父及辟疆、子畬三家评点。

二十八日（**10 月 1 日**）　傅氏妹来。妹自去春回东昌，即议析产，至今年夏始交割清楚，分宅一所，腴田十余顷。

二十九日（**10 月 2 日**）　为吾父读马通伯《郑东父传》。东甫先生与吾父同官刑部，至契，吾父每称其孝友过人。亦为古文词，其解经则不甚推许。前吾父在冀书院时，曾辞馆席，董事皆曰，必欲辞者，当荐贤。因言郑东甫可。吾父尝以文稿示郑君,郑君为加评识。

　　九月一日(10月3日)　复李曦和书。曦和,名祺昌,饶阳诸生,提倡新机织布,颇获利。夏间来函,并以所织布见赠。曦和倡办此才二年,而饶阳境内木机已达二千余件,出布日可二千匹,工资日约需二千余缗。有王君秀岩者,自立工厂于尹村,有铁机百余件,犹日事扩充。曦和为言余有志此事,王君遂欣然属其作函招余往观,意良厚,而蹉跎久未复书,殊自歉也。

　　二日(10月4日)　辟疆每有文脱稿,辄寄吾父评阅。乃今年自春间寄文,至今积有十余首。吾父初因葆真赴保定,诵读无人,既而祖母病甚,以至不起,居丧后又懒阅文字,故至今仍未阅一首。兹辟疆来函询问,乃复书言其事。又去岁余在津曾出息假辟疆千金,前来函言,画出百金以购吾祖母,余云年内提还,并属免交息金。余复书谓债权债务商法通例,况有契约在前,此无所容其争办也。辟疆犹断断不已,余亦不复与辨。惟此款若从家中提取,甚损利息。因上书宗梓山姑丈,请借千金,利息惟命。许我与否,犹未决也。今与辟疆书,言余家存款不充足,当再假他人之款以偿此债,若无急需,请缓交数月或展限一年,以免展转借贷,何如?其许我与否,亦未可知也。

　　三日(10月5日)　王勤生表叔来吊。王氏自先世即富于藏书,而祖姑丈购求尤力,以讲宋儒之学,故多性理之书,勤生先生又时时附益之。吾家故以藏书著,虽有旧刊精校之本,论其富,亦犹王氏。王氏尤以资财雄,尤著者两支,勤生先生其一也。有腴田十顷,有自立之商号七,有与族人共者二。曰逸居资本约三万缗,万全兴约三万,德逸昌约二万,广德裕约三万,德盛元约二万,同德堂约二万,同德号五万,滋德堂八千,此自立之商号也。合益当资本五万,广济当七万,则共同之商业而有资本之一部分也。

　　五日(10月7日)　勤生先生行,余偕至尹里,一视所置墓地。先生通地师家说,见此地,谓罗城规模颇大,龙脉显然,堂岸俱备,气脉甚旺,诚大佳壤。觅此地者,真良地师也。

七日(10月9日) 得李翊宸复书,言顺直垦殖公司事,附寄公司草订章程。盖翊宸已入股为发起人,必能知其详,故前作书询之。闻马翰臣亦称发起人,当亦深悉此事,今又作函问之。

八日(10月10日) 为吾父读《汉书》至叙传。

九日(10月11日) 得文学馆来书,言馆事已于八月初间终止。诸君相率散去。

十一日(10月13日) 得李苐村书。言天津大商号倒闭数家,隆聚受亏至六十万。凡天津共四百余万,皆上海陈聿卿所为。

十二日(10月14日) 启亡妻之柩而加漆焉。

十五日(10月17日) 得吴辟疆书。言陈制军改设存古学堂,仍延吾父主之。自请于小帅来郑迎迓,且云小帅敬礼徐相国、严、孟、刘诸公雅意,无论如何,万不可不来此一游。

十六日(10月18日) 吾父命作书辞辟疆,以吾祖母安葬事邀张义生、苏良材、师翰选辈应总理、监厨等事,今日会议一切事。

十八日(10月20日) 辟疆来郑,奉小帅函牍及照会,延吾父到津筹办存古学堂事,吾父未之应也。

十九日(10月21日) 傅佑之来。第二次至郑也。

二十日(10月22日) 李艺圃以存古学堂事至自津。自文学馆奉到陈制军停办之札,艺圃与孙镜臣次日走京师、天津,谋恢复之策。再至京师,三游天津,凡两阅月。既而严范孙侍郎以此事函商同乡京官刘仲鲁大理、孟绂臣右丞诸公论其事。辟疆又持诸公书献之陈公,而徐相国亦有书抵制军,制军乃决意改设存古学堂,请吾父主其事,而不隶于提学使。畿辅绅士亦开会议之,自一二人外,皆表同情。辟疆自请来郑迓吾父。王荫轩、艺圃等乃赴津,将与辟疆同行。辟疆既先至,荫轩又以他事稽留天津,故艺圃独来。

二十二日(10月24日) 辟疆以吾父谢绝陈公之招,无以复命。吾父书陈公虽辞其事,而云当一至津门也。辟疆乃与艺圃回津。

二十三日(10月25日) 高静涛来书,言垦地公司事,并以章程见示。

二十四日(**10 月 26 日**)　往故乡北代,宿于孙家寨。陈继儒与余同行还里。

二十五日(**10 月 27 日**)　至小范,宿于余庆长。

二十六日(**10 月 28 日**)　至北代,遂至五祖寺省墓,并往见问陶叔,问其何日回故城,以便预备接李老效等事。宿熙臣族兄家。安葬时,族人谁至郑家口,当先邀定,又将亲友所宜送之讣闻略为商议。

二十七日(**10 月 29 日**)　至小范。

二十八日(**10 月 30 日**)　回北代。

二十九日(**10 月 31 日**)　至小范。

三十日(**11 月 1 日**)　回郑家口。

十月一日(**11 月 2 日**)　至三里口之田所获各种粮于昨日已陆续送到。共庄斗二百一十三石八斗四升,合郑斗一百五十五石四斗一升。

五日(**11 月 6 日**)　赴枣强,请步浦男先生点主。过崔庄,见张义生。浦男先生,名其端,前官奉天复州学正,有守城功,而品性高,乡里县人莫不推重。自其曾祖、祖父,三世皆有名德,远近言家教者称步氏。

六日(**11 月 7 日**)　至牟村,请任训古为祀土官。

九日(**11 月 10 日**)　托李苻村自天津购德国洋灰三筒、砂子数袋,将以筑砖墫焉。筑砖墫用洋灰,余自发起,他处尚未之闻焉。洋灰以德国制者佳,美国次之,唐山出者又次之。每筒三百斤,价五元,砂子甚廉,用灰必杂以砂子三分之二。

十六日(**11 月 17 日**)　祖母安葬在即,已延定办丧事者张义生为总理,既而以疾辞。苏良材为总理,师翰选、王汇东监厨,皆以曲肇瑞副之。礼宾八人及他职者,凡四十余人。

十七日(**11 月 18 日**)　地师老效来。

十八日(**11 月 19 日**)　余赴尹里,行动土礼。家中人来四人,梦生、巨亨亦至。

十九日(11 月 20 日) 勤生表叔来吊。

二十日(11 月 21 日) 定州王氏姑至自武城。吾姑至自京师。

二十一日(11 月 22 日) 傅佑之及吾妹至。祖父命峙西书神主。

二十二日(11 月 23 日) 晨移先叔及亡妻之枢于堂室,遂行开灵礼。午后行点主礼。王勤生、王锡生两先生为传主官。吕彦卿、李心甫来吊。

二十三日(11 月 24 日) 候吊,远方亲友来者常吉甫兄弟、李子培、苏星含、李宗澍、王荫轩、德州马戢轩。

二十四日(11 月 25 日) 八点半钟启灵,四钟安葬,八点归,归而虞。

二十五日(11 月 26 日) 亲友以次旋归。

二十六日(11 月 27 日) 复墓主至尹里。吾姑回京。送老效归,赠以银币八十元。归自墓,天雨雪,盖五六日内天气极晴暖甚,且无风也。安葬之费共千余千,所收礼千二百余千,挽幛百六十二件,挽联十余分,他礼物称是。而黄致斋、姜杏村曾以诔文书屏相赠。挽联则吴君辟疆所作为最云。

二十七日(11 月 28 日) 雪。傅佑之及吾妹回东昌。吊者途遇大雪,几不能行,困苦可想。

十一月初六日(12 月 7 日) 衍薪读《礼记·月令》毕。

十□日 至枣强谢点主官步先生。近日颇在近地谢诸吊客,今日遂至王懋堂先生家叩谢。

十□日 谢客,至王常村吕佐清家。佐清,字彦邦,枣强富室,近年以来犹以王氏为称首。懋堂家有布铺两所,一在郑镇,一在武城,有地七十顷。吕氏亦以资雄,彦邦父兄充库伦外馆某号掌柜,岁获利息数千金。

十四日(12 月 15 日) 吾妻又犯胃疼之疾,呕泻不能饮食。

十八日(12 月 19 日) 吾妻疾少愈。此次之疾虽减于夏,较他时则加重多矣。

收愚斋日记二十二

宣统三年（1911），葆真年三十八。

正月元日（1月30日） 大雨雪。为吾父读《后汉书》。

八日（2月6日） 张聘三先生点吾家旧主祖妣及叔父及吾兄三位，去岁继祖妣安葬前，点主所以不并为之者，以点旧主不宜凶服故也。

十二日（2月10日） 李艺圃来接吾妻。

十四日（2月12日） 吾妻如任邱，余如故城贺年。贾慎修、李荣岩、曲肇瑞来缴各号清册。

十六日（2月14日） 回。

十九日（2月17日） 祭墓。

二十四日（2月22日） 赴武城，哭王氏姑，姑卒于二十二日。

二十六日（2月24日） 回。

二十七日（2月25日） 赴牟村任训古、崔庄张义生家。陈先生与巨亨、梦生诸人同来，程、张各交清册。

二月十二日（3月12日） 李子余以山东调查局古迹表见赠。

十五日（3月15日） 拟邀齐蔚卿来居吾家，为书招之。

十六日（3月16日） 得复书。词意含糊，未能慨然允我，似不审吾意者。

十八日（3月18日） 又邮寄一书，详言其意。

二十一日（3月21日） 前王荫轩代王绎如为其先人求吾父作墓表，近日始脱稿，乃以稿本寄荫轩。

二十三日(3月23日)　黄执斋以所著宋遗民类集序例见示。

二十六日(3月26日)　送迪新入故城高等小学堂。

二十七日(3月27日)　汇亭叔旋里。王鹤之先生去岁调署武城，招汇亭叔往管盐务事，未周岁，鹤之卸事去。汇亭所获颇丰，意甚得也。

三月六日(4月4日)　余赴故城。令迪新来家。学堂清明节有三日假也。

十三日(4月11日)　朱舟孙姑丈来。故城当铺，舟孙所立也。请家叔问陶任外事，问陶设晋升恒钱铺于铺内，舟孙大不悦。去岁当铺赔累，舟孙遂发怒，派赵某来铺充外事代问陶，时问陶在铺长支钱已逾千串而余人亦皆效尤，且当铺外债数万串，问陶经手者甚多，遂以此持之。舟孙遂借人之为问陶缓颊者而寝其事，仍令赵某充掌柜以察鉴一切。而问陶亏空之款，遂乞我三百千代为弥补，吾父慨予之。

十日①　孙镜臣、李艺圃所创设《保定日报》于初二日出板，今日寄来，于是《京津日报》外，又阅保定报矣。

二十二日(4月20日)　游武城辛庄庙会，去郑镇十许里。

二十三日(4月21日)　王式文以所著书两种惠我，来函言寄保定。

四月三日(5月1日)　县议事会选举今日投票。故城区为九乡一城，郑家口为第九乡，选人名册凡六十余人，今日即开票。师树森、王子涛得票最多，苏树松、祕如梅次之，为候补。齐蔚卿来。

四日(5月2日)　蔚卿借临吾父所录姚、吴两家《礼记》评点，尽日未毕。

五日(5月3日)　蔚卿去。蔚卿云秋间来此，当可常住。

十六日(5月14日)　赴天津，至故城学堂一观。翊新亦于数日

---

①　日期疑有误。

前来学堂矣。十二钟至德州,而济南北上之车已于九钟北上矣。吾弟同来游观。至高等小学堂见郎文传,与游天主教堂。方建筑,未竣工。至永庆寺,规模宏壮,正殿楼三重,高可五六丈,佛像巨者且二丈,旁坐十八罗汉。殿之上重墙壁椽瓦,小佛像皆满,多可数千,略如京西万寿寺。此寺规模伟大,百里内罕见其匹,惟枣强郭村其正殿略相仿,局势尚不及也。寺外有钟,其高逾人,亦所罕见,文字剥蚀,有"贞元二年"字,岂唐时物乎?寓马市街客店。

十七日(5月15日)　购吴金印藤帽,吴金印藤帽名海内。吾弟游兴甚豪,精神壮旺,黎明即出,十一钟登火车,十二钟且尽开行,七钟至津。于西站下车,至北洋大学堂见徐君润吾,畅谈至十一钟,遂宿于学堂。竹泉充学员,前因其兄德涵病故,辞学堂事而去。学生有信都旧人吴君镇、张君凤昌。学堂内自为电灯、自来水,与吴君至发电处,详观摩电等事。

十八日(5月16日)　至北洋法政专门学堂见李采岩,午后至咨议局见副议长高静涛,宿于李苘村处。

十九日(5月17日)　至滦州矿务公司晤韩云祥。以游学生考试得一等,自去岁在法政专门学堂充教员。

二十日(5月18日)　余欲浏览唐山一带,观煤矿、洋灰厂,以告徐润吾。润吾曰:吾为子托王君劭廉作绍介书,可持赴滦州也。余作书与葆初,劝其购滦矿股票,缘公司人告余,前直隶公款所购股票,尚可带红股出售也。

二十一日(5月19日)　至滦矿、启新两公司。访询滦矿、洋灰近年股息售货各事,知洋灰去岁仍有红利八厘,新股须叩足两年,乃与旧股均分红利,故此次无红利。滦矿预算已可获利,因跌价与开平相争,故无红利,并得其议案。滦矿经理赵幼梅、启新经理陈一甫为余作介绍书赴矿厂参观。余略询以公司事,而滦矿公司中王慕庄其康尤殷勤。余因将两公司股东有选举权者录出。赵航仙官奉天抚顺知县,因病请假来津,余闻,往访之旅店。

二十二日(5月20日)　换首饰,计镯子七两七钱,余一两五钱七分,合公砝三百五十四两三钱,叩京足三百五十三两二钱四分。与李采岩、赵航仙小饮,宿于法政学堂,而云祥、泽如皆未归。张泽如亦新以游学考试得一等,又与云祥同为教员于一学堂也。见武强崔亮臣弼廷。弼廷在别科中年考列榜首。

二十三日(5月21日)　与韩、张及郭君增禄三教员闲语。至咨议局,是日开农务会于咨议局,故来参观也。于泽远以地方自治总局事赴山海关,有所调查。于泽远本资政院议员,将一游唐山。余急请与同行,观唐山开平矿井、洋灰厂。今日亦为戒烟开会之期,往观,则已闭会,至青年会,见其教员贾君涛。贾涛,深州人,余之访贾君,实张鸿钧所称道。贾君为言中国自立基督教会事,劝余至教堂一观,余许诺。见赵春亭,为余言萨哈连岛煤油矿务事,并以第二次股东会议报告及哈岛油矿志见赠。余之在津也,以针市街盛兴栈为根据地,以栈内德兴公冀挥亭可将所购买各件觅船,便寄家也。针市街火卞荣卿来访,适他出,投刺而去。

二十四日(5月22日)　李艺圃自都来,言存古学堂事,邀余再明日同行赴都。余辞以将游唐山,于泽远约余明日同行也。

二十五日(5月23日)　十一钟至车站,不见泽远。二钟后至唐山,往观洋灰公司制造厂,有新旧两厂。先至旧厂略一游览,然后再至新厂,见其经理萧君。萧君,名韬,意颇殷勤。萧君导余观其制造,各处,旧厂皆有旧法,人工多而出灰少,新厂机器精美矣,而去岁招股时所言扩充之新厂机器,此时始安置,行且用之矣。厂已筑成,新机已安置,尚未开办。规模宏扩,机力尤大,局势愈展而力尤大,出灰较新厂加倍而有余。其造法,先采青石于唐山,压之成粉,合以其地之土及他料而烧之,结为块,数日后火气消灭,复磨而罗之,屯于厂内,以人力装桶或袋,以小铁路运出。萧君留余饮。晚至路矿学堂见王眉庵,学堂傍铁路之西,在唐山村南二里许,路东为造车厂,规模极宏大。唐山僻小乡也,自开平煤矿发现而通铁路,又以煤产之故设造车厂。因唐山有造灰原料,煤富而交通便,洋灰公司日事扩充,遂一变而为极繁盛之地矣。洋灰公司附在唐山之阳,开平矿局在洋灰公司之南村之中心,相距里许。

二十六日(5 月 24 日) 至洋灰公司观造作灰桶及装灰。萧君属公司中杭君星沅绍介余至开平煤矿公司,游览殆遍,遂登唐山。山不高,而其石可供洋灰公司之用。利赖于人者溥,而山之名以著。山上有南唐姜将军墓。唐山之北有水曰陡河,开平煤矿为河所限,不至与滦矿相通。开平煤井有二,深者二百五十丈,已开至第八层。萧君言:马家沟去铁路约八里,不易往,子若往,吾当以电话属其以压车迎。余车站午后三钟登车,行二十里至开平镇,果有压车相迎,而公司经理黄君世泰适自津来,遂同车至马家沟。昨日天津陈列所发南洋赛会奖牌,本公司实得奏奖,故黄君往津也。副经理吴君导余观察一切,观煤焦炭,意尤殷勤,遂住公司中,宿于楼上。楼凡三层,雨于楼上观之,殊可乐也。洋砖厂即在矿旁。

二十七日(5 月 25 日) 偕煤司游观矿井中,自八钟至十钟,观各隧道,所谓西二道行五槽九槽,持电气灯,被雨衣而入,既出,为余具食,仍用压车送余至车站。到唐山,与王眉庵畅谈。

二十八日(5 月 26 日) 早车至津,略将行李检点,四钟登车入都。先至李新甫先生家见李艺圃,约明日赴吴辟疆处。

二十九日(5 月 27 日) 电灯公司第二期股款鞠如已代交,将所借宗氏之款划清,遂至吴辟疆处。时张仲仙亦与艺圃偕至,略言存古事。艺圃云将于午后还保定。

五月一日(5 月 28 日) 吊李心(新)甫先生之夫人邝太淑人,太淑人卒于正月,现殡于古寺。访马玺卿,于其坐见步芝村,时马玺卿新丁忧。访张东阳,不遇。吴辟疆来。

二日(5 月 29 日) 访辟疆,不遇。辟疆已赴津。天暮,大雨,遂宿辟疆家。

三日(5 月 30 日) 访李翊臣于法律学堂。至常吉甫先生家畅谈。访张东阳，言瑞丰垦务事，近无起色。至步芝村家畅谈，继以烛。

四日(5月31日) 至阜城门外观建筑农科大学，在八里庄东南二里许，屺山先生任监修。访张聘三于荣相邸，不遇。访李翊臣，时翊臣复入法律学堂。张仲仙来。

五日(6月1日) 饮于端甫先生家，与伯坪畅谈。访梁子嘉不遇，遇之宗宅。

六日(6月2日) 访辟疆，偿还二年来息金及代售书价。辟疆出所粘吴先生尺牍、诗稿，又以柯先生《新元史》样册子见示。见韩元祥、张泽如二君，今日方演礼归也。访王孟皋于细瓦厂。访仲仙，不遇。

七日(6月3日) 将赴清河，至车站而车已行，乃归。访于泽远于《国民公报》社，不遇。《国民公报》即泽远所组织也。游琉璃厂，遇武邑李新甫，与同至翊臣家。归而聘三先生来访，言将得弼德院秘书官及仍可充陆军小学堂教员事。

八日(6月4日) 至清河。

九日(6月5日) 往观溥利织呢公司。近京数十里，大冢墓相望，林木最蔚。墓中有居民为守墓之家，而无大村落。其墓中柏杨皆极密，如墙垣，而外缭以短垣。村外游览至大学士英廉墓碑下。英廉，乾隆时人，今遂有墓在，而碑立完好，然林木垣埔，亦无废址可寻，墓地且归他氏有，盛衰之速乃如此。途中时于荒冢遇丰碑，又不特英氏之骤衰也。

十日(6月6日) 由清河来保定。在丰台换车，九钟开车，至保四钟半矣。艺圃已于昨日赴京，恨不相见。至日新排印局。见孙钟臣于法政学堂。见吴迁农、王仲航于其寓中。至宗葆初家。

十一日(6月7日) 购得半两古泉。王式文以所著书见赠，久存葆初家。

十二日(6月8日) 闻李艺圃在都得疾。

十三日(6月9日) 至师范学堂，李备六邀余饮于义成馆。

十四日（6月10日）　在法政学堂，汪仲方留饭。此次来保定，得古泉不少，惜无佳者。

十五日（6月11日）　至师范学堂，陈蓉堪邀余饮于义成馆。见张湘浦恺，时湘浦在师范为教员也。雨，道路泥泞，拜客殊不便。访步虞轩，闻孙镜臣今日入都。访刘宗尧，余去岁代售《七子》二十余部，以款还之。

十六日（6月12日）　访李子健（建）。子建，字葆光，刚己之子，肄业法政学堂。余去岁将所存辟疆之书托冯乐轩代售，乐轩存于一小书肆。乐轩既不在保，无人照料，乃托子建取回，交孙镜臣所办日新排印局中。拜王俶过，不遇。遇王印轩于途，印轩云明日将往天津也。与朱舟孙先生游两江会馆。得镜臣及艺圃信，知艺圃所患颇剧，今已愈矣。

十七日（6月13日）　王俶过来访。晚车赴都，四钟半开行，八钟至。时宗姑夫方以京察一等引见，归寓。

十八日（6月14日）　访李艺圃于虎坊桥，则闻艺圃已于早车赴津矣。遂至荫南处，荫南饮我以酒。日暮，访李式忠。

十九日（6月15日）　访李义臣，遂往见韩君。

二十日（6月16日）　张寿仁来，遂与同游于商品陈列所。最价昂之物为珊瑚，价二万元。遂与访张中卿先生，先生谈时事甚详。至旧贡院观修资政院。宿于马圈胡同鞠如寓中。

二十一日（6月17日）　至辟疆先生处，得吴先生选评《古文辞类纂》。余前在津临评未毕，故拟补之，即常稷生所刊名为《桐城吴先生古文读本》者也。至郭继庭处，归寓则闻李艺圃来寻我，遂至虎坊桥，未遇。适在坐有枣强人官琼州文昌县典史者，略言文昌气候、地势、风俗、物产。李子铭因言其友人在吉林拟开金矿事。至琉璃厂访翊臣，不遇。保古斋言《陶斋吉金录》藏之端午帅家，欲购可也。见《中国经济全书》已出十余册，预券尚可得。晚至艺圃处，艺圃言前与孙镜臣同赴津门，昨同行来京师，伊至保定矣。云在津见阎瑞庭凤阁,渠于学堂事虽持异议,近亦表同情。渠既不反抗,则王古愚、高静涛诸君不书名亦可,余明日当往见古愚也。

二十二日(6月18日) 常吉甫、李艺圃先后至。艺圃略言张敏之之为人,并述其历史。梓山先生邀同饮于便宜坊,子嘉、宇周与焉。饭后与李艺圃、子嘉至先哲祠,至教子胡同。晚至琉璃厂购买文事数事及书籍等。访韩麟阁,与言电灯股票事。此次后半股至期无不交者,必欲买者,须加价购之他所,约须三十金也。其管帐之张瑞庭君详为筹画,云加价殊不合算,若徐俟之,股东有欲以原价转售者,吾当函告君。即麟阁之为人谋,亦可谓忠矣。

二十三日(6月19日) 张寿仁来,言孟右丞云同乡公函宜略述文学馆历史,且停馆所以办、学堂何以久不开办,原稿当改为之。寿仁去而艺圃来。艺圃邀往观宫殿,同行至拐棒胡同太监马君处,见今上御笔及隆裕皇太后御笔。至神武门内,瞻仰游览殆遍。某宫前有唐钟乳、碧玉、水晶,皆高数尺,陈于阶陛之下。铜釭甚多,碧色,大者八枚,皆书乾隆年造,闻共十八,铁釭亦不少,相传与铜丝镫皆得自和珅家,现为太后修宫。所谓水晶宫须款二百万者,已动工二年,落成尚无期也。皇太后所居宫、摄政王办事处,并及离宫、戏园,及皇太后、皇上及摄政王大臣听戏及憩息之所,遍游之。乾清宫阶下石洞有血迹,云明亡时某忠臣之遗迹,血入石内,洗磨之不能去也。出东华门,惟神武门及东华门有巡警。宫内各门皆有门者,外数门门者乃长衣,或佩刀或否。乾清宫亦有金釭四,今与太和殿之釭皆包金,其铜质与宫内之釭同。至马圈胡同,为祖父购小说数种而归。

二十四日(6月20日) 拟侍吾姑游戏万生园。雨,不果往。访郭继庭及常吉甫先生。

二十五日(6月21日) 访辟疆。从姑夫至学部一观览。访李佑周、张聘三。在聘三处得名片甚夥。余喜藏名片,惟交游不广,故所得不多。访李艺圃,归途遇雨。同乡京官函稿将拟成,日内即发,缘陈公请开缺,今在假中也。

二十六日(6月22日)　校吴先生所选《古文辞类纂》,以稷生印本多讹误也。兰侪来信片言,将于二十九日邀余在便宜坊小酌。至艺圃处,艺圃今日将有保定之行,故往见之。遂与同造访汪仲方,不遇。郭季庭来访。至琉璃厂购零物数种。晚至辟疆处,辟疆已寝,不见,还至荫南处宿焉。每至荫南处辄饮。

二十七日(6月23日)　寿仁来。晚观电影。余数年前在京时首一观之,此为第二次,两次皆与荫南俱。

二十九日(6月25日)　兰侪自清河来访。与饮于便宜坊。有郭季亭与焉。

六月一日(6月26日)　竹泉来。李艺圃来。艺圃昨日又自保定来。荫南来访,同饮于便宜坊,邀余观剧,辞焉。检点行箧,将返津门。艺圃以其从兄子铭之女所绘团扇见赠。

二日(6月27日)　八钟半赴津。寓永和栈,见李芾村、卞荣卿、王荫轩、冯子襄。访吴辟疆,不遇。

八日(7月3日)　六钟至车栈。七钟开车,午后一钟十五分至德州,家中已遣车候于站旁。乘车而行,至故城学堂,小有勾留。于八钟余到郑。时麦秋已过,骆老泽已自田中归。今年得麦四十余石,新麦才入市。麦价之昂,为历年麦秋后所罕见,所获并非甚歉薄也。

九日(7月4日)　故城高等小学堂招考,迪新、翊新应考。

十日(7月5日)　陈少璋表叔来。少璋在凤禹门留守处已保至试用知县。凤出驻荆州,少璋遂无所事,乃托吾父为致书显贵,求自效用。

十二日(7月7日)　少璋表叔归。吾父为作二书,持赴京师。

十三日(7月8日)　王式文以《湘绮楼文集》由湖北寄赠。余在保。式文曾赠其自著《音学》及《辑古纪年》等书,王君现仍在陆军中学充教员也。

二十五日(7月20日)　《保定日报》于月之十六日改名《直言报》,仍李艺圃、孙镜臣为之,其总办献县张敏之。

二十六日(7月21日)　心铭三叔来自济南,已补乐安县知县。

三十日(7月25日)　赴北代。

闰月初四日(7月29日)　兰侪第一次来吾家。

九日(8月3日)　回清河,赴德州登火车。

十三日(8月7日)　得兰侪信,言初十登车,至连镇决口下车。登舟行十余里,至东光,复登车,十一点后乃至津。

十四日(8月8日)　问陶叔来。今年第一次来吾家也。自故城当铺空亏事发觉,乞吾家代垫亏空,旋里不出,至是始来吾家也。

二十日(8月14日)　迪新赴学堂招考,时迪新取第十名,翙新第四十七名,共正取五十,备取二十名,应考者凡二百余人。

二十一日(8月15日)　咨议局选举第二次调查选民资格,来吾家注册。

七月某日　辟疆屡函寄新作之文,吾父辄加评点,录副还之,数年来所积已数册。呜呼!可谓勤矣。至其文章横绝海内,当此文学消沉之世,起而与之争锋者谁乎?

某日　赴故城,贺新县令德公,送旧令牛公。新大令名德润,满洲驻防旗,屡署县缺,有能名,当不肯蹑旧令尹故迹也。

十三日(9月5日)　心铭家叔来函,请吾父为王氏祖姑作寿文。时吾父已代吾祖为寿序,宗伯玶书已制屏寄往矣。心铭叔则曰:请再为文,合吾高祖之昆弟及昆弟共与焉。吾父允其请,并拟代心铭叔为文,而所谓高祖以下之昆弟并昆弟之子同祝之意,当于文内见之。

二十二日(9月14日)　得辟疆函及宗先生函。言武昌于十九日革命党突起,围督署,瑞澂走。都中颇惶恐。

二十七日(9月19日)　顷吴辟疆来书,索余息借之款以购居室。余因上书梓山先生,请息借其款还吴君,今日得先生函,云已于二十四日将款交辟疆。辟疆函亦今日至,言已收讫,惟有三月利息坚不肯收,已送往,复退回。当再函告宗先生,请再缴纳也。

二十九日(9月21日)　与卞荣卿函,还所借之百五十元。齐蔚卿来函,言已就枣强高等小学教员。

八月三日(**9 月 24 日**)　秋收已毕。三里口所收粮已陆续运来,至今日而毕,凡谷、豆、粱、棒、芝麻,共百七十二石余,合郑口斗一百二十六石余,三里口地皆招佃种之,故所获与佃分,吾取其半焉。类别如左:黄谷七十五石三斗余,白谷四石三斗余,红谷六斗六升余,茶豆十七石五斗余,红粮十石六半余,白高粱二石一斗余,绿豆二石九斗,黍子三石八斗余,玉米五石二斗余,元豆五斗余,芝麻四石余,秸亦如之。是时市价谷每斗千七八百文,茶豆千七百文,绿豆二千一百文,麦是时亦涨至二千七百文矣,粮价之昂,为从来所未有,而地收获约在中上、中中云。

十五日(**10 月 6 日**)　李芾村、艺圃来信,言存古学堂事。同乡京官已致函陈小帅,艺圃又面与傅学使交涉,已议有头绪,仍设于保定,更名曰国文高等学堂,先开一班云。

二十九日(**10 月 20 日**)　齐蔚卿来信,言已就事枣强高等学堂事,则来郑之说又成画饼矣。

九月五日(**10 月 26 日**)　镜臣来信,言艺圃与傅公所派委员以立国文学堂事到保估工矣。

六日(**10 月 27 日**)　深泽王氏祖姑将于十月十日祝寿,吾父已代祖父为文寿之。近心铭三叔与吾父书,言澎欲合高祖以下之昆弟及昆弟之子公祝之,吾兄能再为一文甚善。今日文已脱稿,遂邮致家中。

九日(**10 月 30 日**)　昨接惠亭叔来函,言五叔祖之次子耀三叔病没,贫不能葬,可否资助之?吾祖助以银元二十。

十日(**10 月 31 日**)　四钟半吾父忽得痰疾气闭,舁至室,少顷醒,而精神恍惚,言语颠倒。

十一日(**11 月 1 日**)　夜间一二钟时,气闭之症又作,午间又作,较前两次为重,气息几不属,腿直、眼无神。既醒,发烧,手足无所措,挺身欲起,数人扶之,犹不能坐卧,良久乃苏,汗出,乃渐安静,言语亦稍明晰。针之,终夜酣寝。

十五日(11月5日)　汇亭四叔来。以吾父病险恶,而骆先生适旋里,因遣车接骆先生及四叔同来。吾父则自十二日即愈,惟甚弱耳。

十六日(11月6日)　日前王勤生表叔函称,祖姑已停称觞祝寿,鄂乱故也。

十七日(11月7日)　吾妻自任邱来,兄子增重送之。增重,名荣骏,子培长子,年三十一,传习祖学,以医名。

二十日(11月10日)　接鞠如信,以乱故,于十一日奉吾姑避地新安。

二十八日(11月18日)　日前接兰侪函,知亦以乱故,全家旋里。陆军学堂学生散走。

二十九日(11月19日)　四叔回家。

十月十三日(12月3日)　张聘三自都来。乱后无事,故旋里也。聘三语余曰:八月十日,顺直同乡因张文襄公、鹿文端公入先哲祠,并议沈文和兆沄、王元甫好问、蒋箸生庆第、赵菁山国华可否并入。又言《国风报》载张濂亭先生送曾文正公联"天子会开麟阁待;相公新破蔡州回"。聘三于二月应荣华卿相国之聘,谋其子。闻陈献廷病故。

十五日(12月5日)　余请于祖父,以张宾卿之可用,米粮市价之无常,出钱千贯,属朱英杰、张宾卿购买米粮,为立商业基础。

十一月四日(12月23日)　长舅苏鹤汀先生于初三日卒,来讣。先生讳桓瑞,享年七十有六。

五日(12月24日)　余往吊于安家庄,尖于隆兴镇,宿于宋门。

六日(12月25日)　至阜城之建桥,宿于复兴号。复兴号,吾家东北院商号,资本最巨。掌柜程芷轩,外事于蓉轩。钱铺之有外事,亦特色也。

七日(12月26日)　至安庄,既哭,乃具祭馔一席,安葬尚无期。

九日(**12 月 28 日**)　回。尖建桥,宿景州。

十日(**12 月 29 日**)　至家。

十二日(**12 月 31 日**)　李采岩来。将组织报馆于天津,迁道过我。问其宗旨,则提倡革命说以促国之变改。余大不谓然,阻之不能得。

十二月七日(**1912 年 1 月 25 日**)　聘三来,为荣华卿相国以银数千元为营购田宅,将移家家焉。

十二日(**1 月 30 日**)　聘三为荣相国购宅,即在吾家之南路东,相距不过数十武,价四百金。于是聘三屡来郑镇,为荣相经营一切。来此无事,则不记。

十八日(**2 月 5 日**)　日昨聘三又为荣相购地,共三顷余矣。

二十六日(**2 月 13 日**)　王印(荫)轩自津来。荫轩在天津警署充总务科科长。出昨日报纸相示,惊悉皇帝竟退位,改帝国而共和。千古国体,一旦变更,闻之怆然。

收愚斋日记二十三

中华民国元年(1912)，葆真年三十九。

正月元旦(2月13日) 是为新历二月十三日，依旧历过年，节如常。

五日(2月22日) 王荫轩赴津过此，携王绎如谢函，以吾父前为其尊公作墓表也。附送人事四色。

七日(2月24日) 张聘三来，与余同访王汇东、苏良材诸君。说以保卫社事，德大令不交议事会，提议自行开办，并以其费取之亩捐，须联合大众出持公理与抗议。

十一日(2月28日) 致函张聘三、翟伯纯、李尧占诸君，邀其来此议免保卫社事。聘三至，即与王汇东、张季瀛、苏良材、费云青诸人拟说帖两件，一致保卫社诸人，一致参议两会诸人，明日往投。

十二日(2月29日) 尧占来，则函已发矣。刁毓桐亦以此事来。李、刁皆聘三门人。

十五日(3月3日) 为咨议局初选事，在本镇投票。故城投票所共分四处，此次调查选举资格人数凡九百余人，遗漏谬误殊甚，较上次多二百余人。

十六日(3月4日) 张聘三来，将赴津。闻京津有乱耗而止。

十七日(3月5日) 闻保定乱亦作。

十八日(3月6日) 得兵变详情，张君乃赴津。

二十一日(3月9日) 闻咨议局初选举开票，刘润峰、张聘三得票最多，然不及额数，仍无效。

二十三日（3月11日）　陈继儒先生来，初拟与程、张同车来，以地方荒乱，程巨亨暂不敢来。陈先生乃骑驴前来，其热心教育如此。

二十九日（3月17日）　程巨亨、张梦生来缴纳去岁商号清册，获利皆厚，余庆长尤胜于他年。

三十日（3月18日）　张聘三以荣相家箱箧来郑，即存吾家。

二月一日（3月19日）　程、张归。骆老泽同聘三至饮马河，牵其一骡来，将购之也。此骡乃荣相赠张聘三者，而其初实升吉甫中丞家物也。

五日（3月23日）　王荫南来。苏良材诸君拟调查知县德润历史，致函聘三及李尧占，费峻如则自任函告诸友。峻如勇于任事，每不逡循，令人佩服。

七日（3月25日）　翟伯纯、张萼亭来访，适聘三至，但谈联合会事。

八日（3月26日）　为商会事再与德公书。余与聘三将稿拟妥，由季瀛面呈。

九日（3月27日）　聘三赴津，季瀛与同往故城。

十日（3月28日）　季瀛携呈德公之禀回，未递，以有人阻之也。

□日　余赴故城，因儿辈学堂车便也。见张鉴臣，言吾家《北洋公报》已代为辞妥。见冯乐轩，畅谈。到学堂借《旧唐书》首册，将抄其列传目录。余久拟将二十四史列传人名录为一编，在冀州时曾命仆人代录数种，年久遗失，今须另行抄录也。

十七日（4月4日）　余小不适。

十八日（4月5日）　聘三来，所购聘三之骡，已将价议妥。

二十五日（4月12日）　往吊步浦男先生。先生卒于今月，年七十有九，将于明日安葬。午至金，已吊，遍见步氏诸君。其祖茔即在村东里许。所收挽联十余分，挽帐七十余件。李备六点主，步氏兄弟叔侄从学吾父及吾叔父者不下十余人，崇之、虞轩、梦周从吾父于冀者年尤久，顾吾未一至金村。浦南（男）先生以道德见重于时，其父嘉莲先生，祖云仪先生，曾祖荫轩先生皆有名德，荫轩先生官泌阳，吏迹卓著。云仪先生讲学乡里，及门之士前后百余人，争以学行相勖，县人至今称之。当此衰季之世，世家故族大抵家法破坏，而步氏独人才日出，家益昌盛，远近称羡，岂偶然哉！

二十六日(4月13日)　警界、学界皆来吊于步氏，固辞不获，乡人荣之。午赴冀州访栗琴斋、宋灵甫，畅谈欢甚。余拟明日行，又至工艺局观览，灵甫诸君拘留甚力。

二十七日(4月14日)　往见马翰臣、齐憩南诸君。于是中学堂则栗琴斋、孙靖邦德桢、杨启堂金钥、马君之澍为教员，杨显卿监督，步南孙其颢监学。马君冀州中学堂二班学生，孙未曾在冀州学堂，在保与琴斋同班，因与相习。高小学堂则宋灵甫充教习，崔翰彬士桢为堂长。其余旧游工艺局则有王仲仁玉麟，巡警局则齐赓苇憩南、彭仙亭桂洲、傅之鹤子立，劝学总董则马翰臣，农务会长期兼理财所则刘蔚堂、庞抡秀书元。又访庆春堂医士张君卜吉。吾父在冀时，吾家有疾必延张君，凡十余年，其人性平和安静，其治疾亦谨慎。至商会调查访总理马延臣，不遇。与会计略谈，又觅得章程一册。

二十八日(4月15日)　是日，余与张聘三设立乡人联合会。今日开谈话会，拟定章程，宣布宗旨，并定会名，至者五七人而已。

二十九日(4月16日)　余与诸君重拟商会章程，订期明日开会，并将开会时宜宣布之事略举八条，交苏君当场宣布。

三月一日(4月17日)　商会开会，会董十五人皆到。一宣布章程；二请诸君皆发表意见；三拟进行方针，先赴城内将章程禀官，再议赴津与总会接洽；四议知会城内及各乡；五议缴纳入会费；六议补选议员；七、八宣布旧财神堂暂由商会经理，其款项与商会经费皆划清界限，不相混淆。补选议员议决明保，入会费议决初二日交纳。第四条未议，余皆赞成。

六日(4月22日)　众推余与峻如入城，以商会事禀官。

七日(4月23日)　以商会简章禀县令德公，并印刷联合会简章。

八日(4月24日)　申善三等来信,言省议会改选,吾会同人当急设法到津应选,以赴机会。即作复书,言省会以由咨议局改选,似无机会。

十二日(4月28日)　德公将商会章程略为润色,录稿寄示,并索职员名单。

十三日(4月29日)　冯乐轩来函,言将赴津。李采岩诸君组织报馆于天津。冯亦与其事,闻将出板矣。去岁初招股时,曾来相劝,余以宗旨不合辞之。

十四日(4月30日)　王荫轩旋里,夜至此,与吾父畅谈良久,极言南省阢陧情形,出示统一党章程,云吾辈可入此会也。

十五日(5月1日)　三钟闻吾父病,急起视,则不能言矣。痰涌至喉不能出,针之无效,药不能入,晚九钟竟弃不孝而长逝,痛何可言也!自去秋得疾后,精气已伤,今春体加健,方幸指日可全愈矣,仓卒病作,遂至不起。病前不能尽奉养之道以安其心,又不能以医药卫生等事养其体。既病,又以俗医之说苦之,不使安卧,则今之惨遭此变,岂可委于天之祸吾家哉!不孝之罪大矣。小敛以便服,遗命也。

十六日(5月2日)　讣丧十分。请聘三来。

十七日(5月3日)　子时大敛。

十八日(5月4日)　步梦周来。所定《民意报》寄到。

二十日(5月6日)　王荫轩来,行成服礼。是日,观岑三叔率子女以来,三叔自前年从福建监理财政官赴闽,去岁福建独立,间关北来,寓于滦城聂氏。其二女则到滦已数岁矣。

二十一日(5月7日)　程巨亨、张梦生来吊。汇四叔、七叔、三叔、步青来。

二十二日(5月8日)　七叔等皆归,惟四叔留。日内发讣闻三百余分。

二十四日(5月10日)　琴生、王表叔来吊。

二十六日(5月12日)　归。

二十九日(5月15日)　苏佐卿来吊。佐卿,名祖昭,鹤汀大舅之孙也。以安葬期近,俟出殡再行。

三十日(5月16日)　与王荫轩书,言国民捐事。张聘三来,于是请德州马继骞先生点主,苏良村、张继瀛、张聘三为总理,张鉴臣、王汇东监厨。

四月五日(5月21日)　宗梓山先生及鞠如来吊。

六日(5月22日)　弓子贞先生挽联二付。所得挽联以吴君辟疆为最,弓君挽联为最痛。苏宗某来吊。

七日(5月23日)　至先茔,破土开灵。德州马戢轩先生点主,陈鹭卿、傅佑之来吊,吾妹亦来。

八日(5月24日)　候吊。到者八十余人,任邱李增重来吊。

九日(5月25日)　安葬吾父于尹里新茔。早六钟起灵,十一钟安葬,午后四钟归而虞。俗谓之安主。

十一日(5月27日)　吊者皆去。凡丧费共用京钱千,所收挽幛七十余,挽联二十余分。以葬期迫,由邮讣迟,故送礼者未能尽至,当有陆续寄来者。

十二日(5月28日)　熙辅臣来。辅臣名栋,一字东木,度支部郎中,蒙古人,前相国荣庆公之子也,年二十九,以世变,父子皆病免,将移居故城,已购地买宅,改籍故城。今时局少定,又不复来。辅臣至此,一观察而已。

十三日(5月29日)　余与迪新在本镇谢吊者。

十四日(5月30日)　辅臣往饮马河聘三家。聘三先辅臣来此迎接,又陪赴饮马河。

十五日(5月31日)　辅臣自饮马河来。

十六日(6月1日)　辅臣赴津。观岑叔亦全家旋里矣。往时吾祖招观岑叔读书故城学署,及赴山东,送以银数十两。后过郑镇,复假旅费,将赴闽,至保定丐旅费,吾父假以四十元。今日旋里,吾祖又借予五十元。

二十某日 赴德谢点主官。归途天大雷电以风，马惊车覆，余小受伤。夜至三里口，翌晨来家。日前迪新回学堂，余属其提倡国民捐，当日全体赞成，大有欲罢不能之势。学生四十余，共捐六十余元。及往说职员、教员，则曰此事大善，然吾辈安可为学生所发起乎？卒不书捐册，曰请俟之异日。

五月五日(6月19日) 陈继儒闻其女遭家庭之变，暴死于夫家，即时命驾归，将问罪其夫家矣。吾祖劝其审察情形，无轻兴讼。

十日(6月24日) 联合会开会。到者才数人，无效，改期六月一日开成立大会，选举会长。

十一日(6月25日) 赴左近各村谢吊者。前恳辟疆为先君撰墓铭，今来函许诺。弓子贞寄示哭先君诗。李子畬来。子畬新署武城县知事。

十二日(6月26日) 子畬回武城。将行，祖父与语，忽头晕，言语不清，舌本僵，渐不能语，扶至寝室，少顷而愈。

十五日(6月29日) 赴枣强、冀州谢吊者。

十六日(6月30日) 将由冀赴赵家庄访赵湘帆，求为先君作行状及文集序。途遇谢岩林，知湘帆赴保，遂归。又至王常、吕佐清家。

二十七日① 艺圃来函，自述半年来所经营，规模宏大，曲折甚多，有未可以尽牍详者。现得陆军大学修辑官及总统府军事秘书。

二十一日(7月5日) 李绍先来，言天津新组织河间公会，会长东光马英俊，副会长刘同彬、张书元。每县举一评议员，故城为张振川。

二十二日(7月6日) 余与绍先设戒缠足会，渠甚赞成，允在故城提倡。

六月一日(7月14日) 联合会假余家开成立会，更名故城公

---

① 时间疑有误。

会,修正章程,举张君聘三为会长,翟伯纯、冯乐轩副会长及评议员,余任书记。

二日(7月15日)　续开会,修改章程。时入会者五十余人,戒缠足会十余人。

四日(7月17日)　冯乐轩于开会事毕,与余畅谈两日,今日乃去。

二十二日(8月4日)　余始剪发。

二十五日(8月7日)　祭墓,吾父没已百日矣。

二十八日(8月10日)　张季瀛属余借债数千元,乃作函致羡雅堂筹之。

七月二日(8月14日)　张季瀛之母死。

三日(8月15日)　出吊于张氏。

七日(8月19日)　字纸会,余倡议整顿改良,以谋持久之道。

九日(8月21日)　为商会开成立会事,与会长苏君良材等到故城,请县令德公临会。

十七日(8月29日)　商会开成立会,到会者百余家,来宾惟官界数人,而德公卒未至。首由来宾游击孙君演说,总理苏君、会董吴君鸿钧宣布章程,余演说商会宗旨及拟办银行提倡国民捐事,继由马君秉乾演说,拟设立牲口市,并极言商界种种腐败情形,宜痛除积习,又申论国民捐事。钱商以其演说深刻,谓其讦钱商之短,遂起冲突,苏君合解之。

二十一日(9月2日)　景州同盟会分部张君荫江、阎君庆荣来函,以设分会事相属。

二十二日(9月3日)　今夏树珊与如心合等号伙买麦子于山东禹城,每家出资五千余千。马玉堂与赵明远在禹城收买,王坤山在津出售,以无利可获,已议归矣。惟津中存麦尚多,恐一时未能售出。

二十三日(9月4日)　张宾卿自去岁收买米粮,今夏乃与河东宋家庄人张义林、张绂臣往胜芳一带购买麻酱,颇有利可获,拟加资一千作售酱生意。

八月九日(9 月 19 日)　李子畬将兴工艺,邀苏良材为筹画其事。日前余以共和党事询问子畬,其复书云,共和党宗旨即巩固中央政府,持稳健主义者,政界及学界之有学力、经验者,均入此党。与同盟会之浮躁少年,不顾利害轻重是非、专以破坏急进为主义者,宗旨不同。我辈性质,入此党为适宜。

八月十日(9 月 20 日)　心铭叔自济南来,以虽补山东乐安,而到任殊不易,欲再谋于直隶,山东则仍羁縻不绝也。

十四日(9 月 24 日)　回济南,借资斧二百元,与余言此乃借款,必见还也。王培六来。培六,名树桐,临时省议会议员也,今特以组织共和党而来。余久有此意,本拟到津入党,归即组织此事。故连作数函于津中故人,预为调查。盖以同盟会人员屡欲来故组织会党,欲先占势力。今培六之来,亦正以朱笠松在津入国民党,领委任状,且来县倡立分部故也。

十八日(9 月 28 日)　共和党开成立会,余因到故城会议此事。培六归来,五六日已得会员七十余人,可谓盛矣。培六当亦初念不及此也。

二十八日(10 月 8 日)　顷得雅堂来函,辞借款事。雅堂函久不至,即知事不成。因又函询小范各钱铺,巨亨复函亦辞之。前与梦生言五祖寺地长租事,梦生曰,将来可去信言之,以便遵办。顷去函言此事,兹得来函,言事已办妥,或每亩长租八百文或六百文。陈继儒欲代种我五祖寺地二十余亩,而与我分所获。因函告梦生,梦生来函,言可属陈君种十三亩。

二十九日(10 月 9 日)　至赵子谏访齐蔚卿,赵子谏距郑家口七十里。葆真拟刊印先君文集,因无副稿,乃托诸旧友分录,约以八月稿毕事。齐蔚卿代抄数十篇。日暮,于门外逢刘雨辰,刘所居村邻蔚卿之村,雨亭遂因我留蔚卿家。

九月一日(10 月 10 日)　与蔚卿、雨辰畅谈一昼夜,并校蔚卿所录先君文稿。雨辰留学东京七年,所学者工艺,卒业归国,考列优等,现有事于天津。

二日(10月11日)　回郑镇。蔚卿以王仲航来函见示,意以在深州学堂授课之余,不能自为学,欲弃而授徒乡里,束脩虽俭薄,所不计也。仲航志高可佩,观蔚卿之意,则犹仲航也。

五日(10月14日)　赴德州,与马肇元同行,为调查郑镇商务赴津也。携小儿迪新往观天津中学堂,视其可者入学焉。宿德州。同肇元至耶苏教堂,庞家庄公理会之分堂也。见姜医士子全,子全恩县名医,久在庞家庄教堂。去秋曾有事于山西红十字会,大得名誉,出其在山西医兵士由肉中所出之枪弹见示。

六日(10月15日)　早七钟登火车,七钟半开行,午后五钟至津,舍于福星栈。访王翊辰、魏仁轩两君,皆议员。翊辰在共和党,仁轩在国民党。访培六,未遇。十二钟,培六来访。

七日(10月16日)　翊宸、仁轩、培六来访。午后一钟,赴省议会,旁听郭某、黄子康两君以开滦合并事到会场宣言,赞成废约者居多数。黄君至旁听席相访,王子幽、张壁堂皆即旁听席来晤。访子康于陈列所内,以故城商会存案事属其至劝业道署,查其已批准存案否。至法政学堂,见高静涛、贾斌瑞、李绍先、族弟杏儒、肇坛,余人皆未遇。

八日(10月17日)　往见心铭叔。子康来函,言故城商会已于十月十六由劝业道存案,札行故城县转饬该会知照矣。访步芝村于都督府。至洋灰公司,并在公司内滦矿公司办事处取官利换股票。访王荫轩、李苇村,适李价精树勤、李湘岑树藩在苇村处相晤。

九日(10月18日)　访苇村。至《民牖报》馆见耿经阁。马肇元之故人王子荣邀饮于宝晏楼饭庄。赴法政学堂见竹泉,因宿焉。见李采岩。

十日(10月19日)　与竹泉略谈武强近事。访王培六,遂同访马仲益英俊,不遇。仲益,临时省会议员,颇负时望,旅津河间公会举为会长者也。访劼传，晤渔宾堂兄，二人同寓也。李绍先来。访李子周、常稷生、张泽如、张溥泉，皆不遇。溥泉，名继，国民党重要人物，亦直隶杰士也。其父化臣，吾父之友，与泽如寓比邻，故便道往访焉，投刺而去。常兰侪来。

十一日(10月20日)　访兰侪不遇。访翊宸。马仲益来访。兰侪、李子周继至。泽如招我至其家，省会议长胡海门源汇适在座，因与海门言及编集《畿辅文征》事。访郭寿轩，寿轩言辟疆存款尚有千金，未支今年前半年停息，明年可陆续领取也。苇村使人来告曰，艺圃来矣，遂至苇村处俟之，终不至。遂宿焉。

十二日(10月21日)　晨起归寓。苏良材、刘子骏昨来津，至余寓，小坐，二君以商会事来，而不与余同寓，志在速归也。苇村又使人来告曰，艺圃来矣。遂又至苇村处相见，饭于卞宅。与商会总理卞耀庭荫昌约明日相见，为商会事也。至省会旁听。赴子周之约，至松竹楼小饮。兰侪来。

十三日(10月22日)　与苏良材诸君同见卞耀庭。又同至商会访荣相国，偕劼传往见。王荫轩、张璧堂、常兰侪来。

十四日(10月23日)　张泽如来。艺圃、襄臣来，与同至保卫社见高松泉、苏孟宾、刘仲鲁、张仲卿、张绂卿。孟宾，名耀宗，交河霍家庄人，吾母堂侄也。松泉，名毓浼，静海人，壬寅解元，联捷进士，翰林院编修，现皆有事于保卫社，与艺圃新纳交，文名藉甚。余因以先君事略请其指正。松泉曰：余虽未得亲炙贺先生之门，然私淑久矣，言论衍衍。与肇元往见黄子康。子康为作介绍书于农业公所商务科科长朱兰浦君。竹泉来，言留法俭学会现尚招生，迪新如能留法，则此学可报名矣。故以闻至学务公所，见总务科长节君芹香金藻，见张璧堂，遂同赴民主党事务所，适三党代表皆在，谋所以接待日本游历团者。见本党蒋冶亭、崔叔和。叔和云：吾顷自都来，梁任公在京欢迎会演说甚有精神，非前在津时可比，演说至三点钟尤未说完，共十二条，仅说其七，各党来观者甚众，无不拍手称赞。马君良继续演说，亦极精神。蒋冶亭以章程等件与余十余分,冶亭曰余与辟疆交至好。闻余将刊印先君文集,曰吾辈当资助也。

十五日(10月24日)　李芹香、蒋冶亭、赵弼臣来访。弼臣,荣相次子,聘三之弟子也。与苏良材、刘子俊修改商会章程。张子铭来,言欲赴故城组织民主党,余答以故城已成立两政党,再组织他党,殊无把握。余归,察看情形,再以相闻可也。某君邀肇元及余饮于宝晏楼。晚至共和党事务所,与胡海门、常兰侪畅谈。

十六日(10月25日)　至法政学堂。遍见诸君,韩云祥、郭让卿俱在,又有齐令辰者,高阳人,亦教员也。赠以自印廉卿先生照帖。访张子铭于民主党筹备处。至《民牖报》馆,排印商会章程、戒缠足会公启。高松泉来访。艺圃邀饮忠豫楼,既至,则不见艺圃,而遇苇村。苇村为杨柳青石君邀饮。苇村曰:余觅艺圃三日矣而不遇。艺圃久不至,乃归。至保卫社询之,则知艺圃因他人邀于途,强之他去,所约客遂散去也。与苏孟宾议郑镇买枪事。

十七日(10月26日)　至保卫社,与诸君饮于十方楼,艺圃为主人,卒也,张绂卿出饭资。艺圃约晚间请高松泉于忠豫楼,亦卒不果。襄臣久觅艺圃不得,余告艺圃,约晚间会于余寓中。余因往邀襄臣而见价卿,遂与同来。艺圃不至,价卿去而艺圃来。时已十钟,后遂宿余寓。艺圃乃畅谈其一年来之略史,肇元倾耳听之,啧啧推服。

十八日(10月27日)　与艺圃赴保卫社。与松泉、仲卿、孟宾诸君饮于十方楼,艺圃竟不暇往,孟宾为主人,以先君事略示松泉,恳其更订。晚,艺圃大宴客于聚和成饭庄,在座者王荫轩、马仲益、杨续辰、张怀卿、张绂卿、吴子范、高松泉、卞奇卿,苇村未至。

十九日(10月28日)　至保卫社。缴枪价之半千二百元,假之于三合元,约合公砝平银八百三十九两余,订马枪五十,步枪三十,手枪五件。

二十日(10月29日)　马肇元回郑。李襄岑来访。朱君兰浦访之四次,始遇之。然候于接待室至二钟之久,始见之。为言商会事。

朱君谓商会新章草案现正核议,行且宣布,宣布之前各处自不能一律,只可因地制宜耳。余问关防如何请领,曰自七月平谷县分会成立以后,概未发委任状。

二十一日(10月30日)　携衍薪于第三次火车入都。小雨,下车时止。至宗宅,鞠如在焉。吾姑自去秋全家赴新安至今,惟鞠如及姑丈时常来往而已。心铭三叔亦在此。

二十二日(10月31日)　晨起,访王荫南。荫南今年馆于翰文斋,有弟子三人。荫南饮余,酒醉而酣眠,晚乃归。

二十三日(11月1日)　谒常用宾、宗端甫两先生。用宾先生官处州府数年,归而囊橐萧然。正月十四兵变,财产颇有损失,以其财全数存于瑞林祥元记。元记兵燹后停其息金,且其本亦不能即还也。端甫先生许我改正先君事略,并属余刊印文集必以木本为善。又言新得散氏盘铭拓本,极精,以八十金购得之。访辟疆,未遇。至利源恒询问兰侪寓所。利源恒为兰侪存款之处,北京兵燹时,货物荡尽,而兰侪之款遂归无着。至峻泰义访骆仁甫,匆匆别去。及访兰侪,则闻今日旋里矣。峻泰义为东四牌楼北著名洋布庄,亦遭兵燹,货物无存。盖自四牌楼以北,洋布行未尽失其资者,一家而已。

二十四日(11月2日)　至社会党事务所调查一切,未得其要领,至民主党事务所,询问近日进行之事。辟疆来访,约我至辟疆家,明日同访徐太保,谓其将以独力担任排印文集事也。访宗伯坪。伯坪已入民主党,因与余论民主党事。聘三来。端甫将余所拟先君事略增益数事,乃补入之,遂持以访辟疆。迂道过荫南,荫南方饮酒,以代录先君文稿交我。至辟疆处,则已十钟,闭门寝矣,未得见,遂宿焉。

二十五日(11月3日)　与辟疆畅谈良久,亦稍论及时事。辟疆谓徐公既担任排印,即可任之,日后刊版并行,亦无不可。因出徐公与往返函牍见示。闻徐公现赴河南,余至徐公处,投刺而去。辟疆在总统府秘书厅充秘书。时局之变,辟疆损失财产至巨,在京丧失二千余金,在安庆、桐城所失又三四千金,此外有存于银行等处不能取还者尚多。途遇李心甫。又访于泽远。

二十六日(11月4日) 于泽远来,谈论时局。访刘宗尧,不遇。至京华印书局调查印书及印钱票等事。访李子铭。至同益印书局访于泽远,畅谈良久,稍平论当时人物及己所怀之宗旨,令人景仰。泽远亦代为调查印书事。十一钟乃归。

二十七日(11月5日) 至刘宗尧处,索得旁观参议院券。骆仁甫来。又至京华印书局。遂至琉璃厂观古钱币,价昂不能购买。观洋人买小佛像。至荫南处饮酒。

二十八日(11月6日) 率迪新在琉璃厂买物。至灯市口,为马肇元取皮货于耶稣教堂。

二十九日(11月7日) 在琉璃厂买物,命迪新缮写事略。

三十日(11月8日) 访宗尧。至阜城门外,为马肇元换宁绸。至五王侯胡同访聘三。又至大学堂,访张鄂亭、宗伯坪。迪新缮录事略毕事。

十月初一日(11月9日) 访辟疆,将事略面呈。归至四牌楼而蹶,伤足,复返取黄油,此骆仁甫所赠存于吴宅者。

初二日(11月10日) 聘三来,未走。艺圃来,艺圃拟代遣人抄事略。

初三日(11月11日) 访李心甫于丰盛胡同。访翊宸于法政学校,不遇。至参议院旁听,归而芘山姑丈至。艺圃呼迪新至陆军大学校。翊宸来访。

初四日(11月12日) 梓山先生为删定先君事略。

初五日(11月13日) 又以事略改定本交辟疆。闻刘平西有事于蒙古事务所,往访之,不遇。访马玺卿,与同饮于天福堂。李翊宸以调查刊木板价值来告,并样本。

初六日(11月14日) 拟与徐相书,梓山先生拟稿。绍庭弟来,属我为之谋事,并欲与我同行。余告以不能同行之理由。荫南来,议定明日二次车回津。荫南属携带两书箱。艺圃来，余留之宿。

　　初七日（11 月 15 日）　二次车赴津，荫南、艺圃送行。荫南书箱二件，约三百余斤。快车不卖货票，乃与栈房议，送至津栈房中，洋三元。十一钟半到津，至德兴公与言寄书箱事，遂至警署王荫轩处。劫传谋事，遂至栈房为书箱事。俟三小钟时，又由新栈至旧栈，乃将书箱暂存栈房，明日再送德兴公。余乃至德兴公，告以收箱事。乃访苇村。

　　初八日（11 月 16 日）　访李子周。问洋灰股票事。遂至图书馆观书。至《民牖报》馆答拜刘华甫，不遇。至民主党事务所。至新华石印局、狮子林公报局、东华石印局。访李苇村，问商会关防事，言下月庭今日将来自天津。

　　初九日（11 月 17 日）　访方兰阶，告以绍庭谋事。访苏孟宾、高松泉诸君，遇张诗桥。刘华甫来访，遂与同至民主党会场，自一钟以前至五点余钟始毕事。归。李君来访。迪新饭毕，至晋升栈见高希贤。访王仲仁。又至纸铺调查毛边纸价。既归，天已一钟矣。

　　初十日（11 月 18 日）　答拜刘华甫。至民主党见蒋冶亭等，谋邀静涛等至郑镇组织分会，议使张壁堂去。至《民牖报》馆，遇郑禄昌，饭于馆中。至苇村处访卞君，俟之一钟，不得见。至宫北石印局议印钱票，一钟余乃将式样议妥，言印万张，洋六十七元，二万一百二十元，三万一百七十元。至高希贤处，邀与吴子镕同赴民主党注册。访苏、高诸君，不遇。访步芝村于督署，不遇，访于其家。至苇村处。卞君仍未与苇村见，乃与苇村约明日九钟偕同子铭往见之。苇村劝我再留一日。

　　十一日（11 月 19 日）　与吴子镕访卞耀庭。高松泉来访。苏孟宾、纪粒民来访。王昆山来。苇村来。将偕往保卫局，以已见苏君，遂作罢。松泉邀饮于鸿宾楼。松泉无父母，妻新亡，将谋葬。有兄一人，子二，女三，长者十四，能录其父诗。松泉伯父曰崇基，官广西巡抚，崇基之女，苏镜甫之妻也，与苏氏婚媾。松泉妻韩氏，沧州人，世居集家屯,松泉所居村曰小苏庄。

十二日(11月20日)　四钟半即起,检点行李,小憩,五钟余赴车栈。以行李稍重,磅之,逾二十斤,强我购行李票一分,价亦二元九角,加以他费,实三元。七钟余开行,午后二钟半至德州。吾家来车候我三日矣。骆先生亦来,车夫已换贾春。未九钟,至家。

十四日(11月22日)　民主党直隶支部部长曹锐、蒋耀奎来函,推我为支部交际科干事。

十六日(11月24日)　李子周来函,言传公洋灰股票出售,每股索八十元,所索价校(较)吴彭秋且过之,不能购矣。

十七日(11月25日)　李子培专人来函,并送食物甚多。

十九日(11月27日)　大舅母卒于十七日,今日由邮来讣。

二十日(11月28日)　余组织民主党分部,已得十数人。苏君庚材、费君峻如、刘君子俊等皆热心组织,余以组织分部事报告支部,并索多发章程。今日又同子俊至刘孝子宣布宗旨,又得党员数人。

二十四日(12月2日)　拟明日赴安家庄吊丧,与大嫂同行。

二十五日(12月3日)　小不愈,遂不果行。

十一月十一日(12月19日)　仲新疾少差,而翊新又患瘟疹。翊新久病体羸(羸),今患瘟疹,连日不能安眠,大便数下,不能食而大饮水,气力极弱,而火积于内,补表皆不可,医治颇难。数日以来,每日五六方,多者七方,此亦从来罕有之事也。苇村不至,举家惊惶,不知若何也。选举开匦,张聘三得票最多,一百六十余票,余得票七十余,名次第十。

十二日(12月20日)　骆先生之仲弟来,尚待其叔弟仁甫至,再定移灵回家办法。今夜翊新大便愈数,一夜至十余次,不能安眠。

十四日(12月22日)　夜,吾嫂病颇剧,未明,呼苇村诊之。

十五日(12月23日)　葆至来。

十八日(12月26日)　众议院选举投票。雪,未能举行。骆仁甫来。

十九日（**12 月 27 日**）　李芾村回津。骆仁甫以其兄之灵归。其衣衾棺椁，吾家所赗也。郑人不忍骆先生之死，送丧者塞途，路祭相接。自骆先生卒，闻者皆叹息流涕，称之为善人。葆至亦去索银，许之，尚未定额。

二十日（**12 月 28 日**）　接苏孟宾函，言保卫社所购之枪已陆续到津，不速来恐无及矣，乃议定马君独往津取之。

二十一日（**12 月 29 日**）　省议会议员、众议院议员两次投票，省议员所投皆不足法定之数，无效。众议院议员亦不足额，定于今日再投。是时，民主党签名者且及三十人矣。

收愚斋日记二十四

民国纪元二年(1913),葆真年四十。

一月三日① 是为旧历十一月某日,故城公会开常年会,到者才十人,不及半数,不能作正式会议。俟通行各处,征同人意见,再定期开临时会。

四日 闻省议会初选者为张宾贤、冯之恺、贾衍簠、崔之莹,众议院议员初选被选者为贾厚堃、张宝贤、解莹。

五日 王汇东言,吾县议参两会大半皆入民主党,共和脱党者甚众。与吾磋商事务所地址,盖议事会诸君及距城左近者皆欲设在城内,而此间入党者则欲设于此。余前以分部事务所宜设于郑镇之故,函告支部,支部来函承认。因不欲改设城内矣。族人镇峰君由武城来此。

六日 堂叔观岑先生以购制袜机来乞吾资助。吾嫂患病久,苻村诊治少愈矣。已而又有加,乃延石槽村杨书堂来诊视,服药数剂,亦微有起色,今日又请之来。

七日 镇峰赴济南。

八日 观岑叔赴津,吾祖给以银四十,此为第三次借款。

九日 订期月之二十五日,民主党分部开成立会,当即函告支部与城内诸君。

十二日 前日接聘三函,属余邀王汇东赴津,谋撤换县知事。余

---

① 此时起为公元纪年。

因入城访汇东,示以聘三来书,彼不肯即往,曰:余有此意久矣,然宜调查详确,有所据以进行乃可,缓数日不迟。余曰:聘三且赴沧投票,月半回家,年关伊迩,若彼已归,能强之再往乎?曰:果关系地方大局,彼或不肯以家事自谢也。余曰:虽然,能必其行乎?且此事所难者在吾辈耳,官界中实有可为之机,君果行,吾保即能办到,此大事,幸勿忽之。顷余在津筹画此事,已非一日,正待君等前往。前时,聘三尚不活动,今幸商聘三,得其同意,岂可坐失机会乎?君其勉为地方大计一行。曰:有孙式古者,许为余调查一切,彼来,再谋进行。事在必行,少迟无害。此时汇东与王君耀斋提倡民主党,已得四十余名,并将以余所为公启印而分行各处,以为提倡本党之助,崔君之莹初选当选,拟明日赴沧投票,亦入民主党。谓余曰:本分部尚未开成立会,亦未发党证。前本党曾来函,言在沧有接待所。余仅持入党愿书以往,其可乎?愿书系君介绍,接待所固当知君名氏也。崔君意颇忻然。余曰:然此次初选当选,民主党惟崔君一人,国民党一人,共和党四人,超然者一人。汇东、心斋诸君告余,请缓开成立会,以新入党各员皆回乡提倡,一时难遍各地也。见贾慎修,与议明年福兴号立事务所于城内,并出钱票事。

二十日　日前,民主党支部发来党证一百九十八件,名为二百件,中间缺两号,系自三万九千九百零一号至四万零一百号,并章程等件。

二十一日　李子畬以办理清乡巡行至本镇,因过我,宿焉。有临清巡防营管带刘君同行。

二十二日　王荫南来。荫南新至自京师。张聘三来自沧州。天河复选省议会,凡二十名,众议院议员五名,故城人无当选者。贾厚堃以初选员亦入民主党。聘三怨吾提倡民主党,谓此次不得当选,吾县党派多故也。实则十一票以上乃能当选,渠有何魔力能吸收外县六票以上乎?即同一党派,果能全县一致乎?

二十九日　民主党已得百数十人,陆续来取党证。

二月四日　家嫂病势沉重,久无起色。石糟杨君诊视三次,又请师春坡诊视,朝夕延请,已十余日矣。

十二日　民主党订期旧历正月十二日开成立会,函告各处党员,届期与会。

十四日　聘三为公会事,订期阴历十三日补开常年会,函告会员,届期莅会。

十五日　吾嫂之母来视疾。吾嫂病势沉重,师春坡每日诊治,今日又请翟季和来诊。

十六日　因民主党开成立会,函请支部邀步梦周莅会,蒋冶亭许之,然至今晚未至。

十七日　民主党假郑镇山西会馆开故城分部成立会。早十钟,党员陆续到会,新入党者三十余人。到会者百四十余人,请共和党分部部长张君宝贤、国民党分部部长刘君封三、济南本党支部党员林君清海来会参观。三钟,摇铃开会。众推葆真为临时主席,宣布程章,次来宾演说。张君演说共和政体之便民,及共和国之不可无政党。刘君、林君继续演说。刘君言,党派并列,当融化党见,以谋国事之进行;林君言,民主党之发生,所以调和两党之意见而补救其失。诸君继推葆真演说本党宗旨,葆真辞不获命,乃言曰:张、刘诸君所言,于政党要义,已皆道着深处,该括无余矣。鄙人窃略献刍议,与诸君一研究焉。凡立宪政体之国,即有国会及国会以下之省、县、乡议会,以为立法机关,议员即代表全国人以发表政见,然不有术焉,以归纳全国人之意思而范围之,必致意见错出,难得多数人之同意,而法不能定。于是有所谓政党者出焉,聚一般之政客研究国政于素日,以定所主张,储才于夙,一旦被举,乃有把握。既入议场,则惟议决不至纷扰。且自国会以至省、县、乡各议会,皆为法定立法机关。若无政党,则其投票皆无意识之投票;名为代表,实无精神之感通,则被选者安能得多数有政见之人?若夫政党,则先有精神之机关,如本部之统部,而分部又属于支部,所以辅形式机关而促其进行,不特辅法定机关而已。议会议员即政党议员，故其党有政见，议员即为发表之。议院之所决定，形式机关未及推行者，其支部之党员已为推行之矣。如此，故政府于国人能以精神相感通，而事无不举，而数千年所谓麻木不仁、睽隔不通之弊，乃得一扫而空之。此各政党之所同，而吾民主党尤望其以学术发为政见，勿以意见为政见，庶几自一县一州，推而至于一国，皆隐受其益。无所谓激烈，亦无所谓平和，凡以规画久远，融洽中外古今之学说治术而求其适合，不以抵抗他党为能，不以倚傍他党而轻为附和，果尔，则政见不同而不至为意见所掩，而吾党乃可久存不弊坏，免贻他党以口实也。中国向以无党为高，以出位谋政为戒，今则政权全属吾辈，全国之人各自出其意见，则国非其国矣。有大政党以范围之，既皆不放弃其权，又能归纳无量数之小党为二三大党，使政见有统系而研究有凭借矣。或谓中国无自治之能力，不能为强健之政党，此则考之历史，吾愈信吾国人魅力不亚西欧，而讨论政治，必且超过先进立宪诸国。三代尚矣，若观于汉之党锢、唐之清流、宋之伪学、明之东林，类能吸动全国之人才，合力谋改良国政，筹人民幸福，见朝政衰弊，欲发表政见，以补救国之危亡，不借政府之宣示，更无议会之规定，纯以学术之研究与个人之搜访以为政见，与国家相抵抗。惟持爱国热诚，并无丝毫势力之凭借，辄以血肉死生抗抵恶政府，前僵后继，百死不悔，以视欧美爱国志士舍身以与专制政府抗者，又岂有愧色？况今日热血政客，牺牲无量数之性命，争得国家全权，此后全国一体，而谓不能组织完备强健之政党，不亦诬乎？今日分部初成，政界、学界、商农各界咸在，窃尝谓立宪国体，吾辈皆有直接参与国政之权，不研究于夙，未有不归于失败者也。旷观各国，何界程度高则其占优，势力于政界亦独大。英之商界，比之工界，其尤显著者也。今日之会，诸君毕集，精神奋振，意气踊跃，吾一分部如此，他处可知。一党如此，他党可知。吾不特为吾党幸，并可为吾国前途幸也。惟望贞之以毅力，久而精神愈奋，则势力扩张，进步不已，人才且间出，不特普通政治思想输入吾辈脑筋已也。不胜大愿，请以此为诸君劝,并以此预为前途贺。为时已晚,乃匆匆投票。初议分投正副部长,以时间迫促,乃双投两票,葆真以七十六票为部长,王子涛以六十五票为副部长,乃推举干事若干名,以赞成多数者为当选,共十五名,分隶于庶务、文书、交际三科,各科公推一人为主任,余为干事。分部暂定郑镇,借商会为事务所。

三月三十日　议定再明日入都,访李艺圃、吴辟疆。

三十一日　费竣如来访。苏良材曾与余议,再明日入城谒新知事,以议定赴任邱,往辞苏君。

四月一日　携吾妻赴任邱,尖于刘镇,宿于阜城。

二日　尖于献县,宿于商家林。献县、阜城三政党皆有,惟国民党最胜。献县国民党入会费五百,常年费一千。

三日　至河间,买澄沙烧饼、点心等,以为馈赠品。此二者皆著名之品也。至二十里铺村边小休,席地饮茶,甚有风趣。偕吾妻率植林,旷览野景,颇可怡人。自河间以上,约十里一村,皆大村,甚便行人。一十里铺,次二十里铺,次三十里铺,次新忠驿,次石门桥,次关张铺。三十里铺有汉儒毛苌墓,石门桥俗传子路宿处,关张铺有子培先世明兵部尚书赠太师某公之神道碑,碑去墓二三十里。六钟至任邱,苇村已回津,惟子培在。及暮,其子增重领枪自津来,为保卫社所办也。余明日将赴保定,子培留之至切。四日,晨起,赴保定。尖于高阳。未至高阳,车陷于淖。过石门村河,宿于石门村,去保定十八里。

五日　晨起,七钟至保。访宗葆初及孙镜忱。镜忱在法政学堂充书记,近组织文官筹备所及司法促进会,又在保提倡统一党,可谓能矣,然亦不胜其劳也。午后二钟半赴京。余之行急,宗葆初留我。余曰:晚行一日,恐徐太保出京也。葆初曰:然则电询北京,徐太保将何日出都? 镜忱为觅电话于督署,卒不得,乃行。至京,访艺圃于陆军大学,遂宿焉。

六日　与艺圃同访吴辟疆于后门内慈慧殿。辟疆新移此寓,庭堂宽敞，花木甚多，租二十四金。饭后畅谈至三钟半，同谒徐太保。太保问文集共若干首，复有何著述。余对他所编撰多未就。因以文集目呈览，辟疆言尚有尺牍宜刊。太保云：联语亦可付印也。请于所拟先君行述填讳，许之。太保因属辟疆拟文集序，并谓余可先排印，然后谋刊版可也。辟疆云：刻资六七百元即足用。徐公云：吾日内往河南小住，即回青岛。余曰：此时公可在政界有所施为。公曰：现在政界诸公方事竞争，内容甚乱，宜少避之。余曰：国事方棘，我公正宜有所尽力，今新进之士多无经验，国事将谁属乎？太保阅文集目录曰：某篇是非代我所作乎？某篇是为我所作乎？其稿已失，可另为我抄一分也。为吾祖求书楹联，亦许诺。至民主党本部，见于泽远，遂至宗鞠如处，劫传适自津来。

七日　劫传以中央学会为举参议院事，运动专门毕业文凭，奔走京津间，今日又赴津，每件约四五十元。鞠如以教育部归庶务科，明日国会开成立会，民主党开议员会，研究开会仪注及衣服。又刘崧生崇佑演说，并云统一党昨有人来，言其党将举汤继武为议长，问本党同意否？他党举本党为议长，本党焉有不赞成之理？既为本党之长，又安有不可为议院议长之理？此事虽诸君无不赞成，然弟究不敢预为此言，仍请问诸君赞成否，于是全体起立赞成。众、参两院本党议员到都者已百余人矣。

八日　往观议院开成立会。凡局所、学堂、工厂一体放假，庆国会成立。午前九钟前，议员及中外士女、参观者，络绎于途。议员皆乘马车，服礼服，参观者甚众，衣服光怪陆离，不可殚数，约千数百人。军队罗列城上及道两旁。礼毕，皆佩纪念徽章以出。正式国会第一次成立，为中国创举，放异彩于历史，不惟国人重之，全球且注目，则国家大典无逾此者，而大总统不至。艺圃使人来告曰：余今日不能赴津矣，请君先行，余明日往。再往谒徐太保，并为吾祖求法书遮堂楹联。访辟疆，辟疆出其近日文稿，并以新补评《左传》见示，先君行述亦为改正数处。

九日　二次火车赴津,到津不见艺圃。全国商会组织连合会,全省分会各举代表至津与会。开会十日,于阳历五日至十五。筹设事务所及会长等职,为直隶连合会之成立。郑镇公举苏良材为代表,任邱则李苐村为代表。余到津,李苐村方以任邱知事拘押商会总理,与卞耀庭筹画办法,他县惟祁县药行事为重要议案,郑镇船行事亦已报告商会矣。遂宿苐村处。

十日　与谭振生购物,交于冀扷亭,属其借船便寄回家中,并借洋元于扷亭。余每游京津,皆不携重资,随用随借于人,而在津则取给于扷亭云。艺圃至津,吾恳其至开滦公司谋包销煤。艺圃曰:余以任邱商会事,明日赴保定还,当为君调查此事,否则吾再自都来议之。湘岑谓余曰:青岛爱礼司,吾与其副经理友善,若包办靛水,吾当函问之,或能办到直隶,则全省包出矣。又曰:峄县中兴煤矿甚发达,其股票似可购,余尝与闻其事,明日吾赴济南可同行也。余诺之。午前稚怡来访。余适出,未见。晚与蒋冶亭畅论文事,至夜分不倦,索观先君文稿。致书费竣如,宿民主党。

十一日　将民主党开代表会时所拍照携归,与李湘岑同行。至车站见王善庭,善庭已有事都中。县丞裁免,余且赴故城一行。十钟开车,二钟至泊镇。雇车至安庄,会葬吾舅。

十二日　午后点主,墨侪族兄点主,皆便服,行跪拜旧礼。与李子口、李兰江畅谈。渠系安肃民主党发起人。时肃宁民主党尚未开成立会也。

十三日　未时安葬,用推棺葬,椁砖为之。丧费约计二千三百千,收祭幛二十一,悬钱百五六十千。

十四日　苏家屯舅氏子幹家姑不悦其妇,女死,姑谓妇实杀女而出之,苏氏将大合族人调处其事也。

十五日　圆坟,余亦往行礼。

十六日　至泊头。到星含所为余庆恒号中。登火车至德州,宿焉,以与苏良材遇,故未即行,遂同寓高升店。

十七日　午时至家,吾嫂之病似微有起色。

十八日　车夫程殿玉因开车为人扭打,并以刀伤臂。

十九日　祖父大怒,乃以此事告于游击孙君,属其办此案。

二十日　至故城。谒新知事王君,因言民主党,王君自言欲尽力于党中。

二十一日　汇亭四叔来信,言业勤堂公款,张君介眉以不能禁吾家滥用辞职,拟举堂叔浚承办其事,请吾祖指任。介眉已先有辞职书矣。

二十三日　吾祖与堂叔浚函,属其即承办业勤堂事。

二十四日　苏祖昭来谢吊也。

二十六日　傅佑之来。佑之有事于济南,此从济南来也。

二十八日　与刘子俊进城谒王知事,言商会事。途中子俊为余言,苏良材将辞德丰号砟店事,子何如招苏君组织此营业?余颔之。

五月二十日　连得湘岑函,言爱礼司靛水事可办也,而峄县煤务则不可包办。余与峻如议此事,峻如颇欲与余伙办,既而高希贤难之。

二十一日　孔教会开成立会,即字纸会更名改组也。祭期暂改用二月、八月上丁,神位改用木主。广招会员,扩充随会之商号。拟阴八月初三日开成立会,再定章程。

六月□日　以将入都刊印文集,赶紧抄录副本。刁君设坛开鸾会,予往观之。此吾生平第一次观扶乩也,苏良材笃信焉。

十七日　与苏景尧议设砟店事。初,本镇德丰号砟店,商会总理苏良材所创办,即掌其柜事二十余年,生意兴盛,铺中有忌之者,股东亦与龃龉,因辞出。铺中诸人不直其东家所为,一时从苏君辞退者六七人,铺中至无人治馔。景尧,良材族子文熙也,与予谋,即邀良材诸人组织砟店,今始筹议。

十九日　麦场事毕。凡获麦三十余石,约每亩分一斗二升余。仁甫未来,树珊经理其事。

二十日　午前开第二次大会。昨日到会者多商界人,以今日为集市之期,农人到会者必多,故再开大会一日。先由柴君耀先、翟君拳善、翟君履善相继演说,最后余演说。慷慨陈时势,并言储金团发起以来全国赞成之事实及北京开储金大会时之情形。痛快淋漓,闻者皆为动容。述及三麟,有泣下者,言及拾粪夫周麟储金一元时,竟有本镇拾粪者宋作文持钱一千缴于本会存储。余挂一千文之纸币,因示于众,词极悲愤,众皆慨然起立,争一睹其人,于是鼓掌声大振。

二十一日　作函邀王知事来郑。订于二十五日开民主党职员会,请其莅会,并拟是日亦开商务职员会。

二十二日　补记:顷闻栗琴斋卒。琴斋名如桐,武邑人,性纯懿而才英敏,初肄业冀之中学。中学以英文为主,考试亦视英文为殿最,且同班教授英文,不通晓则无以为学,故学生无留意中学者,惟琴斋于中文进步独猛。吾父甚奇其才,予尤敬爱其品性过人,辄匿就之。及吾父主文学馆于保定,琴斋亦毕业中学,入保定高等学堂,得时时往还,明年以最优等第一毕业。余益知其于英文、算术亦超越流辈,乃肯舍其进取之资,而欲从容以研究吾国古人之学。来馆肄业时,馆中八九人相与研论中外学术,讥切时政,穷日夜。虽此八九人多通晓时务,其专精西国文字、算术,终推琴斋。琴斋又留心中外掌故及民俗疾苦,议论娓娓动人。予不学无术,而好纵谈放议,虽少中肯綮语,琴斋不余怪也。当是时,献群既欲以文章惊众,其持论亦每独抒所见,不肯轻同于人,每纵谈不厌。而齐蔚卿诚悫,王仲航温雅,吴迂农廉退,性各不同。然其好学深思,则与孤僻豪爽之怪物及纯懿英敏之琴斋同。五人者之相与,既有剖肝胆之诚,余虽才下不学,每从诸君之后,亦颇蒙不弃。吾父每为诸君讲诵古人之书,归辄纵谈,恒深夜不能别去,以为极人世之乐。不谓三数年间,文学馆既废,献群以母忧哀毁得疾而死,齐君、王君、吴、王皆散去,吾则遭大故,先君见背,茕茕在咎,而琴斋又报呕血死矣,伤哉!

二十三日　顷与耀斋函,言可定期开职员会矣。久之,得其复函,属吾定期。诸君或谓可于十七日,又因此次邀县长莅会,借此开商会。乃定期二十五日,故城公会不久即开例会,因作函五十。

六月二十五日　民主党故城分部假山西会馆开职员会,县知事王先生莅会。到会者王君子涛、张君沅、刘君书升、费君云青、王君炳煜、吴君鸿钧、刘君钫、师君恩涛及葆真,凡九人,仅逾半数,以改组进步党事议与共和党筹商办法,及本党进行之事。余以为政党宗旨,增进党员智识为第一要义,故有刷印重要信件、组织演说团等事之提议。又议天津支部开成立会时宜举代表赴会,余非要件矣。议决者俟支部两党接洽,再以分部职员全体名义函商共和党,开两党职员会,以便改组。印刷要件可每月一次,国事与地方事之重要者,通告各会员知事。王君自请赴津,往支部调查。继开商会,所议事甚多,而以船行事及监务捐款、旧游击署武器移归城内为要件。详商会议事日录,不具述。与王县长会议诸事。王君皆悉心讨论,意甚和平,宾主尽欢而散。先是前知县润德,人极狡赖,尤与商会反对。一年以来,商会所筹画,皆持破坏主义。王君履新后,办事颇颟顸,人又大哗,然与商会接洽,情意尚好也。余见季瀛,欲与言伙购辛庄地事,适见曲肇瑞,遂使代言之,议遂定。顷肇瑞荐一学制洋袜工人,请从余赴津购置机器。余许之。

二十六日　访苏景尧,筹画创立砟店事。近校录先君文集,且毕事,赴都有期矣。

二十七日　访荫南。荫南尝录先君文集,因假来一校。

二十八日　与苏良材、苏景尧集资为砟店,名曰阜康号。自阴历上月二十八日苏良材因事脱离德丰号,其伙友从之而去者八人。刘子俊、吴子镕为筹画新事,劝余及景尧、良材为五股之组织。葆真请于吾祖,其事遂定,自良材以下八人皆来归,意气激昂。

二十九日　聘三来。将赴津,闻余赴津,约与同行。

三十日　余赴冀访赵湘帆。早四钟启行,午后五钟至冀。冀方庙会,旅店皆满,见杨显卿、李备六、刘蔚堂、胡逢孙、王仲仁、耿经阁诸君,余皆以暑假旋里,不遇灵甫,尤为怅然。余去岁来冀,灵甫亦适于其日旋里也。显卿告余:君诸子可来冀考中学,暑假后即招新班。冀公署改组,李备六、刘蔚堂、耿经阁为科长,王仲仁为科员,州判署及吏目署皆归中学,而州判署旧堂室已划削而新建筑矣。

七月一日 出城行四十余里至羡家庄,与羡雅堂畅谈而去。又行十余里至赵家庄,见湘帆尊人及其弟麟章,知湘帆养病纪家庄温氏。温,赵氏之戚也,又往访之。去冬以先君文集序及行状致函以为请而蒙许诺,今又以文集行将出板,将附印于后,恳其速为之。与论印文集事,意与余合,惟与言印献群文集,则殊不赞成。谓献群有弟,而吾辈为印文集,将不为其弟地乎,况其弟皆有为之人耶?缓刻为宜。温氏款余颇殷勤。与湘帆谭至二钟乃就寝。

二日 还,过李家庄,访翊宸不遇。雨,至冀,宿于中学。

三日 参观织布工厂,冀州王仲仁实经理厂务。在中学观旧所藏书,则已残阙,为之慨然,暮归。

四日 劼传以查烟委员巡查至故城,所查凡十四县,月薪八十元。

五日 赴津,聘三、劼传、玉堂及弟懿甫、子迪新偕行。聘三以荣相农事赴津报告;劼传往故城;玉堂从余购办制袜机器,兼学制法;吾弟将游览德州;迪新在学校请假已久,势难再返,一往以了余事。遂驾以大车,十钟至德,乘二次火车北上,于十二钟开行。至泊镇,访星含于余庆恒。余庆恒者,吾仲舅一家之商业,而其子星含所组织,其掌柜者以舞弊亏累,又出资权,子母自为经营,颇获利。星含可谓知理财矣。然惩于所任非人,致损其业,遂仍守吾舅事必躬亲之宗旨,不复求能善吾事者而假其力焉。窃尝旷观古今,盖未有不假于人而能发展其事业者,商业亦其一也。夫不借他人之智力以为我用者,皆保守之意强也。然势孤力薄,其势难久。至不得已,仍必假力于人。求之不素,得人为难,至此而复败于人者往往而有。保守之宗旨且终不能达,则何如求能殖吾财者而利用之。盖殖财之人之实,亟于自理,其财倍蓰也。有人我助,不特拓张吾一时之势力,子孙苟得中才,其家可不败,是又持久之道也。吾舅以勤苦治生,年十四理家政,四十余年如一日,遂以赀雄乡里。有田千余亩,钱且十万。吾舅既老,乃以其事授星含,星含能遵守其道,日起有功,若再扩其术而任能者,富力发达,又岂可以臆度哉?伯舅则有田六七百亩而已,余三舅之子孙,则不恃两舅之维持,久不能自存矣。

　　六日　赴献县之崔尔庄,访纪洑泉,属其介绍我见香聪先生。洑泉曰:吾堂兄香聪居田村,去此十余里,乃往访之。以先君文集请其校正,并恳其作序。晚仍回洑泉家,拜见其母夫人。洑泉,名巨洑,吾外祖母兄子佩臣表舅之子也。家称小康,有田四千亩。年少有才,不学,无兄弟,故常家居。香聪先生历述二三十年来与先君以文字相交之雅,因言初于某戚家见所为裘君墓志,奇之,以为河间左近无办此者,但疑其中多不合之处,必系他人所羼杂,亟访求原本,知为尊公所撰,而凡所疑悉非原本,既纳交,有所作,辄索观录副。吾又尝以大幅请自书所为文,悬之壁间,后从张文襄至湖北时出以示人,而能此者亦卒不遇也。又曰:吾畿辅能诗者,间有其人,而独无能古文者,惟定兴王太岳似略有门径。戈芥舟文集颇有可取者十数篇,余则不复成文,外此更不闻有人焉。王太岳集近鹿氏为之刊印,芥舟集尚无刊本,亦幸未付印,盖不为别择,适为文集之累,余拟择录十数篇,与诗集同印行。又曰:吾在湖北,始评阅各书院文卷,继乃任书院,及改学堂,遂办学堂事。初办安能合法,随办随变,以求适合。久乃少有经验,然尚未尽美善也。且事固无尽美之日,亦惟随时改良而已。虽日日改良,日日进步,亦无尽美之一日。夫学务岂有章程之可言,亦惟有经验而已。创办时,不惟吾不知学堂为何物,即张文襄亦安知所从事?惟所办之中学,自觉少为合法。余问孙佩南先生之文章,曰:孙佩南文不苟作,余曾录其文一卷。余又问陈伯言,曰:伯言才气甚高,功力尚有未至者,然固是一时之杰。

　　七日　洑泉为余往邀香聪先生来。吾父文集经先生校出讹误数处。先生善谈论，久而不倦，自午后至夜后三钟，所说多学问及近代事。余索观纪氏家谱于涑泉，又请瞻拜文达公祠，皆未果。至景城纪氏先茔，并无丰碑，碑亦无表记之文。

八日　借涑泉车，同香骢至田村香骢室，小坐而去。赴沧州，不及早车。乘九钟车至津，寓旅馆。

九日　访绍岑于习艺所，渠在所充书记，月薪九元，自以薪廉事小，屡属余为谋他事。习艺所去城西四五里，极清旷，内分罪犯、女犯、游民等。工厂虽有工艺品可出售，而每月需款甚巨。与绍岑约明日赴捷足公司买制袜机。闻艺圃在津，访之不遇。访蒋冶亭，询问三党合并事。谈次，冶亭属余到京索辟疆所选诗。余因言吴先生所评选《古文辞类纂》，坊间通行本，讹谬万端，而此书尤为学界所必需，甚可重印。冶亭云：如集股印行，当以资助。劫传查烟，属余代领薪水于总办，冶亭云：明日付给也。

十日　艺圃、子嘉前后来访。二君同寓醒华旅馆。子嘉欲有事于行政公署，已谒刘民政长矣。艺圃属余移与同寓。赴捷足公司，公司中多中国人，殊不欲我观览，其态骄倨殊甚。哀哉，吾国人！遂访聘三于荣相宅。见裕小鹏、荣相国与其二子辅臣、弼臣，荣相约余初九日领于松竹楼。聘三云：吾叔父秉卿现来津，亦购此机者，子可往访，以便明日伙办也。乃访秉卿于盛兴栈。

十一日　裕小鹏来访。余又访秉卿于盛兴栈之德聚同，寓中即饭，饭未毕，病。德聚同尹君为延医诊治，余亦遣人电邀李增重，增重为求周氏回生丹于卞氏，服之即愈。

十二日　余以病初愈，不能赴松竹楼之约。夜雨，午前路滑，午后以礼拜六公司例不办事，故今日亦未赴捷足公司。

十三日　艺圃来栈房，再属余移寓醒华，余诺之。至红十字会，索阅其章程。冶亭先生来访。遇心铭三叔，同访步芝村。芝村新得东光县知事，适崇之新自大城来，而刘君植庭亦在座。植庭名祖培，吾父初至冀，吴先生属阅州考文卷于南宫，取李刚己、刘植庭、路尚卿列前三名入学,遂来拜。刘、路自是时应书院考,李住书院,植庭以优贡有事于奉天,今始来津,尚未得差缺也。屡访路尚卿、苏孟宾于保卫局,不遇。孟宾由唐山县知事调新河,未赴任,又调新城,继兰侪之后。

十四日　与秉卿往购制袜机,百二十元。有人介绍,则与介绍者四元,玉堂遂留与秉卿同学。至启新、开滦、光明各公司。光明未遇其人。与冀拟亭到商会,言德州分卡抽厘无定额,商人苦之。前曾函知总会,请代诘问临清总卡及德州卡有何办法,速函示为幸。协济联合会之款,此时各分会在联合会交款者尚少,会中颇称赞郑镇分会急公好义也。王子荣来答拜,日前往访未遇。今夜法界以革命纪念,市街皆结彩悬灯以志庆,因往观。

十五日　移寓醒华旅馆,与增重同寓。增重新得东荒垦局医官。局长蒋宾臣、孟宾来访,未及深谈,匆匆别去,云行且赴新任矣。至国货维持会索得章程等件,此会发起人为前敦庆隆宋则久。至日界三轮公司观其制袜机,其机皆来自东洋,较捷足公司价廉,百二十针者七十五元,以上递加,约针加二十加价五元,至百八十针止。至安安公司,取阅大利树胶公司第二次招股章程。三年前,已睹其首次章程,其公司设在新嘉坡,发起人为江苏杨鉴莹云史,李文忠孙婿。初招股二十万,买地若干,今又招三十万,再扩充之,买地若干,预算第五年乃可获利,而利极丰。初次章程后列表,将南洋所有树胶公司皆列其股票额金及现时流通市价,往往数倍于原额,故踊跃争购,至期款集。及上海因胶股飞涨而忽跌,致市而摇动,影响甚大,人遂视为畏途。此次章程附有诸公论说,颇辨其事,谓股票涨落,商人居奇者所为,于公司无涉。夫树胶为制造厂重要品,用途日广,不特轮舟之所必需,今日皆知设厂制胶为大利所在,而不知购地树胶尤为根本之计。然则此次加入股分,不及前次踊跃,未必不因上海股票跌价及大乱后金融紧滞之故。盖历睹近时各实业公司内容腐败,往往败于半途,遂各怀戒心焉。谒蒋亦璞先生,以宋拓某帖见示。因言余所藏戴文节画,有人与我千二百金,余未肯售。伯坪在坐,曰千五百金可售也。余询予价者为谁,曰山西名士渠君本翘也。谒心铭先生于济兴花店,不遇。至天足会索其章程,观其情形,近亦无甚起色。

十六日　访高松泉,不遇。访张子刚、高静涛,亦不遇。子刚新得阜平县知事。

十七日　访赵春亭。瑞林祥银号倒闭后,仍在元记。春亭曰:余曾以商会代表赴都,请实行抚恤天津灾商,谒段总理,曰:天津灾商,大总统前已许我抚恤,故敢再请。津商之苦,既在大总统洞鉴之中,前蒙许诺,商民莫不感泣,以为总统前督直隶,于天津商民感情独厚,今必蒙抚恤及惠。久靳不下,乃举代表赴都请示。代表辞焉,曰:总统常示大信于海内,故全国之人皆曰惟大总统能庇荫我。故全体一致而举我大总统。总统被举,海内同声感悦,谓必有以副吾之期望,今岂独遗久被治之天津,必不然矣。借款成立已逾数月,虽信大总统必不我欺,然商民困苦,朝不及夕,是以使代表再请命也。段总理曰:总统有言,终当践约。借款虽成,尚不敷分配,吾当以代表之意,再达总统,代表可暂归告商民,终不令失所也。曰:代表已将大总统不得已之苦衷,早为商民代白,舌弊唇焦,空言不可以久持,前言抚偿,已有总统手批,若仍以空言,实不足以副商民之意。总统可失信,代表不能返津也。满清之亡,共和之成立,一信与不信之间而已,海内之举总统,亦以其能以信示海内。今新政未颁,首先失信,国内闻之,其谁不解体? 窃为总统不取也。且商以代表来而不得所请,何面以见全体之商人? 而前之为总统剖辩,亦为失言矣。总统若仍不以实惠下逮,代表不能退也云云。此事亦殊无益,而举十人来京,耗资财以数千计,一皆商人之负担,旷时费事,将不能了,而会中每喜为大言。又举代表赴京与各界接洽,谋统一南北,消除意见,其意甚盛,其言甚善,夫又岂能办到者?

郑镇以德州分卡事与联合会一再函商,顷又与冀执亭到会,往询其事,然一时尚无办法,当函问临清税卡,俟其复函,再据来函相与办

（辩）论。手续甚多，须开会后筹画也。俟有办法即为作复，而元丰号高君等以其空言搪塞，欲合群往与办（辩）论。今午在盛兴栈会议，属余到场。余以候绍岑故，过时因电告盛兴栈，则诸君已散去矣。与绍岑谈至夜分。

十八日　至盛兴栈，与郑镇商界议昨所言税卡事，赞成再赴总商会交涉者居少数，乃寝其议。蒋亦璞先生求书匾额及楹联。玉堂制袜渐学成，秉卿将于二十日旋里，余告玉堂必学精再归。

十九日　访故城柴桐岩君于公署。桐岩，云昙之子也。不遇。至图书馆，谒心铭先生。先生方运动县知事，已将成熟。遇侯亚亚（武），大喜过望，时亚武在法政学堂充书记也。晚王培六来访，余适他出，不遇。亚武又来旅馆畅谈。

二十日　八钟快车入都，十一钟到，增重送至车站，开车即收票，一路不停，甚快人意。时吾姑始来自新安。吾姑避地至新，至是凡二十月。余以刊印先君文集事请于姑丈屺山先生，先生曰：刊木本善。词甚决，且曰：可先缮一副本，明日当为子觅写手。

二十一日　至孔社。其宗旨虽云尊孔，而欲别立一帜于孔教会外，故特为此名。内附图书馆，今日专为图书馆开成立会。因观所藏图书馆碑刻金石之属，如宋本《周易》《汉书》等，率皆数页，惟宋刻佛经并唐人写本尚完好，其金石则上及周、汉。孔社成立已数月，入会者数百人。社长徐君琪，字花农，前内阁学士。今日开会，教育部次长署总长董君鸿祎莅会，他部亦有代表，而上海孔教会陈君焕章演说最有精神，首驳此社名称之不妥。又有佛教会代表永光和尚演说。拍照，散会。

二十二日　屺山先生终劝我文集不可付石印，意颇恳切。余固欲从之，恐费时日，不得好刻手，先生既为觅刻手，遂定刊板之计。鞠如亦为余觅得写稿者。宗氏父子之为人谋，可谓不遗谞余力矣，令人感激无地。今年春，遇故城李君某，余以其农会棉业委员也，询以种植美国棉之法。李君曰：谷雨前后种，上粪三次，不打尖，陆续去叶三之二,每亩约可八百株。种时刨坎,浸以水,好可收二百斤。兹附记于此。

二十三日　访于泽远,未遇。故城农务会与商会争船行之款。议事会颇祖农会,争议有日矣。兹得刘子俊函,言议事会竟议决归农会,属余到津请示办法。余一时不能赴津,且虽到津亦无益,乃为书与汇东,痛陈其事,请汇东协同议事会调停其事,幸勿有所偏袒,以致本县人互生恶感也。

二十四日　访辟疆。至徐太保处访朱铁林,不遇。访骆仁甫。访之数处,乃知已于数日内旋里矣。

二十五日　日内重校先君文集,仍有讹误。

二十八日　吴辟疆来。至进步党本部见于泽远。此本醇王邸第,宏壮异常,每月租金才五百,可谓廉矣。

二十九日　与梓山先生访徐梧生先生,不遇。既归,而徐先生随至,因以刊印文集事询之,曰:如某等款式,乃嘉道以后人之仿宋,乾隆前之仿古者,固不如是也。即如题与文平写,其一端也,嘉道以后之仿宋款式,固莫不如是,而吾所见宋本,固尽不如是也。余因问先生近岁得古书几何,曰:近岁殊不易购,惟得元刻精本敖继公《仪礼》,仍是宋元蝴蝶装,由中心订之,两端内叠,有类帖式。余所藏宋本书多矣,而元代本佳者殊少,有此足备一格。窥其意,似甚快。徐先生,清季官国子丞,近将任以师傅。访李新甫,闻已出都。遇张莹堂,谈良久,所言皆法政。

三十日　苏良材将赴清化,由京汉路南下,于昨日由郑来京,此为第一次为阜康办货。良材不赴清化久矣,特为阜康新成立,为之一行。徐梧生为介绍刻字铺两家,曰龙云斋、龙光斋,皆尝为之刻书者。今日龙云斋刻字铺王某持所刻样本示余,梧生先生亦至,因言龙云斋刻书稳妥,索价或少昂,龙光斋所刻似差胜,可比较访询也。

三十一日　龙光斋刻字铺亦携来样本多件,字体较胜龙云斋,而索价颇昂,盖故高其价而待人磋商也。

八月二日　日前，茈山先生以罗君振玉在日本所照小像见示。罗于戊戌前与蒋斧创农务会于上海，发行《农学报》，旬日一册，文学颇有可观。宣统时官学部，曾以所为农务书强同署购买。鼎革后逃往日本，以逸民自居，屡与茈山先生书，引为同志。新学巨子以逸民自居，亦征其风旨之高尚矣。又有前官学部周君，亦归隐山林，亦引先生为同调，曾为岁寒三友图。而徐梧生先生则与先生约为兄弟，先生笑曰：吾鄙人也，今为名流所牵，率浪得虚声，竟使我不能出仕，岂非毁我乎？

三日　连日大雨，不能出门，因专以校订文集为事。

五日　至前青厂图书分馆观书。此馆开办才十数日，购券阅书，铜元两枚，藏书之富不及天津，且无甚佳者，随意取阅一种，曰《木犀轩丛书》。略阅其体例，写其目录而去。访陈君焕章。陈君经营孔教会，颇有盛名，北京会务亦渐有头绪，陈君云：现方筹画将请定孔教为国教。致书两院求其通过，请愿书亦已脱稿。而山东之孔道会、山西之宗圣会，亦将连合为一。又出其所得宗圣会函索其小像书示我。书词崇拜甚至，惟其章程至为简单，与孔社相类。许僧徒入会，则余所不敢附和者。至龙云斋与定刊本款式，余拟购《碑传集》及《通鉴补》。而茈山先生亦欲得《碑传集》及《左文襄全书》，因遍至各书肆求之，观其纸本，议其价格。归自琉璃厂，闻兰侪适来，未遇，怅然。闻其明日将赴津。

六日　访兰侪于常稷生寓。兰侪弃其新城县知事，而得保定教养局局长，仍不惬意，欲于阁部中谋一位置，以熊总理与稷生有故，稷生荐之或能有效，而保定事仍羁縻勿绝也。至徐太保第访朱铁林，以刊印文集事属其函告太保，铁林以徐太公墓碑拓本见赠。此墓表辟疆代柯凤孙年丈撰，华璧臣书，徐梧生先生篆额。案徐公已得太傅而辞职，公曾劝徐梧生出仕民国，曰：天下可为之事正多，残局事何足措意？梧生揖之曰：君入政界，幸勿以民国事招我。至□□寺图书馆，馆中分普通书、佳本书，普通书人人得而观之，佳本书则非优待者不能入观。余请观佳本书，投刺于其管理员乔君。乔君款接殷勤。乔君，懋轩先生孙也。引观一切古本书及唐写经，敦煌石室所藏也，其中且有北魏人书者。乔君曰：普通书，昔年南学之书，佳本书则内阁所藏，宋元本书不下数十百种。惜皆残缺，完好者不过十一，唐人写经约数千大卷，书目皆编好。余叹其有秩序，乔君曰：此缪小山所为也。又曰：敦煌石室初发见，长庚将军曾以一卷赠法国人，法人惊问所由来，遂以石室告，法人乃购取多种以去，虽不及半，然皆精美有用之书，彼以其关于历史也。呜乎！他经籍之可宝贵，殆百倍于佛氏之书，法人所取虽不及半，实不啻大半矣。长将军不学，至举国宝而畀之外人，然吾国国宝之为外人得者，又可胜道哉！近有人将法人取去者拓以归，果精美，不特可备考证，书法亦多可观。往时吾友固安贾君君玉，尝以所得石室唐人写经一纸见赠，曰石室发见后，人争往取，余亦得数纸，分赠友人焉。访张泽如、李价清，皆不遇。

七日　迪新来信，言河水骤涨，数日而与岸平。张泽如、王子邠两君邀饮于肉市天福堂。二君大宴同乡，凡五十余人，议员居多。座中遇李子舟、戴景星、马仲益、王古愚、籍亮侪诸君。子舟以党务来都，戴有事于参谋部，亮侪自壬子闱中别后，遂不复见。

九日　穆生邀饮于什刹海会贤堂。辟疆首席，此外到者吴士湘、吴霭辰、尚节之、谷九峰、李佑周、王古愚、籍亮侪、孙泽蕃、马仲益诸君，吴士湘、谷九峰、籍亮侪谈论最多，座中各党皆有，且非一界，诙嘲杂作，极为欢畅。余乘辟疆马车，同至其家，出先集稿本，请其审订。辟疆以所选古今诗文印本见示。此当初选时，吾即有志代辟疆付印，高阆仙竟先为之，故见之大快。诗文各二册，诗曰《古今体诗约选》，文曰《国文教范》，极精粹，评点尤详尽，语语道着深处，能得作者之意。启迪后进，唯此为宜，从来选家罕与伦比，阆仙又为之笺注，行且脱稿。阆仙名步瀛，霸县人，官教育部科长，亦尝师吴先生于莲池，以诗著。

十一日　购得《续碑传集》，缪荃孙撰，道咸同光四朝之人稍有名迹者多有之,足资多闻,惜所选太芜杂。如叶名琛,乃酿粤祸之罪魁也,且城陷而逃;如方宗诚,官枣强,以贪著,而是编皆采之,他可知也。

十二日　辟疆将文集第二册校毕,专人送来,办事爽快,令人可感。而余于此重要之事,独为迂缓,更自愧也。所校甚精,余校数次仍有讹误,并为标出,又将原文更易数字,评点数篇。龙云斋已写样本,尚属雅驯,即与订议。龙光索价太昂,故不令其承办也。顷辟疆语余曰:黎《续古文辞类纂》款式最雅,字大画粗。又曰:先生文集即以《贺先生文集》名之可也,不必标撰人名氏。缘贺先生云云乃弟子所称,即弟子为之刊印,又何用落款?且可不用书名起,即文题将书名列于目次之前。前茈山先生言,张、吴两先生评点可附刊集后,今以语辟疆,沉吟久之,曰:可也,似可仅载评语。余曰:先君尝谓点圈最能发明文章精神,校评语尤要,既载两先生评语,点识亦可附见也。

十八日　尹吾赴清河陆军中学。彼自去岁升入此学,顷以暑假到任邱小住,日前来京。访柯凤孙先生,先生仍闭户著《元史》,云:吾将往常熟借书瞿氏,以助吾所著书。余问:《元史新编》何如?曰:昔年有人奏请加入正史,学部属余审定,余为签出错谬数百条,部乃议驳。余拟以所为《新元史》奏请,交部审定。盖国家未承认,不能自作为正史也。余问《通鉴补》何如?曰:有不合之处,《通鉴》诚宜补,但明代人著述,体裁终不能完善,其中曾引《三国志演义》,则其书可知矣。余请先生写吾祖寿诗,盖吾父在时曾以为言,而柯先生许诺矣。

十九日　余顷又购得钱氏《碑传集》。兹又为宗先生购此书及《续编》于翰文斋。见聊城杨氏书目,曰《楹书偶录》。其斋曰海源阁,昔时黄丕烈之书亦归杨氏,遂以藏书名海内,又有瞿氏铺书目,即柯先生所云常熟瞿氏也。丁雨生所藏书,后售于江西图书馆,价十万,实以抵债,非其直也。翰文斋又出其佳本,书明板韩柳欧诸集。柳系济美堂,价百五十金。欧系小本,亦百五十金。韩系东雅堂,价百金。又曰明佳本《临川集》须二百五十金。又曰:昔曾售《永乐大典》,每册三十五金。董康皆以百金一册售诸日本,价又为之昂,书贾之言,姑妄听之。又曰：聊城杨氏藏书以锡为函。此则生平所未闻也。至广兴公司，略询房产及股票事。大清银行股票约七八折，电灯股票约涨价一二成，询及他股票，则茫然不能置对。盖近日金融停滞，转售者鲜，电灯日见发达，而行市未大长者，亦以此。时局稍定，必以腾跃。余所以兼及房产事者，以赵航仙日前以相托也。

二十日　李佑周来答拜。佑周，众议院员也。余日前请辟疆评点先君文集，谓吴、张两先生评点不备，将来附印集后时，当以君所评点者补之。今日辟疆来书，大不谓然。傍晚大风折树，雨亦至。

二十一日　访张泽如。泽如言近来忙甚，各团体皆强余与其事，都中事既多，而津中事仍不能绝。现充八处干事，一日而到数会，精神劳倦，夜尝不眠。

二十二日　访辟疆，与参订印书款式。文集已校阅三次，辟疆云：刊印文集事，余已函告徐相国，复书犹未至，吾当再告朱铁龄也。与言印献群文集事，曰：吾当助二十元也。李艺圃自保定来。

二十四日　艺圃来。与同访李子仁。三人同游陈列所，物品时有增加。艺圃遂邀饮于观音寺之庆华春，豫菜馆也。迪新来京，吾命其考畿辅中学也。迪新已至入中学之年，故高小虽未毕业，亦欲躐等入中学。此校距丞相胡同近，而常氏叔侄皆在校中，固甚便。李绍先曾拟代考津中南开。南开学规最好，以少年居津不宜，且无人管理，故未令其前往。辟疆为诗社邀余，余不能诗，然欲与辟疆商榷先集事，故亦不辞。到者邓君和甫、高君阆仙，余皆是前什刹海会贤堂会饮之人。

二十六日　迪新考畿辅中学。刻字铺写样本数次，最后乃稍似黎选古文款式，见者多谓近雅。每页二十四行，每行二十五字，十一万言，可订四册。拟用夹连及最高毛边，兼印毛太纸，凡三种。茈山先生患痁，其女孙病痢颇剧，数日无大效。访李新甫于丰盛胡同师范学堂。李苕村来信筹画其家事，余急以函邮示艺圃。

二十七日　迪新入学。学内即有斋舍，即宿学校可也。而茈山先生令其常居宅内,终岁居之,未免扰人,而吾姑全家留之,甚恳至,容察看情形再定夺。树珊来函,言阜康号现定购砟二百万,需款多且急,号内申君述良材意,属吾家与景尧速再入资,而景尧坚不肯。龙云斋承办刻书,仍其初次索价,每百字银一钱八分,许四个月刻毕。

二十九日　访徐梧生先生,遇延祉君。延与徐好,又新结婚。延语徐曰:吾曾托人购好时表于俄国,购到价乃四百金,吾何用此贵物为? 君其为我售之。徐语余曰:尊甫君文集,吾当署检。余遂以为请。先生既以藏书名海内,所插架悉属佳本,随手抽示一册,则元苏天爵文集抄本也,曰此书旧无刻本。访常兰侪。又访辟疆,出所选报纸一册见示,高文要件往往而在也。阅其日记,有与议员张清泉书,论极通,文亦瑰伟。又云:退之《答侯继书》言"仆少好学问,自六经之外,百氏之书未有闻而不求、得而不观者也。然其所志,惟在其意义所归,至于礼乐之名数、阴阳、土地、星辰、方药之书,未尝一得其门户"。案此言,真示人以为学之要也。盖读书莫大于识其意义所归,退之所以为大儒,繇此见矣。先大夫生平为学,宗旨正与此合。乃千载以来,学者纷纷聚讼,盖莫能由是也。而退之此语,亦无复有举之者,惜哉! 此段尤精。又录吾父《书商君传后》一首。日前,辟疆邀莲池旧游,相与戏为今日所谓诗钟者,分咏体"议员""烟卷"。阆仙云:党分红白蔷薇战,牌认东南孔雀飞。辟疆曰:化俗为雅,独开生面。和甫云:吐词举足为经法,着骨熏肌见苦辛。辟疆曰:独见整练。九峰云:漫夸莲舌能医国,且卷蕉心善醉人。工丽可喜。古愚云:空腾口舌真齐虏,小吐云霞亦醉翁。尤大方也。辟疆拟修《革命小史》,属余借革命以来全分报纸于宗氏。

三十日　辟疆来。借宗宅《上海时报》,自宣统三年至今岁七月,以为编辑革命史蓝本。苉山先生云,其时南北相持,记载多偏一方之报,不足以征信也,可再将北方报借与一分。辟疆曰:吾不过排次事之先后而已,一分报足矣。卒未取他报。探怀取其新脱稿五古一首见示,瑰奇雄放,有下视禹九州之概。辟疆在秘书厅,身在政界矣,而卸绝世俗之周旋,潜心古学,慨然以著述为己任,凡耳目所接触,一于诗文发之。又时有所编辑,殚心壹志,不肯驰逐于曹好之所为,消磨其最可宝贵之光阴,以成其一世之文豪。心甫来。嗟乎!信都旧人与余交至深,而得常往还如心甫者,不过三数人耳。心甫欲助我校先集,因以稿本付之。艺圃来。适余他出,留一字于余,云:吾今日晚车赴津,再明日回京。

三十一日　徐梧生先生来。言王锡蕃此次借孔教会来京师,或诮之曰:往岁来京受门人之累,此次当不至受门人之累矣。盖戊戌岁来京,为其弟子新党某君所保荐,政变而革职。今其弟子熊希龄为内阁总理,故来京也。又言:光绪初,河南办赈务如丁某者,真可谓因劳而卒,然焦某官长,故为焦某立专祠而丁附祀。天下事固有幸不幸哉。屺山先生云:其年赈务,曾与阎各有所长,而能互用所长,所谓合之两美,故其时赈务为最善,而青县陈焕之世纶,实因以办赈积劳而卒,因办赈而死,事理之常。盖其事急,热心民事,往往不暇安息,而劳瘁以死。先生谈久,遂留饭。余问及东抚张勤果、李鉴堂两公政迹,曰:张求见好于人,而耗巨款,固不免惠而不知为政。然综其所为,亦未尝无功于山东也。李才力远过勤果,能化贪为廉,官场奢靡之风为之一变,初到东官界,毁之者甚多,久乃思之,世皆谓其纵容拳匪,吾初亦疑之。鹿文端寝疾,有客言及鉴帅纵拳,鹿自床跃起曰:请剿拳匪之疏,乃吾二人所为,疏稿具在,何谓纵拳?或曰:七省督抚请剿乱民之电奏,李公之名乃某君所代署,已署,李乃知之。或曰:某公已拟奏,某君乃强李署名。鹿曰:吾二人奏疏,又谁强之者?徐先生又曰:某岁,吾宴李公,色不豫,若有深忧者。余问之,则曰:闻将易军机。余窃讶其言,以为易军机常事耳,何忧之深若此?已而立大阿哥,乃知当日已有废立之意,言易军机,实谓废立也。窃谓李公与李文忠、张文襄同时,李公伉直,附和者少,殉难后又蒙恶名。而李、张门人故吏遍海内,故无祖李公者,恐其志终不白于世,而政迹且湮灭矣。徐先生又曰:余尝与李公论当时人才,公曰:京朝官若盛百熙,督抚若于次棠,皆为难得之才,若毓贤,殊不足恃。然则世谓李公推奖毓贤者,又非其实矣。又曰:余日者往见张筱帆,筱帆闻吾将不辞师傅之职,乃以临难毋苟免相勖,可谓以大义相责,爱人以德矣。余曰:非君知我之深,不能为此言。吾虽不肖,自问尚能死,请矢此心,以答知己。

　　九月一日　常用宾先生邀饮于劝业场酒肆。主客为瑞林祥元记孟君。初,常先生存款于万成,当有年矣,即以其息金供日用之需。辛亥之变,万成以其款强还之。常氏乃持以交瑞林祥。去岁兵变,瑞林祥以被抢停息,逾年乃与半息三厘,而不得提本。常氏虽以勤俭持家,然清廉,故官京师四十年,知处州亦二三年,宦囊空空如也。先世遗产存于瑞林祥者不及万金,息仅三厘,不得已乃画售其田,以供目前之用,今之饮孟君,盖有债务之关系也。

　　二日　至孔社阅书,此为第一次在社阅书。社员有申君者,意颇殷勤,谓余曰:社长徐君,现为图书馆所有筹画得书万卷,将陈列馆中矣。

　　二日[①]　在翊宸处遇张君庆开,楚航之子也,字心泉,今入大学豫科,心泉幼时尝从其父至信都书院,已而入中学堂附设之小学,后闻其颇好学。兹翊宸又言其能任事,有父风。善人有后,为之欣慰。偕翊宸赴国子监,观孔教会丁祭。九钟行礼,至则九钟半,已行礼矣。舞乐咸备,礼成而肃敬,汤君化龙、梁君士诒等三人主祭,与祭行礼者可二百人,皆三跪九叩礼,不及行礼。参观者几千人,亦有外国男女来宾。礼毕,讲经于辟雍之前,听者坐于阶下。陈君焕章演说丁祭之义,与今日之祭之为公祭而非私祭也。其说长长,故演说未毕,有人止之乃已。政府代表梁秘书长士诒演讲"道之以德,齐之以礼",谓大总统盖欲道之以德,而不能齐之必以礼也。严幼陵、梁任公继续演说。严曰:民可使由之,不可使知之。所谓之者,必有所指,所指维

---

① 时间疑有误。

何，殆谓宗教、道德、法律也。有道德而后有宗教，有宗教而后有法律，虽今世文明，各国以法律治者，亦必赖宗教、道德以辅助于无形。孔子此言固非禁人知之，然人实不能尽明此三者之义，不惟今日之中国，五洲万国，亦未有通国一致而尽能明此三者也。演说未毕，出其手写讲义而观之，且观且讲。梁任公讲"君子之德风"三句，曰：当今各国莫不有宪法，莫不有议会，而英之宪法独行之无弊，而议员独为高尚者。其特殊之处，以中文译之，有最适当之名词，则"君子"二字是也。日本译之为人格，亦谓之上流社会。上流社会，其转移风俗之力最强。以道德倡者，则人皆趋于道德；以暴乱倡者，人亦从而为暴乱，有如风之偃草也。演说既毕，陈君乃宣告于众，谓二十七曲阜开孔教大会，有欲往观者，报名会中。余与翊宸访辟疆。辟疆为翊宸尊人撰墓志，已脱稿，文中述吴先生治冀政迹甚详，为碑传别格。辟疆以新撰周自齐叔父寿序见示，此代黎副总统所作，气象雄伟瑰放，自谓大类曾公也。余与翊宸言及李鉴帅严明刚正，无所阿附，所至政声卓著，方古循良，惟其无党，死之后无称述之者，此人不传，何以劝后？其官冀州久，冀人受惠尤深。冀人号多知文，而无人为撰述德政，岂非过乎？故老渐次凋谢，后世又谁能为之？此事惟湘帆能任其事。湘帆外舅颇以理学自持，乡人知之者盖寡，李公独激赏之。湘帆以此称李公，自谓此事属湘帆，湘帆宜为之。翊宸甚韪余言，因曰：即楚航在吾州担任地方事者数十年，公而忘私，不避劳怨，事之借以举办者甚众，后之人孰能继之，亦岂可使就湮没而无所表章？余曰：凡此皆赖君之倡为之也。访朱铁龄，不遇。

四日　出游，至右安门。京都城门所未至者，独左安门矣。

五日　访翊宸。与同游前门外，遂小饮煤市街，观电影。

六日　为绍岑购监狱法规于监狱。尚有各色布匹，皆监内罪人制以出售者，凡有期徒刑出，皆可作工，所谓改良监狱者，此其一也。张泽如二次邀饮于煤市街，在座者皆深属人，可谓同乡会饮矣，内有郑馨山、李蕴堂、兰侪等。

七日　常稷生邀饮于会芳楼，内有常兰侪等。

八日　顷奉祖父手谕，拟令迪新结婚郭氏。此意由兰侪发起，因访兰侪，问以郭氏家事，遂同至众议院旁听。以各部总长交院通过今日投票，故旁听者甚众，旁听席至不能容，乃牌示旁听席满，而欲旁听不得入者，门外又满，警卒止之，犹欲夺门入，颇嚣争。议员到者不能行，遂归。兰侪邀饮于致美斋，并命迪新往。同座者有保定教养局秦君、郭季庭等五六人。秦君，兰侪所请派以代己者，今到都，与兰侪更订教养局章程也。吴辟疆将第四册文稿校毕。

十日　访辟疆。辟疆曰：适才朱君铁龄来言，徐相国助刊印文集资金，朱君退吾书上徐相，书犹未就也。出以示余，其词曰：顷晤铁龄，传述盛旨，刻书之款已由侄陆续向朱君领取矣。伏维中堂眷厚故交，维持文教，慨出巨资，刊此鸿籍，实为末俗之津梁，空前之盛举。贺氏乃祖乃孙莫不伏膺感激，至于泣下，曾子固所谓推一恩以及其三世者，繄是之谓，而嚣竞凌迟之薄俗，睹此宏文宝典，亦将翨然有返古求学之思，阴以化其暴戾恣睢之气，其有益于人心世道者为尤巨，又不仅一家之私惠也云云。朱君言毕，即代作谢函，其勇于任事如此，可感也。因谓余曰：可到朱君处领取少许，余为君作函致朱君。日前辟疆语余曰：吾先君全书，尚有日本佳纸者，拟减价售出。余请购数部。曰：可。今日乃谓余曰：可取两部，每部十元，作为助刊献群文集资金，不须缴价也。访朱铁龄。铁龄曰：中堂助刻资可即取用。余曰：中堂不忘先君之好，有此盛意厚惠，葆真不敢受，然亦不敢辞。归将请命吾祖，请执事代达鄙意于相公。铁龄曰：公今已归老，若犹督东也。刊印之资，当独任之。余曰：刊木本与排印用款约不甚远，排印须多存书，木本存板即可，公所购已敷用，即为独力担任，非仅助资矣。言及《东三省政略》，铁龄曰：此书共费二万金，印千部。现以每部十六元，属南纸铺代售，今当以一部相赠。余又索《徐氏家谱》，云印本无多，然可为君觅一部。徐公所惠之款，属余往取。

十一日　常兰侪来，言旧历节后往天津、北京，政界事殊不易得，故保定教养局事仍羁縻勿绝也。到津,以教养局拟定之章程呈请民政长,因请领经费。此局经费本领自公家,近因政界经费支绌而不能发。

十二日　徐梧生先生邀饮于致美斋。九钟与姑夫同往,首席为蒋君某,电灯公司蒋星甫之兄也。蒋氏以赀雄济南,房产甚多,有蒋半城之称。梧生先生娶妇、嫁女,余连送礼物,故有此举。其婿前河南布政使延祉君之子。延祉为锡清弼制军所参劾。归访李翊宸,久坐。

十三日　日前李佑周、高阆仙函邀余明日饮于陶然亭。余今日作函谢之。访李新甫。前李艺圃属迪新代其子考农林中学,明日为考期,考试情形皆未明言,乃访子仁,属其电询艺圃,而艺圃未在校。

十四日　命迪新到陆军大学见艺圃,已去而艺圃来,知迪新往,遂亦去。游琉璃厂,至会文斋书肆,与其肆主言及昔年购买吾从祖院绍业堂之书,乃会文斋与怡墨堂同往,共六百五十金。正月至北代议价未妥而罢,夏间劼传介绍乃购得。余问:售之何人?曰:零售之矣。余问:深泽王氏曾否来买?曰:无之。然前劼传及琴生皆言之,商人多诈。

十五日　伯玶邀余,以吾姑已具酒食而饮我,故谢之。晚月蚀既,毗山先生闲语余曰:河间裴公宝镛纳贿甚剧,其人了无足取,惟能守城,其时实有大功,然一粉饰,遂成循吏,其他名人类此者多,吾非固为苛论,其实固如此也。

十六日　至伯玶家,与蒋挹浮先生晤谭。先生善书,喜为诗。曰:刘石庵之书,吾谓其不如翁覃溪,翁于书皆得之古碑刻,无一画无来历,故所题跋,句句有根柢。刘论书尚空谈,多外行语,然刘能潜心独造,自辟径途,亦自不可及也。余言及陈焕章,近颇为世人推崇,先生愕然曰:陈某乎?吾知之,此高要进士,颇为乡人所不齿,吾官粤时,渠欲得其学堂监督,乃鼓煽学徒与监督陶君为难,迫陶辞去而己攫其位。陶长者,学问亦好。

十七日　至琉璃厂。神州国光社《国粹学报》及《神州国光集》皆改名《国粹学报》，已出七年，分类装订，购全分者减价。惜其为洋纸，不耐久。然其中流传不广及未刊之书，往往而有也，但本社论著虽略有考据，而文类骈体，殊不足观。

十八日　访朱铁龄，不遇，留一片，言徐公为先君行述填讳用何官衔，可函示我，我且出都矣。访辟疆，辟疆方为袁总统作小历史《名政迹记》，大总统命为此记，以应德国新闻记者之请。又曰：现李刚己来京，索余所为《左传》评点，甚急，因速为录副，坐余于旁，仍自录写。又语余曰：徐太保已来信，言资刻集事。晚访伯坪，属其转求蒋先生写匾额及对联。与伯坪访翙宸。伯坪自言近来商业无利，家中经济困难。宗氏资本家经乱，商业损失甚巨，然谓家中经济已形困难则过矣。今乃屡言之。

十九日　桂馨斋小菜铺扈君来言：如用款，本柜尚可通融，因日前余曾到桂馨借款也。至津浦铁路公司办事处询问津浦路事，有江苏吴君者云：本路办法交通部尚无宣示，而历年所收股款无多，至今尚未动用，数年来亦无开股东会，惟今春开会一次，至者无几，亦无甚提议事件。

二十日　蒋艺甫先生来，言及日前游西山事，云：由火车至程子村，再雇车，约二十里，到潭柘寺。此寺以泉胜，而松竹皆可观。西山诸寺幽雅怡人，以此山为最。遍山橡树，子可食，僧或拾以饲豕，安见橡之必生长于热带也？此寺当乾隆盛时，有地万余顷，散在各行省，今惟三十余顷矣。见尚有僧五十，仆五十，其和尚名鹤芝。惜此寺和尚带富贵气，然染于所接之人也。由潭柘而戒台而灵光，遂至所称八处，戒台以松盛，灵光寺尤可观。八处者，秘魔崖、宝珠洞、龙王堂、香戒寺、大悲寺、三山庵、狮子窝。宝珠洞极高，固可观，而秘魔崖尤多古迹，龙王堂亦佳。香戒寺和尚曰无染者，甚可人。有玉兰，高可四五丈，三月开花，此北方所无有者。潭柘寺老僧出手卷，属我题诗，为题一绝。客至寺中，僧辄为具素餐。与银币四。吾辈住二日，与仆人四元。次日饭于戒台。西国游客甚多。夏间避暑寺中者尤盛，住两三月与寺僧至五七百人。吾辈若往游，可先到嵩云庵，见寺僧学真，属其介绍，则潭柘寺必先以车相迓矣。

二十一日　访李刚己于西河沿栈。而陈伯寅、高阆仙以次至。伯寅，名清震，南宫人，教育部参事。阆仙以新印辟疆所选诗文见赠。诗文各二册，笺释又各二册。至电车公司。邀翊宸及韩麟阁小酌。

二十二日　访徐梧生先生，以定兴□□诗集及自刻徐嗣伯所著经方见惠，畅谈良久，言及其先人徐公延旭巡抚广西政迹，述之甚详，且曰：自吾先君去桂，三十余年，未与桂人通音问，后有人言《梧州志》叙先君治梧甚悉，吾展转求之，久而后得，乃知所叙当时大事，而以先君事为主，并非为先君作传，实不啻作传也。梧州二次失守，未尝奏报，故城复，亦不能奏闻，而先君当梧州残破之后，委署无人，独慨然前往，艰危万状，卒能恢复秩序，民获苏息，而强悍之徒犹时时谋窃发，皆以计破之，并招抚其魁，使为我用。又曰：吾曾祖曾官故城，未几，调山西。其在故城或署或补，族谱不详，亦不悉其年代，子可在故城志中代我一考。又曰：鹿文端奏议一箧，其子曾拟印行，民国成立乃不复念及此事。时过无所忌讳，更宜印行，彼反忽之者，初殆欲借其父之名夤缘政界，今既无望，故置之。又曰：庚子之变，余所藏书在都中，托徐相国取其最佳者一箧，未及开视。传闻其中某书在刘铁云家矣，余闻之恼丧，不能开视者数年，既而不误。其尤可宝者，惟《周易》及北宋本韩文，而韩文两部，褚注本尤可宝，其一为《韩文举正》，乃朱竹君之书也。上有四库图章，则修四库时进呈之本也。四库藏书之盛举，本朱竹君发起。各省进呈之书，皆盖四库图章，并记明谁氏之书，以便录存后原书发还。此书后有朱君之子沙河跋语，[1]谓此书为其幕友某君进呈，攘为己之书，故《四库总目》即谓为其幕友进呈也。南省人之狡诈类如此。现今内阁藏书发交图书馆，余与缪小山

---

[1]　朱沙河，似为朱筠（竹君）子朱锡庚（少河）。

任其事，而编辑目录等事多余所为，缪竟攘为己功，且在馆甚跋扈，余严为防范，卒将某府志窃去。又云：有同乡高翰生者，专搜罗古墓志，已得七百余种，亦一巨观也。访吴辟疆，阅其文稿。

二十三日　排印先君行述于琉璃厂共和印刷局。

二十四日　徐梧生已授为清皇帝师傅，来拜宗先生。红顶花翎，行于街市，人皆属目焉，行跪拜礼。日前艺圃之友死，属余为措丧费二百元，今日乃为筹百元与之。李刚己来答拜。李翊宸来，谈三四点钟。前托朱铁龄函询行述填讳款式，久无复书，乃托鞠如访朱君问之。

二十五日　孔社开会，以孔子诞辰纪念也。开会三日，行礼演说，而会中结彩插花，胡同口及菜市口大街皆搭牌坊，满悬电灯，饰以松枝。会场男女杂沓，有如观剧，街巷为拥挤，铺张扬厉，至此极矣，而独未闻其研究孔学。昔者有伪道学之说，盖皆讲学以求名，今则立会演说，而并无讲学之形式，诚不得谓伪矣。呜呼！孔学其自此盛乎？抑自此亡乎？韩麟阁来，言电灯股票现有出售者，但每百两涨价十五两，当四五月间有急于出售者，当可较原股银议减，今则有收买者矣，且公司日来骤见发达，价故微涨。翊宸邀饮于鸿宾楼。苁山先生尝称曾文正公之言曰："有操守而官派小，有条理而大言少。"可谓名言。尤可为今日政界诸公座右铭也。

二十六日　到孔社观盛会，来宾今日尤众，演说者十数人，惟赵中鹄演说尚有精神。

二十七日　翊宸以辟疆为其先人作墓志，欲以五十金为辟疆寿，属余将意。至则辟疆奉大总统命有事于南京，昨日已南下矣。贺徐梧先生，先生拜清帝毓庆宫行走，未见。至红十字总会见冯君，询问红十字近日情形，索得其章程、会员录。先君行述，今日得朱铁龄函，言徐相国填讳款式，今日排印已将毕，幸不误。余订期九月三十日赴津，但恐装订不能毕事耳。午后赴李翊宸天兴居饮酒之约，并邀韩麟阁。麟阁谓余曰：电灯股票吾求之急，售者必高其价，且缓之，不患终无机会也。

二十八日　浣花书局牛君邀余及李心甫饮酒观剧,余二人辞焉。行述中有府君每称前人"于书无所不采,亦无所不扫"之说句。辟疆云:此乃吾先君所创之新语,不得以前人概之,当云吴先生云云。实则此二语昔人有言之者,故余用前人二字也。辟疆既属更正,不便与辩难,而余实欲仍用原文。不得已,乃属排印局依辟疆所改作吴先生云云者数十部,以备送辟疆,余仍用原文。作函谢徐相国佽助刻书资。文曰:到都,敬谂我伯犹居青岛,而时时以先君遗集垂问,复惠以巨资,引刊印之事为己任,感泣莫名。伏自思念先君生平志学,惟我伯知之为深,乃未及有所施为,顿遭奇疾,虽疾犹不肯自废弃。失明二十年,未尝一日不研求古学,访询时政,且时复有所撰著。不孝才智下,大惧不能绍述我伯独存先人之故,在时既招至都下,有以慰其意,身后尤恳恳勤勤,取其幽怀孤诣、不得施于世而仅书在纸者,汇集而刊布之,载世传远,使不即湮灭,而逭不孝之罪于万一。曾文正有云:传不传,彼各有命,掇拾而光大之,长逝者之所托命也。葆真又窃惟大恩之不可名,空言之不足陈,惠之至也。其敢以虚辞言谢,敬矢于中而已,感激涕零,更何足为长者道哉。所赐不敢辞,亦不敢受,归将请命家祖。区区愚衷,已属铁龄先生代达左右。至孔社。孔社本开纪念会三日,兹又展会一(日)。自前清国子监大成节,皆以二十七日举成。今教育部发起圣诞纪念会、孔教会亦因之祭孔,沿习旧制,于今日举行。教育部已电告全国,国子监已预备一切矣,忽有人考据谓孔子实生于今日,遂又发电全国而改期。孔社不肯明言,但云展会一日而已。孔教会则已于昨日祭孔矣。闻总长汪君已通饬本部,行三跪九叩礼。本部专门司诸君不赞成,汪不听,久之,乃任部员之自由。及祭,总长忽自行三鞠躬礼,见者怪之。钱恂在侧,叱曰:何得行鞠躬礼! 遂又行跪拜礼。于是本部人员各行其是,秩序纷然。孔社及孔教会则行跪拜礼,学界多非。而民国第一次纪念会能更订圣诞日,以正历代之误,甚善。

二十九日　检点行李，将于明日出京。借桂馨斋戒银百五十元，存宗宅，将归还其家人。伯玶代求蒋艺圃先生书楹联匾额，皆未即书，属其邮寄。呲山先生代属袁季云书楹联数分，则已书就，此代人求以为赠品。袁亦都中小书家也。先君行述印洋纸者四百分，夹连纸者九十四分，共合洋十九元六角。其夹连系自购，二种合并，每分计须普通京钱九十余文。

三十日　二次车赴津，八钟半开车，十一钟半到津。访兰侪于福星栈，遂与同寓。至开滦公司取入场券，明日公司开股东常会也。访苇村。苇村言任邱一带盗贼充斥，白昼劫人于路，谓吾妻暂不能来。至法政学堂访侯亚武、李承瑞，遂宿李君室。

十月一日　见张襄谱、张璧堂、高静涛、王仲航及竹泉、杏儒。竹泉闻余携有吴选古文，急思一观，乃借与之。赴开滦公司，到会者四五十人。王劭廉主席无提议事件，惟娄君某及卢木斋、李子舟有所驳议，亦归无效。随开矿地股东会，事更简单，余谓矿地公司帐略后，可将营业情形附印于后，主席曰此事非密秘，可照办也。宣言十日后，两公司发本届余利。访冶亭先生及苏华滨。亚武、仲航、静涛来寓。赵绳武来。襄谱今充法政学堂教员。

二日　与兰侪访绉兰女史。女史江浙人，前以课命有名保定，时余方在保定，尝有人称其术精。后女史乃游京津，其夫为待宾客。兰侪以官事使占一课，曰：无得官之象。又命批流年，曰：今冬且失偶。于是有甲乙二人至，畅言术数，互以术数名家相推，某乙且赞某甲女公子之术精也。访苇村，苇村以代购之李鼎和笔付我。至华兴公司代办处，即光明煤油公司改组，旧股每股加银二两为有效。闻卞奇卿入股至多也。访冶亭先生，赠以辟疆选诗。访纪悔轩先生于日界汪宅。知未来津。香骢先生，一字悔轩，汪君其婿也。购制牛肉汁磁罐于洋行，来津三日，昼夜营营，时夜已深，又至苇村处，取吾妻寄来新作之衣服。归寓已一钟上余矣，倦甚，仍须整束行装，久乃得寝。

三日　二次车赴德。兰侪送至车栈，四钟至德，宿焉。

四日　雇车而行,午时至家。

六日　与景尧会议阜康号资本于商会,仍由刘子俊为介绍。于是阜康以货已购定,需款甚亟。

七日　以议定资本之属我一部分者,不崇朝付清,则树珊操纵得法,景尧不能也。

十一日　先叔忌日。上月下旬吾妹来家,欲祭墓,余与同往。

十四日　东昌傅氏来接吾妹,吾妹遂行。此次来家,住二十余日。

十五日　骆仁甫久已来此,现已赴三里口经理场事矣。

二十一日　接赵湘帆寄京之函,言文集序及行状皆脱稿,随函寄都矣。余访贾慎修。以吾将设福兴号分号于城内,慎修疑吾系改组,有意辞职,故到城内与言其实情,且坚其意。慎修乃不复言辞,而请退股以为添招新伙友之余地。余本意在发行钱票,既出钱票,势不得不有发行所,虽设事务所于城内,仍持消极主义,非大作钱行生意也。闻教育会拟将字纸会存款归学堂,余因拟改组孔教会,使教育会无相争。王耀斋、张聘三与吾同车来郑。

二十二日　张秉卿来,持所制袜及以此机所制他品来。日前以将所制者邮寄公司,其如何收买尚无回信。捷足公司之章程,本宣言收买袜,凡买机器者,发给毛线,制成交公司,公司与以定价,复与之线。玉堂制数双即停工,俟秉卿对公司有办法,再事工作。

二十五日　崔寿衡为吾祖项后小疮,日前荐景州薛村尹希参君,谓其精外科,有盛名,可属其医治也。今日乃延之来。

二十九日　检点《苏沈良方》,书板凡九十二件。此书系吾祖在故城学署时刊刻,吾祖以此书无单行本,乃从《知不足斋丛书》中录出梓行。

十一月四日　王勤生先生自津来。

五日　出吊于枣强王氏,前泌阳县知县王公堪之夫人、王君恩荣之祖母,而吾堂叔汇亭之外祖母,将于再明日安葬。归宿于岭踪,与曲肇瑞畅谭至夜深。勤生先生求吾祖为书楹联,遂书二付,其一与其从者。

六日　王勤先生回津。先生家内名食福堂,宣统二年曾访询其商号之富力,兹列于下:滋德堂账房资本八千千,食福堂账房万余千,同德号钱铺祁州五万,德逸居布铺深泽三万,万全兴布铺深泽三万,德逸昌钱铺深泽万五千,广德裕祁州药铺万余千,德盛元祁州药铺万余,同德堂深泽钱铺万余,合益当大本支之公共商业五万,广济当小本支公共之商业七万。此外有地十六顷,房租岁二千七百千。

七日　前马君肇元曾以二百元借予苏孟宾,以为赴任唐山之旅费,后归还五十元,今又之任新城,肇元属吾函索借款,函未到而孟宾信来,言日内即将马君之款归还也。家叔汇亭自枣强来也。

八日　将制袜,订招工徒章程数条。汇亭叔归。

十一日　尹希参又来视疾,今日归。

十二日　晚得艺圃电,言吾妻明日至德州,属以车往。

十三日　阜康将设分号于吾家旧购本街路西大院,须改筑垣建房。拟明春开始营造,因预为造坯,院中土高可取给于院中也。迪新寄新刊文集样本及阜康匾额。日前已寄示文集样本矣。以车迎吾妻于德,晚八钟余,吾妻至。艺圃另觅车,行缓,九钟乃至。吾妻自任邱至津,招艺圃于京师,属其来送也。

十四日　艺圃回津。

十五日　余小疾且腹痛,以热壶熨之,即愈。

十八日　祖父小疾,晨不起,旁午强起,小饮食即复睡去,晚小饮食即寝。祖父体素健,惟耳重听,故夜余侍左右。

十九日　祖父精神差强,仍少食多眠。

二十日　夜寝转身忽无力,晨起不得,精神大衰。诊视,知病沉重也。

二十一日　疾大渐,乃延崔君寿衡来视。发电召迪新于京,并以病告汇亭家叔。

二十二日　医者曰,疾不可为也。饮食渐不能入,仍索药,药进尚能饮，午后几不能言动。入夜不复饮食，聊饮以水，尚能入。

二十三日　迪新夜一钟至自京师，盖得电告，次晨二十二日由京启行，一日半夜至家。七钟吾祖竟弃不孝辈长逝矣，哀痛可言哉！时为旧历癸丑岁十月二十六日辰时，生于清道光五年二月四日□时，享寿八十有九。小殓。凡附于身者，皆置于十年前，进聘三来视疾，未行，因与筹备丧事所宜，发函讣告族姻。

二十四日　午后四钟大殓，晚送冥资。俗礼：始死，以纸条一束插于门旁下端，散之如绮组之缤纷，名曰坐迁，谓死者之神寓其中也。第三日，置坐迁于灵前，如神位而祭焉。祭已，焚细香而乱于纸条内，孝子负之而趋至野外，祭而纳于肩舆焚之，盖有送行之义焉。而所糊之纸马、库楼等事，随之至舆前焚之，此俗礼也。吾父之卒也，坐迁以负之，不如舁之也，乃安于椅上，舁而前。窃谓既有肩舆，焉用椅为？暴露于外，亦不雅观。顾有已着之香在纸舆中，恐其焚也，因免香纳舆中以行，虽非礼而较雅观也。既归，哭于灵前，执事人亦皆来行礼。

二十七日　东昌傅氏妹及佑之来。

二十八日　行成服礼，礼相为翟君荫堂，贾君慎修、郎先生荔轩、王君善同为礼宾。汇亭四叔来。晚封灵，行家祭礼，其祭文甚仓卒。后幅系托聘三所为，而略修改字句，余皆自为之，以他人为之，终不能合我意也。

二十九日　傅佑之及吾妹归。三叔自津来。

十二月一日　四叔归。宗氏姑来。

四日　程巨亨、张梦生、王眉生来吊。

五日　吾姑及心铭叔回京津。送吾姑旅费五十元。昔吾祖母之丧，吾姑来送葬，其归也送旅费四十二元。余将售五祖寺之地，以问梦生，梦生果不赞成。

六日　王眉庵归。吾父之没，葬期迫，未及为铭志，心以为憾。今祖父见背，当急为行述，以求墓志。然先祖行义，当再博访周咨，以求详实。因恳眉庵请命于祖姑，恳其以先祖逸事见示。问陶九叔、德朴来吊。德朴，墨侪兄之长子。

八日　德朴归。苏佐清来吊。

九日　问陶九叔归。佐清亦去。昨茈山先生来唁函，且云人生丁忧为大不幸，气运极否，虽属迷信，而中有至理，应付一切，当以谨慎为之。群目相视，必振作精神，勿疏懒，勿琐碎，尤勿操切，凡事以收敛和谨为宗旨，更以戒贪为要务。盖丁忧者无好运，虽顺事亦每生支节，历验不爽。此为阅历关切之言，幸勿河汉。宗先生此言真阅历关切之言，令人感泣。书之以为座右铭云。

十二日　祖父之丧，今日当为三期日，例焚冥资哭奠。孟宾借马肇元之款尚未归还，余乃代归还百五十元。

十七日　孟宾来函，言所假肇元之款现已缴还，然则余代还之说，可取消矣。

二十日　李沛生来吊。外弟宗澍也。

二十一日　日前，车夫偶在市购大鸟二，重各十数斤，而不知其名。土人称说不可考据，乃命儿子迪新以其形考之古籍，始知其为鸨。据《本草》云，肉粗味美，食之益人，身有豹文，长须尖喙，爪有三趾，无后爪。遂烹食之，果如《本草》言。

二十二日　王勤生先生来函，略述吾祖壮年事，甚简略。又以祖父既没，将改葬吾祖母、叔母及吾兄之灵于新茔。祖母去世已五十年，恐棺木朽坏，琴生表叔为言开墓启灵办法，兹述于左，以备一说。其言曰：启坟之先，预作一棺，活底活盖，以轻便为要。再备竹板若干，长三尺，如虑旧棺不能移动，即用竹板插在材底，上用杉竿与棺下竹板捆好云云。李沛生归。

二十六日　今日为祖父五七日，焚冥资，哭祭，如一七日。

三十日　赴津。早四钟启行，八钟半至德州，检点行李，而竟将提包遗家中，川资亦在内，仍借款于旅店，始成行。

艺圃曾以陆军部所发火车半价票见惠，拟乘二等车北上，亦遗在皮包内，而今日适有一次通车于二次车前到德，仅售二等客票，有此机会而不能成行，可恨。又俟许久，南车再到，乃行。至津，访冀挚亭，不知挚亭已于数日前死矣。余以挚亭往还已久，甚和平，闻其死，为之嗟叹。访苇村于卞氏，宿焉。

三十一日　访朱允卿于济兴栈。朱，任邱人，乾兴煤行领东之掌柜也。乾兴东北院新设之商业，成立才三年，而甚获利。问以煤行情形，云：初办时与公司订合同，交押款万元，后陆续撤回，每墩四元八角，有回用二角半，公司时时发煤，吾则时时交款，每星期交纳，初时赊欠约可二万，后渐至四万。西沽本栈外老车站尚有分号，消煤则滏河一带最畅，御河次之，所售价与公司同。凡来本号购煤，有按节清款者，有一年清款者。本号近年日形发达，去年约四万墩，今年则七万墩矣。新车站一带四家，而以本号为最发达。又云：吾闻开滦公司每日消费至七千元。余曰：滦州公司股本三百余万金，若公司费用日七千元，则一年之消费不且及公司股本之原额乎？朱曰：岂惟公司，即以敝号论，每年公用且逾原本金也。又曰：钱氏二子前寄文文学馆，今不知其何往，文才如此，废弃可惜，将于何处求师乎？余曰：其文甚佳，吾当为介绍于吴辟疆。朱曰：果尔，甚善。吾先访二子所在，得由子而师吴君，钱氏子之幸也。宿于富同栈。一宿房饭五角，出入栈两角，有洋炉，用否自便，费二角。晚游外国租界，观其年节风景，实则不及纪念日之可观多矣。外国重纪念日而轻视年节如此，与中国以年节为唯一之佳节者，可征风尚之不同矣。

收愚斋日记二十五

民国三年(1914),葆真年四十一。

一月一日 八钟二次快车入都,十一钟至。仍寓丞相胡同吾姑家。

三日 屺山先生及鞠如赴保定。龙云斋刊文集已至卷三。

四日 至广兴公司,见其人刘君萸生。余问以电灯、自来水各公司股票近况。

五日 访辟疆。辟疆代校先君文集,首册校毕,又曾托其校底稿。渠日前函告鞠如辞其事。屺山先生又往面托,乃许诺。鞠如至自保定。

六日 购《资治通鉴补》,此书百十卷,明严衍撰。□□县人,钱大昕有严先生传。某县盛康校印。康,宣怀之父,殆即盛宣怀所为也。凡八十册。尹吾以年假来京,寓吾姑家,今日始返学堂。余日内编王父行述,甚忙,迨到都即拟访艺圃,以电话询之,迄不得消息,不得已,函问茆村于天津。访于泽远踪迹至掌扇胡同杨霁高所,知于旋里,犹未回京。

七日 至捷足公司天津分号,今始设立都中,其人曰:在津购机器者所制袜仍须售之津中,彼不收买。本公司察其无不合法之处,可代为函询津中。献群文集已倩人录副,凡三万九千言。至保险储蓄会,索阅其章程。

八日 访辟疆。以先君书牍恳其选定。访李艺圃于陆军大学,仍不遇。

九日　浣花书局牛赞臣来访。赞臣，南宫人。辟疆来访，言及总统府年来各种电报及他重要案卷存储完备，所有大政关乎时局，而为外人所不见者甚多，急宜编辑成书，以存事实。苟有人提议便可实行。过此以往，遗失必多，复事网罗则不易矣。吾若倡此议，未必无效，又恐其以此事属我，此岂一人所能办者？若将各事先排比有序，而后编定，乃可措手。总统府固有无所事事之人，委之为此，亦易易耳。惜竟无人倡之。晚与姑夫论点主事，又自述保定万义事。

十日　至捷足公司买针。公司中人云：现无此号之针，当为君由上海购之。访朱铁林。以先君行述送徐相，并以徐相馈刊文集经费及送挽幛书屏条楹联等事，属朱转致谢意。朱云：徐公近屡书碑志，可求书墓铭也。余曰：请先以其私问之，公意许再正式恳求。至自来水公司索其议案，并问其有转售股票者否。书记吴君京魁曰：有之，明日当为君一觅。

十一日　兰侪来。心铭三叔自张家口来。

十二日　出游至左渠门，于是都城各门遍至矣。访吴君京魁。吴君曰：本公司股票价六成，不能自再减也。广兴公司刘君则云，可减价百之三十四。电灯股当加价二成。访韩麟阁，不遇。归而艺圃来饮，我于饭馆已饮，而德华银行某君至，艺圃故人，遂与同饮。艺圃之友满都中，每出辄遇之。清德宗皇帝奉安，芘山先生送葬。清帝赐送葬者以宸翰，芘山先生与焉，今日进内谢恩。得家报，吾弟于本月七日又举一子。

十三日　桂馨斋扈君邀饮于福兴居，余不欲往，芘山先生强之，乃行。访朱铁龄。朱谓余曰：已将求书墓志事达徐公矣。又言及热河古玩运京之原因，曰熊总理曾窃三件，于是他人亦多有窃者，故有是举，亦以当时古物无目录故也。是以徐公督东时，将奉天宫中所藏古玩书籍为目录，于是有用矣。今将目录交上海廉惠卿石印。访吴辟疆，恳其撰先王父墓志铭。先王父行述已拟就，缮稿共二千八百余字。辟疆屡劝我文集后附印尺牍，因将尺牍录出求其删定，乃竟无所删。归，韩麟阁云：吾顷到电灯公司询访股票事，公司中有李丽堂者，吾戚也，许为我谋之。至龙云斋询以刻墓志事，因曰：曾刊鹿文端墓志，荣文忠墓志现正镌刻，其文则孙葆田佩南所为也。徐梧生先生现为孙佩南编辑文稿，将付印。余曰：此吾亡友张献群未竟之志也。献群尝师孙先生，因思编辑其师之文，未及而没，何幸徐先生能任此事，徐笃于故旧如此，不亦贤乎。

十四日　以先王父墓志事重要，拟事有头绪，再行旋里。虽在此过旧年，似无不可。艺圃来，未去而馨山来访。馨山，青友先生之子，鞠如之妻弟也。欲师吾父学文于保定，未及往而吾父没，故馨山于吾父称师也。

十五日　与宗先生访馨山先生，邀同饮于杏华春。辟疆以挽先祖联帐奠金送来。联语云：胸中无一事萦怀，膺兹上寿；有子为大儒名世，已足千秋。龙云斋以其承办之墓志送两分来，一袁总统母夫人墓志，孙嘉（家）鼐撰，徐郙书；鹿文端墓志铭，陈宝琛撰并书。李翊宸来访，始自家来也。

十六日　访辟疆。以吾父所为祖父寿文启交辟疆，以为作墓志参考书。至先农坛，初游此地也。晚访翊宸，盛言京师济良所办理之善。

十七日　辟疆撰先祖墓志铭已脱稿，邮示我。为之之速，令人惊叹。感激不能自已。晚又来函，于墓志更删数字。毗山先生代我核计字数及须石之大小，预定格式。

十八日　往谢辟疆。过朱铁林，朱言：徐公尚无函来。余曰：倘公不能书，亦望早告我。朱曰：徐公若不书，则请其转托华弼臣为之，吾已筹此二办法矣。余曰：甚感。座中宾客甚众，有贾某者自言在奉天久与心铭叔及武合之相习，谓余曰：文集出板后，请由朱君绍介予我一部。朱曰：现恭邸出售《图书集成》，索价五千金，惟中缺二函，可惜。与宗先生购锡五，供将用之家庙。翊宸招饮至龙云斋，议购墓铭石。

十九日　麟阁代购电灯股票四股,价六百四十二元二角七分,涨于原股百之十四。取自来水公司第四届官息于直隶省银行,乃系自辛亥正月至阳历纪元之前一日为止,不及八厘。

二十一日　阅辟疆近所作文,文之笔势固奇瑰,体格亦变动不拘,不惟宋人无此奇谲,即唐人昌黎外,亦不多见也。

二十二日　徐梧生先生来。余求其书墓志篆盖,许诺。谈及夏壮武公,徐辄称叹其治军有纪律,并言其在楚军而得记名提督之不易。夏之再出也,乃李鉴堂制军所特举。李升东抚,访人才于于次棠中丞,于以夏对。李始到东,即檄调夏,夏方困穷,以制豆腐为生,恐李公不能重用,不肯出。李再札调,乃他往,行至德州。州刺史方得李公檄,属其毋任夏出境,出檄以示,夏乃到济南。李公一见,即授以登州镇,遂升提督。又曰:孙佩南文集,吾终当醵金为刊行之。孙、宋、法三君,文学皆可称,而皆无子。宋进之之经学深于孙君。宗先生云:有一旗族某君,昔观其人,亦颇柔懦,国变后闭门不出,曰吾不忍见斯世也。至今足不出户,过人一等矣。时既不可为,莫若潜身自洁,嚣嚣然宣言欲有所为,而适有害于世,果为国家也哉。访辟疆,辟疆适奉命赴湖北矣。接迪新信,言马玉堂与树珊起冲突,不辞而去。曲肇瑞为之转圆,迪新未之应。然玉堂实有他原因,不能令其返也。

二十三日　求梧生先生篆盖,宗先生亦为其兄华甫先生墓铭求篆盖,因同至徐先生家,坐谈良久。壁悬清皇帝御笔甚多,皇帝冲龄而书法颇佳。因言及清朝书籍事,曰:吾充清廷师傅,皇室事他可不问,书籍及书房所用,不可不尽保护之责。热河及奉天之书,既归民国。武英殿之书,吾与陈师傅、世中堂言须为清皇留一分书,不能使无书读也。吾与徐相尝戏言:此书若不得请,当以死争之。我不死,书不能取去也。吾一生嗜书,果以争书而死,岂非一嘉话乎?而武英殿之书,竟获无恙,有书而无室陈列,当再将武英殿请归皇室。又谓余曰:吾高伯祖早世,高伯祖母路氏,年十八守节,清苦,去母家才四里,未尝一归宁。年节,父母每来视,母家有吉凶事,亦不往,惟遥望跪拜而已。德州宋蒙泉先生弼，亦一时名宿，曾为作传，而其稿久佚，请子为我一访蒙泉先生文集。然蒙泉文集未闻有传本，恐未刊板也。恭王现有《图书集成》将出售，闻缺二函，昔吾闻有人持一函往临清，临清乱后遂毁于兵燹，不知与今恭王所藏者为一部否。又曰：武英殿铜字，高宗时皆以铸钱，其原因知之者少，其内情因睿亲王时时盗毁，朝廷知之，不欲发其事，故铸钱以灭其迹也。又曰：宫廷秘密、深谋诡计，多外人所不知闻。文宗升遐于热河，诸大臣不知所立，时某某之舅在侧，亦不知所出，曰请与皇后议之，陈官俊、宝兴乃拥□宗，即丧位。□宗谓某王之舅曰：可以吾弟来。某出，陈、宝二公觅得一纸曰：此立□□之遗诏也。事遂定，后后出某王遗诏以示□宗，□宗色变。皇后曰：吾无他意，不过令汝知有此事耳。遂于□宗前火之。

　　二十四日　朱铁林来函，言已得徐公函，允书墓志矣。

　　二十五日　访朱铁林。以墓志底稿及书墓志格子纸，托朱君转寄青岛。

　　二十六日　阴历正月元旦也。仍夜起，行过年一切礼节。余亦随之早起贺年，举京城大抵皆如此也。至厂甸观新年景象，士女游观者颇众。鞠如曰：顿复旧观矣，不似去年之冷静也，商界照常开门者甚少。夜与翊宸游观街市。

　　二十七日　余以终日营营，身心疲惫，乃至广安门外消遣。至天宁寺观古塔，塔凡十三级，为八角形，每面约两丈，其形式已见照片，不复详述。庙亦渐隤圮，亦无古碑刻，塔上亦无文字。今日为财神庙会，游庙者非常之多，十数里络绎于途者，终日其盛，乃出乎情理外。余自天宁寺步行至庙中，庙既不大，且在旷野，而盛如此，不亦异乎？

　　二十九日　访李心甫于师范学校。

　　三十日　访朱铁林，未见。闻阴历初三王揖唐即王赓承总统之命赴青岛访徐公，朱君即以墓铭纸稿属伊携交徐公。宗葆初自保定来贺年，且言其家商务事。宗氏万义掌柜程君、和义掌柜智君皆来，缴去年度清册。程、智二君皆山西人，万义为长房、二房、四房三家之商业,和义粮店为长房及四房之商业也。和义去年新设,资本仅数千金,尚无所获利。

三十一日　得迪新信,知际兴去岁得利,较往岁有加。至清阁阁,又画墓志格纸。因徐梧生云:为篆书,生宣纸旧者为佳。故又觅旧者,另画格纸也。

二月一日　李心甫来。至琉璃厂游火神庙。每年正月为玉器古玩会。余与宗先生闲谈,宗先生云:左文襄本命壬申、辛亥、丙午、庚寅,此见名人札记,而忘其书名。

三日　昨接辟疆函,知其已来京,今日乃往访之。辟疆云:此次南行实与段香岩同往,劝张少轩上将去金陵也。余寿以文,以游说之,而张公竟去。访李心甫。艺圃昨与我约同饮庆华春,并鞠如兄弟。至则不见艺圃,乃与葆初兄弟同饮悦宾楼。访马挹山。挹山新到京,将考县知事。与万义小器作订制檀香主位、金丝楠主合,三主牌共合者。

四日　以湘帆所为先君行状文集序求辟疆审订。今日艺圃又约饮于庆华春,又不遇。

五日　排印先王考行述及墓志铭。艺圃又邀饮于泰丰楼,主客为艾知命、卞耀亭等。卞君以选举事来京也。知命,字乐天,政治会议委员,宗教家也。

七日　议订十日即阴历十六为先王考题主,假取登胡同同丰堂饭庄。

八日　谒见柯凤孙先生,请其为先王父题主,约订乃请马挹山书主。

九日　马挹山来宗宅书主。

十日　敬请柯先生题主,徐梧生先生、袁季云襄题,常用宾先生、宗姑丈代为经营,李云宗先生代邀也。

十二日　至天坛先农坛一游。天坛先农坛初次游览。请马挹山饮于同丰堂,李心甫、李翊宸等七人同座,柯先生处则送一燕菜席票。

十三日　泽远患病不良于行，未应余之招饮，而两次来访，余今日乃见之。先府君事略首页有错误，因将首页改正重印而另装之。先托柯凤孙先生为王父作墓表，已蒙允诺，今将行述送去。

十四日　于商会汇报社铅印王考行述四百分，以便赴告葬期时附送，惜印刷粗劣而纸不佳，不如共和石印局所为。

十五日　赴津，寓醒华旅馆。

十六日　至开滦公司及启新公司。启新现自建楼房而移居焉。滦矿公司仍假启新公司内办公，余取息而还。至法政学堂，与侯亚武、齐次青诸君畅谈至夜分，遂宿堂中。

十七日　竹泉至，又少谈而赴车站，仍往醒华取行李。登车后，天雨雪。自沧以南，雪渐小。至德误时刻，且天已晚，遂宿焉。家中遣车来，道路泥泞，不能过河。河西无店，宿人家。夜又雪，平地尺许。

十八日　路为雪所埋，泥泞甚不能行，倩人肩行李而已。步行觅道不得，时虞颠踬，幸车夫相扶持，乃得渡河。登车行一日，皆无辙迹，暮始至家。

十九日　张梦生、程巨亨皆已前至，交去岁清册。余庆长微逊上年度。去年因开设买卖、开印文集，与各号约皆提款一千，福隆二千归本帐房。业勤堂所有房产，有人提议售出，即余庆长所租房，因研究此事，出售后是否将铺迁移，或由寿真堂或余庆长收买，抑或劝族人缓出售。

二十日　树珊同程巨亨等旋里。

二十八日　赴北代，迁道至尹里。问荣岩所雇扛夫事。改葬祖母、叔母及吾兄于尹里新茔。合葬祖父母。宿孙家寨，尖于龙化。

三月一日　至小范。命车夫往河间王化，迎吾嫂之母夫人来视吾嫂之疾。吾嫂之疾近又沉重也。至北代，宿熙臣兄家，与汇亭叔、墨俦兄言迁葬事，并问家中何人于安葬时来郑镇。

二日　谒家祠。

三月三日　赴五祖寺展墓行礼。遂一访梦生于其家,属其在城内印赴帖。是时,问陶从堂叔与其朱氏妹以债务起冲突,朱氏姑不胜其忿,入城将讼于官。汇亭及哲山两叔急入城止之,犹号泣谩骂不止,强之归,仅免诉讼。汇亭乃至五祖寺责问陶,劝其清债以了其事。今日始稍有头绪。汇亭叔乃同余回北代。

八日　赴小范,树珊亦至。将与予同回郑镇。余家数年前曾购福成号,所得饮马河张氏田五十亩,而地价未归清,地亦未改立新契。今日乃将地价找清,而地之能否实为我有,尚未定也。初饮马河张氏设盐店于深州,借福成号钱五千千,盐店既倒而债未还,福成掌柜吾族叔毓芳讼于故城,官判将地归福成以抵债,毓芳未与立契,借债之契据亦未取消。问陶叔居间,以其地售于我,每亩作价银八两,时银每两约值京钱二千三百余文,共一千千。欲立新契,则张氏不肯,福成亦欲借此将多有所索也。延至于今,地价涨,彼愈不欲与立契,今日乃与福成清结其事,将银价比当年略为提高,共作钱千三百千,除当年所交,所余三百余千归清,福成立字为据,此后与饮马河有何交涉,福成不复与闻矣。张氏此地原契及借券皆存吾家。张氏若欲收回此地,则须每亩百千,不及此数,借券不能交也。将来即小有交涉,亦无所损,故如此一办,在福成为爽快,在吾亦殊有利益,此树珊所为也。

九日　旋里,宿孙家寨。

十日　至。

二十七日　建筑阜康砟店分厂,在本街路西,此宅乃吾十年前所购房舍,多颓圮,垣亦破裂。散租多户,岁收租百余千。阜康既成立,乃欲租此地以为分号,遂为之重新建筑。今年先将垣墙重新筑之,此宅南墙临胡同,以院论,则后宽而前窄,以胡同论,则后窄而前宽也。于是邻右请将墙让出少许,使胡同取直可以行车,遂允其请,西头让出三五尺。

四月四日　再赴五祖寺。尖于龙化,宿于赵桥。无店,乃宿于饭馆,车则借宿煤店。

　　五日　至小范。而梦生已由余庆长旋里。昨日所以尽一日之力而至赵桥者,因昨日小范集市之期,梦生必宿于小范,将于今晨至小范,趁梦生未归,与筹画诸事耳。乃不幸赵桥无旅舍,借宿于煤厂,晨起,户尤未启,不能早行,竟至相左,遂至北代。今日清明节,至老祖茔家祠行礼,吃会。老茔始祖以次皆葬此,每岁清明日全族咸祭于老茔,具酒馔共食,谓之吃会,此亦睦族之一端也。余自去北代三十余年,至是吃会才两次。至五祖寺,又祭于祖茔。祖茔自五世祖以下。见堂叔哲山,又至梦生家。迁葬之事,实哲山叔与梦生经营为多,条理秩然,已订明日启坟矣。遂回北代,与竹泉久谈,竹泉自出其所为新茔碑记示余,即为之改订,此亦前约也。

　　六日　余与汇亭叔同至五祖寺监视启墓。今日启先祖妣墓而灵枢无恙,启叔母墓亦无恙,木质微朽,可迁移也。前曾具板拟作临时薄椁,以防枢木朽败,灵枢既完好,皆谓虽行远不至有危险矣。乃改用布结较为灵便,遣梦生购布他所。借东北院场屋为事务所,作饭等事皆在哲山叔院中。又有本村人郝老登者,亦从哲山叔为我经营。梦生近与哲山叔新组织一生意,曰恒源,邀郝掌柜与之经营。

　　七日　启先兄之墓所葺砖椁至为坚好,故灵枢益如新葬者。并布结可免,拟但用麻绳为之。

　　八日　两位灵枢次第结好,用小布二十五匹。先兄灵枢遂结以麻辫。

　　九日　五祖寺先茔无碑碣,村人谓设碑不利村人故也。惟初建茔时曾为始祖立墓表,即六世祖也。后失所在,盖村人闻地师言,窃扑之而匿其石于村中,余今觅得,然已残缺,乃舁入墓间,以土覆之。李荣岩率扛夫至五祖寺,扛夫每伙十六名,三郎、尹里、南庆各一,价四十五千。问陶叔至自城内,与汇亭同赴郑,乘梦生大车以行。

　　十日　五祖寺村人不忘先祖之德,闻祖妣迁葬,皆夜来执绋,固辞不可,相与送之村外,乡人厚意可感也。扛夫八人一班,或十二人,行甚迟,至武强城内,改为十六人共扛之,然后易行至圈头,停灵于古寺外。于晨欲雨而竟未雨。大有兴掌柜某君招待甚殷。

十一日 宿于刘屯,行才二十余里。

十二日 尖于李家店。车夫与市人口角,被村人殴击,诉于警局。区官滕君索击人者不得,以其弟来谢罪。村之董士出而缓颊,乃免之。滕某柔懦,不能严责其人,汇亭叔在局中代为斥责之。宿于王常。灵柩停于村外,以无正式旅店也。

十三日 午至三郎。扛夫自请用大扛,为具棺罩,送至尹里新茔。时茔中已将停灵棚搭好,敬停于棚内,派人昼夜守候。至家,则所请总理丧事诸君次第以来,苏良材、张聘三、季瀛为总理,王汇东、张鉴臣监厨,棚亦扎好,亲友到者,则东昌傅佑之。宗氏姑丈及吾姑亦至自京师。先祖墓志已将拓本携来,今日苏良材亦至自京。而阜康销售开滦煤,设厂德县,已与乾兴立合同矣。

十四日 迪新从余往尹里行礼,祭先灵并行破土礼而归。邀地师孙叔怀,二次往访,皆未晤。属骆仁甫明日邀孙君至尹里视正方向启圹。王勤生表叔来。

十五日 栾城聂氏再从姑来吊。姑,芝樵叔祖之女,妾阎氏出也,嫁栾城聂家庄聂怡山先生。聂氏家亦小康。苏星含、苏□□、李艺圃、李沛生皆来吊。苏家屯,舅氏子乾之子也。午后五钟,行开灵礼,祭文已具,而相礼者忘之,礼宾四人皆初丧,成服时所延请者也。

十六日 今日候吊,吊者凡百余人。晚行辞灵礼,赴帖共享三百九十余分,视先君安葬时所发,虽有变动,而数则较先祖妣发行时少数十分云。

十七日 早六钟半启灵,午至尹里,行遣奠礼,又行安葬礼。毕,易素服,祭于先祖妣以次三位灵前,行遣奠改葬礼,各有祭文,礼相唱礼,既定,行礼,又释服,行礼于迁葬诸新茔。送葬者深泽小陈安家庄、苏家屯诸君,宗氏、聂氏两姑及吾妹皆送。叔母、吾嫂以病不能行,家中留弟妇一人,反而虞。祭具馔,致谢于所请经理丧事诸君。

十八日　聘三宣布余罪状，谓送葬而返，礼有不合处。余诚不能无罪，但一切皆遵祖妣安葬之礼而行，未敢有所加损。且余邀聘三以副总理帮良材，欲请其筹画一切而教我焉，今事毕乃宣布吾罪状，余虽悔何益乎？艺圃颇为吾辨护，顾艺圃于先祖妣安葬时未来也。宗姑丈及姑入都。吾姑本拟小住，余尤欲留姑丈休息数日，且可有所请示，竟一日不留而去，去时芘山先生若有不豫色，则因树珊留行辞稍直率耳。勤生表叔拟为君质弟议婚于束鹿田家庄李氏。李氏，勤生表叔甥女也，吾姑以为可，劝吾叔母及吾母成之。王琴生先生、傅佑之、李沛生及吾妹皆归。费峻如以白糖公司事，属艺圃为之设法。

十九日　祭墓，送丧礼者前后几百余人，收祭幛一百十余分。今日苏良材设筵请李艺圃、苏星含，而张聘三、郎荔轩先生及他吊客次第去。

二十日　艺圃、星含归。张果侯来信，言现有事于天津矣。君玉来函，言自去岁从张小帆中丞来天津。

二十一日　问陶叔赴故城。所倒闭之买卖尚有未了事也，将遂由故城旋里。

二十二日　汇亭叔赴津，聂氏姑亦归。踵谢本镇吊客。

二十六日　谢吊客于各乡，宿于林子朱琴轩先生家。

二十七日　由林子周游至德州，回至故城。兰侪来函，言郭氏女病故矣。

二十八日　由故城至小麻一带而归。

三十日　命迪新至西北一带谢吊客。

五月四日　谢吊客至武城。李子畬将调署寿光，已治装，将行矣。

七日　迪新赴东昌谢吊客。

九日　连日将祖父母所有衣衾等物略为检点，吾母因与叔母分存之，吾姑亦分去少许。

十一日　迪新自东昌归。

十三日 本拟今日赴枣强谢吊，以车怠马痛，休息数日再行。

十四日 （缺）

十五日 近地谢吊已毕。明日将赴任邱，由任展转谢吊。而日昨李氏来信，以事招吾妻旋里。

十六日 遂偕吾妻北行，尖留镇，宿阜城。过刘麟桥村，有庙曰潮海寺，有明弘治时碑，又有清道咸时碑，记云：刘麟，修桥之人，去今七百年。盖刘麟非显者，而借桥以名，固幸矣。而刘智庙，则刘智所修之庙，竟若祠刘智之庙也，其幸为何如？

十七日 尖献县，宿河间。购酥烧饼及茶食，酥烧饼固为特品，而茶食亦著名远近。

十八日 午至任邱，适子培有事于郑州未归。由河间北行，十里堡、三十里堡、新忠驿、石门桥、关张堡，以至任邱，皆距十里，而关张堡之北曰五里堡。

十九日 子培自郑州来。

二十日 与子培至陈唐庄，李氏旧祖茔也。规模至为宏大，展观之余，遥想李氏之盛也。任邱之李，自始祖以下皆葬此村，自五世乃移居道北，谓之北茔李氏。始大茔，地四周缭以垣，墓门三间，如古寺墓门，前石坊矗立，式如陵寝，高广无比。门内左右列石器各五，人、羊、马、虎华表，再北为石门，门扇以石为之。后为飨堂，再后乃为古墓。太师少溪公有丰碑四：墓表、神道碑、谕敕文、谕祭文碑，亦极广大，石质尤佳，宽可三尺余，高可知矣。少溪公，名汶方，《望溪文集》有，《明史》无，李太师传，即此公也。其西为忠节公墓，忠节公，名桢宁，既罢官家居，而清兵至，率族人与战，死事最惨烈，七门尽死，而县志不能详也。而《通志》、而《明史》仅有附传数语而已。墓门外亦有石坊，墓前形式与太师墓同，规模稍小，丰碑二焉。少溪公之墓以砖建之而覆瓦焉，如房，然两公墓碑以有碑楼字多剥蚀。过刘氏墓亦有墓碑石器，而颓圮矣。访朱静符于盐店益盛兴，邀便饭。归，筹备出行。

二十一日　赴安庄,尖二十里堡。暮至,谒二舅。

二十三日　赴苏家屯见子乾舅,子乾,名桢瑞,吾叔母从父弟也,以举人官肥城知县,革命后罢归。至泊镇访星含,适遇庙会,乃略一游观。遇静甫舅于市,遂至其商肆。静甫家于金马驹,于吾母同族,派系已疏。静甫以进士官京师久已,罢归。静甫、子乾皆设商号于泊镇,以赀雄于乡里者也,然皆让灰菜于家庄之苏。于家庄之苏,则一县之巨擘也。购酥烧饼少许,前过河间购澄沙烧饼。每过此两处,必购其烧饼。两处烧饼各擅其美名,而河间并以茶食驰名远近也。

二十四日　赴小范,尖交河,过富庄驿,五钟余至小范,相距约百二十里。

二十五日　在小范,本镇谢吊约三十家。风甚。至北代,仍宿熙臣院,与族叔中秋晤面。中秋,名玉章,号廉方,余七世以上之疏族也。初商于衡水布铺,又商于京师木厂,与骆泽普兄弟为姨兄弟。泽普屡言其人可任帐房事,顷因马玉堂去而招之来,已议定矣。

二十六日　至武强城内谢吊客,饭于中孚兴,见知事步梦周及陈寿山。寿山,吾祖父门人也。应谢者十余家。至古坛村孙氏,孙氏与吾家世通姻好,各院皆送奠礼,因遍拜之。至五祖寺,遂回北代。

二十七日　赴小范。与玉章同行,赴郑。见程巨亨、张梦生,与约曰:今年须款多,帐房浮存之款已净,须各号接济也。余庆长可于浮存中拨一千千,三益兴五百千。十二钟半启行,宿孙家寨。

二十八日　午后一钟至郑。

二十九日　制袜事以针缺停办,日前已由津购来,因属翟季和曰:吾拟令李双元再从张秉卿学制,请君绍介许之。

三十日　骆仁甫赴三里口收麦。

三十一日　张聘三来自津。

六月二日　曲肇瑞来。属其将福兴浮存之款拨五百千来。

七日　前拟日内赴都,由枣强、冀州、小陈、深泽、栾城一带谢吊,由栾北上。昨接苇村信,属余到津一行,乃改计东行。

八日 早二钟半启行,九钟登火车,四钟至津。寓醒华旅馆。访苇村。

九日 访贾君玉于英界张小帆中丞宅。因谒张公,公与子言堂伯同年,见张公子松鹤,伊尝托君玉致书,假吴评《古文辞类纂》,故将所临排印本假之。至启新公司取息。与君玉同访张果侯,见乐东。途遇襄甫,充商业学堂教员。本拟赴法政学堂,以绍岑来谈,不得已,宿栈房。

十日 张松鹤来拜。谒心铭叔。又访费峻如,不遇。至德兴公取所存挂面。访张叔相。叔相,武强人,族叔玉章廉方之表弟也,且至交,故往访之。

十一日 果侯来访,未遇。乃往见之。又来栈房,以余代刊其兄文集,因顿首以谢。君玉函约余本日十钟往访,以书辞之。访荫轩,属其与绎如函,赞助所议婚事,荫轩许诺。至北洋公报馆订报,天暮,已无人商业也,纯以官派行之,始而怒,既而惜之。访郭寿轩,不遇。告其人曰:辟疆所存款,拟日内取用,可函告北京连号,以便就近支取。允之。见荫轩,允致函绎如,为言婚事。余来时,马肇元以福潍铁路事,属为调查,因以电话问悦来公司及杨少穆,以二人皆发起人也,竟莫得其颠末,盖其事殊影响。访韩云祥、张泽,皆不遇。

十二日 二次车入都,午前十一钟余至,时天正炎热,吾姑及姑夫方收拾旧器物,陈列满院。盖自壬子移家,行箧之不需用者,皆堆置室中,今乃整齐之也。余在津三日,未得安息,旅馆多臭虫,夜又不能眠,至是倦甚,故未出门。

十三日 谒常用宾先生。

十四日 至龙云斋。所拓墓志铭六百分已毕,文集仍有十数页未刻。宗先生曰:所刻不尽佳,可择其尤劣者,令其重刻。目录已酌定款式,当即付印。访荫南,仍馆于翰文斋,教其子女如前时,王铁珊先生亦无以位置之也。

十五日 访伯玶。伯玶以所跋石刻见示,意殊自得,渠颇留意于金石之学。访辟疆。辟疆改官总统府内史，内史凡十人，而阮斗瞻为之长。所任内史，不见于命令，兹录十人之名于左：阮忠枢、沈祖宪、闵尔昌、夏寿田、吴闿生、王式通、郑沅、陈燕昌、董士佐、张星炳。辟疆改内史后，较为秘书时事少繁矣，盖秘书凡三十人，而内史才十人也。

十七日　访翟鹤林常虞卿。用宾先生请客于庆华春，属余往。

十八日　宗先生请客蒋挹浮、袁寄云诸君于大梁春，属余及劼传、达三同往。达三，葆尊也，来考学堂。

十九日　谒徐梧生先生，不遇。谒徐相国于其邸第，门者曰：相国常在政事堂办公。而朱铁龄亦以事出京。所送礼物，门者电话告政事堂，且曰：今日相国有会议事件，恐不会客。乃访艺圃，艺圃未在而子仁在，坐，其仆往请艺圃，归。余将访湘帆，艺圃曰：吾亦欲访之，君作绍介，同行可也。至则湘帆始出门。艺圃曰，吾候君于致美斋。余乃往访李心甫，不遇。至电灯公司，将换新股票注册。至致美斋，见李中，字子政，艺圃之友也。晚艺圃来访，宿焉。

二十日　艺圃谓余曰：余候君于湘帆所。翟鹤林、王荫南来访。余谒徐相，未见。访熙辅臣，时辅臣充政事。政堂接待员已退，余投刺而去。访湘帆于讲演社，则艺圃候余不至而行矣。张济之节臣时有事讲演社。

二十二日　迪新来信，言吾嫂病势沉重，诸医束手。遣人送礼物于辟疆，留微物二色而已。

二十三日　校尺牍毕。属鞠如送辟疆再一校阅。余谓鞠如曰：文集将刻完，此时可令其先逐加修补。余拟到家一看吾嫂，余返京再刻尺牍可也。晚雨颇大。

二十四日　晨犹有雨。访韩麟阁。今晨接自来水公司吴弼臣函，言公司有百股股票拟以六成有六出售，余将出都，遂以此事属麟阁。四次快车赴津，下车，日犹未落，宿醒华旅馆。苇村赴杨柳青，未能往访。谒心铭叔于济兴栈，不遇，寻至茶圃，乃见之。在醒华旅馆与绍岑同寓，绍岑乃与余交涉也，欲在余庆长借钱，而以业勤堂之房租公款项下补之，渠顷以信说此事，余未许也。盖业勤堂之款已交哲山大叔认真经管，乃吾祖父所手书者，吾祖才去世，辄许人以预支，明破章程，人其谓我何？且绍岑自言在余庆长借钱，而掌柜未应，盖明为预借业勤堂之款，实则借用寿真堂款也，不告我而先暗支，幸吾掌柜未应也，必余庆长不支而乃求我，天下有此理乎？日日求我，找事而如此，能不令我寒心乎？昨日都中雨深透，津中仅有雨。

二十五日　五钟早车赴德，二钟余至，九钟至郑，吾嫂病仍无起色，然不妨事矣。现又延夏津陈医士诊治。

二十六日　郑镇商会组织商团，为日已久，近乃制好操衣等，并有章程若干条，如何办法，尚不知也。

二十七日　郑镇商会提倡纸币，近乃实行。编号盖戳，自今日办起。用纸币者十三家，暂出八万千。所用纸币，商会皆印有图章。郑镇商会向持积极主义，以发起商会者，皆热心公义之人也。以视他县无团体，商人由官强迫乃勉强行之，除商事诉讼收取一二成为会中用款外，几无事肯担任者不同也。果能持以毅力，不患不发达也。

七月初三日　树珊来信辞职。初，树珊与仁甫积不相能。廉方来，滋不悦。谓廉方来，仁甫拓张其势力也。遂见余，请辞职，余笑留之。间一日，忽请假回家，既归，乃来函辞职。

七日　与梦生函，深责树珊无故而去之不宜，且若知所为之不当而速归，亦不深究也。鞠如来函，将印书纸样寄示数种，并促余北上。曲肇瑞来，为用钱票事拟先暂出二千，由岭踪分号支付。制袜工人李双元来。去岁双元虽学数月，并未精熟，后以吾家有事停办，今来仍须先学习也。

八日　连日阴雨，地已深透，今日始放晴。

十三日　张梦生来，言树珊事。

十五日　梦生归。树珊事，梦生竟不能慨然担任。

二十日　与李荣岩同舟赴津以入都。泊德州。荣岩之赴津，乃余属其购粪，以粪三里口之田也。

二十一日　至阜康煤厂，时苏良材方在此，为煤厂事已办理数月，今始将煤运到。八钟开关而行，泊莲镇。

二十二日　泊镇小憩。访苏星含，不遇。泊兴济。

二十三日　至沧州。初拟由此乘四等火车赴津，至则已逾开车时间，不及赴车站矣。泊唐官屯。

二十四日　至陈官屯，下船登车，购四等票赴津。四等车俗名小票车，初由津赴沧及沧德来往，每一小站售铜元六枚，近则增为一角，如此则减于三等，不及半数矣。每日由沧赴津、赴德，皆早车而午到，由德、由津赴沧，皆午开而晚到。日仅一次，盖津、德往来须两日。明以争小轮，隐以保护三等之客票也。始登车而雨至，入有蓬车内，仍不免雨湿，幸雨不大耳。至津，宿法政学堂，夜大雨。

二十五日　朝，雨犹未止。余来时，曾与峻如约阴历初三日在津相晤，往访，仍未来。访心三叔于济兴，犹在张口未归也。晚宿舟中，仍有雨。

二十六日　朝雨，午又雨。访李苇村。仍宿舟中，峻如今日犹未来。余不能再候矣。

二十七日　二次车赴都。在郑同舟者数人，仍结伴赴都。其中有韩老德者，以送信件往来都中为业，喜谈说，虽系粗人，自可破岑寂，将来或可托其送信件，有用人也。韩有货少许，遂乘加车。加车，货车也，甚慢，且无坐，殊不便。与二次快车同行，午后三钟乃至都。

二十八日　接峻如函，言吾于初五即昨日到津，闻君不能待，竟于是日北上，虽我爽约，亦势使然，连日阴雨，不能前也。请君即来，否则当到都相迓也。余复书曰：余以快信问苇村，得其回信，即前往。君请勿来。到龙云斋，则仍有一二页未完。

二十九日　峻如由津来。余邀峻如游览，至图书分馆，又饭于庆华春。入城访湘帆，不遇。鞠如以《李文忠全书》为赠，余报以《顺天府志》。接由郑转来汇亭叔之函，言业勤堂房事。

三十日　峻如至京,即邀余赴津。余请其游览,因于今日午后快车赴津。电询苇村,则赴杨柳青矣。宿法政学堂侯亚武处。

三十一日　苇村仍未归,宿晋升栈。访张泽如,不遇。荣岩由京回津。荣岩生平未尝入都,既至津,遂思一览都城以为快。荣岩在三里口已属佃户曰李荣者到津与同买粪,荣岩乐而忘返,未归。李荣已将买妥,于此亦足见荣岩任事之懈怠矣。访贺湘南。

八月一日　至商会联合会,有所询问。初,郑镇商会因德县分卡收费不规则,函告联合会,咨询办法,久无复信。余故来津问之,其书记为检阅案件,不见此函,余乃函告郑镇商会,再缮稿补送。访云祥,坐而雨甚,畅谈良久。峻如约余同访苇村,言太古糖事。元丰号拟连合同行包办,与义德成在公司讦难,欲托卞氏绍介于公司,辨明其事,取消义德成,或虽不取消而任吾别办。苇村曰:吾当与奇卿言之。

二日　午后雨。

三日　访苇村。苇村曰:昨大雨,适奇卿每日来此之时,以故未与相见。今必言之,君明日来可也。既而与峻如再访苇村,适奇卿亦在,因言包办太古糖事。苇村曰:已见公司买办郑君,惜近日欧洲突起战事,洋商皆停不运,无暇议新事。外人当此恐慌之时,亦实不能与言。且奇卿与郑君交亦疏,有黄君者现有事于张家口。渠与公司郑君善,亦交奇卿,奇卿之识郑君,黄所介绍,可俟黄回津再议。但此时虽见黄,亦恐无益。奇卿曰:义德成之欺人独办,此公司帐房所为,公司视此等事为小事,或不肯与其帐房反对,若办包销于他处,则甚易为也。访贾君玉,不遇。

四日　余体小有不适,不思饮食,且无力。至纸店,观东洋毛纸样,为印文集,以备究考。宿于法政学堂。

五日　早八钟快车赴都。

六日　游琉璃厂。来熏阁观《续通鉴长编》,欲购之,未果。与宗芷山先生访蒋挹浮先生于教子胡同,畅谈一夕。伯坪出苏子瞻所书千文墨迹手卷,乃李准所新得者,蒋先生假来一赏。伯坪又以新得之魏碑数事相示,多磁州新出土者。宗先生云,唐尚书景崇以所注《唐书》将付印,吾与徐梧生在印字局估值约需万金,其书吾未之见,其体则略仿彭氏《五代史注》,以《新唐书》为本,将《旧唐书》全部附之注中,而博采他书之记唐代事者。景崇,自鹿文端推许,人始稍稍知其博学。

七日　迪新来信,言曲肇瑞家阴历初六夜有强盗鸣枪入室劫掠而去。村人闻之,群起逐贼,乃逸。慎修先生已为具福兴号之名义,禀县知事,至十一日,知事仍往验。

八日　接贾慎修及迪新信,言岭踪盗案报官后,久之乃往验,既认为明火矣,而呈词久未批出,又无印票差缉,是鄙我也。官既不认真,则贼恐终不能获,可否于京津设法为之云云。访辟疆,与言岭踪事。辟疆曰:吾与汪之叔父固相习,与汪知事亦曾晤面,吾可去信相托,但其人之字不复记忆,君可访问其字,余再作书。访湘帆。见王子山,子山名金绶。又访荫南,询以汪公字,荫南亦忘之,曰:吾明日为君询之。

九日　栗以荧来,属余与韩云祥去信,为考香港大学事。以荧,琴斋兄子,其伯父如栅,尝两次来函,属余为介绍考学堂事,日前来京考某学堂,已应考,恐不能取,且以香港大学机不可失也,故思再考之。李子仁来,余与约今日往见湘帆而受业焉。谒徐相,以礼拜日不会客,未见。访王同愈,以天晚不能见。

十日　访梧村于财政部印刷局。遂游览其新建之机房,规模至为宏状,上海印书馆为印刷第一,此局未必不过之也。遂在白纸坊观造纸者,不下数十百家,亦北京工艺之一端也。然皆将旧纸而改造之,非造新纸,此地造纸则由来已久。访孙竹楼,问以汪知事之字,竹楼出汪之片相示。徐相国使人属余礼拜三往见。熙辅臣亦来信言之。访辟疆,辟疆许明日为我作函致汪君。余之访辟疆也,以告汪君字也,既至辟疆所而忘之。再访竹楼,途中又能忆记。复还辕辟疆,见余,迎谓曰:汪字云宾,然否?余恐或误,故未即为,而属君询之也。

辟疆不见云宾数年矣。当时见之,亦仅遇于其叔父所,聊问名字耳,乃至今能忆记。记忆力之强如此,令人惊服。

十一日　辟疆以所为汪云宾函由邮寄示,遂将原函付邮。

十二日　王善亭来拜。云不久且南行赴闽。午后三钟余,谒徐相国,至其听事,已有七八人候见,已见一班矣。陆续进见,又时有至者,六钟诸客皆退,余乃谒见。以先君文集样本呈阅,公略言文集事,因曰:汝父为我所为文,吾已失去者皆刻之,甚善。梧生谓所刻颇佳也。吾现拟为孙佩南刻集,已得其全稿。又曰:吾在青岛有陈君者,吾示以汝寄来文集样本,彼极叹服,陈某少知名,交游遍海内,尝师孙衣言,虽桐城人而非桐城派。然慕尊甫君之文则甚至。又问余家事甚详。曰:子能尝在外否?吾昔年所为奏议、电稿等尚未编定,恐久而编辑益难,顷与朱铁林等议,拟即编辑之,子能为我为之乎?又曰:人以读书为佳,不必从事政务。辟疆欲入政界,余位置于机要局,乃与人不相宜。今又入总统府充内史,内史仍笔墨事,吾于百忙中有隙,尚欲一观书也。又曰:子若在此,薪水不能厚,且在子亦无须多钱也。余逊谢。余问:清史馆近何如,曰:现已成立,人亦派定,且用人亦不多。曰:纪香骢先生为北方宿儒,熟于前代故事,负一时重望,入史馆,当能称职。公曰:两耳重听,且年老矣。余曰:年虽高而精力过人,有如壮年。曰:子近与相见否?曰:不见年余矣。余又曰:顷家叔心铭以张家口垦务局事过都来谒,以垦局事急匆匆赴张,未得见。曰:其事佳否?余曰:始到差,张家口已划归察哈尔都统管辖,遂将其事取消。地既不属直隶巡按使,然闻察哈尔垦务仍须继续进行,而其处亦乏熟手,故张家口垦局开办亦必资熟手也。公曰:何都统,余故人,当为令叔作函荐之,吾以此事属朱铁林,子可往见也。退。与赵东木畅谈。归作书致天津,请心铭叔来都谒徐公。

十三日　再与贾慎修函,言岭踪事。

十四日　致书于天津纸庄,议购小幅东洋毛纸,以便刷印文集。

十五日　心铭三叔自津来。劼传亦同来,考县知事。三叔拟即日谒徐公，雨，未果。

十六日　内国公债开大会于湖广会馆，余往观焉。自内国公债条例发表报界，诸公热心提倡，有如昔年之国民捐者。既鼓吹于报纸，复结合团体组织机关，发电全国以辅助政府。复开会演说，耸动人耳目，政界亦欲借其势以为助，故到会者颇有政界重要人物。来宾六七百人，极一时之盛，演说者有江朝宗、康士铎、萨镇冰、庄蕴宽、徐绍桢、曾述棨、沈金鉴、王子真、杨鉴滢诸君，康为会中发起人，演说极为明爽。萨殊不似军界伟人，徐绍桢气盛词昌，江君举止庄重，言语有秩序，王君以俗语演说，出以诙谐，听者多鼓掌。女子有沈佩贞。演说未毕，认购及认募者争起，当场输现金者亦多。于是中国、交通两银行代表遂宣布收现款以慰购者之热诚。时而演说台大书于楹曰：本京认购认募已达三百万，时又大书于楹曰：外省认募者已达二百万，所收现款至八百元云。报纸载纪不尽足征，而提倡新事尤多过其实，此事明日报纸记载必详，兹粗述其梗概，以便与明日报纸比观。

十七日　心铭叔谒徐相，未见。赵东木以盛馔相馈。

十九日　迪新来信，言岭踪事，知事批呈词太无理。附寄王琴生表叔来函，言李宅亲事双方皆有意矣，并复我问购荒地事，观其言，似甚快。

二十日　昨得朝宗叔来函，言在津购纸，纸价与运费各若干。似在津购较都中为合宜者，因函属其购东洋毛及毛边纸。慎修来信，并将呈词及批抄示曰：第三次递呈催其办贼，乃始派人办贼，批词乃责我催促，所谓欲加之罪何患无词，真令我不甘，姑视其办贼何如。

二十一日　辟疆来。为石印先祖墓志事，至海北寺街亚东制板局，其印价较京华印刷局昂贵甚，乃去之京华印刷局。京华前云印五百分十六元，今再与订印，乃云非二十元不可，问以前所云，则曰曩所言纸太劣，恐不可用。强之乃曰：请试为之。终未解决。其掌柜姓李，颇不欲失信，故尚可交涉，其局中他人，则意颇决裂云。访马挹山于正阳门大街庆盛恒皮局。至公兴纸庄观纸，则东洋毛一元三角，毛边九元二角，价廉于天津运京矣。归而作书与朝宗，属其停办。

二十二日　朝宗叔来信，言纸已购妥。挹山来，言我将赴津，从纪公直诣赴粤西矣，并言其子墽入畿辅学堂。余假以算学等书数册。李子仁来，畅谈。

二十三日　访朱铁林。朱曰：日前徐相国属余告君，编辑电稿底稿，已送政事堂曹理斋处，吾作函招君，顷才付邮曹。之外尚有一人曰孙云五者，与君同办此事。余曰：徐公之盛意吾无以报，此公家事，义不容辞，但恐非其任耳。

二十四日　与三叔同访朱君，略言徐公与何都统函事。因与余曰：相国已派定编纂函稿电报者共十人，而以钱右丞为领袖。余因往谒徐公，公曰：所派纂辑东省电函诸人皆有职事，不能专其事，属子为之，可长任其事。余逊谢。又问及文集刊木板与石印工料相去几何，余曰：刊板有刻工费，似较排印费多，然刊刷为大宗，刻板乃一小部分，故不能定孰为廉贵也。又曰：序有几篇？曰：相国所赐序文外，又求赵湘帆为之。曰：拟印若干部？曰：拟印千部。余因谢其助资盛意。公曰：余之此举，固以与尊翁交谊之深，吾亦欲刊印北方人文集，故孙佩南文集，吾亦为之刊印。又谓余曰：吴先生尺牍，昔尊翁曾装潢大卷，余题其签，今尚存否？曰：谨收藏之也。余因曰：吴先生尺牍自为大卷，后又积甚多，今携来京，将装潢成册页，俟装成，当呈览也。公曰：亦不无吾一字，仍当为题签。朱铁林以相国所写十名示我，兹列下：钱右丞、吴笈孙、朱仁宝、曹秉章、贺葆真、陈闿、孙光瑞、倪耀勤、刘式程、李缙熙。余一人外，皆政事堂人员也。在政事堂见马君少眉及孙云五光瑞，马乃司务所主事，常居政事堂，时时见相国而办庶务也。又访曹理斋，虽以钱为领袖，实则曹总其事也。理斋现为机要局签事。访湘帆。湘帆已将文集序改作，寄示辟疆。辟疆批改寄还湘帆，以批改本示我。时王子山在座，并以示之。辟疆于此文大肆讥评，涂乙满纸，体无完肤。湘帆谓其挑战，曰：彼讥议虽多，并未在根本上解决，若谓命意不是，人谁不服？今乃抛却一篇线索，任意挑剔，不知是何居心。与子山畅谈，归而辟疆来函，言湘帆文其不适处，吾已批驳交还，而某处某处云云则尤失体。又言余于某日举一男，此余十年所祷祀求之而不得者。朝宗叔来函，言纸已买妥，交悦来公司运往矣，不能退换。

二十五日　至政事堂略观情形，与曹理斋议办法。曹曰：奏议尚少，可一人任之，惟电报为繁杂耳，尺牍亦不多。

二十六日　至政事堂见钱右丞、陈季侃及孙云五，云五乃与余办此事者。曹曰：钱处不得不与一言，实则彼岂暇问此，曹因将电报须分类编纂与钱言之。且曰：电报公所拟甚多，今为徐公编此，实则为公编全书。左文襄全书固尝附张大司马骆文忠奏议也。相与一笑。季侃在座，亦不置一词。电稿凡四笥，而来电在内，函稿仅十数册而已。拜季侃于其寓，以季侃之父蓉曙与先君交甚厚，余又尝见季侃黄执斋所。回拜熙辅臣，遇裕小鹏。

二十七日　至政事堂，与孙云五检点分类。曹君略分十数类。孙拟每电皆摘由签于稿上，而随即分类。余谓宜先将大别分好，再按年月排比，略加去取，然后提要贴签，较有次序。余拟自今日即每日一至政事堂，孙君亦然，即设办公处于机要局之西庑。

二十九日　徐梧生先生邀饮于致美斋，同座有刘伯绅先生及宗先生，余皆旗籍。

三十日　今日为礼拜日，余亦徇近时习惯休息。孙云五每日到政事堂，彼有职人员，固宜休息，余亦借口不立异于人也。李子仁来，畅谈。

三十一日　李荣骐由任邱携来衣包一件，内余之袷衣数件，皆新作者，时吾妻犹在任也。与天津德兴公张君函，询问毛太纸价值，属其寄纸样来。明日考县知事，今日将姓名榜示，凡三千余人。

九月一日　知事第一日考试，余送劼传入场。纪泊居先生来访。先生到都已久，昨始闻余在京也。先生与屺山先生亦相识，今寓北京半截胡同汪君处，汪，其婿也。柯凤孙先生来访。石印先祖墓志五百部,京华石印局承办,惟缩小于原本十之一。

二日 访纪先生,晚,先生又来畅谈。出辟疆代徐相所为文集序。视之,于唐宋以后不屑也。自曰:此语过量,且于本文意亦矛盾。

三日 马肇元来,未晤。

四日 肇元、艺圃先后来访。肇元之来,以福维铁路事怂恿艺圃出而担任,余邀二君并劫传饮于新华居,艺圃竟充主人。与肇元同访王子荣于美昌煤厂,先至西直门外,由西直门至阜城门外某煤厂,询之,投刺而去。盖子荣在彰仪门外华昌也。自西直门至阜城门,煤厂二十六家,家家相接,三数里无隙地,而铁路贯其中,以便卸煤。过白塔寺,形式奇古,而塔下之台后面有空六七,微出凉风,盖地气然也,然亦奇矣。游观历代帝王庙,规模亦颇宏大,正殿祀伏羲,以下至明庄烈帝,各朝同堂异室,每代或隔以壁,或隔以板。两庑则祀历代名臣,自风后至明季凡数十人。知事头场榜揭晓,劫传未录取。肇元将于明日赴津,以赴济南。

六日 公债会开大会于湖广馆,余亦往观焉。吴士绅为国务卿代表,演说甚有精神。有八旗代表,而江军门朝宗代为演说。

七日 访纪先生。先生与汪穰卿善。[①] 述梁卓如与汪之不相能,以为梁之过多,又曰:宋教仁曾肄业于吾之学堂,甚聪敏,且守规矩,不久即游学日本。行时辞行,余尚勉以数语,不意到东数月,即提倡同盟会,为革命军领袖。其来学,盖亦招聚党徒,为人似有大志,彼若不死,后患未已。黄兴辈则在学堂时桀傲异常,不得已,将斥退黄,闻之来告辞,以保名誉。此岂办大事者?不及宋远甚。又曰:汪穰卿著作,尚有可观者。徐相已为心铭叔作函,致何都统。

九日 心铭叔持相国函赴张家口矣。李绍先来京考法政学堂,绍先肄业于天津法政,未毕业,附入南开中学,绍先以南开惟英文教员佳,余皆不及法政学校,故去之来京。劫传得家电,言母病故于李

---

① "汪穰卿"中"穰"原文为"襄"。

子口,遂出京。

十二日 请赵湘帆于泰丰楼,高阆仙、尚逢春皆到。逢春官完县知事,来京应考,竟未录取。日前曾邀吾饮于万福店。

十三日 尹吾自丁继母忧,宗先生商于三叔,谓尹吾丁继母忧,可毋告假。盖尹吾在北苑营中,日内且赴保定,入军官学校,告假恐于入学有妨。既而尹吾闻其母病甚,来京询问,既知丁忧,且闻告假于前途亦无关系,遂回堂请假,乃仅与假二十日,今日赴保。深泽来信,知吾弟葆文议婚于束鹿田庄李甸南先生之女,有成议矣。心铭叔来函,言已得张家口公署科员。

十五日 徐相以何都统复书示余。乃抄示心铭叔。

十七日 李翊宸邀饮于全聚德,在座者有张元季、陈蔚农。元季与翊宸为儿女姻亲,翊宸长子娶元季之女。

十八日 苏良材来。时德县、临清分卡抽厘骤加,并谓阜康等煤船漏税,德县煤行三家各扣一船,并将扣留阜康煤船。刘鉴堂乃与交涉,初谓开滦公司与税关订立契约,内地不复抽厘捐矣。不听,乃先将船放行,各船一人留德临关,在德县署起诉,而良材与义聚和炳耀在开滦公司递说帖,请其速与临关交涉。是时德县分卡既一概货物加厘矣。临清关亦以加厘大起冲突,桑园亦以此滋事,郑镇亦设分卡,而沿河一带所在多事。良材乃来,属余为筹画办法,并在财政部访询于郑镇设分卡及煤在德重抽厘捐事曾否批准。

二十四日 初,徐相国言每月给余薪水六十元,十日前朱铁林遣人致送,余持还朱君,请善为我辞。盖余因事来京师,蒙相国以此事见委,夫相国于某祖孙父子间至矣,少效绵薄,尽其区区,犹愧不能报盛德于万一。余家事繁,上有老亲,不能常在外,薪水岂敢领受。且食宿宗宅,亦无须薪水也。数日后铁林属马少眉将意告余,勿坚辞。今日访铁林,终将辞之,不遇。遇郭继庭,日前访继庭不遇,继庭来访,又不遇也。复见马少眉,托其代辞,少眉曰:铁林属我说子,而又代子辞铁林,可乎?

二十五日 至文庙观演祭礼,以丁祭在即,故先演礼,此亦旧制。服新式祭服登降拜跪。乐舞毕,举人其人,服其服地,其地与真祭何异?虽为旧制,终嫌亵慢。历已改,而祭孔仍用旧历。

二十六日 见铁林。再属其代辞薪水。铁林曰:已以尊意达相国,相国不允辞,受之可也。

十月一日 相国去年所助刻书资已全数收到。

二日 相国既请湘帆课其弟子曰续通者,湘帆又荐荫南副之,相国意亦允焉。

五日 王勤生先生来书,邀余到深泽。曰:吾母于阴历九月十九日寿辰,子前言不久将过我,今梦周适在此,可即来此一快聚。

六日 以将赴深泽,且赴津也。请假于相国,并送裱好墓志。相国另索数分,因荐鞠如遣人送往二十分。吴士湘为王荫轩谋位置,为日已久,近乃欲请课其女公子,属余告荫轩。往访之,未遇。至证券交通处询访章程,此新立者。昨属申福村访李子仁,申福村,桂村之兄,商于南宫,因债务起诉于县于津,皆未能决,属余为设法,余无能为计,因属以诉讼,呈批各件,托子仁转托大理院中人,代为研究其事。

七日 乘七钟南下之京汉快车,于午后一钟至定县,计当日不能到深泽,遂访王合之先生。锡生姑丈出所藏佳本书示余,余又索其书目观之,其类别依四库书目,凡十七万卷,余请其录副本以便校正,锡生极以为然,且曰写定当寄君,请为订正。又以《豫变纪略》见示,曰:此书无刊本,郑圃廊著,八卷,与《明史》所记不同,可宝也。然余观之,虽与史有出入,可备考证。然纪事甚略,体例亦不精,不及《小腆纪年》多矣。合之先生以所裱名人手札见示,其内首载丰润菁山一书,合之甚推许。赵君曾以问吾父,吾父殊不满其文。又有耿文光一书,曰:耿君博雅士也。余皆校印丛书时,诸名士往来之函,史香崖亦当时校书者,其著述尤不足观,而《畿辅丛书》亦载其目。史香崖于编《畿辅文征》尝云:畿辅之地,在宋代以前,久已沦为边陲,文之得传于世者甚少,而《宋诗钞》《宋诗记事》《宋文鉴》《宋文粹》诸书所收亦未博,故宋文缉之最难,云云。又见《畿辅文征》,当年所订凡例甚为精当,于古代求备,于近代求精,重在以文存人,惟释道女子之文概屏弗录,亦一例也。见王青友馨山父子。青友先生论时事甚古,又见锡生姑丈继室夫人。

八日　四钟起行,午后三钟至深泽,此为余第一次之来深也。入门,房舍整齐,花木有行列,书籍碑帖装置妥帖,不问而知其家之方兴未艾也。至时客宴始罢,犹未退也。谒祖姑,祝寿。祖姑精神健旺,而目不花,齿不落,尤难能者。王氏家庭已改鞠躬礼,祭祖亦然,女子皆放足,衣饰亦甚新云,见诸表叔母及表姑。表姑嫁李氏,即与吾弟葆文定婚之妇之母也。梦周饮酒而醉,其饮甚豪,人皆称之。出其装潢尺牍小简一册,内有吴挚甫、黄彭年诸君及吾祖吾父所为尺牍。王氏藏书亦甚富。

九日　梦周旋里,将行。为其甥女议婚于吾家东北院守愚家兄次子,王氏多赞成者,梦周意不谓然,乃已。阅王氏族谱,瞻其宗祠,过其先茔,其族谱宗祠之例,四世而祧,惟始祖及有功德祀于乡,或列入名宦者,以配享始祖不迁。妾祀于两庑。王氏特制,则不点主,以用牌位也,此则自其先世而已然矣。其先世懿思先生墓,自书墓表,曰"清进士王懿思之墓"八字,去其繁文且肯自书,亦奇举也。惟不书其名,自书其字,何也? 先生名植,名宦兼名儒,其族之祀于乡贤者,凡六人,名宦二人,节孝一人,进士二人,举人十八人。呜呼! 可谓盛矣。

十日　国庆日,县知事来。以留声器戏娱之,赠以《论语经正录》。余以先祖墓志遍赠王氏。王氏之宅凡九院,如井字形,门北向。街北为其旧宅,宅北空地亦归王氏。吾父尝读书其北院,其近支各院皆毗连,为深泽惟一之大族。

十一日　至吾父昔年读书处,不胜感慨。至其某铺及其市场,此间五日一市。其集市买卖甚盛,所不多遘,惜余往观已黄昏,人散,往来者如杂沓。其市场地址半归王氏，王氏素以商著，后少衰矣。近数十年又日兴月盛，甲于一县。小泉先生与念航先生两家资本之雄厚，盖伯仲云。眉庵出其所为食福堂地图示我，极为精妙，令人佩服。王氏之地凡十余顷，以段计，凡数十，散布于十数村中，其所为图则将十数村绘为一总图，或城或村或河，既以色别之矣。并将道路皆绘之，然后将数十段之地，用同一之色别之，而编以号，某号地在某村之旁，于某道之左右，以及其地之为长为方，既可按图以数其地，复可寻路而不迷所向，法至善也。余必师其法以图吾地。

十二日　与眉庵兄弟出城，观其场与地。场中有杨树森森，大小间杂，傲过历指，语余曰：此吾祖之手植也，此吾曾祖所手植也，三四十年，今已逾抱巨者，凡百数十株，皆栋梁材矣。行数里至其田，今兹虖池为灾，水初落，以犁划地种麦，麦已葱葱然，曰：此地之值，岁有所增，今已值若干，犹未至止境。余曰：此不足多也。君今岁购地于辽源数万亩，招县人往垦之，而身自经营一年可尽辟，然后复购地而开之，寖推寖广数十年，且以大富为国家辟利源，为乡人谋生计，而以一身之所获，成名于吾国，则可以自豪矣。以视与乡人争尺寸之地使丧其所有，而受吾驱役始得生活，以此震暴于乡人者，不尤足多哉。此则余所敬佩羡叹，欲往从游，而自愧无能为役者也。连日阅视其所藏书，虽逊于定州王氏，亦颇可观，佳本书亦往往有之。勤生表叔见余久翻阅其书而叹曰：可谓书迷矣！昔汝父嗜书，人以书迷称之，今子亦然焉。吾弟葆文婚事即从简，交李氏表姑携去，以《论语经正录》四部，属余赠徐相及畿辅先哲祠图书馆。清史馆贾佩卿与余谋，将其先人立传《清史》与《畿辅通志》。余本拟今日行，以车未得，不果。

十三日　赴定州。王氏以车送之，至定。登城一览，城极空旷。既访王合之先生父子，因纵观所藏单本秘籍，将曙始少息。

十四日　早八钟乘火车赴保。有深泽范君傛者与余同行。先至群玉山房书铺，即昔之萃英，今归勤生先生矣。至兰侪家谒见外姑，外姑前日偶患中风，今日始愈。访宗葆初未遇，已而来访。

十五日　访张孟泉、襄谱于育德中学,二君皆充此校教员。孟泉在此已数年,襄谱始由天津法政学堂来。葆初邀饮于义成馆。游紫河套。保定街市虽视乱前壮丽,而商业实衰耗,惟紫河套故物较前为胜。府马号亦然,可慨也。久拟至保赴师范学堂,今来此,又将今日回京,竟不果往。

十六日　早三钟,兰侪生子。于是三男三女矣,可贺也。早十钟赴都。访荫轩,言士湘为谋民国大学事。晚得马肇元由津来电话,言与孙星堂、费峻如两君以郑镇设卡事至天津,招余速往天津,商会联合会于阴历初一开全体会。

十七日　午后快车赴津。孙星堂三君既为余述郑镇设卡事,且曰郑镇煤行阜康、贞恒等五家禀官请添煤行经纪,派贾某承办其事,人多反对。属余函告阜康,此乃昔年陋规,不宜重设。此中盖有内情,而阜康、贞恒皆不承认。余遂作函问苏良材此事原委。

十八日　同孙星堂等赴商会,见张造卿、卞耀亭诸君,与言郑镇情形及如何取消办法。造卿名兴汉,高阳人,精敏,善演说。

十九日　商会开联合会。因到会者不及半数,仅开茶话会。晚访君玉,未晤。

二十日　午前访采岩,不见采岩年余矣。采岩为律师壁后人,无律师资格故也,携妾租室以居。至其室,则其妾方与人打牌,男女杂沓,语言哗嚣。

二十一日　商会联合会正式开会,举卞君荫昌为正会长,冉君鹏飞、杨君万选为副会长。卞君、冉君皆全体一致,杨君则颇事运动,云其人性骄。冉君纯厚。贾君玉来旅舍。

二十二日　商会联合会开会,卞君演说维持国货。来宾演说者数人,而以警察厅长杨敬林演说最有气魄,词亦挚切。利生纺纱公司张君演说其公司,并说推广分厂之意,惟语言无味,不足以感发人之志意。散会拍照。

二十三日　今日议案。第一,反对取消联合会名义案。联合会提出第二案，即吾郑设卡案，会长报告后，吾郑代表孙君占魁登台说明，付审查详情已见商报，不具录。吾与孙、马、费三君同寓，出则同食，晚间筹画办法。一面报告郑镇商会，一则与联合会诸君筹议进行此事，已蒙天津抄关赞成，而联合会会长及张造卿等又屡为吾谋，然设卡报告财政部批准之案，合群力而为之，其效犹未敢必。孙、马诸君既提倡郑镇义渡事，经商会多数同意，百方筹画，既有成说。孙、马二君又拟在津买渡舟，与卖船者交涉，犹未有头绪。

二十四日 商会散会后，访乐轩，适栗君以荧在座。栗君现已考入工业学校。与乐轩诸君赴青年会，今日青年会开大会，本会发有入场券，冯君有券，余皆无券。然以学界人亦得同入会场，演说作乐，并有电影，所影一为英国伦敦名胜，一为山水之景，开拓闻见，有益学识，胜于普通电影以游戏为主者矣。演说者总干事，美人韩君也。

二十五日 裕小鹏、张聘三同来。聘三始来津，云明日将赴都。今日开会表决，郑镇审查案全体鼓掌赞成。张造卿云：审查案文字恶劣，可另觅能文者将此案改作，以便与巡按使、财政部。本会书记文不精美，不足动人也，造卿所言动中窾要，美才也。各案议毕，又宣布各会津贴。联合会分等捐资，分三等，郑镇认二等，认三等者居多数。张果侯来畅谈。余日前访果侯未遇也。

二十六日 昨接茈山先生函，言徐相寿辰在即，宜早到京筹办礼物。余复书言二十八日必到都，实拟先一日到，欲其言我不颠顶也。访裕小鹏及前相国荣华卿，且访聘三。访君玉，晤张松鹤，小帆中丞之子也。君玉曰：吾居此殊不相宜，前辞馆未获，今又辞，当能如愿，君可于都中为我觅一事也。君玉文学通博，性情纯雅，且从毛实君方伯于陕甘，识世务。实君先生隐居苏门，时通函相念，今夏君玉又谒于苏门，见重毛公，则其人可知矣。

二十七日 雨。遇艺圃于醒华旅馆，日内始自都来，艺圃盖时往来于京津间也。郑镇商会所具说帖已由族弟杏儒修改，仍交绍岑缮写。至朝宗叔怡大石印局一观。余今日竟不能赴，拟明日早车前往，商会事尚未毕。孙、马二君百端留我,实则无吾能办之事矣,重负二君之意,为晚行一日。星堂在军界久,更事多,才亦过人,以其天津人,故善谈。晚间无事,自述其生平,甚令人倾耳也。

二十八日　访艺圃,约与同赴都。已而渠竟未行。与苏华宾、梁子嘉四人会食。子嘉偶相晤,吾前访之于公署,未遇也。华宾充铁路稽查,即寓旅馆。至股票交通处,此交通处亦新成立者。商会约日内闭会,今日笺约全省代表宴会,各议案皆连日议决矣。商报既逐日将开会情形宣布,而汇报亦必登载,兹故不记。四次车来都。

二十九日　徐国务卿东省电稿,余与孙云五已略分类,并排比时日,来电检阅,亦依发电所分类,分十余类,以关乎延吉事始末之电独多。云五专检此电,前以所存电稿不备,致函奉天,属其检阅旧电抄寄,已寄来十余册,皆延吉一案,已编有次序,余当陆续寄也。

三十日　以寿联及酒面四色送徐相。访荫南于政事堂书房。徐相延湘帆课其弟子,又允湘帆以荫南副之,日前已至馆。重阳日徐相与其弟幼梅先生宴赵、郭、王三先生,而属吴士湘及余陪客。时余犹在津,湘帆为礼制馆诸君寿徐公诗册子作序,宗先生代余为联语,并代心铭叔作联语,且附以函。相国不受礼,虽寿屏联语亦不收。赴五条胡同,至相国家行礼,谓之迎寿,诸君忽行跪拜礼,余不勉随之,既而悔之。

十一月一日　赴相国家祝寿,亦不见亲友及军界人员,皆至内院,行鞠躬礼。

三日　请翊宸、心甫于庆华春,心甫未至,遇艺圃,邀与同饮。

六日　请孙云五、李文孙、汪仲方、王荫轩、张泽如、王履丹、齐次青、李艺圃、宗鞠如,宴于正阳楼饭庄。

十日　购自来水股票,亦韩麟阁所介绍也。

十八日　初,余为献群刊印遗文集资于其友,艺圃、辟疆争游说仲鲁出资,曰:其父翁也,且达官有钱矣。余曰:毋尔,伊若知献群,献群不至穷饿死;果不知献群,亦不至有恶感,亦可出资。两君意欲泯其翁婿之隙,于吾友既死之后,用意良厚,但恐终当姑负耳。时刘方官民政长,其党徒苟稍附和,皆任以重任,声势赫喧。辟疆既一再致书艺圃,尤骤说之,甚或劫以势于稠人广望中,不得已而口诺之。艺圃属余往索,日前乃聊为一行。

二十一日　宗先生赴保,为其兄之孙女议婚事也。日前宗先生觞客于万福居,属余同往。先过荫轩,告以吴士湘为谋之中华大学教员,有成说矣,而荫轩不得已于杨绍九之电招,又将有济南之行。

二十四日　宗先生自保来。

二十六日　托鞠如为迪新议婚于胜芳王氏。

某日　翊宸觞客于全聚德,而属余往。

某日　刘宗尧再来访,仍不遇。余亦已再访矣,亦不遇。

某日　李子仁为调查织布场,并为作预算表,余将据以报告郑镇商会诸君,以为提倡工艺之资料。

二十九日　程子平来访。子平考取县知事,仍分发河南。鞠如赴保,亦议其兄女婚事也。饮程子平于庆华春,并田东周、翟林鹤、李绍先,宾至六人。

十二月一日　谒柯先生,不遇。购《左文襄公全书》。于是曾、胡、左、李四大政治家之书具矣。

二日　谒柯先生,仍请其为先祖墓表,言及杨守敬,曰:彼藏书固富,学问亦佳。余问缪小山,曰:彼学问极博,著述尤富,文集可数十册,亦当代一大著作家。

三日　劼传来函,属为谋事于蒋冶亭。与桑又生同见相国,相国以征求畿辅文献备《清史》采用,属余与湘帆、又生筹画办法。任邱李铁舟为余购制袜针,余将再事制袜,而诸无头绪,艺圃因为余介绍铁舟。铁舟,名越江,艺圃族叔,尝学贾,已而舍去,谋事于京师,艺圃为荐于进步党所为十省俱乐部,俱乐部无形消灭,有三人组织制袜厂,属铁舟管理其事,因研求织袜事,不特托其购针也。

四日　购交通银行股票,亦韩麟阁所绍介也。余买购股票,辄劝宗先生与共，宗先生亦为买少许，其未由我劝自买者且十倍于此，然固不获利，对于此事因甚淡，云买有奖储蓄票。

六日　常用宾先生觞客于便宜坊。蒋亦璞首座，伯坪病甚，蒋有忧色，谈及碑帖书画则无厌。

七日　孙镜忱来信，言保定为余所存书已散佚。又复余言垦务事，并欲余进言于徐相，崇其职，增其禄。

九日　汇亭叔前以业勤堂事来信，余今作复。谒徐相，相国属余为买绕阳常氏之书也。

十日　铁舟劝余买制袜机，云有转买者，可减价得之，不用而出租，每月三元。谒徐相，相属余买《畿辅丛书》。访兰侪，饮于同和居，兰侪之母病，明日赴保定，兰侪自辞谢教养局，乃复事于京师，思得位置于政界，余既为谋之于吴士湘，湘帆又为谋之于礼制馆，皆无效。伯坪病笃，伯坪患便血久矣，百端治之而疾加剧，至今早眼无精神，口不能言，亦不食，至晚病几殆，十钟后乃渐有起色，所请医士，于中医则王荫轩，西医则儒拉，东医则原田，卒延曹医治之，乃有起色。

十一日　怡墨堂为购永清朱氏之电灯股票不成。

十二日　艺圃请杨绣臣小酌于致美斋，属余往陪之。与锡生先生函，言相国拟征求畿辅文献，并问《畿辅丛书》价值，如何刷印，以便购买。

十三日　麟阁饮余于致美楼，有电灯公司李丽堂。宗先生代借裕丰源洋元，此为余在都第一次借债也。

十四日　杨启堂来，即杨金钥。苏良材来，将赴新乡购砟，过此。余问以售煤事，曰今年可消二千吨，除消费，预计不能偿所费，若仅不获利则幸矣。明年若逾万吨则庶几矣。义聚和今年消万二千吨也。郑镇煤行忌我，相戒不购我之煤，复减价以相抵抗，言一千三百文即售，铺中不能忍，已报告一千零五十文即出售矣。以五百元存储蓄银行，始在新华银行储蓄也。案特别往来类，年利二厘半。

十五日　怡墨堂以朱九丹书目求售，多佳本书，因录其书目。

十七日　锡生来函，并文泉先生行略等件，属余交相国。又言《丛书》每部九十元，刘仲鲁、贾佩卿现来印二十部。

十八日　得家信，言胜芳王氏可婚也。而王氏今日亦告鞠如，欲与寒家缔婚。

十九日　纪泊居先生来，始至京也。谒相国，为言买书事。相国曰：现又有人言陈弢斋之书矣。余曰：纪香馣先生现到京征集文献事，当可与谋。相国曰：吾当见之，汝可先致意。访徐梧生先生，以常氏书目示之，请其估值，以便请相国购买。徐曰：吾终劝相国购买此书，此书视陈公书为便宜，且于相国购书之意相合也。

二十日　访纪先生，告以相国延见之意。时有湖北二人在座，曰张焌，字鞠斯；曰江隽，字浴岷。皆纪先生湖北书院学生也。谓先生曰：吾辈请先生馆于京师，得时听讲解。昔年在湖北与大众共听，不若少数人听讲之便也。与先生之弟子清懿、清梓相见。二人从先生于湖北，现居京师，而无所得事。昨纪先生曾索先君文集，欲为之复校，今日携稿请阅，言及张文襄之书籍。曰：自文襄公在时，已有流落于外者，吾尝见之。昨泊居先生过我，畅谈良久，今已不能述其词矣，犹忆其一二。先生言《畿辅通志》撰者亦多通人，而错谬殊甚，至有令人不解所以致错者。又《畿辅丛书》多理学书，他书多有未刻者，于文集或删其数篇，或刻其文而遗其诗。如朱笥河，其诗固可传也，而仅刻其文；如《刘宾客集》，而竟不收。又曰：康有为之经学皆出廖平，廖平在湖北曾与余同在书局校书，彼言今文《尚书》，康初不服其说，余曾见康与廖书，驳难其说，已而信其言，遂以其说作《新学伪经考》。出板时廖氏之书犹未成，而海内以说之新也，遂大行，其著述之速令人失惊。廖平后治经愈奇，且以其初说为不然而驳康氏矣。廖在文襄处未久而去，后曾以其说书二卷寄文襄，文襄阅未竟，即书于卷外，曰："真可喷饭，直是妖魔，即行出斩"十二字。先生又云：乾隆时，销毁书目，吾曾得一刊本，与姚氏《望三益斋丛书》中所载者不同，不知何故？以上昨日语录。又曰：张文襄所著书，皆他人代为。《江汉炳灵集制义》,樊云门所为也;《奏定学堂章程》,刘仕骥所译日本学制大纲也。又曰:广雅书局之开办,乃因抚署陋规,文襄不欲取,若裁之,又恐后人另设法需索也,因以其款设局刊书,此亦曾文正遗法也。所惜者,文襄去时款犹有余,未刊之书尚多,乃未久而事中止,书既不刊,刊者亦不刷印矣。惜哉惜哉。访仲玖,问伯枰病,伯枰曰有起色矣。五叔祖母及汇亭叔来信,言业勤堂房产需价万串,且必一时交出。梁子嘉以李嗣香之托,请宗先生出办赈务,先生辞焉。去岁刘仲鲁曾函邀宗先生办赈务,且属子嘉面达敦请先生,卒未应也。盖民国元年先生曾一出办赈,勤而有条理,诸公叹服,故一言赈务,同乡官辄思之也。宗先生云,去岁赈局曾押陶斋古铜器数种,借款数千元,赈局办此事殊为不合。

二十一日　宗先生请翟鹤林蒋季重诸君饮于洞庭春。艺圃来邀与同往访纪先生,不遇。昨在仲玖家见销毁书目一册,云此吾友人得自日本者,假来将录之也。余又假之,请纪先生一校。

二十二日　访纪先生。张梦生来,询以业勤堂卖房产事。与李绍先饮于洞庭春。绍先入法政专门学校预科,年假将旋里矣。余属带物数种。

二十三日　冬至放假,余亦休息一日。相国觞客,来知单于二十六日设宴政事堂,所请者纪泊居、王铁珊、刘仲鲁、王晋卿、李嗣香、李符曾、袁纪云、赵湘帆、桑又生诸君,并余凡十人。翊宸邀饮于瑞记。

二十四日　与梦生出游。

二十五日　苏良材自新乡归。桂馨斋邀饮于万福居,杜富堂、苏良材为主客。富堂,名长荣,故城郑家口人,清季在湖北统领军队,已而以事罢官,与副总统交至厚。此来,黎公召之也。

二十六日　张梦生回家,余作两书使携回。一复五祖母,其函云:接读手书,敬悉业勤堂铺宅出售一节,欲先侭侄孙院留买,不欲以祖业售之外人,用意实为深厚。惟侄孙数月以来竭力筹画,不能有此巨款,力既不及,则不能守,保存先业之说,亦势之迫于无可如何者,现既有人欲买,且出善价,此机万不可失,侄孙亦愿随同出售,请与诸父诸兄筹商,赶速出售,勿再耽延,致失事机。复汇亭叔函云:接奉手书并五祖母函,敬悉一是。业勤堂铺房,大家欲先侭本院留买,以保守先业,侄亦深以为然。倘力量能及,固不在价之大小,奈自提议以来,侄多方筹画,终不能有此巨款。此所以再四筹商,左右为难,而未能早说爽快话者,此也。此情想久为我叔所洞谅,侄院财力既实有不及,自难坚守,保存先业之说,亦势之迫于无可如何者。现有售主,而又肯出善价,此机万不可失,侄亦愿从同出售。请我叔与诸父主持,赶速出售,侄固无可无不可也。至余庆长现占该房,倘买主欲令腾清该铺用房,无多搬移,亦属易易,更不必以此为难也。再,此事我叔与各院商议,顾全大局,筹变通之法,亦可谓竭尽维持之力。侄既限于财力,不能留买,有负厚意。即请我叔随同各院出售外人,不必再坚持。保留先业之见,有违众论,特此再闻。余拟今日访杜君,明日请其小酌。良材来,言杜君今日请子小酌于万福居,且明日杜君尚有兰馨一局,余以今日有徐相之招,属良材代谢,而将明日之局移至后日。良材去,麟阁来,言电灯股票有出售者。麟阁未去,而纪先生至。访杜君之事亦须作罢矣。泊居先生云:《畿辅丛书》惜王文泉所见未广,仅刊理学书,于考据词章多所未备。如苗仙簏所著书,于已刊行四种外,竟无所刻;如《笥河集》,则仅刻其文而遗其诗。且往往于古人名著删去数篇或竟不收其书,如唐《刘宾客集》,则尤可笑矣。又曰:《曾文正集·苗仙簏墓志铭》述苗之著作有大误处,《唐韵正补正》,正顾氏之书也,乃误作韵补正。又曰:韵学当从源流考究,顾、江以后所考益精。苗氏韵书尤为简易,能除去韵学家之胶葛,且有至理。韵学未发明以前,多一知半解,考核一二字,绝无统系,后世考求渐有门经,乃能上溯源流,遂成专门之学。又曰:《四库提要》有大字本,又有小字本,大字本系殿本,小字本系鲍氏所刻,本于扬州文会(汇)阁,与大字本殊多异同,盖送扬州之书无人复校,故书手任意删节,以求速成。又曰:《提要》本与《简明目录》又有异同,或《提要》本载之,而《简明目录》删去，或《提要》附于存目者，而《简明目录》载之，不知何故。以《深州风土记》赠纪先生，又以《续碑传集》假之，与纪先生同赴政事堂，时四钟也，适段香岩将军在内，俟其退而后进见。所邀诸君陆续至，惟袁、李未到，设席于内办公室，以刘参政不肉食，为具素餐，盘餐象形如鱼鸭海参火腿之类，然甚精美。相国宣布征求畿辅文献宗旨，且曰：当请王晋卿偏劳。又曰：今日宴会皆同乡，可谓乡饮酒矣。刘仲鲁详述其在民政长任时，对于濮阳河工情形，谓某君以预算须款二十四万，月余可蒇事矣。既而赵、朱更迭，遂未能毕事，盖初决时若干丈后渐凝，决口仅余三之一矣。既而又决至七八成，则工遂大。刘仲鲁又以王子山、韩缄谷二人论说各一首呈相国，李符曾自言其高阳织布之发达，且曰：余有股本，非独山也。铁山闻言织布事若甚惊讶者，曰：安所得此机器？如何学之？何以又能织并通洋布？云云。相国云：畿辅举办后，吾于河南、山东亦派人提倡文献事也。仲鲁请泊居先生任《畿辅通志·艺文》，即贾卿所编志也。先生为弗闻者，仲鲁殷勤而再言之，终弗应。相国对于纪先生言旧日交谊甚详，于李符曾、刘仲鲁亦言旧事，以资谭笑，而桑君亦振振有词，诸君皆笑之。

二十七日　访富堂，不遇，而失小皮包，内有王双岐留学生领文凭收条并银纸币。王晋卿志在纂著，不重搜访，拟名此局曰畿辅编书处。今日邀余到先哲祠一观，且属余任纂辑。即宿于局中。余辞以相国编辑事未毕，当先辞之，不宜冒然兼此事。

二十八日　余请杜富堂、纪泊居、宗芘山诸先生、赵湘帆、李翊宸、沈梧轩、扈润卿、苏良材、王荫南、李艺圃于致美楼。艺圃至而复去，一席之顷，而电话招艺圃者至再三。杜见纪相识，相与言湖北省城近况。纪与赵湘帆曰：飞燕传"涎"字某本作"涏"。涏，鲜明貌。又曰："纚"与"攕"、"莬"同音，某诗用此韵押此字，校者不审。乃妄改作"攕"。

二十九日　与翊宸同访辟疆。艺圃邀余与赵湘帆、杨续臣、李翊宸、陆翼圣、何弼人、王荫南诸人饮于致美斋。陆在总统府充内史监舍人时，王古愚已由舍人升内史矣，且课其公子，月薪四百，辟疆亦四百也。

三十日　将所排比之东省电稿，各以类相从，写其总目，示曹理斋，此外有未曾缮写之来电甚夥，日内始检阅发电，亦不完备，现虽致函东省，属其录寄，能否完备，未可知也。王晋卿以征求畿辅文献事，属我亦任其事，此本相国先以属余等，而后委晋卿总其成，然相国事未竣，未便兼之，因属理斋代我辞于相国，适吴士湘访余，以俞耀《雪岑残稿》，言相国属为校勘付铅印。既见士湘，遂以托理斋者托士湘焉。

收愚斋日记二十六

民国四年(1915),葆真年四十二。

一月二日　访李翊宸,约与同游武英殿古物陈列所。翊宸不果行,余独往。一月一二三日以新年故入场各券例收半价,入门券三角减为一角五分,陈列所传心殿均一元减为五角。湖北水灾,旅京同乡诸公发起,在第一舞台演戏助赈,人二元,各部长官多派给部员戏票者,余则购票往观,以余向不观戏,故无赠我券者。辟疆来贺年,不遇。

三日　与宗先生父子再游武英殿,遂与鞠如同至辟疆处贺年。访李佑周。访纪泊居先生。

六日　翊新来京考学校,廉方送之。

七日　将令翊新考优级师范附属之中学插班,既而闻仅小学卒业者不得应考,乃止。马肇元自津来,未晤。往访于三元店。

八日　肇元、艺圃同来。肇元言宁湘铁路将开办,欲访明其事,托艺圃调查,余请肇元、艺圃、鞠如及孙云五饮于西域楼。云五,回教徒也。

九日　余属鞠如为翊新报考畿辅中学校,又以停止报名而止。肇元邀宴诸人如昨日,余将与肇元同访王子荣于门头沟,艺圃曰可先宿于陆军学校,明日早起赴车站也。从之。

十日　赴门头沟煤矿,见子荣。并晤其股东杨君炳文,字彪如,天津人,其父英人,娶华女,生彪如。其包办煤矿,英人甚优待之,但矿质虽佳,矿产虽富,犹未获厚利。

十一日　早车自门头沟回京,应云五招饮。云五已于日前约定肇元等,而肇元又偕子荣来,子荣与之同宗教,又与云五之友黄君相习同会于西域楼,遇艺圃之友柴雨亭。席间子荣约定,明日在座诸君同饮于萃芳园。昨夜大风,今晚冷甚。

十二日　纪先生又代校文集一过。应子荣招饮于萃芳园,同座有汪君顺年者,京张铁路车务处人也。天祁寒,甚于昨日。徐相国属余校印《雪岑残稿》,书为某县俞耀撰,耀寄籍京都,遂署北平人,与相国有旧,既卒,乃为印其诗,然诗文多散佚,所存才数十首。

十三日　廉方回郑。萃芳园之局,鞠如未至,而约同座者于今日宴于西域楼。艺圃又约赴华宾楼,多辞谢者。鞠如之局竟取消。艺圃之局到者亦甚少。昨桂馨斋邀定今日饮于万福居,客十余人,共两席,大半故城人。翊宸觞客,余亦一过焉。坐中有韩君钤堂者,南宫资本家,以西医名,与余一见相契。王鹤之先生来访,未晤。

十四日　访鹤之先生。吾前请其印《畿辅丛书》。鹤之招岳欣秋包办刷印,今始支银。前以印丛书事函询天津卞氏,卞际云属印一部。

十五日　宗芘山先生赴保定。纪泊居先生来,言及《战国策》吴评本有误处,因摘举一事相示。余以《畿辅丛书》目录示之,纪先生随阅随议,其谬多至不可枚举。余至畿辅先哲祠编书处,已开办数日矣。总纂王晋卿先生,纂修者赵湘帆,检查书者许君育璠,字卿卓,清苑人,前布政使涵度之子;赵君庆墉,字石尘,涞水人,张小帆中丞曾馆于其家。在局抄书者已来四人,庶务为吴君稚卿,名桐林,四川人,晋卿先生门人。局中先抄录晋卿昔年所为《北学渊源录》及《畿辅书征》,复搜访他书以补其遗。《书征》者,艺文志也。略仿近代藏书志体例,附作者小传及原书序跋等。

十六日　代王勤生先生以《论语经正录》送畿辅先哲祠藏。编书局已从事搜访遗书矣。河南近亦由相国提倡设局,征求文献。张君凤台实为领袖,今日有某君者以访询畿辅编书局情形来访余,言及

《中州文征》，曰此书系钱衎石所编辑，苏君与其事而已。《黄钟日报》社张君永靡来局访王先生，并请以《畿辅书征》载之报纸，王先生允之。应鞠如招饮于雅叙园，在座者皆译学馆同学，鞠如同学如陆芷沅鄂，已官至参政院佥事，余则主事办事员等职也。至教子胡同，与蒋挹浮先生谭良久。汇亭四叔仍促余购留业勤堂之房。

十七日　纪先生来，约与同观《二老比肩图》。二老者，纪文达公之父与戈芥舟先生之父，二老皆因其子官京师而就养焉。某君绘以为图，刘石庵题其卷首曰"二老比肩图"，大字甚精好，胜于其他所书，翁覃溪署检，刘翁又皆题诗图后。图成数岁，某君复模绘一图，视前图意态尤神雅。翁刘二人之诗亦皆书其后，则视前卷少逊。两图两家分存之，前图存戈氏，后图存纪氏，戈、纪衰落，图亦散佚。戈氏之图为纪泊居先生所得，先哲祠所弆藏则纪氏之图也，此图后有阮文达公跋语。又见祠中所藏他书画，可宝者甚多。于泽远来访，未遇。余复往访。言行将出京，提倡党务，道过故城，可为绍介党中人也。余谓泽远此行，大可访求遗书。

十八日　属龙云斋刷印文集。先印朱色十余部，洋色多落，改用朱磦，已言定矣，而所印样本仍杂洋色，与刻字铺交涉殊难。先哲祠编书局宴同乡京官，凡三十余人。今日王晋卿先邀尤契好者数人于骡马市大街都一楼饭馆，曰纪泊居先生、王铁珊先生瑚、金筱珊先生镜芙、蒋挹浮先生、袁际云、尚节之，余亦陪饮座中。虽皆名宿，然谈论诙谐，猜拳大饮，意兴皆甚豪。

十九日　至先哲祠宴客，定于十二钟，而二钟余客始毕至。肴馔既陈，清酒已酌，湘帆乃宣言，今日之宴乃徐相之意，相国以事不能到，而属晋卿先生代作主人。宴既毕，晋卿先生与湘帆论编辑体裁。晋卿云：如申凫盟等诗文皆甚可观，惟其中有不妥适之字句，不免外行，是皆无师傅之故，是以朋友不可少也。凡名人而能自成一家者，皆可独立传，如李刚主、王昆绳诸君，固不必附入《颜习斋传》，其他门人无甚可称道者，乃可附入颜李传中。又曰：桐城之文太干净，于事皆扫却，虽具有规模，亦无意味。葆真案：潘伯寅先生论桐城文亦同一口吻，吾父尝述之，世之论文者，大抵如此。王先生又曰：为人作传者，为记其事也，非令汝作文也。又曰：昔吴挚甫言，《史记》惟《司马相如传》载其文，以司马辞赋特著，故变例载其文。班氏又以杨子云如司马相如，故亦仿其体云云。是不尽此两传然也。晋卿又谓余：子可以检书乎？余未答。湘帆曰：连络为传亦可。晋卿曰：现无材料为传固可，然须先检材料，即不能常在此，亦可携书去也。余曰：徐相事尚无头绪，彼处事多，当以余力为之。言未终，湘帆曰：彼事非一人，且仅午后去，用日力三之一耳，将余时为此当可也。湘帆曰：吾拟为王文泉先生传。晋卿曰：顷王合之已以属余，余为之可也。

　　二十日　刘仲鲁请客于泰丰楼，曰纪泊居、蒋挹浮、王晋卿、史康侯、蒋性甫、张君立、冯公度、高阆仙诸先生及余，到者凡八人。

　　二十一日　孙云五检查相国东省电稿，近自任交涉一门，而底稿未备，相国属曹理斋函索于东省，兹抄来十余册，皆交涉门也。今日来客最多。

　　二十二日　余请辟疆、刘仲鲁、王晋卿、蒋艺圃、王鹤芝、李佑周、常济生、于泽远、李艺圃等，有未至者。刘仲鲁近于艺圃之要求，乃助刊刻献群文集经费。昨日赵湘帆上书相国，仍邀余到畿辅先哲祠编书，相国遂令吴士湘告我，而士湘未在，少眉先告我。

　　二十三日　宗用孚之长女许嫁守愚族兄之子德逊。其妹之嫁也，所有事皆其叔父芘山先生经营。置备嫁衣及一切事，皆一人为之。今其姊将嫁，先生又忙矣，屡次赴保为此事也。余昨以买常氏书事上书相国，相国谓余曰：购书事我无可派之人，子去可也。又曰：前黎副总统为纪泊居谋清史馆事，余函属赵次山，次山云协修无额，拟以校对兼协修屈纪君，不知渠肯应否。汝可先为致意纪君，纪君意允，吾再作函往邀。又曰：畿辅编书事，汝能为之否？现湘帆有信，仍邀子相助。余曰：因学识不及，恐无能为役，且相国东省电牍久未藏事，故属士湘先生代辞，而王晋年丈又屡相邀。相国曰：赵湘帆亦实述晋卿之意,汝可自酌,但吾不知子有暇为之否,然余观之,即不日日至局亦无不可。出遇马少眉,少眉云:相国既以此事相属,子其无辞。宗先生请吴辟疆、纪泊居、徐梧生、柯凤孙诸君名儒于都一楼,吴辞焉。

二十四日 礼拜日,觐新考正志中学,学新成立,在广安门大街广东学堂内,此为第一次招考,定取百人。分三期考,此第二期也。第一次取二十五名,此次应考者九十余人,十钟点名,二钟余考毕。此学校乃陆军次长萧县徐公树铮发起,颇重体育、操用、兵式,考试亦验体格,闻所聘汉文教员有吴辟疆、姚叔节诸名士。外国文分德文、法文,延外国教员教之。访纪泊居先生,时蒋性甫在座,相与论畿辅人之著作。蒋亦颇有所云。蒋曾官山东,渐言及山东事。余因问张勤果公、李鉴堂制军两公巡抚山东之政迹。纪先生曰:张以耗国家之财厚待候补人员得名,李则以为国家筹款为要政,以俭为属员倡,而实能用人,故去后人亦思之。先生因历数张耗财之事,且曰:张若不死,亦且大困,山东之财挥霍已尽矣。余问汪穰卿所编《庄谐选录》,纪先生曰:书中颇有汪闻之余者,如所述四川数事,乃余闻之杨叔峤,因详述其事。言未毕而史康侯来,余所欲言者终不得言,乃退。至畿辅先哲祠,见赵湘帆妹夫牛君星五,束鹿人,湘帆所荐,已而湘帆亦至,湘帆不能日至也。赵世尘以李符曾书目见示。李符曾之书凡百余箱,皆运来,以备采取。符曾自丞相胡同移居驴驹胡同,书皆堆积一空室,数年未一检点,故符曾亦欲借此一检。今以次检点,凡于畿辅文献有关者,皆检出以备采用。再访纪先生,客始去也。余以相国意告纪先生,先生意颇筹蹰,重负相国雅意,又不欲与赵次山同事。苏子琴来访。子琴名缙,交河人,译学馆毕业。李承瑞来访,皆未遇。王晋卿来函,言沈子封有手卷,内有永平人殷岳诸人之尺牍,子可携笔墨往子封家录出,其中必有可取材者。

二十五日 访晋卿年丈,听事悬有五公山人墨迹一幅,晋卿跋语。晋卿喜为跋语,前见其所藏唐人墨迹,皆有跋语云。言及孙奇峰传,余曰:传已甚完备,可无改动。晋卿曰:前所为传,乃修《畿辅通志》时所为,今拟少变其体。余曰:搜求事实为传所未载,贴签其上以备先生自编入不可乎?曰:善。即将全文附夹其中亦可,不特事迹,即他人说论亦可采也。晋卿又云:子可搜集事迹而即编辑也。又曰:余昨又为数传,但材料具备,为传易事耳。余先为儒林,文苑、名臣、孝友皆归独行,武功可归名臣。又曰:余先为《畿辅书征》,《书征》出,乃可备搜罗,可乘间告相国。又曰:书籍不能借来者,可将序例抄寄,即以见著书之体裁。访纪先生时,亦有湖北门人在座,谈及梁星海,因问余二人曰:公等知梁降五级调用之事乎?清代野记载此事,谓其因参李文忠得罪,不知此其中有别情也。初恭王在军机时,某太后听政,谏官言事者多,恭王不禁人之言也。及醇王入军机,不知大体,慈禧乃为所欲为,言者有罪。梁见国事日非,欲上书谏,又恐无益,谋所以去醇王者,乃上书言醇王乃今上之父,不宜烦以政事,如此措词,或皇上见所言是,不谋之朝臣而即可其奏,故不可使他人见。梁官编修不敢请堂官代奏,乃访其舅,曰:王文锦者,官某官,可专折奏事,人尚朴实,可与议事。梁初不敢,恐其泄机密。文锦曰:可无虑也。既与之言,文锦乃曰:既属我奏此事,吾当先阅其稿。梁曰:不可使他人见,必误大事。文锦将持示某人。梁乃曰:使之阅,阅毕仍将原稿携回,万勿留其处,若留其处,吾事必败。文锦果留其稿。梁曰:事败矣,不可上也。文锦果以稿示张文达。文达发示醇王。醇王不悦,乃借参李文忠而罢其官也。先是参文忠疏留中,太后曰:岂可开人弹劾大臣之风,当将原稿使李阅看。张文达曰:不可。朝廷优礼大臣至矣,岂可轻以相辱。至是已一年,乃借此罪之。故梁每言及文达必怒骂之也。其后梁参袁也,本折乃劾庆亲王奕劻,附片乃参袁。又曰:张文襄辑思旧诗十六人,已刊九家,而文襄卒,又附七家,则文襄生前所选订,而属余校刊也。因为余述十六家之名字。吴辟疆来,余在政事堂,未归。宗先生以翊新考学堂事相托。

　　二十六日　辟疆来函,属翊新赴陆军部谒次长徐公,重验体格。

二十七日　访辟疆。以所为先集跋语请其笔削，乃援笔更易数字。应史康侯招饮于泰丰楼。纪泊居先生首席，刘仲鲁同时在此楼请客，两主人所邀客多，两主人所复请者，于是两座之宾交互宴饮，极欢娱之状态。刘所请客首席为乐亭刘炬。

二十八日　访沈子封先生。先生名曾桐，吾父丙戌同年，前广东提学使，调云南提法使，被议未到任，今日往访，拟借其所藏手卷也，沈不肯出以相示。马绍眉生日，政事堂诸君设筵宴于韩家潭饭庄祝寿，共二十五人，余亦往焉。

三十日　访史康侯先生。先生名履晋，京师电灯公司总经理，即发起人也。谓余曰：电灯公司创办者虽系三人，而草创诸事，多余所为，股本亦余为多，盖认股五万银也。访苏子琴，未遇。余今日体稍不适，勉赴政事堂，将李葆光履历呈相国，辟疆之属也。相国云：已面托吉林巡按使矣。又以饶阳常氏书目呈相国，相国曰：可即为我购之。王鹤芝先生以电话邀余赴其寓，归而愈不适。王晋卿得子，为汤饼会，设筵寓中，招余，余以疾辞，未赴。葆光，字子健，南宫人，有事于吉林审判厅，刚己之子也，颇善属文，故辟疆为言于相国。

三十一日　李佑周来，坐谈良久。因自述其家贫甚也。纪蔚千来。蔚千名清梻，泊居先生犹子。

二月一日　正志学校第二期考试榜揭，翊新录取第十二，凡取六十余名。吴辟疆、徐梧生、纪泊居三先生前后至。余劝辟疆提回天津瑞林祥元记所存之款，以自兵燹后，京师元记生意渐形亏累，他号恐受影响。自前岁劝其取回，彼殊不为意。辟疆不喜研究，居积时有散失，十数年来所损失盖不可胜数也。徐先生一诊吾之脉。徐先生不惟学问渊博，尤精医术。谓余曰：昨至政事堂见相国，常氏之书吾终欲成其事。又曰：有许氏及某氏，亦以书目展转求余，与相国言其书与常氏之书等，多有用之书，但许氏贫甚，卖书以归葬其亲，忍与价太廉乎？此吾所谓不相宜也。某家书目则非读书家所藏，故吾终赞成常氏之书也。王鹤之请余悦宾楼便酌，余以疾，不能往。

二日　纪泊居先生来,云吾将归矣。

七日　故城邵君开绪来,邵初肄业故城小学,近肄业师范中学,人颇聪敏,在李绍先上,然绍先甚好学。李心甫齐次青来。心甫有事于陕西盐政稽核所,将行矣,因为余述盐政事甚详。

九日　余疾已愈,尚未出室。

十日　翊新入正志学校。

十一日　到政事堂请假旋里。与朱铁林同见相国,相国以购书事相委付,定钱五百元,初拟阴历正月二日旋里,以疾初愈也。今晚觉疾愈且无他事,乃改于明日早车南旋。访王晋卿,请假。晋卿云编纂一事,非伏案不可,欲余之速归也。颇怪湘帆至今未交卷云。

十二日　乘早车五钟启行,购通票到津,改车南下,宿于德县。

十三日　午间到郑,今日为阴历除夕。

十四日　今日为阴历元旦。

十五日　际光号三年度之清册发表,所获利逾上年度。

十八日　得兰侪函,言将于阴历初八日赴迁民庄。

十九日　余电告兰侪,言余仍于阴二十日前往。

二十二日　入城拜县长。县长适以事赴津。至贾慎修、段焕庭、王铸亭诸君处贺年。

二十三日　得兰侪信,言改于阴历十三日旋里。

二十四日　李荣岩缴福隆号清册。

二十五日　曲肇瑞来,缴福兴号清册。民国三年度生意尚好。

二十六日　苏良材来,缴阜康号清册,阜康去年度胜开办之年矣,然获利仍未丰也。去岁增设煤厂于德县,销开滦煤,开滦公司不能直接包销,乃代销。乾兴煤因初办,故煤一部分尚无利之可言,预计今年度必能畅旺也。

三月二日　招制洋袜工徒,大杏基村李林堂应募。邀本镇绅商春酒。

四日　程巨亭、张梦生来,缴余庆长三益兴清册,两号三年度获利皆胜二年度，统计各号无逊于去年者，三、余、永亦渐有起色矣。余本拟明日赴千民庄，故与各号掌柜约于昨日齐集，为酒食以宴之，此为第一次之举。巨亨等今日始到，故肇瑞、荣岩皆不能待而去，贾慎修则前已辞谢。苏良材以年高且世交居首席。

五日　翟先生今年馆席如故，今日以新到馆宴之。

六日　赴千民庄，与巨亨等同行，尖隆化，宿审婆。

七日　傍午至小范，过审婆雪渐大，道益泥泞，小范之北以去岁河水漫溢难行，不复淹留，遂北上，宿于饶阳之留楚。

八日　天寒甚，地又大冻而车仍难行，途中车毂不稳，村人自请代为收拾，其意良厚，午至千民庄，人犹谓车行速也。

九日　游何家庄，何雨樵所居村也。雨樵曾官南乐儒学，善书。其时吾父方官大名教谕，常相过从，今其死已十余年矣。雨樵，名官尹，此村在千民庄西，相距百步耳。与兰侪查点所购之书，此书本常蔼亭先生所购。蔼亭先生曾从吾祖受学，酷嗜书，与吾父善，购书不厌，每得一书辄与吾父相赏。吾父尝书其壁，称其已富于弆藏。蔼亭先生死无主后，乃分存其书于其两弟，两弟亦皆无子，仲弟湘亭已将其书售出；幼弟死，家亦渐落，其妻乃举而售之。余初闻其事，颇欲自买，因索书目于兰侪，徐相闻而善之，故遂为相国购之也。饶阳故以善贾名，常氏尤以资本雄厚，下视诸富室。蔼亭先生之父星垣，在常氏尤为首出，诸常莫能望其项背。四十年前，吾祖教授常氏时，蔼亭兄弟皆从学，其时方称极盛，虽邻县，莫不艳叹，以为不可及。乃不数十年，常氏各支，以次衰歇，蔼亭家亦将不可复支。盛衰之速如此，故吾父铭表戚故，尝致慨于常氏之衰落，不禁长言永叹，而冀其家继起之有人也。

十日　访常茝塘。茝塘，吾祖馆常氏时所从受业者，名尔昌，诸生，为兰侪之远族人，颇纯朴。兰侪为邀村人王君式周同我检点书籍，茝塘欣然欲往。余与兰侪先粗点一次，残缺尚不甚多。式周，字郁文，初等小学教员。

十一日　郁文、苣塘、彬卿姻丈及兰侪族子有鉴,皆同我检书。

十二日　购书箧于尹村,不敷用,复于村中制之。观旧式自鸣钟于常湘亭家,各室陈列自鸣钟不下数十,尤佳者凡五,相传为嘉道以前旧制,云得自束鹿十家庄,索价千余缗。

十三日　检书已毕。书虽通行本为多,而明代佳本及清代名校初印本亦往往而有,凡四百余种,千三百余函,又有帖四十余种。

十五日　参观本村祥记织布厂,资本不过二三千元,开办仅年余而已,能获利矣。晤彭铁民。铁民,博野人,商于饶阳城内,兰侪托其拨兑书价及购书箱事。铁民,兰侪妻弟也。

十六日　田瑞堂由城内具酒相邀,且云明日当以车来,并邀兰侪,余婉谢之。

十八日　装束书箱毕,船亦雇妥。

十九日　将书箱运送船上,命李林堂在船守视。余与兰侪游大尹村,借乘普卿先生之车。常氏各家皆衰落,惟此院有起色,亦非善理财者。尹村今日为集市,其期五日一集,此镇商业与小范伯仲,而县人商于满蒙者,转运钱币以此镇为枢纽,镖局遂极一时之盛,他处无有也。此镇亦以此显名,近非昔比矣。钱铺著名者有三,曰天祥义,曰协成源,曰万义,他行皆不甚盛。观天祥义附属之工厂,皆铁机,机凡百数十,所织多袍面及染色布,运销北京汉口。饶阳工厂颇盛,亦惟天祥义及协成源,余不足数也。天祥义掌柜王万峰,字秀岩,献县人,绍介观览。余庆长有人至此镇,亦主天祥义也。

二十一日　余与兰侪午前由下桥登舟,常立臣先生附余舟赴津,暮泊藏家桥,凡过桥三,曰北岩,曰李谢,曰刘钵。至藏家桥始入滏河也。滏河之桥由此至津,凡十一,曰沙窝,曰唐宁屯,曰沙河桥,曰念祖桥,曰张冈,曰刘家庄,曰白杨桥,曰南兆府,曰姚马杜,曰王口,曰红桥。

二十二日　泊白杨桥。

二十三日　至王家口。王家口商务颇盛,为滏水最大马头,泊杨柳青。余在舟中,日阅《曾文正家书》数十页,若非在舟,安得三日阅一册有半哉。

二十四日　舟至津,余先赴都,访朱铁林,问运书入都办法。至则已暮,电话访铁林,未在寓,故未往访。

二十五日　访朱君。遂至政事堂谒相国。朱君电告天津抄关及铁路局,并函告杨冠如经理其事。将书价付我。余谒相国,既将买书事报告,因请为先君墓表,相国允诺。

二十六日　早车赴津。津浦铁路局林君以杨冠如之托,派人将书箱由舟中运至车站。昨朱铁林言,至津当访杨君。于徐君医寓两访,乃晤徐君,而杨君终未遇。杨至客栈答拜,亦未晤也。余与兰侪宿福星栈。

二十七日　乘免票头等客车送书至京。余至政事堂,则徐相国东三省电稿分类已毕,云五将稿送交曹理斋删定矣。为儿子迪新议婚于胜芳王氏,昨已将庚帖互换。

二十八日　姑丈赴保定。

二十九日　访熙臣五兄。

三十日　访伯坪。

三十一日　相国又拟买书。朱铁林为介绍某氏家藏之书,凡百余种,皆通行之书,无一佳本,某氏之先曾官广东,故多广东新刊之书。今日与朱君及其友陶君漱兰至西城观音寺胡同本宅观之。

四月一日　王鹤芝先生近又来京。昨蒙来访,今往谒,遇诸途,闻先生将任畿辅编书局事。

二日　先君文集已装订成书百部。王鹤芝见相国。

三日　绍介兰侪谒相国,初兰侪既同余运书到京,欲借一谒相国,为后日恳求任用地书一简明履历,托朱铁林言之相国以求见,铁林因循三五日,今始得谒相国,亟见之,并命余同进见。相国历述与吾父交谊往还之迹,长言不厌。李增重来访,未遇。

四日　余与王氏为婚姻,宗鞠如一人之力,已择于今日往送婚书,又邀李翊宸为媒副,鞠如往王氏换婚书。女氏主婚者,女之祖,名佑曾,号莲塘。亲家名祖纬,字仲武,毕业法政学堂,充地方审判厅书记官。有兄一人,即直哉。叔曰祖绎,字巽言,南京书记;季名祖彝,字念伦,译学馆德文毕业,教育部主事。宴宗、李二媒妁于致美斋,邀于泽远、常兰侪、李艺圃、熙臣兄陪客,客未到者尚有三人。齐次青等四人请余于泰丰楼,四人皆留学生,而考验得第者也。熙臣明日言旋。余往访之,议卖地及买小范铺宅事。

六日　相国请客于东城五条胡同本宅。桐城方君丹石首席,王晋卿先生次之,赵湘帆、王荫南又次之,方、赵、王皆其弟子师也。方先生馆于五条胡同,赵、王在政事堂,王鹤芝先生又次之,余与朱铁林陪客,相国因与诸君赏鉴新购之书。

七日　往拜王仲武。访王鹤翁、刘仲鲁、苏子琴。子琴以其外祖吴棠湖先生所著书属余送编书局。有《晋王逸少年谱》及《石鼓文释文考异》,可传之作也,余则诗稿。

八日　复李子周书。子周署山西夏县知事,调阳城矣。相国属校其《退耕堂诗集》付梓。

九日　姑丈至自保定。

十日　余审订少年日记,倩人录稿。陈少璋先生来考知事,来访。铁林之母生日,往祝寿。访伯玶,始见之。盖自去年冬得病后,今始愈也。

十一日　仲武来答拜。吾姑得目疾,时蒋挹浮先生为荐博野颜君治之,颜君名振声,字伯峰,时在津,乃遣人迎之。来时挹浮先生寓教子胡同,以来陪颜君,遂宿于此。请其为先君文集署检并书楹联。韩颂仙来访宗先生。余与王氏议婚时,艺圃为访于韩君,韩君急赞成之,闻婚事已成,乃来访焉。颂先名□□,霸县人,茈山先生之表弟,亦仲武之戚也。

十二日　王秋皋来访,未晤。相国又以千二百元买某氏之书,凡百余种。朱铁林谓余曰:相国询及二办书者意欲何为。谓兰侪、漱兰也。兰侪与余购常氏书,漱兰与朱君购某氏之书,并为相国加印章于相国两次购书。

十三日　访李增重。

十四日　明珍斋古玩店韩某请蒋挹浮、颜柏峰、宗先生小酌,并邀余。余以事辞。曹理斋属代觅教读及明公事者,余为荐贾君玉。勤生表叔来信,谓迪新可早娶妻,缘前得家信,言吾嫂欲其早娶,吾母不忍拂其意而未能决,乃函询深泽王氏祖姑,故复信赞成即娶也。

十八日　自来水公司开会,往观焉。王小汀协理锡澎代总理演说。去年营业情形,发一厘息,举查帐员。股东宣言者甚少,少顷,即开会。请客于庆华春,常用宾、宗芘山先生、颜柏峰、李翊宸、李子仁、韩麟阁。徐相电稿既分类,交曹理斋选录矣。余与孙云五乃分录其函稿,已由理斋依次粘好者六册,余又倩人代余为之。

十九日　李增重来言,明日将赴南宫,为友人治疾,归过郑镇也。艺圃访湘帆,云:日昨至津见冶亭,冶亭拟鸠集同乡公请贺先生入国史,已将其意告朱巡按使,朱公乐为呈请矣。艺圃劝湘帆为呈巡按使文,湘帆以不文辞,乃属于泽远为之。谨案:吾父生平潜心文学,不求闻达,此等事非所欲为,而徐相又许我将先君事交清史馆作传,宗先生亦不欲由诸君呈请,而余则重负诸君盛意,不忍止之。艺圃曰:相国一人为之,终不若公请较为郑重,余因访泽远询其事。

二十一日　考县知事内务部榜示与考知事人名于院前即众议院榜粘于对面城墙,长约三十丈,九千七百十八名,而保送免考者三千余人尚不在内,与试者既多,于是分为数场。京兆、直隶皆在今日,两日来,众议院前人影车声,忽有万头攒首之态。

二十二日　今日考县知事为第二场,昨日题目为"孟子法先王,荀子法后王"。余同宗先生观剧。

二十三日　今日为第三场考县知事。余为相国所购书已在邸第陈列,故往五条胡同观之。朱铁林代购者亦同陈列矣。访郭季庭畅谈,季庭在印铸局为总务科科长。

二十四日 先哲祠明日春祭演礼。访李佑周于清史馆。

二十五日 畿辅先哲祠春祭,与祭者八十余人。徐国务卿主祭。东庑忠烈,通县王铁珊祭之;西庑烈女,盐山刘仲鲁祭之。余在东庑与鞠如司爵。至先农坛,观新华银行有奖储蓄票开彩。于是都人士女倾城而往,马车、洋车接于途,直至前门内,前门为之塞,不得行。摇彩形式人未曾见,且为初次举行,故观者尤众也。前五彩皆为南省分售处购者所得,场中情形明日必详见报纸,姑且不具述。得心铭家叔自张家口垦务总局来函,言垦务事。此余前所函询者,兹录如下,函云:现大马群有荒地数千顷,在口西北,距张垣三百余里,定即丈放。查此项荒地,土脉颇好,押荒之价,每亩三百六十号,约不过银五钱(定章上则七钱,中则五钱,下则三钱,因此地尚未丈毕,故约言之耳),倘能购置,则极相宜之事,得否转卖,姑不具论(以现在宗旨,在殖民领地者,不得有商业性质)。即以招佃而言,口外向例开荒,牛具耕种等费,地主一概不管。开地第一年无论能种,与原地主并无分收;第二年地中出产地主一成,佃户九成;第三年地主二成,佃户八成,以后总以倒二八为准。查口外地,性多宜菜子。以此一项而论,前三年平均计算,每顷地分收一成,约可获十石上下,每石可卖洋五六元之谱,是前三年每地一顷每年可获利百元以外,计买卖未有若是之厚利者。但第一年是赊账耳,倘自己招人出资耕种,又当别论。有欲购者,此机似不可失。

二十六日 王荫南临先君集中之张、吴两先生评点,因以原本付之一校。怡墨堂得吾父所书对联于市,属我购之。顷刘子俊来函,并以我之名义拟一函与卞耀庭,今日寄去。

二十七日 颜柏峰回津,吾姑目疾如前。与李翊宸饮于庆华春。李荣岩来。

二十八日 昨得王式文函,因作函复之。储蓄票头彩闻上海何女氏得其六条。

五月二日 余患胸膈痛。于泽远视之,谓无妨也。四年公债劝募会假湖广会馆开大会，会场为满，演说者亦众，并时时报告各省认募之数，当场认募及购现者亦甚盛。盖为初念所不及也。详情当见明日报纸，兹不详。前得三叔函，步青亦有函述张口放荒事，以告翊宸。翊宸久有买荒地思想，闻之欣然，颇欲与予同往一观也。沈佩贞女子借大舞台演剧募款，以办实业为名，并以入场券送各部长官，属其代售，教育总长汤公竟募人购买，不亦异乎？子仁以优待券见赠，余转以赠人。

二日① 子仁为余绍介敔医士诊视，其言与泽远之言同。晚访徐梧生先生，诊吾脉，亦谓吾无甚病也。与谈及编集《畿辅文征》《诗征》之事，渠颇赞成。又言余为相国所买书以欧集为最。又言《文苑英华》无细目，吾尝抄出此书，若与他唐人集较，当可废数种，以所传唐人专集似有从《文苑英华》录出者。余问《图书集成》编辑时何未见《永乐大典》。曰：不特此也，内阁之书，四库馆之人即未见，亦令人百思不解。又曰：《嘉祐集》甚难得。宗芘山读书最细心，读曾文正书札，曾将其人名录出而加考证，余请录副以存。

三日 前日内国公债会。公债局代表宣告各已认购之数共一千一百万元，福建百五十万，直隶五十万，广西二十万，浙江五十万，安徽五十万，陕西百五十万，广东八十万，江西五十万，黑龙江二十万，湖南四十万，贵州三十万，山东五十万，绥远三万，甘肃四十万，京兆六万，四川六十万，云南三十万，江苏五十万，察哈尔十万，山西六十万，河南五十万，湖北五十万，外洋各埠认五十一万余元。黎副总统代表胡君演说，甚详备。德国胡女士演说尤动人。听胡女士以德国语演说，中国女子译于旁，当场认购者一百余万，当场交现金者亦二万元，可谓盛矣。相国觅人装池其所新购之书，余在会经堂为觅一人，每月银七元，尚未言定。白钟琨屡来访，意托我代为谋事。

四日 余所患少愈。与芘山先生散步南下洼。今日有人曰，南

---

① 疑有误。

洼水中有怪物鸣,往观者络绎于途,余亦随往一观,人皆集于陶然亭后水旁。李翊宸来。

五日　接礼制馆来函云:奉馆长谕,派曹秉章兼充本馆总校,盛孚泰、贺葆真、林岐饶充校对员。此谕。是时国务卿兼礼制馆长。

八日　余所患已愈。徐续通以磁州新出土之墓志四种见赠。续通,幼梅先生次子也。余将于星期二日旋里,函告家中,于其日遣车往德接我。

九日　女子工业传习所开欢迎会。传习所绣大总统像为成绩品,以奉大总统,大总统命教育部与扁额一方,文曰"黹绂文章"。今日开会贺得此扁额之奖品也。传习所既以绣工为特品,故演说者多就绣工发议,女子沈佩贞演说最为沉痛。余之来此参观者,以始承认日本之要求利权损失,人皆引为大戚,诸演说家必有悲惨激昂之声,借题发挥者,乃独沈佩贞有此精神。夜演义务戏,每票八角,有优待券者参观后并观剧,余参观毕即以券赠人,不观剧也。沈佩贞自述三代如左:曾祖廷理,广西右江道;祖登业,广东琼州知府;父萃钿,通永镇总兵;本生父萃铃,护理广东北海镇总兵。纪泊居先生来。王仲武来。余将于阴历五月为迪新完婚,仲武来,请缓期。余已禀商吾母,而许之矣。

十日　纪文博来。文博,名巨统,直诒先生子也,未晤。访步芝村。芝村以免考县知事来京。冯乐轩来,以代求辟疆所书楹联。与之观书于政事堂藏书楼,管理员为盛叔允孚泰,铨叙局办事员,即此次与予同时派为礼制馆校对员者。曹君介绍予于盛君,此书为方略馆所藏,故方略档案为多,谕折全分皆有,亦稍有进呈之书,然甚少。有五大臣考察政治归后所编之政治书,凡五十余箱,皆大字,朱格精抄,进呈御览者。此书已石印,吾曾见之。所藏《石渠宝笈》尤精致,又有蒙番人之图,凡六十页图,其人之形状及服饰男妇各六十种,附以说,亦进呈之本。又见粤匪之太平天国玉玺二件,一颇大,一稍小者,边镌龙形,纽镌凤形,字与花纹皆粗劣,兹图于下。

十一日　得汇亭叔函，欲令余庆长出名息，借数千千钱购奉天荒地。吾将复函辞之。月之七日，日本以最忍之条件迫我承认，磋商有日矣。至是日，乃以哀的美敦书迫我于二十四小时承认，政府乃以万不得已而全行承认，国人激奋，亦以万不得已热诚为救国储蓄金之迁计。由商会发起，开救国储金大会于社稷坛，自一钟至七钟，观者不下数万人，演说者无不沉痛，而林君尤激昂悲壮，有一小时之久，听者为流涕，持现金求储蓄者蜂涌而至。收金处数所，犹应接不暇，共收现款八万余元。认捐记名十倍过之，各学堂全体来者甚众，女学生尤多，贩夫劳力者皆解囊出金，大呼救国，甚者至欲自刭，以热血洒地，以示外交诸公。会场中详情，明日新闻纸必详述，兹从略。李增重来。增重新从郑镇来。

十二日　与艺圃访纪泊居先生。张君立亦往访。言编定《张文襄全书》，求纪先生为之审定。贾矩卿来访，不遇。

十六日　交通银行假江西会馆开股东常会，余往观焉。总经理梁士诒君及银行中人报告银行营业情形，又有财部长官演说，股东听无哗焉。郭季亭来。

十七日　行前到津，寓福星栈。候贾矩卿，不至。矩卿约今日到津，寓此栈也。

十八日　早车赴德，以书笥四交货车，过镑者误给行李票，与站长交涉无效。因将书笥托栈房伙计送德兴公，托其觅便般寄郑，可省费数元,家中以车迎于德,十钟至家。

十九日　吾家建筑之房已将工竣,计十一间。吾家住宅东西规定为四院,最东院六年前已筑讫。兹所筑为第四院,又将帐房改建于东偏。

二十一日　陈鹭卿来。

二十五日　将五祖寺之地售于张树珊四十余亩。

二十六日　余提倡救国储金事于商会,渐有赞成者。

二十七日　赴城内,见县长曹君,名琳,字佩卿,安徽青阳县人,光绪丙戌进士,与吾叔父同出王辰垣先生房。

二十八日　孙星堂密谋游击废署,与子俊伪造制投标者名氏,私用商会名义,窃盖商会图章,呈请前县长。树珊闻之以告。昨遣车接苏良材于德县,以议之。是日因公债事,商会开会,良材拟留故城待曹君。余曰:吾之遣车来也,宣言为商会开会,若留此不往,无乃失信乎? 遂来郑晤费竣如,竣如言,恩县沙河之地可购也。

二十九日　余初拟今日北上,后因提倡救国储金会诸事未毕,又因与良材筹议他事,遂缓其行。

三十日　孙星堂秘谋既泄,论者皆愤。孙之谲诈,吾既思抵制之术,颇悔不听良材之言,以小信而乱大谋也。救国储金事得赞成人数名,遂假德盛合开成立会,夏舜卿提倡最力。舜卿名式禹,本县人,裕丰泰之主人也。吾将明日行,诸君以储金团始有少数人赞助,恐吾一去,办者无力也。

三十一日　送陈鹭卿于德州。昨日孙星堂忽来见余,求余以旧游署相让。吾不允,则跪伏以恳者数四。在商会演说储金事,张季瀛外无反对者,拟明日在吾家会议进行之法。孙在商会宣言,要求吾必让此宅,诸君皆默然。晚,孙又挽人访良材,属其到吾家求让,必得所请而后已。

六月一日　孙星堂强苏良材求吾让此宅,余辞以已行。孙遂往访他人,将遍恳诸君,必达其目的。余遂赴德,至阜康煤栈,与孙毓岭游览良久。

二日　购通车票直到北京。

三日　访于泽远，已将禀巡按使稿拟就，属余交湘帆、艺圃。艺圃，发起人；湘帆，则艺圃举其为领衔者。至商务总会，访问救国储金情形，索章程百分，以寄郑。

四日　王俶过来，属余为函稿，上书陆军总长王公士珍，求其拔荐。王公与俶过妇翁有连，曾荐俶过于王公故也。代郑镇储金团致书北京救国储金团。

五日　遇李艺圃，知禀请吾父入《清史》事，朱巡按使又催问蒋冶亭。艺圃曰：朱公之欲为此举，冶亭说之也，今冶亭属余速为之，日内余即赴津将此事办妥。查前案，惟光绪初年有呈请某君入国史馆一事，时列衔名者七八十人，此不必多，十余人可耳。吾拟请纪泊居、蒋冶亭、赵湘帆等领衔（以上皆艺圃语）。

六日　迪新来信，详述旧游署近日交涉情形，乃拟以吾家三益店界之，以平和解决。与天津商会报告郑镇救国储金事。

七日　谒徐相，请其速为吾父墓表。访艺圃，言公禀事。艺圃云：公禀列名，可但列及门者，若偏及同乡官，不免有遗漏，反得罪人。一一知会，则旷日持久，致误事机。子仁应孙镜臣之招将赴黑龙江省，镜臣新得瑷珲县知事也。

八日　访纪泊居先生。先生出新装潢《二老比肩图》见示，殊自快。因谓余曰：此戈氏所藏之图也。当年纪、戈二家之图，初作之图归戈氏，后纪氏又仿作一图，纪氏衰，图为先哲祠所得，余往先哲祠观之。后见戈君，云：吾家有《二老比肩图》，当以相示。余曰：吾已见吾家之图，而知君家有此图也。是后余出都，遂久居湖北。革命之前，吾女在京师函告余，都中有售此图者，袁季云亦将购之，使二图皆归先哲祠。余复函，苟不伪者，必以重价得之，无令失去，遂以若干金为吾有。壬子之乱，余只身北上，他器用皆置不顾，独携图间关以行，今既装潢之，将求柯凤孙、梁星海诸君题词其上。又曰：清初，深州有潘辅仁者,颇有诗名,其五律殊佳,余亦不失诗人风格。潘,字德舆,著有《寄闲堂诗》一卷,旧有刻本,道光丁亥任邱舒辰会序,而《深州风土记》未为作传,艺文中亦未载,集后附刻州人能诗者名氏,曰程衡,字伯权,遗诗曰《雪桥》;高元龙,字尽百;谢煦,字晓岩;叶遇凤,字梧冈。梧冈之诗最优,此亦深州文献也,宜志之。

十二日　余旋里,购赴德县通车票,于早五钟赴津。艺圃昨日闻余将出都,来送,留宿于宗宅,今晨送余至车上。言购旧游署事,曰:终以高抬价格为宜,购买田产不可贪小利而贻后患。又曰,余亦将赴津访冶亭,将呈巡按使公呈办妥。余至津,乘午后一钟之车至德县,宿焉。

十三日　来郑,过三里口,观获麦。余再回郑,将大提倡储金事。夏舜卿闻之大喜,即来访,曰:自君入都,殊少进步,君来再事提倡,不难全体一致也。余曰:必注全力于此事。西院房三所十一间建筑竣工,费京钱三千吊。

十六日　马肇元为言旧游署事。

十七日　命树珊往见马君,议其事。则孙仍不退步,复停议。

十九日　商会诸君开救国储金大会于山西会馆。商界到会者百余人,各界亦皆有至者。首由翟履善君宣布开会宗旨,次由翟拳善及余演说,而翟季和及儿子迪新皆以白话演说张之壁间。

二十日　开二次储金大会,开会情形别记之。

二十二日　自开会日,余即与苏良材、夏舜卿等九人遍至各商号及四里劝募储金,至今日游行始毕。

二十三日　至城内提倡救国储金,并以旧游署事询诸史沐斋。沐斋,名铭心,任邱人,盐店内事兼外事。

二十四日　余在商会演说救国储金,于是商会诸君外,学界劝学员及校长、警长、张君皆到,无不赞成。

二十五日　储金团名册已造成,共五百七十余名,凡九百数十元。余出百元,王之华三十五元,苏良材二十元,余家子弟皆十元,余则十元以下，至于一角或铜元数枚。惟张沅、孙战魁、马秉乾不与会。

二十八日　至饮马河见张聘三，聘三不赞成储金，遂至城内再行提倡。史沐斋自任赴郑，为说旧游署事。

二十九日　学界诸君邀余在单级师范学校演说，遂于午后上课时演说一钟时间，校长、劝学所所长、教员等属师范诸君依次坐定，如常时听讲者。三里口麦场事毕，共获麦大斗四十五石。阜康分号开始售煤砟。

七月二日　史沐斋来，为说旧游署事。张聘三将赴都，过此小住。

四日　马秉乾招日本人四名来郑，购大宗制钱三千余吊，于昨夜买讫。雨，不得行。苏良材侦知报告警佐，警佐报知县长、警长，遂来郑。今日马秉乾运钱过河，警卒随之，河东武城警卒亦来干涉，迫其以钱运回。

五日　马秉乾将制钱退还警长，张君遂从容入城内，马得以无事，不过损失数百元而已。史、张二君见孙占魁，言易宅事，孙仍欲易吾万隆店一带三处之宅。

六日　史、张二君又见孙某，孙虽无退让，二君则劝我举其所索地尽界之，而代索房价。余方拟借史君言平和解决，而季瀛则欲将旧游署割一部分与南领刘子安，且为商会索贿，遂停议。今日为酒馔，以款沐斋及季瀛等。

八日　沐斋以事无成回故城。

九日　命迪新赴故城。访沐斋，托其续议前事而置刘于不顾。沐斋曰：刘不可舍之，吾当使人说之也。

十一日　余再访史沐斋。途中得沐斋信，言可密来城议前事，至则沐斋以为可舍刘某，有人出而议妥房价，则邀请商人作中人。来城见县长，县长以为可再访县署幕宾，办理立契事，当无不妥也。是日大雨，夜又大雨。

十二日　回郑。

十三日 以沐斋名义使刘子俊见孙占魁。

十四日 子俊见孙某,孙某反前言索地而不议房价。余遂赴都,过故城,见沐斋。沐斋不欲再赴郑,亦不欲与孙刘去信,余遂至德县。

十六日 访马先生翩征,求畿辅先哲遗书,以备编书局采访,未得。赴津,寓晋升栈。

十七日 访苇村至商会储金团,询问近况。访卜耆卿,不遇。访陈一甫于洋灰公司,余问陈一甫,吾公司与峰县煤矿合办及收买湖北水泥厂事。陈曰:与峰县合并及设分厂于峰县事殊不易为,大抵须欧战停止再定宗旨。至湖北水泥厂则因彼厂亏累,故吾得而购之,现已将实行,归我有矣。如此则沿江上下,销货必畅,且少一与我竞争者,无形之利固较有形之利为大。自欧战发生,吾国铁路遂不进步,本公司受损,视革命之役尤甚也。

十八日 与赵春亭畅谈。昨访郭寿轩,为辟疆索债,郭未在津,乃与春亭言之,春亭不肯遽偿债,强索百元。

十九日 快车来京。王俶过来。俶过已得兵工厂筹备处之事,筹备处即设京内。

二十一日 翊新自保来。翊新暑假后与其舅赴保定,省视其外祖母。

二十三日 翊新回郑。访辟疆。王晋卿先生已为吾父撰传,编入文学门。

二十四日 访朱铁林,辞以疾。

二十五日 李翊宸邀饮于致美楼。韩鈖堂、张焕文邀饮于万福居。雨,余未赴。鈖堂,字蕴山,南宫人;焕文字某,冀县人。

二十六日 郭岚生来访。岚生名云峰,故城祁庄人,毕业高等师范,佑唐之子也。佑唐屡与我通信,余在家且常相访,对于公会及此次储金,皆甚热诚,而属我为其子谋事于都中也。

二十七日 李增重、张聘三来访。刘廷芳来访,言有丁觉盦者,名梦刹,山东益都回教人也。尝为甘新宣慰调查员,归而未得任用,将递呈于政事堂,而托余绍介。余辞焉,仅许一查其呈批。翊宸来,遂与同访韩蕴山。韩君言:保定高等师范令限几年内取消,吾辈九人拟用其地为医学堂,欲上书徐相请其赞成,因将稿示我,遂同张焕文饮于万福居。

　　二十八日　丁梦刹来访。偕王俶过赴编书局,读局中为其先两代所撰传稿。接子仁由瑷珲来函,述森林之盛,土地之肥美,而惜其久荒芜也。又接翊新由故城内来函,言由德县至故城遇大雨,平地水深数尺,车载行李,行李尽湿,人皆步行,至故城已日暮矣。当买舟赴郑。

　　三十日　至交通银行,交郑镇储金九百余元,并将所购交通股票更名。

　　八月一日　丞相胡同女子传习所毕业开会,余往参观。学生颇众。惟女生而为游戏体操,招人参观,余殊以为不宜也。增重来。增重得第七师副医官,月薪六十两,为余述军界事甚详。

　　二日　访尚逢春,不遇。请尚逢春、韩蕴山、张焕文诸君饮于悦宾楼。

　　四日　与李铁舟赴西苑观制袜。应宗先生招饮于悦宾楼。

　　八日　赴徐宅,索破书箱十一件,即从饶阳运书来之箱也。与艺圃访辟疆。艺圃以于泽远所拟上巡按使公禀,求辟疆改作,辟疆谓余曰:先生文集吾已加评识,人争取阅,现在高阆仙所。心铭堂叔自丰镇来,将报告垦务事于龙总办,龙即代吾堂叔充察哈尔垦局总办者也。余邀翊宸来与心铭叔询问垦务事,以便赴张家口调查也。

　　九日　闻张子书之子宝銮有函致商会,言商会与孙某狼狈侵占公地,良材闻之,即在商会宣布将递禀于县长,发表其事。翊宸邀饮于天兴楼。命杜丙寅学制袜于西苑,李金城、铁舟将远行,因属丙寅学制于此。金城,吴桥人,前曾与铁舟同制袜于京内也。

　　十日　邀牛伯鲁等饮于庆华春,与同听经于江西会馆。是时有浙江名僧谛闲、月霞两法师来京,孙少侯等数十人为介绍,为开大会一次。昨日乃开始演讲,讲《楞严经》,每日以所口说者印为讲义。陈设华美,听者甚众,座为之满。多政界诸公,汽车、马车堆列门外,至不能行。日来与翊宸约同赴丰镇调查荒地情形。李子衡闻之来访吾叔父。子衡,名鸿钧,冀县人,吾父在冀时常应月课,后以拔贡官京师,与李翊宸同居。革命前旋里。近以他事来京,渠亦小康之家,故欣然欲同至察哈尔一游。然颇欲叔父为谋一事,以便经营荒地。

十一日 早五钟日蚀,宗先生作治噎膈药,世谓日蚀时作者有效。宗先生曰:姑试为之,以验其效否。锡生姑丈来信,自述其庚子保存家藏书籍事甚详,属载入余日记中。

十二日 天津商会联合会开常年大会。郑镇商会函邀余与会,余许于明日往津,而先函告郑人之商于津者,推举一二人到会报到,余当与同往。纪泊居先生来,言及李鉴堂,曰:渠为李文忠识拔,甲午之后乃上书劾文忠,可谓负义。夫文忠即当劾,李鉴堂亦不宜为,以其时劾者甚多也。又庚子拳匪方猖獗也,湖北左绍佐等请推广义合拳,朝廷从之,张文襄等秘其旨,未敢宣布,而南省得以不扰。又曰:吴清卿丧师辽东后,仍回湖南,翁叔平之力也。到湖南后,自请将所有金石书画等售去以助国,请张文襄代奏。文襄嗤之,已而为人所攻而去,然吴之金石学则实有可观。日前增重见访。渠得军医长,余因问以营制,渠述之如左。

中国现有二十八师之统系如下:

北

名	饷	兵官凡三等九级	已识别
司书长 司号长 刊船表		兵卒三等九级	红
正兵	六两五	一等 一二三	黄
副兵 兵储表	四两余	二等 一二	蓝
超光陽		三等 一二	白
			黑

类	夫	步	马	礮	工	辎
排 三棚 刘						
连 三排						
营 四连						
团 一营						

末有混成团卷三营外加一营半

备考	师 面集	旅 面集
饷外加半饷名曰耕公费师长以下皆然	一 12000	二 11000
		1000

末有混成旅卷二旅外加二营

十三日　余将赴津，电邀艺圃。示以辟疆代拟之呈稿，泽远之稿即甚活泼，然有迂阔语。辟疆援笔为之，不加思索，议论精确，能道着深处。艺圃亦谓其美备。余问其何日赴津，艺圃曰：君且行，吾当明日往也。午后七钟至津，寓醒华旅馆。主人曰魏启瑞，安肃人（现更名徐水）。于是元丰号高希贤、义全盛、郜博臣等三人在联合会报到，是时绍岑仍寓此。

十四日　商会联合会开会，余与郜博臣等三人到会，时代表到者近四十处。今日商会所议者，提倡纺纱厂事，为会场最注意之事，全体赞其事，研究者亦独多。其他如裁厘加税等事，题目太大，人亦皆知其难也。赵春亭发言不多而有程度。昨致函良材，劝其即时赴津议南邻废游署事，今日又去函劝其缓来。为辟疆债务访郭寿轩，寿轩未在津。访苇村，借洋二百元。与奇卿晤，与言垦务事，伊闻之欣然。

十五日　访张泽如，谈良久，所谈多政界内容，渠以保免知事，一二日当即觐见。二钟半到会场纺纱厂章程始拟出，当分寄各县商会，以便研究。余与冀县代表王仲仁、东光代表李君浚源询新集利生纺纱厂总理张耀亭以纺纱厂事，耀亭不以大办为然，尤不赞成在津设厂。访张果侯。闻亚武在此,乃电邀之来。亚武自去岁在遵化中学充教员,故过此。亚武言陈蓉堪、张襄谱、康恒庵今皆在顺德第四师范,顺德有此数教员,学务必可观矣。

十六日　今日商会所研究者,惟商会机关报,其余议案虽重要,然权力有属有不属,不能遽望其成也。开会三日,今日闭会。与王、李二君访张耀亭,索其章程,因留饭。张耀亭介绍参观模范纺纱厂,其总理王君竹铭兼充技师,阜城人,日本织纺科毕业,此厂之设资本数万,皆公款,现拟扩充,资本为三十万。连日访赵春亭,为辟疆索款,卒无效。每日作函与郑镇商会,报告会中情形。

十七日　侯亚武来访。访蒋冶亭,冶亭劝余以文集送朱经帅,从之。商会在卞宅开储金团茶话会,遍邀各代表,杨明僧、孙仲英、杨以德演说尚好,然杨演说宣布其办学堂成绩。联合会公燕亦借卞宅,即在其戏楼院中。访易县代表,得邢君询问李荫泉踪迹,云即在本县,未尝有事于外也。

十八日　早快车来京,八钟二十分开,十一钟到。到政事堂,知徐相所为先君墓表脱稿。相国谓余曰:我尚欲书碑也。余曰:墓石尚未具,请少缓,当先将墓表刻集后。昨日辟疆来访。日前族舅苏子幹先生来访。王仲武昨日觞客,亦邀余,闻余赴津,因属余定期,余以为昨日必到,因许以昨日,乃竟因事而误期,始交而失信,吾甚愧焉。徐相东省电稿又添黄君同为编辑。

十九日　在荫南处晤孙君庭瑞。孙君,字芝阶,长垣举人,与荫南旧相契,顷因吾父在门诸君谋禀巡按使请于大总统,吾父清史传立馆,因请孙君署名,孙君又介绍大名人数名,然未见其人也。

二十日　以《琅琊代醉编》属肆雅堂为之装潢。步芝村、尚逢春邀余饮于天福堂。访辟疆。徐相所为先君墓表,辟疆代撰,其自存稿则改为自作。辟疆言:《昭昧詹言》其见到语,殆其师姚氏之说,方于诗学所诣极浅,乌能为此言? 且其中纯驳互见,较然可辨,则窃取其师说而附以己意也。今日徐相国代总统觐见,保免县知事六百人,其中熟人如步芝村、尚逢春、张泽如、苏子幹先生，此外尚有熟人，不能尽见也。六百人东西排列于一堂，候之既久，相国乃出。庭中置一长毯，直至觐见县知事厅中，相国行于其上，各局局长分立相国左右。相国乃代总统演说，其辞颇长，并印其辞为二册，人给一分。嗟乎！千余州县之民，皆付于此一堂人之手，岂不险哉！茈山先生邀徐梧生先生观剧于广和楼，观名伶刘鸿升。此时刘鸿升之名大噪，亚于谭鑫培，故一观之。徐先生向不观剧，偶与宗先生言，余往时于剧场见刘鸿升，其时无人言及，不意二十年而享大名如此，不知其人变改若何也。宗先生因约与一观之。此二十年，盖未甚观剧也。翊新来。至会经堂，其铺掌陈殿维，字垫盦，冀县人，曰：如游丰镇，吾可代为绍介书。

二十一日　访王仲武。顷阅《北京日报》，载有南洋华侨之势力一段，据云，人数统计，暹罗百二十六万余人，安南二十万人，海峡殖民地三十六万余人，马来半岛五十余万人，爪哇二十九万，司马特拉十三万，塞利比士一万余，波尔尼阿五万余，彭加四万，夭岛一万，其他兰领五千，德领八万，缅甸十万，菲利滨十万，澳洲十四万，合三百四十八万人。此中如爪哇之建源有资财四千万盾，司马物拉之张鸿南有三千万盾，新嘉波之陆佑三千万元，每年每人寄回之款，汇至香港一千二百万，汇至厦门者年二千万元，广东年约一千二百万元。

二十二日　翊新正志学堂季考列甲等第五。与廉方购置新人衣服料。访苏子幹先生。

二十三日　侯润亭来。润亭，字平甫，其父懋卿，本以商业雄一时，乃用非其人，不数年尽丧其资，而懋卿已老，不能复振，且债务纠缠未能脱免。平甫少年，于商业素少经验，岂能委身商业？此次来京，亦以讼事。商界风波，岂视宦途为平坦？

二十六日　得辟疆辞宴会书，词甚滑稽。吾当为书，以驳其说。

二十七日　得苏良材书。徐相属校所书袁总统《百泉词碑记》，双钩样本，记文辟疆代撰也。

二十八日　得迪新禀称废游署，已宣布标卖，限期自七月二十二日起，凡三星期。印刷救国储金团公启及郑镇开第一次储金大会时演说，共六百分，以便分赠储金诸君，并借资提倡。

二十九日　王仲武来访。

三十日　茟村来函，许代大借款。

三十一日　良材来，未晤。

九月一日　晤良材于万元店。

四日　子幹先生来，免孝县知事。今日领凭。廉方回郑。

五日　与翊宸定于阴历八月三日赴丰镇。康亨庵复书至。

十日　访朱铁林，托其致书河南福中总公司，绍介阜康，请包销道清路一带砟子。铁林遂为致书道清铁路局，局长程幹臣先生属其转托福中公司，余乃令刘宝年持函赴清化面见程幹臣，询以办法。明日南下。

十一日　同宗芘山先生、李翊宸赴张家口。由广安门车站登车，早十一钟开行，午后五钟十九分至张家口，寓福寿街广仁栈。京张铁路起于丰台，张绥铁路始筑至丰镇，由今日而言，可谓丰丰铁路矣。由丰台至广安门凡十余里，由此北行曰西直门，曰清华园，曰清河，曰沙河，曰南口，曰下花园，曰青龙桥，曰康庄，曰怀来，曰宣化。广安门本非大站，然登车者已甚众，此可觇交通之日即发达也。西直门为最大站。清华园有清华学校，其局势宏壮而华美，最富之学校也。外交部以所得美国庚子赔款之见还者建设此校，为游美预备学校，是以富美无比。以其最优，故入校甚难，每省限以额，数不过二三人，皆由督抚保荐，今则由将军巡按使保送。王晋卿先生有子欲入此学校，曾拟属余请于国务卿，转托朱巡按使为之保送，亦可见入校之难矣。清河以水名村，有制呢厂，为制呢著名之厂。有陆军第一预备学校，革命前此校名中学。余时至此校，并游清河。清河为得胜门外北行赴蒙古第一小镇，居民赴都中贩运米粮，为生计一大宗。都门外多八旗大户茔墓，古木森然，居民守茔者错落其间，时有孤庙，城四周皆然。北则至于清河，而京西独远。清河又名孙河，北京自来水公司所取给焉。居庸关在南口,大山前横,颇雄壮。铁路轨道遂循山峡东行,蜿蜒而前,山势渐高,车轨随上,速度骤减,则置机关车于后,推以前行。车行山峡,两岸峭壁峻峋,危石欲坠,或有细流夹车旁。蒙古八关之羊马,载货之大车,傍铁路而行,或上或下或离或合。居民缘山为室,历落不绝。而长城随山势上下,至山峰则有炮台,亦时有门,如城门。古人工程之伟壮坚实,令人惊叹。泰西人举环球弘大工程,于中华独取长城,有以也。穿山洞四,第一洞深二里弱;第二洞甚浅,曰乌龟头山洞;第三洞曰石佛寺山洞,东南有六乡营者,相传宋杨延昭屯兵处,恐未然也;第四洞最长,约六里,或曰三里有奇。各洞皆以洞名镌洞门上,洞口为火车之烟所熏,字迹黯黝,不易辨。过青龙桥,进八达岭山,抵康庄。康庄距京一百二十里,此镇颇繁盛,京北一大站也。怀来县城筑于山上,势若长城。洋河自山峡流出。至沙城站,铁路折西北行至新保安,新保安城在铁路南。东有古庙,经鸡鸣山,山下为鸡鸣关。山产煤颇盛,惟尚未用新法采掘也。宣化亦口北一大站也,附近多旅馆。此地盛产葡萄、苹果,多输入都中。访小河套德馨斋小菜铺伙友孙某,德馨系北京铁门之分号也。

　　十二日　游览张家口全埠形势。车站之西为火车开通后所新辟,虽颇繁华,实无殷实商店,有京津浮靡之风焉,是谓桥东,桥曰通桥,旧时商务皆在桥西,桥东、西气象迥不同。欲观张家口特色,必于桥西。桥西商业中心点曰上堡,曰下堡,下堡俨如县城。城西有茨赐儿山,人争往观。余以其为游人麚聚之区,殊失天然清雅,因未往。城以傍山之故,无西门。城内商业以皮行票庄及布行为大宗,自京张路开通,商业反稍稍衰。去岁兵变时亦稍受损失,幸未入堡。南门外东行曰东关,南曰南关,西曰西关,皆由南门起点。东关东曰小河套、大河套,两街皆不甚繁。再东即通桥。东关之北曰南武城,街北曰北武城,街再北曰边路街,边路街商务少逊,而街甚宽。北曰玉带桥,桥颇长。桥南总名下堡,桥北总名上堡。曰朝阳洞街,再北曰大门街,而出口焉。大门街东是为上堡,堡内大商不及下堡。大门街南都统署在焉,垦务局亦在其侧。前都统何公宗莲以垦务案开缺,新都统张公怀芝始到任。是时察哈尔北边蒙匪肆扰,故以武勇知兵者任此职。口外三山鼎峙,东西山之峡是为北口。口外有沟东西横,北岸山势耸立,西沟为赴喇麻庙经棚库伦大道,东沟北行八十里至坝上,亦赴蒙一小路也。山殊不高,然形势险要,昔时守边,此最为重镇。余与李翊宸至垦务局晤其科员周向瞻,周为言垦务情形,出图册相示。晚又有丰润张君济青,湖北张君泽福,以垦务委员新从大马群勘丈来者,即寓本栈,益悉荒地现时情形矣。济青,名永昶;泽福,名廷栋。在下堡内,李翊宸绍介福茂涌洋布庄,见其掌柜景县孙君,略言商务近况。堡内北城根为玉皇庙,中为鼓楼街。至城隍庙观剧,亦无甚特色。观剧者露立台前,妇女观剧者围男子后,跪于高凳之上,数重至无隙,不能前进,此则一特色也。

十三日 晤张济青。为言垦务事,且曰:余丈地至马群,凡四阅月,其地寒冷,村落稀少,此行之苦,未可以言状也。出所丈荒地图相示。云:羊群上地、中地亦无甚区别,上中地此时领者已多,大马群绳丈尚未竣,然上地地质颇佳云。早八钟登车,四钟半至大同,过孔家庄、郭磊堡、柴沟堡、西湾堡、永嘉堡、天镇、罗文皂、阳高县、王官人屯、聚乐堡、周士庄。柴沟堡在站东,俨然一大县城,闻居民不下千余家,亦堡之大者也。永嘉堡少繁盛,自此入山西境矣。大同之于张家口为正西之偏南,铁路凡四百六十里。自张口至大同,山势环绕,或远或近,铁路亦时时上行,无奇景,亦无险地,惟西湾堡一带有高山耸峙,青霭笼罩,颇可观。至大同,寓站西高升栈。此间栈房仅四家,近已倒闭其一,惟东华栈最有名。余以广仁栈介绍,遂寓此。至寓所,未及饮食,遂雇车入城游览。城内商业颇盛,街市景象较直隶少异,惟无特别工艺,故火车通后,市肆无起色也。火车之通自前年秋,而停车于城北,则自去岁孟冬。城内当铺至二十四家,然局势、资本不及直隶当商甚远。此地西瓜非常之多,堆聚街市,卖香瓜亦络绎于途,亦特色也。农田出产,油麦为一大宗,秋麦及其他粮谷皆有。秋麦约制钱一吊一百文一斗,红粮制钱六百文,斗四十五管云。

十四日　六钟余开车,过孤山、湾子堡两站,九钟至丰镇。余自北京启行至此。车中皆有妓女。丰镇火车初通,实业家未至,而妓女为前驰。娼妓自古有之,不足骇异。然昔时自好之士,尚视妓女如毒蟹,避之惟恐不远。挽近以来,淫靡已日益加甚,国家于此时宜若何厉禁,乃竟为妓捐之举,自此制行,是廉耻道丧,士夫既不以挟妓宿妓为败德,女子遂视卖淫为常事,举国靡然,无所顾忌,世尝讥日本为卖淫国,而急效之,此真古今之奇变。昔有被发而祭于野者,有识者知将陷于戎,谓其礼先亡也。今乃举外国之粃政恶俗一一加于吾国,可惧哉。丰镇县昔属大同,设同知治之。民国改制,乃画直隶、山西北界八县为察哈尔特别区域,丰镇遂改为县而隶属焉。县分六区,东南百二十里,界阳高;西百八十里,界宁远;南二十里为得胜口。北三百二十里,界陶林。丰镇东至张家口四百六十里,西至绥远约四百里,再西至包头约三百里,为边外繁盛之区,商业粮店为大出口,货以洋货、白布为大宗入品,货以杂粮、胡麻、皮张、羊毛为大宗。此地无大富之家,多小康,居民多业农,未垦之地尚多。俗僿朴,女子缠足之风犹大同也。城借居民墙垣以为城垣,门则俨然城门,惟无北门城。东西约五里,南北二三里。张绥路本月一日始通。丰镇再西尚无建筑之期。丰镇初通火车,新事业尚未输入,学堂、织布工厂仅见云。路工犹未竣,车行颇迟,沿途有工人修凿。由大同至此皆山路,多新凿。壁立车左右,而时有小泉如汗出,成细流泠泠而下。山岭嵚崎,高下远近,变幻不测,路两旁细水纵横,穿路轨而行,亦可观也。至丰镇,寓于义和栈。往谒心铭叔于垦务局。叔父自察哈尔总局长于春间来丰,此局之设,自心叔始。自龙骧充总局局长后,惟事拓张,局中规模、用人消费,数倍前时,而分局亦因之拓张矣。心叔来此已数月,诸事乃渐有头绪,各区册籍始从事调查,绳丈员亦已派出,而荒地情形尚无详细报告,虽有可放之荒地,此时尚不能指定。余在都时,会经堂陈君为余作介绍事于本镇三元书铺张君及其东人陈君,往访不遇。

晤垦务局科员乐亭戴君锡龄，名守训，畅谈良久。

十五日　余欲与翊宸早起游山，适小阴雨，故缓行，而心叔邀宗先生及余三人赴人市街同华轩小饮，然后赴城后。观农事、地质、山中风景。日暮归，倦甚，属李翊宸代作日记。强而后可，其言曰：饭毕乘车往城北一观，与山农野老相接洽，经云阳湾五，后镫笼素、二道湾。路旁怪石嵘峥，似相欢迎者。适风云自南来，落雨数点以后，长风怒吼，凉气逼人。攀岩履嶝，崎岖不平，而车夫纵辔驰骋，行所无事，可谓善于驾驭矣。山路乍近乍远，忽上忽下，指顾间，下视山麓有茅屋数点，知已涉于山巅也。迨夕阳西下，乃从碧山驱车而返于旅舍。查此处地质带有沙石，所种熟地往往突露大石块，谷类即胡麻、油麦、山药蛋、谷子、苤兰，惟米谷所长较好，高粱以地瘠不能长成。临桑干河之地为最美，其地每亩可五六元，次者一元可得。余案：丰镇无古迹，独牛王庙最著，亦无甚奇特处，故不往观。

十六日　此间粮价就今日言之，其详如左：麦子一千三百二十余文，裸麦一千三百四十文，莜麦七百二十余文，荞麦五百十余文，草麦三百八十余文，葫麻一千二百八十余文，果子约九百文，黍子五百三十余文，糜子五百十余文，籼子约八百文，莞豆约七百文，蚕豆六百四十余文，黑豆七百六十余文，大豆五百八十余文，谷米八百八十余文，黄米约一千文，葫油一百六十银二千三百四十文。午后四钟登车回大同，未至湾子堡数里车止，时有桥改换铁板，俟工竣乃行，十钟余至大同，约候四点钟。桥工未竣而卖票，以误行人，掌路事者可不加责乎？此数十里山景最佳，惜夜间不得眺望也。仍寓高升栈。

十七日　游观城内。城门两重，城内约方五六里，中心为四牌楼。街道直达四门，四门外皆有附属城。附属亦俨然如一县城，土为之，北城颓圮，南城尚好，以南城满皆商肆居室，北城无有也。四牌楼南为鼓楼，西有鼓楼，[①]东为太平楼，西北又有一楼不详其名。鼓楼

---

① 　此处疑误。

最高且巨,凡三重,上层为阁,不下十数间,高如东昌之楼,而大或过之。城内有大寺四,曰上寺,曰下寺,曰南寺,曰北寺。上寺名尤著,余往观焉。正殿八十一间,高数丈,其庭台已高丈矣。规模宏大,修治洁净,以款游观之宾,二门门旁镌刻大字于砖壁,皆满涂以色而加漆焉,亦自可观。寺为明万历年重修。南寺为开元寺,大殿二层,高数丈,梁题数尺,佛像丈余,两庑皆楼,亦大寺也,然少颓圮矣。此寺亦累代所重修也。下寺驻军队,未往观。牌楼之东有九龙壁,是此间古迹之有名者也。有碑累累,皆乾隆以后立者。其记曰:一以为明代府所为,一以为自北魏以来有之。记文不同,当合观之,其以为明代府所为无疑也。壁以琉璃砖砌成,而不一其色,长可十丈,高亦丈余。午间由牌楼西行。叶氏杀人于市,倾城往观。死者为李某,巡警。往捕,叶乃宣言曰:数年前,李某与吾父商于石峡沟,杀吾父而劫其财,讼于官不得,直邂逅遇于此,乃天予我以报仇时也。吾既杀人,义当自首,何劳捕为? 大同火车站在北门外,此处素无人居,自火车通后,企业家争事建筑以为投。既已二年,栈旁并未繁荣,除近站数家栈房外,招租之房多无人过问。盖初议张绥东西干路之外,将筑大同至成都枝路,后寝其议,投资者遂失败云。此处大栈房仅四家,竟倒闭其一。去城内太远,来往殊不便,城内亦以此未能遍游云。

　　十八日　回张家口,车中绥远之客颇多。有通县某君者,绥远军界中人,有事于绥远之乌兰华,为余言绥远事甚详。又有南皮尹仲权者,亦自绥远来,言及荒地事,曰绥远荒地虽多,然内地往者甚少,其故由于野人无资,苦远出,有钱者又不能身自经营,地旷人稀,故工资高而获利难也。绥远有城已颓圮,归化则城颇完好。归化城距绥远约五百里,有马路往来甚便。绥远多天主教徒,旗地为其所有者甚多,将来放荒,必多棘手。去绥远不远,有曰八苏木者,为正红旗之地,行且放荒,其地非常肥美,远过于丰镇三苏木。镶红旗之地、蒙古之地有出售者,约二十金十顷,其租可五年交清,将来丈量再由官放其地,熟地一千五百文,每亩可获二斗至四斗(四十余管之斗也)。其地因交通不便,麦四十文一斤,乌兰华仅二三十文。

十九日　游张家口。至口外登北山,俗名白山,观全城之景象,并西沟、东沟之曲折如画,益见山势雄状。云此间贩卖磨菇是一大宗,因购少许。

二十日　回京。即赴政事堂告假旋里。今日徐梧生先生觞客,邀余往。鞠如代辞之,余亦以措办行李,未遑赴也。

二十一日　访王仲武。言送亲事。晚赴李艺圃招,饮于庆华春。艺圃以科员到陆军训练总监不旬日,得入副官处总监,蒋宾臣雁行宿器重之也。同座皆其同署人。

二十二日　二次车赴津,遂到德县。

二十三日　午至家。日昨吾家已将南邻废游署投标得之矣,价三千五百元。

二十七日　昨夜有盗劫坟夫韩立旺于室,席卷所有以去,乃命立旺诉于县知事。

三十日　县知事曹君赴尹里茔地验盗,余闻之,遂往,至则县知事已验毕,回三朗午餐。余遂至三朗相见。

十月三日　初,县知事派礼房及快班来大投标所得地基,而不持原契,命快班往取,知事未予,复遣礼房李宝田往,仍不予,仅将孙占魁谋买时之图及当时揑名伪借商会名义所递之原呈来。然吾已将地段调查清晰,昨日依图丈之无误。凡五日事毕,今日乃始立契据以俟部照。曲肇瑞来,以吉礼在即,邀肇瑞来监厨。

五日　择吉期命迪新完婚。女氏今日来郑,送者:女之伯父王直哉及其伯母彭氏,即馆于新得之宅也。

六日　送聘礼于女氏,女氏送装金,以迪新承重曾祖服未除,故不受礼,送礼者概谢之。

七日　命迪新迎王氏,午前十一钟余,迪新以新妇王氏归。新妇谒姑以三鞠躬礼,吾家始用新礼矣。吾家娶妇,昔时皆次日谒舅姑及拜族中长辈,三日谒庙。

八日　迪新与新妇复至女氏，女氏飨之，并邀迪新之妹仲新、弟培新往陪。此次款接新亲，季和任其事。

九日　王直哉行。新妇以肴馔献，谓之代庖礼也。其馔品乃购于饭铺中。吾妻率迪新及其妻谒庙，是日不寐。

十日　吾妻又率新妇祭墓于尹里，亦迪新夫妇同往。谒庙、祭墓本宜一日，昨日以车送女氏赴德，故今日始祭墓也。

十二日　商会书记刘书升以罪免，今日请孙式谷、柴骏声为正副书记，人甚欢迎之。

十三日　前有人持值一万元之山东银行纸币赴庆源洋布铺购货，云先存此巨款，而陆续取货，铺中大喜过望。交易讫，赴济南取银，银行以其持伪票，留其人，真异闻也。

十七日　入都。至故城，知将于明日为县选举会，十九日投票选举。此次选举调查资格，一县仅十七人，遗漏之多可知，闻他县亦有甚滥者。国体将变，议员何足道，且立法院章程亦必更动也，遂不顾而赴德县。

十八日　赴津。访李苕村。苕村以其先世某君之语录示余，属为选录。晤梁子嘉。子嘉曰：解决国体之代表大会，蒋冶亭拟推举君充故城代表莅津选举，属余函告，余函已发，君其勿辞。余谢，不能往。

十九日　访李砚耕。砚耕，名福田，故城人，充财政厅监印委员。与良村善。余有所询张，云：张宝鋆控商会孙某于财政部，财政部以问财政厅，厅以张系误会复之，事竟解矣，惜哉。遇李襄臣于苕村所。襄臣以免考知事将入都领部照，余因偕乘火车来京，襄臣兄弟四人，才学以襄臣为最，人颇明敏，语言亦风趣。

二十日　访艺圃于训练总监。艺圃在此，为蒋宾臣任事为多。

二十一日　徐相寿辰，余往其家祝寿。时相国方在病假，概不见客。访白君钟昆于王可斋家。时白君馆于王可斋，为课其孙。

二十二日　访王仲武。

二十三日　王仲武来拜。

二十四日　艺圃以请先君《清史》立传事赴津,呈巡按使文,署名者七十人:蒋耀奎、赵衡、李鸿钧、雷振镛、胡庭麟、杨金鎓、高俊澎、李恺义、周之锷、羡继儒、李塘、宋廷椿、路士桓、刘登瀛、赵宇航、韩鈏堂、齐福丕、马震昀、赵宪曾、韩殿琦、马镇桐、步其诰、步以庄、于邦华、王宗祐、齐立震、李书田、王廷烛、李景纲、李广德、吴之沆、魏兆麟、陈毓华、尚椿莪、张书诏、张殿玺、刘乃晟、刘锡奎、马钟南、贺甸同、孙蓉图、武锡珏、张恺、康思恒、侯序伦、张恩绶、李广濂、常埥璋、常埥蕙、郭承绪、弓均、王笃恭、张果年、王祖绳、王孝箴、宋汝彬、王仪型、李树穀、宗俊贞、刘培极、张宝贤、王在棠、程宝鋆、苏耀宗、梁德懋、贾廷琳、聂梦麟、王均、孙庭瑞。

二十五日　宗端甫先生卒后,停枢于广惠寺,既得新茔地于长辛。

二十六日　张君济之来访。访吴辟疆。辟疆以弓子贞所著《地理沿革表》,属余为估刊印费,以便付梓。访王俶过于兵工厂筹备处。吾弟葆文既结婚李氏,将择吉日亲迎,而女氏请缓期至明年秋举行,允其请。余属俶过转告女氏。襄臣邀饮于便宜坊,遂来审畅谈。余示以少年日记,襄臣许以游德日记相示。又属余为觅旧本《赤水玄珠》医书,且曰:此书孙一奎著,明西冷吴氏刊者佳。

二十八日　吴辟疆来函,以其兄君昂祭先君文见示。顷得家中账房报告,三里口共获二百零五石(庄子斗),并麦计之,共郑斗一百八十九石,较之去年赢八石余。

二十九日　魏仁轩来。

三十日　代理国务卿陆子兴相国至政事堂,各局人员以次进谒,余往参观焉。访王琴南,时琴南在训练总监充总务科科长。

三十一日　假座同兴堂,以宴王仲武兄弟。与蒋季重观王石谷所画大手卷于铭珍斋。季重近颇事绘事,已有可观。迪新禀称,故城警局取缔故城各乡发行钱票,肇瑞意欲借此将出票事取消。

十一月一日　余函告迪新,令其仍设法进行。访李式忠。襄臣明日赴津,以往济南,属余访刘某,曰:刘君,吾父执友,彼思购地于张家口,君其往访,告以口北荒地情形。郭季庭邀赵湘帆与余,饮于李铁拐斜街南味斋。

二日　访刘某于东城六条胡同。刘,大兴人,原籍霸州,商业甚盛,有名都中。当铺三十余处,他商业称是。庚子、壬子两次大乱,尽倒闭,所存一二处,而债务累累。与言张家口丰镇荒地事,畅谈良久。

三日　朱铁林谓余曰:相国以君属编书局代给薪水,以编书局亦相国事也。又曰:王鹤芝求相国为荐国会议员,君可访鹤芝,令持履历来,相国当函托顾巨六鳌法制局局长任审查议员事。时鹤芝新嫁女天津卞氏,由津来也。访艺圃,议与同访辟疆。余后至,读辟疆近日笔记,所录近人诗甚多,亦间有考证,甚可观。有章太炎挽张振武、方维联云:英雄正自粗疏,犹将宥之十世;权首能无受咎,如可赎兮百身。又《亚细亚报》载,黄濬《咏张方诗》曰:深宵刁斗警严城,钟室呼天百旅惊。缚虎固知难少缓,卷鹰微叹太无情。濬,字秋岳。又有人题今总统袁公《蓑衣操舟图》云:凡今谁是出群雄,能者操舟急若风。整顿乾坤济时了,江湖满地一渔翁。李佑周曾以滋州出土徐之才墓铭等赠辟疆,辟疆读其铭,谓词旨之妙不下欧公冯道碑也。又评时女应世句,时女用《庄子》"犹时女也",以对虚舟,古人对仗之不苟如此。

四日　为徐相所购《畿辅丛书》,今日装好送徐相。又为徐相新购叶氏《双梅景暗丛书》。前为徐相所购常氏书,曾属余觅装订书者,大加装订。今已数月,仍未毕役,然所购书内容并无缺页残坏者,以常氏购书时,皆一一审择无误也。徐相既以病免国务卿,移东城,将旧日塾师方君辞退,而请赵、王两君兼课其三公子。访徐梧生先生。先生曰:吾今日往谒徐相,当极劝其勿退,以保皇室。又曰:皇室此时优待之四百万不能尽付,故用度甚困窘,吾辈师傅已辞薪矣。又曰:皇室爱国公债息金亦不能领,闻已积累甚巨。又曰:宋进之所著书,曰《周易》,曰《诗经》,曰《韵学》,曰《夏小正》,曰《孝经》,曰《经义杂记》，此书颇多余，皆手焚之，自谓不足传也。又曰：唐春卿之《唐书》，其佳处有补有正有注，不仅如彭注《五代史》，徒骛广博而已。

七日 郑镇商会来函，属余赴津为办交涉。王元白、赵庆墉来访。

八日 伯玶招饮于悦宾楼。在座者有王梅侪、侯心言，皆初相晤者。马翰臣、齐慰南来访，皆索文集也。翰臣现采访冀州志稿，而求王晋卿先生为修冀县志。

九日 谒相国，言诸君已请先君入清史事。相国曰：甚善，将来无不成，吾亦当在清史馆一言；且尊甫君，总统亦知之也。又曰：吾所为奏议等件，尚望子为清理，仍属孙、李二人与共事。又曰：《畿辅书征》颇佳，子可告晋卿，凡畿辅之著述，已刻未刻，苟有其书，虽未见亦记之，将来可择其佳者刻之或录副本，以传将来。刻书仍当以属子，以子悉刻书事也。又曰：郑东甫甚有著述，当谋所以表章之案。东甫先生之女许嫁徐二先生之子字一达者，即荫南之弟子也。又曰：中秋余辈饮于某处，姜颖生曾为之图，子可为我告晋卿，亦为作一记，彼虽未至，亦可为之也。吾又属辟疆、湘帆皆为之矣。李式忠邀饮于泰丰楼。

十日 在相国家查检《畿辅》书。时相国购丛书两部并代购两部，又《颜李遗书》二十部。是时《畿辅丛书》共印盖四十部，余亦曾代人订三部也。

十四日 傅虞谟来。虞谟名九皋，冀县人，昔肄业冀之中学堂，与魏仁轩同班，今入矿科大学矣。与谭实业良久。

十六日 日前以明本《琅琊代醉编》及乾隆御制墨送徐相作谢礼。今日相国以诗答之，其诗曰：歙州古法出易水，老超往矣廷珪起。复古堂湮何处寻，潘谷两丸亦可喜。从来承晏复几时，君房赝鼎满都市。熙朝圣制灿云烟，日磨百挺书万纸。当时内府出珍瑰，碾玉捣麝杵松髓。雕镂殿阁金碧奇，螭凤盘翔裹文绮。曾闻辛卯制作精，杂陈汉彝与周簠。重胶如漆便鸾笺，莹光照耀胜油纂。班马渊云赋颂才，岁时分赐出金釦。散遍人间翰墨香，七宝装供乌皮几。我昔簪毫侍玉座，手书白麻宣诏旨。即今归梦老江湖，弄墨污袖犹不已。贺生世世守缥缃，口吞云梦富书史。开箧出此示衰朽，酬我秃颖书铭诔（性存浼余为其祖苏生年丈书墓志铭、为其父松坡同年撰墓表）。不须此墨笑磨人，明窗大砚平如砥。为君涤笔赋新诗，淋漓濡染无余子。并题其后曰：贺性存赠乾隆御制墨，作此酬之。

十七日　迪新来书，称季瀛云，县长在津接巡按使函，启而视之，仅一素纸，上书叔父姓名，三字而已。按此蒋冶亭所请也。然吾决不往也。徐相又购旧书数十种，价二百余金，惜少佳本书。访虞谟于大学。

十八日　访仲武于地方审判厅。闻沈柳塘经营制洋袜事，乃往访之。沈，故城人，名遇春，明通皮局掌柜，遂与观制袜。与浣花书局牛赞臣等饮于正阳楼。

十九日　心铭叔来书，言及垦务事，曰：察区近今收入至二十万元，实我一人之擘画，他人享其成耳。意殊愤懑，盖以龙君夺其职，而任以丰镇分局，又不录其功也。

二十日　贾筱亭来。筱亭名玉铎，武邑人，亦信都旧人，武邑资本家也。办本县学务有年，今以初选当选来，亦应复选。相别十余年，乍见几不相识。武邑人之在信都者，皆纯正君子，与余感情皆好，筱亭其一人也。余与筱亭相处较少，然亦相契。王晋卿告余曰，沧州张玉昆属余函告相国，为谋选举，子其为我告相国，无论成否，使吾有词以复张君可也。鞠如邀饮于都一楼饭庄，有李式忠、高阆仙、王仲武兄弟。昨日心铭叔来书，既言垦务事，又言龙总办将调他处，欲余为言于相国，设法继其职。

二十一日　艺圃来，言今日赴津。梦周来访。俶过以吾弟葆文缔婚李氏，属余代女作装金中木器。增重、仁轩来。泽如来，以其先人作传事相托。余请客于悦宾楼，吴稚卿、贾筱亭、李式忠、魏仁轩、牛伯鲁、宗伯坪、王俶过皆到。

二十三日　步青来书,言垦务事。

二十四日　相国谓余曰:吾拟将吾所藏书编一书目,于各部中再分以子目,并作者年代之先后,吾现在辉县购大厦十间,将以庋吾所藏书,子其代我为此书目乎。

二十五日　与泽远、式忠论李鉴堂、方存之两人政迹。余劝其为文,属县人表章之。于曰:表章李公之功德事可为也,宣布方罪状恐无人办。余曰:发潜德之幽光,尤当诛奸佞于既死。然于大有慨乎,欲起而行之之势。李若忘两公之政迹,默然无所论议。盖李县知事,于则书生也。王古愚访余于徐相邸第。

二十六日　往观蟋蟀厂,蜗蜗厂未至。

二十七日　迪新来。迎其三叔母于保定,迂道来都。

二十八日　迪新往谒其外舅。

十二月一日　迪新赴保。访贾筱亭。

二日　余以商会之招赴津。苏良材、孙式古已于昨日来津矣。寓晋升栈。取滦州煤矿公司股息。今年红利较上届尤优。访王勤生,以选举事来津也。遇步梦周。

三日　访梁子嘉,属其以郑镇商会事托冉君凌云。凌云,字鹏飞,联合会副会长,高阳人也。访刘子衡,遇巨鹿李君详。君详述昔年广宗之难,而归咎于县令之缴成。谓县令素有能名,而庚子之后偿教民之款,取之于民者过多,民相率抗持,知府责其操切,并为召其县人而减其数。事已解矣,县令自恨为知府斥责,且恐失其能名也,故激怒之,而成此惨祸,死者数百人。知府及巨鹿县皆革职,广宗县仅予撤任。余因属张君记载其事,驳官书之讹误,而存是非之真,张君然之。是非之心人皆有之,但义务心薄弱。张君虽然之,恐终忽而不为也。为便交通,移寓醒华旅馆。于寓中晤王馨山、路杏村、李馨远,时三人皆寓此。

四日　与王琴生先生访步梦周,遂至商会联合会访冉鹏飞,言郑镇商会,知县屡设法阻挠,谋改组,另选或仅将副会长除名。冉君许我至实业科谋办法。访卜奇卿及李苤村。费峻如、吴子镕来。

五日　苏华宾来，畅言古董事。华宾疑我专讲旧学，必喜金石古玩，因与我言此。访张子刚、齐茂轩诸君于福星栈。

六日　访蒋冶亭。访张果侯于工业试验所，不遇。

七日　蒋冶亭、张子刚来访。访蒋抱浮先生于英租界。

八日　遇王直哉。请蒋冶亭、卜耀亭、冉鹏飞、步梦周、梁子嘉、李砚耕诸君于醉春园。访张乐东，不遇。连日访卜耀亭，不晤，今亦未来也。蒋来函，言自为主人，不来矣。

九日　乐东来访，不晤。果侯来访。赵炳南、程月昙来访。连日到联合会，尚无头绪。访蒋冶亭数次，今日始遇。为言故城事，属写事略。

十日　将故城事作一事略送冶亭。余回京，赵炳南送至车栈。余登车，余所提皮包被窃。程月昙与余同车赴都，为余谋此事，可感也。虽在车中报告车首，然不能为我缉贼也。

十一日　至徐宅，相国以所校畿辅人传属余商之。王先生又以先君所跋《十贤臣赞》册子属余觅人书之，又以王晋卿所题《退耕堂图》诗属余告王先生书于卷。

十二日　侯心言邀饮于天兴楼，客惟余与饶阳王木斋。心言盛言织布等机器。侯君，名德坊，高阳人。魏仁轩同余往访鲍君子樵于客栈，子樵在易州西陵领地者，仁轩介绍。余详询地之情形，但子樵所领系平地，余所注意则山场也。子樵，名树荣，武邑人，仁轩之戚也。孙占魁自废游署事失败后，来都求相国为觅事，已得事矣。苏良材闻余遗失皮包，恐余有应挂失等件，来京见余。余曰无之。良材之意可感也。

十三日　彰武侯郑子进于十六日开吊于先哲祠，大送讣，余以联语挽之。

十四日　遇王铁珊，于桂馨斋侈谈其近日购书事。宴苏良材于洞庭春饭馆，并邀请湘帆、王荫南、沈柳塘及桂馨斋诸君。

十五日　王仲武请客于宴宾楼,客尽至,并余九人,兹列其人于左:史补三、箫祉亭、李珩甫、韩颂仙、宗菊(鞠)如、韩泽南、黄铸九、张善、孙良材。回津。

十七日　访侯心言,遂访王木斋于协和昌。协和昌,花尔市著名线货店,木斋其资本主人。

十八日　邀侯心言、王木斋、魏仁轩饮酒天兴楼,介绍仁轩于侯君,因其留心实业也。坐定,闻兰侪到京,遂电邀之来。晚又至心言家与兰侪议商事件。至盐业银行晤王叔彝,季庭介绍也。兰侪之来京也,报告为湘帆运动选举事。初国民会议直隶定额十人,而初选当选人五百余名,审查后得四十余人。初时人对于选举颇形冷淡,乃复选。投票前,其竞争之剧烈,反视前年有加,皆明以金钱运动。赵湘帆有复选资格,初亦不事运动,及审查有名,希望议员之思想忽又膨胀,乃一则遣牛星五赴津,一则函托兰侪前往。十六举行复选,十二始函告兰侪。兰侪至津,则初选当选人已被他人吸收,而牛星五等又大招摇,不得其术。兰侪见势不可为,遂欲以湘帆无当选意宣言,谓运动所得之票实为张泽如。如此则泽如得议员,而湘帆获美名,此真冯煖焚券之豪举。湘帆当亦感其意。乃牛星五等坚持不可,兰侪无如何,恐得票太少,愈见其无能力。以十元购票得五六人,及揭晓则仅缺一票,不得候补人。是时以重资购票者,如郭某几费万金,而糜金钱最多而无效者如董某,王子邠亦糜千余元而未得。子邠亦仅缺一票,所缺之票乃系误书,票纸作废之故,于是子邠大肆咆哮,谓票无效,乃误书之故,贿购之费当不履行。喧争不已,恐警察干涉,赴租界内争论。此次选举情形竟如此。余与兰侪言及西陵领地事,兰侪云:吾闻贾佩卿、邢赞廷曾租易州旗地二十余顷,其办法每年纳租京钱六百文,然前两年则每年仅交三百文也。惟地皆荆棘,每开一亩须费八千文。焚所斩荆棘,作炭售之,得钱二三千,可稍补开办费。

十九日　徐相诗集板已镌竣,而梓人祁某承办印刷,索价甚昂。相国因属我觅人代印，余因绍介龙云斋。今日往取书板于梓人，未遇。鞠如欲观提灯会，余勉为一行，亦以瞻都人态度，卒亦未见也。北京效东邻办此会，此为第三次，余皆未见。然顷城往观，若注意此纪念日者，实则皆不识不知之民，而为无意识行动而已。此时新式正阳门始落成，而凡都中牌楼街巷之门，皆一新之。此纪念日各大街益加以各色彩，牌楼密悬电灯，正阳门外及两铁路站悬电灯尤夥，表面如此。

二十日　在盐业银行借款，请郭季庭充担保人，以滦矿股票作抵押品。盐业银行异于他处者，所收抵押品不与收据。

二十一日　昔年吾父曾题徐相所存乾隆御制《十臣赞》册而未及书，近乃以册属我倩人代书。伯玶近于书用力渐深，遂由伯玶书之。泊居先生来。

二十三日　伯玶邀饮于瀛海楼。

二十四日　访柯凤孙，以目疾辞。见其子及李佑周之子秉威。秉威颇聪秀，肄业工科大学，与张心泉从辟疆学文，年才二十三，所造亦有可观，将来成就未可量也。而心泉文章亦佳。访徐梧生先生。先生时方谋为宋进之刊《周易要义》。进之著述甚富，《周易要义》致力尤深。其书兼汉宋两家学。梧生以其手稿见示，凡五册，其一册为图，图亦多创解。又以进之与高翰生书见示，历述其生平著述者，兹录如下，曰：此书升所著《周易》，凡五易稿，此末次本也。虽未誊清，而字体清楚，易抄定本也。谨呈尊览，幸赐存之，可传与否，并商良友梧生也。书升所著，尚有《尚书要义》《诗略说》《孝经义》《夏小正释义》《五谷考》《孟氏易考证》，其《古韵微》，本合《诗略说》为一种，余有《旭斋说剩稿》若干本，无卷数，并付存女夫高淑性，知关注念并道及。函末附一行云：稿中献疑者，无论多寡，可径去之，并语梧生云云。梧生谓余曰：宋君韵书亦其得意之著，《夏小正释义》凡数册，征引极繁博，进之尝与人曰：吾所为《夏小正传》，系少年所为，颇嫌炫博。又言：山右近时名宿，吾所知者，曰杨笃，字秋湄；曰王轩，字顾斋，然王之为人不如杨君也。曰：吾新得一故事，而归写日记中。法式善生平慕李西涯之为人，于京西畏吾村访李西涯之墓，墓有三。法曰：李之墓有五，何以仅有三乎？适遇一村人，曰：吾少时曾忆此间尚有二坟也。法大喜，真得其墓，为之建祠，乞某作记。翁覃溪书碑置之祠中。近有拓帖者李寿民，在祠中拓翁氏所书碑。一媪告之曰：去此里余，尚有一古石刻。寿民往观，则李兆先夫人蔡氏之墓表也。兆先，西涯之子，其墓碑乃在里余外，甚疑法之所谓西涯之墓之近于附会也。夫亲至其祠，读其碑，证以土人之言，犹不能必其无误，考古之难如此。梧生曰：余已致书李寿民，问其情形矣。刘瑾等专权，文职受害初，横之曰：韩文、王岳、刘健等奏人，上允之，会天晚，明且发矣。李西涯泄其谋，瑾遂传旨夜捕岳等，西涯之罪，固不能逃。又曰：吾藏有《韩文举正》，末有朱少河之跋言：笥河为安徽学正，上书请开馆，采取《永乐大典》之书，并言家藏书当由吏部主事程晋芳呈上，而程竟以为己之书呈上矣。故少河之跋，痛言程之欺骗。今《四库书目》所注吏部主事程晋芳进呈者，大抵皆朱氏之书。蜀汉周仓不载于史，而小说《三国演义》盛传其人，于是读小说者争事考据。纪文达公最先考得其人，惟恨不详其事迹。案：叶德辉谓元人关汉卿撰《关大王单刀会》，有周仓名，朱益潘诗有云"将军名著鲁贞碑"，元钟嗣成《录鬼簿》中已载之，今刊入《纳书楹谱》。又《吴志·鲁肃传》'肃责羽，未究竟，坐有一人'。又案：《顺德府志》，守麦城闻难，与参军王甫俱死，墓在霍家庄东北，有题名石。水浒百八人，叶德辉云：明胡应麟《庄岳委谈》得宋张叔夜擒贼招状一通，备悉一百八人招状有名，非出于杜撰，当时招状宜可征信。张节臣来访，为介绍磁州张橪诚索先君文集，曰橪诚，字适吾，余至好，同在讲演社。

　　三十日　纪泊居先生来。先生日前赴津吊张坚帅之太翁，其太翁曾官湖南县丞，先生有挽词，其文如左：仇季智政教斐然，棘忆鸾栖，子弟群居依父母；王海日婆娑去矣，野休龙战，乾坤整顿付儿曹。又述及昔年挽张文襄联：出入历三朝，图受明堂，悲吟温国风流尽（陈后山挽司马温公诗："一代风流尽,三师礼数崇。"又:"玉儿虽来晚,明堂讫受图。");追从逾廿载,篇传《劝学》,愧说兰陵冰水寒(荀子适楚,终兰陵令。又《荀子·劝学篇》有"冰水生之而寒于水"之语,文襄亦曾著《劝学篇》)。

三十一日　纪先生来,以近撰某夫人墓志铭见示。纪先生虽于古人之文,能窥见其深处,顾不喜自为。

收愚斋日记二十七

民国五年(1916)，葆真年四十三。

一月一日　王念伦来贺年。纪泊居先生来。泊居先生阅辟疆代徐相国所撰先君墓表，谓中间叙事忽插入"吴先生为深州"句不醒。余现为编书局撰写卢坤传，以《先正事略》及阮文达所撰碑志为据，以问纪先生，先生言广东善后一事，乃奏报者以为贼平耳，实则其乱正棘手，卢坤于此厥功甚伟，可考《圣武记》等书，详述其事。日前徐相与余言，《畿辅文学传》于嘉道以后，当广为搜采，多作传。余因以问纪先生，先生因略举数人。又徐相言：景州张氏曾有显宦，吾曾见一墓碑，可一访其先世有何名人，有何述作。余以问先生，先生为言在康熙时，张氏有《听云阁诗稿》，其家又有书名《雷琴》，尤多咸同时名人题跋，此外尚有未刊诗集，吾识其后人，当属其送书来也。纪先生博通，留心畿辅掌故，于此可见一斑。程巨亨来书，言业勤堂房产有人欲买。关此事之书又得数件。鞠如告我言，昨有命令，今日已改元矣。

二日　王仲武、张璧堂来贺年，此外又得贺年信片两件。余交游少，他人有得贺年信数十件者。今年人对于新年殊不注意，惟多发贺信片耳。纪先生来。纪先生曾有志选畿辅诗，余亦尝与人言，当选《畿辅文征》与《诗存》，屡与人言，惟蒋亦璞甚韪吾言。今日又与纪先生言此事，纪则重诗而略文。余因问刘仙石之学问，曰：仙石先生名书年，其诗集名《涤滥轩》，其他著述亦夥，而《黔粤接壤里数考》《黔乱纪略》，尤有关政治。其子名肇均，字伯洵，咸丰年拔贡，诗笔甚超，早卒。又曰:有大兴刘铨福者,道光时人,亦可传。铨福,字子重,讲求金石学,君子馆砖即伊所发明。又曰:大兴刘位坦,亦金石家,皆道光时人,都人尝戏为联曰:刘位坦三位令坦。又曰:近时天津人樊彬,亦金石家,赵氏《续寰宇访碑录》,采之樊氏者甚多。又曰:天津又有杨光仪者,字香吟,能诗,当为作附传,杨诗工力深于梅成栋,局面大于崔旭文。安纪淦,字秋水,诗有名,可作传。朱筍河之子少河,学问亦佳,可为附传。边袖石二子保枢、保桱,诗词亦有可观,宜附袖石传。浙人谭献所选词,边氏父子三人皆入选。南皮人可作传者张祖继,张太复后人,宜附太复传。而张文襄之父又甫,战功吏绩皆可称,品学尤高,宜特立传,其家传朱伯韩所为。与王兰生齐名者,景州又有魏某。而昌黎韩超谥靖果,战功甚伟,宜入名臣传,汪康年《振绮堂丛书》有韩超所著书四种,皆有关于贵州兵事。又曰:雷学淇所著书,其目详于钱泰吉《曝书杂记》。王晋卿所为夏峰弟子传,有戴名说。纪先生曰:夏峰弟子有强来者,观于方望溪与夏峰之子书可见。沧州戴名说与吕祖绩皆官三朝,其传可彻(撤)消也。《畿辅丛书》有苗仙簏《戈麻古韵考》。纪先生曰:此书乃吴钟骏所著,丛书中不宜载也。又吴子和煦之父,亦有《戈麻古韵考》,较此书为简。又曰:山东大经学家有许瀚者,闻其著述甚多,而未见其书,可一问徐梧生,当知之。

　　三日　武强已设清丈局,吾家之地之在武强境内者未验契,以自去年即谋出售故也。乃至今仍未卖出,乃将地契交梦生,属其相机办理,但未知一时能出售否也。因致书梦生,言拆卖亦可也。纪先生来,又谈及畿辅人物曰:徐松所著书,其未行世者,尚有一巨制,曰《宋会要》,仿《唐会要》之体而为之者,其原稿在张文襄处,共一巨匣,不知卷数,文襄将刊入《广雅丛书》,属屠寄校勘,久未校毕,以故不果,可惜也。今其书不知在何所矣。《曝书杂记》曾记徐之著此书,《书目答问》亦言及。又曰:明余继登《淡然轩诗文集》四集,著录书未通行,王文泉家有其稿,是宜刊入丛书也。又曰:《古今注》余尝据古类书为之校补,惜刻丛书时所据为通行本,颇多讹脱也。又曰:《龙筋凤髓判本》二十卷，四库馆从《永乐大典》录出者仅八卷，后旧刊完全本见于世，小万卷楼曾据以校通行本，而补刻其十二卷，缪小山曾自言有其全书，惜丛书仅刻通行之八卷。葆真藏有道光时天津徐士銮《医方丛话》，吾祖喜其搜罗广博而多奇方，欲详其为人，无知者，余以问纪先生，先生曰：徐士銮所著又有《宋艳》八册，系集录宋人笔记，亦有刻本，惟徐文笔太劣，偶著案语辄成疵类，张文襄尝阅其书。

十日　《退耕堂诗集》初校毕。致书汇亭叔，言业勤堂出售房产，余无力留买，听大家之所为。昨访辟疆，言刻先君传状，辟疆谓君昂所为祭文及墓表当再一校改，今日以此二稿寄去。昨在辟疆处见其诗集全本，辟疆尝自言于诗学所得深于文，惜卒卒未及一读也。冀州张心全所为文，文势雄俊而词气雅健，少年英才，从学辟疆，宜其进步之速，然则后日成就又可量乎？

十一日　七钟余，与魏仁轩乘京汉车赴梁格庄，至高碑店换车，午正至。由京至高碑店三等车票一元，赴梁格庄支路五角。访赵慎之于农林公司，鲍子樵亦寓此。慎之，名饮崇，冀县人，充公司经理。此公司即慎之所发起，隶于垦务局。垦务局长守备徐子修，名英泰，宁镇所委任，与赵善，而公司因以成立。包放山场，又自用公地试种森林，森林获利，以其半归镇署，余为发起人之红利。所放山场公司亦得其租金六分之二焉，诚大利所在也。公司内多种德国槐。游永福寺，喇嘛庙也，局势甚大，有石刻康熙朝御书匾联，所供菩萨像与普通庙各地佛寺大抵相同，而喇嘛所供如此，甚矣，世之供佛者见闻之陋也。鲍子樵客于此，以与赵慎之有戚谊，因遍交其地之人，于喇嘛及绿营中人亦多相识者。

十二日　登龟山，龟山在梁格庄之南。赵智庵之枢今日由津来，葬于龟山之阳。梁格庄为西陵附近一大镇，地属易县，居民几至千户，八旗及绿营之人为多，泰宁镇总兵实驻于此。总兵名岳梁，营制一袭清时之旧，无改，又有禁卫军数营。有行宫，梁节庵今隐居在此。其西为永福寺喇嘛庙，庙颇宏大，禁卫军现驻于内，此外无大寺。村内东西街二，曰前街，曰后街，略有商肆。铁路自东来，止其前，三面环山，崇陵在其西北，龟山、华盖山峙其南，大青山亘其西北，山岭重袭，远者益高。有水自西北山洞来，傍铁路南而东流至定兴，为白沟河。居民赖国家兵饷为生活，故偷惰，鲜技能，不知教育，至今镇内无完备之小学，遂沦于贫窭，而地质实肥美，山宜森林业，原宜百谷，隰宜稻荷，矿产所在，多有土黄赤，《书》所谓"厥土惟黄壤，厥田惟上上，厥土赤殖坟，厥田为上中"者也。昔以陵寝所在，山禁樵采，田禁耕稼，坐使美利蕴郁地中。自清室公天下于国人，红椿之内尽行开放，而土著以无远识、无财力，大利当前，若无闻睹，而四方企业家闻风骈至，章程规定未毕，已画地分疆，争先领垦矣。（下略）①过崇陵，陵前先有一墙，红门，谓之小红门，陵前为石桥，桥北为石坊五，门高约五丈，后为碑，覆以阁。碑云：德宗同天崇运大中至正经文纬武仁孝睿智俭宽勤景皇帝之陵。在后三道桥，再后为门，再后为隆恩殿，再为阁，额曰崇陵，其后即陵。陵南北长，为椭圆形，高可二丈，垣外望见焉，土色微红，垣外土山绕之。陵三面环山，北山尤高峻，形势亦颇壮，乃德宗奉安，宗社不为墟矣。陵之四周皆种松树，一望无际，始事栽种也。陵东为妃陵，其东为农林公司试验场，所种多杏树，亦慎之所经营也。

　　十三日　与鲍子樵、魏仁轩、王秉权赴官道岭一带踏勘。秉权、赵慎之所派之乡导，有职于镇署，亦曾任事垦务局。午正挟糇粮前往，绕崇陵之右，西北行约二十里，两岸皆岭，中为平原，宽可里许，盖上古之山涧，数千年而成沟，沟渐宽而有平原。昔以近陵寝禁樵采耕耘，开放后乃有大车路至柴厂。小憩于泛舍，未至柴厂，于黄杨树地方左岸峭壁有洞，谓之朝阳洞，下为寺及八佛洼，昔有磁佛甚夥，后为外人取携以尽。过柴厂西转入山峡，所谓官道岭也。曲折百转，骑不得比行，上行可七八里，有残破之长城。三城甚矮，碎石所筑，横于峡

---

① 原文如此。

中。又下行二三里,有巨松二。自此北出峡为平原,南行为大南沟,再北行二里许孔家庄。时日且暮,舍于营,泛营兵为客扫舍治馔如逆旅。自梁格庄至此,樵夫荷山柴或炭络绎于途,自朝至暮不绝,或载以大车,或负以小驴。炭出于孔庄,柴则采伐于岭内,岭距陵犹禁烧也。官道岭内遍山坡皆丛木,樵夫日事斧斤,或以火焚去其叶,以便负载,行且枯童矣。

十四日 晨兴,与仁轩、秉权赴大东沟参观力田公司。公司主人为邢赞廷、赵润辉、张子刚、陈伯寅等,垦务局章程初出,尚未实行,邢与贾佩卿首先预领大东沟而试办焉。所领山场名二十五顷,实不止此数,然杂以不能开种之山石,实亦不能遽定为若干顷也。力田公司初组织,贾佩卿手订详细章程,而任非其人。设事务所于梁庄,有同局所,故二年消费逾万元,垦地才五顷,种树数千株耳。于是经济家、林业家闻之莫不骇然。邢赞廷闻之,来公司调查,欲变通办法,致与佩卿起冲突。其卒也,佩卿退股,赞廷又招新股,另委胡君桂森经理其事,乃渐核实。胡君,字秋华,故城澹村人。予等至公司,适胡君赴保定,晤其副顾殿一,殿一亦故城人,家于齐杏基。余于大东沟观所垦田及所种树,登其南岭而眺望岭之阳,左为石柱沟,右为官道岭,石柱沟小于大东沟,为东碑店人佟氏所领,大东沟又小于官道岭也。石柱沟、大东沟内皆有绿营小分地,力田公司于其未垦尽行租得,每分八亩,租京钱十六千,得以长租,甚宜也。力田开地凡五顷余,约每亩须工二十,每工六百文,公司所栽树惟橹杏。鲍子樵以疾先归,遂与魏王两君往观大雁沟。沿巨马河西行六七里,至一小村落。四面环山,山势扩远,巨马河流其旁,冰下水声激激,地平坦,天气清朗,左有老松数株,枝干老健而色青葱,矗于山阪。仁轩甚爱其地,流连不忍去,因问土人此何村,曰望城河也。问左之山阪,曰此名松树梁也。凡过小村落二,渡巨马河,沿行二里许,复还渡,遂入大雁沟。岭口两岩内缩如门然,舍驴步行,夹岸丛木一望无际,山水细流沟中。沟蜿蜒东南,长可七八里,谓之正沟。两岸小沟无数,或长或短,谓之横沟。横沟山坡可森林、可畜牧者无穷。大沟之水则与沟共长短，山势时颇时峭，有土无土合一沟，皆茂草丛木无隙地，羊迹牛群杂其间，樵夫上下岩谷，日肆斧斤。偶有平地，则遍大石，乱以树根，可辟而树艺五谷者实少。按：大雁沟较官道岭为平，而水多横沟曲折，涵蓄广大，而山性与官道岭同，果品木材无不相宜，以地广大故，又宜畜牧，略加整理，禁樵采三年之后，必有可观，此本地居人所共知之也。惟木材出沟不便，载运至梁格庄亦稍远，此一难也。故有事农林者，争种五谷，培养果实，以其获利易，亦以转运便也。西陵一带富矿产，如银矿、铜矿、金矿、石绵矿、不灰木矿、煤矿、水晶矿等多有之，日后当调查其详，附记日记中。

十五日　仍旧路回梁格庄。过官道岭上行，名五里，实不及五里；下行名十里，尤不及十里。以地势高下论，下行可十之八九，上行一二而已。其脊为长城，两岸草木亦茂密，果实树及野葡萄甚夥。厥土黑坟，或白色，或杂以白石粉，土甚松，颇肥腴，时有小泉。长城西，丛木稍大，微有平地，平地中殆有所谓分地者，山势不甚峭直。余与仁轩登其山岭，遵樵者小径曲折而上，直登其巅。最高峰稍险难登，乃攀援而上，仍有人迹，极目四眺，数十里间村落河流，尽在目中。仁轩至此，望而畏之，不能同行。既登，其北复出一峰，益嶔崎，且为时已久，遂不复上，乃由东坡下。此南岭为美国教士避暑之所，泰宁镇借予也。教士并借用此山麓以种植焉。长城以西，略见平地，有松数十株，杂以他木，盖去东口较远，故樵夫尚未取尽也。长城东涧中渐有泉流，东流益畅，野葡萄夹径丛生，不知其多少，改良种植以酿酒，当有可观。急回梁格庄，将往观公司平地。以天渐晚，遂止，宿于农林公司。与赵慎之议定官道岭山场，而大雁沟亦请暂为我留，能领与否随时再订。遂与论官道岭，赵君谓："先有谭君欲得此，吾已辞彼以俟君也。"又曰：官道岭较大东沟为长、为顷几何，尚难遽定，如大东沟。名为二十五顷，若长八里，宽数里以计之，岂只此数？吾辈皆有交谊，酌定数目，固大可通融也。至沟中，平坦可耕地约有小分地八九处,沟口有一二处,册在局中,约其分地之数,实不过尔尔也。大雁沟与官道沟相等,惟沟中并无所谓分地,惟沟口有二三分。慎之出其泰宁镇文件及存案章程见示,惟存案之章程与宣示于人之简章互有出入,不能详明,欲一一质问慎之,而慎之已寝。夫垦务局,泰宁镇所设,泰宁镇非励精图治之人所立,局所事多苟简,不用专门学识之人,其无精确之调查,完密之图书,故其宜耳。独至章程含混不清晰处,农林公司并无损失权利予人以交涉者,则其中未必无手段也。其谕示开办山厂文,系去年十二月三十日,至今仅半月。慎之自述公司之历史,殊自庆幸,如其章程乃有非常大利,得此机会,诚幸事也。盖慎之与垦务局局长徐英善,故徐招之来使成此公司。晤胡秋华于公司,胡君意颇殷勤。

十六日　赵慎之自居一室,晨,人皆兴,慎之不起,呼之数次不应,破扉入,已不能言动,知其中煤气毒,甚重,久乃渐醒。然昨晚对于章程所疑之处,皆不能询问。胡君治馔宴于公司,中饭毕,与仁轩登车而归,而将未尽事宜托之鲍君。到京,接各处信件数事,其勤生先生函言,姑祖病,已渐瘳,所述病情甚详。又有栾城聂怡山先生函索文集,怡山先生,吾从堂姑丈。吾前已将文集邮寄,不然索至而后予之,未免疏略,盖聂氏对于吾家感情尚好也。

十七日　在徐相邸第晤李丹孙,丹孙,名湛田,宝坻县人,充中国银行文案,坐谈少许。徐相购《李文清公日记》二十部,亦表章桑梓文献之意,并为之序。余略阅其书,与曾文正在京时日记相仿,多理学家言。后数册事较多,辞稍简,亦不能逐日记之,仍时有理学家语。盖公与倭文端同时讲学,风旨略同。古之为学者,固以治心为要矣,以心之邪正,书之册以自警,可谓便辟近里,明以来有之。至倭文端,遂视为讲学最要之端,然日日以此为事,究有何进步,亦殊难量衡,而读者则每嫌其多空言少记事。日记与语录异,语录记言,日记记事也。且心之邪正宜记;处事之当否尤宜详。律己接物,情状万端,惟圣者可无过,下此虽颜子仅以不二过称。过,非人之所能无,亦非人所能得知。若为不自欺之日记,使是是非非而显著之,由寡过以蘄至于无过,不于事而辨明焉。但曰吾心无恶念,即可优入圣域乎? 不然,则笃行可也。所谓博学、审问、慎思、明辨者,不且多事乎? 窃谓日记者,当记其律己,尤当记其接物,且使后之人有所法焉。记事情之来,记吾所以应之,以曲尽事理,以合乎天理人心之公,而无偾事贻羞,由处家庭推而至于国事,其功用岂可量,徒斤斤于念之邪正,不亦太简乎? 此吾所欲献疑于文清公也。文清公名棠阶,字文园,河南河内人,今始由东海相国提倡付印其日记。此书缺前四册,中间亦微有缺略,自道光十四年迄同治三年以至公之没,前后凡三十年,积十六巨册,亦可谓有恒矣。

十九日　至编书局,录所编传,师儒、文学、高士、名臣、循吏,凡五类,共四百余人。与吴蛰卿闲谈。吴自言曾游南洋群岛五次,有所调查,随得而载之日记,凡十余册。行当择其自行调查者付印云。与朱铁林饮于东安市场。

二十日　见徐相,以《江楼送别图》属余倩人书吾父所为记于卷末。吾请属宗伯评为之。以宗梓山先生所藏初拓《昭代名人尺牍》售于相国,价百元。今日闻警厅禁送《顺天时报》。访徐梧生。梧生先生言:近日代人售古鼎钟数事,值七千金。因曰:余于古金器,一见能辨其真伪,惟古器而伪刻字难辨,然亦可以辨也,盖古器花纹、字迹、锈色,绝非后世所能伪为也。

二十一日　鲍子樵来,索押租银。纪泊居来访,自湖北归也。

二十二日　所购西陵山场先交押租若干元,俟明正勘地再行清付,此数百金仍作为赵慎之借用。今日袁云台宴徐相国于总统府。

二十四日　《顺天时报》政府虽干涉其送阅,而本馆送者如故,既不能生效力,遂弛其禁。侧闻政府对于报社用运动费颇巨,《顺天时报》闻亦有所受。

二十五日　属魏仁轩赴梁格庄,调查大雁沟、官道岭一带情形,与赵慎之议守视官道岭,无任土人樵采。

二十六日　访赵吟舟（原名凌云，字瀛洲，改姓赵氏，字吟舟）。吟舟从友梅先生，有事于濮阳，后遂至河道公所。余与言西陵垦务局事，渠因言泰宁镇岳梁及垦务局长徐英所为，可谓营私舞弊，欲买其地而渔利其中。八旗已发其事呈于政事堂，政事堂交内务部，内务部交直隶巡按使查办，巡按饬易县查明，易县知县本亦与谋，故含糊复之，至今事仍未了。吾亦函问易县，易县乃不敢不持中立主义。使徐相任职，此事早已办结矣，且徐亦素不直岳梁之所为也。因曰：吾八旗共平地八十余顷，绿营一百五十余顷，内务府礼工部二百余顷，而山厂不及焉。八旗山厂不多，山厂多归绿营。余问力田公司何如，曰：此系内府分地而垦局霸占者。观所诉讼，大东沟即在案中，惟官道岭纯系绿营所应得，然任公司包办而取利其中，亦属不合。以堂弟葆至托其荐事，谒徐相请假，因将徐相所刊《悦云山房骈体文存》校毕付梓。

二十七日　与王荫南同行旋里。李艺圃来送，早八钟二十分启行，十一钟半至津。午后一钟南下，路遇竹泉，竹泉以所作其父碑文属余改正，余指疵焉。彼尝以此文寄示康亨庵、张襄谱二君，复书甚称其文，而无一字之献疑。二君与竹泉至交，而谦逊如此，不亦过乎。七钟至德县，宿于吉升栈。栈主人穆君以运送行李于都中，颇获利，乃开此栈，仍事旧业。余亦以将来运送行李相托。闻穆君业此已三世矣。

二十八日　午至郑，晚与迪新筹画家中各事。效议会议事日程之式，列应办应议之事目二十余条，以便随时议之，关乎商业者十之七。

三十一日　巨亨来信，言余庆长之房业为献县小漳仝氏所购，价九千千，益以楼后新建筑，费共九千七百千。于阴历二十一日业勤堂，问陶、汇亭、者香诸公皆至，将量地书契矣。愚以房既售出，新房主必强吾迁移，觅房他处殊不易得，忧思万端。不得已竟为余庆长，将余庆长所占及附连房产全数留买，让钱三百千，共九千三百余千，于二十二日立契矣。议定将各院浮支三千余千扣留，余俟明年支取。接魏仁轩函，言西陵山场事，谓慎之已旋里，泰宁镇已允公司之请，派员查护山场，收没炭窑矣。余以农林公司不能住，寓喇嘛庙中，将于阴历正初赴山岭调查。

二月一日　以租西陵山场无余款购房，属骆仁甫往告巨亨，款无可筹，房仍宜售出。

三日　今日为阴历元旦。

四日　祭墓。故城习俗皆正月二日祭墓。吾乡之俗，则于元旦。兹以墓远，改今日往。

五日　际兴号交乙卯年清单，获利如去年。王荫轩过此。

八日　李荣岩交福隆号乙卯年清册，生意视去年大减。吾家各号皆三年一批账，去岁用钱过巨，为活动金融计，将结账之期少为变通，使每年有分利之商号，乃令福隆号今年批账，实才二年。与费峻如议调查山场，设筵宴客。读五日批令，知吾父已奉令交清史馆立传矣。其批令如左：直隶巡按使朱家宝奏，已故耆儒贺涛，道德文章足资师表，恳请宣付清史馆立传，由政事堂奉批令，贺涛应准宣付清史馆立传，以彰儒行。此令。

十日　自曲肇瑞交福兴号去年清册，获利与去年等。前接巨亨信，知其将于昨日来郑。今日治酒馔以宴各号之掌柜，而巨亨等竟不至。访顾芳淑，与言租山场事。渠欣然欲附股，于是议定阴历正月十七日，命迪新与费峻如同往。三余永收市，试办者凡三年，收账者一年，共四年。寿真堂批得之利匀计之，亦在一分间也。

十一日　裕丰泰招饮。

十二日　阜康去岁获利颇丰，优于上届，兹已试办三年，期满。议以所获利悉充基本金，并立合同作为资本二万千。张梦生来，缴三益兴去岁清册，并代巨亨缴余庆长清册。巨亨以病辞，未来。余庆长获利优于上年，勤业堂房产出售，共八千七百千。寿真堂应批六分之一，为一千四百五十千。今余庆长既代寿真堂留买，自可少出此一千四百五十千。楼后租户有自建筑房舍，作价六百千，再扣留业勤堂各院浮借余庆长之钱三千千，实出钱不及五千。初令巨亨将房转售，然业已买成，此意不便实行，致贻人笑柄。因允巨亨之请，认为寿真堂所买，惟款须由铺中暂垫，明年结账后，再议筹还办法。

　　十三日　赴都。至故城，访王铸亭，托其以学堂名义至书保定第二师范，言培新曾在故城高等学校肄业云。此兰侪告我为之，盖入此校例须有此介绍函也。访县长现曹君，曹今日适得巡按使公文，言吾父入清史馆事，使告我也。县长留余晚餐，余固辞之，宿于慎修家。

　　十四日　至津。火车中遇枣强牛君宝善。牛，充滦县第三师范校长，与余素有一面缘，余已不复识，在车畅谈甚欢。访苇村于奇卿处，苇村于明日旋里也。

　　十五日　访步梦周于公署选举事务所。复与同访高静涛于警察厅。访苏华滨，旋里，始出门也。晚车入都。

　　十六日　谒相国，相国言：检阅书籍，近又得畿辅人名若干，已交编书局，可属其逐一考之县志及他书何人可以立传。又言：吾顷与严范孙诸公议修《天津志》，而苦无体例可取材，盖天津与海外通商，情势大改，迥非内地可比，非通晓治术，熟于交涉事，实不足以办之。而沿江、沿海新县志实不多见，然非有通商口岸之县志，又不足取法，子能为我求之乎？余对曰：著书非有其学识，不足以见其大而会其通，如吴至甫先生撰《深州风土记》，一州志耳，于河渠、兵事等篇能推论古今治述之原本，究中外之世变，成为伟著，苟非其人，则无所合焉。如今清史馆，闻其撰著体例仍袭历代诸史而不知变，一县之志，更无论矣。夫今之世变，非前代可比，正宜重编门类，统一代之始终，如外交、商业、兵事，事实繁赜，岂能作一二外交家、实业家等之传，即能附见外交商业之全乎？即如曾文正、李文忠为之作传，即能将兵事、外交大势一纳之于其传中乎？窃谓一传有一传之主体，当时大势不过借以露其一斑耳，然无其学识即变其体裁，仍不能见其大也。相国曰：顷辟疆即不以撰清史诸公为然，是以辞馆事未就，曾为一书示我，抒其所见,是以凡官书皆胪列其事而已,但具其事以待后世作家采择,如是而已。又言及新编畿辅传曰:颜李为吾畿辅自有之学派,吾于程朱陆王诸儒学派之取诸他省者,尚为之分别立传。夫程朱陆王各派,吾皆重之;然究不若颜李为吾畿辅自有之学派,尤宜特著之也。颜李之传,无论其及门及同时讲学诸君,或传其学行,或列举其名以附见可也。伯玶已为相国写吾父所为《江楼送别图序》。余因曰:宗俊琦亦颇讲金石学。相国因出其他人求题跋之残碑见示,曰:此碑甚有趣,能为我托金石家一考乎? 碑文另录。伯玶邀余晚餐于万福居,主客为侯心言之新婿张君,陪客者有王沐斋及侯氏之二子。沐斋急谓余曰:闻君踏验西陵山场,吾兄甚欲从君一游,君幸过我,愿一闻其详也。王荫南曰:相国将回豫,其眷属且前往矣。

十七日 游厂甸火神庙,厂甸自初一起至十五止,火神庙初六起至十五止,两处之繁盛,年盛一年。而今年因厂甸新辟,愈见其盛,都中商业萧条,年复一年,商人之困与革命前悬殊。此等繁华之场,则皆不减于旧,时局危险,海内多故,都中商民尤多困穷,而士女游观兴高采烈,一若时和年丰、家给人足,含哺鼓腹,帝德于我何有者。接迪新信,意不欲游西陵,欲将尹里田数顷种树以代西陵焉。余示以尹里种树事或可行,然须分年添种,随时酌量进行,西陵林业与此并行,可也。宗旨已定,不能中止矣。

十八日 与宗先生言及其各院近况,颇详。兹将其四家堂号列左:嗣锦堂、健行堂、思训堂、敬述堂。访张泽如,与谈时事,甚快。访王沐斋之兄王声之于协和昌,渠对领山荒之事非常勇往,议欲伙办。

十九日 翻阅实业杂志,其中颇有可备调查者。主笔为李文权,有李文权自述小史,虽不及彭翼仲自述之曲折有情趣,亦自不恶,余最喜此等文。又有《游美日记》,其中尚少重要事,亦自可备考证,凡三册,尚未毕。与深县郭君谈,甚快。

二十日 与鞠如游白云观。白云观,道教观也。局势广大,院落甚多,天宁寺已颓败,此独完。盖庙内颇富,有地二百顷,每年香资亦不腆。京城内外,此为称首。在西便门外,天宁寺西,距城二里许。此观唐以前无考,有咸通时重修天长观碑,见元《一统志》,碑今不存。金复重建,改名太极宫。元初以长春真人丘处机遗蜕于此,改名长春宫,又建观于宫之东,曰白云,后人遂称为白云观。明清两代皆重修焉。有殿四重,前殿曰□□,殿设灵官像,次为七真殿,次为丘祖殿,次为四御殿,次为花园,俄使璞科第尝避暑居园中。四殿之东,每院一祠,所祀至不伦类。灵官殿前有桥,桥梁洞中有道士趺坐,左右悬小铜钟,任游人以铜圆击之作响以相戏,为取钱之术。丘祖殿墙后悬长方纱镫于壁间,图丘祖历史。其东院为斋舍,每岁正月十八日施散馒首,凡僧道喇嘛皆给一枚,重约一斤。西偏小院,有趺坐道士数人,往观者皆投铜圆数枚。又有豕圈,内有老豕,人亦争观焉。丘祖为道家著名之祖,自丘祖以降,传其道者,代有其人,至今已二十余代,皆绘其像悬壁间。丘祖历史见《元史·释老传》,道家书载之者尤多,事迹多荒诞,未能尽征信也。要其为人,必有可传者。去岁吾游财神庙,以为倾一城士女来游郊外之寺,怪人之好游;今白云观庙会游者竟大过之。厂甸之游始毕,又复来此。余昔年日记尝谓都人好游,于此益信。然僻邑陋乡,亦何莫不然。

二十一日　日前偶阅《扶风月报》第二册丛谈,内有俞理初先生《易安居士事辑》,名曰《事辑》,实则传也。征引详博,颇资考据。案:《金石录后序》李易安自述历史颇详,而《宋史》无传,即赵明诚亦不为立传。夫赵氏夫妇才学与所经历皆足传世,《金石录》亦与欧阳氏之书齐名,《宋史》独遗而不载,他所湮灭盖可想见。故陆心源作《宋史翼》,以补《宋史》列传之遗,其言曰:"人皆讥《宋史》列传之滥,吾独谓其缺略。"信然。然《宋史翼》亦无赵明诚,何也?

二十二日　堂叔心铭来函,言售房应分之钱,不得令他人擅支,此事将来恐有小交涉。

二十三日　访张璧堂。

二十四日　访李艺圃,以其族人李稚和先生诗稿见示。余拟先以呈相国,再录副交编书局。岷江春主人邓汝霖君邀饮于岷江春饭庄,来宾大抵四川政界诸君也。吴蛰卿为介绍。费峻儒(如)自郑镇来。

二十五日　枣强王荫轩之堂弟曰宗吉者来访。宗吉,字谏轩。其未来也,荫轩已为之介绍,属我转恳艺圃,有以位置之。魏仁轩来。仁轩昨由西陵来。仁轩赴西陵,至梁格庄,寓于喇嘛庙十余日,后乃至大东沟,寓于力田公司。经理胡秋华、副经理顾殿一款待甚殷,并为派乡导遍游官座岭、大雁沟、大南沟及附近各沟,仁轩既皆亲往履勘,遂一一为之图,附以说明,仍以官座岭为最善,并提出应研究者数事。以雪后不便履勘,遂议缓行。三人共论说此事,自朝至于日暮,因作开办经费预算表、红利预算表。此表虽未必与事实吻合,然不得不预拟一经费表,以为筹议之资。峻儒(如)曰:顷见邢荫轩,渠亦欲附股,并骏声五人矣。余前与李翊宸书,以此事相劝,渠果欲办者,当令其与王升之等再领一沟。

二十六日　连访赵吟舟者数日,皆不遇。谒相国,以李稚和先生义钧诗稿呈览,相国许交编书局录副存之。且曰:纪君既深知其诗,可即属纪君为作序,而令编书局本之以为传。纪君,诗家,本其所言,亦可以增重矣。余因请曰:纪先生于诗文所见甚深,现既有编书局搜集畿辅书籍,若因此机会,选集畿辅诗文作为《诗征》《文存》等编,自可力少而成功多,相国然之。相国因大论颜李之学。又曰:李王不可共为一传,盖二人虽学术同,而李之学尤大,且颜为李所推大,撰著尤多,非特立传不足以显其学。又曰:颜李门徒属直隶者,既皆录以为传矣,其在他省者亦可搜集之,以备他日作《渊源录》,别成一书也。晚应苏宗霖之请,饮于福兴居。李子健(建)来访,不晤。

二十七日　与峻儒(如)、仁轩游览政事堂公所。余访吴辟疆,辟疆临吾父《晋书》评点,记其点志为一册,曰:“此书当付印也,惟何以无连点?”余忆有之,归当再为审视。又曰:“吾师所评各书可录出,附于尺牍后,视尺牍为尤要也。”辟疆授徒数人,其为直隶人者曰李钺,字秉威;李联铛,字杏南;张庆开,字心全;刘书钵,字素儒;又其甥柯昌泗,字燕舲。辟疆曰:"吾甥作文最能征引历史,近作《平王东迁论》,凡千余言,引征甚繁,可索来一阅也。"费峻儒(如)以电招其弟子故城苏华栋。余请客,因邀之来饮于富源楼,宾凡九人。华栋,字祝辰,大学堂学生。

二十八日　为相国调查编书局情形。言及循吏一门,材料甚多,而事多陈陈相因,尽载之,殊嫌其滥;所载太少,又失北方人能任事之特色,因以此意请于相国。访徐梧生先生,略询其所办涞水山场,并托其名片介绍泰宁镇总兵岳梁先生,并许调查西陵开放山场立案情形于世相国。

二十九日　与仁轩、峻如赴梁格庄,寓于力田公司事务分所。访赵慎之,知垦局徐子修因山场事赴都。

三月一日　游官座岭,陟其南岭,南望西漳,两沟情势皆了然在目中矣。西漳山势陂而不峭,土厚水少,气候暖,少风灾,以官座岭北岭峰峦有以障之也。遂缘岭西行,甚崎岖,杂以丛木,余强前行,费峻如不胜其险,神色为变。下山,寓于力田公司,峻如至是始信吾所报告者不谬。盖天下事不见,难取信于人。

二日　力田公司派张文明导之,以调查官道岭横沟,过黑枣沟,沿途考询木植,所得数十种,兹列其名于下,未能尽也。迤逦而西,在沟西头相度建筑房屋。有仆碑于道旁,万历时立,其文整敕,边防营务规则也。知此沟在明即称官座岭,当定此沟为官座岭。

三日　风,不出游。三日以来,与力田公司胡秋华终日谈说,胡君尽以二年来所经验相告无隐,并代为我谋,可感也。余与仁轩等论说古今,任意畅言,多故为恢诡之谈,而仁轩实能根据西人最新学理,出语辄惊座人。余每引申其意,与峻如相难。仁轩与余畅谈,从未有若数日间之快也。忆昔在文学馆与献群相驳辨,尽一夕而词意未尽,惜今得如此畅谈,而不能起献群一评所言之是否耳。

四日　履勘大南沟,数日调查所得,悉如仁轩报告;所未往观者,当亦如仁轩言。

五日　回梁格庄。访秘君方濬,不晤。秘字雪岩,故城人,禁卫军连长,驻守于此三年矣。

六日　访垦务局局长徐子修。子修言,在都谒世相,言领办垦务事。曰:平地三年后,可升科,山场不便升科,可估计作价。余亦未深与交涉,但其意似山场次于平地者,果尔,则估价亦当逊平地,而赵慎之所言每亩作六百文者,不知何故。又云:拟升科,果能升科甚善,但恐陵寝近地,无此办法也。再访秘君。慎之邀饮于农林公司,峻如在座,忽猜拳,大饮而醉,匆匆归,呕吐一夜。盖昨日访慎之,室中适有醉夫狂叫,而峻如竟若羡而效之者,岂有醉魔为之崇邪?与慎之言山场事,彼意谓第四年仍须纳租款,而第一年之押款久存公司,其然,岂其然乎?

七日　回京。接汇四叔问二叔函。迪新信言种树尹里事。

八日　费峻如归,与订预算表。梦生、巨亨来。

九日　徐相以晋卿函示我,属催湘帆作传也。严范孙索吾父文集,又问《深州风土记》采访条例。

十日　访巨亨于正阳楼饭庄,时宦官张静轩请程张邀余入座。静轩,武强孙村人,现在东安市场会贤球房主人。

十二日　发家信第十七函。艺圃邀饮于小有天。绍岑来与仁轩订官座岭启林公司临时草约,与巨亨谈小范商务。因言及钱业一门,最大者曰预兴花店、预兴钱铺、福聚隆、福成号,次为常兴、益庆昌、余庆长、聚宝恒,再次曰庆心恒、恒兴、恒聚隆、永兴元、德兴恒、复义兴、春育堂、裕源同,资本不满万之字号尚有七家。又曰:去年东北院各号获利共十五万千,可谓极盛时代矣。赴商会取救国储金团息金,外人多言政府提用此救国储金作政费矣。此等无稽之谈,浅者或信有其事,故商会急与银行筹议发息金,并将四厘增为五厘。

十三日　绍介绍岑于马绍眉,绍眉荐绍岑于河道公所,曰:徐督办派绍岑为监修,明日当入局到差也。余为谋事者凡二年,相国宴客于本宅，兹将其知单录左，以见今请客者之款式焉。曰：柯大人凤孙、王参政晋卿、赵先生湘帆、吴内史辟疆、王先生荫南、刘总办泗春、俞总办翙梧、沈司长慕韩、贺先生性存、家六老爷。阴历初十日星期一下午四钟半洁尊候光，徐世昌拜订，座设本宅。案：家六老爷者，徐梧生先生也。收家信第八号，来信内容为左列之各事：问梁格庄筹办山场事，福隆交款事，阜康交清单合同，尹里种树事，去岁盗案控诉事。访湘帆于书房，遇其为学生说古文王介甫《送孙正之序》。王孝贻以其家藏书目见示，知其亦藏书家也。有东边镇守使马君者，转人求王晋卿为作寿序，已作而未致润笔费，时绍介者有蒋挹浮先生。晋卿索润笔甚急，每与余遇辄以为言，又以书索于蒋先生，蒋封寄伯坪曰：其言多可鄙。

十四日　见绍岑，与同至近畿疏通河道公所，访处长赵吟舟，不见。又晤马绍眉，知其事犹未定也。访苏祝辰于大学预备科宿舍。李艺圃访余，将见相国，未及见，投剌而去。晤赵吟舟。吟舟为绍介梁格庄人李香亭及驻梁禁卫军团长罗延龄。

十五日　至上谷美酒公司。此公司开设已久，去冬乃归卞奇卿。奇卿组织葡萄酒公司于天津，以北京为分所，然亦制造。王荫南执贽王晋卿先生之门，于今日治馔洞庭春，邀余及王铁珊先生作陪。

十六日　见马绍眉。绍眉忽曰：绍岑前列单中，后大有更动，竟又被裁矣。见相国，相国以刘文正统勋所书《金刚经》属余题其后，此为文正后人某君所藏，出示相国，请为跋，相国属余代笔也。又以相国家谱所载先世传状属交编书局，以备采择，或入循吏，或隶列女也。相国又以刘际堂所为李刚己传，属交王晋卿作传。晋卿久已谓其人为不足称道，而不为作传。见赵吟舟，属作绍介书于其友人之在梁格庄者，以便到梁庄有所询问也。

十七日　相国以吾父自书所为《送武昌张先生序》赠相国者复送我，属为装潢，当另作跋焉。并属我可先自为跋。马绍眉邀饮于中华饭庄。王叔中明煦两次来函，请与吾共买西陵山场，意甚切挚。

十九日　属仁轩函催鲍子樵。张泽如来。

二十一日　得商会信言，苏良材又辞职，属余挽留。余复书问挽留之资借。

二十二日　得峻如函，言邢、顾二君约定，皆出半股，又荐人数名。又言骏声日内因病缓来，仁轩本拟明日赴岭，拟候骏声一日。收迪新第十号信，言其母病仍无起色。又谓其本生继母于月初回家，临行时拟在郑镇设织布厂，招工于任邱。余谓办此工厂获利微而事劳，然能开通地方工艺之风气，且发起自妇女工业，增长营业知识亦殊不恶，遂听其所为。吾向持任放主义，尤欲提倡妇女生计，使能自存于不自由之地位而昌盛其家。吾见世家大族多矣，当其盛也，奢淫媮情，无所事事，散弃丈夫劳力所得之金钱而不惜；及其既衰，以一无知识故，上则勤苦欲死而不能见金钱之收入，下则乞为奴婢而不得焉。余甚悲之，故恒欲通之以营业之事，以为救亡要道也。于馨山为绍介能制袜者张万和，邀其修整机器，吾求之有日矣，今日始得之。张万和家于西苑，与军界相识者多，与李金城同制袜，已而去之。于馨山夙知其人，去岁荐于沈柳堂，未几罢去，今又荐于我。韩麟阁来言，有人问呈请入清史立传之办法。余阅古人日记游记，每日宿于某地，尖于某地，尖字不知其所本，余为日记亦姑用之。去岁阅《小说报》，登有汪国桓（垣）所撰《小奢摩馆脞录》，内考尖字，虽未确定，亦可备考也，姑录于此。其文曰：行旅小食，北方通称打尖。周耕崖《冬集纪程》亦谓不知所出。案：《说文》：“馦，叽也。”“叽，小食也。”徐锴曰：“馦，犹嗛也，少也，连盐切。”赵宦光《长笺》作“力盐切。正饭前后有小饭，如茶点之类，比丘谓之小食，饭之余，故从兼”。今以朝食、午食为尖，或馦之讹与？抑古以送行为饯，因转其音与？郑樵《通志·六书略》：“尖，思嗟切。少也。”则字从少大，而义为小食，未可知也。

二十三日　程树权来，巨亨所荐充官道岭山场买办，其族弟也。山场现拟名大树公司，犹未经众股东承认。公司预算开办费，愈研究须款愈多，费君初拟不过五千元，已敷开办费用，分三期交纳，第一年二千五百元耳。最后所拟,则第一年已须四千余,然三期交纳共六千五百元,较原额不过多四分之一耳。因拟作为三股,每股二千二百元,少则二千元已足。

二十四日　仁轩与程树权赴西陵,始筹办诸事。于泽远来,始自家来也。用宾先生丧其幼子妇张氏,阴历正月初,其弟三子妇立臣先生夫人方病故,是时常氏生计至困难,而连死二人,其不幸亦甚矣。

二十五日　发家书第二十二号。阅明严衍《资治通鉴补》,自《陈纪》始。

二十七日　南北朝重门第,近代沿习之,族望即起于北魏,其弊虽甚于科举,要亦三代之遗风也。余昔阅万氏斯同《历代史表》所表南北朝世系独详,顾氏栋高《春秋大事表》沿用其法,以为春秋世族谱,桐城吴先生撰《深州风土记》,亦用其体,撰明以来人谱,体裁之善,为后世取法如此。余亦喜其便于读史,尝录其所谱诸氏存夹袋,今录日记以备忘:刘、司马、徐、傅、檀、王、萧、藏、谢、阮、到、垣、袁、孔、殷、褚、蔡、何、张、范、孙、荀、郑、裴、颜、沈、周、庾、顾、羊、江、柳、崔、虞、陆、明、夏侯、韦、任、许、贺、杜、欧阳、姚、鲁、樊、申、伏丘、卜、祖、来、贾、钟、岑、陶、诸葛、尉、穆、长孙、于、封、宋、刁、辛、毛、唐、寇、郦、尧、源、卢、李、游、赵、段、韩、房、毕、程、常、甄、杨、郭、邢、皇甫、路、阳、斛斯、贺拔、娄、斛律、敬、白、魏、梁、宇文、侯莫陈、独孤、窦、阎、尉迟、苏、令狐、豆卢、贺若、牛、赫连、慕容、姚、冯、乞伏、沮渠、桓、尔朱,凡一百十四大姓。

二十八日　访王声中,晤其弟玉轩,名明照。玉轩与余同应院考,为附生。于座间晤饶阳韩则武,字世五,法国陆军毕业。

二十九日　访徐梧生先生。先生曰:吾闻徐鞠人将复出,余急命驾往,叩马而谏,鞠人未能从也。

三十日　访柯先生,以病未见。访佑周,不晤。访辟疆、张心泉。

三十一日　仁轩自西陵来,详述一切。言西嶂可租入,公司作地三十顷,利益实大,惟慎之要求借款于我,因与仁轩改动预算表,第一年即不开地,仍较前所预算需款多也。与峻如议,殊费研究。韩麟阁为余绍介李冠沂,言可为我任书记买办等职也。

四月一日　得辟疆函,稍更易湘帆所为先君行状。

五日　与宗先生、魏仁轩游蟠桃宫,在东便门内,余辈皆第一次往游也。今日旧历三月三日,是为庙会之期。士女往观者,毂击肩摩,以至崇文门之西。会期凡五日,当三月三十一日、四月一二日间。京中恐慌大起,讹言朋兴,大有不可终日之势。阴历初一庙会游者已甚盛,竟有太平景象焉。张心泉第一次来访。

六日　仁轩回西陵。接峻如函,言邢荫轩竟反前言,不欲与吾辈合股,撤所交银,而顾芳叔亦为其从兄执中取消其股分,但尚未得芳叔函也。余复书,谓荫轩本乡曲之士,安知规远利,吾固将却其股,以执事言而止,故彼虽背约,吾惟责执事焉。

七日　阅晋卿先生改订湘帆所撰颜元及王源传,颜元传改订尤多。湘帆在编书局撰颜李派诸儒传,一年而未毕,故未尝一出示晋卿,晋卿促之急,乃将撰就者录出,晋卿未审订,湘帆先自呈阅相国也。初相国属余告晋卿,言《畿辅书征》每书将已见、未见、或存、或佚,分别注于下,晋卿初从其言,既而因书之见者不及十一,存佚无由知,因少变其例,仅注抄本、刊本于目下,不知则缺。《书征》多赵石尘所草。

八日　阅《易州志》,考其山川名称、形势及物产,以便在西陵有所调查。仁轩来函言,山场已租定。师立濠来。立濠,字凤州,春坡族子,春坡、峻如所同荐,充山场办事员。

九日　岳欣秋来,言及印书事曰:《东坡七集》,人争宝之,若于端陶斋家假来印售,大利也。余因言:若借印《吴先生全书》,销路之广,当在苏集上。沈柳塘邀饮于富源楼,翰卿在座。翰卿新毕业保定优级师范学校,自言新著有《地理沿革图》百余幅,属余债(倩)人作序。

十日　麟阁持福兴居饭庄等处席票求售于我,并有寿面寿酒等票,此亦北京特别习惯事,故志之。余集录新得金石文,凡新发见前人未著录者,将随得而录之,补《金石萃编》。

十一日　师凤州赴西陵。

十二日　访梧生先生,先生言徐相八字系己(乙)卯年九月十三日辰时,即乙卯、丙戌、乙酉、庚辰也,谓之四岁运。因言柯凤孙看徐相运大佳,又言朱总长、周自斋皆入厄运矣。又言"柯轻不为人看,所看无不奇效"。余托梧生先生于世太保处代询西陵泰宁镇垦务局所放山场租者能否领部颁租契。

十四日　沈翰卿以所著《历代地理形势图》属我代呈徐相。

十六日　李荣岩来。荣岩以其私至津,因赴都。

十七日　仁轩来。仁轩在梁格庄持赵瀛舟名片往访李香亭,香亭意颇殷然,复余一名刺。香亭,名祖荫。

十九日　偶阅《偃师金石记》,《大唐赠太子少师徐府君之碑》后有表张叔平题讳,武虚谷跋尾云:顾亭林《颜氏家庙碑》云今人自述先人行状而使他人填讳,非古。按此则唐人已有是矣。

二十日　苏良材昨日入都。昨卜耆卿来京,艺圃邀余往访,余以他出未及知,今日访之果酒公司而未遇。耆卿,名炽昌。

二十一日　余弟连来三函,余未能复也。商会来函,属余赴津。卜耆卿来访,与麟阁、仁轩买估衣于大栅栏。仁轩为我与之冲突,然亦不免稍自轻矣。青年会开辩论会,余往观。

二十四日　桂馨斋诸君邀饮于富源楼,遂访侯心言,与同寻纺纱厂于西皇城根。创办人名沈德铨,字子衡。沈本木工,创此人工小纺纱机,今年三月在工商部注册专利五年。其机可出线十支,机一架售二十五元。访辟疆。辟疆装裱汉魏六朝碑,读其文而善之,因检阅《隶释》,录其完好者为一册,出以示余,且为我读之,而叹其文非唐宋以来诸家所有。盖气味之古,时代限之,惟韩能得汉碑气体,盖其时古碑存者尚多,欧、曾、王以后,不惟无汉人气概,并体制变矣。前闻梧生先生云,柯先生《新元史》成,甚自得。因书已成,遂将草稿自为焚之,已焚,火燎及屦,伤于足,月余足尚未痊。余谓辟疆曰:此真佳话,惜无好事者记其事。辟疆曰:若绘一图而题诗其上,亦好题目也。

二十五日　访梧生先生。先生曰:余顷晤世相,世相曰:西陵地未放,而垦务局徐守备殊跋扈,现尚有争端,如欲领地者,俟事少平为善。世相又曰:分与宗室或礼工部者,既任其所为;发与绿营者,自当归绿营处分,不必再由皇室发契据矣。又曰:东陵则现已开放。梧生曰:此则归民买矣,且闻其地胜于西陵。余因问徐先生自办之山场,其地在涞水西北约三五十里,傍距马河,其地东西十二里,南北四里余,其东南隅之山曰某山,乃最著名之佳山(此乃阴阳家言),某王墓所在也。余审观此处山川,详考《水经》,约略定为某,此汉霍某讲学处也。此山庄余名之曰临簧别墅,自古临字皆对水而言,皆曰临某水,从未见对山而用临字者。久之,忽忆临朐县朐山名,吾此临字乃有所本矣。因出十年前所为临簧山庄影片一册,凡数十幅,精雅可爱。曰:吾之山至今犹事接树,筑房九所,吾购此山,价虽廉,并开办费计之用万金矣。又曰:余新得一故事,思告君,以便入君之日记。福建王可庄之祖王文勤公,文宗时官某,时文宗谓曰:铸钱铜缺,内府有铜板可出以铸钱,明日可偕一部员来。及再召见,文宗出铜板示之,文勤审视,乃乾隆朝舆图也。因奏:此地图岂可毁以铸钱,当宝存之。文宗曰:可印否? 若不可印,存之可用。文勤曰:舆图究为有用,不可毁也。事乃已,此后遂无人过问,人亦莫知其所在。此铜板图甚精细,且阴文,故不易见。闻今尚有存者,当时盖百余件,大皆尺余,余藏有一舆图,凡四巨轴,系阴文,今乃知为此图也。又曰:乾隆时和亲王颇贪暴,尝窃印书之铜字,所谓铜板者也,窃去既多,高宗知之而欲泯其迹,乃宣言用此铸钱,四库书御制诗曾述其事,而注未言其真象。世宗时和亲王与高宗胞兄弟也,宪皇后钟爱和亲王,世宗亦爱之,故久不封,封王则不立矣。世宗久不决,一日以盒与图章赐两王,而不言以某物赐谁,盖和亲王素贪暴,盒极精善,图章则普通物也,故以此觇其人。和亲王先见赐品,谓盒甚美,遂自取之,以图章与高宗。内侍以闻,世宗遂决所立。以和亲王取盒,因命曰和亲王,而封高宗曰宝亲王也。

二十六日 武继勋来访。继勋名绳绪,永年人,吾父尝为其父撰墓表。继勋在都有事于中国银行,来访索文集也。余昨与宗芘山先生往观储蓄票开签,兹就见闻所及,述其梗概。新华有奖储蓄票,昨日为第二次开签之期,仍在先农坛举行,开签前两日先为演试,及期早五钟,周、徐两肃政使、吴监视员及银行各职员到场监视。穿弹员及摇珠警察,除去年得奖者,其余号弹纳入十大球内,六时开始摇球,每摇出一弹,即由孤儿院童子检弹,并高唱号数,一面由录号员记录之,至八时,每球摇出二百弹,共二千弹,特由主席用抽签法抽出三球,由该三球各摇出一弹,连前共计二千□□("二千"后有空缺,暂以□表示)三弹,乃于九时将此用二千□□三号弹与二千□□三奖弹各纳入一小球内,两球并摇,某弹与某奖同时摇出,即为中得某奖。至下午六时半竣事,遂摇铃散会。此次大奖第一奖之票为广东利商公司售出,第二奖湖北荣记公司售出,第三奖浙江广储公司售出,第四奖江苏溥利公司售出,第五奖湖北荣记公司售出。新华银行援照去年办法,自第一等至五等各大奖摇出,即由开签场径送北京电局,用公电通告全国,电报一体,立时宣布,用大字书写张贴各局门首。

二十七日 发家信第二十九。宗先生邀饮于福兴居。

二十八日 王采南来。自言写日记曰:自在文学馆为日记,至今不废。以余所见,能终年有日记如王君者,尚不多觏。

二十九日 畿辅先哲祠明日春祭,今日演礼,余任东庑司爵。由伯枰介绍,与高润生晤谈良久,渠有事于畿辅农学会。李翊宸邀饮于明湖春,其师刘际堂为主客。明湖春亦山东之济南馆,先开设于青岛。一班亡国大夫寓于青岛者多嗜之,既诸君入都,弹冠相庆,此馆亦移设于北京,故政客争往游焉,于是利市十倍,而烹调因亦进步。以时局关系,饭馆多萧条,而明湖春独车马盈门,极一时之盛。

三十日 先哲祠春祭,徐相主祭东庑,王铁珊芝祥西庑,刘仲鲁若曾分献,皆与去年同,祭者共到一百余人。自来水公司开会,余往观焉。

五月一日　苏良材邀饮于福兴居，主客为潘氏兄弟，前天津候补道潘希祖子侄也。

二日　清大学士荣仲华于月之二十日卒于天津，今日灵柩来京。宗先生劝余往车站相迎，余遂从之。至西直门车站，与柯世五等步行至慈惠寺，寺在阜成门西三五里。归与柯世五、徐欣甫等饮于小茶馆，并饮酒焉。柩由火车下，即具仪仗，如正式之发引，至慈惠寺殡焉。余等送殡而先至寺内，约行五里之遥，灵辁至殡所道，喇嘛僧三班念经，而后引吊者行礼于灵前。清史馆长赵次山为诸吊者领袖居前，同时行跪拜礼，既拜而后哭之。裕小鹏从之来，为余述荣相病状曰：食河豚鱼唇而死也。

三日　弓景崔来，以其父子贞先生《地理沿革说略》见示。为陈少璋表叔求保结于郭继庭、杨冠如两君。

四日　以张献群文集呈阅相国。毓寿甫邀饮于其家。寿甫，名彭，司务所主事尚书溥颋之子也。苏良材以事来京，住数日而归。

五日　发家信三十二号。

六日　日前访郭继庭。继庭约于今日赴保访兰侪，慰其丧妻。因日内印铸局有更动，乃缓其行。

七日　昨接步青信，言心铭三叔由丰镇调兴和局长。察区垦局，丰镇最佳，兴和最劣，有功而左迁，愤不欲往。

八日　访韩云祥，不遇。访王秋皋。皇室拍卖古物，瑞珍古玩铺闻以四千余金得之，内有琥珀紫血杯，为明代所得之贡品，最可宝贵，德国公使辛慈氏用银两万余元买去。尚节之来，以其友人古书画属余代售于徐相。晤吴麟阁于中华书局。麟阁，荫南友也，新有事于中华书局。

九日　华璧臣书楹联，杨冠如为装潢之。见赠，而索吾父文集焉。

十日　阅荣相哀启，言为日记三十年不懈。余初谓终身为日记，如曾文正者,古今所仅见,故余为日记尝私誓终身以之,以矫俗儒之无恒,不谓访询既久,乃知记者往往而有但传者少耳,非尽无恒也。以此知一人见闻,固不足以衡量天下,吾之日记既时作时辍,而又不能记重要事,且浮泛无宗旨,深自愧也。

十二日　午前十钟国务院忽有教令,言中国、交通两行币不得取现,各省分行皆如此办理。于是商界遽起恐慌,纸币价格遽落。此布令颁发之原因,一因政府借银行八千万,一因山东形势岌岌,银行几不能支持故也。

十三日　昨言银行不兑现之原因二,此外尚有天津银行紧急一端也。京都白话小报以《群强报》为最畅销,自滇黔发难,报纸多讳言之,惟《顺天时报》党于滇军,虽所记不尽有征,而阅者骤多,遂为北京报界第一。

十六日　访辟疆,不遇。访王秋皋于学务局,秋皋素习滇黔事,故献群每以此两省事为问。今两省发难延及邻省,故秋皋另有一番议论。

十七日　荣文恪公明日葬,今日受吊,余往吊焉。访吴辟疆,以代拟徐友梅先生六旬寿序请其改削,以时卒未改,仅加圈识。阅辟疆日记,日记言诗者十之七八,亦间论文及考证,有考妄字一则云:《庄子》"妄意室中之藏",妄与意同,《羽猎赋》"妄发期中",正用此"妄"字,旧注"虽妄发而期于必中",非也,《韩子》"虽冥而妄发其端未尝不中秋毫"亦与此同,所谓无妄之福,无妄之祸,皆一义也。又曰:五岳主名义皆可识。泰山以其大也。嵩山以其高也,故曰:"嵩高维岳,峻极于天。"恒山以其绵亘而长。恒者亘也。又作常山。常者,长也。故有常山蛇之说。衡山近岭,所以横绝南北,衡者,横也。华者,盖华离如萼跗,故杜诗云"诸峰罗列如儿孙"也。见皇六子名片,袁氏第六子也。

十八日　赴保定。兰侪既丧妻,疫甚盛,又病其二子,并吾弟培新,培新愈,而弟之妻携德新来保,德新又病,时兰侪之第三子犹病也。兰侪既丧妻,即归其枢于乡,未葬也。人以其上有老母,下有八子,且无兄弟,宜速继室,而为之议婚娶者踵接。仁轩闻余将至保定,遂先来以候之。访翰卿、孟泉于育德中学,不遇。访宗葆初,亦不遇。

十九日　与仁轩访李新甫于师范学堂,遂晤王履丹、郑君房。君房名兆栋,南宫人,冀州中学堂二班学生,与仁轩同班,毕业保定高等学堂。时魏征甫充国文教员,因访之。征甫名兆麟,仁轩之再从兄弟也,尝读书于吾家北代,又应冀州信都书院月课,以举人有事于吉林,然与余初不相识也。

二十日　师范学校李、王、郑、魏四君来访。育德中学沈张邀余饮于富丰馆。

二十一日　访李新甫于其寓。渠与履丹等初闻余领山场,欣然羡之,兹因往说使与余伙办。兰侪邀饮于城隍庙街宴春园,因游紫河套售故物处,得吾父所书楹联。去岁在都中亦曾得一联。王履丹邀饮天津馆。

二十二日　宗葆初邀饮于晏春园。大树公司本余辈三五人合资所为,然除费峻儒(如)已交资,余人皆未到,开办之初需款甚急,皆余所垫,虽未事畜牧,不收颜料、药品,不制茶叶,不艺葡萄,不垦地,亦殊竭蹶也。又加以现金不易得,而京外非现金不能流通,对于山场非常困难,虽困难不能进行,亦须设法,不令人坐视也。此次仁轩本来取款,因强为筹措数百元。午后与仁轩赴梁格庄,宿于高碑店。

二十三日　游高碑店村,新城一小镇也,约五六百户。游其街市,今日适遇商贾集市之期。访于土人,求所以名村之高碑,得于村西偏佛寺,门前沟中仅有负碑之赑屃,碑不存矣(土人谓移于保定,取其石以为他碑)。赑屃甚大,碑高可知,以此名村,宜矣。寺曰长寿寺,建于明正德,重修于清乾隆,碑或即创建时立。至梁格庄,与力田公司共租一寓,以为事务所。

二十四日　赴官座岭。吾公司于岭东口,假小店以为临时事务所。仁轩出泰宁镇农林公司所给租契,而新加入保护原有树木云云,殊为不合。南有小分地四，租以艺谷蔬。与魏、师、程三人入沟中，观新筑室于沟之东西尽处，皆筑室焉，在东者以为世务所，在西者守视山林焉。以沟西偏树尤多也，山中新发明者曰茶叶、药材。力田公司大制茶叶、药材，则采取者多他处人，吾以资本不足，坐视大利而任人取之，事落人后，所丧实多。

二十五日　游览西漳，初往游也。沟长可五六里，而西面横沟远而高峻，长者不下三四里。小树繁密，不能数计，惟水仅供饮，料难资以灌溉。四人同行，仁轩半途不能进而返。余辈以午正穷沟深处，攀登几至绝顶。归时下峻坂数十丈，不以为险，又行数百步，渴甚，樵夫示余以泉，大喜过望。水池大如碗，深寸许，一人饮尽，不足以止渴，徐俟之，而水如初，清澈而甘。此游殊快，复与仁轩回梁格庄。

二十六日　至农林公司，尹玉阶为我作官座岭图，未毕也。玉阶云：某村吴君现谋领大雁沟于是，土人见吾辈领沟者多，恐本地利权为外县吸收，急谋联络资本团以租诸沟。于一钟半登车来北京，今日风颇暴。峻如来函言，邢荫轩已定入股矣，闻季瀛言而止，顾芳叔见荫轩亦止。接步青函，知心铭叔已辞兴和垦务，将来京矣。

二十七日　《悦云山房稿》余曾遗失数页，徐相言已属朱铁林索《悦云山房稿》于河南姚君矣。又言：吾拟刊《畿辅遗书》，其款式可仿子所刊尊翁文集，已属晋卿作函集资于同乡官绅，子可将官绅中可出资者列举其略，以便致函。再书事之关于畿辅文献者示我。

二十八日　王秋皋来。电灯公司开股东会，余到甚早，见其总董史蒋冯。股东到会者共六十六人。史康侯先宣言一年之获利，优于上届才半厘，并官利为一分五厘，因言日后之困难，议决长价，每由尼特二角四者增为二角六，用记名票举查账员董士等。闭会，具酒馔中华饭店，以宴股东。今日交通银行开股东会，未能往也。

三十一日　艺圃设筵华宾楼，以宴宗蕴泉，邀余往。同坐者有王琴南。

六月一日　仁轩昨日来。访傅谟虞，劝其入股山场，傅允入股并允代招。访尚节之,与言此事,节之亦欣然,节之以古人字画属余售于相国,相国弗购也。访凤孙先生。访张心泉,与言抄辟疆文集。

二日　与仁轩赴津,寓醒华旅馆。访王式文于其戚陈氏,谈及所著书约数十种,盖足称丛书矣。

三日　访卞耆卿,详言津中维持会之情形,深以杨厅长反对此会为非。苇村至津,遂往访之。王式文来谈良久。夜艺圃来。

四日　同艺圃至苇村所,遇湘岑,苇村言吾妻将由津回郑,属余同往,余许诺。访高静涛及贺湘南,湘南详述津中维持会发起以来之情形。访步梦周。

五日　回京。心铭三叔日昨由张家口来京。垦务局事已告假,将不返矣。晤荫南,言晋卿已允为献群作传。吴蛰卿来,言都中金融自不兑现后,日即紧急,至今日恐慌万状,若再无救济法,危险堪虞。因言银元票已落至八十余枚,以今日端阳节,故尤甚也。

六日　袁世凯死日。午访辟疆,询之,信。宗氏全家于四钟半赴津,惟菊如闻黎副总统已允继任总统,心为之少安。

七日　黎副总统受职为大总统,都人闻之莫不欢忭,纸币骤有起色。尹吾来。

八日　大总统访徐相于邸第,一洗前总统深宫简出皇帝之态度焉。论者莫不称颂。日前相国谓余曰:吾拟印《畿辅遗书》,致书同乡官及各巨绅,使皆资助。已属王晋卿作函稿,子可就所知者开单示我。余往访晋卿年丈,而晋卿以为金融紧急之时,恐闻者未能踊跃,不如相国任国务卿时也。余因请于相国,俟时局少稳再致书,以期众擎易举,相国以为然。又相国曾以颜习斋门人钟峻[1]其家藏有《颜李遗书》,问余已访求否。余以未求得对相国,曰:天津有蠡县齐君者知之。

九日　先严文集出版后,知与不知争来索观,所印不足以给求

---

① 应为"钟錂"。

者。辟疆及诸君来函，莫不以交书局代售为言，以为既广流传又可稍补刷印之费。余因徇诸君雅意，交京都保定书肆代售。与宗氏兄弟三人并请王仲武，同饮于富源楼。

十日 马绍眉前属我代作徐友梅先生寿序，以勉应所请，马君书之屏矣。已，又言二先生属我再书于册，以作纪念，余因索回其稿更易数字。艺圃邀饮于西城四牌楼和顺居，即所谓沙锅居者。与宗蕴泉三人快饮沙锅居小饭馆也。以猪肉一种制馔若干，品甚佳，都人莫不知其名，余亦久思一尝而未果也。饭毕，访蕴泉于后泥洼，乃近岁新购之宅，颇宽厂。访郭继庭。余前举债于盐业银行，继庭为绍介，今以此事访之。常吉甫先生教授天津沈金门家，今解馆，乃属余为觅教童子之馆于某氏，不谐。献群传已脱稿，余初请于相国，言献群不可不为作传，相国以其稿示湘帆。湘帆曰：可附贺先生传中。后荫南持其稿见晋卿，晋卿竟为作传。尹吾，军官学堂毕业，入北京模范团，昨日入校，以明日星期，今晚来此。尹吾在炮科，故每言炮之功用形状等，今晚伯坪在此，谈之尤详且久。夫入学者多矣，而能言所学者甚鲜；游历家多矣，而肯详言者亦少。惟尹吾独能详言所学之军事，惟张璧堂肯言游日所闻见。

十一日 鞠如赴津，吾姑在津寓老车站俄租界泰安栈。前与王仲武约参观模范监狱，而屡因事爽约，今日乃实行往观。仲武并邀赵石尘同行。先饭于瀛海楼，既至，则因星期午后停工，不能参观。因散步陶然亭，左有香冢、鹦鹉冢，并有醉郭之冢。香冢名妓，鹦鹉名禽，何物醉郭乃厕其间？郭不详何许人，狂歌于市，尝为人演说拳匪之不足信，与彭翼仲善。既死，翼仲怜而葬之，请林琴南作碑记，遂为游人所注目。饮茶于瑶台，距陶然亭百步而遥，盖一土丘，有女子设茶肆其上，不加修饰而茶资极廉，每人一铜元。陶然亭亦一土丘，设楼阁其上，且华美，以其在野外，人遂以为觞客之所，而索资极昂，此华朴之别也。野外饮茶，其意何在，又何限其华美？且闻陶然亭之成名，乃在窑台之后也。

十三日　姑夫与鞠如回京。

十四日　仁轩来，告假一个月，言将游沪上。仁轩本国民党而为省会议员，今欲乘国会召集之期，恢复其议员，故暂行告假，再谋脱离公司也。吾将旋里，宗先生谓余曰：子回家，可一安置，再来京料理诸事，而辞徐相事矣。夫家中子弟既须约束，若放荡成习，则不易办矣。袁公既没，徐相国当不肯再任国事，势必出京，现虽有编书局事以相照顾，亦可辞去也。但尺牍必须刊印，归来专事此事以了愿。以后既有山场之事，常常来京作短局，似亦可也。

十五日　访王晋卿先生。先生以所拟刊儒林文苑等传函稿见示，且曰：此函用何体相宜？用公启式与？亦用专函式也？余曰作专函式为宜，盖作专函，则阅者易动目，其效当较大。谒相国，请假。相国休息，而余又拟午后四钟赴津，乃访朱铁林，属其代告假，并代言于相国，谓晋老已将函稿拟妥矣。仁轩送余至火车。至津寓醒华旅馆，谒吾姑于泰安栈。访苻村。苻村曰：吾两妹与艺圃弟妇同来津，吾长妹虽必由津返郑，但须月之二十日后启行，子不必相候矣。

十六日　访高静涛、刘子衡。静涛、梦周来访。待吾姑乘电车至英法租界，步行数里观菜市，又观轮船。访心铭叔于济兴栈，晤李子畬，以事罢职，全家寓津。

十七日　刘子衡来访，未遇。王式文来访，畅谈至数句钟，告以津中图书馆藏书颇富，君所著《纪年》应考之书或可得于其中。式文闻言大喜过望，遂同余往观，果有求而未得之书，而接待者意亦殷勤，并谓可通融章程外借，作函与馆长李芹香即可。余遂作函绍介式文，言明借书情形，式文欣然携所借书而去。待吾姑乘赴法英租界之车至北马路，复乘围城马路周城一匝，而登穿奥义租界车以归。子畬邀饮于十方楼，子畬索文集十五部，云：余当备价，并拟助刻书经费。子畬明日赴济南，余因约与同行。

十八日　与子畬同行，八钟南下，三钟余至德县，遂雇车赴郑。天欲雨，遂宿三里口场中。知今年麦秋不及去岁。

十九日　夜雨，雨足。午前至家。

二十六日　三里口庄上送麦讫，共三十七石余，歉收于去岁者且十石。为迪新说《史记·货殖传》。夫《货殖》与《酷吏》皆史公精心结撰之文，用意至深刻。班氏袭为之，尽失其意，便索然无味。不特此篇，凡袭史公之作皆然。其史识庸浅特甚，乃自撰者，又莫不优美。

二十七日　讲吴先生《天演论序》。

三十日　为迪新讲先生《李文忠公神道碑铭》。

七月二日　王耀斋来访。

三日　步啸野、郎文传来。啸野，名以棠，韵衫之弟，郎荔轩先生之婿，留学日本，毕业工业造船科，今年年二十七。

四日　步郎两君去。宗鞠如来函言，新买一当铺于天津英租界，属我暂为举债以补助之。

五日　吴子镕邀饮。余晨兴赴尹里，过曲肇瑞，属代为宗氏借资于南宫，肇瑞许于九日复命。归缓，未赴子镕之约。

六日　赴夏舜卿招饮。

七日　雨，时天已微旱。为迪新辈讲说吴先生《李文忠墓志铭》。

八日　讲《史记·游侠传》。连日与迪新校吾父《后汉书》评点。

九日　吴辟疆署教育部次长。肇瑞使人来告以事，未赴南宫。商会开茶话会，于是张季瀛为会长，吴子镕副之。连日大雨，已深透。

十日　日来阅《二十年目睹之怪现状》小说，其刻画世态各面皆浅而不俗，体裁如《孽海花》。此书不著撰人名氏，传者谓为吴趼人作，吾曾见吴氏笔记，皆不及此书佳。

十二日　赴岭踪，肇瑞又许我明日赴南宫。日前吾曾有书与沈翰卿，言我将造访。今日翰卿来访，未得晤。

十四日　访沈翰卿于鹿冢。访朱琴轩于北林子，途中遇雨，至则宿焉。琴轩于去春及今春两次过访未遇。昔年与我尝谈及实业，故今以开办山林事相告，渠果欣然允附股本。其次子寿松在家，畅谈甚久，言论侃侃，其父在座，为其气所慑。寿松大学预科未毕业，以病中辍,今充遵化高等小学教员。

十五日　朱寿松与柴骏声来。为酒食以宴两君并商界诸君。余曾约骏声办山场,以家事辞。余又与言,渠允一行。寿松谈论甚久,骏声对之,若不能言者。

十六日　肇瑞至今日乃来函,辞不能办。

十七日　李绍先、翙新来。翙新暑假也。李荣岩来,与清查地契事。

十八日　又与荣岩更正年底清单,并言及将福隆移于城内。渠虽深欲其事,然欲借此有所要求,吾以理折之,渠无言。

十九日　吾父《后汉书》评点,数年前录其半,日内又命迪新补录之,今日覆校毕。讲《史记·酷吏传》毕。属绍先邀王耀斋任大树公司经理,绍先许诺。耀斋初应即墨县知事,汪鸿宾之招充县署科员,及周家口潍县乱作,耀斋辞归。月初过郑,以雇方叔之介绍,将求杨韶九于济南,畀以职。

二十日　夜二钟启行,赴都。七钟至德县,城西临卫水,争渡者众。逾八钟半,乃渡至车站,而九钟五分北开之快车已动矣,乃乘十二钟之车,七钟半至津,寓于醒华旅馆。访马旭卿、李子畬。

二十一日　访李汝榛于僧王庙前织布工厂。汝榛,荣岩之次子,在津小工厂学织,今已学成。荣岩属吾往访,余亦拟一参观工艺也。天津自去岁设织布工厂者骤多,获利甚厚。闻已数千家矣,但小工厂居多,如汝榛,此工厂织机才两具,用人不满十名也。此工厂所在地为吉顺里房产公司。吉顺公司房产皆一二年所新建筑,本义冢地公司,移葬旧冢而为之者,房之南万冢罗列,一望无际。有一小塔,曰白骨冢塔,后有碣字,多剥蚀,略云瘗骨一千四百。时京中方开中学校,教育会借公园省议事会会场开会,余往观其到会之人及住址,旭卿之外,惟侯绍契为余急欲往访者,余以行急,竟未暇也。访子畬。前赴德县,车中与子畬言余办山场事,劝其附股,子畬颇善其事。今再往问之,则辞谢焉。夫子畬宦囊甚充裕,在武城时,曾与余言欲购辛庄之地,故以山林事相劝,而竟谢我,岂今日所谓官寮(僚)派者,皆不足与言实业乎? 至都先访仁轩,而后至宗宅。

二十四日　至编书局晤荫南。时荫南已解徐宅馆事,相国为安置编书局内。

二十五日　访艺圃于训练总监,遂至其家,子培已送其两妹来京。今日始知艺圃已置侧室,其夫人在家未至,亦不知也,恐其家庭又起一番争议。艺圃出其家先世忠节公所为尺牍两页,将求辟疆作题辞。

二十七日　再访子培。时宗蕴泉丧其爱子,悲忧无聊,子培每日必往慰之。余与子培游护国寺。护国寺,都中大寺也,颓圮不堪,巍然大殿巨刹半埋没,草木生于室中。既非深山,又为集市之场,任其破坏,一无所修葺,使外国人观之,必以为奇谈。余谓以京华之繁富而不能新一寺,且其始坏而补葺之,一举手之劳耳。懒怠性成,少责任心,皆可于此觇之,而竟无人畏外宾觇国者。噫! 子培曰:盍作一游记? 余诺之。乃同过蕴泉。艺圃昨赴津,今归。遂又至其家视之,因言所以为蒋宾臣运动直隶军长情形。

二十八日　宗先生柬邀袁季云同游万生园,余与鞠如从之。至门,购票入门,每人十六铜元。曲折顺所修道而行,花木列于左右,谷蔬果品区而别之,有水有池,荷花虽尚有开者,以天旱池涸,荷亦不茂。至茶亭饮茶,普通六枚,池边一角,凡数处并有小饭馆卖洋餐。游人甚稀,远异昔年。宗先生曰:盖为中央公园所夺也。又有饲蚕所,有花室,多外国花,有异品,以玻璃为室,谓之温室。有动物园,大而狮象,小而小鸟鼠多有之。有四烈士冢,为一方塔,四面各一人:张光培、彭家珍、杨禹昌、黄立萌。惟杨碑有记,余则已有石磨好,以待作者。有前农商总长宋教仁纪念塔,以方石为之,矗于邑春堂后,刻其生平行事,词甚简,并立塔者题名,皆农林部中人。宋钝初辞总长后,曾寓邑春堂,故为立纪念塔于此。

二十九日　访辟疆,贺其得次长。宗先生邀子培小酌。

三十日　访刘昆圃、李立三,立三以众议院议员来京也。苏山姑丈近多病,闻湘帆处有按摩医生,欲邀其医治,属余往访。余不访湘帆久矣。前惟遇于荫南所相见,余腼颜与为一二语。今往见,益腼颜与语,坐片时,逡遁辞退。所言医士则已回家,如相邀,则每次一元,车马费在外。遇刘馥佩,名世棻,冀人,以军医在外,不见已十年矣。李增重自洛阳来。增重随第七师赴蜀,师归,乃随至洛阳,请假乃来京。渠言牛皮市之役,军士死者二千七百人,盖死三之一,亦云惨矣。师到蜀,未尝获一胜仗,叙州之克复,亦非第七师力也。

三十一日　立山来答拜。

八月一日　今日为第二次开国会之期,到处皆悬国旗致祝。每有大纪念日,则其前后必有大战争。见国旗飘荡,令人心悸。

二日　相国语余曰:有陈澹然者著有《原人》,其学甚博,可问辟疆其人何如。又曰:余欲选颜李书之精粹者为一编,以便改良教育。又曰:畿辅所编书,今尚未完,拟减薪或可久,持通函一说,虽晋卿将稿拟出,吾又拟作罢。吾作事从不倚赖人,且相知而能出资者,亦不必与函,设普寄函而一无应者,亦殊寡色也。此书吾欲刊木本,可核计字数,需费几何。前艺圃又属我于相国前为之先容而求见,相国许见。余因问及直隶省长闻将易人,此关桑梓利害,省长而不善,吏治一坏,闾阎蒙其祸矣,不识相国属意谁氏。相国曰:吾谓不更动善。一易人,若不相安,必至不稳,不如仍旧。至于张绍曾、蒋雁行皆与吾善,而张才气扩张,蒋为稳健,固皆吾畿辅之翘楚,但为二君计,当谋作事于外,不必在本省也。吾曰:能维持现状固甚善,不得已而更动,究以谁为有希望,此事当以地方为前提,破除党派观念及个人之交谊,此时人究属意于谁者为多。曰:人固多赞成蒋雁行之稳健也。时张绍曾方运动此职,而艺圃以蒋为相宜,属余先探相国意,而相国固预知吾意也。言未毕,吉林徐君敬宜来谒相国,痛陈俄招华工之弊。因言国会议员争持取消帝制派议员,此事实有种种困难,不易办也。相国曰:有欲取消帝制派者,彼实争二年,沪宁附乱议员资格,故此事不可办也。敬宜又曰:议员本欲举段为副总统,而以唐少川充总理,吾为言吾国财政困难已极,尚容人之挥霍乎?且段掌兵权,一旦解兵柄而充副总统,亦危险殊甚,惟徐相国自任国政以来,在京在外一以国家为前提,无权利之私,无党派之见,对于清室而力争优待条件,皇室遂得优待,对于袁总统身后又竭力维持之,对于国民可谓仁之至,而于清室、袁氏亦义之尽也,人乃渐有拟举相国者,至今日大势一致矣。副总统、国务总理,相国皆有望也。惟余又谓之曰:相国决计退隐,公等亦不可冒昧从事云云。然相国之态度则谦让而未逾也。近半年来,相国作诗甚多,日前曾题吾父文集五律一首,兹录于左:"蔚起桐城后,斯人去不留。奇文追史汉,大业继韩欧。待客曾悬榻,藏书正起楼。风毛能似续,琴剑复从游。"自注云:松坡同年病目后,曾下榻敝庐,朝夕论文,壬子没于里,即谋刻其文,书成,适余起显月楼藏书,即庋置其遗集楼中。其子性存沉默能文,近年亦在余幕中。

三日　访马挹山。艺圃屡属我绍介见相国,而屡爽约。

四日　余觞客南味斋,到者子培父子、艺圃、荫轩、云祥、彩岩、挹山、伦翊宸。师凤州昨来京。

五日　访子培。子培将于明日旋里。

六日　马挹山来,详告以组织公司情形,约定附股本而去。公司自开办以来,皆吾一人经营,并出资担任一切股东,惟峻如交股耳。其余多议定而复退,额缺虽复招足,新附之股东款一时亦无以股金寄到者,余之困难可知,而负债亦累累矣。

七日　再访艺圃,而艺圃又失信,不往谒相国。昆圃设宴天福堂,招余。

八日　谒相国。相国属余经理刊印《畿辅先哲传》,计脱稿者四十余万言,而大臣、烈女、循吏不计焉。为编书捐钱者,凡四人七百元,而俞人凤、刘式训各二百五十元。《悦云山房稿》寄到,亦一快事。相国租得海淀花圃园,以兴实业。今日实游海淀归,余因以租西陵山场事语相国,相国曰:种植之事,余以为莫如红枣。西人近研究红枣之功用甚大，将来之发达不可限量也。前者，中国不知豆之功用而种者少，近乃销售外国者，非常之多；芝麻往者亦甚贱，其出产多之处，至用以燃灯，及功用发明，渐以昂贵；红枣日后之厚利，亦可预计也。且歉薄含沙之地，无不可者，不必美田，但不识山中亦相宜否。又曰：余现修《天津志》，可将天津人物列一目录，以备采录，亦省事之一端也。子畲、阴轩、芝村来访，皆不遇。

十日　访子畲，遂同其谒相国。子畲于十年前曾以吾父之绍介受业徐相之门，是后别去，未尝再见。相国谓余曰：顷与柯凤孙言，柯曰，何不借编书局之采访，选一部诗传。余尝谓吾辈立此局大可成几种书，成此诗传甚善。自道光时陶氏编畿辅诗后，尚无成书，所有者不过一府一县，如《津门诗钞》《沧州诗钞》之类，余因曰，并可借此机会再选一文征，相国曰：再出一文征之类亦甚善。余因言王氏曾有《畿辅文征》稿存于胡月舫家，相国又曰：往告晋卿，为俞耀撰小传。相国以吾父所书送张先生文横披跋，其后并将读吾父文集诗录后予我。其跋语曰：松坡比部以古文名天下，张廉卿、吴挚甫两先生称为北方豪杰，吾乡游其门者亦多杰出之士。晚年病目不能视，而文益疏宕豪放。惜其忽忽以殁，属其子性存刻其文行于世，今复检得昔年与予论文所书。此幅纸墨犹新，并付性存世世守之。李子畲数与余言宜石印廉卿先生之书，余久蓄此志，将实行矣，但未得经理之人，子畲曰：吾新设济南南纸店，此事可即属之。

十一日　得朱芹轩书，言大树公司章程。

十三日　云南军界伟人刘云峰以蔡松坡代表入都，直隶乡人及议员诸君假河间会馆开欢迎会，余往观焉。张溥泉主席、谷九峰致欢迎词。谷君宣言欢迎之理由四，其词当见报纸，兹不详述。惟言反对帝制者第一冯华甫先生。刘君，字晓岚，蠡人，初肄业保定陆军速成学校。清末革命军起，刘即响应于云南，有功。去岁滇举义旗，刘为第一师梯团长，出师四川，尤为首功，是以吾乡人士甚推重之，既登台答谢。欢迎者则躯干颇小，粥粥若无能者，盖古今英杰，一视其志气何如耳,而太史公乃疑张良魁梧奇伟,不亦异乎?薄泉名继,沧州人,直隶最初革命者。

十四日 终日雨。

十五日 访艺圃,与吾妻谋为吾弟君质作娶妻时所用衣服。遂至东城相国家,相国于昨日赴津观其新置邸第。归遇德茂永,访其掌柜张帅臣,不遇。帅臣,武强人。武强商于京师者较故城尤少也。

十六日 访晋卿先生。晋卿言现赶作大臣传约月余,可藏事矣。又曰:汝可将先哲祠诸先哲录出,一校吾辈所为传有遗漏否。

十七日 沈翰卿昨日来京,今日与饮于同福居。艳山又来辞附股事,事难如此,惟李立三对于余领山场甚为欣慕。仁轩曰,渠已有意同往参观矣。

十八日 与翰卿及三盛公诸人游北海。先访周介惠,周又为绍介郭同仁,二君皆营官也。郭即驻扎北海,为陆军第十一师中之营长。周,字骧展,景县人;郭,安徽人。于、周、郭及余等数人乘舟登彼岸,登山殿前,来一外国人游历,携照像器,郭禁不得拍照,余辈辞周、郭,遍游各处。有白塔在高台上,台旁有大道可登,有木牌云游人止步。余辈仍前行至塔下仰观,尚高数丈也,塔在山上又高数丈,自远不见其高,以其无多层也。四壁无门亦无名,惟一匝皆小佛像,琉璃瓷为之。楼阁群房,奇形异状,每随山势高下,而莫不精好坚实,非近时工匠所能为也。观三希堂石刻,石约五百件,皆嵌于壁,壁为楼,两层皆满,又至西遍游,廊甚新,或曰,此袁大公子将欲以此作东宫也。有洞曲折甚远,而崎岖蔚为奇观,荷花荡(漾)大波中,而新修之宫始毕役,居此非天下之奇福乎?或曰此内有珍奇之宝,外国窃去者甚多,然非其大者。现有某佛像,洋人请以巨万金购之,未许,今尚存。某殿之南有方碑二,若石柱,四面各为一文,记北海之构造,一用四国文字,各书一面。谓此山为金时古迹,一名万福寺,又名万寿寺,乾隆时大为拓充,遂成此奇构,皆乾隆御笔。今日所游为海之南岸,其北岸尚大有建筑也。迪新来,顷阅《顺天时报》,言日本后藤学士本年五月为研究汉文来华,在都中演说,谓英人斯他因于楼兰国发见木策甚多,有文字为墨汁所书,定为王莽时古物,古代墨字此最古矣。又曰:近年河南小屯(距彰德六里)掘出殷代兽骨(原注云:肩胛骨)及龟甲,皆刻卜文,各种古铜器未见刻此文者。又曰:最古象形文字,以彰德小屯出土之殷代龟甲及兽骨文(原注云:即刻卜辞之原始文字)为最重要古铜器,文字次之。至《说文解字》,则汉代附会之说,殊多谬误也(见八月五日及十一日报)。

十九日　谒相国。相国日读《颜李遗书》,而圈识其精粹者。

二十日　谒相国。

二十一日　谒相国。相国曰:赵湘帆有信来,出以示我,则为其师王晋卿谋公府高等顾问,而为其子谋事于许士英,许长交通部也。相国谓:高等顾问余难言之。地图公会欲以所著书呈政相国,而请相国东三省地理书,相国意颇欣然。谓吾所有图多秘籍,外人无有者,而长白山之图尤为前人未至之境。此事可以送者,送之无副本者,借亦可,后随便来借可也。相国赴汴,午后七钟十五分乘京汉路车南下,余送至车站时,在车站送者颇多,而军队奏军乐以示敬。李艺圃曰:现卞耀亭颇有全国代表之希望,杨木森亦有焉。杨以小布商起家,至百余万,当时不过万元之资本,或尚不及,今至此,可谓豪杰,人亦有魄力,现在商界甚占势力,余亦欲在商界有所云云。故现与全国商界有所联络,顷大总统召见卞、冉、杨、张四人。一商人耳,而为大总统所顾问。

二十二日　访袁季云,索《畿辅先哲祠录》。季云曰:其详者在文襄处,此间所存乃仅一草川人名耳,余因取来抄之。访高华古,不遇。艺圃邀余及迪新洋餐于益锠,时亦邀蕴泉,蕴泉因将出都,不来。蕴泉之出都以伤子故,所谓"驾言出游,以写我忧"也。访立三,遇谢迈杜,又晤深州李亦莼,武强张济民,节臣之弟也。与立三言山场事甚详,渠素闻吾领山场,即甚赞成,亦有意到山一游。余以明日赴山,故为详述之,而劝其同行。余亦知其此时难出京,姑为劝驾,以探其意。

访刘昆圃,昆圃方与人打牌,不与吾谈也。余每访友人,若直打牌,辄不暇应酬客。甚矣,睹陷人之甚也。访王晋卿,致徐相之意。

二十三日　携儿子迪新及仁轩赴西陵,即到官座岭。仁轩辞经理,余已默许。故渠对公司持冷静态度,有经手事不能不邀其前往,而赵慎之未在梁格庄,竟无事可作。

二十五日　游石柱沟。吾公司之东邻也。入沟遇一老妇,自誉禾谷之丰硕。老妇,地之主人,意欲吾租其沟也。泉声激激,水颇盛,行里许,山势渐北行,有洞二,殆狼獾之窟。其北有石,沟中矗立如柱,而沟遂以为名,人行其下似甚险者,而樵夫炊爨其下,前行山石益奇,小径愈险,未穷其源。天将暮,乃归。每晚间与师、魏诸君任意谈论,恍如文学(馆)时代。

二十七日　雨。观山出云。东望天山,为云所笼,时薄时密,诸峰多为云所没。师凤洲言本地人不善储蓄,若办商业,以子母相权而息焉,如米如布,推至于各物品,皆可以时价贷之人,而重取其息,既缘以为俗,故相安而不我嫉,坐收其息,可无虞其欺我,此大利也。曹庄顾君之在韩城,即用此术起富,山中习俗大抵然也。

二十八日　赴梁格庄,与仁轩至农林公司。晤尹玉阶,问以慎之所假之款,当书契。玉阶云:可也。但慎之以事赴保定,无图记。余询农林公司范围内之山场,玉阶示我以目,兹列左:自崇陵西北行,曰六道梁,曰柳树沟,曰杨树沟,曰娄亭后沟,曰末子沟,曰小榆儿沟、大榆儿沟,曰荆子峪,曰胡拉台,曰峨嵋寺,曰柏树沟,曰大柿子沟,曰小柿子沟,曰乌梅峪,曰柴厂,曰南嶂,曰西嶂,曰石柱沟。石柱沟,南北沟也。曰官座岭。官座岭,东西沟也。沟之北曰大东沟,其南为大南沟。大南沟,南北沟也。北逾孔家庄,曰九源滩,曰松树梁,迤西而南曰大雁沟,傍于大雁沟者曰灰窑,曰赵家沟,曰果树沟,曰梁家沟,曰坡下东沟,曰油瓮沟,曰玉皇沟,曰木虎观,曰大腰沟,曰秦油沟,曰孟子岭,傍于大东沟之北者曰岳家庄,西沟曰范家沟,曰杨树沟,曰郑家沟,曰奇峰岭,曰一间房南沟,曰桑园南沟,曰桑园西沟,曰某树梁,曰老鹳占,曰石门峪。火车开行,余三人乘之而西,至高碑店,迪新与仁轩入都,余独俟南下之车于逆旅,往深泽,晚十钟乃行。

二十九日 夜一钟余,至定县,宿逆旅。赁车赴深泽,渡沙河,尖李亲雇村,过柳村,行里许,距深泽城六七里,陷于淖。王氏以车来迎,八钟至。谒祖姑,祖姑精神完好,无殊往岁,去秋患病几殆,今春始愈,今乃壮健如未尝病,高年能此,真寿征也。今年七十五,视听聪强,齿不一落,尝自谓:子若妇,今多不如我者。

三十日 见小陈二表妹,余长姑之女也,嫁表弟丕撰,从堂姑之女嫁丕□。王氏家庭和乐,子孙满前,家政有条不紊,盖亦有以慰太夫人者。吾弟君质结婚田庄李氏,亲迎有日矣。余因略问送亲者为谁及他仪注,并索女氏衣服尺寸单,此亦最普通之习惯也。王氏颇重妇功,今始用胜家公司织机刺绣及缝衣,太夫人饮啖及勤生先生饭,皆诸妇为之,不假手庖人。余举债于王氏勤生先生,难之,已而闻仅千元,乃许诺订于月杪汇京。

三十一日 谒族姑王孺人,蕴青先生之配也。游观王氏场圃。

九月一日 与眉庵宴谈,眉庵自述其家政及商业农圃状况。知其于家法能遵守不失,财政则进步尤速,盖其家称小康将及百年,其甚盛益兴,则在二十年以来,勤生主持家事后也。傲过前年所购辽源荒地,因开办费重,又难经营之人,乃以次租出,并谋出售焉。吾前年之来,遇其晒书,今来又逢其晒书。眉庵从刘际唐学且二年,经学文章所造渐有可观,卷其专门工艺而怀之,矻矻伏案读书,教学童,将来成就可限量耶。时王氏从际唐学文者凡六人。余与勤生先生言及京都图书馆,清代《全书》之在热河者移入焉,其中必多秘籍为世不见者,若往校勘或直录其书,亦可宝也。勤生则大韪之,曰:今即属子为我倩人抄书,吾任经费,且当择其尤佳者为丛书,印行于世。吾任刊书费,再询之通儒如辟疆等,为我选择,又属余代购书数种于都中。

二日 蕴青姑丈邀饮食野鸭,蕴青闻吾与人言西陵山场事,乃叩问余,余以详情对,大羡之,遂约定合办。

三日　至定州观古塔于城东南隅。塔之结构甚壮伟，非景州古塔比。塔旁无碑刻，不能考创建年代，塔极大，中心又自成塔形，其外如廊围而附焉。栋梁相连接，如果实之有皮，真奇构也。惜其西北偏已颓圮，就塌陷处见其内壁上题诗署明代年号，不复可上，如此古建筑物竟一任其破坏，令人过而伤之，然观于都中护国禅寺，一州一县之人，又何足责哉？州城颇大，登城望之，惟见禾黍，遥见街市，有如村落，宿西关魁盛店。前定县知事孙发绪到任后，兴办各事甚力，自诩将成模范县。及西南各省独立，潜赴南军县，无官者兼旬。民国再兴，遂一跃而为山东省长，其治县之成迹宜若何是，可执县人之亲承其泽者一问之。

四日　午前十一钟至保定，赴深泽王氏书铺，曰群玉山房。访孟泉翰卿于育德中学。有迪新自都来快信，惊悉姑丈宗先生遽于八月三十一日以病卒。余久从，在京师，日亲教诲，不意一出都门，病竟不起，未获侍疾诀别，歉恨无已，然先生之性行，虽未能知其深处，而其诲我之言，则在于脑质中，不敢忘也。悲夫！伤感久之。乃访贾佩卿于通志局，佩卿自述修通志甘苦及其体例甚悉。谓各方志无合方志体例者，河道篇已脱稿，方撰山脉篇，且曰河渠一门，乃黄子寿最得意之处，其体亦可观，然一一案之，则疵谬百出，势不得不另行编纂，虽费考试，①然尚有书可据。至于山脉，则自古未闻有循山脉编纂者，而各方志暨舆图，未有可据者，又不能亲踏勘，而不循山脉以记述，实不成书，无已，乃借水道以定之，盖山皆傍水，而水实因山以行，以此寻其迹，虽属武断，即不中不远矣。昔日无论何志，皆仅列山名，如列单此岂成书乎？昔日方志无合法者，第一即帝纪，一方之志安可作纪，正史之纪乃述天子之事，且一国之枢纽，其实志传皆横记，纪乃竖记，一纵一横乃能见其全，今强以谕旨当之，东鳞西爪，成何体例？必用其体，则省志当以督抚为纪，县志以知县为纪矣。而人物、艺文等

---

①　"试"字疑有误。

类亦不合方志，当以舆地为主，经制为要。后来方志别传艺文之类，往往多于舆地经制数倍，支大于本，成何体例？故余略存文献一门，而不作列传，又嫌骇世俗，因将列传、艺文、金石各自为书，附于本书之后，庶可不失体裁而又不至骇俗也。因出所撰凡例、目录及所采金石稿本见示，知佩卿精心纂辑，欲成一家言，非草草塞责如官书也。又谈及西陵山场，知其已与赵慎之伙办林业公所事，昨已遣其子从慎之至梁格庄矣。又言及组织力田公司及后脱谢情形，知其纯因与邢赞廷意见之关系，非对于山场有何说也。闻余租山场大为赞成。佩卿意甚殷勤，再四属余即宿局中，若不欲余之即回都者。沈、张二君邀饮于宴春园。余以宗先生之亡，不肯访他人，匆匆回育德堂，坐俟北上之车。

五日　早二钟余火车开行，七钟到都。宗先生之亡，今日已称一七矣，凡丧之所需，皆有次第，诸事用妥，足征鞠如能袭其先训，有治事才也。

六日　迪新从吾赴帽儿胡同艺圃家，吾妻将于明日回郑矣。吾妻来此一月，艺圃属同其妹游名胜如颐和园、万牲园等处，或乘马车或乘洋车，艺圃初拟借电车赴万寿山，云较坐马车不费也，吾妻辞焉。艺圃之次姊嫁后多病，故艺圃极意以娱之。艺圃之活泼及兄弟之友爱至如此。

七日　艺圃同吾妻子乘二等车赴津。艺圃为索半价票，由津赴德亦然。惟女眷不能用。访柯先生，请其为宗先生点主，许焉。

八日　辟疆来，不晤。在编书局与吴蛰卿谈，蛰卿自述其五次游南洋历史。

九日　宗氏请袁季云书主，以冯公度、米致卿、金晓山、常用宾先生陪之，如点主之仪。

十日　南苑演飞机，正志中学诸生皆往观焉。排队步行至南苑，以风未久试演。绍岑明日旋里，来假川资。绍岑在京半年，终日营营，竟不得有所事为糊口资。王仲武谈良久，自述其近日得买书之嗜好，惟尚不肯出巨资，故仅在小书摊搜求也。

十一日 访冯乐轩。乐轩，易字曰劳宣，重录余昔年所为《清代姓氏考》，将为之整齐修改而存之，体例虽独创，实则游戏之作，而罢精劳神于无用之地，吾初为，辟疆在冀见之，曾相戒也。

十二日 连日访纪先生，谈及翁覃溪先生所藏宋本《施氏苏诗注》，今始毁于火。此本百年来流传之迹，尚可考也。自翁氏衰，叶名琛之父得之，现又流落于刘氏，刘氏有不肖子县考时谋名列案首，以此书作运动品，遂归县令之子，复售于荆山某氏，近岁袁思亮以五千元得之，携京未数月，竟遭焚毁。惜哉！又曰：校书不精，其害小；不通之士妄改，其害大。如祖逖之字，监本《晋书》作"士稚"，汲古阁本作"土稚"，殿本考异两存之。余阅《通鉴》有上稚山，胡注"上稚"当作"士稚"，晋祖逖常居此，故名。检《晋书》，此处正作"士稚"，局刻《通鉴辑览》湖北局竟改"士稚"作"士雅"，不有《通鉴》为证，竟不能考矣。此则校书者据诸本祖逖之字而改其山名也。又如洪稚存诗"扶纔"句，"纔"未有"毚"音，妄人遂改为"攙"，不知《广韵》灰韵有"纔"，而某部亦有之，凡从"毚"之字皆"毚"音，独"纔"字有两音，后世遂以"纔"字专归某韵，乃知妄人所改，盖此句既有"扶"字，岂可又有"攙"字，不有此证，安知其为"纔"之误？诸如此类，不可枚举。盖袁子才、蒋心余往往用土音入诗，不可为训；洪知韵学者，安有此误？以是知为妄人所改也。又曰：《文昌杂录》雅雨堂本虽精美，而错误至有不可句读者，余尝采各校书之，知其误处，与《唐书》亦互有讹误，既据史以证此书之误，而史亦借以更正矣。又曰：当筹安会之发起也。有汪君凤瀛者，致书会中而深责之，其书已见报纸，汪尝客张文襄幕，官湖南知府，荣宝之父也。余将挽徐梧生先生，因以祭帐之词问先生，先生随口应曰：可用唐韩致尧事，曰《金銮锐记》，致尧不容于唐室，后有《金銮密记》之作。致尧所遇，虽与梧生不甚同，然其忠于唐室则甚可称也。

十三日 杨秋泉来吊宗先生。亦关于债务、诉讼，其兄笙谷包办保定烟酒税，宗先生大不谓然，欲急往止之，而事已成，至是遂大赔，累至起诉讼。仲武邀饮于宾宴楼。与纪先生谈良久，言吴大澂金石、小学甚有可观，据古吉金以证《说文》之处甚多。又曰：湖北有官立四局，皆属商业，本可获利，因官办而赔，改归商办，遂皆发达。张謇到湖北将拨为己有，议数日，全体反对，张乃潜请命瑞澂，瑞澂批准，人皆大惊，然无如何矣。壬子后，借兵变销除其亏累，而海内竟称之为实业家。发家信第四十号。张季瀛欲以储金团之款办街勇，余属迪新坚拒之。

十四日　王仲武邀饮于宾宴楼。访张泽如，谈时事甚详。与泊居先生言及刊丛书事，曰《敬斋古今黈》(黈音妵，黈，黄色，又冕前纩也，又演也)海山仙馆据四库采集本刻之，非全书也，后原书见于世，《十万卷楼丛书》补刻之，惜其于海山仙馆已刻者未再刻，不知四库馆本乃采集所成，非原编次序，而错误尤多，原书藏缪小山家，若能取原书重刻之，则大善矣。此掌故之书，所引又多古籍，清黄廷鉴曾作跋，未附书后，黄有文集，载《后知不足斋丛书》。又曰：袁克文尝欲以佛经易图书馆中精本书，教育总长张仲仁坚持不予，闻近日卒强取数种以去热河，所藏书运京后，由内务部移交教育部。时遇雨，颇有损伤，在图书馆书箧、书架亦多安置不适宜，其无秩序，亦见一斑也。又曰：天津杨钟羲最能诗，不知已为作传否。

十五日　立三既称善吾所租山场，欲往观，未果。乃属其乡人任馨南访仁轩，介绍至西陵调查或自租一沟。余闻之谓立三曰：吾所领之地甚大，伙办为便，今日任君来访，约与凤洲明日赴西陵也。任君名季芳，北京农科大学毕业，充陕西甲种农业学校校长。请泊居先生小酌于大栅栏也是楼，邀艺圃陪之，谈数小时，皆先生与艺圃谈也。

十六日　徐梧生先生卒时，宗先生已病革，老成凋谢，令人感伤。今日徐氏开吊，余往吊焉。挽联佳者甚多，徐相国挽诗四章，又有联语曰：漂摇忧国泪，启沃老臣心。柯凤孙、梁星海联语皆沉痛。访谟虞，渠于山场事，即不变计，亦不能出多资招多股矣。访秋泉于义成缎店，不遇。访于泽远，方倦于应酬，未能多言也。

十七日 吊于纪氏,死者为纪孟弓,名清楷,泊居先生之弟子,教育部主事,以其为泊居先生弟子,故年方壮而吊者甚盛也。

十八日 宗先生点主,余为请柯凤孙先生。而蒋挹浮、柯世五、常用宾、袁季云四先生襄题。蒋先生挽联云:嘉会难再期,独恨香山无楚客;劝君苦不早,那堪摩诘哭殷遥。麟阁来告余言有售宋元旧本书者,余曰当急往观之。伯玶曰:日本人日内购一瓷瓶,高尺余,价七千元也。访冯劳宣。劳宣喜山水,尝游岱岳而快之,辄为人道其事,今故艳闻之。今访劳宣,则方罢读吴穀人《游泰山记》,劳宣殆真爱山水者矣。遇冀州李衡甫,因邀与同饮。归而贾君玉来访。

十九日 得磁州新出土魏碑拓本数种,荫南曰:磁州碑志屡有出土者,今有九矣。

二十日 接迪新及张季盈信。郑镇救国储金商会已退归本团,前时马镇标忽为强盗虏去,索赔万元,于是全镇惊恐而商会遂议办街勇,季瀛提议用储金,开会宣布,诸公意甚激昂,而不敢与季瀛辩论,余闻之乃述种种理由,命迪新面告商会诸公,谓此乃个人自由志意之所为,万不可为他团体劫去用之,致失大信。又致函季瀛,论列事理,储金诸公大赞成吾说,商会乃将提用此款之意打消,季瀛亦来函剖白。赠辟疆以先君文集十五部,又以献群文将付印,请其审订。"访柯昌泗于文科大学。昌泗时年十八耳,其文已纵横跌宕,不可方物。"遂访右周,右周以众议院讲解员兼清史馆协修,今又充大学文科宋学科教员,遂宿其家谈一夕,而谦谦不肯自道其所为,对于时务亦不多言也。

二十一日 访辟疆。辟疆选汉金石文五十余首,加以评点。夫以晋魏以前文字且久行于世,而选文者顾不知采录,所录皆人人读者,抄袭雷同,又焉用此选本。辟疆此书出,后世选家又新辟一境界矣。辟疆曰:顷者傅沅叔欲充图书馆长,袁希涛次长将应之。傅喜窃书,若充馆长,恐古本书从此微矣。昔缪小山曾在图书馆,已有所窃取,傅氏再至,尚书能有存者乎? 又曰:袁公子以己所不欲之大藏经捐馆内，而索其中之宋本书，未果，在书肆阅缪氏新刊丛书，多单卷小册，从《永乐大典》录出者，甚精美，皆他丛书所不见者，亦可存也。纪先生所言《敬斋古今黈》，见于此丛书矣。

二十二日　接深泽王韫青先生函，言开办山场伙办而分地为善，且各股东当派一人于公司，可以筹画进行，可以监察内容，不如此请罢其事。

二十四日　宗先生家开吊，吊者数十人，所收礼百余分，祭幛共九十七件，挽联三十八分，银元二百九十九元，铜元称是。宗先生家自其先世即以事必躬亲为教，其母韩太夫人之丧，凡丧事所需皆自为之，所用人供驱遣而已。今先生之丧，亦不假手外人，诸子自办焉。故伯珌、葆初等亦因任事，不暇陪侍灵前，然布置有条理，亦不劳也。自始丧至开吊，孝子不祭，故无孝子祭文，每日饭祭亦不跪拜，今日亦不焚纸钱，惟三日、一七日、三七等于街外择地焚化。今日陈舁柩之杠于门外，名曰晾杠，京师习俗也。贾君玉来，君玉师毛实君，方伯因毛公得晤泰州黄先生，先生名葆年，字锡朋，江苏泰州人，以进士官山东泗州等处知县，博学多通，讲文自成一体，寓居苏门，从游者多一时知名士。某县乔公树楠、南丰刘镐仲孚京、某县刘铁云皆师事之，陈伯言、毛实君两先生亦在师友之间，年逾七十，讲学不辍也。

二十五日　宗先生灵柩移厝长春寺，以安葬之礼行之，亲友送葬者二十余人，十钟余起灵出门，南行绕南横街，出粉房琉璃街，至直隶会馆，改大杠，大杠四十八抬也。街市供茶棹者三十八，至长椿寺，主人为具素餐以款客。都中停丧，寺庙皆用素馔供客。

二十六日　仁轩应吕君炳勋之邀，赴延吉充英文教员，余为筹旅费五十元。宗宅又收祭帐三悬，共百件云。

二十七日　君玉持汪仲芳之兄绍介函，与乔君赴图书馆参观，图书馆之书自春间移于国子监内，而《四库全书》亦由内务部送来，凡数百箱，尚堆在一室，未开视也。至善本书，则犹如昔年，未尝有他人窃取，乔君之言如此。所藏各省通志及府县志数百种，一县而新旧本数种甚多，即此已为大观。现在馆员将善本书及普通书皆重新编号，易书签以整齐之，图书馆今仍在筹备中，故参观者极少，自今年一月以来，不过数十人至文庙辟雍亭各院游览。大成殿前有大碑楼，左六右五，一为康熙御制孔子赞，一为四配赞，一为平配朔漠告成太学碑，一为平定金川告成太学碑，一为平定准噶尔告成太学碑，一为平定回部告成太学碑，一为重修文庙碑，其一不详，一为平定两金川，其二未详。棂星门下两旁各列石鼓五，其外有仿石鼓，亦列左右，左有御制石鼓文音释石刻，右为张得天书韩退之《石鼓歌》石刻，阶下有元人碑二，院中皆元以来至清光绪末年科举之停进士题名碑，左之北凡六十九，其南二十二，院之右北为碑六十一，南四十有几。其碑大小不一，形状亦异，或完好，或剥蚀，元末清初蒙汉满汉每科分立二碑，且有重立之碑，如光绪丙戌科是也。此碑前后六百年，相续不绝，比唐之郎官石柱，可宝贵远过之。乃一任其污秽倾圮而不加拂拭护惜，不亦异乎？宝物何者不废弃，此何足异也？院东偏有丰碑，明御制文，院之西偏有丰碑二，嘉庆时平定告成太庙碑一，申明文庙礼制碑。晚魏仁轩邀饮于庆华春，吕君炳勋在座，余为邀君玉同饮。八钟半仁轩登车而行，余送至车上。炳勋，字著青，涿鹿人。

　　二十八日　访李艺圃，艺圃属余为琴南写条幅，余素不能书，乃艺圃竟属我为之，余亦竟为之，不顾人讥笑，不亦异乎？访傅谟虞，而谟虞实来见访，不遇。怅然。乃与傅君同学梁君畅谈，甚畅。余每访傅君，辄与梁君谈，至是益相契。访立三，立三述任君调查山场已归来，携有土质矿产标本，颇叹其土地肥美也。尚拟冬日为第二次之调查，立三为余言，决计办此，虽有伙办之意，犹待商榷之。

　　二十九日　与俶过、仲武诸君饮于庆华春。吾弟君质娶妻期迫，而与女氏订期之帖犹未送。因不知用何人款，尚须函询，展转稽时。俶过因拟由深泽代书而代送，果如此办，固甚简易，疏略至此，吾则歉然不安也。

　　三十日　梁子家昨日卒于家，其子亦前死家中。年来死者甚众，闻者莫不惨伤。麟阁所介绍售书者中多佳本,明本及精抄本甚多,有明中叶搢绅三册,亦罕睹者。如莫氏韩集、明本《水经注》、明本《玉台新咏》等,不可胜数,皆甚精好也。售书者曰:陈振轩存书处,杨梅竹斜街松元斋。

十月一日　发家书四十三号。吾父文集今已出售,代售处浣花书局、直隶书局、保定直隶书局。售书人沈翰卿、李绍先、傅谟虞。

十月二日　凤洲昨日来,今日详议进行之事。所言有中肯綮处,如谓租地先借之经费,亦属可办也。仁轩未赴吉林时,余将前所拟预算表属其按最后所研究者重行改正矣。兹又属凤洲再行切实修正。

三日　得家书,言地面不安靖,人心益形恐慌,诸富室多逃匿者,河东徐氏有女仆又被贼劫去。余因君质月内娶妻,拟到家小住,已订于今日行,扰于事,改为明日早车。晚苏良材来,将赴道口办货,郑镇储金良材已代为领取。余询以郑镇情形,则不若家书所言甚,述事之难如此。宗宅丧事,徐相奠礼未到,余以问王孝饴,知讣闻邮寄未到也。按都中旧日习惯,官场中有祝寿婚丧之事,皆由长班致送,以其熟习同乡官之住址,近邮务发达,始稍稍改邮递矣。

四日　早八钟赴津,寓醒华旅馆。

五日　访梦周。至公园。国货展览会假教育会地址为之,皆天津商号所组织,地址既小,商号自不能多,且皆天津之商号也,略如北京之劝业场,规模颇小,而观者甚众。至省议会旁观,则会场散会矣。访华滨,不遇。遇其兄步滨,畅谈津浦路情形,步滨现充津浦路天津站长。

六日　早八钟乘火车赴德县,宿于阜康栈。余在京,恩武一带多盗,今恐惶少息车,犹不欲在旅馆,寓于大有花局,花局在桥口渡头西岸,与阜康栈仅隔一水,亦甚便也。河以西亦殊恐惶,实无盗贼也。以旋归期日函约家中遣车,在德县相迎,余逾期,车遂在德俟我三日。

七日　十一钟到家。

十四日　余在都得家信,遂以恐惶情形函告深泽,以余弟娶妻在迩也。来家后知贼势并未猖獗,且日来尤觉安谧,乃连作函言此间近况。途中可无虞,此函未到,已有专人来曰,地方如犹不靖者,可改吉期。

二十日　凤州来函报告公司情形。一言农事收获之丰,谓谷每亩约一石二斗八升,玉米一石一斗七升,惟豆少弱。一言贩买米谷情形,谓市价涨落,虽悬殊而可预知,如玉米今时一千六七百文,明年夏出售可得二千六七百至三千也。一言租地计画,谓生地出租,若先予以开垦费,则地之辟也必倍,且收回资本时可索息,其息亦以粮,粮再出售,又有利可言也。一言以孙秀峰为办事员,谓其程度高,可薄给辛金也。一言山羊之时价。

二十一日　田家庄李氏至。送亲者李仙霞、王眉庵。内送亲者李氏之嫂,及琴生表叔母,共来轿车六辆,大车两辆,仍馆于南院。

二十二日　前接张孟泉函,言有安平张炳文颇欲加入吾大树公司,余复书问其详,今来函言,文炳于数年前在宁古塔买地百余垧,已垦出三二十垧,因地处荒远,照料不易,拟售其地,以其资投入吾公司。

二十三日　从弟葆文亲迎李氏,弟妇李氏来归。弟妇父曰甸南先生,诸生也,已卒,母深泽祖姑之女,祖曰济川先生,名汝楫,妣氏某,曾祖某先生名全义,妣氏某。弟妇不缠足,吾家不缠足之妇,遂自弟妇始。

二十四日　从弟葆文及其夫人至李氏,回门也。

二十五日　送亲者归。是日吾妻道弟妇行庙见礼,为酒食以召乡党僚友。

二十六日　吾妻道弟妇行省墓礼,皆夫妇同之也。昨以车送送亲者,故于今日补行此礼,吾母与叔母议家庙祀事,从弟生母行礼之次序,吾妻请吾母勿议,恐不同意,则从弟生母或因此与人龃龉,而叔母果持异议,谓其行礼当在吾母之次。数年以来叔母因病不行礼,其意盖谓吾新妇既与诸侄妇同班,妇不先姑,虽夫之生母亦姑也,遂因此问题当躐诸侄妇。吾母曰:不可,吾家旧制,为庶母者,皆俟他人祭毕而行礼。从弟生母意殊不悦,乃进言曰:吾新妇行礼,可以代吾,以后祀事吾可不往矣,吾母许之。

二十七日　今日三里口庄子送粮已毕,并麦计之,共收郑家口斗二百石,民国元年收成之数同,超过前此三年。

二十八日　与迪新核计去年吾家各商业资本总额。吾每年春日,去岁各商号清册报到后列一总资本表,此为第七次矣。每次必加增,惟去年因购游击废署及小范铺宅,致总额视前年为弱。

三十日　与迪新等讲说班氏《两都赋》毕。吾来家后,又讲吾父文二篇,吴先生文一篇。

三十一日　吾妻得手疾,医之不愈,余乃偕之至津,属其兄苇村治之。今日至德州,宿公盛栈。

十一月一日　至津,途中晤徐梧生之弟榕生,时榕生就职徐州张督军。

二日　偕吾妻及吾子植新游览租界,至海河观轮舟,至公园观商品陈列所。吾妻自幼年从其父母于天津,天津名胜与繁富之区,固习闻之而遍游矣。然庚子以后之天津非复昔比,而余偕吾妻出游则此其始也,故志之。吾妻夏日游京师,与其妹同来遨游各名胜,皆其弟艺圃或其兄子培与同行,余不之详也。吾妻访其冯氏从姊于红桥北,余亦往访。冯丹卿有事于税局。访彭仙亭。晤李以南,以南名杰,询余山场事,言将与李立山伙办也。

三日　至都。

五日　发家书四十四号。仲武以旧本《陈学士集》见赠,文安陈仪撰。《畿辅丛书》已刊其书,此旧刊本也。

八日　余在津属万义宋君于中孚银行开幕之日以放债事询之,今得宋君函,言其事。

九日　裘子元以高君庶谐来,未晤。与王念伦至地学会访其编辑员某君,未晤。购滋阳牛运震所为《读史纠谬》,书凡十五卷。至众议院参观,乃今日未及开议而散会,以蔡锷昨日卒,故闭会,以志哀悼。

十日　浣花书局牛赞臣邀饮于万福居,在坐者多农商部中人。

十一日　田家瑞来京,余拟令其经理制袜事,今日张静轩来函,言为我物色制袜人矣。王晋卿属我查邵亨豫本籍果为直隶人否。

十二日　李绍先来。日前为介绍瑞增义羊肉铺,以便与来往。掌柜者名满光顺,字子祥,会计满振家,字德舫,二人皆恩县人,距郑家口十余里,相见意甚殷勤。瑞增义有联号数处,生意颇发达,余询以京师每岁售羊几许,满君曰:近数年来,因税务之加重及他原因,销羊锐减,岁不过三十万,清末时尚销七十万,盛时至百万也。古瀛郡馆开会,贺冯副总统,余往焉。近来河间会馆每有开会事,辄函告余。王荫南言曾将余名注于会员册云。步梦周嫁女于行唐尚节之之兄子子远。今日余贺于步氏,以赴会馆故,未及至尚氏参观新式结婚礼。

十三日　梦周燕其婿于惠丰堂邀余。往访袁季云,因询问畿辅先哲祠历史,盖祠中事季云经理最久,而庚子之变,季云经营祠中公款尤尽心云。于季云家见孙夏峰《日谱》十余册,残缺甚多,然亦足珍也。

十六日　徐相国来京,欢迎者甚盛,非南归时之比,总统既派代表到车站往迎。倾国务院之人皆至,军队至者尤众,如海军部、步军统领衙门、警察总监、国务院卫队、总统府卫队等政界、军界且千人,既款待于车上,复接洽于铁路客房,既到东城五条胡同邸第,汽车马车喧阗门前,至昏不绝。大总统致送盛馔两筵,又派庖人到邸供役,大总统礼遇,亦至优隆也。余以欢迎者太众,故未往。

十七日　谒相国,并以《畿辅先哲传》所写样本呈阅。相国不以为恶,即属余为制预约券,定为五元,用连史纸也。为余谈河南编书局,现已征书甚多,意甚快,言孙夏峰后人不肖之状况甚详。又曰:余拟搜求全国志书,既为一县之志,必有资于掌故也。余问助资刻新元史事,曰:此书须款几何,谁承办其事,可见凤孙为我一问也。相国留余午餐,饷以海碗鱼翅燕窝,极精美,殆总统府庖人所作。访倣过于寓中,其母、妻皆来京焉。访辟疆不遇。访艺圃,适子培来京畅谈,至暮归寓,知内务总长孙公洪伊今日邀余晚餐于其家,属李采岩来致意。以时已晚,遂不往,采岩留说片,云在坐者惟湘帆、泽远及谢某作陪。

十八日　访采岩、乐轩。由二君介绍见孙公。孙党于黎公,而见恶于段总理,段遂以孙裁部员为罪,将免其职。孙愤甚,闻相国来京,知将作和事老,调停府院,以余与湘帆在东海幕也,故属采岩介绍以与吾辈接洽。孙公见余,寒暄未毕,即问曰:东海对于现内阁作何态度? 问答未毕,他宾客踵至,余退与乐轩诸君畅谈。张君樾诚近亦在孙幕中。《顺天时报》访事者在坐,良久未去。自内务总长与平政院冲突以来,遂与总理不相下,他报纸皆不直孙公,惟《顺天时报》为孙鸣不平,知其有密接之关系也。已而杨韶九至伯澜家,韶九余虽习闻,其人乃今初与相见也。

十九日　余往时访柯先生,言及陆心源《宋史翼》,柯属余购之,今日购得。书贾云:陆氏之孙今在京,属代售此书也。闻陆氏又有《宋诗纪事补》二十余册。呜呼! 陆氏真熟于赵宋事矣。杏儒族弟来,为东北院东复兴钱铺事有所托。今日日记暂不述其事。杏儒邀饮于泰丰楼,主客为潮州人。今春杏儒署广东潮州故也。李襄臣曾属余为改其游德日记,后屡来函促催。而少璋表叔属余改所作墓志。锡生姑夫属为余堂姑作传。冯丹清属题其斋壁。艺圃属选其先世平山馆语录,已恐日不暇给,而航仙之子为其父杏儒代竹泉皆来有所托,余其何以应之。

二十日　访杏儒于张泽如所,将与议东复兴事,未遇。东复兴者,东北院账房,复兴号之分号,设于阜城之建桥镇。时奸商争售铜钱于日本,地方官禁之严。十一月四日,东复兴运京钱八千千于他号,行至深县榆科村,巡警留其钱,拒(拘)其掌柜程君。明日东复兴郭某又由束鹿旧城鼎兴号载京钱八百串,行至深之良知台村,亦被巡警拘留。县令迫郭某以私运充公具结,程君至深县,不肯具私运甘结。竹泉在津闻之,求梦周、冶亭诸君设法维持,并禀朱省长,事犹未结。竹泉又属杏儒来京,托余请于东海转达此事,于朱公饬县放行,余允其请。访柯凤孙先生,先生以《新元史》目录见示,言此书已付排印局,书约二百余万言,凡四千三百余页,拟先印二百部,与海北寺街石印局议定铅字排印,印刷费二千余元,洋纸一千余元,百五十日出书。余曾见每卷之后有考异甚多,先生则暂存之以备考,不付印也。又曰:吾所采书皆据元人著述,明人所为,概不敢采用,吾所据尤有未经刊刻之《元人纪元事》一书。先生复问宗氏家事,知鞠如有理家之才,甚叹称之。遂谈及商务,因言商业中一趣事,曰:昔都中有泰元银号者,其经理登州赵氏,商界之巨擘也。其先始售布,后虽纯事银号业,以售布起,号中终悬一布。当咸丰初国内财政支绌,内务府发出明代所存二百两一锭之元宝若干,由泰元镕化改铸小锭,泰元镕之乃黄金也,仅以白金包于外耳,由是泰元以富冠都中,庚子之变始倒闭。张璧堂邀饮于泰丰楼,余未往。冯乐轩来,谈甚快。鞠如至自保定。访艺圃,晤冯月川。月川名印泉。安新,冯丹卿之子,有事于模范团。屡访其舅,故数与晤面,顷属为其祖作长生馆记,出他人所作诸稿见示。

二十一日

元史	新元史
一百六十一卷	二百五十三卷
一百三十六万六千余言	二百零四五万余言
一百二十册(据本书序)	四千三百页
本纪三十七卷	本纪二十六卷
志五十二卷	
表六卷	表七卷
	志七十卷
传六十二卷	传一百四十八卷
帝十四	帝十五
表六篇	表五篇
志十三篇	志十三篇
传	传
皇后二十六人(附二人)	后妃三十二人(附无确数)
	帝诸子四十人(附七十二人)
他传四百八十五人(附约百人)	他传六百三十五人(附四百五十七人)

儒学二十八人	
良吏十八人	循吏四十六人
忠义五十五人	忠义一百三十三人（附九十八人）
	儒林七十五人（附五十八人）
	文苑六十六人（附三十人）
孝友八十一人	笃行八十七人（附二十八人）
隐逸六人	隐逸十四人（附八人）
列女八十九人	
	术艺十二人（附六人）
释老四人	释老六人（附十四人）
方技八人	
	列女百二十人（附七十一人）
宦者二人	宦者三人（附一人）
奸臣六人	
叛臣三人	
逆臣二人	
	蛮夷十五
外国十一国	外国十五国（附十一国）

　　曩于胶州柯凤孙年丈家，假得新著《新元史》目录，因取《元史》校阅，知新史增益者固多，亦颇有删削。至于编次则尽为更变，至不可寻检。蒙古人名亦有异同，然则全书虽繁重，乃博稽群籍，独起义例而为之，非因袭旧文，稍事补苴者比。年丈又谓余曰：余著此书非徒事增补，实求考订之精核，则其书可知也。表两书之目，究其多寡异同，以备遗忘。谒徐相，徐相以马通伯新著《毛诗学》见赠。论《大清畿辅先哲传》体例，余谓"大清"字似可酌易，一则古人书名于朝代上未见加以"皇""大"等字者，唐宋以来始有之，此等字于颂圣文有之；

一则代既更易,若仍于朝代上加大字,何以别著书之时代乎? 稿内有"入国朝"云云。余又言于相国,请更易。相国曰"大清畿辅"云云,若谓其有不古雅处则可,然无所谓不可用,此乃私家之著述,固无不可,且此编本以备清史馆之采用,彼当改以合于彼书之体例,非令其录原书也。且今日非前代朝代之改革,乃皇上以统治权归之民也,有民国政府而皇上固在也。今名《畿辅先哲传》亦可,于凡例中叙明自某时至某时,若疑不用朝代为无界限,则安知吾日后不补编明以前之先哲乎。余以东北院事访吴辟疆,辟疆以其新著祭蔡松坡文见示,文甚雄肆,余亟称善,辟疆乃为我录副。余请借校《左传》姚氏评点,辟疆亦许代我为之。

二十二日　与王晋卿商订刊刻先哲传款式。

二十三日　晤湘帆。湘帆与荫南言韩公《送王秀才序》"孔子之道大而能博",曾公以"道"字作句,盖向来读者皆如此也。吴先生初亦如此。读至松坡先生,始读"道大而能博"句。《封禅文》"自生民之初肇","肇"字属上读,吴先生所创,前人"肇"字,皆属下句也。得常绎之函,余之未出京也。曾属伯枰告绎之,属其为我经营校书、书启事,每日来寓三五钟之顷,而余月致束修五元,绎之允诺。既而旋里。兹得复书,言绎之以事不能即入都也。然则请常二先生乎?

二十四日　托朱铁林函。托电话局速为我安设电话。在徐相家见陆建章、王孝贻,指之曰:此人也,杀人多矣。余闻陆在陕西运贩鸦片,获利无算,且强狠喜杀。其自陕归也,载土以行,陈树藩率兵御于途,战焉。器用财贿尽行劫去,陆几不免,其妻至因警悸而死。

二十五日　发家书四十七号。访常用宾先生。先生曾属余为售其所藏名画,今日乃历数其所有,多可喜者,其碑帖亦皆旧拓。

二十六日　访李子培。赵鸿基来访,航仙之子也,名显,来自郑镇,为其父求设法以免罪。泣而言,且述在奉天得罪详情,措词有秩序,非庸才也。

二十七日　余昨宿艺圃家。子培曾属我为作寿序,今拟询吾妻以子培事,亲友弟内行之可述者,先作事略。吾妻亦卒卒不能尽也。赵鸿基晨访余至帽儿胡同。暮来宗宅,余将不胜其扰矣。鞠如以事赴津,余以中孚借债事托其代办。读沈西溪集,其气象颇傲兀,文笔亦健,惟时有俗语则无师传者,终不得门而入也,然在故城亦当为一代大手笔。读其文知为高士,惜终老田间,见闻未广大,题目亦少,是文人大憾事。

二十八日　谒相国。相国以纪文达公《砚谱》见赠,又以宁津李君濬之石印碑志及所编书一二册见示,属为审查。请朱铁林、李采岩等食羊肉于正阳楼。

二十九日　至直隶同乡事务所,注名册中见涞水黄君毓枬,字楞樵。昔年辟疆曾为绍介于文学馆,与余晤于天津,别去,遂不复见。王晋卿以容城孙博雅手书诗稿尺牍示余,文与诗皆雅驯,拟录副以存之。至京师图书分馆,自去年移至香炉营三条,书亦微有加增,余翻阅《古学丛刊》,书分上下编,皆十六册,即一丛书也。编者曰邓实,盖自光绪壬子《国粹学报》出板以来,已有数百种,初出者为《国粹丛书》,后出者改今名。内有《越缦堂日记》二卷,李慈铭撰序称《莼斋日记》六十余册,此选录本也。又有缪小山笔记两册,内分书画金石目录,掌故诸目,此书亦必可观。又有图书馆方志目录,亦缪小山所为。又有《申范》一卷,陈澧撰,此书乃取《宋书》范晔蔚宗传,博稽群书,证其无罪,为之申冤也。

三十日　子培登寿六十,其弟将为求祝寿之文,属余删定其征寿词启。

十二月一日　与艺圃访马郁生。午后至津。

二日　至中孚银行借债,既用抵押,复须有保证人图记,乃请于苇村,其粮行利达任保证人焉。银行与余接洽者为营业主任朱君寿颐。访王耀斋于李砚耕所,耀斋欲有事于津门,函属余为绍介于警察署,既慨许为谋,遂为之介绍。今日不能办妥,姑为留一日。而明日畿辅先哲祠直隶同乡开成立大会,遂不得与焉。

三日 访贺湘南等,属以耀斋事。

四日 早车来京。

五日 刘寿夫假座致美斋,请李子培,曰:吾预祝寿也。邀余往,余未到。

六日 至徐宅,时王子稣得大宗书,余以目录呈阅相国。念伦邀饮于同福居。

七日 茈山先生丧满百日,余与尹吾往行礼焉。

八日 谒徐相国。作冯氏长生馆记。武慕姚来访,慕姚名福萧,永年人,武敬绪之孙,次朋之子,宗伯坪婿也。伯坪飧之,邀余作陪。

九日 访常用宾先生。先生言有古碑帖及古画,欲出售,余乃谋代售。常先生言昔有朱某者,存有宋拓《九成宫》,后以赠于毛昶熙煦,庚子之变,此帖遗失,久之而胜芳王氏以千二百金购得,传闻有日本人欲出价六千元,弗售也。又有皇甫碑者,赵盛伯所藏,今以二千元售诸外人矣。常先生邀余小酌于便宜坊,陈华甫为主客,华甫充山东电报局局长,兼电灯局,今以交通会议来京。

十日 余与吾妻配镜镜①于精益公司,拍照于同生馆。购绸缎于瑞增祥,以绸缎一部分为吾嫂作寿衣。晤子培族子润敷。

十一日 发家书四十九号。鞠如邀饮于广和居。

十二日 前日晚,苇村来京,为其两妹医病也。其次妹久病,蕴泉为请杨君治之,子培急招苇村者,属其审订杨氏医也。与子培及其族子润敷观护国寺禅师演公碑,元赵孟頫书;又一碑则危素书,两碑皆尚完好,拓者甚少,或谓此碑不及东岳庙赵孟頫所书精好,或曰此碑禁人拓,以余观之,此碑亦殊不恶。侯心言邀饮于厚德福。

十三日 宗蕴泉、李子培、苇村诸君游古物陈列所,十二钟饮于沙锅居。而行购入门券三角,古物陈列所一元。子培系初次来游,蕴泉于古玩研究较子培为博。入武英殿外门,遵路线而行,先至东庑

---

① 衍一"镜"字。

所陈悉景泰蓝器,有明及清乾隆时者为多,亦有盆花,皆玉为之,有最大之瓶二。入正室,即武英殿,由东北而行,始入户,东为金器,如盆瓶壶钟之类,皆金质嵌以宝石等物。有筒子壶,高而有数层。再北磁器名曰多穆壶,种类最多,瓷有宋均垚、垚①哥垚所出,而乾隆、雍正时仿造者居多,其余奇形异状不可殚数。最东为砚类、墨类、雕漆品、图章类,有泥质研等物,尤素所未闻。有大插瓶八件,皆雕刻象牙山水人物,透剔精妙,酷似画工,其技亦神矣。其余插瓶尚有象牙画者,瓷瓶有曰天地交泰者,为两截瓶,不相连亦不能使离,又有转瓶,则其外灵龙,内有花瓶,可于透花缝中见之而不能出也。后面为各色佛像及五供之类,又有所谓八宝七宝者,亦无以名之,而强名之也。挂有极大瓶五条,一文征明书,一张旭书,余则名画,惟距离远,不能见其款识。有古铜器、周汉尊彝之类亦不下数十件,高者可二尺余,最后之殿有宝刀剑弩之属,金玉宝石为袴,名书画若干轴若干册,有古镜颇夥,汉唐以来皆有玛瑙、水精、紫精等物,又甚可观。雕漆围屏宝座工程甚大也。又有瑛络衣嵌以象牙宝石等物,武英殿之门内西偏皆玉器,出门入西庑皆古铜器,恐系赝品。晚饭于蕴泉家。昨接心铭叔函,属我为尹吾谋事于东海。

　　十四日　邀蕴泉、子培诸君饮于明湖春新丰楼,新开幕于厂甸西北隅,其庖人则明湖春之庖人,既得地势,馔又精美,故甚发达,而座常满。余今日本订座于新丰楼,至则座满,乃改赴明湖春。

　　十五日　电话局开展览会,会期一月余,每思往观,辄为事阻不果,今日始与尹吾同往局中。散优待券甚多,持券可往,不售票也。局中招待员尚肯指示一切,为之说明。惜余于工艺素无阅历,终不能了然。赠以电话各种发达表。晚赴侯心言家晚餐,贺新居也。心言以七千元购宅于后王公厂,新增建房舍,又用二千余元。

　　十六日　余携植林往见其舅兰侪于武王侯胡同,植林初省其舅

---

①　"垚",似为衍字。

也。兰侪欲有事于外,来京谋事于邓和甫诸君。王耀斋不得志于天津,乃来京,来访未遇。王止观来访,亦未遇。止观名瑞颐,□□人,蕴泉之友,屡遇于蕴泉家,且尝一访之,今乃答拜也。

十七日　余邀耀斋、荫南饮于瀛海楼。荫南使酒侮耀斋,亦不与校也。二人初相见即侮慢如此。昔人有言,凡名士故作骄泰之色,每为愤激语以骂贵人,皆穷疯也,语虽尖刻,实中名士病根。

十八日　发家书五十一号。谒相国,以常用宾家所藏王莲洲、沈石田之画呈阅,相国称善,而言无钱买沈画。上有朱竹垞及其后人朱某及钱衎石题跋,皆甚佳,惜稍剥落。访辟疆,辟疆方校《左氏》,再加评点,将以付印。与子培夜间畅谈甚快。余雅不能为寒暄语,人乍遇余皆以我为愚,若相契而久谈,余尚能为合理通情之论,听者亦每为之首肯。

十九日　与子培游白塔寺。寺建于辽,重修于元、于明、于清康熙,塔形颇类僧墓,下四层皆不高,最上层形略如胡卢,殊伟大。束以铁索,塔顶盖以铁片,周围缀以铃。此塔,其辽时古迹与?今尚完好。访湘帆。湘帆与余交虽深,而态度甚冷,或默不欲语,或问而不欲答,或相责而含讥,每相访辄悔之,彼殆恐与我语,误其读书,而我何为者?嗟乎,余与湘帆相处且三十年,吾父从游之士,精研文学者无几人,吾父亟称之,每游扬于公卿间,必欲成其名,故余无论如何思与相契合,而终不得畅谈,惜也。凤洲来函言公司近状,今冬仅购羊百余头,筑羊圈七间,开地十余亩,租定事务分所于梁格庄而已,又于紫荆关西北取得水晶矿苗标本。

二十日　子培六十有九诞辰,艺圃为称觞寓所,以诗祝寿者数人。子培则必欲得余文,屡以为言,且曰:至戚能文者惟子,友人惟刘宗尧,得二人之文,余乃不恨。余初以不文辞,至是乃勉许之。晤子培族弟宝榕,字葛园,交通部传习所毕业,曾从北军南下亲临战地也,故城沈君禀懿来访,未晤。懿,字赋清,鹿豕村人,京师分科大学。

二十一日　发家书五十二号。访纪泊居先生。先生曰:闻人言端午桥之子售出其所藏石刻拓本千副,又售出百衲本《通鉴》等书,通鉴仅售五百元。端公之子,人甚无赖,不欲近正人,吾辈若往求其书,必不肯出也。闻其以苏子瞻墨迹大卷送东海相国。又曰:余将应梁星海招饮,时梁充皇上师傅,副总统荐也。余曰:梁公前居西陵时,余以开办西陵山场,每过其庐,因拟介先生往谒梁公,既来京,余则不必往矣。往岁梁公以先生绍介索吾父所为文,后又自写所为诗邮寄为报,其函犹在,余是以欲往谒,并赍吾父文集求见焉。先生曰:今日晤梁公,当达子之意。

二十二日　发家书五十三号。自二十日夜雨雪,今晚始止,雪深逾尺。

二十三日　访朱铁林。铁林病,未见。铁林卧病逾旬,日前与赵谟周曾访一次,未晤。航仙之事不得相托,然托亦无益也。时龙云斋为徐相刊书,欠资甚多,亦不能给,因朱掌徐公财政故也。子培同吾妻来吾姑家辞行。泊居先生来,谈至夜分,天雨雪,言及越南之役,深以诸将未及尽其兵力深入越南而和议成为恨,有《滇事纪略》,为韩超撰,记其事甚详。惜邮寄王文泉,未及刊行。畿辅先哲祠有楹联曰:河朔人才葛禄记,斜街花事竹垞诗。余尝遍询葛禄为何时人,无知者。一问泊居先生,辄应声曰:元人葛罗禄著有《河朔访古录》。先生之渊博如此。又曰:《雪桥诗话》记有某事,诗话杨钟羲撰。杨字子勤,官知府,今尚在。

二十四日　发家书五十四号,徐圣与来。梧生先生子名葳。步荄如来,属余为设法办事于电灯公司,余漫应之。

二十五日　为云南起义纪念日,政界、学界皆放假一日。余以翊新至子培处,晤蕴泉,蕴泉久于京师,尝一入政界而退,故于都中近年事颇能言之,述巡警近年进步情形甚详。又谈及戊戌政变事,虽所述可补见闻之遗,然理想甚旧。述及商务则颇自负有经验,又答余问,述及外城子钱家之氏姓,又述及近年大商家之雄,一倒闭辄影响及于全国。艺圃曰：源丰润倒闭，杨柳青石氏损失之巨甚于卞氏。余久坐将行矣，而苇村自津于晚九钟来京。闻余亡友栗琴斋嗣子曰以炜，年十三，颇颖悟，为之少慰。

二十六日　访王耀斋，因与同访王铁山先生，不遇。耀斋寓法政专门学校王希声斋舍。王君名玉振，字希声，故城人，与余不相识，投刺而去，班次在李绍先前。余请泊居先生及子培于致美斋。泊居先生言及畿辅先哲祠历史，曰：光绪元、二年之际，河北大旱，各省皆捐资助赈。张文襄与李文正诸公曰：吾乡灾，各省捐资相助，同乡无举动，殊为寡色。众以为然，乃集同乡官谋捐助，得金若干，交李文忠以赈灾区。其时旱灾已减，无所用之，文忠仍交同乡留作他义举。其时议者多欲拓充会馆，文襄独曰：会馆已有经费，益之无益，不如创修先哲祠，并收藏吾畿辅先哲墨迹、书籍等，众皆然之。时某公家落无子，而房舍甚宏大，乃议用其宅建祠，而酬其嗣子以售宅之资，使另购小屋，以余款供其常费。祠成数年，乃购其西粪厂以作东院，后又推广其北而建此楼，此其略史也。王子山作《畿辅先哲祠图记》，既不能言其历史，而图又系京城图，不已异乎？又述《二老比肩图》历史，先生购得此图，盖生平得意事也。余自幼即闻吾祖母述《二老比肩图》事，祖母献县人，又留心掌故，故能言之，他人未有能言之者，曾记其事于昔年笔记，兹不复详也。先生又言文襄公之物多遗失者，文襄在湖北时，有一日招吾辈数人饮，往观新得之物，乃自宋至明初各书家墨迹，如蔡、米、朱子诸公皆有之。曰此梁星海等新为我购者，真海内奇宝也。后在端午帅家，端亦出此册见示。余始见而惊曰：吾何时见此物，再翻阅知为文襄前所得者。午帅问余，余言之，午帅曰：是也，幸勿泄，不知今犹在端氏否也。又曰：刁遵碑出土后，某氏以数千钱购得，某氏衰，售于张氏，售百余千。张氏知可贵，拓印可售数千。张文达之不肖弟求之，不售，久之藏碑之张氏。一日晨启门，有尸在焉，贿县署得无事。已而张氏子嗾县署吏卒往拘张氏曰：前事不得私了。张氏惧，相与谋曰：中堂之弟当能言于县署而了此事，乃往求焉。不肖子曰：吾出一纸书，能免汝之祸，事解，何以谢我？因言所藏碑，张氏曰：明日当出以相赠也。张氏归，锥之使剥落，然后送与不肖子，初拓本至是乃益难得。

二十七日　余新设大业制袜肆，今日开办，设于教子胡同，以田家瑞掌其事。家瑞，武强人，余庆长旧人也。晤吴蛰卿，畅谈良久，快甚。蛰卿甚叹服余之演说，每曰：君所言皆有特识，且能触发人之志气。余每闻君言，精神辄为之一振。访冯劳宣于孙伯澜家。晤张君樊诚，余以张节臣、冯劳宣之绍介，以文集赠之，张君因此益欢迎余。遇宁津李梅坡先生清芬，匆匆别去，未及与述世交，盖吾父与宗先生皆与相习也。苕村今日回津，艺圃以润敷所为冯副总统寿序，属余润色，余不辞而为之乙改。

二十八日　吾妻回郑，子培与同行，乘慢车，谓人少不拥挤也。苕村本订于午后快车至津，时遣马车到站相迎，已约子培，竟改乘午前十钟之车。艺圃许以电话告苕村，令其提前来接，亦忽忽未去电也。余与艺圃访刘寿夫及润敷，遂至泊居先生所。以李稺和诗稿属先生校阅，并请其为之作传及序。艺圃请其饮于庆华春，并邀其婿汪巩庵，巩庵名某某，始安人，都中馆泊居先生，即此汪君也。泊居先生留心故事，而于天河二府尤熟，言之凿凿，若数家珍，尤留心先哲而思表章之，即如稺和以诗名家，先生恐其湮没而欲校定之，此次来京，即将文襄选本携来以资校正。因曰：文襄选本精者已尽，然尚恐有遗漏，故必须对校，当再选出，使无遗憾。又曰：文襄选本将香奁体悉删去，盖稺和亦喜冶游者。泊居先生曰：盛康《续经世文编》，乃缪小山所为，售之盛氏。昔王莲生尝戏言：吾辈穷儒并学问亦且卖去矣。夫收卖著述稿本，自昔已然，有明卖，有无形之卖，甚者窃之，如李莼客之日记，为某所窃，改窜其间，以为己之著述，然则古今名士，诈骗袭盗，鬼魅多端，有不可胜穷者。

二十九日　谒徐相国。相国出日内所书临苏帖大卷见示，此纸乃新得者，二百年旧纸也。所临之帖即端氏所赠者，又属余觅人书《悦云山房骈文》书签，余以尹吾履历，求其作函。相国令马绍眉为之。绍眉曰：相国系以此事属吴士绱，请先告知吴君或吾代其作函，乃访吴君于印铸局，吴君仍令绍眉代拟。晤郭季庭，时阜康来函，言乾兴益刁难我，使无所得利，因属季庭请其在津筹画包销煤事于其同乡所设煤行。天津煤行有两家，为饶阳人所设者。

　　三十日　吾姑访王俶过之母，答拜也。余从之。时俶过夫人病尚未愈，吾姑见其母，又见其妇，其母素以不言著称，其妇则便便，言语甚多。访辟疆，辟疆夫人小产，病颇重，余不肯久谈，而谈及余事，谓当有职事，得有薪水以资用度也。欲为陈于相国。余曰：相国尝为余谋位职矣，余辞焉。访王秋皋，余为言献群刊印文集事，秋皋遽捐银十元。秋皋与献群在保定虽过从颇密，非深纳交。献群死，秋皋言及，若交甚笃者，今又资助其刊文集，不亦厚乎。又出所为其父年谱相示，属为审订。秋皋留心故事，而于其先人尤兢兢，所为年谱甚详尽，亦有体例。呜乎，王君加人一等矣。

收愚斋日记二十八

民国六年(1917),葆真年四十四。

一月三日 辟疆来贺年。

四日 访辟疆,不遇。艺圃因次姊病甚,请苇村于天津。

六日 苇村昨日来。于是最忙最懒之苇村为其姊疾三次来京矣。大雪后,天祁寒,今日尤甚,为数年所未有。

七日 发家书第五十七号去。天寒又甚于昨日。日昨葆初来京,遂同宗氏兄弟饮于致美斋。

八日 宗氏伯叔兄弟五人,余邀饮于新丰楼。今日寒气少减。

九日 访王念伦,言地学会历史:初桃源张蔚西先生相文发起地学会于天津,而蔡儒楷、傅增湘、袁希涛、蔡元培诸公实赞成之,于清季宣统二年,会中始出《地学杂志》月刊一册。民国成立,移会所于京师,假国子监南学为事务所,教育部乃月送经费二百元。民国三年,教育部以经费支绌,减送百元。自是农商部亦月助会中百元,教育部又因开办图书馆将南学地址收回,复移会于西城,自租房舍焉。会员入会虽未盛,然亦络绎不绝,入会一元,常年费二元。所出杂志全年二元四角,惟会员送阅。蔚西先生以发起人充会长,深于《地学杂志》中,多其撰著。杂志中搜采丰富,鸿篇巨制,往往而有,既多中外地学新发明之说,而考古亦有极精确之考证,而近人游览调查之作,亦多有逸趣者。会中又有总编辑一人,曰刘仲仁,沧州人,此外有书记、翻译等。傅谟虞来。谟虞与其大学矿科同班诸君赴汉阳参观钢铁场始归,为余述所见,且许日内以游览日记见示也。王俶过来,余以端氏出售书目示之，伊欣然欲购也。路杏村之弟来访。

十日　衡水刘君耀奎来访，为其兄耀卿赞臣索文集而去。访姚叔节先生。先生一见即为翊新言婚事，所言为桐城张氏女，余以徐相将宴会诸名士之意转致焉。余将端氏书目录一副本。发家书五十八号。

十一日　访李采岩。采岩现充内务部警政司主事，见其所为《小说杂俎》，为大中报社担任此一部分之编辑也。遂与同至白星亚所。白君赴金陵为副总统祝寿，始归也。极言宾客之盛，所收寿联寿屏之多，不能尽悬挂，寿文仅悬首尾两幅，见款而已。一时英俊，改造共和，磊落光明，一若世俗无足以萦其心者，乃一贵人之寿，竟奔走之而惟恐后。遇张文翰之浩兄弟。渠兄弟三人皆与白君同寓。

十二日　徐相出新作诗大卷相示，中有与张珍午年丈元奇唱和诗十章，有一诗述古文渊源，谓由桐城而湘乡，最后乃有武强，因一语述及吾父，故以相示。又以新得宋本《尚书注疏》，相与叹赏。余以编书局刻书办法相请，已允我交接款项，且不以两家分刊为然，觅人相助亦蒙允许，并言薪水可于编书局支也。晤马少眉，少眉仍未将函稿拟出。偶至教育部，因访侯官黄君不遇，允中之子也。

十三日　与朱铁林磋商刻书款项事，允我独为之，脱离编书局直接于朱公处领刊书费。访绍眉，函仍未写出。发家书第五十九号。

十四日

十五日　至江西会馆听梁任公演说。

十六日　访吴辟疆。辟疆日昨来访，未晤。辟疆方校《国策》，而时以《史记》改易之，辄见其文之顺适，知非史公改易《国策》，实后人据《史记》为《国策》，而妄为删削耳。辟疆曰：近清史馆之人多欲徐相领馆事，徐相领其事，事必好。赵非其人，而又不肯自辞去，尝宣言欲始终其事也。辟疆又曰：徐相又将印行郑东甫遗著。访李苇村，时因其妹病加重来北京。艺圃言及保利银公司之有厚利，而己已加入，以合同章程示我。

十七日　余将旋里,与荫南同谒徐相。余为言地学会事,相国因曰:有谢君者,地理学名家,著书甚富,偶忘其名。又曰:余有一友人,亦熟于地理。又曰:吴向之地理最熟。又曰:在东省曾派人亲履边界,将俄所侵之界往往收回,余又新设县治于边,后人可据之以与俄人交涉,谓徐公曾于某地设县,岂非我之疆域?又曰:可于明年来观吾之所为图,有东省政略所不及者。相国观晋卿招王木匠所刻先哲传,殊不以为然。徐相又曰:贾书农博览群籍甚富,尤善记,随便问典故,辄能言之。南省人自谓南人,用借翻阅,而北方实能存书腹中。案:相国每与人言贾书农博学强识,而湘帆甚怪之,以为贾君之学殊不足称,何徐相称之甚也?

十八日　访姚先生,问以张氏女家世,姚先生因为手写数行见示,并以自作其外舅徐椒岑墓表见示。现姚先生充清史馆纂修,现编《倭仁传》,余急欲索观所为诸传,以将旋里回京,当借览,先生已大许之。姚先生曰:缪小山编《儒林》《文苑》,搜罗尚非不广,但皆极短简,不成体例,且用阮氏文苑传体,句句必注所引书,而所引书往往引及袁子才,而不知袁子才所为碑传,皆任意为之,殊不足征信。余尝以袁氏所为较之他书,辄不相合。著书必蕲征信,故余为文不敢不慎重也。余问姚先生当今海内为宋儒之学者为谁,曰:有松江钱复初先生者,恪守朱子之学,极纯粹。复初,名同寿,松江人,甲子举人。而黟县诸生胡元吉敬庵,桐城诸生阮强仲勉,亦皆讲宋儒之学者。仲勉年已七十。又有张闻远先生者,戊子举人,忘其名,精三礼,所造亦深。胡敬庵曾官知县,革命事起,胡自投劾去,尝曰:人而有管仲才,当出而任天下事,无其才当学伯夷,余无才,敢不退隐乎?竟去,不复出。吴蛰钦属余为借债,曰:余有华富银行收股执照,可以作抵。按:华富因经理姚锡光为众股东所弃,因此内容殊为不平,是以此等证券殊无价值也。而蛰钦交游颇广,何以区区债不能举办也?然余以其人明习事故,亦颇重名誉,不似穿窬之徒,因假之百元。王晋卿举一木匠分刻《畿辅先哲传》,字体殊不精良,因命毁板另刻。而编书局稿本缮写者交来又少，而刻样未改好，故尚未付刻资。王木匠为晋卿旧所用人，既借此以津贴之，谓余有意与之为难，滋不悦。

十九日　与荫南偕行来德县，宿吉升栈。余已前属家中遣车来接矣。

二十日　午至家。

二十一日　时赵航仙久居余家，与余谋其事，意欲赴京，属余为之筹画。

二十二日　冯月川来迎吾妻，盖吾妻之妹病且不救，苻村遣之来也。但去亦未必能一永诀，势亦不便相阻，遂请于吾母而命之往。遂启行，宿德县。而明日为旧历元旦，惟午前有赴京通车，亦不得不今日行也。

二十三日　今日旧历元旦。

二十四日　际兴号改名之寿真堂，账房宣布丙辰年清册，得利优于去岁，其丰为从来所未有。

二十五日　元旦翟季和之父死，往吊焉。

二十九日　荫南来，临吾父所为《史记》评点。阜康宣布第四期总结营业盈亏帐，略亏也。

三十日　荫南临《史记》毕，有点识者共三十余篇，又借吾父《晋书》评识以去，言将于都中临之也。

三十一日　李荣岩来缴去年清册，所得利仅胜去岁。曲肇瑞来缴福兴号去年清册，则视去年少逊，然胜于隆福远矣。故数年来日谋整顿福隆而未实行，今乃议决办法。

二月一日　议订令廉方赴福隆以副荣岩。股分则荣岩如旧，以树珊、仁甫应得者以予廉方，增股本二千千，并言下次结账，东家应批，余利不取出，归入原本。订掌柜借支额数，而禁长支焉，且属其缓移城内。阜康设筵宴股东，岁以为常。而吾每岁宴各号掌柜，今年以庖人更易致免此举。君质弟偕其妻赴田家庄，由田庄而赴深泽。

二日　张聘三赴津过此。荣华卿相国之二子辅臣、弼臣相继死，故聘三急往为经纪其丧。赵航仙以奉天西丰税局浮收被劾严缉，恐有没收家财入官之事，潜藏于吾家者累月。屡以函属余，务为设法免其祸，其子谟周又来京恳求，而讫无术以相救。自余旋里，日日聒于吾耳，属为请之徐相，而求朱铁林为进言。前既上书相国，又拟诉于平政院，呈使相国见之，或可为之设法也。余既言徐相处难，再进言，然不便过为决绝，许为设法于朱公处。渠又以诉平政院之稿缮写两分，求常稷笙、韩云祥为之修改，余亦勉允为之。

三日 与荫南入都，宿于德县吉升栈。

四日 通票入都，闻吾妻之妹于三十日病故。吾姨孝女也，与其姊皆以善事亲闻名。树畹其母病，曾刲臂疗之。刀至臂而肉不可断，乃以齿啮臂，皮尽裂以剪，剪之乃落，和药中，病即瘳。既父病革，其姊则抽刀断其指投药釜，服之无效，而指出血，流殷床席，彻夜不止，几死。匝月，其母复病，妹又刲其右臂，亦无效矣。既父母相继没，泣而继之以血，遂得病。三年后，犹朝夕拜父母像，遇忌日辄号泣，如是者十年，欲以身殉者屡矣，以兄弟之救护恳至而免。尝自誓不嫁，曰：父母存，事父母，父母亡，守父母神位，死不去左右也。兄弟以其因事父母而不嫁，年逾三十，父母既亡，若不为议婚实负吾妹。而为议婚，则伤其志或致戕其生。故三年丧毕，又且十年，始不得已而为相攸宗氏，婚事定，而不敢白其妹。时妹病已渐愈，闻其事惊恨，即日而病复发，寝食为废。已而谓其姊曰：姊杀我矣。子培、苇村、艺圃兄弟及其姊妹相友爱，过绝人，妹心虽至苦，而不忍自尽伤兄弟意，遂归宗蕴泉，病则日重，不可为矣。病革遍呼兄弟及其姊，且泣且呕血，泪不尽而血不止，不能言者三日，既昏瞀为呓语曰：二兄来乎？以车逆余归乎？言已而卒，年三十七，嫁宗氏凡七月。子培适在友人家，忽传妹病革，晕厥，舁归，未及入门，而呕血洒地矣。

五日 谒徐相。相曰：赵湘帆来乎？纪香聪来乎？余以未来对。余问去年呈览之旧书目何如，曰可议也。今日傅沅叔来，余与言端氏书目，渠亦曾有所购。徐相又经其姊事属交书局作传，所谓颜徐氏也。始而刲臂疗亲,后又夫妇同殉难。书局所为《列女传》仿刘氏《列女传》体,每篇缀以诗曰云云,亦殊有趣。但每篇强缀以诗曰者,乃汉人之习气,如《韩诗外传》《孝经》《儒行》等皆然,非独《列女传》始宜用此体也。闻王荫南述晋卿先生言,若传多而诗句不足以供引用,奈何? 可谓趣语。余曾谓晋卿年丈曰:天津张氏两孝子甚节烈,事在去年。年丈曰:可入传也,此不限年代也。余私以为当限时代,不然何以称清畿辅传? 然此殊不必辨审尔,则昨所述宗李氏亦可入传矣。不特孝友之迥绝世俗,即其再刲臂疗亲,亦可以称矣。吾当为之谋。

八日 游白云观。与岳欣秋议印《吴先生全书》。见李六更。

九日 谒相国。相国属访张君立,索其父文襄公事略,以便作传。遂往访之,未遇。观窨冰于十刹海。

十日 相国请客,曰:马通伯、姚叔节、柯凤孙、吴辟疆、王晋卿、徐又铮诸君,属余陪客,余始见徐又铮、马通伯先生也。午前十钟客至,二钟客齐,饭毕而国务院秘书长张国淦至,政客当以次进见,而相国精神曾不少懈也。相国指柯凤孙谓诸人曰:此大诗家,余曾从之学诗。余丙戌同年多文人,贺松坡,余从之学文;柯凤孙,余从之学诗。纪蔚千来,言图书馆开办后之情形。而中华书局以教育部股东关系,许其照印宋本,精印各书。此风一开,相率效尤,而商务印书馆从而效之,现拟照一书三十元也。又曰:近来善本书管理渐严,或不至有遗失。历次馆长皆有窃书之嫌疑,馆中现印书目,将来出售以便览者。师凤洲来报告山中进行之规画。

十一日 正志中学开第二次周年纪念会,余往观焉。教育部总长范公及前总长汤公亦到演说,自午后一钟至日暮,而体操始毕。

十二日 访韩云祥,以赵君事相托。访姚叔节先生,先生为通函于张氏。迪新来信,言荣岩辞职,迪新以信申斥之。

十三日 至编书局,时方编《列女》,余索事略于杨冠如。冠如昨以南皮张氏、天津金氏等事略见示。迪新来信言荣岩已就范,甚矣,操纵人之不易也。屡电访李访渔,以他人《畿辅丛书》两部代售之。

吴辟疆为点定余所作《吴母寿序》。

十四日 步啸野来书。遇孙丙璋虎臣，亦艺圃之戚，任邱人，留学法国陆军十年，近始归国。访辟疆，请印刷《吴先生全书》，许之。录其近作诗二首《得规庵公子（袁之五公子）寄诗，颠倒元韵奉酬》："令节他时直禁宵，九门灯火夜如潮。调鹰学案天闲马，挥尘亲陪四坐貂。守阙狻猊余倒植，擎天承露尚高标。无情忍下铜驼泪，回首兴亡历几朝。""当年束带共趋朝，几辈清谈似孝标。出世雄才看俊鹘，凌寒高节拟丰貂。废兴苍石余篙眼，剥复寒江咽怒潮。尚喜裼裘豪兴在，绮窗佳咏自连宵。"日前李子健来，不晤。未及答拜而出都。辟疆谓余曰：子健将刊其先人遗集，访子而将以相属焉。余已谓之曰：性存事烦，恐不暇兼顾，若以刊书事相询，当能相告也。

十五日 晤朱铁林，以赵航仙事相托。

十七日 张梦生来，缴三益兴去年清册。自去秋制钱被日人销毁之后，钱荒之弊，为昔时所未有，银元之值骤落，于是市肆萧条，商业顿衰，惟钱业独得优胜，而子钱家亦视利少丰。昔年商家息率甚微，农家息率颇厚，近年农家息率轻于前，商家息率转重。去年商家金融奇窘，而渐波及农家。三益兴专放债为业，然皆有事于农家，且债期皆在明年，故其得利与他年等。梦生并代缴余庆长去年清册，余庆长虽因购铺宅少占资本，而获利仍视往年为丰也。余近年稍稍为实业基础，以次提用各号之钱，余庆长今到三年批余利之期，初拟提用所得利，因预以其钱购房，所余无几，故不复取用，仍归入本。余庆长开始营业时，资本属寿真堂者甚微，他股东陆续取用，本利皆尽，或至长支，寿真堂为补其亏欠。五十年中，寿真堂一股得勉成一商号，可比数于一镇之中，五十年来，未尝支取余利一文故也。今乃变更宗旨，将取用余利，然以之购房为本铺用，实仍未用也。宗葆初之母死，余往吊焉。于十一钟之快车赴保定，与伯坪同行。晚访贾佩卿，适旋里，不遇，遇其子焉。

十八日 宗氏开吊。余赴师范学堂访李心甫等，皆不遇。遇魏征甫,坐谈三钟之久,论学务、论词章,甚快。今之访征甫才第二次也,而能如此酣谈,恨相见之晚也。访陈少璋表叔于督军署军务处,以所改杨君墓碣铭还之。

十九日 宗氏开吊,所收各色祭帐六十余件,他礼物称是。李亢虞自言,经乱后商业倒闭,颇亏累,其兄忧之至病,今乃稍稍有起色矣。访张孟泉于育德中学,坐谈以俟北上之夜车。观水磨,初见水磨也,在昔年高等学堂之前。去年始设立一渠之水,置磨三,一日夜出面二千斤,若水大尽磨力可出四千斤,人见其获利也,于其旁又设一处焉,以分其水而夺其利。

二十日 二钟余北上至高碑店宿逆旅,以俟赴梁家庄之车。余在京见张梦生,匆匆未及详问一切。因属其同赴西陵,约定期会于此,同西行以至官座岭。日暮,羊自山来,伫立以数之,羊欢跃而鸣。至圈,牧夫以羔投大羊使乳之,数十羊羔一一交其母不误,乳毕,驱入圈。晨兴驱羊上山,而留羔于圈外樊中,饲以芋薯蔓等,以俟大羊归而乳。余乍见,至趣也。

二十一日 游西嶂,陟罗圈湖,攀援而上者,约二里余,既登其岭,遂沿以赴官座岭。余一人独上其最高峰,登其最高之一石,至此樵者绝迹矣。惜未怀钱币,若置一枚于此,使将来拾此钱者增一趣事也。是时来公司租地者日至,吾所租山场既用约计之数,吾之转租亦不能清量亩数。租契期以十年,每岁交谷二斗,须代保护山林,惟第一年不取租,第二年仅交半租。

二十二日 游石柱沟,将由石柱沟以至大东沟。问途于樵夫,樵夫指路未详,因上一不知名之沟,坡颇险峭,陟其岭不复能上,乃由他径归。余当难上之处,虽攀援以登无所苦,而梦生倦矣,然梦生之登山胜他人初登山者多矣。

二十三日 游大东沟至力田公司,晤胡秋华。由乾石桥过岭,登岭北望,畦塍骈连,或果品,或种禾黍,开地已六顷余,然用款已万六千,而赢利尚须数年。于是股东南宫赵慎徽疑获利之迟滞,亲来调查，住一二日而去。遂与邢赞庭议，缩减规模，不再入股本，胡秋华辞职，慰留乃止。办事员及工人皆大裁减，已垦之地亦行租出矣，力田公司至是乃再变宗旨。归至吾沟西头，所有树亦少有损失，则经理之人少也。

二十四日　至梁格庄，访赵慎之。知垦局及农林公司已于昨日出查山场，当以次至官座岭矣。去冬师凤州尝催其早为查勘，将小分地界指明，以便诸事进行也。闻徐子修赴都投刺而已。访李香汀，不遇。宿于同义兴，掌柜杨君某，字可斋，冀之沙村人。同义兴开设已数十年，以杂货铺而兼米面及各色布，买货亦办债务，顾债不惟以钱，布米等皆以债务办之，所获利亦独丰，惟资本未甚充裕。杨君父子以商务畜牧为余言之，甚悉，彼尤以山中畜牧为宜也。为置酒款余等。

二十五日　李香汀、徐子修之子徐某皆来答拜，亦未遇。慎之招饮，座中有冀县冠君鸿建者，亦领山场者也。与梦生同回京，出都数日，所收信及来访者颇众，张心泉曾偕同其同学张勖卿见过。勖卿，名鹏飞，南宫人，梅村之子也。

二十七日　见相国，未及多谈。马绍眉赴黑龙江去矣。为尹吾所求函，至今未写，乃访吴士湘，催问此事。朱铁林许详问相国。访姚叔节先生，盖先生日前过我，未遇。复询翊新年龄生时，余乃以其生之年月日时干支交姚先生。

二十八日　访艺圃，遇孙虎臣。虎臣留学法国陆军且十年，去岁始归国。艺圃为作函致副总统幕府，属绍介虎臣于冯公，不得事，即速归任职都中，都中亦艺圃为之谋者。

三月一日　王念伦来辞行，将赴闽赣调查学务也。

二日　访常先生，谈甚久，言及畜牧森林，常先生曰：浙江某县有某人者，素贫，后植杉一山沟，三十年而富甲一县，百余万资本矣。

三日　吾妻回郑，艺圃送至天津。访李访渔，不遇。访柯先生，《新元史》已印数十卷，夏间可以出书，余曾集资百元助刊赀。先生偶以地理志相示，更以《元史》较示之，旧史于府县建置时代皆注之，其不详者则注缺字,乃有一路七县俱缺者,而《新元史》则七县皆考出焉。遇刘伯绅,茋山姑丈之友也。访李绍先,余言及大树公司事,绍先欣然,微露欲有事于其中之意。访于泽远于进步党本部,进步党久已消灭,以事务所犹有经费之收入,故进步党牌子得久悬焉,泽远遂居其中。言及时事,则深以政府主张加入战团为非计。又曰:余尝晤龙将军济光之客,谓余曰:龙在广东虽不胜其富,并非揽勒军饷,如冯公之在南京者,惟运售云南烟土而已,即此可岁获利数十百万矣。闻公府人云,陆建章在陕西种烟之地,每亩纳捐二十七元。

四日　星期日,苏华宾电邀余至群贤馆,至则其兄荫眉同在焉。二君至自天津,荫眉本津浦路总站站长,因事将左迁,属余为设法转圜。今日闻段总理与大总统冲突,忿而赴津,然则政局当生变焉。

五日　吊于裕厚氏小鹏,卒于二月,今日葬,往送焉。自去岁荣华卿相国卒,今年一月其二子辅臣、弼臣相继死,未匝月,其叔父又死,家无长男焉,可谓惨矣。遇聘三及其友谢作霖。艺圃以元末刘佶《北巡私记》见赠,此书原为莫子偲抄本,艺圃之友人录有副本,艺圃因借抄以与我,仅三千言。访韩蕴山,言及西学,余曰:吾人于外国专门学术,当极推崇而竭力学之,于其习尚不必仿效也。盖对外国际交涉当有排外之实力,于学术政法则当效法而师其人,今人每于外国奢侈品及习惯则极力购买仿效,于学术则漠然不研求,欲求国之进步不亦难乎。蕴山曰:子言甚是,日本至今日对于德,尚非常崇拜其学术也。

七日　至图书馆,馆设于方家胡同国子监南学,开办于今年一月二十七日。书分三种,一曰《文津阁四库全书》,一曰善本书,一曰普通书。《四库全书》三万六千三百册,六千一百四十四函,计一百有八架;敦煌石室唐人写经二百九十二种、八千七百三十四卷;宋元精刊及旧抄本一万二千册;普通书八万册。阅览券分三种,曰普通券,每件二铜元,阅普通书之券也;曰《四库全书》券,每件五枚;曰善本书券,每件十枚。然购四库书券及善本书券者当兼购普通券,盖普通券即入门之券也。欲连日阅则有连票,如观四库书,每张二十四枚可观十次。复有新闻杂志室铜元一枚,学生不收费,以星期一为休息日。访馆员纪蔚千,绍介指导一切,而以善本书目见赠,入其阅览室,有特别普通阅报、妇女阅书各室,又有休憩室,为阅者饮茶吸烟之所。善本书及普通书未开办时,曾一参观,故今先观《四库全书》,书皆大字精抄,红竖格,白纸厚有棉性,其订本不用线,后以书皮裹之,如和装惟用普通书皮耳。第一行于写书名处,曰《钦定四库全书》;第二行底一格乃写书名;第三行乃书作者人名。函用夹板,木为楠木,系函用带缩束之,用带一,书皮或朱或蓝,凡四色。日有来抄书者数人,阅者每日三五十人。因屡有抄书者,于是有欲应募者,则以所书请于馆员为记名,以便抄书者招雇,将来报名于馆员者必日多,则价亦可少廉,今则抄千字须二角左右也。访张心泉,自去秋已由预科入分科矣,并介绍羡鲁瞻之子钟寅,与心泉同班。又与心泉谋印辟疆文集,盖心泉诸君非常崇尊其师也。步青由津来访,属余为谋唐山警察。日前曾以快信相通,余复以不能。渠曰:若能为他人谋之,亦善。彼当以重金相赒也。乌乎! 吾若能为此,吾之富久矣。

　　九日　在伯玶家晤王梅侪,名某,河间窝北村人,宗葆初之姊夫,亦其表兄,而吾祖姑之侄孙也,家亦小康,有商业于密云、石匣等处。因为余谈东陵,尤侈言风水、山林业及地性之奇,并言其地松柏之佳,又有灯花,木尤可贵。石匣之东有雾灵山,可观山半题壁六大字,可丈余,曰"雾灵山阴阳半"。伯玶邀同饮于庆华春。访苏华宾,有华宾乡人王君汉臣,字杰三者,相与谈古玩金石。杰三曰:路杏村有倪云林之画,索值四千元,懿文斋与以千二百元,弗售也。尝闻杏村言某姓藏有瓷墩,亦不知可宝,有日商欲购之,知其可宝而不知其值,姑索以绝大之价,曰七千元,日商遽出三千余元,愈不肯贬价。他洋商又来视,卒售七千元,既售洋商,乃谓之曰:君知此物之所以可贵乎? 此其中为七宝烧,吾归而碎之,以造瓷器,可为无数之七宝烧瓷器,皆可售重值,则岂只七万之利? 余曰:余于金石,以古铜器有款识为要,而易得者莫如古币,君能为我介绍一收藏古币者,令我得一拓眼界乎？华宾曰：有刘林立者,字幼石,大城人,官知县,革命后乃专售卖古玩,于金石书画古玩源流,言之凿凿,精于鉴别古钱,收蓄亦富。时在京津出售,古玩店无不知其人者,可为君介绍也。又曰：吾兄之事,赖有力者函托,已复其职矣。峻如来信言：元丰号已收市,不知余能充大树公司经理否？

十日　鞠如觞客于新丰楼。

十一日　至侯心言家,心言将为其子谋事,属余宴朱铁林等。因及其子,遂与同访郭季庭,季庭言及包办煤事,曰朱已允我可即办矣。应华宾之招,宴于长安饭店,来宾十人,用资三十元,同座者有某君以观演飞艇券见赠。遂往先农坛观看,美国十九岁女子史天孙以大飞行家名世界,不亦奇乎？演毕,范静生总长、蔡鹤卿先生往观看,女子详指飞艇各机件以示之,而各国来观者皆以照像器拍照时,则女子立飞艇前,披其外衣,露其徽章而照焉。

十二日　艺圃招饮于惠丰堂,座中李氏群从五人,刘寿夫与焉,遂至刘寿夫家。刘以任邱最著之资本家,有腴田八十顷,而荒于色,且不善理财,以故未有进步。惜哉！访韩蕴山,言日本事。余询以中国人以实业发迹于日本者谁为最,曰浙江人某,后以通商不便,入日籍矣。近颇悔之,欲运回中国,则日人检查甚严,然暗运资回国者,亦不下百万,日本资本家则以岩琦（崎）、三菱为最。赵悦蝉来访,未晤。悦蝉,名鐏斯,任邱人。

十三日　汪仲方来访。苏星含以沧州兰贞妇事略寄示,以便为传。

十四日　李子健来,将为其先人刊印文集与余筹画诸事。余与至各刻字铺调查刻工事,余因请其饮于致美斋。余谒相国,因以刚己诗呈阅,相国以新编家谱属为校正,以中州儒林传稿属交赵湘帆审订,以其令叔行述属余改正。晚,请朱铁林、郭继庭等晚餐于东兴楼,侯心言之子伯恭代余为主人,遂同至球房参观。政府宣布与德断绝邦交,余闻之惊甚,以此题目太大,所关于吾国者,殆未可胜言也。

十五日　仲武以《魏蔚州全书》见赠。

十六日　与子健访姚叔节先生,求为其先人撰墓志。先生言及家所藏,曰:吾一人所存多词章,吾仲兄仲实多经学,吾长兄所存则多义理,共计约可三百箱,其中颇有难得之书。华宾以瓦质残佛像及魏墓志见赠。访侯心言,宿焉,是时侯伯恭、王沐斋、常兰侪日夜同聚处,谋与朱公联络,而郭季亭、王沐斋竟因同在球房来往而结异姓兄弟。伯恭则请师朱公,订于明日实行焉。

十七日　美国史天孙今日演飞艇于先农坛而售票焉。侯心言请余小酌于锦江春,遂观飞艇。余应其招饮而辞其游观。与子健谒相国。

十八日　往祝寿朱铁林太夫人。请吾姑先农坛观演飞机,售票特等人三元,头等二元,二等一元,三等四角。观者莫不锦衣,而女子亦无贫窭者。络绎不绝至于前门,凡数千人,闻昨日共收四千余元,比今日尤盛。乌乎!都中之繁华可见一斑,而士女衣服之奇诡每各异观,尤为昔年所未有也。深泽王易门来访,欲偕余往西陵调查山场。问余山中情形,余乃一一告之,将独租一大沟焉。易门,名丕堃。应张心泉招饮于致美斋,同座有马玺卿,畅谈甚快。

十九日　余请易门、华宾于致美斋,并邀刘桂荪、李润敷。

二十日　访裴子元,鞠如之友也。子元访鞠如往往过我。子健刊行其先人遗集,余绍介龙光斋刻字铺,辟疆任初校,余经理刊印事,用古宋体,每百字五角八分,订四个月出书。易门邀余同赴西陵,余请缓期至春假,易门乃赴津俟之。子健邀饮于醒春居,子健闻余与易门谈山场事,甚为欣羡,欲加入焉,且拟为邀韩蕴山,曰蕴山资本家,宜肯办也。余因刻字者都少好手,因发议曰:此时宜组织一刻字学校,招工徒而授以精印古本书,命名匠教授之,分班级,岁招若干人,毕业则刻各精本秘笈。应四方名士之属托,则成一制板公司,暇则自行刊书,作一大丛书,遂成制板公司。以海内藏书家及四库书之无通行本者刻之,将来亦可得盛名。果如此,则须招股作为股本有限公司,而当今好古喜收藏并资本家皆当入股,以徐相诸公之提倡文教,喜搜罗书籍,亦必赞成,然后招文士数人校刊其间,而用一二商人以经营财政,则将来于商务印书馆、中华书局之外别开生面,亦甚有趣味也。子健大奇吾说,以为可实行也。今日言及开办山场,曰:果成,此二事亦可以不朽矣。至编书局调查先哲传预约券事。今日王晋卿作函,与冯副总统寄预约第一号,以下二十分。王荫南曰:余顷谒姚仲实先生,先生质朴如乡曲老儒,言及吾师亦甚恳至当,今之世有此老儒,似不可不往见也。余思一谒久矣,有君言当急往焉。

　　二十一日　赵悦禅、苏华宾来访,余赠以文集。悦蝉邀饮于致美斋,遂从华宾观古本书于某绸缎庄,即弓氏所售之书。首观宋十行本《十三经注疏》,次阅元本《资治通鉴》,即胡三省注本。晚,应韩蕴山之招于瑞记饭庄。

　　二十二日　与朱铁林议发行预约券办法。徐相国携其爱女游琉璃厂,余遂从之游。始至静文斋,复至翰文斋、鸿文斋,购书数种。晚,师凤洲第二次自山中来。

　　二十三日　访姚仲实先生,送以文集。余问先生之讲经学,因出其所著书一册见赠,内分诗、文、经说,凡三卷。先生充中华大学教员及清史馆纂修,因言及史馆事,持论甚平允,言之颇长。便道至心言家,余肆意论及学术,心言诧余之通博,盖余未尝对之论学也。贾衍祉第二次来,世居郑镇,今充黑龙江财政厅科员,求余为言于相国也。

　　二十四日　峻如闻有谤山场事者,来书质问,余复书未至,复来函,所言益愤激。

　　二十五日　故城在北京学界者六人,今日来访余者四人,而康子修、王希声皆初次来访。子修,名廷献,故城马厂村人,毕业天津法政专门学校,属绍先为绍介,求余为谋事也。希声,字玉振,亦故城人,北京法政肄业,与绍先同校。王馨山来函,邀余旧历四月间游祁州会。

二十六日　相国以日前携来翰文斋书示我，属为购取，酌量所宜买，并书之价格。余以《畿辅先哲传》预约券印成，请相国以朱铁林总其成，即为发售焉。弓景崔来，请余倩人录其先人所为地理书。毛实君先生之子潜之来京，访之未遇。今偶与相国言及，相国曰：可为我告毛君，属其索刘孚京文集，以赠陈伯潜。毛馆于汪仲方家，电询汪氏，则已出京矣。

二十七日　与景崔前后访辟疆。

二十九日　举债于北京中孚银行，亦初为之也。余请郭季庭、吴蛰钦、弓景崔、侯心言等于福兴居，王沐斋闻之亦至。日来王与郭、常、侯诸君终日会聚，故与余亦甚习也。今日始将《畿辅先哲传》预约券印妥，而晋卿已发出数十分矣。以天地元黄编号，每百张一易字。

三十日　与荫南访马通伯先生，至则入国务院，将试文官矣。闻胡子振先生来京，往谒，未晤。峻如来函复吾，为公司办事人办谤之函，辞颇平和，乃复书而言作事之宜有恒也，对于公司当始终不懈。

三十一日　胡先生与齐蔚南请王晋卿先生，属余往陪于便宜坊。

四月一日　谒相国。相国之游琉璃厂也，阅书于翰文斋，携归数种，今乃属余为购五种焉。《畿辅先哲传》相国既属余经营刊印矣。晋卿年丈复倩他梓人刊刻，余以其太草率，属其改良，以龙云斋所刻样本示之，而此梓人实不能精美。晋卿乃不令余知，而促余发刊赀，余既未见其所刻之是否合款式，遂言于相国，相国今日乃谓余曰，已告铁林索观样本。

二日　与傅谟虞赴西陵官座岭。与王易门约期会于长辛店，不遇。盖天津赴保之车不于此次慢车会于长辛店也。[①]曾函告易门，易门不信，其疏于调查如此。

三日　赴紫荆关，访王体仁，遂与同游紫荆关城内。紫荆关，明太宗建都北京后所修，至万历乃又包修一层，今残坏处见初修城墙

---

① 此句疑有文字脱漏。

焉。传闻明末贼至,官兵方守南门,而闯贼已由阳和门入矣。南门在城之南约里许,俗称南天门,形势颇胜,然山沟纵横,不必南门始可入城,而守者竟如此愦愦。又闻庚子拳匪之难,两宫西巡后,九月六日外国兵进至紫荆关。时升允与夏辛西守城,出击之,外国兵登梯子山设炮,下击城内官兵,乃退。梯子山,兵家险要地,最宜防守,而竟让敌军以先登,洋兵破城后亦退。及次年正月二日,洋兵复西至广昌,时守将为张万荣,与洋兵战,营兵死者六人,遂败退,洋兵亦不守而去。余辈登紫荆关南门观其形势,不禁今昔之感。然在明时,海内一统,仍重防守,宜也。若清之季,则敌国外患益烈,独李文忠一人知重海疆险要,注全力于旅顺、天津各口岸。文忠败,遂无人议防守事矣。国势不振,以至于亡,又何尤焉。此关系凿山所开道,门外两岸壁立,道迤逦而下,不可以车。门外壁嵌石刻,一为《盘道记》,嘉靖时所为;一为傅光宅《咏盘道诗》,自书,字体遒劲矫健。东门匾额亦傅公书,盖其时一书家也。光宅,聊城人,万历时守紫荆关。南门内有碑记,为富丘贾开扬咏四明沈跃、督亢王余佑、州人于胜海、西极文煜天四人诗,四人事迹不详,不知其于紫荆关有何功德也。城内有参将守备等衙署,实无一兵,参将岁俸五百余元,每兵才十元耳。千把以下皆为农,于乡里久已忘其为兵,且岁才数十元或十元,真儿戏也!国家何用此儿戏为?城内有最高一阁,为庙于其上,高逾城数丈,亦随山势而为之也。此关既无险可守,故防守懈弛,地方颇穷瘠,亦无商业。购物品者不西赴广昌,则东南赴梁家庄,各数十里,且山路崎岖,居民因是甚苦。而王体仁遂利用其地利,二十年致家小康,是以天时不足恃,地利不足恃,惟人力为可恃。体仁,名世富,张家口人,穷不能自存,乃随其戚来紫荆关,假钱二百五十千,竟能购地买山,拓充森林,贷资取息,蒸蒸日上,年不逾四十也。宿其家,方事建筑,盖其家宅亦岁扩充也。闻近地第一资本家为康氏,有地数十顷,租其地者数十里不绝。

　　四日　王体仁随吾辈西北行,逾数小村落,入大沟曰青岩沟,沟中水声激激，盖由上而下，水势急也。两壁形势屡变，或壁立千仞，色微红，如新凿，无苔草色，已而冰结河中，人踏而过。约二十里，小村曰山神庙，水西北行，余辈由此而西，曰蔡家嵯，此村稍大。再前曰赵家沟，进而过大岭二，曰斗岭，曰唐家岭。至于马圈子村，宿于康老俊家。气候渐寒，较官座岭不啻一月气候也。与傅谟虞审观水晶矿，凿视良久，取矿苗少许而归，内容何如，固不能详也。此山甚矮，亦不大闻，此为本村王忠之山，王体仁以其为矿山也，以五十元租得，为期三年，过期每年十元。亟与吾辈言之，欲得通矿务者开采焉，余故介绍傅君来观之。闻此地左近出药品甚多，盛于官座岭一带，祁州药商时来收买，去年尤多。自山神庙以西，水晶时时采掘得之，而都中亦曾有贾客收买，大者至数寸，售价或数十元、数元不等。

五日　土人有以水晶求售者，粉色玲珑，但未甚精致，近来土人时有掘得者。暮回大树公司。而王易门果以误车，晚来一日，并偕其管事人无极郗宝箴来。

六日　与易门游石柱沟，穷其尽处约五六里，登其山梁，西嶂各沟在一览中，几与罗圈湖之山峰齐矣。后即马石峡沟，马石峡为左近最高峰。时与小份地小起冲突，易门见之，竟未阻其进取之志，但郗君对于此，未知何如，而易门家颇重视郗，此事恐将取决于彼，彼不赞成，恐易门亦不得自由也。

七日　傅、王诸君皆归。余乃游峨磨寺沟，内有古寺曰龙门山，曰峨磨，此沟遂名峨磨寺沟。寺前有明英宗天顺四年碑，碑记谓寺创于唐时，而嘉靖碑记则云，至延祐已重修三次，又乾隆四年碑记，谓此山之半有峨磨寺，今改为龙门寺。明碑皆不云峨磨寺，土人则不云龙门也，则俗语相传远矣。俗语相传，盖不尽无征，但不可囿俗语耳。山上五里许有观音阁，土人谓内有瓷佛多尊，近年为人窃去售于外人矣。再上有洞二则，远近皆见之，传闻中亦有瓷佛高在绝壁，人不得登，昔年曾悬有梯以便人之登云。

八日　游太宁寺，欲因以察视八旗内务府分地也。由柴厂东南行,入八岔沟,自此以南,皆内府八旗地矣。进而为豹子峪,逾岭者再又南为栗树沟,又南张各庄沟,小憩于汛所,又西南为车道沟,出口子门又西北约八里,乃至太宁寺。自入八义沟,即为内府八旗所分地,闻赵慎之言,农林公司已递呈请,将八旗内府所分地画归农林公司开放,不久当可批准。余故借游太宁寺以观察各沟形势,沟皆宽而坡平,惟其中小份地太多,太宁寺有古塔三,一在寺右,二在山腹,去平地可四五里,寺有辽大安二年碑记,已仆,不能读其文,碑颇丰大,镌刻亦雅。山曰太宁,寺曰净觉,后以山名名寺,塔八角形,十三层,面面嵌有铜镜,大小不等,角皆悬铃。孙秀峰曰,数年前泰宁镇岳公曾遣人将铜镜取去存库中,今观之则惟下二层失其铜镜耳,嵌镜之迹宛然犹在。塔旁有冯道吟台,台虽不大,然甚有刊工,而台上中心有曲折流水沟,水自山下,有吐水龙头,皆雕刻者,已多废坏。

　　九日　是时小份地垦地侵入我边境,屡与交涉,而侵地不已。

　　十日　至梁各庄访泰宁镇端公,适端公入都,不遇。农林公司与垦务局派人订小份地边界,已数月,而未及官座岭,虑吾与起冲突也。闻其在他沟指地皆由垦局任意指画,多偏袒小份地,而领沟者唯唯不敢诘问,而各沟小份地愈无忌惮。慎之则曰:将来垦务局长尚须勘丈,兹可不与校,强为敷衍。而王易门归时,见赵慎之,问以未放出之沟,慎之亦竟未指告也。到京,则尹吾来已数日。

　　十一日　与尹吾谒相国,未见。

　　十二日　谒相国,相国属备预约券寄严范孙。

　　十三日　访刘宗尧。

　　十四日　昨昌平州农夫阮大仓来,见吾山中携来矿质,因将其山中诸矿质相示,盖渠山中有煤矿,日觅人开采,闻余数询开矿事,大喜,告余以其山之情形,并制乌拉叶膏之法。吴蛰卿得孙,为酒食宴局中诸君。

　　十七日　待吾姑观剧于东安市场。

　　十八日　尹吾赴任邱。访宗尧。宗尧为谈官深时吏迹甚详,而尤得意于折狱。辟疆来访,门者以吾未在辞。访姚叔节先生,而辟疆适在座,姚先生曰:张宅已有复书,谓女子适属鸡,鸡狗相冲,世俗所忌。座中晤言君雍然,胡君朝梁。雍然,字简斋,謇博之子也,肄业译学馆,今官某部主事,亦能诗。胡君,字诗庐,某县人,内务部主事。孟泉将编辑历代人谱,与余函商条例,余蓄此志逾二十年,闻其言则大赞许,因粗拟凡例与之。

十九日　访兰侪,畅谈良久。

二十日　张耀庭来访。耀庭于纺纱厂外又新组织颜料厂,出其所制颜料数种见示,黄色、绿色、驼色、黑色等,皆草木质也,皆取之东陵。东陵所产,西陵亦有之,如乌拉叶,既熬膏复干之以为面。自谓借用纺纱厂机器,故成本甚轻,如黄色、绿色将来之利可数十倍也。又出其招股章程,则拟定资本一万元为五股,每股二十元,名曰集粹染料制造股分有限公司,公司即设于北京,而设制造厂于新集镇。

二十一日　乘环城铁路游览,自正阳门东站登车,至西直门止,费一角五分。畿辅先哲祠明日春祭,今日演礼,余充东庑引赞。

二十二日　先哲祠春祭,徐菊人相国主祭,王铁珊、刘仲鲁分献,如去年故事。与达三等观祠中所藏先哲手迹,随录其目,未毕也。又观东西庑烈士、列女名册,皆石拓本,余甚异之,不知何时刻石,而石今在何所也。今日学界有公府游园会,余从鞠如索券往观,同游者达三、李绍先,遂于午后二钟同往。入新华门,汪汪千顷波,所谓南海也。绕海而东逾一度所,南坡最高处警察立其上,以缭望府内外。东行绕而北有印月门,外为船坞,旁曰清音阁,门皆北向,左为爽秋馆,馆北蕉雨轩、日知阁,转而西过鱼乐亭、千尺雪。穿小阁为电话室,流水音。流水音亭下刻石为细沟,水曲折流入,复曲折流出,右为韵古堂,后为医官处,曰淑清院。过门曰曲涧浮光,西北洋灰砖为路,自入新华门,沿海岸古柳疏列不绝也。路北有收支处,即总指挥处。过石桥而西,桥北有闸作瀑布,有新式房,南为假山,山前有一高石碣,四周镌乾隆高宗御笔。再西为仁晒门,转而南,楼阁玲珑,皆在水中央,是为瀛台,中为翔鸾阁,左为祥辉楼,右为瑞曜楼。再进为涵元门,左为景星殿,右为庆云殿,再左右为朝房。瀛台正殿殊华丽,不以洪壮称,多大臣所书古人箴铭,甚工,御书福寿字亦夥。左右配楼,左曰藻韵,右曰绮思,前为香宸,殿东西两庑亦有御笔、臣工墨迹也。瀛台左偏小院,北室曰补桐书屋,南曰隋安室,前为蓬莱阁。由前观之,如层楼,盖临水地洼下也。庭中有矿石枯树,宛然真树。御制诗镌其上,剥蚀不能详其词矣。左角楼曰春明楼,右曰湛虚楼。前有大亭临水曰迎薰亭,下有石座。湛虚楼有长春室。瀛台北,逾桥西北行,有礼官处,一小亭翊卫处,再西是为丰泽园,园前有小石楼,沟横其前,岸甚工,庶务司门曰静谷,门前有小亭,进一栅门,又一石门,众树苍蔚,山势峥嵘,别一景像矣。南有一院,北有一亭,石洞纵横,可穿可登,南院之名大圆镜,中石门虚掩未闭,自然之势,非可开阖也。亭曰爱翠楼,爱翠之北,过小亭,有楼亭焉。北有长廊,美丽可观。西行入小门,有石室金柜,袁氏为专制总统时所为,洪宪时代已成刍狗,然为历史之纪念矣。其北为万字廊,廊下为池,亦成卍字,长廊之北为池,池北为廊,有匾额曰云木苍秀,其内极华美,有陈设,后仍有假山作势。再东为纯一斋,纯一斋之庭上为天花板,周以玻璃窗,此乃总统会客之所,甚整洁,略如国务院之客厅,而局势较大。入其后院左转,为一厂院,东南有门为别院,西南有门,曰介繁祉映,路斜其中,南北颇长,楼阁出其西,花木列于东,出门复见海,此中海也。缭海以垣,南有桥以木为栏,北有石桥,凡六七空,东有船坞,西有游廊,杂以花木小亭,古木错杂其间,石桥即金鳌玉蝀,一垣介其间,以界中海、北海。西行入宝光门,规模宏厂,北为景福门,凡六楹,前有狮铜缸各二,其前为照壁,刻山水人物,此亦罕见者。照壁前游廊,东西横其南,花木一望无际,其西南为松云别墅,再南为欢喜庄,以竹篱为院,看花之休息所也。入景福门有左右室,右曰益寿轩,左曰多福斋,北为最花丽之门,曰来薰风,其后即是可观之怀仁堂,凡八楹,内容甚庄严,堂后曰福□殿,亦八楹。左庑曰芳凝绮榭,右曰和煦芬腴,后曰延庆楼,左连楼曰皇风趍,右曰协气翔,皇风趍左转曰涵万有,右转曰曜三光。其后东西空院,其间有一胡同,南去由左转北,西有一间院,东有一间房。东行出紫气东来之大门,复至海滨,迤逦而北,至一大殿曰紫光阁,殿中有满汉文上谕一道。紫光阁后复一殿,曰绥邦怀远,左右周以游廊,满嵌高宗御制诗章,出阁北行,出景福门。

二十五日　请裴子元、刘宗尧、徐圣与、刘贡扬、韩蕴山、李艺圃、宗鞠如兄弟饮鹊华春。

二十七日　访柯凤孙先生。先生言《金石萃编》尚有元一代,刻时以书太浩繁,未付刻,今其原稿存缪小山家。至义泉,侯心言为余借外债,以息率太昂乃减其额,而短其期日。

二十八日　胡诗庐招饮于其诗庐。诗庐满悬近时名人书画甚夥,亦一特色也。诗庐喜为诗文,尤好纳交海内名士,今日秦友衡首席,未至。昨晤傅谟虞,言今日学校中演新剧,欢送毕业诸君,邀余往。以讲堂为剧场,前为高大席棚,如他剧场,参观者亦售票,人二十枚,场内坐毕业诸生于中庭,参观者坐其后,本校生坐于左右。演剧者皆本校生,校长演说毕,唱普通戏数出乃演新剧,以学生自比于优伶,太恶作剧矣。蔡公虽于教育持任放主义,亦竟若此乎,闻此校昔亦有此等举动,而愈出愈奇,至为正式之演剧,则前所未有也。前时尝来校听矿学家翁君文灏演说地质,余颇欲闻其详,今日谟虞乃以翁之所编地质书见示,余持归,将于途中读之也。

二十九日　游颐和园,此日大学堂分给学生半价票游园,余从傅谟虞得一票,达三亦为余等觅得数票,余以赠侯心言父子及兰侪,而请吾姑往游焉,如游公府,余随步口述其景,而达三秉笔记之,归当为游记,兹不详。

五月二日　赴津访马挹山于法政学堂,而挹山适来访。

三日　至中孚银行还债,手续繁多,至数钟之久。至利达号,以其为债务绍介也。闻利达商业今年大获利。宿卞氏。

四日　到德县,宿阜康。时开滦矿务局来煤甚少,候煤于阜康者至数十家,缺煤莫甚于今,而畅销亦以今为最,去年亏耗,今年当可取偿焉。

五日 到郑。于是福隆号移于故城,将重行开幕,属廉方副李荣岩。

十二日 撰骆君泽普墓表。

十三日 觞郑镇绅商。

十四日 撰任邱李孝女传。

十八日 元丰号杂货铺歇业。元丰为费峻儒及高某等家资本所组织,而费君掌柜开张十年,颇获利,至是因内容冲突解散。峻如等皆提去资本,以本号归高氏。峻儒本先祖弟子,已而弃儒为商,办事热诚,笃于朋友,与余甚相契,故记其商业也。

十九日 福隆号已租定地址,日内即开幕,因为粗定章程。赴城内一观,时冯乐轩以父丧旋里,因过访焉。

二十日 与吾妻赴任丘,宿于阜城。

二十一日 尖于献县,宿于河间。购茶食于滋兰斋。河间茶食最好,而滋兰斋名尤著。城内回回教颇盛,回教茶食铺亦盛。

二十二日 至任丘。

二十三日 与尹吾访任将军墓墓土,人相传为后汉任光墓,在城西里许,清雍正时知县袁圻为立碑,冢前亦无考证。去城三数里,为闵氏墓,边、李、闵、舒为任丘四大族,闵、舒先衰落,墓渐为野草棘荆埋没,碑尚累累,石人马亦完好。闵氏惟明代闵煦有神道碑铭,余则仅刻诰封而已。碑文为吴中行撰,文字完好,因与尹吾读其碑文约千余言,良久始读毕。

二十四日 至李忠节公祠。忠节公名桢宁,仕至山西按察使,循声卓著,官迹可称,罢官家居。清兵至,与知县守城,城破,被执不屈,死。家人从死者十余人。清兴,赐谥忠节,子又白先生官知县,其官御史,颇有建白,余拟取其事为传,而附记其父死节事,借其子为清代人而表章之。访朱敬敷,不遇。

二十五日　赴保定。宗葆初将葬其母,点主,请余陪书主官及点主官。

二十六日　余与兰俦王梅俦劼传等陪书主官。访张孟泉。

二十七日　宗君请蒋挹浮点主,余等陪之,谓之襄题,吊客皆至。

二十八日　葆初扶柩赴任邱安葬,余辈送至东门之外。访李心甫诸君于师范学堂。访贾佩卿,阅所著《畿辅通志》,盖将告竣。其地理沿革甚精密,其他门亦有体裁,考订详确,必传之作。佩卿初任此事,外人訾议者颇多,余则疑其向喜著书,何以于此书独事敷衍,今乃知外人议论皆不足信也。晤赵慎之于茶叶店。

二十九日　来京,与兰俦同车。

三十日　鞠如自保定回京。余到银行,以安徽独立,呈恐慌之象。艺圃电邀余,访于训练总监,云昨晚奉省亦独立矣。熙臣五嫂携其子德沈,字少熙,来游京都,寓于杨梅竹斜街斌升店。

三十一日　吾姑访熙五嫂,遂与观剧。

六月一日　访刘宗尧。宗尧于吾旋里后,治素馔于广济寺,请吴辟疆、梁式堂诸公,函邀余往,余不知也。其日,段内阁免职,辟疆等在座,闻之色变。有不能终席者,盖政界诸公,皆预知大祸之将至也。

二日　访辟疆。时北数省督军相继独立,组织督军团于天津,迫总统辞职。南省反对者已有动机。辟疆曰:若总统退位,国事恐遂不可问,总统屡遣人迎徐东海,且问计焉,意甚恳至。既有此诚意,东海宜急出,以固总统之位。总统不退位,南省虽起兵亦有统属,则大局自不至糜烂。东海既负重望于督军,又能见信于南省,似不宜恝置。昨总统派人问计于东海,东海以无计答之,岂不令人失望?子可以私交赴津,为东海详陈一切也。余未能用其言。

四日　访王晋卿年丈。年丈曰:余昨专人致书相国,请其出山担任国事。

九日　侍吾姑与少熙母子游安定门外黄寺,观达赖喇嘛住室。略如祠庙,中置极庄严椅子,人曰:此达赖喇嘛宝座也。达赖称宝座,不嫌其僭,则清代之优崇之也甚矣。座前列矮座两列,铺以锦垫,若蒲团焉。室内有矮坑,其前院北殿悬怪像二则,教祖像也。其东一室则为唪经之所。黄寺规模极宏大,达赖住室适处其中,左右院落皆寺也。顾虽云喇嘛庙,其神像之形势位置与佛庙同。光绪三十年游此寺,时日记中曾记其梗概,独未往观达赖居室。

十四日　请魏征甫五七人,其主客实少熙也,假座天然居。日来时局不定,饭庄生意异常萧条,今晚乃有起色。

十五日　午后张勋自津来,政界欢迎者甚众,电车约二十余,两道铺黄土,其气势真一世之雄哉。少熙侍其母归。应宗君之招,饮于新丰楼。

十七日　与仲武道存游龙泉寺,壁有赵松雪所书《金刚经》,蒋挹浮先生尝称之。访道兴和尚。观孤儿院、工厂及学校。龙泉寺南又一工厂,专作料器,即灯罩及名片。其西有一乞丐院,收养老乞丐及有残疾者。饮茶于姚家台。姚家井,北京第一甜水井也。自洋式井兴而姚家井不能专擅其美,自来水公司立,而洋式井又退败矣。

十八日　访辟疆。游农事试验场。访刘润琴殿撰,惜雨,未暇参观农事,润琴以殿撰资格来充场长,至则大兴工役,涂饰亭台楼阁。以新游者耳目,冀多售游览券,而于试验农事如何提倡而扩充之之事,概未言及,管理诸君多笑刘君之宗旨。

二十九日　午前与李绍先、张伯林游南苑,乘洋车前往。过小红门、大红门入南苑,约行七八里,至万字地,则市廛也。约行里许,至军营。是为十一师驻扎地,轻便火车即止此。南为操场,再南为十二师驻扎地。南苑共七千余顷,兵营占六百余顷,地势由西北而东南,范围最广,土田肥膴,间有稻田,中有旧村落。观其人之生活必甚低,皆不善治生之旗丁也。有行宫,则天子行猎时之宫也,未及往观。有农业传习所,一晤其教员数人。有刘君、黄君二人同吾等游观农事,穷稻田水源,曰一亩泉,时去军营可五七里矣,水势微弱,必借人畜之力始能灌溉稻田,然土田肥膴,复有林木疏旷之气,令人神清。

闻开放之初，皆达官贵人占领，以不善经营或至赔累，乃转于人。然尚有未出售者，如中丞增蕴他亦有思转租，价已甚昂矣。黄君本南苑人，刘君名粲章，字绣村，任邱人。万字地商业虽极微末，然甚发达，盖十二师自前年冬移住于此，骤增万人，故一年以来商号增加不只一倍矣。访十一师炮十一团，团长周君荫人，不遇。访张桂樵。桂樵名树棻，今馆于周君家，教其二子焉，周亦武强人。宿于医院。张伯林名瑞征，故城人，与绍先同学，后毕业于天津军医学校，今遂有事于十一师医院。伯林年少好学，富于自治力，人亦明练，可交也。

三十日　与绍先乘火车回。火车至红门换水，为一小站。

七月一日　绍先赴大树公司。绍先欲养病山中而未肯往。余以其人颇明敏，久住公司当能有所调查，因属其往也。午前闻清帝于早三钟复辟，不胜骇愕。午后出行，见有龙旗悬某局门首，并《顺天时报》号外所载上谕种种，知事信，益惊惧。翙新考毕归。

二日　恐都中将有变，略整诸事。王秋皋尊人年谱余校阅讫，将不妥适处加签识之，遣人送还。

三日　访辟疆，知总统逃入使馆。

四日　知大乱将作。议明日请吾姑赴津。余侍从鞠如留北京。

五日　鞠如虽知都中且有变而迟疑，故吾姑未动。

六日　闻段司令已驻兵廊房，有战事。东西车站时或不通，鞠如遂决议不迁徙。

七日　午后忽闻兵至永定门天桥，市人惊审，相率拔龙旗闭门，已而无事。余侍吾姑避居桂馨酱园。

八日　晨起复回。于是谣言四起，人心惶恐。三日间火车时停，赴津者至为拥挤，昨日尤甚。市廛已呈萧条之象。

九日　余与傅谟虞至天坛门前永定门外，观两军作战之形势，则讨逆军司令之告示已由永定门至各街市，龙旗犹未尽撤也。

十日　至东华门一带，见定武军帐房犹一一插龙旗。张绍轩门前尚有车马络绎也。归。人争言定武军已屯东华、长安各门，以待与共和军决战，人益惶恐，乃再侍吾姑避于桂馨菜厂。

十一日　吾姑在酱园未归。余曰：事急矣，能赴保定不犹愈于已乎。鞠如乃拟赴保，电询火车，知午前尚开赴保定，亦卒未行也。盖十日以来以电话询访各处消息，亦时得重要之信。今日午后得警报，言外交团于两军间调处无效，恐即有战事。

十二日　早四钟，枪炮声大起于东南，知围攻天坛也。又起于北，时远时近，殆攻击天安门与南河沿也。有飞机三，翱翔于天坛之北，以侦敌情也。直至十二钟半炮声渐息，而火起于东北，殆焚张勋之宅也。战时共和军列队守南下洼，禁行旅。午后四时，于馨山自外至，喜甚，知战罢兵退矣。于君乃为余述战事之所闻，盖其来时曾往见鞠如，知鞠如在家。自始战至今，鞠如由电话互通消息，得悉各城情形也。张勋逃入使馆，其兵皆降，两军死伤尚不甚多。今日全城罢市，断绝行旅。余觅电话于左近，与鞠如一通话。六钟复禁行人，四钟余，天坛左近两军往来杂沓，往观者亦甚多。

十三日　市廛仍未开门，仅有肩蔬果之贸易，夜仍禁行人。

十四日　迪新于九日得子。吾姑回家，余至前门、天安门、南河沿、东华门一带游览，伯坪、鞠如亦曾往，皆疑攻击至五六小时之久，而无所损坏，死者尤少。余观之，则天安门、长安门、南池子等处墙壁间时见一二炮弹痕，惟东安门一带击破之处如麻而已。城内又有五色国旗飘荡矣。张勋宅既被焚毁，日本医院调治伤残兵士，禁游人至门前，而长安门、南池子口、东安门及南池子路东各胡同尽有沙袋及黄土堆塞之迹。张既倔强不服，则当约期陈兵城外决死一战，令人知其非不能战，乃天之亡我。乃不出此，仅守一街一巷，以致震惊清室，扰害商民，而卒败逃，岂勇夫哉？是时前门外东西猪市口内尚屯扎重兵，枪炮陈列，商民仍惴惴。

十五日　余本欲昨日将战事就闻见及报纸所载，述其梗概，而迄不得其详确，言则人人殊，报章所记亦互易。余既亲闻其声而履地，人与报章尤争言其事，然尚不能记之，记事之难如此，然则古人之记述可尽信乎？访伯坪。余尝谓清中叶以来，出土金石至为繁夥，若取而录之，以补《金石萃编》，其富当不下王氏书。伯坪不谓然，余谓《金石萃编》所载瓦当、经幢、遗像记，殊不足资考证，徒充篇幅。余续此书，拟不取此三者，不取此三者亦能与原书相等或超过之，岂非大观乎？因取王氏所编，依时代核其数如左：夏一，殷二，周八，秦六，汉一百十八，魏、吴十二，晋、秦五，梁四，北魏三十五，东西魏二十二，北齐二十四，周十四，隋三十一，唐四百六十四，五代三十七，宋六百十八，辽八，金五十五，齐五，外国九，失目四，共一千四百八十二。原序谓千五百种，不误也。

十六日　访郭季庭、吴辟疆。于辟疆处，假得张、吴两先生及辟疆自平《尚书》携归，临出，又假吴氏父子所批《昭昧詹言》。徐相国来京。

十七日　余日昨小不适，今以疾辞，不往谒相国。

十九日　与荫南订于今日同谒相国，荫南不能行，醉故也。

二十日　荫南仍醉不能往，余强之至前门，复觅酒肆而饮。余遂独往谒，坐谈良久，归而雨甚。

二十一日　至瑞增义羊肉铺，托其代购纸币，以乱时中、交两行纸币跌落甚，秩序恢复，必日有起色也。

二十二日　访王沐斋。沐斋言，有医士王荫轩者，颇重道义，藏有金石，尤有泰西石刻，当为君介绍。与鞠如饮于庆华春。李绍先自西陵来，为余述大树公司所调查之情形，并以日记相示。昨日《北京日报》载有张勋财产调查，记虽不详确，亦可略见一斑也。曰张勋为一大资产家，固举世所公认者也。除江西原籍所有田地房屋外，天津德界、奥租界及青岛、济南、北京、徐州等处各置屋宅，就中以天津德界所营造者为最宏厂。投资事业在外间人所共闻见者，交通银行、南浔铁路皆其大股东，天津方面经营之实业，如启新洋灰公司、造胰公司、火柴公司、铸铁工厂、金城银行等，皆由张之资本所组织。他如招商局、汉冶萍公司、某书馆、某银行、北京自来水公司、玉泉山啤酒汽水公司、天津造革公司所购股票亦较多。此外财产则有历年公债储蓄债券、各外国银行存款、天津日界恒利金店、北京观音寺街文华金店、珠宝市宝善金店之资本金，而徐州所藏鸦片及金珠玉器古玩等统计，总额不下三千余万元。案：文华金店非张勋所为，《顺天时报》所载与此同。

二十四日　绍先旋里。至印铸局，为教育次长袁公订宣统复辟之八日内阁官报两分。谒相国，相国公出，未晤。访徐圣与，亦不遇。

二十五日　晨，相国电招余，余往谒，余为献群刊刻文集求相国署检，余以所为《骆泽普墓表》《李孝女传》呈相国，相国阅其批曰：辟疆所改易之字极好。曰：子亦甚好学也。余问按摩术有何雅词，相国曰：有之，惜今忘矣（葆真按："按摩"二字见《汉书·艺文志》）。

二十六日　相国回津。

二十七日　访宗尧。访张泽如，与议为儿辈请师，议及侯亚武，允为我作书观其意。又曰：深州少年好学能文者，有孟宪群，次曰焦伯奎。

三十日　请相国为《李刚己遗集》书检。余代鞠如所索复辟八日官报，见故城教育会揑用我名呈县长请入会，余闻作书诘教育会。夫入教育会岂必呈请县长，岂传者误邪。

三十一日　朱铁林邀饮于鹊华春，客七人，侯心言、郭季庭、常兰侪、王沐斋等。东海相国全家来京。相国在津住德租界，德界收回，遂有巨盗发见，虽调兵镇抚之，犹有戒心，遂急来京也。

八月一日　刘宗尧来，亟索观《畿辅先哲传》。因载其先代二人，尚遗一人，宗尧于此书亦颇注意，极端不赞成此书者，惟宗氏父子。冯代理大总统入都，午后一钟入中华门，以入新总统府。欢迎于车站者极盛矣。中华门内左右设各界欢迎之所，置礼舆，不肯乘，乘汽车先行。礼舆，马车也，红色饰以金。有马队持枪，悬小五色旗。随礼舆后总统夫人等亦各乘汽车，由中华门入。幕宾及卫队军官等或乘汽车或乘马，亦由中华门入。设馔于西四牌楼广济寺，请辟疆，邀高阆仙、刘宗尧、张泽如、宗鞠如、伯玶，鞠如、泽如未至。素馔亦颇适口。

二日　访张子铭、袁伯华。伯华以李唐所画《百牛图》见示，但未审真伪。李唐，字晞古。又见其新得卓枟所书横幅，枟字鹤溪，卓秉恬之子。伯华因言及赵盛伯收藏最佳之帖，一二年内多售之日本人，颜书《孔冲远碑》售五千元，李思训书《岳麓寺》售二千四百元。又曰：盛百熙所藏亦系日本人购去。伯华又有管夫人墨迹，尤自珍宝。李艺圃来，新自南省归也。昨日闻张勋曾以复辟时各处往来要件交刘廷琛编辑为书以发表之，借以见当时同谋及赞成者，报纸曾屡载张勋宣言，将发表诸公赞复辟之证具，岂即指此。但闻此种材料皆置一皮包内，刘尚未编辑，为法国人持去焚之，曰勿令多人受此恶名。又闻人言张已属刘与万绳栻编辑矣。而政府派亦有人编辑复辟史，此真人所争先睹者。孙少侯《复辟记》已载入各日报。昨曾与辟疆言：吾侪具复辟时之材料，请君作记，何如？辟疆曰：材料不必全，苟有所资借，参以闻见，即可为之。古人著书，岂必材料之完？又岂必事之确切？虽《左氏》《太史公书》，亦不过就闻见所及者而述之，一一详确，反不能有佳文。但复辟事内情，吾一无所知耳。或曰张勋在徐始终未悬五色旗，今日之败，本拟身殉，德人劫去耳。张勋本未可厚非，惜少一死耳。或曰各省贺电不少，为天津扣留，勋欲捕段，段遂急起而败之。或曰李盛铎素在张勋处，梁星海之充师傅，实张保之，非欲令其为师，实欲其以复辟说进也。陈宝琛大不谓然，曾相辩难。李赴德，见德将马克森言其事，马克森因与清帝书，清帝命梁作复函，已而马克森来书附以小照，言请纳交，而复辟事出。或曰梁敦彦于取消帝制前两日宴客，意态安闲，与宾客说《文选》，谈之良久。有某君者不能耐，曰：外间风声甚紧矣。梁曰：彼何能为？倩人录吴先生与吾父尺牍，先检点未装裱者，共四十六件，又与他人者四件，又所书文诗稿二件，俟抄毕交辟疆选录，加以得自他人者付刻，附尺牍后为补编。

三日　艺圃属余介绍谒相国，拟今日往，约会于东安市场。以

(已)往,已又改于明日午前,乃又同至劝业场三层楼上小酌并赏雨。已连日大雨,今日忽有雹。北京日报社与余言,当复辟之际,本社印报实印两分,以一分销本京,一分外寄,外寄之报仍用民国历也。艺圃以第六师师长齐公燮元来函示我,曰:余此次至南京,一游江西,再至沪上,与齐公乘江轮而东,山水明秀,真北方所未有。由江西归,李督军纯贶以四百元,余受五十元而辞其余。以齐督军属艺圃交李秀山之弟桂山之函相示,言可以密电码交艺圃,以便与江西通电也。

四日　偕李艺圃谒相国,相国亟见之。相国谓余曰:鹿文端吏治甚有可观,宜详之。文端吏治极好,在相位尚无甚事也。又曰:所叙张文达事亦略有错误,因指其书而为余一一言之。余问李荫銮可与立传否,相国因言当日与往来之事,未言及作传。又曰:王枚岑可与为传,如觅其事略不得,当问其子,其子前曾托余谋事,今不知其所往矣。又问余边宝泉是否直隶人。艺圃见相国,相国言:曾识一李君于定兴,鹿氏时在广东,久闻君家为大姓,此李君与君为何辈行?艺圃曰:鄙族与鹿氏累世婚媾,加以年谊而行辈错出,称谓遂各不同。相国所云李氏,余堂侄也。相国笑曰:余与鹿氏亦然,于某人既以姻亲,而兄弟之于其晚辈,又以同年而称年丈。已而艺圃乃发表其意见,曰:当今国势,当视北洋派盛衰觇国之存亡,北洋派之系于国者甚大,而谋保持北洋派,不可将已成之势而涣散之,当取其势而聚之。相国曰:诚然诚然。又曰:某顷自南省来,所见惟江西军务最为美备,而名誉亦甚好。余非军人,而在陆军大学七年,各省参谋皆相往还,而聆其言论,皆称江西督军之贤。今大总统冯公又与李公相知,冯公既任职大总统,江苏重要,颇难其人,似宜移李督江苏也。某非军人又非党人,既非为李游说,亦非阿其所好。相国曰:此情形吾皆有所闻,实如子言,非阿其所好。忽来一客,相国命之坐,而谓艺圃曰:此非生客,仍可继言之。艺圃曰:但恐府院意见不一,段公已两次致电江西,反对此意。相国曰:冯公到都,必可与段接洽,当无虑也。艺圃略为他语,相国乃顾周君云云。艺圃仍欲有言,而吴士湘偕数客至,艺圃乃辞退。

五日　星期（以下缺记）。

六日　余以得孙，觞客于富源楼。杨君博如来访。博如名溥，清苑人，署吉林地方检察厅检察官，与李子健幼同学，长同官，甚相得，且好文。此自吉林来，子健属其访我，询其先人刚己文集事。

七日　访杨博如。渠谈论之际，于古文若深嗜焉。而对于子健所托，尤谆谆于朋友之事，认真如此，令人敬爱。博如寓烂面胡同武林钱氏，曰此余长期通讯处也。

八日　访辟疆，知其总统府秘书如故。辟疆以所批《昭昧詹言》见示，其中间有挚甫先生评语，真可宝也。惟余素不读诗，所以求于辟疆处，录出存之而已，且以应康恒庵、侯亚武两人之托。访泽如，不遇。访孙云五、杨冠如二人，久不晤，意颇殷殷，云五并邀余今晚宴于元兴堂。访曹理斋，则殊淡漠。

十日　伯玶请袁季云、陈华甫，属余陪客。季云言及京外风景，曰上房山景最佳，而东陵盘山次之。华甫以山东电局总办为张督军所辞，来京请见总统也。

十一日　华甫来访。校阅李湘岑《游德日记》毕。去岁湘岑以昔时随醇邸赴英所为日记，属余修正。日内始取而评校之，数日乃毕。所记甚简略，尚不足一巨册。

十二日　游左安门，此为吾第二次游此门也。以日内患喉舌痛，故欲游空旷以吐纳清气。观法藏寺塔，塔为明代所为，寺已无存，寺本能登，后因怪异乃埋之。左安门外七十里为采育镇。案：北京京外各镇，永定门外曰南苑，西直门外为海淀，得胜门外曰清河。近者二十里，远者五七十里。至万柳堂故址，今已不可考。其寺曰拈花寺，康熙时敕建。寺僧语余曰：吾幼时尚有巨柳花园，本宋元时之万柳堂，其旁尚有一庙。廉氏衰，万柳堂遂归寺中，其旁之庙，今亦不存。二十年前，元时《万柳堂图》尚存庙中，后为贺云甫学使所见，持去，云当为题跋，后卒，不见还。后有某公赠诗数章，咏贺公窃图事，今其子孙犹在,图必仍存也。辟疆来访,未晤。

十三日　谒相国。相国闻王晋卿、赵湘帆久未回京,因属余照料编书局事,又以王孝饴书目见示,命余审察,云此书售者索价二千元,但闻已有售出者,汝可先审察一次。访孙振华于永通。诚闻铺内颇殷实,庚子之乱,货尽被劫,不十年而恢复。其东为内务府某公,游钟楼,北迤逦而西居人,房舍湫隘,间有寺观,亦多污秽,则此城隅居民之生计可知矣。有震记造胰厂。

十四日　访侯心言,心言邀饮于报子街集贤饭庄。时有高阳李香阁者,初从冯总统自南京来,在心言家谈久,心言邀与便饭,适余与兰侪皆在,遂同至报子街也。香阁名兆兰,清进士。

十五日　与侯伯恭至各石印局调查照印字帖,拟将所存名人书印行之。余在家时,县人发起教育会,竟不告余而列余名,呈请县长立案。余闻之,致函会中,责其捏写余名。耀斋、乐轩前来函谢过办谤,余不忍过伤其意,乃作函复耀斋,又作函复乐轩。而今日迪新函言,耀斋见此函大惊,至函式古,属其商于惠□,劝余更正前函,绍先亦来信,属余勿过追究,以伤乡谊。

十六日　张桂樵来,遂与同访武强李晓峰于讲武堂。晓峰名炘北,代人,曾与余同应院试,自此遂别去,已十四年,近在军界渐有旅长资格。因思与余同案者有郝咏嘼,久在陆军大学,今闻已团副矣。吾县政界久无人,而军界则殊盛。访步芸村,不遇。访柯凤孙,坐遇徐榕生,柯邀沈子封及余同至聚贤饭庄论事。柯曰:山东糜烂不堪,无术以救之,惟有一人可已此祸,君谓然否? 其人为阎允卿,必能收抚辫匪,则吾一省可免涂炭。君如能往说之,或余亦一至济南劝驾。徐曰:此人若肯任此事,事必有济,且其人或亦肯为之。渠尝与余书,言归老田园,后与余书,又若不忘情世事者。且冯公亦甚重其人,曾招致之,渠不满张而舍去,已五六年,自无嫌疑可言。张军长官多与龃龉,下级军官莫与有感情,苟出而招抚,必皆投诚,渠尚时至张所,不肯,太决绝。余往说之,当可得其意,且渠佩服吾兄甚矣,时欲一过从。君赴济亦可，余偕其来亦可，但渠有烟癖，不便。柯曰：吾可保险使宿余斋舍，必可无虞。又曰：申甫为济南张督军所重，便说张督，张必无异辞，属阎允卿任此职，莫若以办清乡为名，由同乡公请，张处不生阻力，总统复知其人事，或可成；如张振卿等皆可列名，张亦易得其同意。柯曰：吾数日即思此事，而非君莫属，君在定兴，强招之来，亦太不情，然无可如何，亦只得相烦。将作书矣，而君适至，甚善。徐曰：且余亦适往济南也。徐方欲今日行。柯曰：沈子封急欲一见于子，何妨为之一留，余即邀子封也。徐曰：然则为留半日，明日必行。因说及复辟事，柯曰：其当时情形余尽知之，因纵言其事。徐曰：张、雷二人之罪也。柯曰：刘幼云荒谬已极，一切事皆刘主持，任某人为某官，皆刘开条示张勋，张不能尽悉也，则一皆批准，随即发表，皇上益不知也。皇上且上觅上谕，条而阅之。皇上虽无所知，且当以闻，乃竟荒谬至此。徐菊老仅与一弼德院长，且当日实有斩徐菊老之传说，但不知谁之主持，或曰必万绳栻。沈曰：何以知非刘所为，渠太不自量，菊老岂汝所得而办之。徐曰：此言传出在十四五日，则复辟时之前也。其时人问张，曰：若办复辟，不调徐州兵乎？刘曰：直隶总督即统直隶之兵矣。雷曰：吾为兵部尚书，即调动军队也。日本人问之曰：复辟若须款，当代为筹措。张振芳曰：有盐业银行之款。又问曰：对德问题，当与协约国一致乎？刘崧生曰：当然中立。于是日本大怒，遂出而反对，段见其忽变，乃赴小站。日人曾与约以山东铁路归吾日，则徐州之兵可以北上矣。日既反对，此议亦寝。朱家宝实为日本所驱逐。徐曰：根本错谬，实梁崧生外交之失败也。沈曰：尚有一人实误其事，其人为谢叠石，谢原在朱家宝幕，朱荐来京也。曹锟制龙旗比北京且早，后与以巡抚，曹大不悦，曰：何故降吾职，盖巡抚无兵权，乃遣人要求他荣典，如加某衔赏黄马褂之类，张又不予。开战之前一日，即二十三，张命吴士湘专车至津，请救于徐，仍专车回复。张深夜不能候，请由电来，回信亦久无复。至三点回曰：大人方寝，而战事起矣。徐与张之书已载入报纸，观其措词，如令卸武装，徐亦太不留余地矣。张之意盖谓如此偷活，不如一战也。闻此次战时，美日两国实画战线，其时张之军实有六千。徐曰：吾闻吴炳湘言，陆军实死四千二百，张军死才三十余人，伤者十余人耳。窃案：此数不确。徐曰：万之骄甚矣，其气焰远过于张，此事如陈师傅皆不赞成。徐曰：吾二十三日到京，因辫发辫者，路中颇不稳，乃去辫发。于二十三晚至，定武军内则人心惶恐，多走去，惟万某等三数人耳。见定武，寒暄毕，颇言人多逃去，而君于此时尚来见我，若甚感激者，且曰：即在此下榻亦可，余出即逃走。柯曰：会议时张定武与幼云等在一桌，他人在一桌，求官者在定武前作种种丑态，令人难堪，而涛贝勒尤令人不忍睹也。涛求海陆军大臣，定武曰：上谕亲贵不能任重职。涛曰：军事非国政比。张乃颔之曰：然，可缓发表。其幕友某在旁拍案曰：终不能发表。涛乃逡循退。此时刘、万二人外，他人求见不得也。

十七日　早，艺圃以电话相招，告余孟宾、冶亭诸君来，将宴之，子可作陪也。余先访孟宾、冶亭，遂同宴于同兴堂，崔叔和、向子和、刘某皆在座。蒋自言从朱公十一年，为科长而辞职。孟宾亦久未得县知事，崔亦无要差。政客浮沉于宦海，亦可畏哉。

十九日　翊新至自家。用宾先生请陈华甫，属余作陪。昨日及今日追悼讨张定武军阵亡将士，中央公园挽联颇多，皆军界之人，余往观焉。余初至公园为提倡救国储金，第二次洪宪作纪念，第三次悼蔡、黄二烈士，今为第四次，并观讨张勋时之战迹。呜乎！世变多端，余之对于公园乃一感慨之地也。晤柯世五，畅谈良久。

二十日　谒徐相，言及其先人墓碑乃吴至甫先生作，今求陈弢庵师傅书、张君立篆额。余近来连求相国为新刊之书署检，求辄应之。又言及傅沅叔，曰：渠颇喜校书，校书之余则游览山水，其人颇风雅也。言及编书局，曰：晋卿觅人所刻不惟多误字，所刻实不佳也，当与交涉。又曰：售出之预约券须交现款，不可任人而与券，及出书乃持券携钱取书也。言及作传事，则曰：王燮可作一好传，武人能文实为难得。又曰：边宝泉何许人？余曰：霸州人。曰：霸州出此人物，亦实可取,宜为作传也。王枚臣世兄曾来找我,可问铁林,宜知之。余言唐春卿所注《唐书》不传可惜。相国曰:吾闻其书而未见书,尚不甚完。余详核王孝饴书目,其直实在二千元以上,若能减于此数,则廉矣。

二十二日　余日前与柯世五言及唐春卿所注《唐书》急宜保存,能为之刊印固大善,否则录副存之。此等书最可宝贵。盖汉学家清代特精,至清末而有此伟著,是后学术即发达,考据亦必衰,此等著述恐不能多见矣。此书不存,不惟无以慰春卿尚书,而后之学者亦不得复见此书矣。世五大韪之,遂以刊印之事言于高阆仙,阆仙难之。

二十三日　陈华甫卒于逆旅。华甫,名棣堂,任丘进士,清时为某官,后为农事试验场场长,又充济南电报局总办,今年免职,意殊怂憋,来京谒冯大总统,未即传见,病三日而亡,家人无一在者,其婿常绎之为经纪其丧。

二十四日　相国前日既言及预约券事。朱铁林亦以相国之意属余调查。今日访朱铁林,报告卖预约事。铁林言相国恐人之取预约不即交钱,拟即收回,不复发售。余曰:前已言明售预约,今尚未及期,及期收回未晚也。惟局中所售,皆系中行纸币,殊为不合,但亦初时中钞与现银元相去无几,亦以未严重交涉耳,此后可无虞也。此时似不必收回。朱曰:此相国意也。艺圃来,知其得西直门税务分局局长。兰侪以电告我,言昨谒大总统矣。总统垂询良久,仍昔年态度,且进见时惟余与王琴南二人,至谋事亦许为之谋。

二十六日　午后四钟半赴津。访耆卿,而艺圃亦今日来津。畅谈逾夜分,所谈多国家内政及政争内情,遂宿耆卿家。艺圃以龙涎赠耆卿,曰此清太监得之宫内者。此物必琼州出者,他处皆伪品也,北京同仁堂且不易得。

二十七日　至苇村新寓所,在北马路北门西路北,即利达号办事处,苇村全家来此,已逾两月。借款于中孚银行,而分还他人之债。访刘子衡,仍寓耆卿家,艺圃亦同来,畅谈如昨,所谈则皆商业。耆卿于商业既如此研究,而于国事尤好留心。艺圃曰:无锡极繁盛,丝厂最多,在火车中望之,自无锡之北一站以至其南一站,遍地尽属短桑,其叶极嫩。又曰:浦口将来为中国二等商埠,日事拓张,实业家甚注意此地,企业家宜占地于此。近上海、汉口、香港、天津等已甚充满,无可厕足也。艺圃又曰:吾闻南洋群岛槟榔屿有大资本家,独一人有商船二十只。又曰:华侨多蛋户,蛋户者皆罪人,发往沿海居住,乃与人鱼交而生子孙,浮居海船。故昔时国家对于蛋户有种种限制,不得等于齐民,而人亦不齿之。近以资财雄横一时,人乃争与纳交。又曰:金陵雨花台有可宝之石三,一内有一龙形,一内有一僧形,一内有一花,皆于日光中照之而现。又曰:闻四川之富甲于全国,而两湖甚贫。耆卿谈蛋粉公司于邯郸才二年,颇获利。近又购地泊头镇,再拓充此业。云无锡蛋粉公司最大,中国有蛋粉公司,在南省有十余年,而在北省才五六年,多获大利者。南方公司多自养鸡,不尽收买,邯郸工厂人工甚廉,女工初仅五铜元,近七枚,若唐山则每人至二十铜元。又曰:钱行为百行之祖,钱行之人必周知百行之事,故业钱行者改治他业,亦可通晓。他行之人,不能知钱行之事,是以他行人不能任钱行事。津中钱行人才多为银行吸收,故钱行人颇缺乏,曲指计之,凡昔年业钱行者,今皆充掌柜矣。欲得此中人,须求于各号有职任者,事浮于人,殆无闲暇无事者。又曰:宫北之钱行,与针市街之钱行不同,针市街之钱行皆大宗存款,以汇拨为事,终日不见现银,存款者亦多不取息,且汇拨往往不出本号;宫北银号其历年浅,资本地人为多,所办皆浮事,必明悉各银钞行市,或存或借皆现款,对外皆三省事为多。耆卿因问艺圃借款问题,知其期迫矣。二人又言税局事,以艺圃得西直门税局也,欲荐人未允。以上皆艺圃、耆卿两夜所谈话。

二十八日　访张果侯。

二十九日　早,赴针市街泰源号,泰源无人,余所乘人力车为大车所冲倒,微伤余肘。至锅店街广利制袜场参观,出袜颇多,亦售机器。晤马挹山于直隶书局。

三十日　与马挹山访纪直诣于英界，未遇。晚再访，仍未遇。访步梦周于公署，时梦周任内务第一股主任。张果侯来访。

三十一日　回京。今日得辟疆函言，顷谒相国，相国因其言拟为我谋一事，属辟公代为筹画。

九月一日　访朱铁林，又访辟疆、艺圃，皆不遇。艺圃今日到局视事矣。

二日　访辟疆，辟疆言日前谒相国，颇为余进言。时王古愚邀辟疆同往见相国，亦助辟疆称说我，且曰：相国既有此言，吾可作函促之也。余访辟疆，辟疆尚未自府归，盖秘书虽星期日亦办公也。余因少坐，读其日记，因录数则于左：《淮南王安传》"即使辩武随而说之"，"辩武"即"辩士"也，《史》《汉》"武""士"二字多通用。《安传》"屈彊江淮间，韩公守戒"，屈彊字本此。《晋书·王祥何曾传》用意含蓄，皆欧公《冯道传》意，王隐劝祖纳博弈，《纳传》已详言之，《隐传》重出文义并同，《晋书》之无剪裁如此。震川《陶庵记》谓渊明视晋宋之间如蚍蜉聚散，此于陶公悲愤处全未领会。日语"分子"书史不多见，唯《穀梁》有云"燕，周之分子也"。《国志·彭羕传》："分子之厚，谁复过此？""分子"犹言托分也。念伦邀饮于斌升楼，座中有乔信孙者，名曾佑，四川华阳人，前学部右丞懋轩树枏之孙，教育部主事，其兄曾绍介余参观图书馆，今初相会。信孙先进，而与我言致殷勤焉。

三日　赴西陵。雨。梁格庄下车，即至同义兴，与杨可观畅谈，遂宿焉。晤峨磨寺山场刘某。

四日　至公司。

五日　雨。未游览公司。初拟扩充牧羊，以今年水灾遍畿辅，牛马大落价，乃议买骡。又言及石棉矿。日来骤然发达，而矿产尚有未租出者，拟再往调查。日前慎之来函，言大南沟有人来放租，问余留租否，因与凤州言，属其详为调查，或再租其中一两处。

九日　回京过杨可观，可观急出石棉标本相示，有白色、黄色两种，言此矿质极佳，黄色者尤胜，尚未租出，幸勿失之，吾辈可伙租也。

晤赵慎之。慎之曰：吾前所调查者系白石棉，不若他色者佳。吾今又租得黑色石棉矿，尚未开办。亦出其矿质相示，曰：此矿租契以七年为期，租费才百余元。案：石棉矿皆在广昌内，已出者为白色，每百斤送至梁庄四元，售于易州则七元，闻至津则二十元，数日以来，所出几万斤矣。而租山场者亦络绎不绝，有曹凤山者，山东茌平从陆建章为副官长，前来租山厂，至官座岭中途而返，言租果树沟及大南沟。慎之因属我早看定大南沟也，利之所在，人所共趋，无人发起，则千百年无过而问之者，一或得利，则群起而相争，然则国家欲提倡实业，又何必恃文告哉？苟不夺其已得之利，人即劝趋矣。于火车中遇易县蚕桑学堂教员李毓瑭，字亦瑄，山东阳信人，自言缫丝已甚精，以其精，故不能售之乡人。月之四日，汪仲方来访，以南丰刘镐仲年丈孚京文集见赠，曰《求放心斋文集》，凡四册。又《□□尺牍》，李□□撰，李为□□之子，颇为经世之学，与毛实君、乔懋轩两先生来往最多。汪与乔为世交，故以李君尺牍见赠。

十日　荫南病，余往视之。艺圃邀葆初饮于致美斋，坐中有旗籍二人，曰刘玉铭、吉世安。艺圃曰：刘，吾盟兄；吉，吾盟弟也。

十一日　谒相国。相国以唐拓本武梁祠见示。此为济宁李□□所藏，此册已被焚，复得于灰烬，凡十五段，每段四周皆有火燎之痕，其甚者则仅余数字，跋语甚多，皆小字，甚精，而翁覃溪之跋尤多，长者几千言，吾所见翁氏手跋金石甚夥，而《苏斋题跋》及《复初斋集》不备录，不知何故。夫翁氏于金石书法皆能道其深处，字字有根据，不为浮泛语，乃有清一代金石大家，非他赏鉴家、金石家可比。余本拟随所见录出，又恐有成书，不免徒劳，当询其故于东海及伯坪也。余言及去年相国曾以编书目事见委，余请示以例。相国曰：汝自定例可也。荫南病，余再往视。

十二日　荫南病革，致电告其家。

十三日　蒋季重自广东来。伯坪邀饮于万福居，并邀余，遂送葆初赴保，晚访荫南，则已不能言矣。

十四日　午前十一钟半，荫南卒于畿辅先哲祠。荫南自星期六晚与同人大饮，醉倚坐楼上，不能起而遗矢，扶至床上，遂不复起。与吴蛰卿、桂馨斋、李聘卿经营丧事，殡于妙光阁。

十五日　荫南之父委辛子青书麟来京视荫南。

十六日　纪泊居先生来。张铿伯制军属泊居先生为其先人为墓志，迎先生于其家，乃来京。由吴蛰卿发起，编书局诸君公祭荫南。访沈翰卿于西城萃文公寓。翰卿好学，喜为诗，出其近作相示，知其致力已深，可畏也。又言将与某君译《欧洲通史》，余急称之，曰：此今日急务也。夫吾国近来所汲汲讲求者，西国政法与学术也，而法政学术莫不根于历史地理。中国行新法垂二十年，而列邦历史犹无精确之译本足征，无人提倡有用之学，而翰卿独知所从事，尤足尚也。

十七日　访泊居先生，并见其婿汪巩庵，以《畿辅先哲传》稿请其审定。因畅言其事，兹记其一二：尹嘉铨会一嗣子又为雠家所诬，此句与实事不合。《古今诗约选》载某县某人诗，系尹元孚之友，此目亦未载。李刚主之子孝行甚可称，宜为立传。李中简宜独立传，不宜附戈涛后，孙渊如有《李中简集序》。杭世骏《词科掌录》载边随园之《随园赋》，此乃边氏少年之作，殊无足观，然可见其先于袁随园数十年也。刘书年之子肇洵亦能诗，可为附传。洪稚存年谱记文达公事一则，他人著述中亦往往附见，为吾家所不知者。文达宜入名臣，昔年畿辅先哲祠曾特论其事，近几无人知此事。《畿辅通志·戈芥舟传》沿诗传之讹，致将其父子事误合为一；《李厚塙传》则误以为河间七子之一，此二事余曾面告晋卿，请其改正。朱泽沄、王有庆、王乔荫皆宜有传。樊彬，字文卿，天津人，金石家，宜有传。袁子才有某王神道碑内记王之锐一事。戈芥舟有《王孺人传》，名淑昭，曾为其弟拟封奏，见称高宗，亦有诗名，然其诗则不足观也，宜入《列女》。张广泗，雍乾间名督抚也，被杀，疑沧州人，亦不遗也。曹克忠亦近时名将，亦可为传。《东华录》于乾隆南巡后连日有上谕言尹嘉铨，可资考证。泊居先生又新校先君文集，将误字开列见示。余刊先君文集，既不能精善,出书后覆校又仍多讹误,他人阅者,独辟疆曾指出误字数事,宗此山先生亦尝校出,此外未有言之者,而纪先生则每别后必以误字见示,读书之精,用意之殷勤,尤可感也。应兰侪招,饮于泰丰楼。

十八日 吴蛰卿以联语挽荫南曰:世事已若斯,醉生不如醉死;人寰原是幻,独往何必独来。又曰:与我长谈才五日;怜君一醉竟千秋。又蛰卿友人周纬挽之曰:酒债未偿,公何去也;书声忽寂,吾亦凄然。荫南到编书局后,意殊惘惘,又每与人忤,而蛰卿独念旧意殊殷,然亦可尚也。请泊居先生于致美斋,并邀汪巩庵、沈翰卿、伯珩、艺圃,艺圃未至。泊居先生虽博极群书,而尤长于诗,故于畿辅人文,于诗家知之尤详,谈论所及,未尝不言诗也。余问柯凤孙、陈伯言之诗,则谓柯逊于陈。余言及严氏《通鉴补》,曰:此书余未之见,惟《盛武记》谓其羼入《三国演义》,尚何书之足云?又问毕氏《续通鉴》,曰:此书余亦未尝详考,然钱氏所作序甚简略,岂其书不足称邪?余以石棉事函询果侯,兹果侯以所拟《石棉说》见示,凡五六千言,至为详备。

十九日 谒相国。相国言:已晤王枚岑同年之子某,属搜集其先人事略。枚臣本回教徒,然与余及汝父皆有交谊,而其人亦殊倔强,曾上书弹劾某巨公,以此得罪,令回原衙门行走,其子言此书亦失去。相国因详言与枚臣往还之迹,详言不厌。余问:旗籍人可否载《先哲传》,议久,相国仍不能决也。余谓师儒中颜李一派置卷末不宜。相国曰:可提前也。又曰:陆钟琦可归循良,其子归外省籍,自可不录。余曰:纪泊居先生来京。相国曰:吾拟留之数日,俟晋卿来,为我邀来一谈,吾亦薄具酒馔相候。相国曰:《政府公报》附载《内务部调查直隶古迹名人祠墓》,亦可一校吾所编传,既记其祠墓,必为名人也。又曰:余忽忆有李待举者,忘其名,亦不记是否直隶人。访泊居先生,告以相国邀请相见之意。先生曰:余行且出都,不能相候相国,必欲相晤,可往见也。谈三小时,余乃辞去。访徐圣与,圣与新得统计局主事上任事,出徐相所书梧生先生墓志,柯先生撰文,以文长字大,因书于两石,篆盖则书于背面,此亦创格。访韩蕴山,言刚己诗集事,子健屡来相问也。访胡诗庐，诗庐言：余现有别墅在香山，每星期日必到别墅，如惠临，可到我别墅也。

二十一日　访纪先生，谈三小时，亦将十二钟矣。以日记所记梁星海轶事请其更正，因谈及吾外王父遗事，余谨记其梗概于左：陈先生讳某，官山西蕲县知县，继母某太夫人迎养官所。太夫人之侄某从之，因任以职。蕲县有盐税，盐商辄赔累，因无人充之，官以国课所在，遂勒令富室接充，又不欲苦一人，故数年而一易。陈先生任事时当易，盐商众推某富室，富室求免不得，则贿先生表弟某某，受其金四百而免。旧盐商诉诸大府，查实，坐先生以赃罪论死，当解至京而讯于刑部也。或谓先生曰：归罪门丁，论可减等，而纵门丁使逃亡。先生曰：吾不能觉察，致蹈刑辟，负国多矣，又可诬人以自求免邪？俯首认罪，竟以绞罪定案。先生之弟某视先生于请室，狱吏严苛，禁不得近，归至寓所，悲愤伤而卒。先生死之前一夕，在狱痛饮，及赴刑场，家人来诀别，告子孙曰：汝辈不可不读书，毋复仕宦也。亲友来视，问所欲言，则默然无语。及将刑，为设一席而裹绳以布，此二事盖特优待，则家人赂狱卒为之也。凡绞刑皆绳勒既紧而复松之，如是者数，然后以足踢其腹，气泄而死，是以久而后死。兹则以手按体上某穴，绳始及而亡，得少免苦痛，凡用金数百。此案刑部主稿者为南皮张小帆之父某某，成此大狱，殆亦迎合朝廷之意，以求显仕也。后官知府，引见入都，以镜自照，叫曰：陈六爷来邪！投镜而号，以惊悸死。纪先生所述如此，然余幼时尝闻继祖母陈太恭人所述，皆与此合，但所谓手按者，针之也。针其要害，则不旋踵而亡。又惊悸死者，谓其表弟也。一旦食蟹，忽发狂呼六兄至而死。惜昔年未笔记之，今亦不能详矣。祖母曾以先生手书诗稿数首，命印行之，多别妻子语。诗多俚词，且有残缺，行当装池之，以示子孙，附记先生之事于卷末，而求海内通儒跋其后。

二十二日　路杏村来畅谈。纪先生将访相国，余先以电请间于相国，相国约以晚四钟，余从之往谒，至则且六钟矣。一言在湖北办学务,一言张文襄遗集事,言之过详,已日暮乃言《先哲传》,故未及畅言,条举数事而已。相国顾谓余曰:归可将纪君言条记之。纪先生言宜及此时选畿辅诗。相国曰:当以属君也。归至观音寺,请其饭于庆华春。既而访路杏村。故城人从冯总统入都者二人,曰柴□□,桐岩;曰刁树堃,介池。桐岩有事于总统府秘书处,介池有事于崇文门税局及粮饷局。故城人在北京政界者,此外殆无人矣。

二十三日 送纪先生至车站,而刘诒孙兄弟、汪巩庵等同往。诒孙名宗彝,先生之婿,总统府秘书也,弟宗纪、宗翼。宗纪,字经孙;宗翼,字文孙。访郭季亭、吴辟疆、柯凤孙。余问柯年丈以《续通鉴》,曰甚恶。访李绍先,以大树公司章程属其规定,许之。

二十四日 与辛子青检点荫南书籍。王古愚来访。访裘叔和表叔于连升店。裘氏与冯大总统有连,来京进谒,将再入政界,久亦无机可乘,行且去矣。王秋皋邀饮于惠丰堂,座中遇高阆仙。阆仙曰:沈钦韩注有《王荆公集》,求其书而不得。余问阆仙近著何书,曰:注《古文辞类纂》粗成,尚未详校。与秋皋言及海内名胜,余曰:吾忆山川之名否,亦是幸不幸,其在僻远之地,必有佳山水,胜于人人称道者。秋皋因言:滇黔间光茅山,就吾所见名山,尚无其比。阆仙曰:滇在汉为颠国。又曰:侯官之侯本作候。闻天津于昨日忽有水灾,甚急。王晋卿于前日到京,寓虎坊桥聚魁店。盖在陕西已数日,为水所阻,不能来京。今日出所为诗见示,多感时之作。

二十五日 总统夫人周夫人卒。今日同乡公祭,余与伯玶同往吊。与辛子青检点荫南书籍未毕。天津水势益甚,电已不通,电话局以通津电过多,至不能通,法租界、日界水势尤甚。师凤州来。

二十六日 绍先来。

二十七日 与凤州访艺圃于税局。

三十日 谒相国。相国令为其族人徐大镛为循良传,又陈文骙,亦可访其事迹为传,又曰:张佩纶可为立传,已属其从子志潭访其事实于其子。其子现在上海,欲编订集其先人书,而懒于从事,亦如张君立也。余以相国之言告王晋卿,晋卿曰:张佩纶决不可立传。若载入传,岂不贻人口实,必欲为,请相国自为之。心言招饮于其家。余将旋里,以津中大水阻吾之行。

十月四日 尹吾来。

五日 访陆敬熙。相国欲为其父文烈公钟琦作传,故访敬熙,征其事略。敬熙既出其父及其兄事略相示,因谓余以死节前后情形。又言其父官抚顺训导及官湖南按察使时事实,又为述其轶事一则,曰虽近迷信,然实事也云云。又面述其兄历史,与事略相出入。

六日 访刘海峰及其父刘琴舫。海峰名渤,沧州人,在公府充官。访许君德明,许青县小滩人,字震伯,与苏星含有戚,曾来访,未晤。兹至模范团答拜,渠在机关枪连部。

七日 徐东海请客,皆一时知名士,并余七人,其次如左:姜颖生、王晋卿、柯凤孙、秦友衡、易实甫、刘仲鲁六先生。相国悬所藏名画于曲廊,与诸君饮茗其间。友衡名树声,某县人,吾父丙戌同年,以翰林院编修官至贵州学政,今充清史馆修纂。实甫,名顺鼎,某县人,以编修官至□□按察使,今充印铸局副局长。颖生名□□,某县人,北京著名画家也,尝为相国绘《退耕堂图》。晋卿年丈以在陕所得六朝砖拓本百页,属余请之相国题诗其上。友衡大讥姚叔节之诗。张仲卿来访,不遇。

八日 尹吾以相国曾荐于大总统事,托刘海峰再言之相国。海峰曰:可具呈,当代递。乃托鞠如为拟稿而视草海峰,海峰令他人易其辞,仍由尹吾缮写,虽其辞未必尽惬,姑仍之。

十日 张仲卿邀饮于广和居,坐中惟高松泉、李香阁。仲卿询余以所办山场,意欲合办,李香阁亦有此意,但香阁宗旨纯以今年畜牛为好机会也。王式文来访,近始由津来都也。

十一日 访艺圃于税局,晤其局委员左用中、邢福萃。左字智轩,沧县人,纪泊居先生弟子。邢字楳岑,京兆人,二人皆与艺圃契合。兰侪得烟酒公卖局调查员,来京半载始得之。

十二日 谒相国。相国今日游汤山沐浴,未晤。许明德来访。购《先哲传》五部而去。与辛子青偕行旋里。乘午后二钟余之车赴津。同行者又有郑家口北张家庄陈君子涛,字啸江,驻廊房陆军第几混成旅之军士也。至津,访任观渤于津浦铁路总局。闻明日夜二钟余开车,遂不入旅馆。访茞村,又至日租界观水,盖津中水灾,为津中租界发达后所未尝有,故商民损失之重,遂为从来所未有,富商大贾之亏损无论矣,即流离失所之贫户以数十万计。水势之大,日法租界为甚,英租界次之,而南门外荣业大街以南,水深五尺,此处人烟稠密,商贾麕聚,楼房不多,故受害尤苦也。自日租界水深数尺,街衢皆船舶往来,闻白日于浅处并马车、洋车相驰逐,虽可骇,亦奇观。民国怪现状,固无奇不有也。

十三日 夜二钟登津浦路,车四钟半开行,开窗望之,海天无际。傍路席棚重叠,车行几至拂棚,以故车行迟缓,以至西站无隙地,皆被灾难民之家室也。车仅至此,时有小轮舣停于此,专运送此路办公人员,不售票。余幸得乘之至良王庄。舟由堤外平地行,时有小舟纵横其际,村落浮于水面,水深约四五尺。十一钟至,舍轮舟登岸。步行五里,倩人担行李至车站,而已摇铃,任观渤呼,使少停数分钟,竟得从容登车。遂至德县,中途无阻。德县北决口,月之八日始塞也。车中人甚稀,不及常时五分之一云。观渤赴济南。观渤之兄观洲充津浦路警备队,观渤遂寓其兄守卫所,而致函于余,请为荐于局长,补警备兵。余为荐于马绍眉。观渤此次赴济,即持马君荐函往也。与辛、陈二君宿于吉升栈。

十四日 六人乘大车而行,行颇缓,至故城福隆号,廉方报告数月来营业情形,知已渐有起色,惟荣岩未能以款接济,未免困难耳。余既因廉方在帐房诸多荒谬,令其辞职,久乃使来故城,助荣岩扩充福隆号。闻渠到故城以来,颇能勤事且俭朴。此事虽小,尚不无可为。廉方固宜发愤自立,勿令树珊之窃笑于旁也。暮至家。

十六日 迪新子命名健,今日生百日矣。吾母携之拍照。

十九日　为迪新辈讲说《文献通考序》。

二十四日　张季瀛来，为余言故城县知事吴君到任以来，颇有政迹可称，而防河功尤伟，拟上其事于省长。出冯乐轩所拟呈辞，属为修正，且欲余于过津时同冯君递此呈也。余许诺。

二十五日　季瀛来，言乐轩促余早行，余答以弗能。县知事吴君以事来郑，余往见之，始相见也。与迪新校吾父《晋书》笔记，荫南所录本也。今春荫南欲将吾父评点之书尽行录出，就吾家将曾集《史记》录出，又以此本假之。今夏始录毕，如《后汉》《仪礼》，则前已临出，盖几尽矣，但多临于书中，不尽录其起讫于副本耳。

二十六日　为迪新等讲说《礼·檀弓》，凡万余言，计十日而毕。

二十七日　夏间盗贼由山东蔓延至故城边境，吴知事请巡防营一连来故城，而连长□君驻郑镇，贼踪自是少辑，今日往访之。

二十八日　与迪新整理书籍。

二十九日　讲《文献通考序》毕。农事毕，三里口所获陆续运来，昨日藏事，凡黄谷六十三石七斗余，白谷三十石零一斗余，红谷七斗余，红高粱二十石零八斗余，白高粱一石五斗余，茶豆十九石八斗余，绿豆五石七斗余，黄豆八斗余，棒子六石六斗余，黍子三石四斗余，芝麻五斗余。加之夏间所获麦子三十石，共一百八十四石，减于去年。

三十日　至石槽访王□□先生及辛子青二君，日前皆见访也。至则为检其藏书，凡四笥，皆荫南到京十余年所购得者，将出售焉。惟多局本经史，亦有一二临评点者，逊于都中所存二笥。朝而往，日暮始归。

十一月一日　得易县李荫泉复书。荫泉名□□，易县北奇村人。光绪末年，余应考贡至津，与荫泉同寓福星栈，久之过从，颇相得。与言吴、张两先生文学，欣然慕仰，因代我临吴先生评点《柏枧山房文集》，又与其友代录张先生文集圈点，并由余购吴先生评点《史记》等书，而尝属我求辟疆书楹联，未及为，而荫泉得拔贡以去，既别不复见，忽忽已十年。前过梁各庄，遇其乡人，始知其教授乡里，未尝奔走仕宦。而余则别后即践诺，求得楹联，欲寄不得，至是乃为书致候梁，亦欣然以书复我也。

二日　与迪新检点书籍，将藏书室、客厅、家祠三处所存书籍略有整齐，命迪新草为书目。游陈公祠，俗呼陈爷庙，在郑镇南可二三里渡头东岸。陈公名元峰，盖清初时人，流寓郑家口河东，馆于苏氏。河东岸旧有九圣祠，去春有人祷于祠内求免病者，病即日已；或又梦神医自称陈爷，人神其事，争祷祀祠中，亦时有小效，来者益众。苏氏以陈公曾馆其家，尤欲张大之，于时苏氏喜扶乩，遂设坛庙旁，日为神话，谋广其祠，劝募施助，人辄乐输。一人捐钱往往数百贯以至千贯，凡万余贯，氓（氓）之蚩蚩，而发起人犹以为少也，乃复订期设坛，广招男妇，拈香顶礼，以壮声势，而收施助之钱焉。凡五日，来者踊跃异常，今日为末日。余往观之，人已大减。

五日　梦生来郑，函招之也。

八日　与梦生议决铺事。梦生归。余入都，至故城，见县长，访王耀斋。耀斋款以酒馔，在座者县署科长吴君镐，字子常，绍兴人；承审员王君德荣，字安生，江都人；管狱员温君，字采忱，定兴人；科员陈君，字子孚。与廉方谈福隆号情形，知荣岩非严重交涉，殆难就范也。

九日　至德县。十钟乘慢车，于午后六钟至独留，步行七八里至站房。

十日　乘帆船行于平地，午后二钟至津。有风，颇寒，水已少减，有一段水浅难行，余与行河中无少异，宿茀村家。

十一日　至法政专门学校，与挹山璧堂宴谈。访马少眉，不遇。

十二日　访高彤阶先生凌霄于县志局，询以修志宗旨、条例及采访书籍。而高先生言采访困难，仍昔年普通修志之事，未言其大也，并语以宜与畿辅编书局相接洽，高君尤欣然。访马少眉，仍不遇。访苏站长。

十三日　至都。

十四日　谒相国。相国言：湘帆选《颜李语要》，余读其书亦所有选录，当比而观之也。又选颜李学说，当取其治内，尤当选取其治世之大者，身心之学无论矣，其识尤远大，兼选二者，乃能见重于世，并录其徒友于后，以张大之。又曰：王相臣之子现有事于津浦铁路，吾索其父奏议等，则皆无存矣。汝可函索其事略也。又曰：吾为子筹画小事，但此时诸事皆停滞，顷湘帆亦令吾为谋事也。相国新得周人彝器四件，购自日照丁氏，价八千元，曰太保鼎，曰太师鼎，曰克鼎，曰克钟。

十五日　　航仙来访，未遇。复往访之。

十六日　　访汪仲方，不遇。至图书分馆阅《续通鉴长编校补》，凡六十卷，补四库馆所编宋李焘之《续编》也。此书浙抚谭钟麟属人编辑，成于光绪初年，颇资考据。又阅缪小山笔记，所纪皆清中叶以前朝政及大臣政迹，载于《古学汇刊》，惜未印完。

十七日　　访李艺圃，崔叔龢在座。叔龢始自上海来，报告各党派宗旨，与艺圃有所筹画。访王式文，询其所著书，则深自负其《竹书纪年》，考订精核，突过前人，其证《史记》纪年之谬误尤确凿，且附以周代年谱，亦足资考证也。此书前已刊行，曾邮示我。及后余遇于天津，为致函图书馆长李芹香，借馆中书资其考订，又大有所发明，苦无刊书费，卒未再印，颇以为恨。余因劝其先录副本，以免散佚，再徐图刊行，式文欣然从之。次则韵学书，式文亦自谓可传也。又以近人石印《唐写本唐韵》见示，原书为吴县蒋斧藏本，虽已残缺，亦借以窥见《唐韵》体裁，真海内奇宝。闻蒋以千金得之也，蒋跋其后，亦大有考据。访赵湘帆。湘帆前编颜李等传，晋卿改为之，以入《先哲传》，后湘帆作颜李学案，仍用其原稿，原稿存荫南处，荫南死，忽失所在，湘帆颇异之。仲方来访，亦未晤。康恒庵以《昭昧詹言》属我录吴氏父子评点。

十八日　　杏儒、尹吾、达三、绍岑来访。于是吾从昆弟之在都者皆来也。常五先生请胡先生于致美斋，邀余往陪。

十九日　　兰侪请邓君于致美斋，余往陪。

二十日　谒相国。师凤州来,言调查大南沟情形。张适吾、张节臣来访。

二十一日　请胡先生于致美斋。

二十二日　赵航仙来访。王俶过来访。

二十四日　于伯玶所遇何璧人,璧人有事于房山县清理官产处。言及上房山之风景,并言山洞有隋唐石刻极多。访张适吾。适吾,磁州世族,《先哲传》载其先世八人。

二十五日　王晋卿之子婚事,定今日送婚书。余从编书局诸君往贺。访李式忠,式忠新自山西来,以冀属赈灾义务戏票见赠,每件铜元五十枚。余持票往观之于大市浙慈馆,所邀非名伶,乃春阳友会之票友也。义务戏昨日及今日往者甚众,座为之满,几不能容。余捐助赈灾现银五元,此外捐款者凡十数人,尚无逾五元者,戏外尚有新技术,可谓绝技于剧场。遇柯君兄弟与徐圣与,遂邀与饮于致美斋。二君皆自负喜观剧者,二君畅谭戏剧情形,至三钟之久。余屡挽言他事,问以相国新得之钟鼎,柯君曰:皆为宝也。而太师鼎,昔之金石家皆未尝著录,惟罗叔蕴《集古逸文》始载之。又曰:潍县陈氏宝簠斋有钟鼎二百九十件,曾以十钟售于外人,其中尤可宝贵者曰毛公鼎。毛公名厝,周成王时人,此鼎《攈古录》载之。又曰:此鼎洋人曾予价四万元,未售,今以万元售于某君矣。徐相国宜收买之也。又曰:刘心源著有《奇觚室金文》,搜采钟鼎文颇富。余问高翰生搜罗古墓志铭拓本若干,徐圣与曰:过千卷矣。翰生之斋曰辨蟬居,余藏有其目。柯君急曰:请假我一观。柯君之好学于此,可见一斑也。余言及《三国演义》所载人名有不见于《三国志》者否?曰:甚少,不过三数人。余曰:果仅三数人,则必皆有所本,而未得所本之书也,或其书今不传也。徐君曰:余藏有明本《三国演义》,与通行本大有异同,且其回目皆仅一句。

二十六日　赵慎之、鲍子樵来访。慎之以徐子修被张德照控告褫职,谋于余,将诉冤于陆军部也。慎之曰:陆军部批张之呈云:呈悉泰宁镇游击徐英,准予褫革,着直隶督军提案讯办云云。访辟疆。《刚已遗集》,辟疆又校有讹误,当再交龙光斋补正。龙光亦于昨日将刷印时纸张价目单示我,而刷印一事不得不由我代办矣。余久拟为辟疆将吴挚甫先生全书残页补刻,今乃以所缺之页告我,余当遂为之也。

二十七日　相国电招往谒,言顷将余荐于国务院铨叙局主事,上任事日内即有缺出,缘某人前假归,当俟其来而免其职。今已来,辞退之矣。余以新刊《刚己集》示相国,相国甚叹刊印之佳。曹理斋在侧曰,胜《退耕堂集》也。相国以张佩纶奏议六册、电稿一册并事略、墓表各件属余交编书局作传,其事略甚详,成一巨册。盖佩纶在当时负有经世之略,数上书言事,颇达事理,可施行,非书生谬为大言者比。而性卑污,马江败后益为人诟病,然其书固可备故事也。访慎之,时徐子修亦来京相晤,未畅谈。刘昆圃来访。

二十八日　访艺圃,属其代查子修参案,艺圃许托陆军部军衡司某君在部查之。访王古愚,不遇。访王式文,拟代录其《竹书纪年》也。

二十九日　访崔润南。润南名之湘,故城人,将悬壶为医,欲报名警察厅,又恐其未能批准,属余为绍介于警察厅。余乃托韩君鈖堂转访警厅之人,今日尚未得韩君复函也。

三十日　访赵航仙,航仙又上书徐相,附以辩诉书。托湘帆代呈航仙,以去岁由余托朱铁林求徐相,致书奉督为解其事。朱虽未为,今航仙仍欲款以酒馔,朱君谢,弗往。与鲍子樵约会于青云阁,李香汀亦以徐子修事来京,访余于茶楼。余告以陆军部军衡司等三司中皆不得此案案卷,奈何? 香汀曰:此案归总务厅庶务科收文处,其科长乃吴保城也。又曰,昨泰宁镇亦为此事来京,亦将为徐君赴津设法也,而先令丁厚斋前往矣。又曰:子修与赵瀛洲素非不相得也,乃小人间之,遂相龃龉。余与瀛洲疏通者数矣,而迄无效。余虽与瀛洲善,今亦避不往见也。且反对子修者,虽属八旗之人,而绿营奸人亦适为反噬。如前游击李瑞,殆为此案祸首,今不得此案原呈,不能悉其内容,无以为辩诉之准备。言毕辞去。余遂访艺圃于陆军编辑局,属其再托人查之。艺圃为绍介,见孙师郑、齐荸忱等。荸忱,蠡县人。又有吴君者谈时事,多快论。艺圃曰:吴君资格甚深而未显达,故时有激昂语。艺圃邀余及诸君饮于同兴堂,并属余为邀湘帆,未晤也。余以为时尚早,访高渌坡于农会,畅谈良久。高君著有《尔雅穀名考》,征引颇繁博。余之识高君,伯枰绍介。高君乃以余名著农会会员中,而迄未往访。高君曰:明日适为会期,可也。子樵、慎之皆短凤洲。

十二月一日　至后库农会会员,到者十二名,初至者为李君某,余与畅论学术及近日世风之坏。李君大詈余言,以为有经验不亦异乎。会长恽薇孙后至,至则为书,呈天津实业司严君,请其资助。访韩颂仙于第四中学,不遇。访李香汀,又晤子修之子某,余约徐子修父子、李香汀诸君明日会饮。刘氏族妹来,谒余姑,未晤。从堂叔象枢之女,而嫁海峰者也。

二日　余邀子修等于桃李园,到者子修、慎之、魏景三、王秋皋、艺圃、仲武。香汀代理游击,今日赴西陵矣。子修与余言,谓端公固极欲为之辩护,而苦不得告者主名与所列款,而殷殷属余为之调查也。又曰,赵瀛洲已赴津矣。

三日　至五盛胶房游览,五盛皆故城人,亦北京著名之胶房。又至荃馨小菜铺,近年来小菜铺发达,故故城人争为此生意,已二十余家矣。故城在北京之工商业有二,曰小菜,曰胶。

四日　托艺圃所查子修事,艺圃电告以不能。访子修,未晤。访朱铁林,遇季庭,季庭为荐大树公司办事员。访于泽远,泽远以其乡先生王鉴堂《话堂遗著》示我,凡十余卷,皆残缺不全之书也。其中解释《周易》《说文》者为多,说皆警创,虽不免附会,然能自完其说,与剿说雷同固自有别。鉴堂先生以进士居京师,老而归,自负其学,同时辈流无当其意者,动遭其谩骂,其平议古人如段玉裁辈,皆讥刺不留余地,人以是狂之。及身死而家败,书籍散佚,所自著亦不存。泽远仅于友人处检得数卷而已。泽远云:王君历史及平生学问,乡人无称道者,是以莫得而传焉。惟闻王君尝自叹曰:吾闭户著书数十年,不惟无同志者,并无人来斋舍叩吾所为,则其悲愤发狂,不亦宜乎?因属泽远将其自序录出,以便为作小传,述其为学梗概焉。泽远不满意东海相国之调停时局。

五日　桂馨斋觞客于万福居。侯心言亦于此请郭寿轩先生,皆招余往。

八日　铨叙局昨来函云,奉局长谕,派贺某为办事员,在主事上任事,在勋章科办事。谒相国致谢。王孝诒为余拓徐相新得商周钟鼎文字,相国得此古器后即觅人拓其全形,共拓四分,约三十余元。余仅拓其文字。冀六县因直隶赈局创办游览会,因发起游艺会及书画观览会,观览书画捐银一元,仅观游艺四十枚铜元,余往观焉。余于书画乏常识,又脑力衰不能记忆,兹聊记一二焉。书籍凡十三种,曰宋绍兴本《文选》,曰宋黄善夫本《史记》,曰北宋蜀本《孟东野集》,曰宋鹭洲书院本《汉书》,曰《宋书断》,曰元本《范文正集》,曰宋本《礼记》,曰元本《素问》,曰元本《三苏文集》,曰元本《唐诗正音》等。元明以来,墨迹数十百件,又有周鼎、秦镜、秦量、秦权、康熙磁、古玉等,书画中则赵子固落水《兰亭》,甚可观,跋者不下数十人,而翁跋一二千言。所陈列有借来陈列者,有买品,悬以定价,今日售出五件,千数百元,凡售书画以十一助赈。又有南洋兄弟烟草公司售烟助赈,则以全数作赈款,热心义举,尤令人感,惜人未极力提倡,令其多售也。

九日　风,未至游艺会。刘昆圃来访,属余为其尊人求墓铭于吴辟疆。仲武来访,余为其堂叔某求人为铭墓之文。

十日　到国务院铨叙局,见局长郭啸麓、勋章科科长吴果晟。主事上任事鞠如又绍介铨衡科主事蔡端如君,则鞠如译学馆同学也。郭啸麓昔尝遇于徐相邸第,且其父郭春卿增炘亦与吾父相识,啸麓谓余曰:所以令君在勋章科者,以吴君相国旧人,故相习也,因问及先君文集,余许以相赠。

十一日　宗葆初来。劼传来。侍吾姑至刘氏族妹家,近来自天

津,寓于北长街雷神庙胡同。余昔年虽常回家,而与刘氏妹殊不相识
也。与海峰谈片刻而去。

十二日　与宗葆初便饭于致美斋。

十三日　谒相国,以到差往谢也。相国曰:昨晤啸麓,言及君等
素相习也,暂在此练习,将来能不在外作事乎? 但此后仍宜讲求吾文
学也。言及新购古钟鼎,曰:欧战平定,尚须售出两件,吾终以购买书
籍为事也。又称说颜李学良久。余问及《畿辅先哲传》,文中称清帝
处是否仍空格,相国曰:庙讳近人皆不缺笔,此可一检查,空格一事当
与刻书行家一酌,勿令后人议我,可也。日前谒相国,相国言子前所
言选诗事,吾又欲大其规模,选清一代之诗,继《元诗选》《明诗综》之
后。请葆初等于致美斋。

十四日　以文集赠郭啸麓、徐圣与。数日前相国荐之统计局,以
办事员在主事上任事,因得与相晤。访湘帆。湘帆曰:晋卿先生尝属
余短君于相国前,余辞焉。曰:言此不知者,岂不谓吾辈相倾轧乎?
且因余被斥,何以对吾师贺先生? 先生自言之可也。曰:吾已有信致
相国矣。又曰:晋卿,吾师也,吾何敢言? 吾本拟与荫南皆辞去,因问
计于子山,子山曰:不可。故羁縻勿绝而已,初则每星期到两次,后渐
不常到局矣。又曰:王先生初到京,属余为借债二千元,余即至某商
号为之措办。而先生之子某甚明事理,来谓余曰:幸毋为吾父筹此巨
款,恐将来不能偿还,负吾友,且虽借此债,亦无补也。乃议每月借二
百元,约计不出数月必能有事,果仅用二百而有某事矣。而此二百元
卒不见还,后文官考试,乃于某款留补此债,实则此债吾久代还矣。

十五日　访柯凤孙,与言《先哲传》已刊印将毕,而王晋卿忽拟于
清先帝空格,相国属访著作家,采取古书成例,以定从违。柯曰:既未
空格,不空可也,古人此例多矣,且空亦不一律,明以前如我皇上不可
不连写也。余问及《元史》,云《元史》传不刊落一人,有归于附传,有
载于他类者,检查目录亦殊不易,后卒遗二人,乃补载之。刊印后有
卷之前后宜倒置者,然亦甚微,现将刊毕,余二十余卷。言及此,而张

得孙来曰:《夷务始末》,清史馆亟待录,望速函索五十本云云。余问某事,曰,某县王希尹藏有此书,档案类也,其父某官军机章京,倩人录出者。某同治庚午举人,其书尚不知共若干册,此陆续借抄也。如此繁重之书,乃肯录副存之,其留心掌故,勤而有恒如此,令人钦服。此书外间无传本,亦可宝也。因与柯先生及张君谋至清史馆览阅。柯曰:往史馆访余可也。坐久请退,忽曰:君真好学者,吾书成能读一通者,当惟君一人。葆初得保定来信,知已得道尹署差遣。葆初有警厅调查员已二年,月薪仅二十元,今或可兼差矣。王寿彭以李恕谷遗著未刻稿寄来三本。

十六日　访辟疆。辟疆已来两次,未及迎迓。时辟疆方校录《全唐文》《宋文鉴》等评点,同《汉魏百三名家》付印。余为辟疆补刻吴先生《经说》,辟疆亲以其原书送来。昨辟疆又来函,言执事慨任印李刚己集,子健来函,甚感也。访张泽如,略言时事,曰:呜乎! 余之朋友肯以时事告我者,泽如而已,可感也。访刘仲鲁,候于客舍者且一钟,仲鲁乃出见,官僚派如此,岂吾寒儒所能为与往还者? 日前仲鲁告伯玶,属余往见也。但曰献群文集勿令他家刻,必以属龙光。余漫曰诺,因索其稿付龙光,曰余谓刻时必交龙光也云云。吾疑仲鲁必知吾已付刊矣。访刘昆圃,渠对于时事独不作悲观,余与言组织同乡会,而由少移多,始于先哲祠春祭,时结小团体往加入,徐图进行,渠大韪之,并曰当即实行。又曰:有人欲请林琴南为讲师,每一星期一次,诸人往听讲焉。而各出资供会中用,余曰:现辟疆即粗有此举,每星期日有五六学者往听讲,何如请吴君。刘曰:大善,如此组织吾辈加入即可,不必另有所设备也。吾与君即可招数人往。曰:余喜组织会,以联络众人,余现充四处会员。谈之良久,而李树棻至。李冀人与余相习,留学日本,以工艺毕业归国,日暮,因留饭。葆初、鞠如出吊于定州王氏。

十七日　顷得师凤洲函,调查大南沟,谓高粱地沟最佳,约有可种之地二顷,余复函即要此地,言定先勿立契。

十八日　德友堂邀饮,并邀艺圃,艺圃前已允,后又辞不往,已而又至。余观其刘向《新序》《汉魏丛书》本,有庞垲评语图记。赵慎之以黄瓜、野鸡见赠。

十九日　谒相国。张适吾来谈,时适吾在内务部署主事。

二十日　访李绍先。余言及觅抄书者,绍先为介绍其同学董君星垣,字纬三,吴桥人。绍先拟明日旋里,晚偕董君来见。董君年二十三,人尚纯静。访杨冠如,遂晤刘贡扬,贡扬善篆书,闻余拓徐相新得钟鼎文字,急欲一观,尤欲得一拓本。因言及毛公鼎,今若购之,万八千元可得也,并属余访此鼎,押在何当铺家,急欲得拓本。毛公鼎见《攈古录》,凡四百余字,且皆完好,真海内瑰宝也。徐圣与曰:此鼎将来或为德华银行沈某得之。

二十一日　谒相国,相国以书数种属余审定价值。

二十三日　翊新昨日学堂季考毕,放年假。余前访李润敷,属其编次其先世又白先生传,而附记又白之父忠节公之事,以便编入《畿辅先哲传》,今日草成一稿见示。

二十四日　润敷以其曾祖事略见示。王道存以其先人事略属余请王晋卿墓铭。访柯燕舲,燕舲将成婚于无锡薛氏。

二十五日　赴津。

二十六日　访马绍眉。利达粮行属余求津浦路局长设法运货于蚌埠,问计于绍眉,绍眉曰可以函交局长。余遂为一函,绍眉以示局长徐公,徐公遂属余往见,言其事。

二十七日　苇村以迄无确切办法,又访绍眉。

二十八日　回京,今日始办公也。

二十九日　谒相国。邵亚琴来,亚琴闻吾家急求师,为荐时君。时君名得霖,字润田,雄县人,直隶高等师范学校文科肄业二年,现在北京中国大学肄业,以其县大水为灾,资斧不及,思就事,闻吾家富于收藏,故思就也。余婉谢之。

三十一日　鞠如觞客新丰楼,有妓侍酒,余逊谢而去。

收愚斋日记二十九

民国七年（1918），葆真年四十五。

一月一日　发贺年片十余件。至辟疆家贺年。辟疆出所录魏程哲碑，附有某君跋语，少有考据，余因藏有此拓本，乃录其跋。徐相觞客柯凤孙、王晋卿、秦友衡、张珍午诸年丈及湘帆、理斋，属余陪之，珍午先生初相见也。明通皮局邀余于福兴居，主客为刁介池，介池名树垫，故城孝子村人，有事崇文门税务，与余初相见也。

二日　侍吾姑与翊新往游天坛。天坛于民国二年曾一开放，余往观焉，后复禁人游览。张勋入都，乃据为屯兵之所，复辟难作，今总理段公调各陆军围而攻之。以自古极尊严天子斋戒而后敢入之地，至今妇孺践踏之、炮火攻击之，抚今思昔，其感慨何乎？今年以元月佳节，复用民国前例，开放十五日，而后售票焉。内容如故，但墙壁间时有炮弹痕耳，所怪者当日攻击至数小时之久，而弹击之痕无多，今复涂垩，非遍觅之不可见矣。王道存邀饮于致美斋。

三日　忽得家电云郑镇、我家均被抢。又曰：请勿回，此必有大股土匪来郑。吾家同遭浩劫，而秩序紊乱，恐慌之状可臆度，骇愕无已。

四日　国务院与各部皆年假，休息三日。今日余当到署，以家电势不得不急归，乃电托同事郑君燧三代请假两星期。又将刻书事属常绎之先生代办而赴津，到津得家中快信，知吾弟于贼入吾家时为贼掠去，惊惨不可言状。宿蒂村家。

五日　晨起，得艺圃北京来电话，言今日到津，明日赴郑镇。余不能待,遂赴德,宿阜康,乃知郑镇匪乱前后梗概。今日始由德调两连陆军驻郑。

六日　以前电有请勿归之语,乃函问郑镇及吾家情形,夜深得回信,知道途已无盗贼劫掠事。

七日　回郑,吾母康健如昔,诸事亦如常,惟吾弟被劫于贼,不得见,令人忧懑。且此时尚不知贼所在,无术以使,归耳。乱之日,贼以九钟余来吾家,掠去皮衣十余件,绸缎数匹,马一匹,驴一头,枪一支,余无要件。贼前后入吾室者仅四人,攻门,门未辟,逾垣乃入,去而复来,乃以吾弟去。

八日　艺圃来自德。武城县知事吴君来郑,吾往见,门者拒未纳,且出语不逊,乃属仁甫往辞吴君。曰:大驾辱临敝镇,余在商会闻之,急往欢迎,未暇投刺,乃门者不问吾来意,遽尔见拒,且出言不逊,请勿弗敢见矣。吴君及连长穆文田逊谢,以刺复我。郑镇诸商请吴君搜索河东土匪,乘机掠取财物者,吴以河东无土匪,辞即命驾归,商人强留之弗得。

十日　余来郑镇,一再至商会,但见孙式古应接商人、戳记钱行纸币、分派人搜土人所窃货品,日不暇给,无余力与我议郑镇事。我亦以家中有迪新与肇瑞、树珊诸人筹办一切,余不如到各处调查,或有人可以为谋,乃遂同艺圃赴德,植林随之。晚与艺圃赴济南,植林令其明日到津寓其舅苻村家。十钟至济,舍于商阜连升栈,艺圃独访湘岑。

十一日　访湘岑于商埠,时湘岑以将换局长,惧连带解职,意殊不适。访万正甫,时正甫任督军署军务科长。与湘岑、艺圃饮于百花村饭馆,余虽初至济南,无兴游览,而归宿于湘岑家。

十二日　再访正甫。又访沈翰青于师范学校,与翰青一乘济南小推车。晚与湘岑谈至深夜,湘岑命其子炳元以课文示我,属我与论文事。渠年才二十,而文章颇豪宕自喜,且闻其好学,亦后生之可畏者。

十三日　与艺圃同车北上，余至德下车，宿阜康。访张寿仁于团部，寿仁邀余饭于城内。

十四日　至津。访梦周，谋派侦探访吾弟事，梦周属访静涛谋之。闻于泽远卒于京。

十五日　访静涛。静涛属我少候，已而静涛来访。访高彤阶，畅谈良久，适严范孙至，始相见也。王馨山来津，晤于旅馆，议明日同行。

十六日　与馨山同行来都，收到亲友慰问之函十余件。

十七日　谒相国。相国处未曾以吾弟被掳奉闻，而相国则颇垂念一见，即以此为问。余电访柴桐岩，将往访。柴君曰，吾当先访君。柴君到都后，初相晤也，急访之者，以其兄士苣亦被匪掳去也。

十八日　同王馨山访辟疆。馨山以其先人墓志为请，此事吾前已代求之，而蒙允诺也。至季庭家。季庭为荐大树公司副经理，已来京，闻吾家有事，乃暂旋里。此时大树公司经理人曰师立濠，曰程树权，曰孙润山。至国务院，续假二星期。

十九日　至馨山，赴保。顷以定州近出土石刻数种见示，因曰：曲阳曾出鼎彝等器数件，其精者每件索千七百元，并有小金砖。又曰：吾县近出有古刀布一瓦瓮，吾属人代我购之。屡得家函，而迄不可踪迹吾弟所在。惟师立堂以商界之委托，踪迹贼巢，而设法救出诸人。近来信，尚无确切办法。而他处之欲为效力者，亦殊无把握。

二十日　翊新旋里。

二十一日　购得毛公鼎新拓本。前得傅谟虞函，期为我绍介易县人物，以便经理山场时有所指教也。乃属其友吴桥李润芝作绍介书，于其友易县邢子廉，曰：闻邢君为易县之巨绅，夙有山大王之名，而吾友李君戚也，可与纳交。润芝，名毓秀，久在易县中学，近在赵，与谟虞为同事也。

二十二日　迪新来函，知师立堂昨自南来，赎人事已得要领，遂在商会宣布曰：余已展转与匪首言赎人事，匪亦允我同时赎回，而未肯遽议价,公等意如何?可出金几许?众皆曰听君所为。众又议曰:人归,会中分配各家出资多寡,时或不能争论,不若与人人共若干也。又言:陷贼之人皆无恙,而吾弟在贼中,皆知其有精神病,未尝苦之。又闻贼与山东陆军于高唐某地曾一冲突,毙贼一人,获一人,兵死伤十余。

二十三日　劼传又来京,为国宾运动之事已成熟矣。都中新设立之京畿河道善后研究会,以余为文牍干事,其会长则举定东海公。今日来函相告,并附章程、职员录。

二十四日　艺圃得女,往贺之。惜其夫人产后病甚也。闻湘岑事得不更动,艺圃与有力焉。艺圃曰:余以君家事赴济南,未能有所助,而吾兄湘岑事,则以吾往,无意中而或能生效力焉。天下事之无定如此。

二十五日　族子绍熙来。余往访之,遂访崔润芝。

二十六日　苇村来京,视艺圃夫人病,余往访之。京畿河道善后研究会来函,言本会定于二月三日,开第一次全体职员会。

二十七日　日来连接迪新报告,知师立堂在郑宣布与匪交涉情形,后即又前往。数日后得其来函,言贼索款五万元,为要求放归被掳诸人之条件。

二十九日　八钟余之快车赴津。访刘子衡,子衡又为言前所荐大树公司经理人郑君,余曰:明春可先一游,再为计画。遂访梦周。晤孙濂坡族弟。季高得选举事务所科员,月薪六十元,而警察厅之委员如故,月薪二十元。

三十日　至中孚银行。故城县知事吴君死,而袁君树滋继任。袁君,字霖普,奉天桓仁人,曾官独石及丰镇,与心铭叔至契。

三十一日　与任丘许君赴车站,购票后不见许君,以为必冒然登车也,遍觅不得,趋至车旁,则已开行。乃访站长,言吾为友购票,乃吾友未及持票而登车,车已开行,请电告前站言其故,将其票存站长处。既归,而许君已先归,知其未登车也,复索票于站长。站长将此票及余之票签字，乃午后慢车入都。车中比坐有王君者，名守璐，章邱人，年可五十，在平贼门内设洋货店，曰聚源永，与余谈，情意殷殷然。今日又接迪新函，言师君尚无第二次之报告，惟师意亦期与匪商酌某人洋元若干，以便款易筹措，若定分之大小，恐有怨言。肇瑞、荣岩所托人亦允代办，惟前日各家会议，谓除各家单办有成者外，余者虽有门径，亦请从缓，盖恐所托非人，而费钱太多，贼且以之为比例，而他家且因之受累矣，云云。且师君所为，既渐有头绪，不如观其成与否，再用他办法，遂告肇瑞、荣岩，且候师君无成，再行单办。郑镇日前忽又有盗警，幸未成实事。商号则已一律于十四日勉强开市矣。

二月二日　大业公司今年殊亏耗，不获利，方拟整顿，或告以弊端已百出，乃谋改组，适余赴津，遂延宕数日。今日乃访韩麟阁，与议此事，渠有允意，并许我调查现状。

三日　清理账目讫。约麟阁代为料理。麟阁未来，又接家信，知赎人事，匪又反复，即日属前所托之人谋独办。

四日　与于映海、韩麟阁点查工厂存货账目，知盗支已多，私债累累。晚，田家瑞潜逃。

六日　沈翰卿自济南来都小住，余属其临《昭昧詹言》。

七日　谒相国，将旋里矣。四日无家信，忧闷已甚，所得亲友慰函数十件，皆一一复之矣。

八日　得家书，知所托人尚无回信，乃旋里。晚至津。艺圃夫人病革，苇村以为不起矣，乃去。是后乃日有起色，今得艺圃电话，知病将瘳矣，皆异之。

九日　赴德县，宿逆旅。

十日　来郑。下车伊始，肇瑞适来报告情形，颇有可望心意，差慰月余以来，终日忧闷。尝与兰偫坐，良久无言，曰：吾二人何无言？于家于国，皆穷于术，时吾辈同处，有如楚囚对泣，有何可言？今日始差为舒慰耳。今日为阴历除夕，商会会议今岁新年免贺年，而并禁燃鞭炮。翟季和辞明年馆席，馆吾家五年矣。

十一日　今日为戊午年元旦,祭祀如常仪,商界相约免贺年,禁放鞭,不贴春联,鞭炮声为之大减,农家未能禁,故亦终宵不绝也。

十六日　董修斋、杜楚航自贼中归。董,瑞兴昌铺长;杜,恒义铺长。言被掳之三十四人,已死三人,病一人。共三贼酋,分所掳之人为三部而分领之,顾德林以外曰张占元,曰赵全德。吾弟实困于顾贼围中,董、杜皆困于张贼所。张贼谓董、杜二君曰:吾侪为二毛所招,二毛者,毛思忠及某也,将渡河而南,公等归,告语有人之家速备款,公同赎出,约以十日。董、杜由张贼围中归时,过顾贼,晤吾弟。吾弟作家禀,他人亦有手书,又三十人作一公函,恳商会速设法往赎,公函系柴君仕莘所属稿。二人傍晚到郑,各家闻之,争走集慰问,余亦前往,遇刘宝年,为余备述董君之言,且曰瑞兴昌客麇至,座为之满,至不能容,乃令迪新前往。

十七日　商会开临时会议,董、杜二君报告情形,筹议往赎办法。午后又会于瑞兴昌,迪新往会议,杜君与孙宪臣等定各家出款之分,宪臣有弟在贼中,且曾公举其前往,是以预议此事。曲肇瑞本言昨日以前来,至今日不至,以为必匪因公办或辞单办,然不能定,乃属树珊往问肇瑞。

十八日　树珊归。命程殿玉赴岭踪,肇瑞即日南下。今日复会议于瑞兴昌,杜锡璞等所拟各家应出款目不伦,人大哗,公推迪新宣言。杜等遂绌,取消所拟议数目。自昨日公议,属德州公盛镶局王兰亭为绍介,孙宪臣、曹秀亭明日往德州迎王君。

十九日　公盛王兰亭因德兴公之属托单办来郑镇,因公推其前往,王君慨允。商界复开会议于瑞兴昌,尽改前议,皆归自任,任者已太半,而吾所认诸人虽未允,然不敢无理要求矣。

二十日　王兰亭独行南下赴德,乘火车而往。初董、杜拟同行,后因杜为人不赞成,董与孙亦皆不往矣。瑞兴昌复开会,犹未议结款目。苏良材来报去年阜康盈亏草帐,略知去年生意大佳也。

二十一日　昨师立堂来。今午在商会开会,师报告近状。午后又开会于瑞兴昌，吾家与议订数目。

二十二日　李荣岩来，报告福隆故城一部分帐略。

二十四日　程巨亨、张梦生来，缴余庆长、三益兴去年清单，以武强一带水灾之故，赢利皆大逊。

二十六日　荣岩来缴福隆去年清册，赢利仅与去年等。有持利器者二十六人过郑，大为人注目。此镇原驻陆军，亦以其踪迹可疑，连长穆君及排长率军队随之入店，索视护照，知为冠陶宪队，赴德送县知事夫人而归者，陆军仍防视一夕，乃去。

三月一日　顷闻郑镇所过持利器之人果贼也，至他处小有抢劫。

二日　余以老荣对于福隆号移居城内心不怿，迁延不肯将款拨去，账亦未送去。今年勒令其在城内安帐，将尹里取消。已应之矣，仍迁延不肯前往，故至尹里责其即行赴城内。殿玉来，言及肇瑞所办事，仍无头绪，烦懑无已。

三日　公盛王兰亭来，言昨已与师某等晤匪首，领匪索款甚巨，且持有匪与商界诸君函，兰亭请商界再派人前往，以便磋商价目，且云与匪约三日复往，今日午后即行，自昨日以来心绪因忧，殊不佳。

五日　偕吾妻赴德，吾妻自腿受剪伤，[①]久未痊愈。苇村来函，欲其正月初赴津，遣人来接余，以吾弟归有日矣。归来，则余与翊新将前后北上，吾妻可与同行，省一人来接也。乃事与愿违，久益棘手，吾亦不能久候，须到京津一行矣。时由故赴德，盗贼颇多，乃招二镖局人同行。访张寿仁，寿仁言盗匪如此猖獗，可移家矣。如赴德，吾当函托穆君，以陆军护送也。

六日　至津，以吾妻骹疾，不良于行，苇村乃为借电车，至车旁迎之。

七日　访刘子衡以购枪事，子衡许诺。遇仁轩，仁轩自去夏辞延吉校长，寓居天津，今乃欲游法国，考得华工翻译。

---

①　原为"骽"，疑为"腿"字的误写。

八日 来京。

九日 访艺圃。

十日 访王晋卿。知《先哲传》已脱稿，尚事修正，或随时有附入。至蒋家胡同万顺成皮货铺取银，铺掌吴君，李荣岩之戚也，意甚殷殷。谒相国。

十二日 余小不适，艺圃闻之来视。

十四日 所患已愈。

十六日 因郑镇左近匪势益猖獗，议避地京津，乃觅房舍于各胡同，并属人觅之于城内。明通沈君邀饮于富源楼，余辞谢，已而言刁介池在座相候，余亦将有所属托，乃复往。余两月以来，所有宴会概谢不与，余亦未宴客也。

十八日 艺圃转来天津电话，言迪新等已奉吾母至津矣。

十九日 六钟赴津，吾母寓于客栈，旧历初六驻郑陆军两连忽奉檄南下。而余命迪新移家之信适至，初五午后筹备来津，分两路而行。迪新奉吾母，率吾弟葆文夫妇及培新、幼新，于初六早六钟赴德乘火车，翙新奉叔母及其母、伯母、妹仲新、弟德新、嫂王氏、兄子健乘船于初六夜三钟启行，昨午后来津，船行者尚在途。苇村以马车迎吾母诸人寓其寓，时吾妻方治病于此也。闻两连陆军去后，次日即有换防军前来。

二十一日 昨属杨升觅房舍于河北一带，不得。今日与杨升觅之于日租界，又与永义范君觅之于法租界。升即玉亭，自到卞氏更今名。

二十二日 访步梦周。梦周出袁霖普，今日来函相示，言省长已允拨兵一营镇防故城、郑镇矣。

二十三日 租定日租界蓬莱街一小楼，上下层各六间，附属小房数间，月租金四十四元，又始租时与茶水钱六元。叔母之舟亦至，以舍馆未定，仍在舟中。树珊来函言，商会又开会议，未有头绪。

二十四日 雨，叔母诸人必欲下船，路既泥泞，房舍亦未安置妥贴也。叔母有腿疾，嫂尤久病，故不得已乘船。受长途之扰而病未加，且精神甚好，殊以为慰。仓卒来津，未携书册，乃觅书于书肆，得明祝允明《野记》，聊资浏览，书凡四卷。

二十五日 自吾母到津，吾妻命李氏诸人购置新居应用器物，迪新亦终日营办无余晷。

二十六日 辟疆所藏《魏程哲碑》有杭县许宝蘅跋，今附记于此。许云：此碑款识文字均甚奇异，首行列造碑诸人姓名，一异也。碑为程哲而作，而前题则书列四人，二异也。碑题列四人，而碑后颂文又仅代郡太守哲、晋阳令蚃、高都令买三人，三异也。碑中杂引程伯休父、程婴、程不识、程憘、程昱诸名人，又历叙高祖周、曾祖蒲、祖芒、芒弟信及鞞，而独不叙其父，四异也。碑似新出土者，云出山西潞安州（冀即英字，迳即经字，撢翰即挥翰，中良即忠良，犁地伺雷等不可解）。得鞠如、尹吾二人来函，言吾在京所存衣服于二十三日夜间被贼窃去。已报警区，惟未开失单，属余速将所有开报，以便补递。因即作复一，属鞠如代办。

二十九日 至天津县志局，晤华弼臣，不见弼臣十余年矣。出《先哲传》目录相示，弼臣颇有微词，嫌所录太滥。大臣如齐承彦等不惟无功德，且人有微词；以金刚愍公之卓卓，厕于循吏中，亦未能惬人意也。访张璧堂，畅谈逾夜分，大抵推重孙伯澜，而以其党于南省为不得已。近年以来，北洋派将分裂者屡矣，辄借徐东海一言泯其嫌隙，苟一破裂，必为南人所乘，但东海在北洋派或犹可支持也。至于交通系，其人才之盛，又非北洋派之比。

三十日 常兰侪自北京来。王念伦旋里，过我。昨访孙濂波，因假得《觚剩》一册，凡十二卷，吴江钮琇撰。琇字玉樵，康熙时人，所记皆明清间轶闻，文辞雅驯，载诗颇多，大类诗话。吾在家时，因山东土匪猖獗，欲知其迹，当读济南报，人遂为我定购《大东日报》。所记果多土匪事，树珊因为剪报之举，将记匪患者附函中寄来。月余以来，残毁之地，方数百里，州县被扰者且十余，白狼之祸再见。而吾直旁山东之地,多受其残毁,后顾茫茫,令人心悸。而山东大吏方有事南征,竟置不顾,令其声生势长,不可收拾,可哀也。余将取东报及他处报所载,汇为一帙,以备国故,而家事未了,心绪烦乱,卒未暇也。

三十一日 启新洋灰公司开第六届股东常会。到会者数十人,王君锡滗报告上届营业情形,获利之丰,为开办以来所未有,而股东分则仍如去年也。报告帐略及经营湖北水泥厂交涉本公司东局,将每年归北洋办实业一股取消,以后归入公积。报告讫,股东无所提议也。闭会后,阅股东簿凡七十八页,每页十名股东,共七百余人,最大之股东数十名,前年已录出,未在行箧,不知有改动否。兹重录于下:积记九千股,卢木斋八千四百九十股,李颂臣七千二百九十股,广记七千二百股,京奉铁路局六千股,李希明四千八百六十四股,陈一甫四千零四十四股,铸记三千六百股,京张铁路局三千六百股,天一堂三千六百股,此为前十名。王小汀三千三百股,言仲远三千三百股,崇明堂三千三百股,观风堂三千三百股,周实之三千二百五十二股,张邠臣三千零六股,李赞臣三千股,詹春诚三千股,德新堂三千股,杨毓璲二千七百十股。

四月一日 兰侪回京。

三日 余患咳嗽,服药三齐(剂)。

四日 访马绍眉,告以铁路总队长武城沈殿元之二子为贼劫去,驻平原营长张自新出之之事,于是张树珊日来信一次,今日是为第十六号。赎人事日有变化,然无好消息,是夜忧不成寐。

六日 翊新入都,回学堂。于是翊新以其父被掳,废学者三月。前艺圃言都中有德国名医地伯尔者,每用透骨镜照人骨,可见骨伤痕,属吾妻入都治之,翊新从其伯母同行。

八日 余曾以张自新营长能为赎人事,命翊新肃函恳求。今日翊新来信,言艺圃将以托山东军界之人在都者。仁甫忽来,言昨日曲春山来郑,将赎人者议妥,索巨金四千元,尚须介以马与炮。仁甫云:余到家即从二曲南下,仁甫盖自告奋勇也。

九日　仁甫回郑，人既有归来之望，遂以快信辞谢艺圃。

十日　艺圃有电话到津，知吾妻腿疾已令德医诊视，谓伤处瘀血未净而封口，故筋肉间不能相合，但筋骨未伤，可治也。且赴医院疗之。

十二日　树珊来函，言今日曲春山、肇瑞同往夏津，此行其可以成功乎？吾家仓猝来津，未携行李到津，租定馆舍后，各房乃议往取衣服器用，各自开列所需用及公用之件，函告树珊，以舟运津，仁甫送之来。今日得树珊函，知运行李船已于昨日启椗矣。余到津后，微受风寒，因咳嗽，本可不医，以事之纷集，亟期早愈，因不出户而药旬余矣。适女仲新亦病，乃邀苇村来寓诊视。

十三日　树珊来函，言曲春山、肇瑞回郑，谓匪又反复，索款增至万元。次日，二人又同赴夏津武城，再托人设法为之，于是已议好而反复者二次矣。后顾茫茫，令人心悸。此时已归来者已将半数，而吾弟事独如此刁难。顾事虽棘手，然归来之期究不在远矣。盖初时不期人归，今则放人归而顾刁难，以期满欲壑。难办此时，可办亦此时。

十五日　行李船抵津，韩立旺实送之，箱箧及他器用凡七十件，一无损坏，共费二十余元。

十六日　闻郑镇被掳者由顾匪处已归十人矣。广兴义寇某六千二百元，公德祥五千元，德兴公五千元，和成义张老赞三千元，福利和二千元，德记号一千六百元，高元泰一千五百元，益泰和一千四百元，周某九百元，孙巨川七百元。

十七日　恩县于十一日晨突有土匪数百车，载大炮二尊，攻坏县城，破狱放罪人，掳去商界及居民百余，劫掠财物亦多，县知事逃匿，盗宣言顾匪，实非顾匪，既而凡商人放归。

十八日　闻有匪四人于十四日乘轿车由德州至郑家口，宿逆旅，行迹可疑，警卒往查，有手枪。逃者二人，一匪就擒，一匪鸣枪而走。警卒追击，毙之于商会门下。商会听差人刘双盛中流弹死，商人闻枪声大骇，四出奔避，久之乃定。

十九日 北京来信,言徐相今日赴汴。

二十日 梦督视吾弟葆文及诸侄读书,以其不悦学而怒。既寤,因思近年来对于事物异于少年,实则人长一年,则热度减一分,热力减则对于事物意气自较平和。世人每谓中年以后之人为有涵养,殆未尽然也。赵湘帆属常绛之先生函告余曰:相国以王晋卿近交《先哲传》刻样数册,尚属精审,谓余久未回京,所刻之书,不知何日刊成,倘仍无期,可交局长承办。观相国意,盖急期观成,足下可速来京督促刻工,如一时不能来,亦应以如何办理之处相告,云云。

二十二日 余所患始就全,盖已两旬余矣。

二十三日 访房袭明、冯乐轩诸君。访马绍眉,为言求沈君事,绍眉难之。

二十四日 张季盈来访。余答拜,皆未遇。

二十五日 余又小疾。

二十六日 草《中国历史年表》,以授弟葆文、侄培新、女仲新,俾少年有史学根柢。

二十七日 苏佐青偕苏□□来津,言欲代办赎人事。

二十八日 鞠如来访。徐一达为王荫南请助丧费,不果。

二十九日 与弟葆文入都。苏佐青叔侄回泊镇,索旅费五十元,云当赴济南。又属余与万氏表姊函,以便旅费匮乏时令其接济也。

三十日 访艺圃,时吾妻念吾母初到津,诸事不就绪,急期往视,约定今日与艺圃同行。吾母闻之,属鞠如告之,不必急赴津,乃拟从缓。

五月一日 培新来函,知曲所办皆无头绪,又托武城李歧山与德兴成一同往办。李歧山,王五魁之弟子也。又闻夏津北胡官屯顾匪围攻,匪约二千人,鏖战一日一夜,贼死数十人,后卒破寨,大肆蹂躏,枪毙村人六七百人,带去十余人。

四日 迪新来信,言吾所托人皆无信,佐青则已偕于某赴济矣。又云顾匪攻胡官屯,两肩受弹伤。又言二十七日(即旧历十七日)匪抢傅官屯,村人皆逃避,匪乃纵火焚之而去。又言二十八日(即十八日)午后有匪约百人,抢枣强油故村南宫,枣强驻防军、巡警闻警驰至,于次日午前围油故村。访赵湘帆。闻日前东海先生与湘帆信云,晋卿已将《忠义传》撰就。《孝友传》何时脱稿?今日至湘帆所,见《孝友传》未撰之稿尚甚多,不知何以复东海。

七日 荫南死,殡于妙光阁,至是始舆柩归葬。访蔡端如、王古愚,不遇。访柯凤孙先生。子健以其父刚己遗集属存厫寓,并代为出售。

八日 访辟疆。季庭与常宗启参观预科大学,有学生储蓄银行、消费售卖室、饭馆等。其资本管理皆本校学生为之,以练习其经济能力,而便普通学生,皆新设立者,观其宣布之账略,尤月有起色。又有游戏演剧场,窃不谓然也。访韩蕴山。

九日 与季瀛访步芝村,言请抚恤郑镇商人于省长,省长不为意。若请于总统其可,芝村曰:请之可也。但总统仍须批交省长也。访刘昆圃,言及可以将山东匪乱情形,请东海相国报告政府,设法肃清。与王秋皋及其友人至印刷局参观,遂访局长胡海门。归,过崇效寺观牡丹,崇效寺以牡丹著,以此招致游客甚盛,盖百年以来也。归,小酌于益华小馆。

十二日 得家书,言吾弟事又有成说矣。

十三日 赴津,适得树珊由德来函,言今日赴济南,再由济往平原,与介绍人相会。

十五日 访李子周、高静涛,皆不遇。

十六日 与刘子衡议购械器。至义租界参观制袜工厂。

十七日 昨接树珊函,知事又无成,愈令人惶惧。与宇周议,令迪新入法政学校所设特别研究科,又议延师事。午后入都。

十八日 为领刻书费访朱铁林。铁林今日赴津,故以所刻样本两册属其代呈阅相国也。绎之告余曰:徐相有函致湘帆,促其编《孝友传》,并属其催君刻书也。晋卿于相国前颇说长短。湘帆不能忍,乃于今日赴津，面白其情于相国。

十九日 今日绛县中兴煤矿开股东会于天津，徐东海实为会长，故令朱君代表到会，故昨日赴津也。王古愚来。

二十一日 桂馨斋请客，余谢不往。鞠如请陪客，余往焉。

二十二日 袁季云请余，亦谢未往。

二十四日 昨领刻书费，中国银行钞票以价格日低，乃速换之，已较昨日低落多矣。昨六二、三，今六一矣。

二十六日 星期□，交通银行开股东会于江西会馆，余往观焉。曹汝霖主席报告。

二十七日 接迪新函，附万正甫与余书。迪新云：苏佐卿昨晚来津，今早回济，自谓此来乃万君属询君家日来进行情形，盖由济所派侦探返报，三叔犹在贼中。而我两函所云已有成说，不日可望出险，颇为万君所疑。佐卿曰：万君甚热心于吾，而亦实有此力，不惟可望出险，并用款可少。若匪实不讲情理，则最后之解决可委张子新督队往救，或不至用此最后之手段也。闻近日军匪屡相搏击，而匪时败北，被掳之人或幸而脱免，其不幸饮弹亡命，亦时有之，可谓危险之时矣。万君于此乃派其部下前往侦探，观其语意，似颇有把握，某已复万君，恳其速为办理。

二十九日 访王秋皋。秋皋以所藏《山东军兴以来纪略》见示，所纪皆嘉道咸同百余年匪乱情形、剿抚事实，而多合当时情势，可备掌故。秋皋家素有此书，后散失，兹又得于小市，虽铅印本，亦颇自喜，秋皋为跋数语而珍藏之。余脑中对于山东匪祸异常忧愤，是以见此书而有所感触。又购得《历代舆地沿革表》一残册，武陵杨丕复著，以此册为山东之部，故尤爱惜而存之。书颇详备，体例亦佳，刊印精美，此书盖不下数十册，惜皆散佚也。亦为跋语，语殊简质，因纵言及地理山川之事，曰余新得一新闻，曰有客自新疆一带归者，曰三危山。注《禹贡》者言人人殊，实则三危乃在敦煌，山非石质，乃土丘之余也，其地本大沙漠，乃有三土柱矗立其间，其形上大而下削小，故曰危。

然自虞夏至今,已数千年而无改,西北土质坚韧如此,他处亦时见之,敦煌藏经即藏于石柱中也。又猩猩峡问土人以命名之意,曰山原之间,时见星星也。前往察视,则山坡间时见大段水晶,月光照之,实若众星散聚,则此峡之命名定为星星矣。又曰古高昌城,近时发现古器皿及人物,必昔年洪水骤至,为沙所霾,如泰西为火山所霾之城,至今不朽者,乃吾人不知保存,外国人则闻风踵至,招人开掘,辄有所获。此君尚有他新见闻,惜其言不能尽记矣。秋皋留心故事,令人佩服,故余在保定时,每与献群访秋皋,与谈故事也。余尝问内地山川,雄奇可喜者固多,但已有穷形极象之文记之,其尤雄峻者,恐不在内地,而在边徼,词人足迹不到而未之称述者,当不少。秋皋曰:云南光茅山,其奇崛内地殆罕见,山上因多奇峰,而自然空其下,可穿而过,此即余目睹之奇山也。

三十日　袁伯华以鲍康、李星沅、曾璧光、黎培敬四人之尺牍各一见赠,盖有投报之意焉。访王道存,以王晋卿所撰其父墓志予之。初,道存以其先人墓志属余求晋老撰文,既脱稿,谢以金百元,实则误撰为墓表也。余不敢以告道存,请晋卿改之,一日而就。

三十一日　侍吾姑早八点赴津。余以万君来函代设法救吾弟,不可不亲往一见。吾姑闻吾家遭匪祸,深以为念,移家津门,急欲往视。故因余之赴济来津,傅氏妹以东昌匪警益亟,仓卒避至济南,以交通便也,遂于日前来津。时京津时疫流行甚重,吾家人几尽病,以至仆役。苇村每日至,辄一一为之开方,药铛烹药,终宵不绝。妹来即病。子培昨自家来津。白静轩以蚌埠购粮无大车北运,属我访站长苏君。房袭明来访,为刚己遗集事,出所装池刚己日记及《西教纪略》残稿相示,有吴、范两先生平识,虽非全编,亦可珍也。刚己在信都书院时,与刘莘西同室。余每问刚己读何书,辄出姚、王《古今诗选》见示,又时时假其日记临吴先生《诗经》评点,盖其日记抄《诗经》全文,而录吴先生评点,亦往往载自作之诗文,其首卷有寿范肯堂之文。时刚己年方十四五,至书院之前一年也,文已奇诡可读,今日记残本不见此文。乌乎！已三十年矣。

六月一日　子培来访。余初拟今日南下，以颇倦未启行。访苏步滨于旅舍，自言前以部令调查铁路于南满、朝鲜、九洲岛等处，同时往者凡十人，每路二人，数月乃毕。而所考查依部所列，凡百有八条，既逐条答复，又属余等三人亲观其办事之情形。今始归来，吾当入都报告，再请假旋里一视。然则白君所属，一时尚不能办也。余属苏君作绍介书，赴济后，观大槐树造车厂。

二日　赴济南。十二钟登车，八钟半至。在津站，有人扶一病夫至车上，云赴济南。委于余座前，殷殷致辞而去。时面色已灰败，汗涔涔下，已而起立行数武，回即委顿，倒吾座上，不弗能言，目光益散，沫流口外。邻座高君属车中役夫告于车首，车首至，气息已将不属，命舁车外风之，检其行李未毕而死。至马厂乃置车下，其行李则当票数纸，药一剂，衣被数件而已。过德州遇师立堂、赵采臣诸人南赴济宁，云树珊明日亦往。时顾匪在郓城，有人传信，言匪已允出被掳诸人，而要索金钱已粗定额，且被掳未归之十人又合于一，或可同归矣。由赵采臣介绍寓于商阜二马路裕泰客货栈，郑镇布商六家，寓此栈者五家焉。访李湘岑。

三日　访傅佑之，至乃知于今日赴津。东昌匪势已杀，将归矣。至津接吾妹。其生母强留我饭焉。访沈翰卿。至公园，公园由旷野建筑，惟松柏等森森起矣。其旁为陈列馆、萃卖场。萃卖场略如天津北海楼，今年新设商务，尚未发达。晚访树珊于南来列车，火车来迟，候之良久，便觅车中，卒不遇。乃访万正甫，知所派侦探三名，赴郓城匪中已十日，尚无回报。

四日　树珊昨日于吾觅彼车中时下车，相左不遇，而访余于万君所，询万君所办情形以为进退，今日乃相晤。余属其候二日，无信再南下。访沈翰卿于师范学校。有德县王俊千者充师范分校教员，与同饮于凤集楼，庭中为一池沼，微波澄澈，庖人汗濯污秽而不失其清，是以座客常满，唯限于地势，不能拓展。济南街市时有水声激激成为沟渠，建筑家每欲借水石规为亭馆，然亦仅仅凤集楼实得地所，故虽狭小，能历年久而得名也。饭毕，同至城北师范分校，水渠纵横，尽艺蔬菜，其风景自殊。俊千名士楷，前肄业于师范，今又充分校教员，于济南教育固能言其详也，因略述十年来教员界变迁。省城学校大者凡九，曰第一师范，曰专门法政，曰专门农业，曰专门商业，曰专门工业，曰女子师范，曰中学校二所。又有教会所立之齐鲁大学，规模崇宏，欲驾吾国。全城自立各学，上闻为美国煤油大王出资所立，凡三百万元，敬佩之余，继以惭恧。再宿万君所，万喜藏砚，搜致甚力。自云所得已逾百种，其手自镌刻者，拓为二巨册，名人之砚亦往往有之，自诩不后纪文达公之百砚。案：谱录家研究砚者，莫先于宋之苏易简，其后好者渐多，米襄阳遂作有《砚史》，而谱砚、说砚之书屡出，几成专门之学，为金石家之附庸矣。万亦讲金石，余询以李璧碑历史，曰：此碑于光绪三十三年夏发见于景州城南之七里屯，雨后土坡被刷而碑露出，农人马抢元得之，以京钱四十千售于德州刻字者毛，毛来济南，提学使罗正钧见而善之，以三百元购得，纳之图书馆。

五日　李湘岑来访，遂与同游公园，湘岑曰：此余所经营也。当商埠局初办，局长某君颇见委任，故于宣统二年春创建公园，一任余之布置，请款五万，建筑未毕，局长换人，改前所为，不复发款，仅用一万五千元。于宣统三年停工，故不能尽余所规画也。以万五千元成此局势，亦可谓款不虚縻矣。傅佑之昨偕吾妹来济，遂与同游图书馆。馆所藏书颇富，凡九万一千卷，略如津图书馆。而山东人所著又为一目，曰《山东艺文》，以表示本省之文学，他省书目可用其法焉。附设金石陈列馆，有石刻画像十余件，略如武梁祠画像。又有元魏以来墓碣造像等十八种，宋以来数种则不足观矣，皆有拓本可购取，行当求得此十八种，兹不详著。访站长汪君叔敏，不遇。赠树珊草帽、眼镜等。

六日　万君所派人已十余日未归，不可与师立堂失约。乃遣树珊赴济宁访站长汪君，汪君事方殷，寒暄未毕，出验货，属余少候。良久不至,余不能久待,乃告其仆曰:绍介参观事殊简单,若汪君作绍介函,遣人送余寓可也。东昌匪氛渐息,傅佑之全家于明日归。

　　七日　湘岑来。余本拟与翰青游观大槐树造车厂,湘岑必邀参观榨油等实业,遂与翰青同往观焉。经理张□丞,□□县人,三十年前在某镇,为数百千钱之营业,贩卖米粮,某镇新开辟,日以发达。张君知新辟地之易于发展也。济南初辟商埠,乃建设工厂,为榨油之业,日兴月盛,以次增设面粉、铁工、制碱等工厂。面粉厂锅炉二磨,四日出面九十袋,约二千七百余斤,工人九十名。油厂锅炉一,捻一,榨子三十六,每榨日出花生油百二十斤。油已大获利,制碱则初试办也。此皆张君独资所经营,并无外招股分,工厂建筑亦一身所营画,张君不愧实业家矣。张君曰:张裕葡萄酒公司甚有起色,以资本大,能存酒,非三年后不能甚佳也。其发起人为张壁士。张,黄县人,商于南洋群岛而致富者也。游观既竟,湘岑曰:子曷为文以张之?遂同饮于百花村饭庄,烹调颇佳,在济南饭庄中盖最著云。余问湘岑济南商务,曰:前年最盛,去年次之,今年大为减色,殆受时局影响也。银行凡十二家,曰山东银行最大,信用最好,纯为章邱人所经理。章邱人最精于商,山东商会亦操于章邱人。中国银行、交通银行、齐鲁银行、通惠银行、周村商业银行、工商银行、东莱银行、泰东银行、企业银行、某某银行。某银行资本少丰,而办理未善;某银行其宗旨纯为对外谋挽利权,能直接与洋商交;某银行与银行互相竞争;某银行资本虽小,然办法乃旧日银号,似无银行资格。言之衍衍,惜余不能记其详也。

　　八日　与翰青游大槐树制造厂,持汪站长与厂员金君曾钰函以往,至则有工人某已候吾辈矣。时金君尚未到,工人先导参观。工厂设于商阜极西端,距车站五里而遥,局势宽厂,院内满树洋槐,绿荫可爱。先观造车厂,次观机器厂、铁厂、水电锅炉房,复观锯木、削铁轮等事,而制锯机尤为素所未见。有起重机三,二十吨者一,十六吨者二。铁轮皆购自海外,到厂复刮磨而光之。所造车皆旧者而重新之,尚无自造车之能力。津浦路凡三厂，一设津门，一设浦口，而此厂最大，然不能造车，次于唐山之京奉造车厂也。佣工六百余人，每月工资约七千元，而修理机器及材料局员薪金尚不在内，工人多章邱人，盖章邱素以冶铁著称，故开办此工厂亦招章邱人，以资熟手也。小工小洋十角，技师皆中人，仅聘一英人。万君所遣侦探仍无信，余不能待。

九日　赴津，家中人病者以次愈，惟培新所患稍久。

十日　侍吾姑来京，今日星期一，下车即赴国务院。

十三日　端阳节，访东海相国。贺节者络绎，余亦从俗进贺焉。

十六日　得津函，知吾弟已于昨日抵津，且曰无恙，乃命翊新往省其父，时吾弟陷贼且五阅月矣。惊喜之余而思其陷贼之苦，又为之愤怒，亟欲一见，又冀多聚数日，乃定于再明日晚车行，以便星期日，不请假也。

十七日　翊新自津来。

十八日　午后赴津见我弟，容色憔悴，伤痕累累，则又悲，不忍正视，气力微弱，不欲与多□。

十九日　偕吾弟游览街市。吾弟生平本喜游，一见津埠之壮丽，意颇怡悦。归，乃为余述陷贼之情形，曰：贼至吾家时，吾匿于马棚。不幸贼至马棚，牵一马一骡去，一贼复始出门，仆人程殿玉窃语贼云云。一贼遽返室，怒指我，将劫去。时余服旧敝之服曰：我非贺氏之仆，乃仆之友，来访仆者也，焉用我为？贼不顾，竟携我至□□店内。时被劫在店者已众，余在院偶他望，贼大声喝之曰：汝尚欲逃乎？已而将所劫之人至甲马营审查数次，分别遣归者甚多。又行二日，至贼巢窟乃止，不复行。今日至此砦，明日至彼砦，时时移徙，十数里辄止。初至之日，一日未食，至甲马营，始人给饭一盂，至贼巢，始案人分以饝二枚，久之，不饱者乃渐敢再索。年底，官兵与匪战，匪乃远飏。是后每夜至行数十里，已甚劳，又或为贼肩行李。至今年看户者渐虐待，贼谓被掳者为户，监视被掳者为看户。至三月间，逾黄河，始不蒙目,而虐待益甚,食既不时,尤缺饮,饮须速饮,缓则将水持去,或甚鞭挞之。贼之首领顾德麟,次则赵德禄。赵常告监守者曰:勿虐待户,吾劫彼本为得钱,何为苦之? 而监守者不听也。郑镇同被掳有郝长怀者,广盛恒之人,独能媚贼,贼甚宠爱之。然日嗾贼虐待余等,并力言诸人富有资财,宜多索赎金,贼以此宠幸之,饮食衣服惟所欲,而诸人后数月所以被贼虐待,一皆长怀之使之也。然十数人中不被虐待亦居其半,贼每与官军战,皆在数里外,仅闻枪声,盖匪徒甚众,战亦不必皆出也。至本月初三,官兵且追至,逃奔一夜,至傍午行百余里,劳倦欲死而竟无恙。夫远行已非力所及,贼又每狂奔,须同行。贼行又不以路,横行阡陌间,或穿丛林,非路故难行,然仅足胝,未残伤。吾异之,贼亦异之,以为其有神助乎? 初四(即六月十二日)午后,匪乃派两贼送余等二人归,行五六十里,暮抵盘谷,遇丽堂,喜可知也。余四人乘推车由盘谷至郓,又遇树珊,心益喜。先余一日归者,方候于郓城,于是五人同行。自出贼巢窟,以至盘谷,为盗匪区域,途中来往者尽贼,盘谷街市间皆持利器、面狞猛之贼也。出盘谷不复见贼,尽为讨贼之陆军矣。余一旦见此陆军,心甚快,自盘谷至郓不绝。过郓,郓县警察已将余等到郓报告县知事,即邀师立堂到县署慰问,既见立堂,又邀余及树珊,余辞以疾,未往。树珊既见知事,又同丽堂往见族长方君。方君言曾得万君函,属其剿贼时注意救出余也。树珊又索方君名刺,以便遇陆军免盘查之烦也。明日赴济宁,出郓即遇蒙古兵,气色甚壮,且有纪律,大有办贼之精神,较前所见山东兵不侔矣。行一日,至济宁,济宁商务繁盛,街市壮丽,非余素所意,惜迫于时,不暇遍游。次日午后至济南,往谢万君,万适赴沪。见表姊,留宿宅中。余急思一游览街市,表姊严止之,树珊亦苦劝余勿出,乃遂困留半日,次日乃到津。

　　二十日　游义租界及南市。

　　二十一日　晤方兰阶等。于是冀人参议院初选,当选者六七人,皆来卖票,价七百元。

二十二日　方兰阶邀饮于松竹楼。兰阶为绍介震华南纸局兼书庄，以备代售书籍。其掌柜司君云书名兆鸿，山东阳信人，兰阶急称其人之忠信。司账者冀人，与兰阶尤属同乡。

二十三日　请塾师路先生于会芳楼，并邀张季瀛、张果侯、马挹山等。路君到塾一日，而弟子皆病，日来始能上课，而侄女初自外家来，尚未入学，其李氏表妹亦有意附学。

二十四日　早快车入都。时月岩族叔以选举事在津，今日赴都，遇于车中。

二十五日　谒月岩叔于刘海峰家，以事赴津。见余族妹。

二十九日　道存邀食烧鸭于便宜坊。辟疆来访，言现购置万二千元房产，款不足，属代筹。

三十日　星期。谒徐相。徐相言：吾拟排印《颜李语要》及《畿辅书征》，子可为我预计字数，其字形及版心仍可仿《先哲传》。余因言湘帆欲刊木本。相国曰：湘帆志在传世，我欲其行世，久之，仍可精刊也。言未毕而入食。余访子培，时艺圃修理新租得之宅，在前宅之东，合为一所。子培监视甚勤，老年人事事不苟如此。时方午，工作皆休息，而工头尤某独兴致甚豪，任情谈说，多有味趣。初言庚子洋兵入都，将侍郎立山家收藏尽毁坏之，内多人世所不见之奇珍，尽力形容，长言不厌。又言修工大内时之闻见，日暮乃归。宇周自余赴津来都至此，仍寓丞相胡同，今夜乃与为长夜之谈。言其母有手写《争座位》，欲求名人题咏，盖其母刘太恭人在吾族为第一能书者。又言及先世有《全家行乐图》两分，其一存家祀，吾太高祖以至吾祖皆在，吾祖年才数龄；一绘吾高伯祖，存宇周家。又言：吾先世有墓志铭，何公凌汉书也，其墨本亦余存之。

七月一日　邢赞庭来访。言山场事亟宜立案，谓吾两公司可同时办理，一可在农商部立案，一可在天津实业司立案也。吾日内当至津一访严次约，询以办法，即行递呈。余曰：甚善，当从君同时立案也。

二日　辟疆来函，属速代借款，并以子余函见示。子余属辟疆为媒，其与吾家缔婚也。

三日　寿彭昨又回京，访之于第一客栈，时韩子元在坐，相与畅谈各藏书家之盛衰。某书之佳恶，以及董受经、罗叔蕴刊书之情形，西泠社发达之原因。寿彭辄与问答，并言《畿辅丛书》有宜刻数种，并属韩君为搜求某书某书，知寿彭于目录之学研究已久，藏书家之子弟固异凡童也。寿彭言家有《通鉴校勘记》三卷，清张敦仁撰，此书无抄本。案《通鉴校勘记》为张瑛撰，二卷，有通行本，不知较此书何如？《书目答问》有张敦仁史学书二种，而无此名，所谓无刊本，或非虚语。余因近阅《通鉴》，故与寿彭言及《校勘记》。日前从徐圣与得潍县高翰生所藏志铭目录一册，皆所收藏也，约六百种，其富如此，乃倩人录副。观辟疆新建设之房舍，在析薪司胡同。

四日　访辟疆，为荐李润符从之学诗，辟疆首肯。润符颇好学，诗古文辞皆所研究，屡言欲得名师，以求精进。余为言辟疆海内大儒，尤喜以诗古文诱掖后进，诲人不倦，以君之好学，若往师之，可以大成，因属先写所为诗呈正。

六日　访步芝村。崔栋臣来，绍先所荐，应余书记之招也。

七日　访湘帆。铁林来电话言：相国邀君往见。遂谒相国。相国问以排印所编颜李书告湘帆否，余以湘帆之意答相国。出书数种，云：此新送来售者，问余以价值几何？相国言：将刻诗集，现已写稿。余荐龙光斋，以《李刚己集》为言。相国甚称其刻工，且廉其价，因属余以样本。

八日　与直隶书局议，将先君文集及李刚己、张献群遗集登《北京日报》广告，以资提倡。

九日　请朱铁林、蔡端如、刁介池、郭季亭、艺圃、兰侪、侯伯恭、宗氏兄弟及宇周宴于同兴堂。兰侪携其子来京师考中学，初拟令培新与之同学，因共寓尚未拟定。艺圃以李培所著《灰画集》见赠。

十日　昨铁林告余，属将《刚己集》送往一阅。遂至东城谒相国，

《雄白集》呈上两册,日内始出版也。相国出近议购之书数种见示。

十一日　以廉卿先生所书屏四帧,属侯伯恭交商务印书馆石印。

十七日　子培由津回京,吾妻携吾子女同来。日前苻村之长女死,子培赴津往慰之也。吾妻则仍治其腿疾也。访傅谟虞。谟虞新自临城煤矿来也。谟虞充赵州中学教员,暑假乃至临城,尚无任职,言其经理邝荣光矿事经验最深,又胜于翁君矣。言时几不知其足蹈手舞也,对于其所学如此有兴趣,必成其业。

十八日　国务院秘书厅汪科长谓余曰:杨守敬之书拟分类陈列,而择其善本另储弆之。子精于鉴别,若能乘间为一审察,幸甚。现管书者朱君,渠见书亦多,恐不能精,因引余至藏书室,与朱君晤。朱君名师辙,字少滨,安徽黟县人,本江苏吴县人朱骏声之孙,孔彰之子,两世皆博学。少滨出其家先世所著书目见示,知其祖《说文通训定声》外,他书不下数十种,其父于《中兴名将传》外,他所著亦十余种,即少滨自著之书,亦已十许种矣。粗阅杨氏书目及少滨分类新编草目。

十九日　与侯伯恭至京华印书局石印张廉卿先生所书条幅,曰京华印书局,即代商务印书馆印刷图籍也。

二十日　与子培、润符、谟虞及许震伯饮于宾宴楼。润符欲师辟疆,余已为绍介。子培代购赟见之物砚与图章。震伯即德明,现充第五混成旅机关枪营第三连排长,驻南苑。故城崔栋臣日前来京,寓于逆旅。余曾一访之,不遇。今日过我,亦不遇。

二十一日　雨,余冒雨到署,人至者不及半。

二十二日　与曹理斋晤谈。虽同在国务院,而晤面殊稀。连日与朱少滨晤谈,博学多通,令人佩服。今日出所注《商君书》见示,征引繁博,案语明了。《商君书》颇少善本,更无注者。少滨亦殊自负,谓《墨子》古无善本,自孙仲容之《墨子间诂》出,始可读,《商君书》初亦不可句读,今一一考订而证明之,亦遂能读矣。邀王秋皋饮于万香春。秋皋留心故事,今日言及戏曲,亦殊有考据,谓"昆高"之"高"当作"阁"。又曰,其乐器仅有一饶(铙),当为今世最古之剧。

二十三日　艺圃属余以齐君振林所印《灰画集》送呈相国五部,附以齐君之函。与朱少滨、吕博文畅谈,初言目录之难以佳本另行部居,遂纵谈学术。后又言有朱清华者,安徽人,于政治有精密之研究,且有治事之才,与王揖唐同时组织政党,以王不能用其言,又颇为袁公所知,以不欲附和帝制而去,谓其办事魄力殊大也。晚得深泽快信,谓四弟妇当于明日到京。

二十四日　与子培游护国寺。吾每拟与子培游都中名胜,而讫无暇隙,子培亦殊乏壮游之精神,惟数为此无聊之游览。余赴车站,未晤吾弟妇,乃先一次车到京矣,寓于旅馆。

二十五日　弟妇来见吾姑,又往谒常先生,午后赴津。

二十八日　与崔栋臣赴西陵。

八月四日　到大树公司后,初看民国五年建筑门之底账。余因去年年底清单久未清,此时又逾半年小结账之期。凤州旋里,未暇以为,乃属夏瑞及栋臣结算七个月盈亏账略,数日未能有头绪。余乃自为之,又二日,而粗具梗概,亦无甚不符之处,乃携稿来京。

五日　回京。

六日　至铨叙局销假。则余及铨衡科方君皆改充编辑员,不隶五科。

十一日　吾母、吾弟及翊新来京。吾母、吾弟皆第一次入都也。

十二日　参议院、众议院开会,以为纪念日,各公署皆休息一日。

十四日　翊新适西陵大树公司。崔栋臣旋里。栋臣在枣强王氏管理庄田,其来北京并未辞谢王氏,农事有事,故旋里也。艺圃邀余兄弟子侄及李氏子弟游北海。余去岁与沈翰卿游北海,未携笔砚,不能有所记述,且仅至南部,今日游观颇久,又乘舟至北岸游览,故草为游记,亦不能详尽也。以文稍长,故不录日记中。制袜工厂又成立,更名大泉工厂,掌柜宋子英,暂设于琉璃厂。子英,韩麟阁所荐。

十五日　师凤州赴大树公司。凤州因账目不清,余函招费峻如,令其来公司查办，如南游不能即归。凤州自家来，余初不令其西行，久之不能决，而山中农事方殷，只可令其先往，俟峻如归来再与议善后办法及处分凤州，而凤州遂又西去焉。培新自津来，培新今日考天津官立中学，恐未能录取，故又来京拟考第四中学。常兰侪之子锡光考第四中学，期与偕考，乃托侯心言，转托本校。

　　十六日　培新与锡光考第四中学。应考者百六七十人，此次为第二次招考，共取五十人，第一次招考已取二十余名，此次拟取三十余人。

　　十七日　鞠如与余兄弟游览午门、端门之上。午门，即紫禁城之南门，城楼十楹，略如三殿，室内列楹二排，所谓五九四十五间也。左右为两阙，二十四楹，约长二十余丈，坚实崇宏，亦略如三殿，门三皆南向，又有左掖门、右掖门。在午门前观之，左右相向，自其后观之，则五门平列也。是时方将昔年国子监所存红本及他陈设古物移午门上，大车十余乘，运之兼旬未毕。奏牍、御批、书籍、簿册，种类繁多，不可纪记，皆成以巨囊，散之室内，至为狼籍。凡所堆积，余不通算，不能测其多少也。午门左右夹室陈有旧器物数事，亦国子监物也。又有古龟板二十段，皆一二寸许，皆有古篆，河南新出土而购得者，殷周以前之文字，金石外又发见此物，至可宝也。午门右庑存储武英殿板本，如十三经、二十四史、九通、方略及御制诗文集、满蒙文书等，惜多残缺。未到午门，先观公园内之图书阅览室，乃一崇宏之殿，又在公园之后，颇得地势，惜书籍不及图书分馆之多，而游园者尤少喜阅书之人，虽富于小说，以广招致，亦卒无益。李艺圃长子婚事定，宴媒妁，设筵同兴堂，邀余往陪。常稷生闻余弟来京，邀小酌于泰丰楼，余往，弟辞谢。

　　十八日　辟疆亦以吾弟始入都，且曾拘囚贼丛，治酒馔邀余兄弟，其简有云洗尘压惊，亦独往。李君煜暄请受业吴门，余介之，往谒。余前以《昭昧詹言》有吴氏父子平识将付印，属辟疆自校，辟疆乃复详加评识焉，余大喜过望。访贾星孙，以其与农林公司有关，常与接洽,可间接知山场事也。

十九日　培新考中学未录,在津考中学,亦未取。

二十日　谒徐东海相国。李绍先来。

二十二日　拟属绍先充大树公司经理,绍先有允意。培新以两学堂皆未录取,期从绍先研究德文于山中。

二十三日　与吾弟及绍先并培新游北海,复为游记,惜仍未游遍,游记当另录之。

二十五日　与吾弟及兰侪并翊新、培新游雍和宫,第一次往游,略为游记,亦另纸录之。绍先已允就大树公司事,并与培新讲学。迪新来信报告郑家口家中诸事,并财政困难情形,而郑镇被掳未归之六人仍未得归。河东数里外,盗贼猖獗如故也。

二十六日　翊新来信,言正志中学尚招一班。培新若考,或可入正班。

二十七日　与绍先及王易门至图书馆,先访馆长赵次元,赵遣馆员介绍参观《四库全书》。《四库全书》六万余函,函以樟木为之,函之大小同,每函中或数种,则各为夹板,以便抽阅。函镌以经史等字并书名,书皮及束书之带皆按四部,分四色,经以红,史以绿,子以蓝,集以黄,列书架上,共贮一大室中。另有书架,图凡四函,以便检查,亦修四库书时所为,印以御宝。六千余函并不残缺,且新如未翻阅者,然现湿数十册,列室中以干之。书始列也,辄为屋漏所湿,则以后之危险亦可知矣。馆员谓余曰:此乃热河行宫所藏,此外奉天或不残缺,江南三部惟某处尚有存者,然皆不及此部之精善。又观普通书,余借《苏沈良方》,四人共校之,则与知不足斋本编列不同,且少于知不足斋本甚多。余等逐字校之,良有误字,但四库书误字太多,未校毕而日暮,乃匆匆出门去。

三十日　吴蛰卿邀饮于浣花春内,有远客一名,曰杨式中,字毅甫,云南人,而新从新疆归也。

九月二日　侍吾母回天津。

三日　自至天津,而程夏瑞自山场归,言小分地日侵租山场者之地,租山场初亦忍之,不敢与校,然尚未敢与两公司起交涉也。自上月二十七,易县以督军署判决告垦务局长徐英书榜示,遂聚众以与两公司交涉,侵扰不已,刈其田禾,侮辱租户,俨同强盗。师凤洲到县呈控,故夏瑞急来告难。

四日　访邢赞廷,筹对待之法。今日参众两院选举大总统,一钟投票,事毕,凡两院四百三十五人,而徐东海先生以四百二十五票当选,为第二任大总统。晚,胡秋华来京,知山场事益形棘手,则吾所禀,县官并不批示也。

五日　以山场事急属夏瑞先归,并请绍先明日即赴易县。谒新大总统。盖自昨午后,新总统当选后,九城车驰电奔,而辐辏于五条胡同矣。晚邀邢、胡与绍先便酌于浣花春,邢以他处之约,谢未往。

六日　绍先赴西陵,赵慎之昨自保定来,晨来访,约晚间会于邢君所。余访步芝村,归过邢赞廷,赞廷出贾佩卿代拟呈公署文稿,云:吾当自拟之。并云佩卿亦代赵慎之拟呈,慎之拟先邮递天津。

七日　绍先自西陵归,言山场事颇棘手,见易县知事及警务长亦不得其要领,内部交涉则可敷衍矣。

八日　余与绍先访赞廷,与言山场事,急宜设法维持。赞廷初无何等之办法,余劝其即日托都中机关要人与易县知事去电,劝其弹压,然后赴津托人在督军署办理。赞廷曰:此事似可不必,欲电报有效,非督军不可。因商于余,致电曹督军,请其电饬易县知事,派警弹压。遇艺圃于一条龙羊肉馆。

九日　邢赞庭又为两公司拟一呈,呈督军。

十日　以邢呈示艺圃,为指一二处以为不妥。邢来访,属其依艺圃言改易,邢沉吟久之,卒照改。

十一日　缮就而发。

十三日　访赞庭于司法部。晚四钟五十分赴津。

十四日　由竹泉介绍,借债于益兴。

十五日　回京。凤州前日来京报告山场近日情形。

十六日　李式忠邀饮于致美斋。两院议员送证书于徐大总统。余往贺焉。街市悬国旗。

十七日　凤洲回易州。

十八日　请边芷亭、李式忠、蔡端如等于致美斋。座定,艺圃为绍介孙师郑来,入座。

十九日　游北海,是日中秋。

二十日　夏瑞回易州。

二十一日　昨日凤州来京。绍先已拟赴山场,惟不欲接事于凤洲手,故俟凤洲来,然后往。昨若知其来,则今日即行矣。孙师郑以自著诗集见赠。

二十二日　余移寓宣武门内象坊桥观音寺。绍先、培新赴大树公司。

二十四日　绍先来信报告。

二十五日　昨兰侪谓余言,第四中学新班现出一缺,当招补。心言因言于校长,令培新补考,校长许诺,今晨乃作书招培新来京。访虞谟,议游下苇店,观石印石矿。有广东张善夫者,尝为测绘员,在京西发现此石矿,拟与谟虞创办此事,因思往为察视也,约余同往。谒徐大总统,以宋王廷珪《贼盗论》二首呈览。此文痛言招安之为害,历引前史,皆以抚贼亡国也。并言盗贼杀人惨酷,怨毒之气中于人心,而复雠者遂有所借口,而大乱作矣,故卒以亡国。所言极沉痛亲切,皆吾意中所欲言者,可谓先得我心矣。而词颇平和,知其有涵养而热心国事焉。案:廷珪,官知州,不和而去,年逾九十而卒。余因言于大总统曰:余久拟有所条陈,后读史见王廷珪所为《盗贼论》,沉痛而切合时事,一如吾心所欲言,是以谨录呈左右,以备采择,天下甚幸。盖余家邻山东,目睹其惨,闻见亦较真切,知招抚之为害,如此论所言,今海内皆患贼匪,其情形约亦相同也。总统曰:抚匪之说,吾向不谓然,如何剿办,吾自有其方。词意甚果决。果尔,则吾民之幸,亦中国之幸也。谨录其言,同拭目以观所为焉。访谟虞。访王秋皋、胡次朴,皆不遇。

二十六日　王采南来访。与吴质钦、曹云程小酌浣花春。与侯伯恭至京华印书局,所印张屏五百分已告峻。访李润敷,渠临吴氏《昭昧詹言》,已毕役。因再至京华印书局合算刷印费用,连史六裁,五百分,每页十九元,皮子在外,千部每页二元六角。余嫌其昂,未与成交。兰侪之子结婚,高阳王亚衡之女。今日兰侪与王君公请媒妁侯心言,又派阎子高为媒,宴于天福堂。同座者齐某、王画初、稷笙并余四人。王亚衡名树屏,第四中学教员;子高名翰昇,子高,第四中学校长,阎凤阁之子也。余前以西陵土棍肆扰,县知事不能弹压,诉于督军,因属张果侯代查督军批词。今日来函言,今日批出,曰:力田公司胡桂森等呈请解释判词,饬县迅予执行,由批令县知事查照判决执行,该公司等毋庸多渎,云云。

二十七日　与傅谟虞、张善夫游西山下苇店。谟虞近有事于京师,闻善夫言石印石矿而悦之,邀余同往观,余久欲漫游京外,遂欣然从之。午前十一钟半由西直门乘门头沟火车西行,小站三,曰黄村、曰北新安、曰广陵坟;大站二,曰三家店、曰门头沟,至火车尽头,实则此站距门头沟尚有数里,此乃城子村也。下车西北行五里,至琉璃渠村旁,烧琉璃砖瓦之官窑,供都中营建宫殿之用,不得自由营业,清亡,此窑亦废。此村内有泉出红色水,又有出白色水者,人遂呼为红流水、白流水。自此上岭,曰丑尔岭,出釉料,以供琉璃窑用。再西北曰西河间村,过浑河曰冷家庄,西北为肃王坟,坟前有康熙时御制碑文,曰和硕显亲王,谥密丹臻,碑文有碑楼,后为飨堂,自飨堂前至墓基以次而高,凡数丈,墓周以白石雕有花纹,其顶乃土,共高丈余。自此山势森林,风景颇佳。再近为担礼口村,自此沿永定河北行,两岸高山,中为巨流,王德榜凿山修道,虽仅数里,利便甚大。傍山有碑,即王德榜纪功碑也。其文曰:"统师徒,杀水势,燕民从此乐熙熙。"共十三大字,上题某官王德榜题,下刻光绪七年立。北行数百步有摩崖石刻,上有石刻佛像,下有碑记,言凿河之始。再行数百步为鳌峪沟,即石印石出产地,张善夫开办此石,名庆亚公司。转而西北榜(傍)山数里至下苇店,宿庆亚公司。工人数名,日以磨石为事,不重在开也。鳌峪沟旁有小洞,在西岸,土人云甚深,莫测其所至。张善夫云左近一带山岭尚有出石印石者数处,然甚少,或交通不便,不易开办也。下苇店村西之大岭名昆仑山,上有小庙,山麓临大河,亦有小庙,颇幽雅,但寺甚小。土人曰:自下苇店西北行曰黄土台,曰长头岸,曰安家庄,曰雁翅,曰传家台,曰青峪口,曰下马岭,曰青白口,曰军饷,曰东西胡林,曰寨塘,曰青龙涧,曰双石头,曰爨底下,曰林峪,曰天津关,曰礬山堡。再西北,则至怀来车站矣。

二十八日　登村旁山岭,自此以西,果品颇发达,载果品赴都者络绎于途,以核桃、杏、梨、柿、山楂为多。

二十九日　回京,在三家店登车。三家店街颇长,亦海淀西一镇也。纪直贻先生来访,不遇。

十月一日　王仲武兄子贻望结婚,今日送婚书,邀余往陪媒妁。

二日　率培新至第四中学,第四中学学生有空额,培新补考来入学,仍得为正班。访其校长阎子高及教员王亚衡、会计韩颂仙。以无操衣,暂不得入堂。访吴辟疆,以先君尺牍稿本再属其一阅。访李佑周,佑周自任录辟疆先生文稿也。访达三,达三已入大学分科,而寄宿校外,暑假后始抽暇一访之。访张心泉,心泉代售书于大学售卖处。同航仙访朱铁林,航仙属余偕同访铁林已久,今始往见之,盖期间接于总统,谋复其职。

三日　纪蔚千来,属余谋事于总统。

四日　王秋皋、傅谟虞邀参观财政部之印刷局,去岁参观其三部,兹又补观石印等事。案:印刷局中工科分六课,曰制版课、制色课、活版课、印刷课、完全课、机器课。前所观为制版课、制色课、机器课,今见为余三课也。每课内复分数组,其总务科亦分六课,曰文牍课、会计课、仓库课、庶务课、营业课、稽查课,绍介人仍秋皋之友卢恩溥也,卢在仓库课。现局中所印惟印花税票,奉天公债及银元纸币,又为山西督军阎锡山印《国民须知》小册,凡八十万册,可谓雄矣。

五日　总统夫人今日寿辰,祝寿者麇至胡同中,至不能行。余至国务院,然铨叙局编辑员殊无办公之室,当一访同事方君也。日昨孙师郑来访,未晤。晤孙星堂于徐府,言及郑镇在津购枪事,渠颇欲代办。

六日　纪粒民来访,粒民现在第九师,师部驻南苑。为余绍介陈致泽,陈字沛五,青县人。

七日　访孙师郑。培新始入第四中学,宿舍无余,乃每日下堂即回寓。余尝考历代史事之详略,当以正史为标准,计历朝史之繁简,以觇纪事之详略。自汉高帝元年至明末共千七百八十九年,二十四史实三千二百三十七卷,两汉凡四百二十五年,《史记》、两《汉书》共三百七十卷,内尚有秦以前历史约数十卷,以卷数除年数,每年得百分卷之七十五,三国至明末一千三百六十四年,自《三国志》以下,二十一史共二千八百六十七卷,以年除卷,约每年得二卷又百卷之五。

十日　大总统卸职,徐大总统任职,午十一时受职于总统府怀仁堂,十二钟半回邸,余一钟进贺。访柯凤孙年丈。《新元史》书成,取归而读之。辛子青昨日来京。

十二日　至海淀,访蔚千不遇。至总统花园,旧名鸣鹤园,总统修葺后更名淀北园。

十三日　访辟疆,知总统府秘书厅秘书已发表,换三人。其免者为步其诰,新任者为刘培荃、张缉光、马丕绪。云今日王孝诒迁居析薪司胡同,辟疆新建之宅也。孝诒曾嘱余请于辟疆,减其租费。孝诒又新秘书厅办事员,因往贺焉。

十五日　访辟疆,辟疆病,见于寝室。前日辟疆云:若总统不为子位,置于府中,可乘间一请。余今日谓辟疆曰:余上书总统何如?辟疆曰:可。访朱、杨于总统府,如游府中也,贺其得美差。杨冠如,庶务处长;朱铁林,收支处长。闻王晋卿得总统府顾问,赵湘帆得总统府咨议,总统治公于中海国务院,居南海,而总统移居于国务院。绍先来京,山场事益棘手矣。余与柯燕舲皆派总统府秘书厅办事员,燕舲邀余同赴总统邸第,进见秘书长及郭帮办等。

十六日　与柯燕舲至总统府秘书厅,即日前文案处也。于是府秘书厅秘书日前已发表,又发表办事员十六人,总统特派者六人,曰柯昌泗、曰张继垕、曰林璐、曰赵均、曰周明泰,余名厕于林璐之次,凡六人,余十人则秘书厅长呈请总统而派者,兹并列左:倪慕韩、王恩熙、陈葆元、王序梅、孙云五、李文孙、陈云鹏、毓彭、刘毓瑶、刘欣莲。

十七日　纪蔚千来。日前曾以名人手札数十页赠我,今日又以蝴蝶装宋本《玉海》一册见赠。余曰:暂留一观,甚善,未敢受也。余将以校家所藏本也。

二十日　访康仙舟于北海,仙舟在毅军十五团充书记官也。仙舟名汝昌,北代村人,与余同时补诸生,别十余年矣。

二十一日　柯燕舲邀余便酌于报子街聚美堂,在座者多山东人。有荣成姜叔明者,名忠奎,与孙佩南先生有连,柯因介绍余言,渠能知佩南先生遗著所在。初,果侯与余函,问孙先生文集曾否有人搜罗,如著述散逸(佚),我当搜集所知者。余以问徐圣与,圣与茫然,复以问燕舲,燕舲乃为余以问姜君。姜君曰:日昨有人在沪刊印,闻已出版。燕舲遂属姜君为之购求,并言尚有《经说》诸书。又有某县某君者云,其父乃丙戌同年,吾侪之年伯,已而谓余曰:吾拟发起恳亲会,聚都中丙戌同年子弟,以资连络。余称善。余又与山东诸君言,当上书督军及总统,请其严办土匪,不得请不止,并不承认其无治匪方略,最后则请于总统,撤今之督军,亦不承认其无撤督军之能力。

二十二日　宗屺山先生安葬新茔,余往吊于长椿寺,即在寺中为招待吊客。访徐仲篪于同兴店,仲篪名树声,徐英之次子也。

二十三日　四钟发引,一钟安葬长辛店西新营。余与达三乘火车先往,因稍游览村内。村本大镇,视清河、海淀为大,而商业殊无起色,盖自铁路通,无赴京之客货车过此,虽为火车大站,商业亦殊难振兴也。

二十七日　迪新自津来，为筹款也。纪直贻来访，不遇。

二十八日　纪直贻又来访。与迪新等游览总统府。赵悦禅来访，言办报事，属余访秘书长言之。

二十九日　柴骏声自旅馆移寓观音寺，余本寓寺中欢喜堂，余以让柴君而与兰侪同堂居。

三十日　访万正甫于山东督军寓，未遇。访直贻。

三十一日　张寿仁来访。渠前来函，属余谋他事，余复函，未谢绝，故今来面托也。访柯凤孙年丈。遂与燕舲访姜君，姜君方著《诗说》，采集周秦人所著书之引《诗》者，以引申经义，意在取齐、鲁、韩、毛四家说《诗》前之说。

十一月一日　访寿仁于旅馆。蔚千持其伯父泊居先生函来言谋事。

二日　访辟疆，不遇。悦禅每日来访，或一日两次。

三日　辟疆来访。悦禅来访两次。接纪泊居函，言《先哲传》事，谓其先世姚安公及文达公不宜列《文学传》中，欲来京面言此事。又言徐东海为大总统，宜有贺笺，兹附上一片，属代达意。又言蔚千谋事事。

四日　访燕舲，属其代拟挽联。

五日　董纬三所抄王式文辑《古纪年》，始抄出两册。辟疆来函，属印《雄白集》二百部，自出资为之。

六日　柯燕舲、周志辅来访。质（志）辅与燕舲旧相识，质（志）辅，前财政总长周学熙之子也。自吾辈秘书厅办事员发表后，尚未觐谢大总统，二君来议，明日同赵君四人共往入谒。第一次领薪，月薪八十元，现币与京纸币各半，此次系案二十一日计算，实各二十八元也。他人或案二十一日或案十五日，如燕舲即案十五日，现币、纸币各二十元。访辟疆，以印《雄白集》请经费。辟疆辞以款无所出。辟疆现校印挚甫先生《经传点勘》，《国语》《国策》在内，真海内学界之奇宝也，定能广销海内，惜辟疆不自办，以板权归都门印刷局，并不索酬谢书。辟疆曰：都门印刷局所印吾家书，固皆畅销而获利，而《汉魏六朝百三名家》销路尤速,以汉魏人诗文为人所欲读,而原书浩繁不易购置也。余又与约定代印汉人碑刻选本,辟疆曰:昔人皆谓退之能造句,别开生面,余初亦云然,观此乃知全本汉人碑志,故湘帆等见此书皆惊叹。辞悦禅,以所托事不能办。

七日　与燕舲诸君畅言陕西发见之古钟鼎,吾甚佩燕舲之博学多通如此也。

八日　访邢赞庭。赞庭言所代慎之拟呈稿四分,俟缮就,当再为吾两公司拟递实业厅呈,吾当先去函接洽也。昨绍先来函言种种事发生,恐以后事愈棘手矣。昨接迪新函言,本将日内赴济。万正甫实在都中,今午乃往访,仍云未来也。吾妻来京。

九日　总统移公府办公而住集灵囿。余与燕舲等拟明日同拜秘书长,问以办公之所。苏华宾来访,有所托。近来托事者杂沓,或亲来,或通函,颇以应酬为苦。

十日　贾君玉来,属余为谋事于都中也。余在秘书厅,分第四科,四科为刘贡扬、倪慕韩及余,凡三人。第三课亦三人。燕舲介绍晤赵宾序,遂同之领薪金、领徽章。二人薪金皆四十元,周十月分案二十一日给薪,领二十八元;赵案十五日发薪,领二十元;赵与周同案,发表何以两歧? 收支处某君曰:秘书长批交也。余与燕舲薪水同,此次所领不同,亦如此,余案二十一日,柯则案十五日也。王惠民、毓寿甫、刘贡扬则皆百元也。六十元以下者皆发现银;八十元者,搭现半数;百元者,现银四成、京票六成。遂与同饮于致美斋,并邀傅谟虞,谟虞与燕舲,皆分科大学同学也。

十二日　晚燕舲来访,邀余观剧于江西会馆,演剧者非优伶,乃世家子弟之游戏也,价目楼上三元,楼下二元。观者甚众,座为之满。所演多名角,尤宜注目者为最后之骂曹,其主要之人为红豆馆主,即袁三公子袁克文也。此吾今日来观剧之原因也。

十三日　与柯、赵、周贺毓寿夫嫁妹。请郭继廷、李翊宸等吃羊肉于正阳楼,正阳楼烤羊肉名最著。王道存来,以缪小山书目见赠。

纪泊居先生来访,未晤。

十四日　学界在天安门内大聚会,以贺欧战终协约国胜。至者七十一学校,学生约二万人,依次排列后,即游行(东)交民巷各国使馆前,复归原所。美、法、英、日各国公使皆演说,亦空前之大学生会也。访泊居先生。先生云:王荫昌,正定人,官山东青州府,有文名,又有刘有庆,官江西知县,有宦迹,皆可为传。又曰:吾家文达公所为《进四库全书表》,近有林鹤年者,注之甚精。鹤年,字朴山,广东人,张文襄曾有平定粤匪、捻匪两方略序,详战事之始末,近人亦有注本,仿林之注文达公进表。

十五日　与柯、周、赵三君及傅谟虞游农事试验场。时因开会,欲往观农事成绩及与其职员访询农事,至则知今日已闭会矣。

十七日　刘国瑞来访,以肴馔送宗宅献吾姑,为宗伯玶言翟林和馆事,翟君馆宗伯玶已五年矣。学生二人,束修每月八元,又节敬,每年十八两。访泊居先生。

十八日　昨北海火,伯玶曰:可函告懿甫。午后六钟,北海火光触天,全城皆见,万佛楼被焚,七钟后始退,距余与吾弟游北海才两月余。此楼工程颇大,虽废坏无用,然可存古迹,焚毁固可惜。而此重要之地动生火灾,若不严加取缔,而地之重于此地及可宝之物重于此者,不亦危乎?农事试验场品评会于十四日举行褒状授与式,本年出品物已达二千零二十二点之多,是为第五次农产品评会。案:民国三年第一次出品才百五十,第二次二百十五,第三次千五百五十,第四次千七百五十,逐年有加。此不尽农学之进步,亦国人稍留意此事,搜罗物品者较多也。泊居先生来访,不遇。

十九日　访刘际唐,际唐由辟疆荐,在徐树铮处充边防局编辑员。

二十日　秘书厅第四科值日单已派定,余三科亦前后派定矣,皆分午前午后,第四科秘书及办事员皆三人,于是人皆三日两值班矣。在朱铁林收支处晤内收发曹君,名辅绥,字冕卿。曹又绍介谢廷绥,谢字紫佩,束鹿人,为迈杜从兄弟之子。晚与君玉访纪泊居先生,坐谈四钟之久,所言事有可备掌故者,曰:革命之际,朱芾煌以政府秘密代表至南军议和,人多欲杀之者,黎止之,乃已。既归,北军以其南军间谍也,又将杀之,先电问政府,袁曰:克定知其人。已而袁克定来电保其人,曰:朱某血性人,某生死倚之。乃释归。泊居先生又绍介见陈君庆恩,字伯寅,青县人,焕之先生之嗣子也。泊居先生以寿梁星海诗见示。

二十四日　寿王晋卿母夫人,宴于先哲祠,晋卿先生父子皆未来也。

二十五日　周志辅、张佛昆邀饮,皆同事也。

二十六日　与吾妻出游,拍照于同生馆。李绍先来。

二十七日　领公府特别章记。张佛昆为觅观礼券,秘书厅分送国民庆祝大会入场券。在经济会往听日本人演说。

二十八日　至午门前观大总统阅兵。吾国各种军队列队于午门内外,又有协约各国军同来申庆祝,大总统之阅外国军,为向所未有,然则此日乃空前之盛举矣。晚,至中央公园为国民庆祝大会,观者之众,自天安门以南至城外皆满,而持券入中央公园者,又竟满公园。

二十九日　艺圃之长子将娶妻,今日定婚期,告于女氏,属余往陪媒氏。第一次上书大总统。

三十日　访纪泊居先生,谈至夜深。宗葆初来京,往访之。余言辟疆又将重印《国语》《国策》,君所存者可速售出也,葆初遂属余减价售出,云尚有三四百部。

十二月一日　谟虞欲访李石曾,询以实业。余为访伯坪作绍介书。访毛潜之。潜之名毓汉,毛实君先生之子,充凤阳烟酒公卖局局长,闻其来京,与君玉往访于第一宾馆。

二日　晤马绍眉,渠言前所上总统书,泊居之原函留阅,而蔚千事则已函知刘监督矣。

四日　请纪泊居、孙师郑、毛潜之诸君饮于浣花春。

五日　无极李子瑜邀饮于又一村饭庄。子瑜名某,有官僚癖,以与深泽王氏有连。访兰侪，属其介绍余，思夤缘而得一官，同座有伍君葆真，字崇之，正定人，言语便便，李之友也，自负老于仕宦，李盖托其作说客耳。

六日　请宗葆初昆仲四人，并请燕舲。燕舲与伯玶纵谈金石，伯玶服其鸿博，燕舲与余言，拟组织印书会，以印古金石及孤本、宋元善本书籍，以流行海内。余甚壮其志，且所筹画亦可见诸实行。伯玶言有李芝陉者，曾考证《金石萃编》，余将取而录出，惟此书已不在李氏之手，而归某君，某君李氏之戚也。芝陉，名在銛，大兴人，赵次山之外舅。绍先来函辞职。徐瓜农卒，瓜农名世良，总统之从弟。余往五条胡同本宅吊焉。

七日　毛潜之邀余饮于明湖春，同座大抵江西人。有刘君者，久官云南，为言云南矿产之富，五金皆佳，而锡尤富。又言及獠猡种类甚多，习俗奇异，背乎礼教，而犽瓦一种，男女皆赤体，而独知贞节。王□□邀饮于济南春。王□□，晋卿年丈之第三子也。与傅谟虞访李石曾于留法俭学会，不遇。昨得家函，言故城提倡协济会，捐者颇踊跃，有捐数十元者，李荣岩代吾捐二十元。

八日　大总统属访赵湘帆，撰瓜农家祭文，又属访袁季云，开礼单祭品。访辟疆，代作《兄弟祭瓜农》文。今日瓜农死三日，余往吊。邢赞庭请其师刘际堂，邀余往陪。

九日　访李石曾，石曾，名煜瀛，高阳李文正公次子，巴黎豆腐公司发起人，又组织留法俭学会。北京留法俭学会事务所，则南池子石达子庙内。谟虞言，拟在北京创设售法国书局，属李介绍法国各大书坊，以便代销其事。李云：设售法国书局甚善，中国尚无办者，以后法国书必能畅销于中国。法国公使亦甚欲有此种书局，但设此售书机关，莫妙于派一代表前往法国，与书庄直接交涉，可调查某书何如，尤要者，则销中国书于法京也。昔时巴黎中国人不过五六人（此言恐不确），今则有华工十五万，所须之书固甚多，而他物品亦大可转售，书局初立可兼售他物，及其发达再离立可也，外国多此等办法，中国之售西书者亦然。售书每兼药品,此事固甚善,亦观其人之办理何如耳。但售法国书多八折,代售者不能售而归还,则无此办法。盖书皆屡次修改,数月后而复归之,则不易出售矣。鄙意总以派代表出洋调查为是,转售他货亦大是机会。侯心言即思为此商业,仲纯已言定到法国,惜其太夫人不令去也。言未毕,为余二人介绍其书记彭君。彭君济群,字志云。是时座客已满,李君与他客谈,吾辈复与彭君说代法国书庄售书事,彭君言代售法国书,他国无有也,并言所以无有之故。复论法国书之宜于中国者为何等,谟虞属其先作介绍书于巴黎书庄,以便异日直接通函。心言不善石曾之所为,故不令仲纯从游法国,然豆腐公司则曾入股二千元也。

燕舲与刘健之谈钟鼎彝器为时甚久,可谓详言不厌,健之固金石家,而尤自负收藏之富。余偶问及鲍子年之古钱,则言已为某氏有矣。燕舲属余请于辟疆,辟疆言周志辅欲从之学,可任其听讲。余转达于辟疆,辟疆初辞之,余强之而后可也,但曰其老翁于其幼时故,曾以其文属余阅也。晤马肇元于途,遂访于三元店。肇元曰:自去岁组织烟潍铁路,近又事煤油公司,工师广东人,介绍此事者为恩县人。奉天锦州有薛楷楼者,闻而悦之,招余前往,余遂于春间到锦州,兹已制成锅炉于天津铁工厂,行将开办矣。晚接李绍先万急函,言有禁卫军等十二人来山采掘吾公司旁树根,公司中人呵止之,抗不服,反来公司咆哮,势汹汹夺吾公司枪,将迫劫吾等,幸而得免。当即属秀峰赴县控诉,又与禁卫军函,述其凶横,以总统有所询问。访袁季云时,天已晚,犹与人写屏幅也。

十日　属贾君玉录纪泊居先生所校《先哲传》语,将以呈总统也。君玉亦颇自加考校。与柯燕舲至中央公园观短期公债第二次抽签,还本每期四百八十万元,十期还清,共五年。

十一日　属萧锡斋赴津,余将印《昭昧詹言》,求马积生署检。燕舲与张佛昆发起,吾三人特送徐瓜农厚礼,以吾三人于徐氏有同一之交谊也。

十二日　秘书厅全体人员五十余名公祭徐瓜农。余家藏有北齐造像一件,乃吾祖及吾叔祖于北代村后得之,宝之七八十年。吾家析产时吾祖不忍专有,亦不肯携出,仍存家中,劫传乃窃售于人,余前已有所闻,而不能详,乃属伯玶侦此物所在,今晚来函,则言已归周氏矣。

十三日　湘帆属余偕行谒总统,以总统久会客,未能谒见,将明日复来。余求得总统小像。晤枣强杨韶九,湘帆得公府咨议。公府高等顾问四人:曰梁士诒,曰朱启钤,曰王揖唐,曰周树模,余顾问咨议凡数十人,韶九亦咨议也。

十五日　同湘帆进谒大总统。总统以余前所录丧祭礼单面议一切,属再修改,因言编书局所刊书,问及晋卿所刻何如,余言渠所招梓人近颇迟缓,湘帆言可归性存任,以渠日内未能刻也。余因言工资亦太廉之故,总统曰:伊皆穷工人,可稍为津贴。又言:余属曹理斋与君辈在此编集吾前所编之全书,前已编次,尚未毕事,余此书拟名曰《徐太傅全集》。余因言纪泊居先生来京,又言毛实君先生、少君亦来京,拟进谒。总统曰:可开单来,以便相见。总统又催湘帆所编颜李书,曰:现在拟提倡理学,各省如阎锡山亦颇事提倡,盖非此不足以化民成俗也。余因言前毛实君先生在甘肃任内,于宣统末年曾上疏请李二曲入祠孔庙,以其时海内多事,部未及核议。总统曰:李尚未入祠乎? 甚可提议,好将其人举行入祠也。余曰:拟即属其将前所为奏疏录呈一阅。总统曰善。余归,以总统欲见纪、毛两君,电话告之,纪先生曰:俟面议。

十六日　与毛君至总统府,适丞宣官未在,乃同访陈师曾,师曾名衡恪,伯言年丈之长子也,在教育部充编审员,遂同潜之饮于厚德福。访纪先生。先生曰:余拟缓见总统。因言余在湖北时,曾见徐松辑《宋会要》,由《永乐大典》录出者,张文襄拟即付印,先交屠寄校定,屠束之高阁,未及阅,不知此书今尚存否? 又言:《庄谐选录》多汪君闻之余言者,余偶一检阅,如合州案等皆实事,余琐事三数条,则汪以事不重要,闻余言即录出,未交余复审,故于事少有出入,如合州案等则彼闻余言录出,又请余审阅,故无误也。晚,将总统所交祭礼单修改后交湘帆一阅,将于明日录出呈上也。

二十日　绍先来。

二十一日　至徐宅议演礼事。遂同徐七先生、杨冠如等至熙宝臣家饭,坐遇杨韶九。

二十二日　至徐宅议丧礼。

二十四日　徐宅演礼。赵夫人开吊。

二十五日　集灵囿编书局成立,赵湘帆、张佛昆、柯燕舲及余四人任其事,而曹理斋实领其事,有书记四人。

二十六日　瓜农点主。访纪先生,先生近有寿梁星海联,曰:九重天监心如日;四海人知鬓有霜。又言奉天义州李葆恂,字文石,一字猛庵,李子和鹤年制军第三子,前直隶候补道。端忠敏奏调湖北,又调两江。国变后寄寓天津,癸丑年没,著有《旧学庵笔记》一卷,颇佳,文石之子放刊印。文石尚有《然犀录》及诗集。又言钱衎石记事稿有《良吏述》,内载直隶四人,四人中宣化王天鉴《先哲传》未载。又言有善鼎者,最巨之古鼎也,后为英人购去,潘文勤闻之至为惋惜,后左文襄于陕西又得一鼎曰克鼎,以赠潘公,潘大喜,赐仆人二千金。

二十七日　昨总统至编书室时,余方在五条,而柯、张亦适未在也。徐九先生出殡于长椿寺,余往送之。

二十八日　艺圃之长子天池娶妻,设座同丰堂,盐山进士唐煊之女也,煊字昭卿,与吾父同殿试分□部,送喜对者三十余付,而以纪先生所赠为压卷云。

二十九日　赴李艺圃家,晤郭子忠,子忠说张廷辅事,余随笔记之。

三十日　访纪先生,纪先生方书屏联,余与艺圃所求者已写就,仍许再为我书云。

三十一日　具贺年片百分,除秘书厅同事五十余分外,发三十余分,微多于去年也。

收愚斋日记三十

民国八年(1919),葆真年四十六。

一月一日 早八点赴秘书厅,十钟同诸人至延庆楼觐贺,全体分数起,且或在怀仁堂觐见也,于秘书长、秘书帮办则于办公室见之,余则便见。余独用贺片一一致送,视他人为周也。访姚仲实、叔节兄弟。

二日 秘书厅照常办公,但人到者甚少。

三日 始读《新元史》。

四日 总统召见,言编书局事。与孙云五、柯燕舲、翟林鹤诸君饮于同聚馆。

五日 访王晋卿。午请姚仲实兄弟、柯凤孙、纪泊居、吴辟疆诸先生便酌致美斋,惟姚氏兄弟未至。柯先生言欲编唐春卿所为《唐书》,谓其条例亦吾与商定者。上书大总统,言编书局事。

六日 访纪先生,日前先生为余及艺圃书联及条幅,条幅录深州潘君德舆诗,意欲表章之。先生屡言欲选畿辅人之诗,而无人赞成其事,大总统虽有此言,后又谓余将拓其规模,选全代之诗,纪先生之志殊难达到。余欲上书大总统言其事,又恐无效。余言及东海颇思搜罗志书,纪先生曰:昔柯逊庵所藏志书颇多,其子好冶游,流而忘返,其妻恨夫不学,愤而火其书,志书皆灰烬,他佳本当亦无存焉。逊庵自以其姓见于历史者少,遂表章元人柯九思之遗著,搜采颇广。

七日 为王式文作小传。

十三日 燕舲招饮于瑞记。日前朱铁林以《畿辅文征》稿本见示,余携归,校补数事,今日呈总统,因将其他卷示余。

十四日 郭季庭娶儿妇。李艺圃请纪泊居、孙师郑及其新亲家唐昭卿。余前以《天津书征》请泊居先生校补,今又以河间属之征书请阅也。

十七日 与燕舲至尊古斋古玩铺,观其梁天监古砖砚,又购《愙斋集古录》,将以送万君也。尊古出其古泉布,内有万石布及乾亨、阜昌等泉。理斋新得古砖一,古砚一,价六十元。

十八日 理斋言张伯英新得古砚,以拓本见示,此真瑰宝,价百余元。又曰傅润沅为教育部购魏墓志,将陈之午门,此墓志以千六百元得之,附以宋墓志,亦值数百元。

十九日 余为常绎之先生谋编书处书记事奔走数日,昨始有成说,因偕之见曹理斋,理斋辞未见。余访姚叔节先生,先生日前来访,此为答拜,且以辞客未到事致歉焉。叔节先生畅谈良久,余询及清史馆情形,叔节言内容之无统系,诸人之不相为谋,且编辑某传,馆中虽有书而不易得,缘有人欲查某传将某传取去,遂难索观,故我辈多取书于外也。余问以缪小山所为《儒林传》,曰:吾兄不善其所为,曾力争于赵次山馆长,乃始另有所修改。又曰《盐法志》为吾兄所为,皆取材于徐椒岑先生之书,叔节为徐之门生,故极称其著述之宏富,而《盐法志》与《黑龙江志》尤为精要。余问叔节先生以近作何时出板,曰吾诗集拟在上海排印。余曰:某拟排印《昭昧詹言》,而辟疆谓上海某家所印最精,拟查访办法。先生曰:善,果尔,吾亦可在此家办理,子查访询得办法可告余也。又谓:余近作古文,约不过三十篇,现有人借录。余曰:俟某君录出后,可令吾侄翊新录副也。仲实先生亦畅谈。及退,绎之曰:得闻两先生谈,非常快慰,不意其精力学问之好如此。遂与同回总统府,则知总统来编书室坐良久,与写字诸人谈,少项始去,已去而余乃来。总统两次来,竟未晤吾侪一人。晚,理斋谓余曰:已见总统,谓编书局写字人仍在编书局可也,子可告吴君来此面言。余赴津。

二十一日　命迪新赴济南,午后九钟南下,以金二百元酬谢探吾弟之侦探。而赠万正甫以《愙斋集古录》。

二十二日　访纪直谀,自述在广西政迹颇详。余询以当今人材,纪先生所最崇拜者,惟张鉴伯,直隶人则王铁山瑚也。直谀颇喜购书籍碑帖等,余为言《毛公鼎》及《周金文存》,即属余购之。

二十三日　午前来京。

二十四日　以王直哉访泊居先生,直哉素钦仰泊居先生,且与有世交。余拟请姚氏仲、叔及纪先生,以直哉陪客,因介而见之。直哉明日将行,又以欲先见泊居先生以表敬意,而泊居亦以明日行,不能应余招饮矣。此次进见,谈良久不能休,直哉甚快。先生谓余曰:《庄谐选录》,余粗阅之,已将余所告穰卿数则加圈题,上皆实事,而闻之杨叔翘者为多。退与直哉饮于浣花春。

二十五日　偕吴质钦进见理斋,理斋属余交质钦奏议两册,遂同质钦访朱铁林,报告编书局本月经费并领下月之款。时质卿每月仍支薪水五十元,而崇文门税局又兼一咨议,月薪六十,书局停刊书已久,出而仍领经费,又书记一人而案二人支领,然则钱化南所言或不虚矣。又同其到国务院代王晋卿支顾问薪水五百元,并府顾问九百元,而众议院、清史馆皆有薪,犹孜孜谋事,属赵湘帆为之运动总统府编书室事。总统命理斋告余转达湘帆,言非不为晋卿谋也,此局实不足相屈,尚拟请其选诗也。

二十九日　为马积生、柯燕舲各代购金石书一种,柯以无钱,属我代买,马则吾许以能贬价,既而不能贬价,然吾已慨然诺之,不得已代垫数元,言不可不慎如此。富晋书庄吾既购其书两种,遂许代我售书,其肆主曰浩庭,冀县人也。

三十一日　访孙师郑,师郑出所选《寿言执范》见示,内分文与诗,文分骈文、散文,散文自明以来,骈文专取有清一代,选吾父文三首,张献群文一首。余上书大总统,报告所刻书,并为纪泊居先生言其先文达公宜归名臣事。于是《先哲传》已成者,《名臣》《文学》《高士《忠义》《烈女》,而《孝友》尚余十余页,编书局则仅成两种,《名将》《师儒》《贤能》未及半也。四钟半赴津,时方列祭品毕,余至拈香行礼,于是家人咸集,为人最多之年,而吾母尤康健,可庆慰也。祭天地、祭祖、祭灶,皆如仪。王晋卿于所作《先哲传》往往自加评语,于《文学》卷二云此卷传作得极完美,虽不免自夸,当自有惬心处,兹故记其语。

二月一日 今日为旧历元旦,余虽避地津门,仍早起祭祀如常。迪新到济南,适万君随督军阅边,至恩县等处犒赏馈送。如余所命行,间一日北上,至郑镇视察一切,乃来津。于是恩武一带盗风少息,而械送著名通匪现任恩县队长武城王五魁于济后,尤足儆群盗而快人意。余出都与赵宾序同车至津,今午宾序来贺年,遂同至周志辅家,投刺而出。遂过宾序家。访苇村、马挹山等,挹山亦来。

二日 访纪直谄,直谄亦来,差池未晤。

三日 直谄之子持书目来访,即岁杪所言书目,乃张小帆中丞之绍介,而其戚榆临李子丹之书也,凡五十二箱,精本书虽少,而亦无不堪存者,书存小帆家。

四日 访直谄,约明日至其家观之。

五日 余同迪新访直谄,拟同观书,而张小帆请缓之。直谄曰:访其子松鹤,问以书之梗概可也。松鹤闻之曰:吾其往访纪先生,略与言此书。松鹤曰:有人给价千八百元矣。余因与直谄间话,问以四库稿本被焚事,曰:文达公之孙因借其从兄钱,乃以此书归之,即余从伯父也。伯父死,其子不复读,置闲室中,并他手泽甚夥,皆可宝也。后闲室中住寡嫂,适有穿窬,未及盗物而觉,贼遁,次日以楷桔堵其穴,贼复至,焚其稿桔而全室毁。余少时尚灰烬中拾得片纸,先文达公墨迹宛然也。余问以苏元春事,曰:广西盗贼之起,苏实尸其咎,苏官广西提督,欲效张勤果公之例,由武职转督抚,乃馈巨金于荣文忠,而兵饷以此支绌,兵不得饷则时告假去,久则有出而为盗者,归仍充兵,侵假为盗,或不复归,亦置不问,于是相率效尤,而大盗以起,派兵往剿,兵不用命,外境土匪与游匪相钩结,而广西糜烂矣。匪之方炽,苏无力治办,朝命陶子方来督两广,时丁振铎为广西巡抚,张曾敦为布政使,丁庸懦,事多委办藩司,陶手书询张以盗贼所由起及剿捕方略。张乃详述无隐,谓祸之起一皆苏元春所激。陶曰:吾将劾苏丁公处,当由君致意。张曰:丁公处吾能通融,遂会衔奏参。久之,乃调元春湖北,已而又谕令回广西任,当调任谕下,法国公使到总理衙门力争,谓广西非元春不能办。然则元春不惟贿遗枢臣,并且运动外人,故岑公春暄到广,复严劾之也。

迪新将津寓全年入支分类为报告,而树珊亦将家中全年收支清册及帐房生意清册及各房清单皆邮寄到津矣,他号清单皆函告,其先寄清单,然后议来津面晤日期。苻村邀余及冯丹卿饮于其家,苻村之三叔父曰:明甫者为主人。明甫先生近亦以医游津门,明甫于医博极群书,尤有心得,有非苻村所及者,其治疾亦审慎,将来必以医名世,惜聋于耳,未易详询其所得也。

六日　访高彤阶畅谈良久,约先以天津所采书寄京,以便加入《书征》,然后以《书征》所有寄津。余询以梁宝常诸人,渠亦不能详,但言梁于粤匪事颇有关系,人亦未必不好。又问余长白线中丞为谁,属余一查。余曰:有线国安者,乃姓线而非长白人,不知其他,或即此人之误。晚得兰侪函,言总统府有电话,告君有事待办也。

七日　来京。车中晤赵幼梅、孙师郑,与师郑畅谈颇久,师郑以《感逝诗题词》,另印行一册,今在车中出示,即以相赠。下车赴总统府,晤朱铁林,铁林曰,总统传见。即晚觐见。言柯先生《元史》现傅董诸公大招刻工,限期为之刊刻,如此工人必皆赴之,吾之书恐受影响,幸设法为之,勿致耽误。余曰:顷已与梓人交涉,为置房屋,招工人来此,亲督催之,或不致为他人吸收而误吾事。又问曰:纪文达若归名臣似亦不必,盖由前时观之,名臣固重也,但后世则学者未必不重于名臣也,且名(疑漏"臣")中固不尽重要人物,入文学亦不见其为贬也。又言:纪泊居仍在都否?余曰:已旋里。总统曰:吾本思见之,适未得暇,将来当属其选诗,渠于近代人诗阅历殊多。余曰:山东土匪少见退减,此总统布置得宜处,山东人皆知感,此后小小匪徒,端赖地方官捕治,是以吏治最要。日前恭读总统命令,网罗人才,令人感激。事固以人为主也,大率真人才皆隐匿,凡扰扰于前者,皆非真人才。古人所谓易进难退、难进易退而知人才,非注意访求不易致也。总统曰:然。余曰:畿辅人才有经验有能力有操守者,如定州王铁山亦其一也。总统曰:余甚习其人,渠前已归里。余又出之,令赴上海毁烟,此人尝谓吾曰,吾前为农,能服劳。既而为官,为官后归里操作如故,人曰,君官也,何亦亲操作? 铁山曰,吾本农也,故能操作,向之为官乃偶然尔。此说甚确,又说其生平态度。

八日　见辟疆于秘书厅。辟疆曾于旧历元旦驾临,辟疆言及印全书事,意欲余速为之。

九日　访辟疆。访绍岑。遇康仙舟、劫传诸君,因邀与共饭。

十日　绍岑请周樾恩,约余作陪。周新至京,又有霍君者,亦武强人,而在南苑师部充三等参谋,余发起旋京家族恳亲会,意在同拍照也。

十二日　请周樾恩便酌于浣花春,并请郭季庭父子。

十三日　游火神庙,购书颇难,仅得一《寄闲堂诗稿》,即泊居先生作序,所谓深州潘辅仁者。

十四日　访邢赞廷。日前绍先来京,言山场土匪每日百十为群,入山砍伐薪木,禁之不可,余乃提议请于实业厅,饬县添派警兵驻扎山场,以资弹压。今日以所拟呈征求邢君同意,遂属邢缮递。秘书八人邀请府中重要人物,而余等皆厕足焉,假座于江西会馆。

十五日　游厂店、火神庙。厂店明日闭会,火神庙再明日闭会。说者曰:来人之多,为近年所未有,而火神庙陈列物品则年弱一年也。购《陶文毅日记》,仅四册,少有考证,略胜理学家之日记。高翰生之书已全数售于琉璃厂,闻售四千四百元,已陈列书肆,并有初印先君文集,盖徐梧生先生所赠予者,书皆高翰生手置,死才逾年,已全数售出,可惨也。徐花农喜收藏,未死而书已稍稍见书肆,既死而尽售之,吾方惜之。然花农为梧生所鄙薄,而翰生则梧生之至交,藏书且不足恃,遑论他物,人一身外,尚有足恃者乎?

十六日　晤季航于宗宅,初相晤也。季航,宇周之弟,今肄业于军医学堂也。与王采南谈论至三钟之久。蔚东堂叔又来函,言五祖寺之地价,二十一元,不能再增矣。

十七日　辛子青于上月旋里,今日到都。请姚仲实、叔节及唐照卿、吴辟疆、席相圃、赵宾序、张佛昆、周志辅、柯燕舲、张心泉、李艺圃同宴于同兴堂,周以事辞,张至然后以事辞。今日与辟疆议刊挚甫先生所为《古今诗钞》,此书比《昭昧詹言》重要多矣,因欲以此书代《昭昧詹言》,谅诸君必皆赞许,不责我食言也。

十八日　同艺圃访姚叔节先生,请其为吾外舅撰墓表。言及金石,艺圃曰:京西西峪寺内有隋庙,唐重修,内有碑洞,其碑甚多,为北方所仅见。姚先生曰:近江苏人撰有书,曰《语石》,甚有考据,且有趣味。又曰:余昨购书两种,近书无不贵,吾以为理学书或便宜,乃亦甚贵,可异也。且曰:吾欲购颜李书。艺圃曰:颜夫人亦桐城人,盖其继夫人,晚而生子,其后人似即此子之后。姚闻而异之。

十九日　燕舲曰,董受经家藏古币甚夥。枣强王砚泉来访,砚泉名瑞沣,王翰臣之子也,家于北京,与刘贡扬家有戚。以山场近多野人采伐树木,由力田公司及大树公司公呈天津实业厅长严次约,请其饬县添派巡警驻扎山场,以资弹压,今日邮递。

二十日　纪泊居先生来,始至京也。访刘宗尧,以吴至父先生所选古今诗稿本付余。日前步啸埜连访余两次,今日答拜,云梦周新为余谋得一差,管理敌人财产处办事员也。

二十一日　曹理斋等觞客,编书室诸人咸与焉。访张心泉,遇其乡人贾君献廷,名应璞,亦从吴辟疆学文者,初见意极殷恳,将来或可纳交也。以燕舲绍介,致函长沙集贤书局,购《后汉书补注》及《山海经补注》。柴骏声来,余招之也。

二十二日　弓景崔来，将就事都门也。访纪泊居先生，以先君尺牍属其审订，以便刊印。与张孟生函，属其来京为售地事也。兰镜江之夫人，宇周之姊，吾堂妹也。兹上书吾姑，请吾姑属余代为其夫谋安其位，缘新省长到任，托勿更动其位，所谓消极之请求也。

二十三日　星期。与达三等约定下星期开家族会。上书大总统，请编书室添常绎之充书记，并报告开于编书局事。访辟疆，与商印吴先生《古诗选》。辟疆又将印《汉书》评点，正在录写。

二十四日　苏颖芳必欲有事于都门也。高彤阶以天津人所著书目寄示。

二十六日　大树公司连来三函，报告匪徒蹂躏山场，斫伐树木，日来西头损伤者已数十百株，请急设法保护。余托傅式可拟一电稿，请秘书长致电泰宁镇，请其派兵警弹压，吴士绅即刻属许季湘帮办改拟一稿，持请于大总统。总统属改电稿一二语，即行拍发，其文曰：易县电局转送泰宁镇聂海臣兄鉴：据本厅贺性存兄声称，西陵官座岭之大树公司近有匪徒蹂躏山场，斫伐树木，该公司恳求设法保护等语，希查明情形，量予保护为盼。笈孙宥印。张果侯来函，汇银元十元，属再印其兄文集。

二十七日　所请添书记事，总统批可，此函由曹公呈上，亦由曹公交下，书中他事总统亦有批示，皆在原函内加批。心铭堂叔昨日来京。孙云五邀饮于六味斋，坐中多同事，有崇文门监督刘公。刘，湘南人，江督忠诚公之孙也。

二十八日　前闻熙臣五兄病，今日作函慰问。柯燕舲、周（质）[志]辅等邀饮于浣花春，坐中有河南烟酒公卖局局长周铭盘。胡秋华来报告山场扰乱情形。

三月一日　郭则沄等十余人宴客于集灵囿西花园，凡数十人，皆府中人，自秘书长及庶务、指挥、各处长以次，而秘书厅人居多数。实业厅严公来函，谓所递呈不详，当再详报。

二日　今日聚族人之旅京者十三人，醵饮于同兴堂，拍照于公园,今为旅京人最多之时,因为此创举以志盛。呜乎! 余不才,不能遵守先训于万一,溷迹京华,无所表见,父兄子弟同聚一堂,能无面颧顾,己虽不悦学,而期望于学界诸昆弟者乃愈切。人拍一照,归而存之,后日必有脱颖而出,所有建树,①则今日之拍照未始无观摩之微意也。总统传见,余昨具上总统书,遂面呈,上言将选清诗,以征诗章程见示,并曰:可问纪君有何意见,又以新得颜李遗著目录属为之检查,并再访求也。

三日　访赞廷。赞廷曰,今晚严次约邀余饮。余当面言之,并拟一补报公司组织情形,请其保护。访泊居先生,泊居言张文襄督两湖,曾有时内召文襄,故迟其行,盖不欲到京也。余与张飐生送行至船上,文襄留吾二人饭,因曰:吾此行,公等意何如? 飐生唯唯。余曰:公在湖,湖之人固受惠矣,若入政府而政策施于天下,所被不益广乎? 文襄曰:余入政府,安有说话之余地? 且岂能容吾久在都中? 已而沙市有焚烧洋行案,朝旨令其回任了教案。实则此案乃两家械斗,火其栈房,栈房与洋行毗连,火遂延及,并无所谓教案也。文襄既回任,余又与张飐生往见,又适留饭,文襄色甚悦,笑谓余曰:余又来矣。文襄于八旗奉直会馆筑一小楼,自制楹联曰:主恩前后三持节;臣本烟波一钓徒。郭寿轩招饮于又一村。

四日　李铁舟来,自甘肃来也。马绍眉之母死,往吊。

五日　梦生来。毓寿甫诸君招饮于广陵春。

六日　贾君玉来,将赴苏州矣。赞廷昨将复呈严厅长,呈稿拟就,属吾缮发,于今日邮递。晚晴簃诗社开办,所招选诗人皆一时名士,凡十二人,曰樊云门,曰周少朴,曰王晋卿,曰柯凤孙,曰郭春卿,曰张珍午,曰秦友蘅,曰王书衡,曰易实甫,曰徐少铮,曰曹理斋,曰赵湘帆。其办事员则有冯仲轶、赵宾序、张佛昆、周志辅、柯燕舲。

七日　颜蕚楼来访。蕚楼名钺。绍先曾荐柴骏声充大树公司副经

① “所有”,疑当为“有所”。

理,余因招之来京面议,渠闻山中情形有难色,不肯面辞,归乃来函谢绝。出吊于马氏。招君玉、梦生、吴敬诚饮于万福居,君玉言今日南下。

八日 与梦生议定出售五祖寺地。梦生又言三益兴有债务诉讼,而县长不为催办,请致函县长,当有效也。而县署某刘君欲为请于县长,又恐县长责其生事。余遂函托刘君,请其以吾函面托县长。余又致书县长,言总统选诗事,请其以自著诗稿送来备采,以征诗集启赠之,此函即为媒介。

九日 梦生归。蕚楼持呈总统函稿及习齐先生所批四书来访。谓齐曎斋屡来函,言总统求其遗著,属其速呈。蕚楼到京托伯坪绍介余,谋所以呈递者,伯坪前日来访,为之先容并持有习斋先生墨迹稿本。蕚楼自谓习斋先生九世孙,且曰:余先人习斋无子亦无兄弟,余其从父兄弟后也,习斋无主后,故余先人世掌其祭。蕚楼,蒋挹浮先生弟子,而挹浮之子复从问学。蕚楼,诸生,其父、其祖、其曾祖,皆诸生。

十一日 访蕚楼,不遇。

十二日 傅式可来访。蕚楼缮就呈总统书来访,并言总统为先人习斋先生及李刚主先生修祠,县人各请款二千,今已发交道尹,则共二千也。又曰:李氏之书将由蒋挹浮先生携来,钟氏錂之书则已由其后人送到。又曰:颜李之名,人皆知之,钟氏则知者殊少,县人请入乡贤祠,钟氏以一手录颜李之书,至十余巨册,颜李家藏之书多散轶,钟氏独能保存无失也。余即以其呈及颜评四书呈总统。宗尧有电话,言所佚吴先生诗选三卷,王子山复觅得。余致书辟疆,言此书稿既全,盖天将通行此书也。余誓一人担任,经费不足时仅求助于执事,惟刊本评语太多,置眉上不便,且不雅观,不若概将圈识附书后。余去岁曾倩人写录古碑刻数种,今欲遂搜集《金石萃编》所不载者,汇为一编,以问燕舲,燕舲大韪余之所为,且曰,当助成之。

十三日 辟疆复书,一不赞成,拒绝附股。又曰:圈点不宜附书后,载本诗下或可矣。宴客于济南春,刘仲欣(不到)、傅式可、冯仲怿、张佛昆（辞）、周志辅、柯燕舲、陈子和、赵宾序、王惠民、刘宗尧（已到，复去）、邢赞廷（已至，复去）、王孝贻、毓寿父。

十四日　赵宾序请客于撷英番菜庄，秘书厅同人为多，有天津杨子若者，名鸿仪，直隶实业厅第一科科长，与宾序交至密，今日主客也。大树公司来函，言力田公司匪又渐起，砍伐果树数十株，易县县署已派警到山验视。赞廷以严厅长复函见示，允札县派警矣。

十五日　访纪先生。先生云：周少朴谓，总统又提及执事选诗事，此必余学生为余谋于少朴，少朴与总统论诗事而言及余也。但诗社设于公府，余实难朴朴尔，日入府中，而易实甫辈在内，事决不能办好，吾老矣，又岂可自污，与若辈伍，但余前已辞清史馆事，负总统雅意，今若一旦以此事见招，余何以应之，既不欲重负总统，吾又实不能任此事，奈何。

十六日　正志中学校同学录出书，洋装颇精好，学生三十人，序四首，跋四首，成一巨册，跋皆学生为之，有新新一首。同学录三十人，其名籍如左：狄承谟，山西崞县；杨玉山，山西太原；谢汶，山西繁峙；杨祖诗，湖北松滋；刘炳煦，山西五台；徐鸿机，江苏铜山；张树滋，直隶京兆；沈瑜，江苏无锡；田明，直隶定县；王立内，江苏砀山；曾克临，福建闽侯；黄福墀，浙江平阳；朱维晶，山东福山；张凤，山西朔县；贺翊新，直隶故城；吴如瑗，贵州铜仁；熊应禧，湖北黄安；陈廷灿，山西定襄；童德荃，湖北圻春；王荣国，直隶束鹿；张赓慈，江苏铜山；高维，福建长乐；高景宴，江苏泰县；高崇仁，陕西米脂；程家驹，安徽潜山；王道荣，安徽旌德；黄国庭，陕西洋县；苏从周，江苏铜山；程家骙，安徽潜山；苏知极，安徽合肥。与赞廷赴西陵，车中遇赞廷友人众议院议员耿肯堂，名兆栋，至易县下车，访县知事鲍元龙。访警察长张君不遇。到梁格庄，访泰宁镇聂公，谈良久，言山场交涉办法。聂公自言此案太复杂，以未调查明白，以故未复吴厅长电。根本解决之法，先绘图，然后画界，界定之后，正兵与公司各守其界，不得相侵扰，犯者惩罚。又曰：余尚须入都，此事须呈明大总统与督军也。至于保护山场,则吾到任即严禁戕伐树株,久已实行。聂公颇现一种严厉气象,久之乃有吾侪言论之余地。第一,赞廷先为分说吾两公司及农林公司之区别及关系;第二,问垦务局租放山场有何根据。聂曰:有岳公公事也,然未在督军财政部立案也。赞廷曰:吾公司并无直接关系,系由农林公司租出。聂曰:吾已赵慎之招来,但渠未交押款,且近两年亦未报署,诸多不合,彼苟能办,则公司可保,余亦平和调处。彼无办法,不能存在,则公司等或陷于取消之地位,亦未可知。吾已派人绘图,日内即往定界。余问以小分地,每分八亩,聂意亦若承认者,但云八亩之外为正兵所垦辟者,不知费资若干,乃夺而予公司,若使其自种,为公司纳租或亦可矣。夺而自种不亦过乎? 今画界之后,画出余地,亦须分配也。余未及言,聂又言,督军判词之当遵守。赞廷以谈论已久,告辞,且出,又以岳既有谕示,自当有效,并微示以后任,不能弁髦前任契约也。既归寓,尹玉阶先至,言聂公招使绘图,已毕事,呈缴矣。又使二十区画图,则尚未竣也。尹未去,而徐某、而香亭、而慎之、而王秉权以次至,至于夜深。赵曰:有王某者能测绘,聂公招来测地,王与曹凤九友善,凤九之子亦与尹玉阶善。凤九之子前来余处,为余绍介于王,而荐玉阶于镇署。又曰:聂公得公府电时,余适在保定,即促余归,已两次招余至镇署面语。然押款等余皆呈缴,至近两年则事方扰乱,且租山场者亦未逾交租期也。惟徐子修实借用此款千元,余以与子修有连带关系,故始终未攻讦也。

十七日　余访徐、李诸君。徐、李皆馈余以食品。又与邢君访慎之。昨赞廷与交涉应减缩山场之数以报余,亦谓官座岭本无如许多地,当时或君误算。盖除平地皆折算,此农林公司常例。此则未也,此次必减报。慎之曰:已报难再缩减,不然请将南沟归君而少言其数。余曰:虽少亦不能相抵,且忽多忽少,使地大而言少,或起交涉,而涨报者愈无从交涉矣。曰:然,则共此三沟而总其数乎? 余曰:如此或可,然非大减其数不可也。余要求将所借五百金立收据,乃探囊以予我,曰:余久写好矣。邢君回京,余独赴山场,夏瑞廔与余言,放羊官座岭水少,一仰赖于石柱沟。石柱沟主人数来吾公司,言敢得簿资,愿以此沟归君。窃谓此沟可购有,不可令彼转售他人。余曰:君言亦是,君先与接洽可也。

十八日　回京。香亭又来访。已,又至车上送行,足恭如此,余甚异之。香亭但言,余病且三月,今始愈。匪乱时伊或诬入余名于党籍。吾将印《吴先生全书》,制预约卷三百分,能售预约百五十分即善矣。

十九日　访孙师郑。师郑阅文学传毕,意不甚满之,尤以不注所引书为缺点,因与泛论著书体裁。余曰:凡著书者,欲人之我知也,欲后之著作家采取吾书,吾书籍以显也,使吾书所记录一一注明所引用,则后人又孰肯舍所出而用吾书之名哉?据吾之书而不用吾书之名,吾书不且因之反晦乎?吴秘书长昨日丁母忧,本将祝寿,征寿启已散满都城,遽尔溘逝,一时文人学子当皆据征寿启执笔,预拟墓志矣。见朱、曹诸君,告以赴津。

二十日　午至津,闻贾慎修卒。

二十一日　闻熙臣堂兄卒。翊新将于二十六日亲迎女氏,今日至津,女之母彭氏及其兄洵送之,洵字渭卿,女之舅,适在津,亦充女氏代表人,吾为租馆舍于三条石三星栈。

二十三日　宗氏姑自都来。兰侪来津,为吾接洽新亲也。

二十五日　翊新亲迎新妇陈氏,午后一钟至,始用马车也,未用乐。邀苶村夫人陪新亲也。侄妇年二十二岁,与翊新同岁。

二十七日　绎之先生来函,言总统传见也。

二十九日　宴贺客于集和成。

三十一日　访冯丹卿,遂与参观丹华火柴公司,厂总经理孙实甫,名淦,上海人;副理事陈君,名瀛洲,天津人,皆未在厂。晤其会计,为导视。厂中丹凤、华昌两公司合并,在去年合并之,利益人所共知。其所以能办到者,则以两公司股东多在两公司纳股也。现除京津两工厂外,奉天、东安尚有造料厂,制茎、制匣片运津,省运费也。

其工厂第一次筛茎,既筛而簸之,已簸而整之,已整而束之,束非用绳也,然后排之,既排而后齐之,既齐乃醮油,醮油乃醮煌,配煌室甚密,不可参观,既醮而后炙之,已炙而后风之,乃装匣,匣包办于外,已装而后包匣,十匣一包,制纸、制胶皆本厂自制,此亦近年之进步也。现以两厂归并,于是扩充建筑楼房,机器尚未设也。然每日出货五十箱,箱千四百四十包,包十匣。丹凤原股三十万,华昌二十万,合并后再续五十万,先招二十五万,二月始满,优先股期。晚,绎之先生又来函,言日内总统两次传见足下,宜速来京。余本拟今日入都,以吾姑欲与余于明日赴都,故候一日。访李式忠、魏仁轩诸君。

四月一日　侍吾姑来都。刘仲欣伤腿,往视之。仲欣曰,午后赴车站,未至车覆,余腿骨折,方拟赴医院,适有行道人谓余曰,通运公司刘君神于治折骨,以速治为宜,姑漫从其言,渠果善治,谓余二月必愈,不愈者为余是问。观其从容,知其能治者。余记仲欣言,以某君神此术,故表出之也。

二日　禀见总统。总统谓余曰:颜李之书已由齐骥斋送来,余交湘帆,汝可取来录之,余可见骥斋,与接洽也。颜某,余亦见之,渠云与子颇熟,汝前送来者,想即颜某携来也,可将二子书陆续录出。余曰:顷晤理斋,知诗社又邀纪泊居先生,但泊居先生尝私与某言一代之诗,余识浅力弱,不敢置喙,若畿辅一省之诗,则素所留意,颇欲选录。总统曰:在家选亦可,余此事办理不觉太大,拟每人送车马费百元。星期日余尚拟请诸人商议此事也。余曰:天津齐承彦诸人,华弼臣等谓乡人对之词,可否删去,晋卿先生不能决,请于总统。总统曰:可不存,勿令人议。总统出一小册赐某曰:送汝一小书。又将《吏治举要》手赐八册,曰:此书分三项,一对于省长,一对道尹,一对县知事。吾以此为训示在官,为军民分治之预备,汝可分与乡人之在官者。又以颜习斋诗稿一小册授余,曰:颜习斋本非诗家,聊选数首可持交诗社。又曰:《先哲传》又刊几何?久未送阅也,此不可不催也。苏子勤请纪直诒于致美斋,邀余作陪。遂同游琉璃厂,纪先生购书数,其好置书如此。又访李子畬,子畬交卸馆。陶来京有所营谋,来访未晤。

三日　在富晋书社借魏唐墓志四十余,摘录数分。访纪直诒,昨详述税务司之办事认真,丝毫不能假借,自己之物虽少,不肯漏税于他人,过关之物无论如何争执,不能放过也。今日言,当官不可但顾考成,必求有益于民。因言吾阅人多矣,惟王铁珊实为第一,因述其轶事。访湘岑于中华饭店,艺圃亦至,随湘岑往其友沈定久家。湘岑来京为其家事也。艺圃邀同饭于又一村,湘岑午后回济南,并言当竭力为辟疆谋出售其济南之房也。

四日　访艺圃。晤齐晓山,言《颜李遗书》事,言齐糶斋之书已呈总统,总统属其与君接洽,实则彼处已无书,敝处尚有抄录,来取可也。艺圃曰:晓山将印《四书传注》,尚拟请总统助以经费,颜李之书有君热心绍介,其学将显也。

五日　傅谟虞来电,约相会,乃言欲新组织商业。

六日　访艺圃,艺圃出唐继尧所赠像相示,像凡四件,余三件赠孟恩远等,并有恩远信。艺圃当于日内赴吉林,与孟督军接洽一切也。李与唐之关系盖孙伯澜所绍介也。此次艺圃赴宁见李督军后,遂赴沪与孙接洽。盖孙主张虽与唐继尧等一派,而与李督军秀山亦时筹画,盖李、王、陈、吴等实主中立派,举足左右便有轻重。此次南北和议,中立诸君实有转圜之地也。此余所言,非艺圃言也。

访蒋把浮于刘晓岚家,晓岚请蒋先生为其先人作墓表兼书丹,故主其家,来已数日矣。蒋出名画相示,一吴某画,清初人,一黄道周画,一册页二十件,则宋明人书,并有唐王摩诘一片,蒋云此吾生平所未见者,索价千余元。总统招致一时诗家,宴于晚晴簃。曰樊樊山、曰柯凤孙、王晋卿、张珍午、周少朴、郭春榆、易实甫、赵湘帆、徐又铮、曹理斋、秦友蘅、姚叔节、马通伯、宋子钝、林琴南、纪泊居、吴传绮、吴辟疆、陈松山,凡十九人。吾弟来京。

七日　觐见总统。

八日　与吾弟及弟子培新、常伯华游颐和园。毛潜之来访。王寿彭、魏仁轩来访，皆未遇。

九日　访魏仁轩、王寿彭、毛潜之。

十日　同寿彭访吴辟疆，不遇。柯先生七十寿辰，往祝寿。燕舲出所藏瓦拓本百余件。

十一日　吴世湘先生之母卒，今日开吊，往吊焉。至则吊者已尽行矣。公府同人十二名为生日会，今日第一次为徐圣与生日。宴于六味斋。弓均来访，畅谈良久。电话知王馨山来。

十二日　吴太夫人殡于广渠门内隆安寺，余送殡焉。归过卧佛寺，入一观之。与王馨山寿彭访辟疆，二君诉讼事相托辟疆，允为函托。翰卿来函，请大树公司股分撤出。请蒋挹浮毛潜之等于六味斋。

十三日　辟疆来访。齐骡斋来访，皆不遇。

十四日　聂蔚唐来访，聂名以字行，栾城人，吾从堂姑之前室子也。来京盖有所求。茞村来函，属余为石次青设法加入《先哲传》。近文奎堂送书于诗社甚众，是为第一次购买，徐又铮介绍也。熙臣之仆朱升日前持函来京，求为熙臣作行述，余以三代不详，属其到津询竹泉。

十五日　朱升自津归，言竹泉有病，此事不便令知之。余因属朱升明日回北代取家谱。

十六日　桂馨斋邀饮于万福居。李汇泉持其兄之函求吴辟疆作孙夏峰祠碑记，以夏峰尝客于易，故后人为立祠焉。今重修此祠，因以高羲亭附祀，故再作碑记。

十七日　王孝诒之父来津，与同事燕于济南春。

十八日　访蒋艺圃，以其存颜李书写目将以呈报总统也。每晤刘晓岚，晓岚军界伟人而呐呐，对于蒋先生甚恭敬。颜萼楼以颜习斋文稿墨迹两册呈总统。余请客于万福居，谢为弟子翊新授室送礼诸君也。

十九日　先哲祠明日春祭，今日张文襄、鹿文端、陆文烈、王梅岑学使四人入祠,颜习斋、李恕谷及元儒刘修静改祀圣贤类,并职员演礼。

二十日　先哲祠春祭,到者八十余人,刘仲鲁代总统主祭,王晋卿蒋挹浮分献,华弼臣、孟□初鸣赞,余与伯坪西庑司爵,祭时小雨,皆露立庭中,从容祭毕而后退。自来水公司开股东会,与吾弟同往。

二十一日　纪直诒来访。又自津来也。

二十三日　连得大树公司函,知山场划界已实行,但事亦属敷衍,于官座岭似无特别侵占,惟多增四分地。吴辟疆来函,言子畬欲与吾家结婚,属吴为媒。

二十四日　刘欣莲邀饮于其家。

二十五日　余为宗氏姑拟代购婢于西陵,托胡秋华、李绍先,秋华许之,今日绍先来信,言与秋华觅得一女,价亦议妥矣。毛潜之请客于桃李园。

二十六日　纪子诒来访,言苏子勤病,因同往访之,知其病恶嚣,移居其戚华氏,故未晤。访袁伯华,伯华以管夫人所书《女孝经》见示,又赵文敏《雁塔》《兰亭》及王澍墨迹,皆瑰宝也。

二十七日　贺王晋卿嫁女,贺刘仲鲁娶妇。仲武请客于宴宾楼。

二十八日　王直哉来京,过我,未晤。访贾佩卿。

二十九日　总统传见,言录《颜李遗书》事。前所呈颜李书皆阅毕交下,于颜习斋文集手稿册页跋曰:“某年月天津后学徐世昌观于□□堂。”王道存邀饮于新丰楼。日前苇村来函,属代作挽石次青联语二付,余托柯燕舲及刘彝孙为之。

三十日　聂蔚堂及绍岑来访。余即日答拜。深泽王氏从堂姑及蕴青姑丈来京,余并往访之。燕舲拟拓房山石刻诸佛经,属余属伯华转托弼人。伯坪今日来信,言弼人来京,谓可由县知会寺僧,问余是否多拓。

五月一日　小雨,天寒甚,总统传见,余请赐吾贺氏宗祠楹联,蒙总统俞允,且曰或写匾。刘仲鲁六十生日,余亦往焉。宾客甚众,访直哉、仲武，以某书见赠。

二日　故城袁翰芳，名文藻，岭综人，持肇瑞绍介书来访，属为谋事，袁尝有事于黑龙江。

三日　访纪泊居先生。访姚叔节先生。

四日　苏心如来，子琴之父也。访姚叔节先生，为王道存请先生为其父作墓表也。访艺圃，艺圃始自吉林来也。艺圃至哈尔滨游数日，乃至吉林，见孟督军恩远、师长高士傧，盘桓七日，督军以专车送艺圃归。督军有复唐督函，言由艺圃面达。艺圃日内尚须南行也。聂公以山场事呈报总统，于秘书厅见其呈，办法亦不尽合。宇周自济南来，为兰镜江属余为之谋，函牍往来，以为未足，又属宇周面相托也。

访挹浮先生时，方作大字，而余日前所求楹联，遂以次书之，一赠树珊，一赠湘岑，一自求也。前因树珊有功，于总统未就职时求书一联，已书好落款，而就职遂不可得。树珊闻之甚感，且曰，不必求如此重要，即刘润琴等于愿足矣。今为求蒋先生书，树珊当知所宝贵矣。座中有任邱王芳亭，字典型，略与谈时事，渠亦孙派人；又有蠡县徐廷宾，名荫柟者，沈翰青之友也，意颇殷勤。蒋先生曰：先哲祠名人墨迹颇有伪品。又曰：杨椒山谏草乃八百金购者。王芳亭曰：保定有王某者，于庚子乱后购得岳飞所书《出师表》原稿。余与泊居先生谈及海张五事，先生为咏一首云：能防群寇逼天津，章武城中介胄新。闻道捐金过百万，亥为屠市鼓刀人。此崔次龙先生咏海张五诗也。

子琴久病，以庙中清静，于养病便，拟借住余寓数日，其父心如先生守恕来京看病，今来访《习斋记余》墨迹册子，总统前属与印本核校，有十余首不见通行本，当依次录出。

五日　昨日各大学校、专门学校等学生二三千人为曹汝霖、章宗祥外交失败游行，为示威运动，既至曹汝霖家，适遇章宗祥，群殴之几死。曹汝霖逃，捣毁其院内器物，烧其房舍，警察捕学生二十名以去。

与道存访姚先生。道存以其先人行述及诗稿奉上，偶谈及宋冯道,余曰:冯道虽云无耻,然在当时或不无小补,且好官我自为之等语,未必出于彼口,即有此等口吻,亦未必非讥他人。作史者遂用以相讥,此等事甚多也。姚先生曰:冯道在当时亦不可少之人,使彼高蹈不出,无人维持,其为祸且益烈,然欧公当宋承平,势不得不取而讥刺之,以时势之须要,欧公遂有所借重于彼也。冯道曾有诗云,或其自抒怀抱之语。又言及宋张浚事,曰:朱子作行述,其中亦有过量语,《朱子语录》自言之矣。余曰:《礼运》"大同"之说,即今社会主义之说,孔子何以忽为此言?岂汉人所传中有汉人加入之语?姚曰:《礼运》真孔子之言,似未杂汉人之说。又曰:荀子往往有社会主义之论调,不知何故?余疑许行或即倡此等学说者。

泊居先生来访。吴敬诚新自沪上来,侈言上海售书之利益,因与议印刷《吴先生全书》。

六日　周樾恩来函,时方驻军浏阳。余以此时济南以西已颇安谧,宜全家回郑,函告迪新,令其筹议。顷来函,言吾母亦以为然。泊居先生进谒总统,属余与偕行,至公府时总统方宴客,未即进见,因访曹理斋。昨日为学生被捕,学界大为运动,为学生缓颊者甚多。

七日　今日为国耻纪念日,外交后援会将于中央公园开国民特别大会。警厅以学生方起风潮,请于总统止其开会,会中诸君不听,必欲举行,警厅乃派警严防各门,不令人入中华门,而将拘留之二十余学生暂行送归。

八日　鞠如患呕血已渐愈,复犯。伯坪属余延李明甫先生,余至孙虎臣家则闻李先生已于前日赴津矣。王沐斋来,沐斋言欲立书铺,沐斋固未知余有此意也。

九日　鞠如患呕血再犯,乃请名医曹君医之。访王寿彭,寿彭劝余组织书铺,可进行今日筹办印《吴先生全书》事。

十日　张玉书先生来访。谢编书局为其先人作传也。

十一日　李艺圃于陆军大学学生旅行专车赴津,邀余同往。余乃与吾弟、艺圃于午前七钟同艺圃赴津。余议全家旋里,故与吾弟同赴津,议所以回郑者,于是艺圃、伯坪等皆大不谓然,劝余勿回郑。

十二日　至法政学堂,张璧堂颇以开书局都门为然,慨出一股,并许代拟章程,代售吴全书,预约十分。与艺圃至造胰公司,知其销路颇畅,但出货未甚精。果侯冯丹卿来访。

十三日　来京。方欲求蒋挹浮种种法书,则闻已回家矣。以习斋先生墨迹录毕,将原本送伯坪时,伯坪在鞠如家,鞠如咯血病又犯。

十四日　汪仲方来访,不遇。

十五日　尹吾来。尹吾已由排长升连长,今日旋里,娶继妻。

十六日　李翙宸来函言,为吴先生刻传稿,借此出资,固所愿也。因往岁求辟疆为其先人作墓表,谢以数十金之礼不受,乃曰俟有机会出资,当为辟疆事,今辟疆为其先人刻传,因函告翙宸,翙宸助银元四十元,余今日作函复之。沈翰青来访,未晤。郭继庭来函,言赵瀛州欲与余晤面,言山场事。王勤生表叔来,未晤。

十七日　王馨山来。访勤生表叔于旅馆。张心泉请客于六味斋。

十八日　各学堂学生为青岛事而殴章宗祥、烧曹汝霖房,学生被捕,严禁五月七日开公民大会,既而学生释放,仍进行不已,组织演说团,游行街市,派代表至津联络天津学界,天津亦为同一之演说团,第四中学亦联合各中学与大学堂取一致之行动,风声所至,他省亦多响应,报界复代为鼓吹,《益世报》尤甚,学界复出日报,曰《五七日刊》,以资鼓荡。警厅干涉,禁二报出板,并拘主笔者。学生又倡罢课之说。今日大学堂首先停课,是时抵制日货之风浪愈高,商界亦多赞成,大江以南,商、学两界提倡尤力。

十九日　请王勤生、王直哉、王沐斋等于第一春。

二十一日　艺圃闻吾家将回郑镇,将赴津迎其姊来京,余约与同行,既而有他事发生,遂同饭于元兴堂。在座有刘荔孙者,京师人,名崇惠,科布多都护副使。翙新迎其嫂,未遇。长妇于日前归宁来京,余家已定日内旋里,故长妇际此时归宁,其父来时已属其速归,适其伯父直哉在京,拟亲送之,而迟迟不行,今午后始从其伯父回津,行期既定,行李已上船,而长妇犹不至,故命翊新来迎也。

二十二日　余同翊新赴津,今日舟开行而未出津,舟中惟叔母与伯嫂,以病故在舟中,而君质生母侍病,迪新送之,初议在舟中,人尚多,而舟中以行李多,已登舟,复回数人,舟价七十五元,行李外又载煤二十吨,以省船价,行李比来时不特倍之矣。晚,艺圃来津。

二十三日　吾母率家人乘车回郑,河水小舟多,鳞比如浮桥,故行甚迟,今日由金钢桥东过北大关浮桥。

二十四日　访静涛,托其派警察护送出津,以便呵护易行,而静涛谓水上警察不辖于警务处。此时船亦能行,至营门过关,而泊前托冯丹卿转托关上,是以船至即为放行也。冯君有事于厘局,故能为力,船既易行。余将于明日回京矣。

二十五日　午来京。前日总统传见纪先生,命余绍介也。

二十六日　访泊居先生。子仁来京,以雕皮领见赠。上书总统,报告抄《颜李遗书》及刻《先哲传》,并请给家庙匾联事。

二十七日　翊新函报,吾母于二十四日午平安抵郑家口。王晋卿以自撰之《新疆访古录》《学记笺》见赠。

二十八日　闻明日将有军警强迫学生上课之事,第四中学开会议对待之法。议决如兵至,学生亦不签上课字,且派代表赴沪,已而又议于今晚皆出校以观动静。

二十九日　子仁来访。访辟疆,为李汇泉催作孙夏峰祠碑记,又议吴选古诗样本款式。

三十日　齐躐斋来访。与余议续请款于总统,修颜李家祠,并请赐匾额。又言其师王芸阁请入《先哲传》,晋卿已许加入。而将访定州王铁珊征事略。余久拟往访,因同往访之,至则铁珊久已出京。

三十一日　丙戌长班来送同年单,内除大总统,共十三人年兄弟,余加入,为十一人,[①]又柯燕舲亦列入。访王晋卿,以王芸阁事略及先祖事略,求其作传。李子健由吉旋里,归至都来访。

六月一日　总统已谕示给吾家家祠匾联,并饬速刊《先哲传》。

二日　族子少熙来谢吊客。

三日　各学校学生出发所在演说,军警驱捕,纳于大学法科约百余人。

四日　学生游行者益众,捕去者亦愈多,女子师范等校亦开联合会,整队至公府请谒总统,秘书厅派人接见,亦无结果。

五日　学生自前日出发时即相约,每日捕去,次日出者当愈众,故今日捕者尤多。闻学生哭号于拘留所,声震于外,于是上海罢市要求政府释放学生,人人现恐慌之色。天津中、交两行纸币争来兑取现银,金融更形紧急状况矣。

六日　闻昨晚严备学生之军警已撤退,并任学生自出而学生相约不出,必问捕拿之理由及开释之理由。齐次青来访。纪泊居先生来访。教育次长昨换傅君岳棻,以维持学界。

七日　总统赐我贺氏家祠匾联,匾额曰诵芬食德,联曰:望并龙䲡绵世德;光分鸳鹭见人文。用浅红色绢书,上书大总统题给,下书武强贺氏宗祠,再边书民国八年六月日云云。

八日　昨日政府以学生久不肯去,而各省学生团通电全国,各处商界多罢市以为要求,恐秩序从此大扰,乃由府院及教育部各派人往见学生,慰遣之。久乃肯出。于是各校学生皆整队赴大学,欢迎学生,乃各归校。请李子健饮于梁园饭庄。

九日　致函族人,报告总统给家祠匾联事。李汇泉欲来访,而余实无暇与会面,乃订于今晚会于同升店。时徐子修有期徒刑于今日期满,其子寓于同升店而迎之,汇泉与子修有连,故往欢迎之。既余往,则子修期犹未满,其子误以为今日也。徐仲篪与余谈及石棉事,

---

① “十一人”,有误。

自谓曾觅得石棉矿,待人开之也。访弓景崔于子胡同何氏,景崔近馆于何氏也。束修之礼,才中国银行纸币二十元,以辟疆代觅之馆,亦不肯不就也。

十日　总统与颜李专祠建筑费,各中国银行纸币千元。不足,齐骧斋又代以为请,今日又予以二千八百元,骧斋属余代领此款。艺圃子仁来访,遂同三人酌于沙锅居,子仁以自作之诗示予。

十一日　以颜李修祠之款交骧斋。颜纳如招饮于富源楼。艺圃招予饮茶,于城南荷花池天外天茶肆小酌,齐馨山为主人,在座者有某君,字孟阳。访汇泉于崇外利市营,王氏汇泉近设馆于此,王氏亦小资本家也。

十二日　沈翰卿来,翰卿以省议会议员又将兼都中教员事,将常寓都门焉。余与柯燕舲发起组织售书处,拟集资开办,既而燕舲于此事渐冷淡,而余之进行则不容或已,于是王馨山、寿彭、李子健皆极端赞成,慨出资本。余乃托赵宾序为订新劝业场之室两间,预备售书处,今日宾序为我言,已代为办妥。

十四日　王秋皋来访,未晤。盖自新乐任所来京也。秋皋赴新乐,仍家于都中,余以明日旋里,不暇答拜矣。

十五日　请假于总统而旋里,未行,得家电告叔母病危。与培新晚车赴津,寓苇村家,时吾妻子三人仍未归,以女仲新患病故也。

十六日　吾妻及儿辈皆旋里,宿德县吉陞栈。德县以南,雨后路多淖,车子索价颇昂,大车洋三元。

十七日　午至家,叔母已病革,不能视矣,悲乎! 叔母病已数月,与吾嫂乘舟旋里,于某日至家,至家数日如在津时。旧历十七忽疾大渐,不能言,次日不能食,次日目瞑,气息仅属。

十九日　三里口场事毕,仁甫以所获麦至。种麦三顷余,吾与佃者分麦后得四十五石,七年中兹最多云。

二十日　未时叔母卒,年五十有九。始死,吾弟葆文视含敛,惟吾妹以东昌土匪蠢动,未能至。夕大敛,殡于内寝,赴丧诸戚家。

二十一日　夕送坐迁于里门之西,亦名送魂帛,焚明器舆马库之属,归哭于枢前,遍拜吊者。

二十四日　明日行成服礼,招曲肇瑞监厨。

二十五日　午前行成服礼,延王汇东、师春坡、翟季和、苏幼新相礼。

二十七日　余赴尹里展墓,余牵于人事未得祭墓者二年矣。廉方同余至尹里,为福隆号事。自福隆号移设城内,廉方副李荣岩经理铺事两年以来,荣岩不肯以资本归之,屡与交涉,置若罔闻,廉方仅得以上次结账批分红利复添入之少数资本,勉为营业,致岁有亏折。余怒,乃迫荣岩以讨债事委廉方,复设法推延,不令其往。余故偕其见荣岩,面责之,而令廉方积极进行也。

二十八日　自去春吾家以匪警仓皇避地赴津门,器物未及安置,而在津又时有所增置,故归来行李几倍出时。到家后检点,殊费时日。日内余又将书籍少为更动,又命儿辈复将书籍一一整顿也。

三十日　苏君来吊,吾弟君质之舅之子也,即日归,始去,甚雨及之。张聘三售荣宅木器,为购少许,余存物品尚未尽鬻也。

七月一日　余检点旧藏碑帖,命翊新、培新写目。

三日　金石拓本并名人墨迹册页共为一簿,真伪佳恶凡四百余种,珍品殊少,此后当再编字画簿。书籍碑帖字画,余昔年皆自检点而为目,但未能完备,故再编之,然仍未善也。

四日　李仙霞来吊,常宅无人来吊,有唁函。

五日　赴津。雨后路颇泞,行缓,不及九钟余之快车,乃乘十二钟半之车,夜分到津,宿苇村家。

六日　访峻如于富昌栈新设之栈房也。峻如又三家合资组织新生意于德州,购货于南京一带,郑镇杂货向仰给于天津,峻如独利用铁路别辟一途,其勇可嘉。入都。

七日　往视鞠如疾。鞠如咯血,愈后忽患吐水,仍吐痰,病益沉重,延德医地伯尔治之,半月无效。访艺圃于又一村,在座者有云南督军唐继尧,在京办事郭君。绍先以考法官来京,已十数日。山场划界已将竣事,其绿营小分地,每人八亩之数,未尝有加,而小分地主及租山场者所垦,则多为镇署划去,而另招租,而自利焉。惟吾公司及力田公司无所损失。吾公司但有前指为分地,而今镇署自有者四分,西嶂则有镇署划去,以非素日分地,农林公司许代租出,而仍归我者一分余而已。徐子修徒刑期满,负债于慎之,不能即偿,泰宁镇索押款于慎之,颇急,慎之乃来京求吾两公司为之措资。余与赞廷方与慎之交涉,令减吾山场顷数,以轻纳租之负担。余入都之前,绍先见赞廷,赞廷属函告余公(同)[司]令其减租。今晚赞廷来访,言其事,并定明日与慎之议决减几何。

八日　以挂面、白蜜进献总统。见曹理斋,理斋传总统谕,以刘镐仲年丈文集为赐。余及赞廷与慎之交涉公司顷数,大东沟由二十顷减为八顷,官座岭二十五顷减为十二顷,西嶂未与交涉。是大树公司由三十顷减为十二顷,减五分之二,力田减三分之二也。力田又交涉免去年之租,慎之初与吾辈辩论,久不相下,后乃一听吾辈所要求,吾公司并无多求,彼前与吾所订契实为过多也。赞廷与余议代慎之息借三百金。编书室又来一人,曰贵州路诵丞。

九日　访刘班侯、汪仲方,不遇。班侯日前来京,偕仲方见访,并以其先人文集为赠,初名《求放心斋集》呈总统,总统以其校印未精,命重刻焉,乃由上海聚珍印精印。又见吾父文集,遂改名《刘先生集》,复冠以南丰曰《南丰刘先生文集》云。

十一日　班侯来访。

十□日　艺圃与崔叔稣赴吉林,余至车站送之。

十四日　闻湘帆丁父忧。鞠如病久不愈,吾姑忧甚,乃属余函请苇村于天津永义程君往迎。辟疆已作易州孙夏峰祠记,李惠泉来取,欢甚,谋于余,以馈谢辟疆。

十五日　访刘班侯。班侯言,总统予以盐务署事某,请在公府任以散职如君者。总统属某见吴士湘,吴言总统虽有此言,或格于势,不能遽成事实,若总统交条给某人以某事,则人碍难推托矣。请执事乘间言之,某盐城亏空,虽县人感情好,多出金为弥补,官亏虽免,他亏尚巨,若获供职公府,则债务可缓,故某亟欲得之,明日当拟一函送执事,言其情形,以便进言。

十六日　班侯致函于余言其事,欲余据以上闻也。日昨馨山来函,今日寿彭来函,皆言欲速成售书处事。

十七日　步青来言,将考法官,属余代求同乡京官印结,并代李璧辰求之。与道初族侄书,属其以三益兴等商号债务托县知事焉。

十九日　同事生日会,宴于梁园,凡十三人。

二十日　昨天津来函,言苇村今日来京,既而又改明日。吾姑日夜盼苇村至,因属余致电天津,约苇村明日必早快车来。

二十一日　苇村晚车来,而车又误一钟余乃至。吾姑盼望殆不可言状,宗葆初亦来京。

二十二日　鞠如服药,亦无起色。

二十三日　鞠如病差愈,苇村晚车回津。

二十四日　以电话问苇村改方,葆初昨回保定,今以马医士来。

二十五日　又以电话改方。

二十六日　苇村来,艺圃亦由吉林来,鞠如病,昨又加重,今日三方医士视病。

二十七日　苇村回津,托请其叔父明甫先生,亦苇村自荐也。余送之车站,艺圃南赴沪。

二十八日　电请李明甫,午后鞠如病大渐,余赴车站迎之不至。为代慎之借三百元,余与慎之连日催赞廷,尝有成说矣,已复中止,今日余乃商于赞廷,曰既既许之,[①]不可久延,余试代借。因同访慎之,先书契,余任借债,但赞廷言此时金融紧,不能借债,吾两家分任其半而予之可也。

---

①　疑衍一"既"字。

二十九日　午前电催明甫两次,辞不至。午后病益险,乃请曹先生,然服其药亦有效,已而病革矣。余令赞廷出资百五十元,余出六十元,亦作为百五十元,以九十元作为还旧债。周樾恩驻师浏阳,以浏阳夏布见赠。

三十日　早四钟,宗君鞠如卒。鞠如,名俊贞,任邱人,与余同岁补诸生,捐翰林院待诏,入京师译学馆毕业,分度支部以主事候补入教育部,充办事员,留心故事,治事有条理,无兄弟,以一身摒挡家政,事无巨细,物无大小,未尝凌乱。而在官任庶务,尤勤能,其科长柯君兴昌倚之如左右手,同僚尤推重焉。笃于朋友,苟有求无不立应,且竭心力为谋,所事既多,事益明习,于是人有事皆以为非君莫属矣,而惫精疲形,未尝有怠容。不嗜酒,每与友人共饮辄痛饮,往往大醉,卒以此致疾,咯血且一月,既止,又吐水吐痰,遍延京外名医而卒无救。凡病九十七日而卒。年四十一岁,无子,有女子一,尚幼。既悲鞠如之未展其才,茹恨终古,而吾姑之痛,尤令人伤也。

八月一日　宗宅接三(接三,北京普通俗语),鞠如卒,吊者皆痛哭,接三送者亦众,笃于友朋,于此觇焉。敬姜旷礼之讥,庶其免乎。

二日　赴津,于夜十二钟至。访费峻如,宿其寓中。

三日　至济兴栈,取梦生五祖寺地,价二千元,共三千三百余元,先交此数,亦售地时条件也。访璧堂,以其代售之《吴先生全书》授之,璧堂代售吴全书预约券最多,曾来函属吾以书寄津,谓当时漫告购者于津中取书,业告之,不可失信,若无人携来,邮寄吾出费可也。余不肯拂其意,故运往,运费每部一角二分也。过苇村,苇村以新妇见荣骅之妻也。午后回京。

四日　今日宗宅丧事为一七日,余往送焉。

五日　刘班侯招饮于济南春。鞠如卒,吾姑以宅内无人,属余宿其家。今日葆初回保定,余遂来宗宅,每日仍到寺中办事,暂不退所租房,俟宗宅葬事毕,再正式移居。

七日　招李金城来京委办大泉制袜工厂,铁舟绍介也。李,吴桥人,久在西苑制袜,数年前余曾命丙寅往学制也。王道存以汉唐以来碑刻三十余种,假我录其文。兰侪邀余饮于浣花春,乃假浣花春与伯垞议畿辅学堂校长事也,时伯垞充校长,举兰侪继其职。

八日　常绎之邀饮于杏花春,主客邓子安,余与子安初相见也。

九日　议定工厂移于西苑,以李金城充经理,宋子英副之,韩麟阁仍为稽查,增资本百余元,麟阁辞。

十日　骆仁甫、曲春山来。初绍先屡来函,辞大树公司经理,后竟来。

十一日　燕舲邀饮于聚贤堂饭庄。燕舲与周志辅谈及南方情形之不可忽视,而惜政府对待之无术,其言颇忧痛,质甫未能有所陈说。

十二日　伯垞母病,以致鞠如身后事久不能议,余往视疾。与蒋挹浮谈良久,挹浮先生颇欲征集异闻编笔记,言及京师近多怪,因述数事,又自谓善扶乩,然须与吾乡陈冶民共为之。陈君精此术,往往奇验。伯垞曰:冶民画亦有古法。蒋先生曰:江西有黄君家瑜者,能视鬼,自言少年短视甚,一日祷于某神司,蹶而晕绝,既甦,百日始愈,自是能远视,目力且过人,能辨小字于若干步外,视日而目无碍,遂能视鬼。并云,人皆有气上冲,色分紫红黄白黑,气又分长短明暗,于此辨人之福命与才德焉。居都中,有事于先农坛,余尝介于人而见之,叩其生平所经历,则云曾自记述,而稿则毁于兵燹。

十三日　大泉工厂已移于西苑。

十八日　苏心如请客。

二十日　仁甫来京,报告山场近况。

二十一日　访张泽如。

二十二日　请李汇泉、艺圃、子仁于西域楼。艺圃昨自湖南来也。艺圃自吉林归后南下,历游江宁、上海、江西、湖南北而归。为大树公司事绍介仁甫于汇泉,以汇泉熟于西陵情形也。子仁属余为谋事都门,因为荐于邓子安,今日属子仁访邓君,遂定约任编辑杂志等事,月薪暂为三十金。

二十三日　再访汇泉,汇泉拟为绍介紫荆关警察,以便调处租户抗租事。

二十四日　仁甫回西陵。函告家中,仁甫秋收时不能归矣,当属廉方代办三里口事。

二十五日　与达三访尹吾于北苑,初游北苑也。北苑距安定门十八里(未确,俟考)。驻边防军第一师师长曰曲同丰,初为参战军,此新改者。边防军凡三师,又几混成旅,尹吾充炮一营之连长。三苑之军,南苑最多,西苑与北苑皆为一师。边防军本段公参战军,段公在军界最占势力,且军名又重要,故军容既整,粮饷亦充,甚有朝气。近改军名而归徐边使树铮统辖,徐方力拓展其军势力,是以成军虽日浅,而进步实速,将来必为中国得力之军队。余辈参观其炮车、演操、营房、马圈种种建筑,而知军事之进步也。晚宿营中。

二十六日　晨归。

二十七日　与堂叔朝宗书,言我叔侨寓津门,谋事久,无相当之事可就,得无苦乎?某又无力代为之谋划,无已,为筹一贩售国货事,乞化于族人戚友之旅居津门者,醵资百元,虽取消极主义,或亦可资衣食也,我叔其不以区区者为嫌乎。

二十九日　请客万福居,蒋挹浮、贾佩卿、刘班侯、汪心余、宗伯玶、常绎之。余问佩卿以《畿辅通志》事,佩卿曰:前谒总统,请印此书,总统已允其请。久之乃曰,先令人一审查,此即延宕之词,即作罢也。此事内容恐系董受经作梗。又曰,余此志最要者河渠,拟先出书,吾说若行,于直隶治河不无小补。水之为害者,一曰大清河,一曰滹沱河,朝野上下苦河之为害二百年,不知糜几许巨款,而泛溢益甚,害巨如此,而遍考历史,从无一言及之,虽载籍不完,亦不应弥,此真古今之疑案,而余则定其由明而改道,改道始为患也。其为患之理由有二:一则沙河必有水患,二河皆沙河也;二则水大,则虽沙亦可无害,盖水大则能挟沙以行。明以前由京北某山而下,傍山为势,且下流湍急,安有横决之理?数百年治河者竟无人言及此,岂以距京太近而不敢倡此议乎？实则决可无虞。言之衎衎，旁若无人，而蒋先生等亦若无所闻也者，徐徐皆起去。

九月一日　《顺天时报》载冀深之间土匪猖獗，赵湘帆等致电督军，请兵剿捕。文曰：敬启者，保定道之束鹿、深县，冀南道之冀县，衡水毗连，突来大股土匪，白昼抢劫，民不聊生，希速派得力军警前往剿捕，以靖地方而安人民，则深、冀等县感德无既。总统府咨议冀县赵衡、平政院评事束鹿李榘、省议会议员谢铭勋宥叩。

三日　王道存请客明湖春，闻袁伯华卒。访邓子安。今日子仁移居电气事务所，与邓君颇相得，邓君因属余再觅任实业杂志编辑者。

四日　与道存校《通鉴》于图书馆分馆。请邓子安、邢赞廷、苏心余、陶若愚、葆初、仲玖、绎之、兰侪、艺圃于万福居。

五日　朝宗叔来京。伯玶请客福兴居，邀余往。座中有武敬绪兄弟，时永年匪势猖獗，继勋电督军请剿匪，督军不出兵。匪阅报知武君请剿之，乃出通告名捕武君。武君曰：势已至此，非办不可，余不得已再谒龚总理，如仍不许往剿，则当谒请于总统矣。但不知此时冀县一带何如也。

六日　晤曹冕卿。冕卿方为其母草事略，因述及其父事，曰：吾父讳元奎，善卜，曾居丁文诚幕内监。安德海奉旨赴江南，安德海请吾父卜休咎。吾父曰，恐汝三日后首领不保，文诚斥吾父妄言。忽廷寄至，乃命诛安诏也。次日议不决，第三日，安卒伏诛。世以丁公诛安为大功，观此可以知当日情形。余昔年日记曾载宗先生论丁诛安事，得此，而宗先生之言益有根据矣。曹君又曰：余年十九，游黎阳道口镇，友人招饮，呼歌妓度曲。有二人举止庄雅，询之某君女也。急赠资礼遣之。归语吾母，母叹息良久，曰：此君司法某处，受贿枉法，忽一日，设筵招汝父卜吉凶，汝父不饮食，以酒濡指书于案曰，祸不及身，二女可悯，推案而起，碎杯盘于地二十一件，众咸异之。二十一年，其言竟验。兰侪请袁季云、蒋挹浮及余等于万福居。

七日　武继勋兄弟请蒋挹浮、袁季云、李嗣香及余等于万福居。

八日　访蒋先生于教子胡同，蒋自伯玶母病沉重，移居刘晓岚家，今日因蒋出都乃回教子胡同，陈凤韶适在座，言及民政长曹健亭之贪污，政府已有所闻，恐久且更动，替人宜早议之也。蒋随口言曰，其刘仲鲁乎，抑王晋卿乎，凤韶默然。蒋书名甚大，所在求书者骈至，然精力尚好，每日有人招饮，未尝厌倦。

九日　绍熙以深州密桃百五十枚见赠，余转送呈大总统及吴士湘、吴辟疆等。

十日　访艺圃，遇陈叔川，叔川从师长高士傧为参谋，高免职，从至上海，今由上海来京也。仁甫等来函，为公司地亩事。必欲令农林公司减吾两沟地为十顷，吾前已约减为十七顷，再退七顷必办不到，且屡变其说，未免无信，拟约减为十五顷当可办到也。

十一日　余为朝宗叔谋生活，游说族人之在北京者，赞成者居多数。又致函津门，今接杏儒信，竟未赞成。谋事殊不易也。偶阅章炳麟所著书，云张仲景名机，见林亿所引《名医录》；王叔和，名熙，见《千金方·食治篇》。仲景，南阳人；叔和，高平人。

十二日　徐灏著有《说文注笺》，体例颇佳，极详博。余于许氏学未尝研习，此书究何如，余亦未及详也。但小学后出者佳且详博，易检阅，欲求，无售者，因思印行其书，属人往询。今有阎荣卿者，书贾也，来言徐氏固欲吾之印其书，但云抽书百分之二十，余嫌其多，须与磋商。余微患臂痛，吾姑曰：徐梧生之治臂方可试也。此方既愈余之臂，他人服者亦效，真奇方也。苟非筋骨之病，其为气无疑，此方专治气痛，宜有效，方既灵妙，兹录于左：当归（三钱），桂枝（钱半），竹茹（三钱），杭芍（三钱，生），云苓（三钱），防己（钱半），生地（四钱），甘草（二钱），桑枝（二钱），生姜三片为引。

十三日　仁甫来。赵慎之亦于今日来京。

十四日　与慎之、仁甫、绍光饮于西域楼。为大树公司减地租事论辩颇剧烈，然余与言，则允于十七顷之数内再减矣。与赞廷、慎之议减租换契办法。

十五日 仁甫、绍先与慎之交涉此事,定为十四顷。吴士湘嫁女,假那相花园行结婚礼,余往贺焉。吴氏新婿曰某海军毕业,美国留学生也。访贾佩卿不遇,与孙云五畅谈。

十六日 与仁甫访孙星堂。仁甫与孙星堂相契,来京欲往访之,余介之往。仁甫力言星堂悔过,欲与余续旧好也。李景蓬来,景蓬考大学及他学校,惟大学录取,其父以学中屡起风潮,疑之,来函商于余,余赞成其入大学,故从之,遂来京。持济南保存古物所诸拓片见赠,亦余所索也。惟其中近代书家摹刻之件不足存。

十八日 杜君锡恩持其父杜富堂之函来见,渠以湖北法政毕业,来考高等文官也。

十九日 《吴先生全书》将印完,为作书笥八,以藏书板。板多不能容,增为十二。

二十日 教育部杨君汝礼进谒吾姑,汝礼字敬斋,磁县人,与鞠如同室办公书记也,久自相契,自鞠如死,鞠如部中同人债务事尽力有加,必请见吾姑相慰,后乃屡来交送债款,其殷殷恳恳之意,至令人感也。叔母安葬卜于旧历九月十九日,印讣告帖,审定款式,更易再三始定,拟印五百件。沈翰青荐袁翰芬充大树公司经理,余虽未允,然袁之为人必有可取者,将介翰青往访之。先访翰青不遇。访王晋卿,晋卿新又得国史馆总纂矣。

二十一日 以星期与王仲武、傅谟虞、翟邻鹤出游,右安门外饮茶良久而归。遇第二十五国民学校参观。校长杨君崑,字璇圃,接待颇殷,校中设备殊完备,有储蓄处、售品处、图书馆、成绩室,庭堂洁净。将归,出参观簿,属余辈署名,顾参观者甚少也。归过二十两等学校参观,以星期无人招待,略一游览,院与讲堂尚宏厂。至法源寺时,杨氏假此寺开吊,吊者甚盛,汽车马车不可胜数,达官显宦莫不如此,至不足道。观刻《新元史》承办者龙光斋,刘君新组织刻字处于此,名曰文楷斋,刻工百余人,所刻《新元史》外尚有数种,皆巨帙也。

云总统政书亦归厂处，承办仍兼刻石。今日方拓新刻康南海所撰墓表也。文楷斋既成立，遂脱离龙光斋，而龙光仍存在。有人自满城来，去满城清苑间，昨日大雨雹，深可尺余，真巨灾也。

二十二日　访高阆仙，为谟虞求印结也。与谈及组织书铺，渠颇动意。

二十三日　王佩珍来访。佩珍，亳县人，陆军部差遣员，从聂公于西陵山场丈地，渠实充丈地委员，与慎之善，颇自负，于吾公司有所尽力，今之来访，乃思属余为陈于总统或得兼差也。盖从总统已十余年，专任绘图事，今次来京求见总统，乃仅得一二十元之差遣员。余思求辟疆选清代八家文或十家，吾父之文或可入选。清代文尚无佳选本，苟辟疆为之必能行远，且辟疆熟于此数家之文，选之甚易，吾出资付刻，公当乐为之也。

二十四日　余日内少患风寒，昨晚侦知吾家所存造像，仍在劫传手而存于鉴文斋以待价。

二十七日　府中同事生日会，在瑞记举行。

二十八日　仲玖续娶妻，往贺。夫人姓范氏，广平人。

三十日　文官考试在即，屡为人求同乡京官印结。本拟明日赴西陵，以再明日宗宅议承嗣事，不欲于此时他往，乃改于下月三日启行。

十月一日　访李右周，右周代觅人抄辟疆文约百篇，并余前所录已二百篇矣。已逾半数。访朱铁林，《先哲传》已刻完，议付印。

二日　葆初、伯坪议为鞠如承嗣事于吾姑前，伯坪多所要求，未能决议，明日续议。

三日　雨，未能开议。

四日　余不能久候，乃赴西陵。王佩珍迎于车站，意至殷也。闻王与赵慎之明日赴易县，为聂公被控事有所调查也。大树公司岁年结清册，绍先所为未能尽合，今乃另为修正。

五日　民国七年清册今日算结，所谓第三期帐略也。

六日　结算民国八年前半年帐略。与曲春山游石柱沟、大东沟间最高之山。

十日　八年半岁清册粗行结讫,小有参差。

十一日　回京。至梁格庄,赵慎之闻余至,以车逆之,盖聂公屡被西陵不逞之徒在都控告,急思见余,以白其冤。余遂与慎之往访之,为余述其任事之公正无私,遂开罪于人,近控余于皇室,皇室乃命毓璋任垦务事,而以遐龄为垦务局局长,君等之有山场者,宜亦留意后患也。又访王佩珍,佩珍于余至山场后,曾馈余珍馐。

十二日　仁甫为其乡人宏氏冤案来京,偕同其族人来访。湘帆之父某先生卒,今日候吊于长椿寺,余往吊焉。所收礼及挽联祭帐殊不少,大总统奠以百元并制挽联:一乡称善成高隐;有子能文慰暮年。徐又铮挽之曰:颜李师承躬载大道;欧苏庭训家有雄文。

十三日　赴津,以宏氏案托于韩君。宿苇村家。时其粮行利达收市,盖开办之初颇获厚利,后渐亏,遂不复营业矣。

十五日　午来京,而宗氏承嗣事已定。伯坪第四子寿勋并画出金若干归某管业。

二十日　访姚叔节先生,访张泽如,畅谈甚快。

二十一日　赵慎之自西陵来,偕王佩珍来访,又邀饮于斌陞楼。归而体少不豫。王惠民请王道存小酌,约余往陪,已许诺,今以疾辞,犹强相邀。

二十二日　以体犹未健,未出游。

二十四日　趾卿自市归,言有唐碑大幅拓本且表成者,凡二轴,劝余购之。余以他事出不暇往,属趾卿代购。约曰:果唐碑且大幅,虽习见者,当值二元,过二元可弗售也。余归而观之,乃明成化时所立碑,但撰者唐人耳,所给值又逾所约之数,假手于人而期其不误事,难矣。况所托非其人乎,于趾卿何尤?今日总统夫人寿辰,昨午后,府中人入内行礼,谓之温寿。今辰九钟余又入内行礼祝寿,而宴客于西花园一面,晚虽特设筵宴,除住府中之人外,恐无至者。

二十六日　李子培来京,余往访之。此次相别颇久,殊相念也。

二十八日　子培艺圃来访,余与小酌于致美斋,饭未毕,闻湘岑来京,晚四人共饭元兴堂。

二十九日　请王惠民书先叔母神主并先叔父及先叔母苏太恭人神主,皆重修,用金丝楠合檀香木主,如祖父神主。晚邀与饮于浣花春。

三十日　上书总统,言印《先哲传》事,并代齐晓山呈总统条陈,请将颜李书颁行各省,用为课程,又代呈新刊李氏《大学》《中庸》《论语传注》,并为其母夫人请颁赐匾额。

三十一日　昨所上书,今晨呈上,即日批准。

十一月一日　叔母安葬在即,在都发讣。日来送礼者渐至,携之回家后随到随邮寄。昨日王馨山来,今日邀与子培、湘岑及汇亭叔诸人饮于同聚馆,湘岑酷嗜羊肉,故每与赴回教馆也。今午后与湘岑同车至津。

二日　十钟赴德,五钟余至,乘家中车到故城宿焉。

三日　午前至家。

八日　叔母安葬,所请职客皆至,设筵以宴之,谓之请职,总理三人,监厨二人,内柜三人,外柜三人,客座招待员一人,饭座招待员二人,陪主官、陪地方官皆兼职,又礼宾四人,而曲肇瑞实无名之监厨,树珊无名之总理,又有散办八名应杂职,又在三里口招佃户八人,族兄弟自北代来,二人并廉方族叔为灵棚外及门前招待员,巡警来五人,陆军来二人,请尽弹压之役,立于大门外。

九日　午前行开灵礼,孝男祭文,迪新拟午行题主礼,德县马季骞先生充题主官。

十日　开吊,吊者百余人。县长袁君于七日来访兼曰吊,故今日未至,军警官皆至焉。晚行夕祭礼,亦名唐祭,孝男祭文余代拟。

十一日　早四钟筹备安葬事,七钟行启灵礼。此次礼宾师春坡唱礼,春坡于吾家惯行礼仪未尽悉,故多用故城习行之礼,吾以其已习知吾家惯习事,前未与接洽。昨晚夕祭,为时过久。今则行启灵礼,后不知吾家主不随柩上坟,忽唱请主行,不得已,请主至客厅,行安主礼,然后举柩出门,出门行祖道礼,归复引灵出而行路祭礼,时已八钟,送殡者至村外行礼而去。驻郑之陆军马队二十名送殡至于墓,十二钟灵輀既至,行礼亦稍繁。叔母,叔父继配也,葬于叔父之右,俗名夹棺葬,七时归而虞祭。

十三日　行祭墓礼,谓之元坟礼,每以安葬第三日行之。吾妻忽得疾,精神忽变,几不能言,惟心不瞀乱,久之大吐,喷出甚远。医曰,此肝气冲也。服药不能下,吸以鸦片亦不易入,然渐安静。

十四日　午前已能饮食。午后赴都,连长徐君来送行,并为派马队相送。至故城访县长袁霖普、苏葆庸。袁君闻余明晨赴津,即晚来答拜,不遇,乃觅余警局。苏君所屡向余索先君文集,即以相赠,并赠以先祖墓志,又托余代求曹理斋、王寿彭书楹联。余与苏君虽尝相识于小范,今日实第一次畅谈也,述其在武强及在邢台成绩颇详。苏君有干才,尤肯任事,自到故城,成(迹)[绩]甚多,远过前任诸君。

十五日　通车入都,宗宅今日点主,王念伦书主,柯世五题主。世五,名兴昌,教育部佥事,鞠如之科长也。

十六日　开吊,吊者百余人。

十七日　发引厝柩于长椿寺。天有风,甚冷,送者忍寒相送。二十年来鞠如以喜任事,友人家有死者,辄以鞠如介绍殡于此寺,宗氏两丧皆殡于此,故此寺于鞠如其感情可知。孰意其死而亦殡于此乎？宗氏之丧,所收礼挽联四十七,绸缎帐十五,呢布帐二十四,银币百有八枚,京钞百六十,铜元数百枚,花圈三款。吊客之馈,每席六元。

十八日　以连日劳又天寒而风,体稍不适,遂未能至公府。

二十日　仁甫又以宏宽容之邀来京,余因属其制家祠匾额,数日始购得作匾之材。

二十二日　始至公府。韩云祥来访,宏二盛之案,余以托韩云祥迟延几及一月,始慨许为之谋。

　　二十三日　葆初邀饮于浣花春。

　　二十四日　牛赞臣邀饮于惠丰堂。

　　二十五日　李弼臣邀饮于全聚德。

　　二十六日　请客于香厂。延年春访毛潜之,潜之新到都,已辞烟酒公卖局局长事而入都,求差于大总统,有见于刘班侯之为也。

　　二十七日　至津。茆村代购手表,价十三元。

　　二十八日　与中孚银行继续前所借债而息有加。孙师郑邀饮于广和居。七钟至京,晚未及赴伯坪之招于致美斋。

　　二十九日　公府同事生日会,祝余及王惠民于通商号。

　　三十日　为福建学生被日兵戕杀,今日北京学生联合会召聚全体学生游行街市演说。余遇于天安门,盖聚此而出发亦聚于此而散云。曹理斋谓余曰:总统收到齐君所送李注《论语》等书,后又函索一百部,总统属子告齐君此书印费几何,总统拟备书价也。

　　十二月一日　晚晴簃诗社选诗渐多,皆编书室书记录之,以王晋卿所选为多。编书局尚有书记二人为之录之。

　　二日　陆军部军学司司长兼编辑局局长齐君振林为其母赵太夫人八十三称寿于家,余往祝焉。宾朋颇盛,以诗文祝者百有余,金屏之外,率书其词于笺纸,罗于长几,寿联寿帐未可悉数。余为求大总统予以匾额,文曰:含章受祉。黎前总统亦有祝词匾额。有赠以邮票大寿字者,系以废邮票集成,亦特色。访马心清不遇。心清名履恒,武强人,步军统领,衙门军事科科长。余庆长张忠偕他号购货于成安,因事涉讼,县长祖其县人而不我直。张忠来京问计于余,余适旋里,心清与成安知事善汇亭叔,遂代余托其致函成安言其事,而事竟解,余故访马君,致慇懃焉。

　　三日　曹理斋谓余曰:总统曾言,子前读《元史》,尝列一比较表,子可示我,我有所取焉。前有书贾邢氏者,以侯官许贞幹手辑《遥集集后编》见示,所辑为有清一代之诗,凡十册,观其自述,知为光绪壬寅年所订,其前编则明以前之诗也。余持以示理斋,理斋曰:余识此人,亦稍能诗,惜此本选录太简,其中或有不习见之诗稿,子可以全编示我。邢某又有张澍《蜀典》稿本,书四册,索价极昂。《畿辅先哲传》既归余经理印刷,久乃将编书局所刻页数检点,令龙云斋估经费,已估。铁林属令多家估之,文楷斋等开单价格皆少逊,乃令龙云斋低其价,每部千六百页,用粉连六裁订二十二册,价六元二角。余以总统亟欲见书,乃限阳历年前出书百部,又为租房于琉璃厂,以便印书检查。

六日　访邢赞廷,赞廷以聂军门饬农林公司文及赵凌云控赵慎之文见视,具曰余已代慎之拟呈覆泰宁镇矣。余前所拟《新元史》与《元史》目录对照表,乃据稿本为之,兹核之铅字印本,知又颇有增易,以此知先生于此书乃日事修改,虽脱稿而不肯以为善。今大总统以明令跻其书于正史,增二十四史为二十五史,复仿殿本精刊大字本,行其书于海内而传之千百世,吾知先生必复有所更订焉。增列传至五百余,而旧史所载不忍删削,则又务广炫博而滥矣。

七日　都人以福建日人杀伤吾国学生、巡警,十七团体开国民大会于天安门外,至者逾万人,商会会长安迪生为主席,到场少晚,人大哗之,久之秩序乃得维持,大学学生多持白纸旗,上书种种激烈语及抵制日货等。安君登台演说,众迫其签字,实行不卖日货。安言无权力,语未毕,人又大哗,乃签字,在台上举纸笔与墨示众人,既书,复朗读之,众拍掌如雷。恐演说而人众面积广,不能尽闻也,乃用传声筒,每发一言四向而重言四次,句句重言,故演说语颇简赅,他人演说者亦不多。有人提出对日要求七端,如撤日领事,令日政府谢过,惩治逞凶兵士,日兵卒不得持兵器等,后又有人言须收回治外法权,而对于抵制日货是为今日演说之主旨。办法则立两会,一讨论会,一委员会,时常设立,明日即在商会开代表会讨论抵制日货。又曰,自今日起第三日,各商号即将日货一概收存,不得复卖。众鼓掌声大振,三钟余毕会,而犹人①未散毕,会招各代表到台上有所宣布。此会人来之众,视五年救国储金大会不啻倍之,故不在中央公园而在此极宽厂之天安门前,然人犹散立满院也。演说须大呼,故不能甚沉痛也。

　　九日　访李采岩,言汽车公司事,时张泽民由沪来京,遂访于正阳楼,泽民作主人也。泽民对于孙洪伊颇为密切,今之来京,盖有所接洽。

　　十日　余请泽民等于浣花春,又邀艺圃,艺圃实与泽民有所谋议,必当一访,遂借此相晤。

　　十一日　曹理斋告假旋里,秘书厅多相送者,余遂同大众至车站。而刘仲炘虽不送曹,然在天兴楼设筵请余辈,遂至天兴楼。

　　十二日　齐棐忱来访,言齐晓山军学司司长调参事,有功而左迁,党派关系,而编辑局渠将辞职,彼虽能忍,无所表示,他人殊代为不平,欲为之兼一公府咨议,不知可办否。又曰:渠前见总统,言将立颜李公祠于保定,以兴教育,今部中事既减,拟即赓续为之,不知总统前能允之否,然前固已面称善矣。遂同艺圃饭于万年春。晚,子仁请于致美斋,主客邓子安。

　　十三日　大树公司来函,并有抄示县令告示,言小份地仍须案原册画界,恐大乱又将作矣。以汽车公司事致书袁县长言汽车事,省公署行文到县时,幸无驳议。李丰年来。丰年,献县人,骆仁甫举以赴西陵充会计,荐者为天成掌柜李君光远也。属李铁舟赴西苑,将大泉工厂移归城内,李金城经理数月,殊亏耗也。

　　十五日　与刘班侯访柯凤孙先生不遇。先生深地学家言,宗氏新茔实先生所指定,鞠如将备礼往谢,未及为而病既卒,吾姑命葆真以百金为先生寿。再往而不遇。昨与燕(舫)[舲]约,今晨吾与刘君同往而仍未遇也。武合之前来京,往谒总统,今总统命在编书室,因到编书室相晤。合之前由文学馆从今大总统赴奉后,遂不复见。十

---

　　①　"犹人",原抄本如此,疑为倒文。

余年间,惟在天津一遇之,亦未久谈而别,今竟得同室办公,其快慰为何如乎?贾佩卿柬招莲池旧游二十余人饮于东安门外东兴楼,亦邀余,未至者四五人,治馔二筵。到者曰刘润琴、吴士湘、高阆仙、步芝村、尚节之、谷九峰、常稷笙、王仲宣、刘际唐、刘仲鲁、邓和甫、赵湘帆、武合之、王笃恭、邢赞廷,此外有佩卿之友人一。

十六日 访赞廷。赞廷曰:昨尹玉阶来,知山场又重行丈地,玉阶问策于余,余曰当列表为报告,余为立一表式,属其填写。闻西嶂已被绿营将地全行量出,余因托赞廷将山场情形作一简明事略,以便托吴厅长代为之谋,或直请总统保护也。访马心清。心清言,初在深县中学堂,既而入随营学堂,后赴奉天,有事于随营学堂,遂从王统领于大名,又从之至京充是职。访齐隰斋,隰斋邀余饮于天寿堂。隰斋曰:余去岁曾与孙君赴山西,观阎督军吏治,乃京兆王公奉总统之命而奉委者,故余辈归而晋谒总统面述之。余因询以山西新政,伊虽未加以满足之词,然甚称其有魄力,就其所述,亦足以令人俯首至地也。访杨敬斋,以其人诚悫忠信,欲与纳交也。

十七日 为山场事致函赵慎之。

十八日 得大树公司报告,言第九区绿营已入山量地,任意为之,将西嶂全行丈出,即日索租于租户,租户来请示办法,因遣人往告慎之,慎之亦不能言办法,但曰,日内入都上诉也。培新来,云学堂因教员联合会罢课,学生虽得免考,余以病已请免考,而减前考分数矣,竟不考,岂非余一人之幸。朱先生现已辞职,而校长不留,学生皆大忿怒,全体往见校长,而校长终不留,学生几欲殴校长。朱先生既出校,乃组织一学会于本校之左近,又招三五同志应英、德、算术等课,而密招余等十数人为会员,复招生为补习学校。余等虽入此学会,仍可在校,以不误学堂资格。诸事皆自办,朱先生尤尽义务,余与数同志同在研究文学会者,皆大欢慰,余亦甚幸。自研究会成立以来,同志皆甚相契,今又得朱先生组织此会,其愉快可知也。

罗叔蕴来京,余约柯燕舲同往访之。燕舲约今晚,又约明日,观其一两月来之情形,甚畏余之拜访者。燕舲与叔蕴颇密切,到京每日往,在津则赴津访,不知有何经营也。余与叔蕴本无关系,其必欲往访,以鞠如父子与之交甚厚,此山姑丈卒曾致函鞠如,言将为作传志,而鞠如促促未及以事略寄往,鞠如卒又未与计,故吾见之,告以鞠如死矣。

十九日　访艺圃,与言移居及伙居办法,又询以李铁舟办织袜事,艺圃每称铁舟可任以事,今颇欲与吾共办工厂也,其兄子重则大不满其人。访深翰青,畅谈良久。与铁舟议组织工厂事,重行开办。

二十日　访邢赞廷。赞廷代余作一山场历年来之情形事略,以便交吴厅长。又言某前代慎之所作列表款式今填好寄来,余为之更正付邮寄去矣。又接慎之来函,并以赞廷所拟呈稿寄来,且言兵丁有案春间王佩珍所画而无事者,惟西㟖则全数画出,俟二十区画毕,吾再入都面述。请马心清、毛潜之等于同兴堂。兰侪来访,言第四中学事,自朱教员出校,一部分学生极端反对史天倪,要求留朱校长,属侯伯恭转属兰侪言余,校长已允不任,史某充某班教员,培新幸勿再联合一部分人要求留朱也。

二十一日　公府同人生日会,宴于又一村。访赵宾序。

二十二日　袁县长复书言汽车公司,县人欲其买道。

二十三日　代人求王次箴书匾额。吾姑属余送礼于杨敬斋,敬斋于鞠如身后为之讨债,甚殷勤也。

二十四日　余与子青临辟疆圈点吴先生文集毕,有圈点无评语。大泉工厂今日又移来城内宣武门大街,李铁舟临时掌其事。

二十五日　骆仁甫昨晚来京,报告山场扰乱情形。绎之邀饮于致美斋。陶若愚略言公府党派情形。兰侪闻其母病旋里。访王沐斋,沐斋近摩张廉卿书甚勤。纪泊居先生来书言,仆所征集乡人遗诗,志在阐幽表微,其行谊不为世所知者,须补作小传,且为前辈作传,其事实必须访询详确。近见贾佩卿《盐山志》中《王毅庵侍御传》于其被人谋毙,但据掩覆了案之词,诬谓自绞,且引张文达之言以证实之,真不可解矣。縠庵虽张氏之自出,乃文达极远疏族(所谓西门张文达,文襄皆东门张),不特縠庵与文达未必相识,即其外家诸人与文达未必相往来也,縠庵之死在道光末,文达咸丰二年始成进士入都,其先在南皮家居,何由至通州照料縠庵之后事乎? 可谓凭空结撰,不切事理矣。前见《先哲传》目录中有《王御史传》,恐但据贾志,此尚须酌改也。

二十六日　请客于万福居。

二十八日　星期赵宾序等多得保荐,任职者皆不加薪,书记有加薪者。

三十日　李采岩邀饮于杏花春,言汽车公司事。毛潜之宴客于瑞记,有路君者,路德之曾孙,充总统侍从武官。路以八股试帖诗著,吾乡学者无不知路闰生,其弟子阎敬铭又为一时名臣,于是人皆想像其道德文学,而不知其人之不足称也。堂兄西园每为余言,其居乡里,包揽词讼,考试时则以传递文为事,并被控有案。文人无行,亦属常事,况仅为应试之文乎?

三十一日　尹玉阶来京。余至赞廷家,贾星三亦至。玉阶言,聂公不能在督军署辨诉,对于君致慎之函亦未能有所表示,事急矣,奈何! 赞廷乃言曰:农林公司既递诉呈于聂公,可再递呈于督军,以后领山场之十余家或再联名递呈,聂公昏愦怯弱至此,不足有为,吾辈当自辨之也。又曰:余日内当赴津。星三曰:此呈吾父拟稿可也。余日前有函致聂公,故玉阶云。[①]

----

① 原文以下阙。

收愚斋日记四十一

民国十九年(1930)。

一月一日　今年政府历行新历,农工商贾皆不得沿用旧历,甚至历书亦不许附注旧历,惟租界外人则尽量印刷两合历,购者至为踊跃云。梦生来,余招之也。

二日

三日　天甚冷,梦生归,与议郑口账房事。本拟令渠代树珊,梦生辞。吾又拟招师春坡帮办,渠亦先言及之。霍勋圃遣温佛瘪来,持张仲清所撰勋圃曾祖墓表,属培新为之书碑,余前已函允其请也。

四日

五日　撰饶阳骆君碑,仁甫之父也。

六日　张则民来访,京西王平口煤矿归渠矣,属余为之介绍购者。君玉来函,以旧式人名刺数枚见赠,以余旧有此收藏。余之喜藏名刺与搜罗古泉相先后,皆在大名时,初不意人之改用洋式小片,今日视之,居然骨董矣。

七日　吴北江来访,新自辽归也。

八日　饮于吾妹傅氏,妹生日也。

九日

十日　访北江及王雅衡,皆不晤。

十一日　贾君玉来函,言为曙楼修禊图,属余以小照交刘君凌沧。今春海曙楼举行修禊,东海命冯叔允为主人,所筵宾为君玉、铁林及余三人,强余首席,东海意甚欢畅,谈良久,犹不肯去。君玉曰,此胜会不可屡得,既为之诗,又欲为图以纪胜。乃不数月而叔允夫人卒,故来函深致感慨,而促凌沧急图之,图凡八人,盖有其弟子三人也。

十二日　汇庭叔、季高弟相继来视,问疾吾母。吾母之病也,族人及诸戚家皆来视,二人盖最后至也。李铁舟出京而西。《后汉书》评点,吾父所为,而某县徐某勘板系附于吴先生《汉书》评点后,其首页题识不明,余因重刻其首页,今日装成二十部。

十三日　张寿仁来访,与寿仁不见且一年,余疑其从军远行,故未往访,不意其尤在此也。其军改编,寿仁或闲居北平也。冯丹卿来函,丹卿曾属培新写匾,见所写匾而善之,思及其妹节孝,谋请于政府褒扬之也。张果侯来函,一月以来,因刊刻《古余芗阁诗集》,函牍往来不绝。来书有云,此集既蒙先师赐序,吾兄督刻,又得孔才世兄署签,不惟加惠鄙宗,余又言终当刊刻《雄白日记》也甚厚,尤足发明法门,绝述有人。

十四日　访王重民,以杨守敬名刺见赠。晤袁守和,守和方编《民国以来新修县志表》,曰:不意近年纂修志书者,若是其多,亦自矜其搜访之博也。王雅衡来访。李腾九自津来,腾九现升旅部参谋长,将赴晋试验,军官任职,赴晋考试,亦新例也。王道存以名刺见赠。

十五日　访曹贯之,贯之以名人手札见赠。访王道存,赠以《古余芗阁集》。《古余芗阁诗集》书成,朱印者五十,墨印者百。

十六日　时《吴先生全书》已印若干部,乃就工人之隙印《左传微》。《左传微》初出,购者虽少,近以北江主讲萃升书院,奉天学者稍稍知读吴氏书,书贾遂争以其书往。《左传微》尤北江精心结撰之书,因请于北江再为印刷,今日书版取来。

十七日

十八日　曹贯之来访。四存中学来函,报告德新本学期考试学业成绩列甲等,分数为八一一一。德新每年皆列乙等,今岁得列甲等,足征功课尚好,可奖也。刘凌沧来,镜忱等祝吾母八十寿图绘成。

十九日　为郭季庭题主。访王采南,采南近年颇治《尚书》,时若有所发明。

二十日　约王眉庵诸君午餐沙锅居。李锐夫来函,谓苏鲁豫会馆成,欲余请于东海为书匾额。

二十一日　访吴北江。昨日于《左传微》又加评一则,属余改版,颇有发明也。同汉青访王友三。

二十二日　访纪文伯。张果侯以《古余芗阁诗集》二十册见赠。

二十三日　吴向之来访,不晤。访杨启堂,不晤。访襄丞,遂同小酌一沁斋。

二十四日　访张则民。迪新、翊新组织养蜂场,招股为之,则民应召。以王寿朋所录鹤之先生文送北江,北江索之也。访王画初于火药局新居,为沈汉青谋恢复河北大学教员。陈子衡以其文稿印本一册见赠。

二十五日　高阆仙嫁女,往贺。

二十六日　访石小川,初访之也。访杨冠如。请北江先生晚餐寓中,众客毕至,惟曹贯之先去,梦周使其子勉之来,至则众宾已散矣。

二十七日　访张溥泉,以戴明说所著《篆书正写》本视之,以其乡人也,且无刊本,不晤。访吴向之,去岁致函向之,言图书馆有万季野《明史稿》等书,因属余偕往观焉。因言《明通鉴长编》缘《实录》,谓清朝为夷为寇等语当改。向之又出一册校勘记视余,有指清为夷而呼清太祖之名等处,曰东海谓当改定。余意或改称清太祖,或但将夷字删去。余问向之所撰《清代系年要录》脱稿否?曰:书已粗就,此颇有难着笔之处,明修《元史》于明初,起兵称洪军,此书仿其例,称孙文等起兵曰明军,但洪杨粤匪今亦禁不得称匪,所采皆当时记载,称匪之处亦不胜其避讳。余曰:洪杨本非近之革命,而党人乃引自重,此韩文公所谓自比于逆乱,不以异乎? 向之曰:近人讥清代之文字狱,乃不许言论著作出版之自由,尤而效之,抑又甚焉。余又问曰:王氏《明史稿》与《明史》何如？曰：余亦尝较此二书，《明史》有《百官表》而《史稿》无之，有某志而《史稿》无之，此史之当也。《地理志》，《史稿》自唐宋述起，《史》则但溯自元代，此《史》之有断制者也。然不当删而删者甚多，如"作豹房居之"《史》删"居之"二字则于实事不明矣；如胡惟庸之狱，某某家属皆系狱而《史》但云某等，则不知皆为何人也。《史稿》诸人合传，《史》删去数人，犹袭《史稿》之文曰某氏见某传，而忘已删去矣。且本纪太简略，乾隆时曾有旨，谓查某氏而观某帝本纪，乃一年仅数行，何足征考？因勅重修，而卒未修，此无疾而终之事，往往有之。如明严嵩本南京尚书，因修《宋史》，谓修史不可不用讲学之人，乃调嵩，及至，竟不复言修史事，且并不云因某故而止也。余问曰：《明实录》现存几分？曰：惟《武宗实录》缺若干，天启缺若干，崇祯缺若干，余尚全，不知图书馆又有所得否。又问：清代《实录》共几分？曰：大约七部，大内有两部，皇史宬一部，盛京一部或二部，国史馆有正副两部。曰：《宣统实录》恐未成书。曰：有《宣统纪政》①。曰：此书较《实录》更详也。《宣统纪政》内有文肃奏疏，文肃疏颇有可观。又曰：《明实录》多臣工奏摺，可考事实，清则多谕旨，不及《明实录》也。清初三朝《实录》经乾隆时重修，日本有此书，且系刊本，尚属未修原本也。余问及《清史稿》，曰：余所为乾隆以下五朝凡五十册，乾隆一朝三十卷，馆中竟删去三分之二，余取而核之，所删固有不当者，著书必有其宗旨，如乾隆时重武功，故乾隆本纪详纪边功。嘉庆以后，一朝自有一朝之事，故纪述有不能相袭者，如文宗近酒色，不肯斥言之，故载某人谏疏，借以见其所为，盖莫不有意识也。袁杰三乃一概删之，其可乎？余尝以问杰三，杰三曰：不删并则不能出书，时势甚近，君勿言也。余曰：先生所撰当录存之，将来刊印行世，所关甚重，他人所编亦同删并，王晋卿已录其所编稿，后日合诸公之稿而为一编，甚胜事也。向之又曰：本纪每多述宰相事，夫宰相大半有传，本纪

---

　①　《宣统纪政》，原文如此，当为《宣统政纪》。下同。

复详载之，令阅者屡见此人于眼前，他人则竟不见于史，此详略之不当者宜裁之，《百官表》《本纪》不必多见也。他史亦不免此弊。余曰：《唐书》有《宰相世系表》，亦太重宰相矣。曰：自南北朝至唐，重门第，言族望，非宋以后，此皆宜撰《氏族略》，如钱氏《补元史氏族略》则得矣。又曰：尝见《起居注》，康熙朝每载君臣问答，曲尽情义。如某督抚阙或荐某人可任其职。谕曰某如何不相宜，某如何不胜任，可别推举或劾。某大臣受贿若干，谕曰此事人皆难免，殆不能一概罢之，宜举其尤者劾之。乾隆以后起居注则不记言矣。又曰：历代兵革之祸，汉末为甚，户口减少在历史为最，元之南侵，河北户口减十之九，为历代所无，非清初比也。清初摊丁口于赋，是为善政，户口之蕃，超轶前代，固由休养生息，亦不税丁口，故不隐匿使然也。余遂访袁守和，约以明日同向之来观《明史稿》。袁曰：当属徐森玉招待，余明日当赴某会也。

二十八日　同吴向之至图书馆访徐森玉，森玉出万氏《明史稿》及别本，《明史》向之已阅其目，曰两书皆与《明史稿》相近，凡《史稿》所载之传而《明史》删者，此书皆有，表、志亦皆与《史稿》同，但别本《明史》与《史稿》为不同耳，因与森玉言，馆中所存之《实录》，某帝缺若干，知向之编《明鉴长编》所采之《实录》即此本也。又曰：日本曾藏有某帝《实录》不残缺，拟遣人录附[①]，而日本抄胥，其价甚昂，书虽不多，然所费不赀也。又曰：日本帝国大学图书馆又有清初三朝《实录》，系乾隆未改之原本。余曰：前日本大地震，大学已倾圮，书当亡失。向之曰：所藏中国书损失不多，此等书今尚存也。

二十九日　今日为己巳岁除夕。

三十日　今日为庚午年元旦，余于是年五十七矣。

三十一日

二月一日　蒋贡梁约明日午餐，余将赴津辞谢。

---

① "附"，疑当为"副"。

二日 赴津宿俶过家,时东海夫人卧病久矣,去冬尝小愈。君玉来信,与吾母同庆病愈也,已复沉重。

三日 谒东海。东海言:记得《归云楼题画诗》,即仿《水竹村人集》等重刻矣。有未曾刻者,又集有两册,拟仿其式刻之,但此刻甚精,系陶兰泉募良工所刻,而陶适他去。余曰:有友人善模写古书字体,可使试书之。东海出前所刻者俾余。余述吴向之阅《明史稿》事,东海因言光绪《东华录》殊不佳,不如前书,宜再编之。余曰:若果编辑,则宣统朝尚无人为之,且甚易(藏)〔葳〕事。论及时事,曰:世道风俗,虽极否塞,然不久而复,虽忧虑无可如何,然亦不必忧虑也。因论读书,且曰:读书以声调为主,此桐城家法,汝父亦每论读书之宜酣畅,但曰余体弱不能大声读书,然知所以读之。又曰:《晚晴簃诗汇》刻成且出书,欲为预约券,以便销售,子可为我定一价格也。午后东海携近所写格言小条俾余,余又求一楹联,亦即与之。徐氏新年家祭连祭五日,祭毕乃出见余也。侍坐未久,左右以饭请,乃去。数年以来或午前见或午后见,必左右以饭请乃去,坐谈久暂,以左右请为度。昨访俶过,俶过觞客始毕,绍先在坐,约今日晚餐。余见东海言印《新元史》,属即为之,余以朱铁林百端阻挠其事,今虽又奉东海之命,不告铁林,仍恐其不悦,乃访朱而言之,而不与定办法,恐其有所借口,再阻挠也。遂由朱君处赴美利川菜馆,即前燕北楼也。燕北楼为著名羊肉馆,往者甚众,不数年而易主矣,天津商界之危险可以想见。美利烹调亦嘉,众宾赞美之,俶过曰:吾二人必再食于此。坐遇张伯麟,不见伯麟七八年矣。与绍先尝一再访之,渠亦曾访余,皆不晤,遂同至其医院,即名伯麟医院,设立已四五年矣。访李纫秋女士,欲偕其来北平,以旧历年之故不肯来。

四日 与俶过、陆亭同车来北平,晚赴勤生先生之招,小酌寓中。答拜马心清,今年汇庭堂叔已辞马氏馆席矣。陈鹤九来访,时余未归也。鹤九名以皋,吾姨之孙也,有事于鸿茂洋货铺已数年,日前遇于熙臣嫂寓中,因来谒吾母也。

五日　温佛癯来,致霍勋圃之意,送培写墓表之礼。

六日　程巨亨来信,报告去年余庆长营业收入,总额侔于往年,固不恶也,然颇感于受时局之牵制。

七日　应子久之招,晚餐于其家,坐有王芳庭等数人,新从晋豫来者,颇谈时事。

八日

九日　访北江先生,北江年来集录至父先生《文选点勘》,已录讫,拟仿《汉书点勘》之体刊行,凡两巨册,余颇思临出。昔吾父在冀竭数年之力录先生评点群书十余种,惟《文选》未及为,余日内颇阅《文选》,甚欲录出,而不敢以请者,因兹事体大,必旷费时日,北江不能待也,且将付梓,固亦不必急。急同汉青访苏少衡,不晤。同乡会开会,赴之。

十日　兰侪患肝脾涨大之疾,右肋有痞块甚大,因假归调理,往视之。迪新回郑整理帐房及福兴号事,兼视农田业。

十一日　访仲方,不晤。访泽如,久不造访,快谈矣。访子久说包头事,子久方为同乡会起草,抵抗盐引再加价,而促其清理旧盐款也。

十二日　与侯步云函,为分地事也。

十三日　敬恒来函,报告账略,时清册尚未具也。去年账房营业获利亦不菲,将夙所收地概作市价,则利益丰矣。押地收款,遂以地抵债者,每岁有之,近年地价大落,每给账辄以低度作价,今岁少丰,故市价微涨,迪新议即兹地价未高作市价,由东家购留,故营业益显其丰,而资本皆成现款,以后商业亦较活动矣。但此系账房附属之公记,公记每年辄以所获利加入资本,此次买地乃用去年之余利,买地后一年之利罄矣。

十四日　迪新来函报告,对于敬恒所请求及对肇瑞意颇踌躇。王砚泉来访。

十五日　与程巨亨函,属其招尹鹤峰,以大农公司经理无人,故欲用巨亨所荐之尹君。已去函,久无复信,故再函催之。

十六日　北江来访,以《吴先生尺牍续编》副本重校送来。增章程数份,而删所附四六应酬函,谓此殆幕宾所拟也。访纪文伯,浴于清华池,文伯又约余小酌。

十七日　四存出版部去年账略始结讫。宴晓山、骥斋诸君,加入孙念希,以念希亦老会员也。以《雄白日记》副本寄果侯,属其校雠,以便付梓。

十八日　卞耆卿卒来赴。

十九日　兰侪病势加重,移入德国医院,往视之。访张寿仁,不晤。北江来访,不晤。以《文选点勘》稿本属余录副,曰:吾且集资,请君付梓人也。朱铁林来函,以东海命属余为购《张文襄全书》,已而又来函言,端甫亦要一部也。侯亚五来函言,不能代售吴全书也。此次以吴全书预约券分寄友朋,范围较广,售出亦不少,但学者多不购买。

二十日　苏少衡来函,购吴全书三部,渠在政界,故能代销,而郭麾霆、杨伯如皆代销五部。

二十一日　访纪文伯。时张宜五复函属进行其诉讼事,因访文伯,文伯曾许为进行也。

二十二日　张心泉来访,言又有事于北平,充铁路学堂教员,张溥泉借抄王式文《古纪年》毕,以稿见还,又借《四库全书目录标注》,亦见还。侯步云来函,仍持前议。与培新函,属其速书武强霍氏墓表,以心清等促之也。

二十三日　马心清约晚餐于其寓中,坐有廉南湖,南湖有事于故宫博物院,整理书画铜器瓷器,书画万五千余件,而真迹不及十之一,铜器二千件,赝品器尤多,惟瓷器多清代物,尚少伪者。文昌馆对面书以《图书集成》本《九通》为首,书贾冯氏之书也。凡三日。

二十四日　今日封书以《五礼通考》为首,售百四十元。直隶书局得之。

二十五日　常兰侪卒,年五十二。兰侪患腹内积块,在右胁下,有日矣。尝延西医、华医、按摩者，或无效，或不久治。海关事烦，颇苦之，感于路公之知，治事精勤，未尝以有所患少懈，去冬路公调盐运使，仍以总务科长相委，益感路公之知已且俸给有加，运署向为弊薮，且国家财政之所入，政府新制分非任军职者不得主此席，阎公以路公廉，破格用之。路公初至，拟痛扫积习，事务至纷，以待兰侪清理，兰侪穷日夜为之，力疾而不告劳，所患加剧及势不可支，乃辞归。到家数日，即赴德国医院，属克黎治之，往视后闻病少愈矣。已闻积块已摧下，一夜下十余次，力弱遂不可支，曰吾病已消，吾命亦完矣。今晨来电言病革，急往视之，至则已舆归矣。入寝门而卒，竟不得以诀别，哀哉！

二十六日

二十七日　兰侪卒之三日也，往送路。

二十八日　徐东海夫人席氏卒。一岁之内，一丧其长女，复丧其弟，今夫人又卒，何徐氏之不幸也！

三月一日　之津吊于徐氏，宿焉。访纪子怡。

二日　徐夫人卒之三日也。送路夫人之丧，不用僧道，礼节从简。其弟友梅死，念经之徒，四种具备，诸事奢侈，东海弗能禁也。

三日　谒东海。东海曰：吾先世本北京人，先茔在城外，移家天津，墓在海下，地洼下碱卤。自吾祖官中州，卒葬卫辉，至吾父已两世矣。吾妻某氏卒亦葬焉，今夫人卒，暂埋天津，地方平靖，仍归葬焉。近又卜地辉县也。又曰：古人有夫祭妻之礼否？《礼记》固曰夫不祭妻，然宋司马光有祭妻文，子可为我一考之也。访张华堂于中华书局。华堂自去中和丰，从张杰三于广东中华书局，自去岁由广东来天津充分局经理，华堂随之来，余因以书属其代售。杰三名汉文，亦东光人，尝为省会议员，与余固相习也。访俶过，遂宿其家。

四日

五日　俶过约小酌美丽馆。访纪子怡，纪氏之书前屡属余及君玉为之代售，君玉曾介绍于刘翰怡，翰怡以未见其书，未遽应也。顷闻其已售于希古斋、文禄堂,昨以问子怡,子怡不知也,今日乃言已售出,得值千一百元,高于余所给值,以迟疑失机,盖已数次矣。

六日　访伯麟,为购《畿辅先哲传》。约绍先、伯麟、峰荪、俶过诸君小酌,访李恩甫,诊视余痰臭之症,为制一方,云须服三十剂,曰此脾弱□势也。访纪子怡,昨□吾外祖名字轶事,子怡以余将归,今晨代询于□如,而至俶过处访余矣。其勤恳可感也。任事不苟,足征老辈风度矣。

七日　回北平,昨孙念希约晚餐庆林春,不及赴也。

八日　访北江,请其撰吾母八十寿序。去年曾言"我当撰寿序"也。

九日　孙镜忱以同门三子祝寿吾母图来。梦生来函言骆仁甫于□月□日卒,年六十九。仁甫兄弟相继在吾家三十余年,甚有功劳,故归去后屡招来都下,将有所委任,固辞。尚为祖茔购置丰碑,又属余为其祖撰墓表,脱稿未久而君遽卒。去年树栅死,今年仁甫又卒,令余悲不自已也。访北江,视以《雄白日记》,属其序之,将醵赀付梓也。已属果侯别为函相恳,余以旧作文数首请北江择其一二入《吴门诸子文集》,北江前所许也。其一为《书五代史李自伦传后》,至父先生评点余文,为先生阅者仅此一首。

十日　纪子怡来函,以曾外祖事略寄示,录自苏氏家谱。访王砚泉,以砚泉来访不遇,渠属余代觅童子师也。

十一日　请蒋贡梁、王友三、张则民等晚餐庆林春。访邢赞庭,属其作媒,以兰侪病故,遂别由张氏约胡海门作证婚人。又访亮侪,知齐次青今年馆于胡、籍两家,为童子师也。访王念伦于图书馆,始见《清史稿》全书,近南京政府以《清史稿》体例不合,禁其发行,虽柯凤荪以馆长资格,管书者为其故人,且不可得。今馆中所有乃辗转求得者,实则其书殊不足取,陋略殊甚,讹舛更不足考校,等于《国史列传》,当时名流所编纂,盖弃不用,专事简略,世固未尝注意其书,今之禁止,反惹人注意,其声价且骤高也。偶阅《李秉衡传》,于其在冀、在广平之治绩皆略而不说,即巡抚山东以后之历史,亦与事实多不吻合。传中屡牵涉王廷相,则此传岂据王氏所为事略欤?其陋略亦见一般矣。

十二日

十三日　会芳阁来,接洽拓进士题名碑事。

十四日　程巨亨来函,言尹鹤峰已应大农公司之招。取《新元史》板于徐氏,在津请即印其书于东海,东海允之,亦告朱铁林而未言用款若干,拟先用预约法,俟再至津详议。王砚泉来,言不复招童子师矣。

十五日

十六日　为兰侪成主,请其主人盐运使陆公近礼题主,余与苏汉樵襄题。今日候吊。案李文清公有《点主说》,谓朱笔点“主”字之一点,乃唐宋天子之礼,非士民礼也。而《清会典》则并未言及,是清天子亦不用此礼也。

十七日　移殡兰侪于法源寺,余送至寺中,归视仲玖疾,疾少瘳矣。访廉南湖于良公祠,不晤。廉南湖曾属余录《清史稿·良弼传》,将面交,而询以良公生平也。

十八日　复侯步云书,与论分地事,谓宜再缓为之也。张心泉舫客忠信堂,以将有山西之行也。余亦应招而往。

十九日　访张泽如,泽如约小酌龙泉居。

二十日　至国子监。观国子监职官题名碑,明清两代祭酒以下职官皆有,然似不备也。碑凡十,拓进士题名碑,因将并拓之也。

二十一日　弟女又新将嫁,媒者以张氏礼来,吾遂以食实归。吾家嫁女置奁之费,原无成例,今酌定为六百元,吾母又特赐百元,培新又有所资助,余则以所刻所印各书畀之,凡二十四抬。闻仲玖昨夜病转重,精神病类也。

二十二日

二十三日　又新归于张氏。侄婿张度,字泽刚,年□□岁,大兴人,其先籍绍兴,后迁居保定。自其祖始来大兴。曾祖宝畲,祖晋麟,父壎,母任邱籍氏亮侪之妹也。其父已故,其叔父仲苏主婚,邢赞庭为媒,胡海门证婚,午后张氏亲迎,行结婚礼于绒线胡同簪园饭庄。张氏家于报子胡同,仲苏各瑾前学务局局长,近充保定河北大学校长,泽刚天津北洋大学毕业,现充华北水利委员会通州分主任,吾未柬邀亲友,而亲友至者亦数十人。

二十四日

二十五日　又新偕新婿来,吾家谓之回门。柯燕舲招晚餐庆林春,晤周志辅。

二十六日　吾母自昨晚又患胃病。

二十七日

二十八日　访王晋卿,晋卿出《竹书纪年义证》见示,曰此雷氏原稿也。此书胜于其所著简本,吾以三百元购得,尚拟售出也。又曰:吾所为《清史稿》甚夥,而《清史稿》大抵未用。又曰:《张文襄全书》百二十册,出售九十元,将以此款作板箱也。此款文襄在湖北时应得之款,兹用以刻其遗书,而其后人仅助以三百元,而其子某助以二千元而已,黎氏曾助款,而迄未交至,书已出板,又觅得公牍少许,约可四册。余于此书搜罗稿本,可谓不遗力矣。访安溯岩,晤刘越西,询以陕西近年状况,越西述之甚详。璧县胡景伊所书条幅,书法尚佳,不意匪军人物尚能书也。曰此人甚聪慧,此渠被囚时所为,渠被囚一年而书法已可观。

二十九日　读《通鉴辑览》毕。《宋元通鉴》阅毕,拟阅《明鉴》,而一时无其书,遂以《通鉴辑览》代之,余自在冀时阅《辑览》后,至是已三十年,等于未尝阅者。

三十日　阅萧一山《清代通史》,余往岁阅此书未毕,再阅之。吾母已有起色。文昌馆封书,乃保古斋之书,而购之陈毅氏者。陈毅,湖南人,以进士官工部主事,及徐又铮在库伦恢复蒙疆,陈毅继其任,而外蒙又叛,陈乃褫职。陈死,其家售所藏书货万金,云毅虽喜购书而书贾颇怨之,以其欠书价,迄未见还也。

三十一日

四月一日　访周志辅,不晤。

二日　访子久。

三日

四日

五日　吾母所患将差矣。

六日

七日　赴津,徐东海夫人于九日家祭,招余赞礼,余以母病未愈,惧不能往,函告朱铁林。铁林昨疾,少愈,故今日仍行前往,而东海则已别委他人。贾君玉见余至乃辞,故午后演礼余仍加入。其礼则东海取余于派农之丧所用礼数,幼梅先生家祭时又事改益,至是更小有增改,礼殊繁重,制礼固不厌精详也。东海一一指示执事诸人,久而不倦。今日书主孟玉双、郭小麓,二人分书两夫人主,题主则请华璧臣。书主今乃请孟、郭二人为之,何也?东海询余太夫人病状,云可归侍疾,贾君玉可代君赞礼。又曰:余思为余夫人作家传,属冯叔允条列其事,君为撰家传,将来君文稿内多一文,不亦善乎?访纪子怡,子怡许为介绍能诗者,数人为寿诗也。

八日　访张华堂,遂宿中华书局。

九日　午至北京。

十日　同铁舟诸君游戏颐和园,培新招待,得不购票,至则勤生先生已携家人至矣。

十一日　周志辅来访,为拓题名碑。自言《劳裕初遗集》,卢氏所刻,余与卢氏习也。余因属其代购,许之。

十二日

十三日

十四日　吾妻乘汽车赴任邱,一日可至,铁舟送之时吾妻以其兄子培病剧,闻之晕厥,而子培屡来函言思妹甚,时吾母方卧病,又以其兄病甚,恐不及相见,将缓行。昨得家书,知病微有起色,乃急往视。盖吾妻于兄弟情至笃,每闻家事及病状,辄忧惧失常度,而家中有事不易解决,辄招吾妻前往。盖自吾妻来归数十年,未尝一日忘其家,而家亦以兄弟视之,初不以其女子而家事不使与闻也,其诸子亦多不畏其母而畏其姑。铁舟亦思一至家中,并为陈荷卿债务事有所交涉也。徐氏今日候吊,余往吊焉,乘五钟之车赴津。东海诸从俭简,视幼梅先生卒不侔矣,但起丧亦不少。今日共收祭幛六百,挽联三百余,他礼品不胜纪。华璧臣来吊,余属杨冠如介而见之,因以征寿诗请璧臣,又为绍介高彤阶,余又属冠如绍介王仁庵而不遇。有韩君者,荆州驻防,蒙古人也,讲阴阳地理,东海请其相辉县新墓地者,墓在啸台之东,今来为停枢事应坐。与余及君玉曰,道光墓陵因西陵发水而改葬东陵,自此东西易次,西陵景帝陵后仅有小地为宣统陵,此外西陵无余地为陵者,而清代亦终。又至牒①储于奉天陪都,至宣统即位,送玉牒后亦无复余室矣。不知昔时何以仅为十室,岂天数乎?

十五日　徐夫人移殡于牛津路某所,送殡者有袁克定,𪩘斋呼余观之曰:此历史人物也。又有九十老人孙菊仙,徐邦杰等则八十余矣,垂发辫者有铁良、华璧臣。

十六日　访步芝村。芝村许征寿诗于天津诗社诸君。东海属余及冯叔允为其夫人作家传。为口述其夫人历史曰:吾妻席氏,先世本吴县东洞庭人,代有闻人,清初迁于金陵,至粤匪陷金陵,席氏兄弟二人,其弟全家自焚死,兄某闻之急往救,已不及,仅救出其侄一人,而已受伤,其兄即吾妻之祖也。历经艰苦濒于险者数矣,乃渐复旧观,复携弟子至河南。某后虽有子,某先生仍子其弟子,亦以前某无子,其弟有预言也。后伯侄皆官河南,而某先生颇讲宋儒之学,且善相人,官某县,招余读书幕中,调查某县,余亦随往,时从某先生读书者,独许余为大器,后由某君媒而婚于席氏。余遂去,某先生仍招余往,

---

① "至牒",疑为"玉牒"之讹。

余不肯,及成婚,复居于席氏。余于某年乡举,仍馆某先生所,某先生课余甚勤,尝属余辈依会试法,于二日一夜作文五篇,诗一首,且录草卷末,他人皆苦之,惟余终不倦。及会试,惟余中式。后闻吾妻于余连夜作文时,亦坐制衣服不眠而不令余知也。后吾母居定兴,惟吾妻侍左右,既余丁母忧,吾妻则回河南,凡漆棺等事,皆吾妻经理。曾以三百金购小房一所而居之,余之中式即居此室,已而他人居此者亦每得科名以去,近余始以此室为家祠,云其在京侍家母勤苦不懈,独任家事,故余得以宦学四方,无内顾也。及老,凡吾家戚旧,皆设法招致,子弟则资其入学,以辅吾不及,其办女工厂,亦其慈惠贫乏之一端也。其他性行及近年所为,当为吾等所悉矣。冯叔允可条列其事,子其文之,以便载之家谱。吾家谱有尊甫君之文,若更得子文,两世皆有文,以章吾家事,亦一佳话也。子其无辞。东海语未毕,而郭小麓、吴世湘来。郭谓东海此次丧事皆亲为料理,人皆叹公精力之好且享大年。东海曰:事皆有人为之,但无巨细,余必为之计画指授耳。因笑曰,吾虽不敢言才大,或可为心细矣。偶言及昔年小恭王等谋复辟事曰:袁公曾遣某人侦之,余为解之曰,渠与余习,亦公等之世交,或同乡也,余当为公等介而见之。众闻余言皆甚喜,设盛馔以款某,余于席上袒怀言之,而事遽解,盖诸人亦骛为名高耳。区区数文人安能有为,袁项城固不必注意也。夜与荆州韩君闲谈,言其族人某奇医也,今死矣,因为述其生平。葆真谓,奇医往往有之,而俗人每附会以神其事,而其真反以不传,惜哉。访纪子怡先生,先生许为我征寿言于张铿伯,又言其十二世祖有寿屏,□□所作者,尚存族人□□处。

十七日　访赵宾序,阍者弗纳。访华璧臣、高彤阶,皆征寿诗事也。璧臣、彤阶皆不满王仁庵之修《天津志》。彤阶言:此书吾与仁庵分任之,余所任者及时而毕,久已刻出。渠所撰文章虽美,而事实不具,严范孙先生殊不谓然,又属杨某增益之,已成之文,实无可增窜,因别为事略,乃不知剪裁,又伤繁冗,以故久不脱稿,故迄未出书也。因出彤阶自编者数册见示,盖彤阶所任皆关故事,而王仁庵所任数门，如交涉兵事皆大事，非彤阶所能任。又言及海张五历史曰，此人固有大功于天津者，但其功在能筹款助保古斋之书，而购之陈毅氏者。陈毅，湖南人，以进士官工部主事，又招聚兵丁，遂以败贼，战事固当属之军官，筹饷招兵，即功之大者，何必能战？其家人所为事略，殊不足取也。余尚见其人，躯干魁硕，声音过人，不愧伟人，以庸人事奉天海公，余于县志中曾为小传，出以相示，述其少年事，惜太简也。彤阶又云：张卒后，有欲请其入祀乡贤者，乡人不可，请立专祠，则无不欣然，已奉诏矣。而入祠典礼，迄未实行，则其后人之不才耳，今且将其立祠之房售出，身后萧条可叹也。又言曹克忠事迹，乃其家以数百金求人于国史馆，得其请谥时奏稿也。余曰：《先哲传》亦补入其传，其事略闻系渠晚年口述而他人笔记者，其奏稿必据此节略而为之。余问天津文社事，曰：此严范孙创办已数年矣。月一课，少有奖赏，亦不限津人，经费无几，故奖赏不多，阅卷者皆无薪水，近归余阅卷。又以高泽畲所刻张文襄《思旧集》见赠，此书刘诒孙经手，余求之数年而不见，畀彤阶一见，即慨以相赠，老辈真不愧长者也。又以自作诗小册为赠，闻彤阶于《先哲传》之属，于津人者颇有勘误，余告以《先哲传》已修版数次，必期无一字讹误。彤阶曰：余所校者乃天津境内者，他处乃所不知，未校也。与傲过访绍先于其事务所，绍先新设事务所于保阳旅馆，亦征其律师事业之即于发达也。

十八日　回京。

十九日　畿辅先哲祠春祭演礼。

二十日　先哲祠春祭，余任献帛。

二十一日

二十二日

二十三日

二十四日　王念伦以王重民所辑《李慈铭文集》为赠。

二十五日

二十六日　河北会馆董事开例会。余以苗先簏《说文》久已付印，刘仲鲁迄不令其出书，屡属李符曾与之交涉，仲鲁死久矣。其子千里仍踞其板，乃代同乡诸公致函千里，诘问之。

二十七日　访王仲英，为东海购《张文襄全书》。

二十八日　张寿仁约小酌同和居，为宁津刘捷三钱别也。捷三，武人，有事于河南。在座多河间属邑人，有景县宋奎章、献县李化亭，余于河属人相识者少，故颇欲为此同乡小聚也。化亭名桂楼，畅谈甚快。

二十九日

三十日　君玉自津来，为吾母撰寿序，自书为屏八幅，又同孙镜忱、王仲航共为祝寿图，卢木斋亦为撰寿序，由君玉书之，至可感也。张宜五亦来。

五月一日　伯玶卒，年四十九，往哭之。仲玖近患神经病，久而未愈，葆初则以源义将倒闭忧破产，而伯玶又以病卒，何宗氏年来之不幸也！伯玶有治事才，且学问渊博，同乡诸公多与往还，虽毁誉参半，要为宗氏之良也，患病年余，竟以不起，惜哉！

二日　吾母今日八十寿辰，日前既以征诗文启告族戚故旧，欲有所借以上慰亲心，少补奉侍之不及，乃获诸君不弃，争以诗文及他珍品见惠，骈臻沓至，十余日不绝，今日亲来致祝者尤盛，自朝至夜十钟不绝，约三百人。北京大学诸君送泥金寿屏八幅，市政府诸君寿屏十二幅，吴北江先生寿序楹联，翊新友人公送汤涤画大幅，诗文余二百首，锦幛楹联各百余，他礼品称是，其为感荷，莫可名言矣。吾母前所患胃病已愈，三五日来已如未病时，今日精神益爽健，尤葆真等所私幸祷祝而不敢必者，常往还交游者皆有诗文见惠矣。而卢木斋亦为寿序大幅，华璧臣、高彤阶等皆自书所为诗，东海自书匾联又为律诗，而朱艾卿先生益藩以锦幛楹联亲至致祝焉。

三日　吊于伯玶氏。

四日　同君玉游观故宫博物院。君玉与刘凌沧习，故喜观书画，储祥室书画有唐宋元明者，亦外间所不易觏者，为书其目，余亦从而录出,真赝所不详也。又邀孙镜忱、刘凌沧、李襄丞、王采南诸君共饮于润明楼,畅谈甚快,夜雨,犹不肯去也。

五日

六日

七日 君玉将归,强留之。同襄丞至图书馆,余偶阅《俞曲园笔记》,此单行本,皆摘录清一代文集中所记可资劝戒者而注,以所采书凡八册,亦可观也。又同至文华殿观书画而徘徊三殿间。午餐后君玉乃行。

八日 张宜五亦归。宗葆初属余请柯凤孙先生为伯坪题主,余即访之,不晤。访王仲英,以《张文襄尺牍》稿本示之,渠欣然欲购也。迪新受财政局委任状,其在局任事已旬月矣。

九日 访柯凤孙,请其为伯坪题主,许之,又请其为张果侯所撰其父达生先生年谱作序。柯曰:名臣可作年谱,为其有关故事也。若一书生、一官吏似不必为之,然在孝子慈孙,则固宜用心如此也。又曰:《清史稿》当一人总其成,若人自为之,不相统属,谁肯言他人之是非? 使我为此书,不过三数年可以脱稿,数万元可以集事,今糜费至三十万,而所撰稿往往不及国史原传,可惜也。

十日 赴红叶山庄。阅《韩昌黎集》。山居读书,免人事之扰,所获必多,仍兼阅《清代通史》。

十一日

十二日 游杨家坨,距温泉约二十里,民国五年开办,日人旧井中三、宛平人陈福二人出资三十万,煤非不富,然折阅甚,现已资竭,陷入恐慌。工人尝至四百人,近减至二百矣。日出三十余万斤,代理经理韩东海,职员分六部,凡三十余人,曰刘镇邦采矿,曰白万林机器,曰林万金土木,曰白福山交际,曰韩东海会计,曰庶务、锅炉,凡七。白万林,故城人。归观造白灰者,西山造白灰者数家,造法甚简,用青石火烤数日成,略如烧炭焦,但不使火炽耳。

十三日

十四日

十五日　回北京,有大农公司冯丹卿、李道良、杨冠如诸君来函,丹卿为其妹请褒扬事;道良现代理菏泽县知事;冠如寄示王仁庵所撰寿诗也。

十六日　偕葆初访柯先生,为题主事也。

十七日

十八日　来红叶山庄访张溥泉,以《颜习斋言行录》写本见示,谓文字与刻本不同,且缺钟氏所为记,此本乃从康熙刻本抄来者。余按:定州王氏本所刻《遗书》仿此本而修改其文字也,又缺序,则不特此一种,《四存编》等皆然。贾君玉曾与余言,《畿辅丛书》每删其原序也。溥泉又云:《习斋记余》印本缺文一篇。葆真按:《颜李丛书》皆本之《畿辅遗书》,致有此误,而《丛书》校印无疏,《丛书》校之不精,及经意删改处必多,可知矣。

十九日　王异三来访,同游十三岭,去年与溥泉、晓山诸君游此岭未尽,径颇曲折,但不高耳。溥泉来访,大论种外国苹果。

二十日　游消债寺。

二十一日　异三归,何海秋来访。海秋盖常来浴也。

二十二日　培新同王道生来,遂同海秋四人游水塔寺。水塔园主人侗近在清华教授词曲,海秋亦清华教员,相习也。自英相国有此山,建筑亭榭,杂植花木,遂为西山名园林,七十年前赠某贝勒,贝勒,溥侗之父也。此园花木极盛,黛色参天,亭舍皆在丛林中,幽静无匹,局势虽小,西北南三面皆以山岭为界,有拓充余地,玉兰两株,俨然大树,其高过于万寿山所有,惟垣颓檐坠,每一过,辄非昔比,闻傅沅叔等尝欲为之修葺,以便过从,而侗不应也。又观孙岳记念堂,有培新代冯何所为碑刻。培新、道生即日归。海秋曰,消债寺主人林君行规,吾故人也。林为北京大学学生,张百熙为管学大臣,派留学日本者三十人,欧洲留学者二十人。林,留欧之一人,毕业曾在英充法院委员,归国后渐升大理院某职,罢官充律师,彼本宁波人,而法律又精,遂为银行界所推重,因以致富。其修此山庄已逾万金,其下秀峰寺,则令地质会设立测验地震局,中国测验地震,此为嚆矢矣。消债寺原名小寨子,尝发现宋钱颇多,及铁箭镞等,在宋时当有居守者,明清之际为匪所据,时出掳掠,海内既平,匪乃逃去。至乾嘉时,居此山者改名消债寺,有忏悔之意焉。久后荒废,乃归太监沈柳廷,已为旗人申振林有,又转归徐恩元,徐死,其妻乃售之林行规,林因山形又改为鹫峰园矣。

二十三日　王积生曰,甘露寺在白龙滩南可三里,山势最幽静,外敞内渐窄,树则愈进而愈大,两旁石叠如壁,有三浮屠像,其一为日人窃去,其大者尚无恙,咸丰间有从军征洪杨者功高不禄,忿而逃隐此山,读《易》通医,山中人被治疗者争酿胾为茸,其寺今已百岁,不复居。山上再传弟子为木工,守此寺,云数年前赠此山于疗养院,寺有房二十余楹,半颓圮,有果林,有碑一叙此山历史也。

二十四日

二十五日

二十六日　回北京。

二十七日

二十八日　马心清来访,属培新有所题跋。齐憩南来,为湘帆文集事也。湘帆文集久已搁浅,自去岁马翰臣来询余,以此事自任求其稿于赵氏,惜年来东海颇惜费,此稿即完备,能否即为梓行,已未可知,余前既为奔走此事,今有人焉出而相助,岂非大幸? 故不敢退缩也。然赵氏仍吝于此事,未能进行,今年翰臣再来,赵氏始允其请。赵氏门弟子,亦有许以款相助者。时憩南居于赵氏。齐氏,赵氏弟子也。翰臣乃属憩南录其稿,但憩南为人迂缓,不能即录出也。

二十九日　拓进士题名碑,题名碑向无人拓印,东海在总统府时,朱启钤长内务,曾拓有清一代者二分送东海。文庙改组后会中曾拓以自存,余屡谓此碑宜拓而存之,因告之李玄伯,于博物院、图书馆,皆宜存一分,玄伯以告于馆人而拓之。余所拓凡二百十八线,元明清三朝具矣。又拓国子监祭酒以下题名碑凡十有二,凡拓七分,是至毕役。

三十日　与张宜五函,渠前以事呈诉民政厅无效,余属其再诉省府,兹以省府批词示之。

三十一日　访周志辅,所拓进士题名碑有代志辅拓者二也。赴津,宿徐氏,晚同君玉访纪先生。

六月一日　余以《吴先生文集》精印者赠君玉。谒东海,余言编书目事,东海许属许海帆相助。余请为吾家历科硃卷合订本题词,因东海尝汇刻其家历世硃卷,对于此必欣然也。徐氏硃卷凡十一科,余家亦十一科,云:吾家全分硃卷仅存此一分,乃吾祖所手订,所宜郑重宝藏之也。东海言其家硃卷,昔曾刊印,今又精刻之也。又言王晋老今年八十,余曾集句为联赠之:君是西方无量佛;寿如南极老人星。东海曰:清室未入关之先,其议政之堂曰□□□,其规模并不甚大,五大臣之位列于前,左右各为一室,同堂治事,故无隔阂迟缓之弊,可想像当年之情势,此处甚宜保存,以为纪念。近奉天时有改作,不知复存否也。余在奉时某殿当修,当事者仅事重修,未及半而款且用罄,众惧不能迄工也。余曰公等无恐,俾余为之时,款尚余十余万,余乃严告工人落地重修,但一瓦一木不得妄毁,分类存之。而令人入山伐木,告以运输之法及期工,成材不缺亦无余,用七万而葳事,尚余银三万也。吾无他能,但事事有研究,事事不外行而已。此所谓余少也贱,一切皆身亲其劳故也。同君玉访边肖石。

二日　朱子侨庆澜为陕灾募捐来津,东海捐自作书画屏条楹联摺扇等百余事。余今日约朱铁林等致美斋晚餐,刘厚甫曰:盍以此费助灾,诸君当同意。群玉首赞称之,诸君亦无异言。余久知朱公之为人,闻其办赈,益敬之。夫谁不欲救灾,但患经手者非其人,朱公为之,世无异言,故四方响应,成绩为海内冠,余久欲一见其人,今得以酒食之费,面交朱公,岂非幸事?余曰:今海内渐知赈恤之不可缓者,以我公任其事故也。惜世多为杀人事业,而为救人事业者仅公一人耳。朱曰:闻此言余辈益不敢不勉。朱,某县人,曾从东海有事于东省,既而官黑龙江将军、广西民政长,后专事赈务,精力甚好,亦人间福星也。

同君玉访卢木斋先生,赠以《古诗钞》。木斋则以所刻汉阳周贞亮《汉魏六朝诗三百首》为报,云周君精骈文,所编有《国朝骈体文》,甚博,属余刻之,余以今世无好文者,刻之亦无人读。闻燕京大学已为之付印矣。周氏亦喜置书,老而愈困其书,又多售出云。

访高彤阶,观其所撰县志,于徐士銮无传,曰:渠卒于民国,以此志限于清代也,然余则曾为之传,出以示我。曰:贾君玉印行其书,拟以传附后。士銮尚有《敬乡笔述》稿本,余修志颇采取,盖亦留心故事者,但其人颇不矜细行。又曰:张霨所著书,其版存于文美斋,文美斋倒闭,其版不知尚存否也。余询以广仁堂刻书事,则未能详也。曰:津人未注意此事实,宜载之志也。余曰:天津有广仁堂,保定有莲池书院,为刻书之所,所出书虽不尽重要,而言理学与吏治者为多,亦北方文化史之可纪者,宜大书其事。两处所印书,余常见之,而未属意,后因君玉之言,乃思考其始末也。

三日　访步韵杉、芝村二君。吾母生日,步氏以诗致祝者四人,芝村诗称首,吾父在信都书院,步氏从之,游者数十人,为冀五属世家之冠。访族舅苐如,谢其遣子来祝寿也。苐如亦避地在津作寓公也。访张杰三,杰三甚以未及为祝诗自歉,而以其友人所赠诗相示,因属其代征诗焉。谒东海,云:已告铁林,属许鸿顺助汝编书目矣,赐以所为《戒坛寺碑》并所临《十七帖》拓本,徐敬宜所拓者。约子怡、俶过、君玉晚餐,先小聚劝业场茶楼,子怡、君玉以有他客,未能畅谈也。

四日　回北京,贾冠英来函,以不得与寿辰致祝为憾,而请以所得寿言抄示,余当复函请其为寿文也。曾履川、冯述先、李寄尘皆请代征诗文,可感也。而培新则更请其外舅王道存求陈师传为之。王勤生属刘凌沧为图一山居之象。凌沧今日来函,颇以前日所给润笔资为少,君玉亦以为,言凌沧初来京师,年方少,当广为绍介,以成其名。乃日前以近作在展览会悬高价以自重，而竟售出，其望遂奢。

五日　张果侯来函，以自改其年谱见示也。

六日　宗寿书定明日为其父候吊，邀诸君晚餐议事，晤仲方、鹤庵二人，许代余额广征寿诗。

七日　吊于伯玶氏，柯先生题主，张仲清书。

八日　伯玶殡于长椿寺，往送。晤仲玖，兰侪出殡之日，视仲玖疾，其后病益甚，不能见客，至是愈，能送葬矣。

九日　同孙镜忱往访张仲清，不晤，遂访贾佩卿。佩卿所修《畿辅通志》，图书馆录副本，定以每十册换取稿本，初次十册，尚未毕也。案：佩卿以修志成名，屡为他县撰志，然不能精矣。章实斋自负善纂方志，海内学者群焉归之，实则其体未能尽善，佩卿固甚不谓然也。佩卿言近作《君臣说》，谓"君臣"二字，有絜矩之道焉，许叔重所释，大失古人造字之义，遂以"君骄臣卑"释其义，而为害烈也。

十日　同翊新赴红叶山庄。

十一日

十二日　同翊新回北京。汪仲方以旧名刺见赠。

十三日　四存中学十一班、十二班学生毕业，于是德新毕业矣。德新时年十八，与植新毕业之年同，早于翊新毕业二年，今日行毕业礼，来宾几无至者。赴松筠庵祭杨椒山，到者甚少。吊徐梧生夫人，陈师傅宝琛挽以祭幛，文曰：少微广坐。仲方又以名刺见赐。

十四日　徐鲁詹、朱铁林来京，访之。

十五日　故宫图书馆成立，招参观。到者九十余人，其书大凡分八类，曰善本、曰殿本、曰经部、曰史部、曰子部、曰集部、曰方志、曰杨守敬及他书，又有清史馆书少许，则附于史部类。闻宋本书颇多，至数百种。又有阮氏进呈《四库》未收之书，且有出阮氏书目外者，皆依《四库全书》，用硃格工写，又有《四库》已收且作提要而复抽出，盖谓其书有违碍者，有《四库提要》进呈之原本，又有蒋衡所书国子监十三经原本，有进呈御览之书，如深泽王懋思先生所著书，有签校《明史》，即某君所据以为《明史攟遗》者，又有国史传之底稿。《图书集成》有开花纸本，杨氏书，即国务院所购送梁任公所遗者。时间迫促，不及详阅也。藏书之楼视图书馆为大，书虽不少，尚大有余地，可拓充也。故城孙竹楼等来访，以充区长，来受训练也。与侯步云书，春间步云两次来函请分地。余辈以须详察，庶免不均之患，兹复书，谓宜修北大沿，再议分地，则地之可浇水者尽浇，如是分地虽不均，不远矣。赴邓荣光之招晚餐。荣光，云南人，其父作主人，名□□，问陶堂叔同年举人也。家自烹调，云南餐也。

十六日　约鲁詹、铁林、荣光诸君小酌致美斋。

十七日　为张文襄尺牍事，王仲英拟购之以补《全书》，伊属憩南来视，核以刻本，殆无重者，此稿数倍全书中之书牍，而又仅属数年内者，故不重也。且所附薛福成、许景澄来函，亦颇可存也。仲英甚称之，惟云须函请其父，乃可议直。王道存来，新来北京也。与李合之函，询以刘千里于苗氏《说文》事有复书否，并告以已为符曾拓题名碑二分也。阅梁任公《中国近三百年学术史》。

十八日　来红叶山庄。

十九日

二十日　朱师傅七十诞辰，宣统帝赐寿，余送一缎幛，属培新往致祝。读《三百年来学术史》毕，凡五百余号，即二百余页，依原书新式号数也。此本梁氏讲演之稿，故颇漏略，学者取以付印，遂若成书也，其中瑕瑜互见，于针砭见俗则为不宜，以其仍取革命精神论学也，学术岂可革命不已哉。其述诸儒学案，能博引其言，而以明爽之笔为坚强之论断，足以瀹发人之心思，使稍知治学术之方，此其所长也。于清初诸大儒推重颜李，不满宋儒，于理学名臣李文贞贬之，甚至而尊李纯客所讥之戴子高，称章学诚史学，详述其纂方志，而不及吴至甫先生唯一方志之《深州风土记》，且并吴先生他书而不知。于律历之学亦颇记述，而不及王兰生，言目录不及纪文达公，而斤斤于缪小山。言《说文》不及苗先簏，言《竹书》不及雷学淇，言年谱不及罗正钧之《左谱》，言日记不及《越缦堂》。每言有用之学，而于政治大家曾、左、胡、李、顾，摈之不道，于金石学甚略，岂以其无补于史学，以孙仲容、罗振玉之发明无称焉。方技数术乃中国独擅之学，一切抹杀而仅言医，医家至多，而但称二三等医书之《医林改错》，其偏缪漏略不已甚乎？且于毕氏《续通鉴》，称之亦似过量，柯氏《新元史》，讥之又嫌太深，惟于《明史纪事本末》，能为谷氏辨谤，于《颜李师承记》知编纂之有法，《五礼通考》《读礼通考》知非秦、徐二人所自创，此差强人意者。然于笃志潜修、有体有用之儒，概鄙薄之，喜为大言，而敢于武断者则称之不容口，长学者以矜气，嚣天下之人心，为害实大。彼每讥李光地以程朱之学媚时君，而不知嫶然迎合社会，以坏风俗，用心为尤巧也。梁氏为吾素所崇仰，然论学术，为挽救人心计，则不可不独摅所见，梁氏有知，亦当谅吾之直谅也。

二十一日

二十二日

二十三日　　西行至玄同寺，在寨口村，西去红叶山庄约八里。寺久废，或曰旧有景德碑为他人毁作他碑，尚以寺名名其地，居人二三十户，蜂厂至数家之多。邨南名大工，乃旧茔地，以建筑工大，故名。

二十四日　　复吴北江书。北江属萃升书院诸君为吾母作寿序数十首，已录毕，复函其速见示，且拟每人赠以先君文集也。

二十五日　　游西山。由玄同寺傍大工直上，约六七里至岭上六郎塔，塔无一字，建筑年代无考。民国十五年南口之战，驻兵山岭，为所破坏。其西北面凿至塔心，今犹矗立，高可四五丈。逾岭而至仰山寺，寺名栖隐，建于金，重修于明，民国九年为刘传绶所有，至去岁冬已再易主，归上海李氏。此寺建于山沟，三面环山，南向可至三家店，西北逾山至妙峰山寺，东北至萝苨地。此山场凡数十方里，有黄柏数万株，去秋为前主人所伐逾万株，时张溥泉游此寺，归谓余言，大树且尽。风景顿减，惋惜者久之。寺东距六郎塔可六里，西北至妙峰山十余里，余努力行二十里，且升降大岭，步行如此，恐游山诸君无第二人,虽力竭,颇自豪也。山庄主人曹君款接殷勤,使夫人治餐相饷。此山最高峰有巨石,隐约有字。曹君云,乃一联语,尝登山往观,未能至,迄不知谁书作何语也。曹君名鸿章,字镇国,武邑人,从其主人李君,有事于汇丰银行。

二十六日

二十七日　君质、翙新设立牲牲蜂场。月之二十日,设厂西直门外六里白塔庵,已到三十箱,皆义大利种也,每箱二十八元。

二十八日　午后三钟大雨雹,山中诸果被击,多落。西山连岁歉收,今年麦场大佳,皆思储麦待价,然村人贫甚,争贬值出售也。

二十九日　回北平。日前周志辅约午餐撷英,不及赴。

三十日　张杰三寄示,代征李芹香所为寿诗。

七月一日

二日

三日　马杰卿约午餐于富源楼。杰卿以三海模型售图书馆,凡三十七笥,亦巨制也,得值才五千元。乃交易未毕,忽有仇人控马杰卿等于警备司令部,谓其以吾国重要模型售之外国,杰卿遂被拘絷。图书馆袁守和急往解救,囚一日乃免,而无所得利矣。同人闻者争相慰问,故治馔以谢诸君。模型事亦一异闻,当往图书馆询其颠末也。姚勉之、刘玉振约晚酌洵贝勒府,议电灯公司事无结果,有孙耀廷者初至,语颇激烈,似不满股东会诸君所为也。

四日　往白塔庵观牲牲蜂场。孙耀庭来访,昨始相识也。以电灯公司开会在即,出所拟质问公司十余事见示。北江来访,以萃升书院诸君所为寿序四十二章见示,诚巨观也。而北江之为人谋不可谓不至矣。已而又来函,言且赴西山养疴,并问所录《文选点勘》,余遂持所录出者往访,不晤。

五日　访苏少衡,为王孔嘉谋仕进也。

六日　电灯公司开第二十三届股东常会。股东遂多争辨,而会竟开成。访纪文伯,文伯兼事律师矣。

七日

八日　雨终日，深透。

九日

十日　德新既毕业四存中学，四存无高级，不能升学，乃考第四中学，于是健亦考此校中学，王易门之子王和亦同健往考。游颐和园陈列馆。列室凡八，曰排云殿，曰某某。排云殿为最精，皆商周彝器，时亮侪住园中，最后之室曰某，急往访之，亮侪虽以养疴，寓居园中，而诗兴不浅，与培新每出游览辄相唱和，文人结习固宜如此，出所作见示。李翊宸有所患，居天然疗养院，访之。别又十载，其间一晤，未畅谈即别去，遂宿其室中，促膝畅谈，夜深不倦。观湖浴者，甚壮之，余二人则濯足而已，不敢涉水，勇怯之资殊也。

十一日　晨起与翊宸缘全湖一周。按：全园周二十一里。余辈所行三之二，而强登东南及西面高桥。赴琉璃厂观书于文昌阁，多旧小说，亦一特色也。少有所获。

十二日　访北江。健又同王和考四存中学，皆录取，健仅列备取。

十三日　吾姑生日，往祝寿，时年七十有三。周志（甫）［辅］以桐乡劳先生《乃宣遗稿》八卷见赠，附《拳案》三种，《新刑律修正案汇录》一卷，卷首附自撰年谱，柯凤孙先生所撰墓志铭，丁卯年卢学溥校刊，凡六册，刊印工雅，亦可传之著述矣。先生官吴桥，弹压拳匪且百事毕举，为畿辅循吏，屡从吴先生问义和拳源流，著其说为书，以晓示士民。又时时致书先祖训导甫君，购求北方人遗著，其手书余尚宝存之。国变后隐居不出，敛抑声华，为清室真遗老，其遗集亦多言人所不敢言，如与徐东海书，劝其说袁项城复辟；议旧历不可遽废；中国古共和并非民主说等。于新刑律亦多别有主张，盖劳公以拙诚，不若梁星海以巧胜，然梁公亦多过人之举，而遗集不载，今闻其家渐零落，书籍等多散去，谁复为刻其遗集？安得有卢氏其人哉！劳公古筹算书则皆未附集后。

十四日 孙镜忱属冯文洵为吾母作祝寿画一幅,属董襄臣缮写,所得寿诗寿序文八十余,诗二百余。

十五日 率植新来红叶山庄,至亮甲店遇雨,未至温泉止。命植新看李次青《先正事略》,余仍阅韩文也。《先正事略》叙恩遇太详,为书中一小疵,然又安知非作者因粤匪初平,人心未定,故传名臣多载朝廷恩赉,宣上德而安反侧哉?夫粤匪之起,其号召必有说焉。以阴驱潜率天下之豪杰,必谓清帝暴戾虐民,遇下苛刻寡恩,一以煽动海内之人心,一以阴中英奇之所忌,然后可入我彀中而为我用。故湘军戡平大难,既以忠义为之倡,亦必有说焉,以释人疑而破敌谋。李次青百战击贼,必深知祸乱所由起。又亲侍曾公,知古人著书体要,夫岂漫然而为之乎?故吾初读此书而疑其赘者,未必非其用意之所在也。呜呼!古人之书,后世讥其疵类者,未必非其书之精髓,苟有所述作,而不寓意于其中,则此书皆赘疣矣。故宁为过时之刍狗筌蹄,而不能不有所刺讥褒讳。刺讥朝政,与宣上恩德,其用意无殊,而为功且大,此不可以皮相论也。

十六日

十七日 王先强来红叶山庄,翊新之友,安徽合肥人,日本早稻田大学毕业,充师范大学政治教习,余为介绍来红叶山庄养疴。

十八日 又介绍王先强在疗养院交会费,疗养院同志会每年交会费十元,连家属则二十元。乃今年五月忽改章为入会二十元,连家属三十元。余谓先强之来也,余初未知改新章,请援先例交十元,盖每次浴费四角或六角,久之则入会为省也。

十九日

二十日

二十一日 植新回城。四存潘六斋有事于南乐,将归,余又荐一学徒者边启,温泉村北辛庄人,属其明日前往。

二十二日

二十三日

二十四日　汪兆铭昨晚来北京。邮局怠工反对总局,北京普通信免贴邮票,邮票皆由北平财政部印刷局制,亦不交总局,以示抵制。此北平工会所为,地方当局好意止之,而不从也。

二十五日

二十六日　回北平。

二十七日

二十八日

二十九日

三十日　王友三来访,不晤。以自辑之《南北史札记》属余请东海写封面,又以自为《日本访书志补》为赠。北江来函。

三十一日　致武合之书,属其作吾母寿序。萧仲三来访,属余为请童子师,不谐。访王念伦,引观三海、圆明园等处模型,惜不完矣。晤谢刚主,刚主任编辑书目于馆中,尚有自编之书。因约念伦、刚主小酌天成福。北江来函。

八月一日　访王仲英。

二日　访晓山,言大农近况。访心清,贺其移居也。

三日　李翊宸约晚餐于忠信堂。

四日　访柯凤孙先生,极推许果侯,昔常以《雄白日记》属其作序,迄未肯为,因携回,以便付梓,当函告果侯,询其昆仲亲友有可出资者否。侍吾母游北海公园,吾母病后第一次出游也。吾母生平不喜游玩,劝之始至空旷处一行,公园等概不欲往。惟吾母精神甚好,步履亦健,归来固不倦也。

五日　齐憩南以《赵湘帆文集》见示,凡百余首,以印本为卷一卷二,其他作者为六卷,信都课作未选刻者为卷九,曰《外集》。命植新购蜂,使自养之。北江来函。

六日

七日　闻北江家中被盗窃去衣服。访王道存,道存出范赞臣书样本见示,赞臣以贫,将数十年所购书画售之,凡百余种。道存日前在家来函寄示纪泊居逸诗一首，乃和人作步原韵者，原诗题为《九日宝通寺遂至曾（词）[祠]饯梁兵备联句》，其诗曰：百种秋怀何处消（冰），林峦在眼别情遥（节）。闲寻白塔饥鹰上，更觅黄花古岭椒（冰）。戏马诗篇同饯送（实），鹿门山色远相招（冰）。即今未必无真隐（荃），试叩严扉访寂寥（聪）。纪先生和诗云：霜空雨霁彩虹消，出郭登山不惮遥。羊傅碑寻迟著屐，鄂王祠圮话□椒。中年怀抱休伤别，异代英灵倘可招。斜日凭栏共搔首，一天秋思入空寥。

八日　访尚节之，以新刊《古诗钞》为赠，以其尝赠我《辛壬春秋》也，渠现撰王聘老行状。初，余以王晋老《畿辅先哲祠小传》由公度付梓，数年书不出，提出董事会诘之，张仲清复余云，已函公度。

九日　北江来访，《文选点勘》录毕，持以付之。

十日　访齐晓山，晓山以包头地不分，则侯不劳而获，吾则徒费，甚非计也，当速定分地之计。时晓山方修改回秦皇议案，谓秦皇岛为开滦公司所租，该公司有英人为之后援，多所建筑，获利甚巨。而英人坐收其得，公家无所得也。此言其是，然余谓滦矿公司若不与开平合作，则不能免意外之虞。公司且不自保，又焉有余力建筑此港？今吾乡人见其获厚利也，遂思取而代之，无谓交涉，固非易易，使果收回而无英人主持，则弊端百出，亦饱职员而已，公家之利可必乎？

十一日

十二日

十三日　徐友梅自津移殡来北京，将葬于西郊红山口，不归葬河南矣。东海夫人之卒，余问东海将何葬焉？东海曰：葬辉县，故一达兄弟新立茔墓，未敢以闻其伯父，但云浮厝于此。

十四日　德新考辅仁大学已录取，今日又赴津考北洋大学。访王友三。友三言李玄伯近赴沪，购得叶昌炽尺牍甚多而价殊廉，则叶在南省名固未著也。又言傅沅叔有明金匮藏书，以□□四百金售于朱希祖，既而悔之，以价犹廉也。此书凡十余册，与《国榷》相关，明代国故书也，此种秘籍可宝，朱实以计取之。又言张溥泉已校刊孙文正

《督师纪略》及其奏议矣。自治区招余充监察委员，今日开成立会，举齐晓山为委员长，余未及往。

十五日　侯心言卒，今日成主候吊，易县陈子纶题主，招余及宗仲玖襄题。子纶，名云诰，□□进士，[①]翰林院编修，民国以来授徒自给，善书能诗，亦名士也。马心清宴客，招余设坐寓中。李响泉来访，不晤。响泉，名潜之，宁津人，苏梦梧所绍介也。

十六日

十七日　访徐鲁詹，不晤。

十八日　李响泉来访，渠编辑画家诗集，稍谈河间各属故事。又言任邱有边凤诏者，以画山水名而未见记载，又谓河间君子砖有四字作"君子长生"者，有作"君子大吉"者，有仅"大吉"二字者，又曾见六字君子砖拓片云。

十九日　访柯先生，致果侯之函，果侯以孙佩南尺牍求先生题跋也。余询以黄崖案，曰：此为冤案固矣，且避难黄崖者多省中候补之眷属，安有轨外行动？但张不出乃致死之由，且方事之殷，张氏一人亦不能操纵其人也。其时阎文介为巡抚，而按察使则文诚丁公，主剿之事，二人所为。至张之学说，则含有异端，故传授甚秘密，不与他学派相同，不惟乔茂轩、毛实君从其教，荣华卿亦与焉。荣有张积中等所著固易，[②]亦无奇也。询以法晓山之学，曰：法讲古韵，宋讲切韵，其切韵最精通，宋又著有天算书，亦一绝作也。余又询以《清史稿》，柯先生云：《时宪志》为余所作，[③]自信尚为可传之书，《清史稿》印时多为主者删削，以致漏略殊甚，但国史馆本传皆经翰苑诸公之手，大

---

①　陈云诰，直隶易州直隶州人，光绪二十九年癸卯科进士。见江庆柏《清朝进士题名录》，中华书局，2007年，第1315页。

②　"固易"，疑当为"《周易》"。张积中（？—1866）为太谷学派重要传人，其学源自对《周易》的阐说、发挥。

③　"宪志"前原本缺一字，疑为"时"字。

致即甚妥,今重编之,未能尽善也,且往往一传而作者五六人,此何为者? 首传为《王杲传》,金篯孙撰,文甚佳,主者不悦,不知陈胜、吴广何尝不居诸传先也。清史馆诸公,王书衡胜章曼仙,夏润之又胜于王,然夏、王、章所撰皆不多也。余曰:《匡源诗集》何如? 柯先生曰:匡非诗家,故无诗集,应酬之作尝见于他书。

二十日　健入四存中学。

二十一日

二十二日

二十三日　访张孟泉,荐学生一名。今年余荐学生十数人,分属何德辉、齐骡斋、李襄纶等。

二十四日　访李响泉,不晤。姚华卒,所藏书近皆售出。文禄堂、邃雅斋两家分得之,出赀万四千元,其精者渐售出。姚本书画家,始死,而书即不可保,可哀也。

二十五日　偕道存访范赞臣,观其书样,所值不过千余元,恐范君希望者奢,不能谐也。顷因刻《明清八大家文抄》附八家传状,归震川传,录《王锡爵墓志铭》。案:《十驾斋养新录》谓此文颇与熙甫文近。唐叔达集有此文,知为叔达代作。叔达,父名钦尧,震川高弟也。

二十六日　罗雨亭来访,不晤。雨亭名泽根(根泽),余曾晤于清华大学。王砚泉来访,未晤,即访之,则为其子谋师也。访北江,北江以被窃,盗迄未获,且盗来函啁吓,故意懒不赴玉泉矣。又文录堂、邃雅斋封书,往观之,即姚氏之书也。

二十七日　宁军飞机来北京掷炸弹十余,伤一人。

二十八日　赴白塔庵蜂场。

二十九日　赴红叶山庄,时齐寿山率其子女数人居此,又有共游览者矣。

三十日

三十一日

九月一日

二日

三日

四日 收张果侯、吴北江函。游石佛殿,有石佛造像,后面小造像一百二十四,署造像之人,首行书造像年月,为太和二十三年某月,日无。他碑记明清两代皆尝重修。今张溥泉大为修建,出资逾六千也,并购其山林为己有。与齐寿山连日闲谈,言其父契亭先生曾馆于李文正,符曾、石曾兄弟师之。石曾豆腐公司,赵次山为集股二十万,张文襄三十万,而石曾志在革命,非办实业也,竟靡其股本为革命运动,及破产,公司遂归法人,而倾华人为作工焉。

五日

六日 回城。敬恒适以事来北京。日前汪仲方曾约小酌致美斋。

七日 旧历七月十五日,祭先如常仪。敬恒回郑,王易门来,罢官行唐而归也。又接李荣骥函,知其官菏泽如故。访王砚泉。砚泉来访,议馆事也,为荐常绎之先生。致郑叔进函,求为吾母为寿诗也。

八日 访吴北江,北江移居崇文门外,上头条二十一号程氏室也。阎锡山来京,第三次来北京也。

九日 阎锡山等就国府委员,阎任主席。答拜王巽,言新来北京也。访郑君房,不晤。访泽如,晤戴锦堂。君玉来函。

十日 朱铁林来函,言东海《归云楼题画诗》《退园题画诗》业已出书,属将版收存。此二书陶兰泉代为付梓人也。

十一日 傅氏妹移居,往视之。市府得前方电告,谓宁军飞机今日将来北平,于是市府人皆散去,学校闻之,亦多罢学。吾母则前日、昨日余皆侍之出游,今日忽有飞机警报,家人侍之再出,余则至交民巷一行,而飞机实未至也。时徐一达寓利通旅馆,乃访之,未晤。致张果侯、冯丹卿、吴士湘函,函张言《雄白日记》助资者当列其名于书末,昔刻文集因刘大理助资,不以诚列其名,嫌其为发起人也,故他资助者亦免列焉。函冯谓为其妹请褒扬于省府,殊不足以为荣,不如请求东海书匾为可传久也。函吴劝其助资刻《雄白日记》，以其两世皆与张氏有故也。深县李义山来访，未晤。吾妻自津归，日前其家以家事来电，招其往津，盖其诸侄皆畏服其姑，故有难解决之事，辄听其主张，姑亦每有以解决之，惜不能尽用其姑所言，及事已废坏，始设法为之善后，而所挽救固已微矣。武仲深来访，未晤。

十二日　访罗冰厂，知其已赴津充子女师范教员也，遂以书道意。访贾锡珪，君玉之子，始入四存中学，君玉属代借《颜李学》于徐氏，阅毕归之，区区琐事何故委曲如此，余直赠之。访刘宗尧。访高菉坡。君玉来函，言其能馆。家益清贫，谋为之馆地也。

十三日　冯述先为其伯祖母题主，请少保朱益藩、王道存为之绍介，言定馈赠五百元。冯尚拟请陈师傅，以其年笃老，未肯劳其至家也。然闻苏梦梧为其父祖点主，即请陈师傅，但尚未知谁所绍介，馈赠若干也。

十四日　敬恒来函，言十一日飞机至德州掷炸弹十余，幸未伤人。又言有土匪四百人在甲马营渡河而西，郑人皆有戒心，盖上月杪有数十人渡河，与故城人约不相犯，至枣强、武邑以至武强，为枣、武两县击散，故人人皆不惧也。今则畏其众矣。访晓山，同至自治第五区监察委员常会，凡七人。道存约午餐于大陆春，答拜李义臣。义臣，名杰。访武仲深，仲深在辽东充教员归也。

十五日

十六日　苏梦梧为其祖戒庵先生及其父静甫先生两世成主，请吴子和题主，纪直诒、李响泉襄题，两世之没久矣而未葬，至是先行成主，葬未有日也。闻苏氏赠子和四百元，襄题亦皆有馈。纪直诒来访。张果侯来函，覆余醵金刻《雄白日记》事。往复言之，果侯讫不能一人之助也。又言：窃观《庄子》一书，并无刺讥孔子之处。其言师金市南宜僚正伤，知其不可而为之，如鲁《论》之载荷蒉晨门，讵有非毁之意？《盗跖》一篇尤为切至，孔子论人取其为不善所恶，仲尼圣人，见恶于跖固，其宜也。

十七日　今日苏氏家祭,为之相礼。晤吴子和,子和言:吾父官山东时,曾撰《歌麻古韵考》,同治七年刊行,后见《畿辅丛书》有此书,云苗夔撰,某氏曾有写本,其跋颇详,此书之曲折,尤足证明为吾先人之书,但写本与丛书同,刊本微异,盖晚年定本也。此板存此书,乃吴钟骏之书,非苗氏所著,《畿辅丛书》误收。又吴子和之父某亦撰有此书,较此本为略,余闻纪先生言,即函告王寿彭撤出丛书也。与许海帆诸君编晚晴簃诗社所存诗集,以便归入《书髓楼书目》,诗社所存约三千种,百日可毕役。贾君玉寄示东海席夫人哀挽录。与王荫轩函,寄示荫轩先人墓表,培新拟撰也。与高彤皆函,询其所校《先哲传》,彤皆尝言于《先哲传》有所校正,兹属其将所校正者写寄,以便修板,彤皆性拘谨,必毛举细故,于记载失实之大者,未必能多所纠正也。且言所校仅天津人之传耳。复君玉书,言拓国子监石经事,君玉言,徐端甫思拓石经,属余代为之。以吾父文集四十一部寄赠萃升书院诸君,谢其为吾母撰寿诗文,又以一部赠其文牍矫君靖东。

十八日　访陈龙溪,不晤。龙溪,名云程,易州人,第四中学国文教员,曾为吾母撰寿诗也。

十九日　与刘诒孙函,写寄所得纪泊居先生诗也。

二十日　王砚泉来访,遂同访常绎之。刘凌沧持君玉函来访,自津来也。凌沧于飞机来北京之次日,惧而赴津。君玉谓徐端甫助资刻《雄白日记》十五元。北江且赴辽,来函以代面别,属《八家文》早日藏事。曰:世变不可知,吾辈发挥学术当如救火追亡,剑及履及,以冀有补万一也。

二十一日

二十二日　今日绎之先生应王砚泉之聘教其二子,余亦前往,其二子出而谒师。长者名庆□,十七岁,少者曰庆□,十二岁,约每日午后到馆,束脩二十元也。

二十三日　君玉寄示贾冠英士魁所撰吾母寿序。访绍熙,曾属余为其兄弟延师,以求进于学,甚善也。余拟使师事高葇坡,绍熙欣然愿往受业也。

二十四日

二十五日　闻籍亮侪昨日病故于德国医院,年五十有四。亮侪,任邱人,莲池书院高才生,光绪末尝佐学政陆公宝忠幕,襄阅试卷,所录取生童多一时英俊,故学者至今称说陆公,实亮侪之力。及革命军起,乃与胡海门等往说张绍曾于滦州,自是遂奔走国事。初,拥组织共和党以与孙文党抗,已又组织研究系,曾充贵州财政厅长,归仍为国会议员,既失势,病亦浸寻,间为诗歌,余亦时从之游。近复助吴北江刻莲池同人文集,未毕役竟不起,惟诗一卷可流传人间也,哀哉!

二十六日　往吊亮侪于法源寺,卒于德国医院,移殡于此。访李响泉,不晤。高菉坡来访。

二十七日　龙健行为吾母补作寿诗见示。得大齐天统五年四月二十八日造象拓片,此石颇巨,乃朱启钤长内务时购自某所,树于中海,石质甚坚,但文字少录蚀耳,闻运此石费不赀也。

二十八日　君玉来函,言已属县人请菉坡修县志,又请成其所著书,而月馕赀数十元,盖所撰为《说文》而未脱稿也。菉坡来访,余询以参劾李德顺事,曰:所劾吕海寰也,时吕实充津浦督办而任李德顺。又曰:余尚劾陆宝忠,陆为直隶学政,六年受贿,实甚不能掩人耳目,余疏劾之,恐其继任,此摺留中,陆竟继任。王仲英来访。访吴子和,求其撰吾母寿诗也。子和言,余虽保山人,但吾伯祖官山东,卒即葬焉,惟吾祖仍归葬,是后遂客于济南。吾兄子明官广西,受知李鉴帅,及庚子乱作,吾兄方官献县,鉴帅适至,恳请开缺,鉴帅率师赴敌,遂调吾兄往,佐其幕,未行而李公讣音至,寻补赵州牧。及法国兵将至深州,高骖麟护督求可以任深州者不得,或谓吴某官献县时,颇维持法国教堂,与教士善,欲纾深州兵祸,非吴某不可。高急调吾兄于深州,未赴任,先至献县教堂,见其教士,云:吾调深州,深吾地矣,幸止兵前往,而深以无事,时曹君亦赴献见教士,教士怒其在深残破教堂、杀戮教士也,将拘之,吾兄强为之解,乃书"越境乃免"四字,曹君既免，反潛吾兄谋夺其任，吴至甫且入，其言若无尊甫君寿序之言，将终被此不白之冤矣。又曰：吾兄诗稿颇多，尚未整理，日记亦记之多年，但对于时人多所刺讥，不可出以示人也。访贾佩卿，佩卿言：王聘卿墓志为余所作，佩卿深以得撰此文及郑汝成墓表自喜也。

二十九日　君玉来函。

三十日　亚武来函。

十月一日　尚节之来函，言所撰王聘老行状，以无丝毫凭借，全自其部曲诹咨得来小事，所谓凑百衲而成衣，大端仍未之及，但将来不至如冯河间墓上竖没字碑耳。

二日　市政府护理市长财政局局长王韬就职。视宗仲玖病，仲玖患精神病，已愈而复发，又旬月矣。仲玖性仁厚而和平，与世无忤，而竟得此疾，孔子所谓斯人也而有斯疾也，盖怪之也。与侯步云函，招其来北京办分地事。

三日　王友三来函。王树常就河北省主席职于天津，于是平津军政界焕然一新矣。

四日　敬恒来函言土匪事，谓九月二十四日杨匪扰及朱往驿，至师召村民团追及之，鏖战一昼夜，匪虽窜逃，而民团死者至十一人，为向所未有。现仍盘踞夏津，郑之商民咸有戒心，土匪所过，十里内人皆逃亡，保卫团不肯协击，民团器械不足，致匪逸去，否则皆为擒矣。民团大怒保卫团，几与启釁。村人亦感于保卫不足，恃谋民团之拓充焉。

五日　孙镜忱来访，遂偕访张众清。

六日

七日　中秋节祭先祭月。祭品月饼、鲜果，荤素菜各四，凡十二品，供月亦如之。不奠茶酒，不行礼，焚香而已。供先于堂，供月于庭，皆如常仪。

八日　宗仲玖来访，精神虽瞀乱，犹知答谢亲友之往视疾者，意亦良厚。

九日 张学良在辽就海陆空军副司令。易门来访,今寓北平矣。

十日 图书馆开展览会,往观。陈列者六百有五种,多年来新得者,有罕见、有抄本、有乾隆间禁书、有《四库全书》底稿、有特别小说、有西夏文字经,又有故城《卫阳先生集》十四卷,明周世选撰,刊印尚不粗率,故城人著述在明凡三种,惟此书传世最稀,县人几无知之者,惟郎先生尝与余言曾见此书也。又有《明文案》二百七十卷,黄宗羲编旧抄本。案:黄氏有《明文海》六百卷未刻,而《四库》则录其四百余卷而无《明文案》之名,此殆《明文海》稿本。又有大字本《太平广记》,嘉靖刻本,馆中人云刻本之最早者《皇朝事实类苑》,宋人撰,馆中谓此本至为罕见,武进董氏刻本所从出。又有《天隐子遗稿》。余案:湖北刻《百子全书》,有《天隐子》而不署撰者名氏,殆此人也。直隶人著述则有朱筠《朱竹君文稿》云,大半为未刻稿;《昭代武功编》,明范景文撰。

十一日 同王易门诸君游故宫博物院。易门约晚餐寓中,寓在龙头井三十一号。

十二日 再往图书馆展览,凡三日也。

十三日

十四日 有訾季常者以饮安眠药水死,殡于法源寺,籍亮侪死亦殡此,訾君妻往吊籍君,复哭其夫,哀恸之极,遂思殉之,亦饮安眠药水自杀。培新以联语挽其夫妇曰:变乱如麻,醒则病,睡则痿,一呷琼浆真大梦;恩情似海,生相依,死相继,九原绠佩自千秋。得敬恒十一日来函,言匪仍在甲马营,郑人留东北军一连,凡百八十人,时东北军连日过郑镇也。

十五日 观书保古斋,有原刊本傅氏明书。

十六日

十七日 赴文昌馆观封书,会文、待求、东来三家夥购之天津周氏者,建德周叔弢也。书多有周叔弢印章,凡六千元,将逐日封售,今日以《通艺录》为首,脩绠堂以九十元得之。同王勤生游煤山,观清帝后御容于寿皇殿,自太祖至德宗凡十一朝,像甚工,殆逼真御容也。每帝皆两后侍左右,惟太宗穆宗德宗皆一后侍,仰瞻之余,慨感系之。

十八日　观书文昌馆,以《津逮秘书》为首,此次各书多有朱玖珊图章,晚晴簃诗社之书亦多有其图记,其图章颇精雅。往岁怡墨堂曾以朱氏书佳本者数十种示余,余未购也。朱氏购书在光绪甲午前后,才几何时,已再易主矣。朱氏藏书虽未甚富,然在北方已负藏书盛名矣。

十九日　今日《历代名臣奏议》为首,明经厂本凡二十六巨函,以四百元售去。

二十日　今日《青照堂丛书》为首。

二十一日　今日《豫章丛书》为首。

二十二日　今日《适园丛书》为首,有李培《灰画集》稿本,二十余元售去。连日有嘉业堂刊本书。

二十三日　今日以特大之局刻《新、旧唐书》为首,凡封书七日也。购尹嘉铨所注朱子《小学》,光绪年刊本,亨山遗著于是有二种矣。

二十四日

二十五日　黄文初来。

二十六日　博野四存中学,假四存学会开学董常会,蒋贡梁主席报告各种章程,请聘校长等事,盖自去年得众人捐款成立中学并附小学部,又组织学董会于北平,年来经营,贡梁之功为多。同贡梁访宗味芝,询以颜、李、钟诸家遗著,初钟氏出三家书稿本,由蒋艺圃交余,请东海录副。及《颜李丛书》出版,余乃归其书于宗伯坪,是后钟氏屡函齐檿斋索其书,余告以已由伯坪交原经手者。后贡梁又函余索其书,时伯坪已死,味芝谓已由吾父交原经手人久矣。贡梁等则谓钟氏仍相索也。余曰,可同君一询味芝,则得其详矣。既见味芝,乃属其往访原经手人。李腾九来,腾九从傅总指挥作义于山东,战于济、兖间,尝孤军深入,卒以众寡不敌,败归,傅氏既解兵柄,腾九亦漠然无所向。

二十七日　访张馨吾，答拜也。张心泉来访，自郑州归也。吾妻患肘痛久而不愈，乃访秦水清医士针之。王友三治馔于忠信堂，饯别高阆仙，以其将赴奉也，约余往陪，且绍介孙君楷（常）[第]子书。子书，沧县人，学识渊博，有述作，亦从事图书馆。徐森玉亦作主人，谈古币，自谓能辨别真赝也。

二十八日

二十九日　访步梦周、苏少衡、陈龙溪、周志辅、龙溪，未晤。梦周以民厅移津，乃浩然归去。出芝村诗稿见示，将以付梓矣。少衡以局长易人，秘书长固宜辞职也。志辅新撰《三国志世系表》及《后汉郡县考》各为一册见赠。

三十日

三十一日

（十）[十一]月一日　访柯先生，询以《穀梁传注》付梓事，云：录稿毕，即付子代为刊板也。又询余《晚晴簃诗汇》何时出书，柯先生每相见辄以为问，颇望此书之成。谓东海编辑诸书，惟此书最重要，必传之作也。

二日　复北江书，答其两次来函也。赴津车中，晤李襄纶，遂同至徐邸。

三日　东海生日，以有期之丧，概不见客，家人子弟亦不得行祝寿礼，如去年之有弟之丧也。余辈昨今两日亦不得进谒，襄纶为新教员请东海界以所书楹联，盖新教员到，例有墨迹赠品，又以学生课文一巨册进呈。访纪先生。

四日　见东海，谓新得书少许，属为盖图章。约绍先、傲过、君玉等小酌天瑞居。绍先邀同至惠中饭店，畅谈至夜深乃去。

五日　同君玉访徐端甫，前属拓国子监石经，余以时已结冰，拓不易工，请明春为之。端甫极言东海编学案不易蒇事，且稍有疵累，易致人指摘，谓不如余言刊二十五史为必传之事业也。以宋艳《医方丛话》见赠，又以君玉言出十五元助刻《雄白日记》。访张聘三，聘三又以土匪猖獗避地来津门也。访张杰三，中华书局又新建楼于大胡同路东，属余为求名流作书悬之壁间。

　　六日　见东海，言所得吾母寿言将编次付印，拟再补征数分。东海曰：言仲远、赵幼梅、郭小篪已得否，皆可求之也。余言欲得陈伯言寿诗而不知其所在。东海曰：夏闰枝当知之，可由朱古微转致也。余言湘帆文稿已录，讫拟即付梓。东海曰：可即从事，吾当以资相助也。又曰：前所拟序有不合处，余之知湘帆最久，余每见尊甫先生问信都人才，必首言湘帆课艺，每出一册亦辄以见赠，及湘帆到京师，遂奉师命执贽来见，此层亦宜叙入也。余又以《雄白日记》将付梓，请其资助，亦慨许之，曰：余与献群父子之交久矣。昔达生率献群来见，其时渠尚幼，高不逾案，即闻其聪颖，后又见于刘仲鲁所，则俨然名士气象，岸然不同凡子矣。又云：所言刘翰怡者，今乃知即某君之子，余与某君颇有雅故，昔岁在青岛常相往还。渠所居近海，余与某君于中秋节访之，中途忽黑暗，久之乃忆为月蚀也。既至，适某君游览泰山，吾二人亦不以主人在否，直入其室，初尚有其幕宾一人款接，畅谈既久，渠亦他去，吾二人竟坐至深夜也。余为冯丹卿之妹请赐节孝匾额，因言近日政府废去褒扬条例，尤宜在乡里提倡之，君玉言党人往往将节孝坊毁去。东海曰：我行我是，久之则道理自明，且彼自废坏，我自建立，固无伤也。余因言党人有激变之举，有逼女子自杀之事，后党人见众难犯，已稍敛迹矣。东海曰：唯，然故宜我行我是也。君玉曰：有奉天于氏烈女者，前黑龙江省长于驷兴之冢妇，刘氏殉夫愿赐之匾额曰于振甫，吾所识也，亦许之。振甫，驷兴字也。又垂询培新，加勉勖焉。

　　冯叔允约小酌菜羹香。同君玉访纪先生，先生历叙往年在广西情事，知广西独立虽沈秉堃为领袖，实王铁山之所为，党人革命可也，而非彼等之所宜出，且当时广西党人绝无革命之能力，而先以此相号召，不已异乎？初王公芝祥官广西，以办匪名由梧平道晋按察使，岁辛亥,沈任巡抚,奏保王为布政使,甚倚重之,沈虽俗吏,而不如王之妄也,是后沈等北伐,欲携藩库之款逃,而借北伐为名耳。时余见时事日非,乃以病乞归,已呈请抚院矣。九月十二日,王来电慰留,十七日,而省中遽宣告独立事,既不可为,又恐被迫无所逃命,乃电请以左江道南宁关监督归知府方君署理,而诡词以告曰:此时省中局面已新,吾当至省以佐公等,盖省中事变需人必多,冀中其意而允余请,已而覆电如所请,且速余往,余次日即以两关防交出。南宁人相率留我,又合各局所连衔电请于省,省中乃又电余无去,而属方守等回本任。余谓方君曰,既接任且安之,余当请于省以阻其事,亟电省中,谓方署道守邕数年,地方熟习,此次接印,地方安靖,改革伊始,人心浮动,若某等再回本任,转涉纷更,更难为理,请仍前电办理。电既发,乃语方君,勿以关防复我,我去决矣。又语南宁人曰:吾等留我意良厚,吾若再行,吾志可乎?不可而仍留我于地方,何益?我固爱地方,地方亦应爱我,使保其身名也。相与太息者久之,越日余即买舟东下,越境乃告以东下。过梧则闻署臬司汤署首府刘,皆沈同乡也,皆逃亡,省内事已不可问。至广州不得不一省张坚帅,至则坚帅已去。龙济光谓余曰,十七日广西之变,闻水师提督不从,去之。余所统军号大抵云南蒙自人,去则恐贻害地方,不去又无以对君上,遂衣冠向阙九顿首,乃削发也。桂林十七日独立之电,署名者都督沈秉堃,副都督则王、陆二人。陆镇守南宁,得电即访余,谓此变殊出意外,未取我同意擅列我名,愤恨之情犹形于色,大有与余同去就之态。既而闻桂林兵变,都督等皆逃亡,陆军之驻龙州者通电议举陆为都督。署道方君、左江镇龙觐光等谋于余,余谓之曰,省中尚未有公电,其情形未可知,倘犹未乱,而别举都督,不且益省中纷扰乎?盖陆龙初尚有不忍之心也。陆闻余言,默无一语,已而桂林电至,谓某营兵变攻督署,王副都督击之,攻藩库,宋尚杰统领击之,现已无事。时已刻木质广西都督关防,俨以都督自居矣。此九月二十三日事也。沈、王与陆不相能,知广西不可以久,乃称北伐,携公款先后去。王将去,招陆来省,陆率兵至桂林,由东门入,王乃北门,未谋面也。余始至梧,眷口及行李甫由轮船移至民船,见鱼雷一,小火轮一,拖带民船数艘,溯江而上,满树小白旗,船中约五六百人。苍梧县令语余曰,彼自谓奉广东都督命来取军械并提关款,已电桂林请示矣。次日黎明,见北岸军队林立,枪炮齐发,燃烧小火轮一艘,民船数只,少数乘鱼雷逃窜,中弹死及受伤者甚多,血肉狼藉,顺流而下。余眷口所乘民船被张穿两洞,人未受伤,亦云险矣。余又询以张坚帅去岑任督抚情形,曰:此李仲帅之隐谋,仲帅抚桂,嫉岑帅声名出己上,而知岑之功绩皆坚帅主持,其少有不当人意者,则岑未谋之于坚帅也。仲帅思设法调坚帅去岑,乃密保坚帅,请简授太平思顺道,及奉明谕,仲帅喜坚帅之为己属员也,曰化私为公矣。岑公怒仲帅所为,又专摺荐其才堪大用,故未到道任,而署广西布政使张公去,而岑之声名竟损于前矣。纪直怡先生又曰:余初任柳州府,到任未久而钦廉乱作,钦廉毗连南宁,广西中丞乃调余署右江道,余在柳才四十八日,奉檄即附舟而往,道经浔州,桂平县令固请派兵送之,余辞焉。时丁槐为广西提督,宣化县令李某与丁有隙,怂恿桂平梧道张丹铭曰,兵且为变,张惧,请调其兵于城外,丁不可,张益惧,李献计,选壮丁二百人巡城,未暮而闭门。余至,首裁二百名壮丁,令城门启闭如常,时人心大安,丁督尤感余,袒怀相与也。余又以大义相责,遂誓以城守事自任,余惟请省选干员数人,赴钦廉毗近各县巡视,清乡卒以无事,其时又有镇南关失守事,其实乃提督苏元春欺蒙朝廷,糜饟糈以自肥之计,故缘山设关,每于荒山设一炮台,即名曰某关,实非险要且无多人驻守,既得专饷,彼则侵蚀,遂贿权贵荣禄,谋由武职转文官之策,兵既欠饷,则出而劫掠,渐联合土匪以为耳目,广西匪祸遂以日炽,几至不可收拾,推原祸始,则苏元春一人所酿成。岑公到广乃谋之,张小帆中丞始奏参革职,乃未几外人出而干涉,又复任湖南提督,其时国事尚可问乎?

七日 晤吴士湘,士湘有婿曰徐祖□,充威海关监督,因接收威海,将立碑以纪迹,而难撰文者。东海曰:可属培新为之,士湘遂以碑记相属。余前以将刊《雄白日记》属士湘助资，以其与献群两世交谊，且曾为其先人撰墓表，后虽未用其文，固已刊入文集行世矣，乃余去函，竟置不答。余曰：书才一册，人出十元足矣。曰：是则吾尚能办，夫吴氏虽遭难，区区之费岂可惜靳？彼既不复我，固宜舍是，继思滔滔者谁非俗子，必以明事理、知道义之君子相责，毋乃重视天下士哉？《晚晴簃诗汇》八十余册，东海属君玉复校，君玉苦之，然未两年卒奏全功，曰：吾非不欲校书，惟校此诗为苦耳，以近代之人之诗，陈陈相因，无趣味之可言，无可资以为考据，又浩如烟埃，而无底稿之依据，若他书固愿为之。余曰：《新元史》君能将全书一校乎？曰：吾固拟为之。余曰：君能竟此全功，当请柯先生作序跋，述君劳绩而以书相赠。曰：苟能叙吾校勘之劳于卷末足矣，不复望赠书也。曰：此事当为君为之。按此书以册计之六十，前校才十一耳，而误讹已三百余。故昔年尝语东海曰：此书讹误约有四千，以君玉校十之一而得四百误字也。时日人赠东海以景印宋刊《世说新语》，君玉颇一校，日内当赠以江西近年刊本属其校勘也。纪子(直)怡约小酌小食堂，座有宋勘斋、步梦周等。

八日　访张果侯，果侯新得一友曰□□□，乃其父之门人，果侯生平未尝与通问，果侯阅报章见其文，因与一函，其来书文词斐然，情义殷恳，孰谓天下无人哉？闻孙镜忱得民政厅秘书，故访于黎雅亭氏，适赴北京，未晤。

九日　回北平，车中晤张杰三，杰三为绍介李文郁，字岫青，迁安人，河北银行唐山办事处经理，今创办造胰公司于唐山。日前高彤阶来函，附《先哲传》校勘记凡□十事。又张众清复函谓刘千里已有复函，观其复函，益见其人之校点也。

十日　郭琴石来访，以其诗集一册见赠。王先强来。先强日前来函代安庆图书馆购书于四存，余前所敦属也。又曰：安徽县志缺者尚多，欲吾为之觅。且曰，安庆人学士大夫之在北京，如吴北江先生等可见告也。先强皖人，而属余为访其乡人，其何以复命哉？张馨吾约晚餐于莼园豫菜馆，言介绍王子培，属培新为之谋事。又晤采岩，时新得官产处副局长，日前余访馨吾，言及艺圃身后，尚无文字记载，君与彼相知既深，不宜恝置，今日已草其轶事，以稿付我，惜未能详备也。时培新又兼三海公园委员。

十一日　郑家口帐房来四十一号函，谓土匪已远飏，本镇有商团百名、手提式二十余，西乡又有设坛练小红门法以备御匪者。

十二日　侯步云来函，辞以事，请俟明年来平分地。

十三日　陈子衡约晚餐。座有贾佩卿、常稷笙、邵次公、李敏修、马积生、宋小牧等，子衡自言《西平县志》已脱稿，谋付刻也。包头来函，言匪又猖獗也。

十四日　新购胡应麟《少室山房丛谈》，披阅之。胡在明代为考据名家，在杨慎之次，惜其文笔冗曼，往往不能自圆其说，亦见文之不可以已也。

十五日　贾君玉代绍介四存出板部于苏州文学山房，今日来函，附书单数□并购书也。君玉来，寄示徐延同代李文孙补作寿诗四章，附端甫致余函，言赠宋艳等，余则复余言配书事也。与文华斋交涉《滋溪文稿》，迄无头绪。

十六日　访李敏修先生，日前允余之请，为作吾母寿诗，因赠以先君文集一部。陈子纶以寿诗见示，尚未往访，遽以诗至，可感也。河间会馆开成立会，到者百人，举董事十一人，余亦附末。又行树碑礼，有乾隆旧碑二，一撰人不详，一戈介舟撰。又新碑，张众清撰碑记并书。有献县卢空隐者，自谓武术馆馆长，孳孳宣传其武术，又令其徒试演。访沈汉青，汉青为绍介夏君云僧。汉青暑假后又赴保定河北大学。又曰：枣强王鉴堂，余外祖也。有批写书一笤，似残缺未完之稿也。余因忆昔年于泽远尝言存有《鉴堂遗稿》，当为之整理付印，未及为而泽远没，未知汉青有于君作事勇气否。王先生好读书而喜为大言，余家有其所批段茂堂文集，多驳斥语，尝言段、戴诸君惜学有余而才不足，使余尽读渠所读书，必不仅如彼等之所为也。

十七日　访夏润之,不晤。润之名孙桐,某县人,某科进士,以翰林院编修仕至某,官清史馆纂修,晚晴簃选诗、编《清儒学案》,皆与其事。访李响泉。响泉言盐山王谷庵被人毒害,其县人皆知之,贾氏《盐山志》《畿辅先哲传》所述非事实也。谷庵著有《莲东诗草》四卷,纪泊居所选若别为一传附于集后,则《盐山志》之误不辩自明矣。又言明余继登《澹然轩集》世不多见,图书馆有此书。愚案:《畿辅丛书》曾刻余氏《典故纪闻》,其时或未见此书,否则以其为文集而置之。王文泉刻丛书,颇重理学,次则史部书,视文集又较重诗集,以诗尤无关故事也。其用意固无可议者,然世尤或讥其轻重倒置者,则关于学识,而古今丛书尽当人意者,亦不多见也。

十八日

十九日　访邢赞庭,渠所刻吴先生点勘《史记》将毕矣,而《瀛奎律髓》尚是蓝色印本,尚未印墨本,价高不售,不善流传,其书如此,然勇于刊刻,固胜于印书也。

二十日　今日为十月朔,祭先如常仪。访王仲英,遇英芬,与言文华斋刻《滋溪文稿》竣事,延不校书板,①属其居间了此事。往视宗尧病。

二十一日　访马积生,不晤。绎之约小酌百景楼。君玉来函,寄来东海所书向节妇冯氏节孝匾,又言刘翰怡赠䌹斋《晋书斠注》,并以一部赠东海,因属余将吾父评点《晋书》借临。

二十二日　徐秋清、苏少衡、李鹤芝来访。秋清属余撰王星五墓表,两年未交卷,催之亦不啻再四,而迄未脱稿,愧无以见之。鹤之来言,苗氏《说文》刘千里虽将板及所印书送来,而冯公度不谋之,同乡又将书板取去。约徐一达小酌小小饭馆。

二十三日　赴先哲祠取苗氏《说文》。自刘润琴为先哲祠购得苗仙簏所撰《说文》各书,书板交刘仲鲁修板,刘氏遂据之不肯交出,交

---

①　原文如此,疑有误。

涉累年，以迄仲鲁之没，复由同乡董事同人继续质问其子千里，千里亦不作复，至是始以板送于先哲祠。凡印书二百部，千里自留百部，余存先哲祠，以待诸君分购。冯君公度又遽将板取去，交同好堂书铺为之印书，同乡复不满公度，以其不通知同乡询以办法，即行躩去，而同乡亦无人往问也。

　　河间会馆开董事会，董事十人，到者九人，推刘润琴、石小川、张仲清、张馨吾为常务董事、监察董事。余提议实行设立忠哲祠事会馆，原有忠哲祠之建筑，且匾额久悬门楣，余谓宜即设立此祠，以表章古人而为后生矜式。建祠之先，在审定入祠先哲之人，而以采访历代贤哲，以便审查，盖列举不厌其博，而入祠必须审慎，宁漏不可滥，漏可补入，已入而撤消则殊失敬重之道。全体赞成，列入议决案内。余又言去岁曾与诸公议请纪文达公立专祠事，纪文达公以学术示海内，吾河北同乡尤宜崇拜，此其宜立专祠也，而鄙人所以斷斷言之者，又以其故居犹在，同乡会久收为同乡公有，建为专祠，于同乡开会不妨，既不用筹建祠地址，又不用从事建筑，无经费之可言，非所谓轻而易举乎？然去年与吾河属同乡言，请先由河属同乡分头与河北大同乡接洽，俟赞成者居多数，再以公启通知，庶不至反对者之阻挠，以会馆为大同乡所有，不得不听大同乡之赞成也。诸公无异言。

　　聚珍堂、文璘堂封书，以非新购之书，故讳言之，结果多自封回。余往观之，亦得数种，北京书行之封书也，皆大宗，购自他所，而遍招同行投封，卖之人亦每出高值以相竞，若本号自存之书封售，人则以其为剩货，不肯出高值，且皆以封本号之书为耻，盖非有亏累不肯为此，苟为之，必假他人之名，谓购自他所，然人辄知之不庸讳也。若封货而患人给值低廉，则假他号之名自投封焉。超过我所投之封固有利矣，即不然而收回亦无失焉。行中人名之曰拦封，夫既招人来封而又自取焉，所谓垄断也，其见讥固宜。今日两家自封其号中之书，虽假他人之名，人固不肯投赟，乃封者预为之防，而大为拦封之举，其卒也损本号之名誉，而无所得利，岂非计之失哉？张君垕约小酌百景楼,连日皆以徐一达来北平,迭为宾主,以致殷勤也。

二十四日　陈龙溪来访,不晤。访李文孙,文孙日前以东海兄弟名刺见赠,今日又赠以东海所书白摺一开。访郭琴石,不晤。

二十五日　张众清约晚餐天瑞居,坐有刘幼樵、刘惺庵诸公。

二十六日　河北同乡董事会开常会,到者不及半数,亦议决各案,因开会向不过半数。王聘卿卒推高菉坡为董事长,本年常务董事、监察董事应改推半数,依本会规则,第一届以抽签法定之,常务董事抽出李问渠、张众清,监察董事除高菉坡已推董事长外,又抽出孟玉双、刘润琴当经补,推刘诒孙、石小川为常务董事,陈凤韶、袁守和及余为监察董事。访夏闰枝,求其补作家母寿诗,许之。因论清史馆事,曰:金锡侯以校稿资格,辄以意删改,初尚请馆长覆阅,后则自行增改,不合之处皆金某所为也。闰枝编《清儒学案》,任《理学》一门。

二十七日　费峻如自包头来,以地方不靖而逃归也。

二十八日　约王勤生、步梦周午餐天瑞居。

二十九日　尹鹤峰亦逃归。访谢刚主,刚主日前游观上海等处,又赴南浔访刘翰怡,得观所藏书,谓刘氏之书以得抱经堂卢氏之书为基础,涵芬楼以天一阁之书为主,天一阁之书初归密云楼蒋氏,此又得之蒋氏也。金陵图书馆则以八千卷楼丁氏书为主也。

三十日　访常稷笙,以《古诗钞》易其所刊《古文四象》,并请其补作寿诗。

十二月一日　是为十月十二,余生日也。

二日　王易门、孟恩涛皆约午餐,赴孟君招。

三日　周芋坡来访。苏少蘅偕夏云僧来访,云僧谋燕冀中学校长也。访石小川,不晤。

四日　周芋坡约晚餐鸿兴楼。访杨敬斋。

五日　访石小川,畅谈。

六日　访常稷笙,坐有张调辰之弟,盖请其作墓表也。访少衡,不晤。

七日　访宗葆初。王勤生约午餐于忠信堂。

八日

九日　访王友三、谢刚主。友三谓《清史稿·艺文志》多录自《千顷堂书目》，故千顷堂之误，此志亦仍之，因假《千顷堂书目》与《志》校之，则不同也。宗昧芝约晚餐于福兴居。晤钟子年，属其为吾母撰寿诗，许之。

十日　吊张君立。

十一日　约王寿彭、费峻如、尹鹤峰诸君午餐于福全馆。

十二日　《明清八家文钞》已刻毕，从事复校焉。访钟子年，不晤。

十三日

十四日　访贾佩卿，请其资助《雄白日记》，未慨允也。佩卿素亦知献群者，故余言之。同乡后进有此隽才，不幸中年夭折，所宜深加悼惜，而惧其名之不显于世也。今有人刻其遗著，乃淡漠视之，何邪？余昔刻雄白文，湘帆曰：献群有弟当知刻之，吾辈何为代为之？同学多出资相助，湘帆独不与也。应梦周招午餐广和居，尽食其著名嘉肴，盖广和居为名流宴集觞咏之所，盖百年矣。余谓广和居之名必遍载名人诗歌，记载中其名之传必矣。仰视壁上，即为夏闰枝咏其嘉肴之作，而邵章所书也。

河北同乡开临时董事会，以先哲祠所存先哲书画拟由文化委员会借陈于展览会，并将制版出书，少出赀酬报祠中，时祠中无一文蓄积，亦可哀矣。会中晤严慈约，始相见也。

十五日　访北江，以《明清八大家文钞》全书样本视之，北江见之甚慰，盖付刻已久，讫未出书，北江盼之至切也。又出南浔刘氏所刻仿宋大字本《史记》见示，北江方刻其先人至甫先生平骘《史记》，因以此本相校，至《高祖功臣侯表序》"幽厉之后见于《春秋》《尚书》，有唐虞之侯伯"此本无"书"字，北江惊喜，语余曰：吾固疑"见于《春秋》"当为句，不宜又言《尚书》。然古人无疑之者，余于《古文范》尝言此意，谓"书"为衍文,"周之八百至幽厉后,见于《春秋》者,尚有唐虞之侯伯",如六、蓼、庭坚之后是已,与《尚书》何涉也?自得此本,知愚见不谬,因为书以告诸友。李采岩约晚餐天瑞居,采岩室悬李守堂楹联,于右任书,采岩肄业冀中学,与余习,其才优,文字颇佳。宣统之末赴津过郑镇,流连竟夕,慕政客所为,欲遂奔走国事,余亟止之,不我从也。既而从孙伯兰游官内务部,随俗俯仰,与余过从亦渐稀,其性行无可述者,惟昔与李守常、白建五同学北洋法政学堂,相友善,而各异趣。守常身后,独为经纪其丧,亦其可称者与。

十六日　周芗波来访。

十七日　芗波约晚餐鸿兴楼。李响泉以寿诗见寄。李文孙来。

十八日　李景蓬来。

十九日　昨今两日邃雅堂封书,多柯逊庵逢时之书,新运来北京也。又有裕长厚估衣铺封书,书虽不多,颇有佳者,而以《程氏墨苑》为最。曹贯之有此书,甚宝之,而缺一册,四库总目仅存其目,他藏书家多不著录,亦见其书之罕见也。

尹鹤峰旋里,今年大农损三百余元,不及去岁。李响泉来访,属余代取沧州于光裛诗稿于晚晴簃。光裛,道咸时人,此其家藏稿本也。晚晴簃选诗之始,征集一代诗集于全国,已刻、未刻皆所搜求,所得固甚夥,然家藏稿本出以备选者,殊不多见。岂人之果秘其书,乃晚晴簃设于总统府,送诗且不易,毋谓取还也。自东海去津,余请登报言晚晴簃所在,令送诗者可以来取,有诗稿者亦可补送,东海以为然,卒为曹理斋所阻,以致前之送书者遂以被欺自悔。沧州于君与李响泉素昧平生,偶言及先人遗稿存晚晴簃,无从访求,响泉知余在诗社,遂慨然代询其书,送先人诗稿于晚晴簃,如于君而不遇响泉者,不知凡几。曹理氏之为东海敛怨,又岂此一事也哉。

二十日　约马杰卿来。四存出版部审定所存书,闻《墨苑》为富晋所得,二百余元也。凡十三卷,四库作十二卷,此书序跋甚多,邵氏《四库书目标注》不载,他藏书目亦不见收。书贾谓此书完善,值四百元云。

二十一日　访曹冠之。绍熙来访，属余进行请高菉坡事。

二十二日　访苏少衡，不晤。

二十三日　至述古堂观书。李道良来，道良知菏泽县，以剿匪著称，已而有兵事，守城二十余日，山东前主席陈调元以道良才可用也，及陈调安徽，招之往，道良遂交卸菏泽县事，回籍省亲过此，将赴皖矣。

二十四日　访高菉坡。张襄谱以寿诗寄示。东海批示余所上书。致王晋卿书附以《滋溪文稿》一部及序跋等，请其代东海撰序。裕长厚又封书，无甚特色者矣。

二十五日　日前曹冠之言，近得一交河人常青岳诗稿写本，而不详其人，余以问少衡，少衡今日来函曰，常青岳字未山，雍正五年举人，官江西南康府同知，政本经术，宽猛相济，诗清丽拔俗，著有《晚菘堂诗稿》二卷。观书述古堂。

二十六日　本月二十五日为王晋卿先生八十生日，曾自为诗五章征和弟子，培新拟作五首，少年好学，录之以征将来进境。诗曰：“少年才力富，作赋追都京。堂堂至八十，述作无时停。昌黎颂《南山》，杜陵咏《北征》。黎元肠内想，泰岱胸中横。是非吾必论，得丧孰与争。千秋托玄想，四海扬名声。世衰道亦敝，老辈日凋零。抱持灰烬余，绝学传伏生。”“昔谒广成翁，黄席心有警。至道闻其精，退喜时邴邴。顾惟血肉质，易折如蓬梗。贞以松柏操，共愿谁敢请。门墙悬日月，普照九州炳。我欲参其光，缊昏焉所屏。安得形不衰，一往千秋永。”“洞道成见镤，著书能汗牛。虚堂证超忽，八海腾龙虬。豺虎竞人肉，恻怆惊双眸。而我变阴阳，八千岁为秋。鼓怒荆门空，树砍穷庞收。云天自闲淡，杞国真多忧。偶来人问世，率尔彀中游。羡彼双鸳鸯，和鸣求其仇。”“功名争夺场，谁肯死前息。立言其不朽，百步与五十。老来益澈悟，观本伤暗醨。去去辞故都，行行度关塞。皓月自经天，岂畏妖蠥蚀。天海两清泚，广漠无荆棘。高冈试回首，云物恣眩惑。秦网密且严,汉吏酷以刻。泽畔独行吟,啸咤风云色。""鬔髯肃高古,文字森光茫。山川毓灵秀,麟凤骞和祥。中年为国谋,贻猷追杜房。持冠勇卫道,游夏论短长。珠玑董文绣,四远相输将。高歌祝眉寿,天地与为常。忝属通家旧,献词用侑觞。颂声满天地,佟口呼于皇。"观书东安市。

二十七日　同马杰卿述古堂观书。

二十八日　访沈汉青。录《偶吟草》毕,属绎之先生校之。河北同乡董事会燕当局诸公,余谢未赴。

二十九日　晤吴宜常。宜常名宝炜,河南潢川人,著有《南公鼎释文考》《周明公彝文释考》《毛公鼎文正注》各一册,其言南公鼎曰:南公鼎,道光初年陕西郿县出土,数十年来,治古籀者释其文未竟,吴愙斋释文仍多阙误。案:盂为代召公治陕者,与君陈代周公尹洛,相媲并重,鼎文与《梓材》有相合处。死子叙书本录盂命,今古文俱断烂,今乃得以鼎文补之。蔡氏于《梓材》断自"今王惟曰",以下为臣告君之词,今以南公鼎校读,确是盂对王语,意于王所命,洽相应合,今古文皆佚其命辞,将盂对误编《梓材》后,又失盂名,盂作鼎,故只具命辞。史册诰对并书仅①佚,存盂对王之辞,窃以于"今王惟曰"上增补"盂拜手稽首曰",续鼎文"对扬王休"下,当是盂命全篇之旧。录《梓材》文于后,以备好学者之参考焉。又曰:释鼎文"殹绍夹","夹"同"陕",据以证明《梓材》"怀惟夹","夹"亦当作"陕"也。葆真案:吴君之以此鼎文为《尚书》。盖自"夹之作夹"始,鼎文有"妹"字,谓即妹邦,妹固属陕,而妹邦见《酒诰》,《酒诰》与《梓材》两篇又相属,鼎文又有"戒酒"之语,以此而悟此鼎文为《尚书》也。又谓明公彝,子明即周公旦次子保尹,即冢宰,子明为冢宰,盖在昭王时,惟《史记索隐》有封周公次子留相王室之语,他无征焉。是彝去年夏河南出土,马积生跋谓有心得创获,全文百八十六字,从顺可读矣。毛公鼎于前人释文外

---

①　此字疑有误,原文如此。此节文字标点,采纳顾迁兄意见。特此说明。

释正十二字,又谓毛公即周公辟乱东征时辅政王室者,此文亦周公代成王所为,《史记·周本纪》及《汉书古今人表》皆云毛叔郑不名厝,窃以厝从厂从音,有郑、谐二音,《史》《汉》音从郑而文讹也。

三十日　约曹贯之、苏少衡、沈汉青、宗葆初午餐东来顺。与马翰臣书,言《序异斋集》已定付梓矣。

三十一日